THE SEVEN DEATHS OF
에블린 하드캐슬의
EVELYN 일곱 번의 죽음
HARDCASTLE

스튜어트 터튼 지음   최필원 옮김

책세상

내게 바라는 것 없이 모든 것을 주신 부모님과
나의 첫 독자이자 가장 신랄한 비평가인 누이에게 바친다.
나를 사랑해주고 격려하며
틈틈이 키보드에서 눈을 뗄 것을 상기시켜주는 아내에게도.
덕분에 기대했던 것보다
훨씬 근사한 작품이 완성되었다.

일러두기

· 주석은 모두 옮긴이 주다.

· 본문 중 고딕체는 원서에서 이탤릭체로 강조한 부분이다.

· 인명, 지명 등 외국어 표기는 국립국어원의 외래어표기법을 따랐으나 일부는 관용을 존중했다.

목차

귀하를 블랙히스 하우스의
가장무도회에 초대합니다

이 행사를 주최한 하드캐슬 가족을 소개합니다

피터 하드캐슬 경과 레이디 헬레나 하드캐슬
아드님 마이클 하드캐슬과 따님 에블린 하드캐슬

내빈 명단

에드워드 댄스, 크리스토퍼 페티그루와
필립 서트클리프(가족 사무 변호사)
그레이스 데이비스와
남동생 도널드 데이비스(사교계 명사)
클리퍼드 헤링턴 중령(은퇴한 해군 사관)
밀리센트 더비와 아드님 조너선 더비(사교계 명사)
대니얼 콜리지(프로 도박사)
세실 레이븐코트 경(은행가)
짐 래시턴(경찰관)
리처드 (디키) 애커 박사
서배스천 벨 박사
테드 스탠윈

스태프 명단

로저 콜린스(집사)

드러지 부인(요리사)

루시 하퍼(수석 하녀)

앨프 밀러(마구간지기)

그레고리 골드(전속 화가)

찰스 커닝엄(레이븐코트 경의 종자)

마들렌 오베르(에블린 하드캐슬의 시녀)

아직도 큰 비탄에 빠져 있는 가족을 생각해
토머스 하드캐슬과 찰리 카버 그리고 그들에게 벌어진
비극적인 사건은 가급적 언급을 삼가시기를
손님 여러분께 간곡히 요청드리겠습니다.

1

첫째 날

아무 기억도 없이 계속 걷고 있다.

"애나!"

소리쳐보지만 이내 흠칫 놀라며 입을 닫아버린다.

머릿속이 새하얘졌다. 애나가 누구인지, 내가 왜 그 이름을 부르는지 모르겠다. 솔직히 어쩌다 여기까지 왔는지도 모르겠다. 나는 숲속에 있다. 찔끔찔끔 내리는 빗물이 눈에 스며들지 않게 손을 올려 막아본다. 가슴속에서는 심장이 요동친다. 몸에서는 땀냄새가 풍기고 다리는 후들거린다. 이곳까지 전력으로 뛰어온 모양이다. 이유는 기억나지 않는다.

"어떻게…."

내 손이 눈에 들어오자 말문이 막힌다. 앙상하고 흉측한 손, 낯선 이의 손이다. 전혀 내 손 같지 않다.

나는 당혹감에 젖어 기억을 더듬어본다. 가족, 주소, 나이 그 무엇이라도 떠올려보려 하지만 머릿속은 여전히 백지장이다. 이름조차 기억나지 않는다. 불과 몇 초 전의 기억마저 사라져버렸다.

목이 메어오고, 숨은 점점 가빠진다. 숲속 풍경이 눈앞에서 핑

11

핑 돈다. 시야는 어느새 검은 얼룩으로 뒤덮였다.

침착해.

"숨을 쉴 수가 없어."

숨이 턱 막히고 귓속이 욱신거린다. 털썩 주저앉아 손가락으로 땅바닥을 후벼댄다.

흥분을 가라앉히면 숨을 쉴 수 있어.

권위가 묻어나는 내면의 차가운 목소리가 내게 위안을 준다.

눈을 감고 숲의 소리에 귀를 기울여봐. 정신을 가다듬어보라고.

시키는 대로 고분고분 눈을 질끈 감아보지만, 아직도 귓전에는 쌕쌕대는 내 숨소리만 맴돌 뿐이다. 그 소리는 오랫동안 다른 모든 소리를 완전히 뒤덮었다. 하지만 두려움을 힘겹게 걷어내자 천천히, 아주 천천히 소음이 안으로 스며들었다. 빗방울이 나뭇잎을 두드리고 머리 위에서는 나뭇가지가 바스락거린다. 오른편으로는 개울이 흐른다. 나무 틈에서 까마귀들이 푸드덕거리며 연신 날아오른다. 덤불 속에서는 무언가가 꿈틀거리고, 어딘가에서 불쑥 튀어나온 토끼는 내 옆을 쌩하니 스쳐 간다. 나는 오 분쯤 차곡차곡 모은 새로운 기억을 차분히 더듬어본다. 그나마 몰려드는 공황을 막는 데는 어느 정도 효과가 있는 듯하다.

힘겹게 몸을 일으켰다. 내가 이렇게 컸다니, 놀라운 일이다. 머리가 땅에서 이토록 멀리 떨어져 있다니. 잠시 휘청대며 바지에 붙은 젖은 낙엽을 떼어냈다. 자세히 보니 야회복 재킷을 걸치고 있다. 셔츠는 진흙과 레드와인으로 얼룩져 있다. 파티장에서 나온 모양이다. 주머니는 텅 비어 있고, 코트도 없다. 멀리 떨어져나오지 않았다는 뜻이다. 그나마 다행이다.

햇살에 눈이 부신 걸 보니 아침인 듯하다. 그렇다면 밤새도록 이렇게 헤매고 다녔다는 뜻일 터. 하지만 이런 차림을 하고 홀로 저녁을 보낼 이유가 없지 않은가. 누군가는 분명 내가 사라졌다는 걸 알아차렸을 것이다. 어쩌면 지금 숲 너머 집에서는 사람들이 나를 찾으려고 법석을 떨고 있을지도 모른다. 나는 시선을 돌려 나무들을 분주히 훑기 시작한다. 당장이라도 우거진 녹음을 헤치고 친구들이 나타나줄 것만 같다. 그들은 내 등을 토닥이고 가벼운 농담을 툭툭 던지며 나를 집으로 이끌 것이다. 하지만 그런 몽상이 나를 이 숲에서 꺼내줄 리 없다. 이곳에 죽치고 앉아 하염없이 구조를 기다리는 건 어리석은 짓이다. 몸이 덜덜 떨린다. 이도 딱딱 부딪친다. 몸을 데우려면 어디로든 걸을 수밖에 없다. 하지만 아무리 둘러봐도 눈에 들어오는 것이라고는 나무뿐이다. 내가 구조대를 향하고 있는지, 그들로부터 멀어져가고 있는지 알 길이 없다.

갈팡질팡하던 나는 또다시 불러본다.

"애나!"

그 여자가 누구인지는 알 수 없지만 한 가지 분명한 것은 그 여자 때문에 내가 이곳까지 오게 됐다는 사실이다. 하지만 나는 그녀가 어떻게 생겼는지조차 모른다. 어쩌면 그녀는 내 아내인지도 모른다. 내 딸이거나. 두 가능성 모두 자연스럽게 와 닿지 않지만 어떤 이유에서인지 그 이름에 묘한 끌림이 느껴진다. 내 정신을 어딘가로 이끌려 하고 있다.

"애나!"

나는 소리친다. 희망이 아닌 절망이 묻어나는 목소리로.

"도와줘요!"

여자의 목소리가 들려온다.

나는 소리가 들려온 쪽으로 홱 돌아선다. 갑작스러운 움직임에 머리가 아찔하다. 먼발치 나무 사이로 그녀의 모습이 살짝 보인다. 검은 드레스 차림의 여자는 필사적으로 내달리는 중이다. 잠시 후, 그녀를 추격하는 자가 녹음을 헤치고 튀어나왔다.

"거기 당신, 멈춰."

기운 없는 목소리는 이내 그들의 발소리에 묻혀버리고 만다.

정신을 가다듬고 추격에 나서보지만 그들은 이미 시야에서 사라져버렸다. 욱신거리는 몸뚱이가 이토록 민첩하게 반응할 수 있다니 놀라운 일이다. 하지만 아무리 전력으로 달려도 그들과의 거리는 조금도 좁혀지지 않는다.

어느새 눈썹에 땀방울이 맺혔다. 후들거리는 다리는 점점 무거워져만 간다. 결국 나는 얼마 가지 못하고 땅 위에 벌러덩 누워버린다. 낙엽 속에서 바동대며 힘겹게 일어났을 때 그녀의 비명이 들려온다. 공포에 질린 새된 목소리가 숲속을 뒤흔든다. 그리고 이내 총성이 울려 퍼진다.

"애나! 애나!"

다급하게 이름을 불러보지만 들려오는 소리는 섬뜩한 총성의 메아리뿐이다.

삼십 초. 내가 그녀를 처음 발견하고 머뭇거린 시간이다. 살해된 그녀와 나의 거리. 그 삼십 초의 망설임과 외면이 그녀를 죽음에 이르게 했다.

나는 발 옆에 뒹구는 두꺼운 나뭇가지를 집어 들어 시험하듯 한 번 휘둘러본다. 묵직함과 나무껍질의 거친 감촉이 묘한 위안을 준다. 권총을 막아내기에는 역부족이지만 맨손으로 숲을 헤매는 것보다는 훨씬 낫다. 나는 아직도 숨을 할딱이고 있다. 죄책감은 계속 후들거리는 내 몸을 애나의 비명이 들려온 쪽으로 떠미는 중이었다. 발소리를 죽인 채 전혀 보고 싶지 않은 무언가를 찾아 축 늘어진 나뭇가지를 헤쳐나간다.

왼편 어딘가에서 잔가지 부러지는 소리가 들려온다.

나는 숨을 멈추고 귀를 쫑긋 세운다.

뒤편에서 누군가가 낙엽과 나뭇가지를 밟으며 다가오고 있다.

피가 바짝 얼어붙는 기분이다. 멈춰 선 나는 차마 어깨 너머를 돌아보지 못한다.

잔가지 부러지는 소리와 가쁘게 내쉬는 숨소리는 점점 가까워져온다. 다리는 풀려버리고, 손에서는 나뭇가지가 떨어져나간다.

기도를 하고 싶지만 기도문이 떠오르지 않는다.

뜨거운 입김이 뒷덜미에 닿는다. 술과 담배 냄새가 확 풍겨온다. 씻지 않은 사람의 체취도.

"동쪽."

남자가 쉰소리로 말한다. 그가 묵직한 무언가를 내 주머니에 넣어준다.

남자는 내게서 떨어져나간다. 그리고 숲속으로 소리 없이 사라져버린다. 풀썩 주저앉아버린 나는 땅에 이마를 갖다 붙이고 젖은 낙엽의 퀴퀴한 냄새를 맡는다. 눈물이 볼을 타고 내려와 뚝뚝 떨어진다.

찾아든 안도감이 나를 비참하게 만든다. 한순간이나마 비굴했던 나 자신이 통탄스럽다. 놈의 얼굴을 똑바로 쳐다볼 용기조차 내지 못하다니. 이러고도 사내라고 할 수 있겠나?

몇 분 후, 나를 사로잡은 공포가 어느 정도 녹아내렸다. 나는 가까운 나무 앞으로 다가가 몸을 기댄다. 주머니 안에서 살인자의 선물이 느껴진다. 두렵지만 용기를 내어 조심스레 꺼내본다. 은으로 된 나침반.

"오!"

예상치 못했던 물건이다.

유리는 깨졌고 금속 표면에는 흠이 나 있다. 밑면에는 'SB'라는 이니셜이 새겨져 있다. 그 의미는 알 수 없지만 살인자의 지시는 명확했다. 나침반을 보고 동쪽으로 갈 것.

나는 죄지은 사람처럼 숲을 흘끔 바라보았다. 애나의 시체는 분명 가까운 곳에 있을 것이다. 하지만 내가 시체를 발견했을 때 살인자가 보일 반응이 두렵다. 그는 내가 현장에 접근하지 않을 거라는 걸 알고 있었다. 그래서 나를 살려둔 것이다. 굳이 그의 자비의 한계를 시험해볼 필요가 있을까?

그가 내게 자비를 베푼 것인지는 알 수 없지만.

나는 오랫동안 나침반의 진동하는 바늘에 시선을 고정한다. 무슨 일이 벌어지고 있는지 혼란스럽다. 한 가지 분명한 것은 살인자는 절대 자비를 베푸는 일이 없다는 사실이다. 그가 무슨 게임을 하든 절대 그를 믿어서는 안 된다. 절대 그가 시키는 대로 해서는 안 된다. 하지만 그를 거역했다가는…. 나는 또다시 숲을 바라본다. 어느 쪽을 향하든 똑같은 풍경만 눈에 들어올 뿐이다. 끝도 없이 늘어선 나무와 불길함이 감도는 하늘.

이쯤 되면 악마가 나타나 나를 집으로 이끌어줘야 하는 거 아닌가?

이쯤 되면. 나는 결정했다. 지금보다 더 난처해질 수는 없을 테니까.

나는 나무에서 몸을 떼고 손바닥에 나침반을 올려놓는다. 바늘이 북쪽으로 스르르 돌아간다. 나는 북쪽을 향해 돌아선다. 바람과 한기로 무장한 세상으로.

희망은 나를 버리고 떠나버렸다.

나는 연옥에 빠졌다. 대체 무슨 죄를 지어 이곳으로 내몰린 것
일까?

2

바람이 울부짖는다. 거세지는 빗줄기는 나무 틈으로 떨어져 내 발목을 적셔나간다. 나는 묵묵히 나침반을 따라가는 중이다.

어둠 속에서 빨간 무언가가 눈에 확 들어온다. 무거운 걸음을 간신히 옮겨 그쪽으로 가본다. 나무에 손수건이 걸려 있다. 어떤 아이가 장난으로 걸어놓고 깜빡 잊은 모양이다. 다음 손수건을 찾아 주위를 둘러본다. 몇 미터 떨어진 곳에 또 하나 걸려 있다. 하나 더, 또 하나. 비틀대며 그것들을 따라 어둠을 헤쳐나간다. 그렇게 간신히 숲을 빠져나오는 데 성공했다. 나무가 걷힌 시야에 웅장한 조지 왕조풍 저택이 들어온다. 붉은 벽돌 건물의 정면은 담쟁이덩굴로 완전히 뒤덮여 폐가 분위기가 물씬 풍긴다. 자갈 깔린 긴 진입로는 무성한 잡초가 현관까지 이어져 있다. 건물 양옆에 자리한 직사각형 잔디밭은 습지대나 다름없고, 그 가장자리에 핀 꽃은 시들었다.

나는 사람의 흔적을 찾아 검은 창문들을 찬찬히 살펴본다. 아래층의 한 창문에서 희미한 불빛이 새어 나오고 있다. 나는 안도하면서도 경계를 늦추지 않는다. 잠든 무언가와 우연히 맞닥뜨린 기분이다. 눈에 들어오는 희미한 불빛은 거대하고 위험하고 조용한 괴물의 심장 박동처럼 느껴진다. 살인자가 내게 나침반을 쥐여준 이유를 알 것 같다. 나를 가공할 악의 입안으로 떠밀어 넣기 위함이었을 터.

애나를 떠올리니 용기가 조금 생긴다. 조심스레 첫발을 내디뎌본다. 삼십 초의 망설임이 그녀를 죽음으로 내몰았다. 하지만 나는 또다시 주저하고 있다. 뛰는 가슴을 애써 진정시키고 눈에 스며드는 빗물을 훔친다. 잔디밭을 가로질러 위태로워 보이는 현관 앞 계단을 오르기 시작한다. 나무 문 앞에 도달해서는 성난 아이처럼 있는 힘껏 노크를 한다. 숲에서 내막을 알 수 없는 끔찍한 일이 벌어졌다. 집주인을 깨워 물어보면 모든 게 명확히 밝혀질 것이다.

안에서는 아무런 기척이 없다.

축 늘어진 몸으로 연신 문을 때려도 아무도 응답하지 않는다.

나는 문 양옆으로 난 높은 창문에 코를 박고 차례로 들여다본다. 두껍고 지저분한 스테인드글라스 안의 모든 것은 누르스름한 얼룩으로만 보일 뿐이다. 손바닥으로 유리창을 몇 번 두들긴 후 뒤로 물러나 진입할 다른 방법이 있는지 살펴본다. 그때 담쟁이덩굴 속에 숨은 초인종 당김줄이 눈에 들어온다. 녹슨 쇠줄이다. 엉킨 줄을 풀고 힘껏 당겨본다. 그리고 창문 뒤에서 움직임이 감지될 때까지 종을 울려댄다.

마침내 현관문이 열리고 졸린 눈을 한 남자가 모습을 드러낸다. 비범한 분위기를 풍기는 남자와 나는 잠시 얼빠진 사람처럼 서로를 응시한다. 키 작은 그는 구부정한 자세로 서 있다. 그의 얼굴 절반은 쪼글쪼글한 화상 흉터로 뒤덮여 있다. 옷걸이처럼 앙상한 그의 몸에는 지나치게 커 보이는 잠옷이 걸쳐져 있고, 한쪽으로 처진 어깨에는 추레한 갈색 가운이 들러붙어 있다. 인간이라기보다는 진화의 주름 속 어딘가에서 길을 잃은 오래된 종種을 대하는 기분이다.

"오, 다행이네요. 선생의 도움이 필요합니다."

나는 흥분을 가라앉히고 말한다.

그가 입을 딱 벌린 채 나를 쳐다본다.

"전화기를 잠깐 빌려 써도 되겠습니까? 아무래도 경찰을 불러야 할 것 같아서 말입니다."

남자는 여전히 말이 없다.

"그냥 그렇게 서 있기만 할 겁니까?"

나는 그의 어깨를 쥐고 세차게 흔들며 소리친다. 그를 현관 안쪽 넓은 홀로 떠밀고 들어간 나는 실내를 슥 둘러본다. 충격에 내 입도 떡 벌어진다. 모든 것의 표면에서 광이 난다. 체크무늬 대리석 바닥에는 수십 개의 초로 장식된 샹들리에가 비친다. 벽에는 테가 둘린 거울들이 줄지어 걸려 있고, 위층으로 통하는 넓은 계단의 난간은 화려하게 장식돼 있다. 계단에 깔린 폭 좁은 빨간 카펫이 도살된 짐승의 피를 연상케 한다.

뒤편 어딘가에서 문이 거칠게 열린다. 잠시 후 분홍색과 자주색 꽃을 한 아름 안은 하인 대여섯 명이 우르르 몰려나온다. 꽃향기는 뜨거운 밀랍 냄새를 완전히 뒤덮어버릴 만큼 진하다. 재잘대던 하인들이 현관에서 헐떡거리는 나를 발견하고는 일제히 입을 닫는다. 그들은 차례로 나를 향해 돌아선다. 홀은 또다시 정적에 휩싸인다. 이제 들리는 것이라고는 내 옷에서 떨어진 물방울이 그들의 깨끗하고 매끄러운 바닥을 두드리는 소리뿐이다.

툭.

툭.

툭.

"서배스천?"

크리켓 스웨터와 리넨 바지 차림의 잘생긴 금발 남자가 계단을 두 단씩 뛰어 내려오고 있다. 오십 대 초반쯤 돼 보이는 그에게서는 퇴폐적인 분위기가 물씬 풍긴다. 그는 두 손을 주머니에 찔러 넣은 채 홀을 가로질러 내 앞으로 다가온다. 하인들은 양쪽으로 갈라져 그에게 길을 내준다. 내게 시선을 고정한 그는 하인들이 눈에 들어오지 않는 모양이다.

"맙소사, 대체 어떻게 된 일인가?"

근심 어린 그의 얼굴에서 미간이 찌푸려진다.

"자네를 마지막으로 봤을 때가…."

"경찰을 불러야 합니다."

나는 그의 팔뚝을 움켜잡으며 말한다.

"애나가 살해됐어요."

그 말에 놀란 하인들이 웅성거린다.

그가 인상을 쓰며 어느새 바짝 다가온 그들을 홱 돌아본다.

"애나가?"

그가 나지막한 목소리로 묻는다.

"그래요. 누군가가 그녀를 쫓아가 죽였어요."

"누가?"

"검은 옷 차림의 형체였어요. 어서 경찰에 알려야 한다고요!"

"그래, 그래야지. 일단 자네 방으로 올라가세나."

그가 달래듯 차분하게 말하고 나를 계단 쪽으로 이끈다.

집 안의 열기 때문인지 상냥한 얼굴이 주는 안도감 때문인지 현기증이 난다. 나는 계단을 구르지 않으려 난간을 꼭 붙잡는다.

위층에 다다르자 커다란 괘종시계가 나를 맞았다. 부속은 녹이 슬었고, 흔들리는 추 아래에서 시간은 먼지로 변해버린다. 오전 10시 30분. 생각보다 늦은 시간이다.

양옆으로 난 복도는 집의 좌우측 끝으로 통하는 듯하다. 동쪽 복도는 천장에 대충 걸어놓은 벨벳 커튼으로 막힌 상태다. 커튼에는 "장식 중"이라고 적힌 작은 표지판이 붙어 있다.

아침의 트라우마를 떨쳐내기 위해 애나를 다시 언급해보지만 착한 사마리아인은 굳은 표정으로 고개를 저으며 내 입을 막는다.

"하인들이 들으면 순식간에 소문이 퍼져나갈 걸세."

그의 목소리는 바닥에서 퍼올려야 할 만큼 낮게 깔렸다.

"그 얘긴 조용한 곳에 들어가서 하자고."

그는 두 걸음 앞서 걸어가고 있다. 내 불안정한 걸음으로는 그와 페이스를 맞추는 게 쉽지 않다.

"자네 몰골이 말이 아니구먼."

어느새 많이 뒤처진 나를 돌아보며 그가 말한다.

그는 내 팔뚝을 붙잡고 복도를 따라 걸어간다. 다른 한 손은 내 등에 얹고, 손가락으로 내 척추를 지그시 누르고 있다. 자연스러운 몸짓이지만 왠지 조급함이 느껴진다. 음울한 기운이 감도는 복도 양옆으로는 방이 줄지어 있다. 열린 문틈으로 청소하는 하녀들의 모습이 보인다. 최근에 벽을 새로 칠했는지 매캐한 냄새가 풍긴다. 톡 쏘는 냄새에 눈이 따끔하다. 무슨 행사가 있는지 곳곳에 치장한 흔적이 보인다. 마룻장에는 어울리지 않는 커다란 얼룩이 남아 있고, 삐걱대는 이음매는 양탄자로 덮여 있다. 곳곳에 진열

된 그림과 도자기 꽃병은 무너져 내린 천장 돌림띠로부터 사람들의 시선을 빼앗아오기 위함인 듯하다. 하지만 집의 전반적인 상태는 대충 치장해서 감출 수 있는 수준이 아니다. 카펫으로 덮는다고 폐허가 감춰지겠는가.

"아, 여기가 자네 방이지? 안 그런가?"

남자가 복도 끝에 난 문을 열며 말한다.

방 안에서 차가운 공기가 뿜어져 나와 내 얼굴을 후려친다. 덕분에 정신이 조금 드는 것 같다. 남자가 성큼 들어가 열린 창문부터 내리려 한다. 쾌적해 보이는 방 한복판에 사주식 침대[*]가 놓여 있다. 침대 덮개는 축 늘어져 있고 새가 수놓인 커튼은 올이 다 드러났다. 왼쪽 구석에는 접이식 가리개가 펼쳐져 있고 패널 틈으로는 철제 욕조가 살짝 보인다. 가구는 몇 개 보이지 않는다. 침대 옆의 작은 탁자와 창가의 커다란 옷장이 전부다. 색은 바랬고 군데군데 쪼개진 부분도 보인다. 탁자에는 킹 제임스 성경이 놓여 있다. 표지는 닳아 해졌고, 책장 모서리는 잔뜩 접혀 있다.

착한 사마리아인은 뻑뻑한 창문과 씨름 중이다. 나는 그의 옆으로 다가가 창밖 풍경을 내다본다. 저택은 울창한 숲에 에워싸여 있다. 녹음에 파묻혔는지 마을이나 도로는 보이지 않는다. 나침반이 없었으면, 살인자의 배려가 없었다면 나는 결코 이 집을 찾지 못했을 것이다. 어쩌면 나는 그에게 속아 함정에 빠졌는지도 모른다. 애나를 죽인 그가 왜 나를 살려줬을까? 대체 어떤 흑심을 품었길래? 그 악마가 내게 원하는 것이 있다면 왜 아까 숲에서 요구하지 않았을까?

[*] 네 모서리에 기둥이 있고 덮개가 달린 큰 침대.

남자가 간신히 창문을 내리고 꺼져가는 벽난로 옆 안락의자에 앉을 것을 권한다. 그런 다음 옷장에서 하얀 수건을 꺼내와 내게 건넨 후 침대 가장자리에 다리를 꼬고 앉아 말한다.

"처음부터 차근차근 말해보게, 이 친구야."

나는 의자의 팔걸이를 움켜잡으며 말한다.

"시간이 없어요. 나중에 기회가 되면 다 들려줄게요. 그러니 어서 경찰을 불러줘요. 숲으로 돌아가 수색도 해야 한다고요! 빨리 그 미치광이를 잡아야 해요."

그가 눈을 깜빡이며 나를 응시한다. 마치 더러운 내 옷의 주름 속에 사건의 진상이 숨겨져 있기라도 한 듯이.

"미안하지만 지금은 곤란하네. 여긴 아직 전화가 없거든."

그가 자신의 목을 문지르며 말한다.

"하지만 사람을 모아 숲을 수색하는 건 얼마든지 할 수 있네. 뭔가가 발견되면 하인을 마을로 보내 알리면 되고. 그보다 우선 옷부터 갈아입게나. 어디서 그런 일이 벌어졌는지 자네가 안내해야 할 게 아닌가."

"그게…."

나는 손에 쥔 수건을 힘껏 비튼다.

"쉽지는 않을 겁니다. 그때 내 상태가 말이 아니었거든요."

"그럼 인상착의만이라도 말해보게."

남자가 바짓가랑이를 살짝 추켜올리자 회색 양말로 덮인 발목이 드러난다.

"그 살인자가 어떻게 생겼는지 기억이 나는가?"

"그의 얼굴은 보지 못했어요. 검은색 두꺼운 외투로 덮여 있었거든요."

"그럼 그 애나라는 여자는?"

"그녀도 검은색 옷차림이었어요."

도움이 될만한 정보가 없다는 사실에 절망감이 찾아든다.

"난… 난 그냥 그녀의 이름만 알 뿐이에요."

"서배스천, 혹시 그녀가 자네 친구였나?"

"아뇨. 그러니까 내 말은… 그랬는지도 몰라요. 확실히는 모르겠어요."

나는 더듬거린다.

착한 사마리아인이 무릎 사이로 두 손을 늘어뜨린 채 앞으로 몸을 기울인다. 혼란스러워하는 얼굴에 옅은 미소가 비친다.

"이해가 잘 안 되는구먼. 이름은 분명히 알면서 어떻게….."

"기억을 잃어버렸다니까요."

나는 신경질적으로 그의 말을 끊는다. 묵직한 고백이 우리 사이 바닥에 쿵 떨어진다.

"난 내 이름조차도 기억하지 못해요. 이런 내가 무슨 수로 친구를 기억하겠어요?"

그의 눈 뒤에서 회의가 피어오른다. 어떻게 그를 탓할 수 있겠는가. 내 귀에도 황당하게 들리는데.

"내 기억은 아까 내가 목격한 것과 아무 관계가 없어요."

누더기가 된 신뢰를 필사적으로 움켜쥔 채 나는 말한다.

"여자가 누군가에게 쫓기는 걸 봤어요. 총성과 함께 그녀의 비명이 멎었다고요. 당장 숲으로 들어가 수색을 해야 해요!"

"그렇군."

그가 바지에 붙은 보푸라기를 떼어내며 말한다. 그는 마치 내게 공물을 바치듯 조심스레 이어나간다.

"자네가 본 그들이 한 쌍의 연인일 가능성은 없나? 숲속에서 게임을 하고 노는 중이었는지도 모르지 않나. 자네가 들었다는 총성은 나뭇가지 부러지는 소리였을 수도 있고, 공포탄 소리였거나."

"아뇨, 아니에요. 그녀는 분명 도와달라고 외쳤습니다. 그녀는 겁에 질려 있었다고요."

흥분한 나는 자리에서 벌떡 일어난다. 그 바람에 더러워진 수건이 바닥에 떨어진다.

"알았네, 알았어."

남자가 나를 안심시키려는 듯 온화하게 말한다. 그의 시선이 제자리를 빙빙 맴도는 내게 고정된다.

"난 자네를 믿네. 하지만 경찰은 모든 부분을 꼼꼼히 따지려들 거야. 상대를 바보로 만드는 게 그 사람들 특기 아닌가."

그의 진부한 이야기에 나는 무기력해졌다.

"그녀를 죽인 살인자가 내게 이걸 줬어요."

나는 주머니에서 나침반을 꺼내 소매로 진흙을 닦아낸다.

"뒷면에 이니셜이 새겨져 있습니다."

나는 떨리는 손가락으로 가리키며 말한다.

남자가 눈을 가늘게 뜨고 나침반을 유심히 살펴본다. 그리고 조심스레 뒷면의 이니셜을 확인한다.

"SB."

그가 나를 쳐다보며 천천히 말한다.

"네!"

"서배스천 벨."

그가 혼란스러워하는 내 반응을 잠시 살핀다.

"그게 자네 이름이지 않은가, 서배스천. 이건 자네의 이니셜이고. 자네가 이 나침반의 주인이란 말일세."

내 입이 열렸다가 이내 닫혀버린다.

"내가 그걸 잃어버렸던 모양이군요. 살인자가 그걸 찾아냈나
봅니다."

"그랬는지도 모르지."

그가 고개를 끄덕인다.

남자의 친절이 나를 혼돈으로 몰아넣는다. 그는 내가 반쯤 미쳤
다고 생각하는 모양이다. 어쩌면 그는 내가 고주망태가 되도록 술
을 퍼마시고 숲속에서 밤을 보냈을 거라 짐작하는지도 모른다. 그
럼에도 불구하고 화를 내는 대신 나를 측은히 여기고 있다. 솔직
히 그게 더 거슬린다. 분노는 견고하고 묵직하다. 얼마든지 주먹
으로 부숴버릴 수 있다. 하지만 동정은 언제든 사라질 수 있는 안
개와도 같다.

나는 다시 의자로 돌아가 앉는다. 그리고 두 손으로 머리를 감
싸 쥔다. 어찌해야 살인자가 달아난 이 위태로운 상황을 그에게
이해시킬 수 있을까?

네게 집을 찾아준 살인자?

"내 눈으로 똑똑히 봤어요."

하지만 넌 니가 누구인지조차 모르잖아.

"물론 난 자넬 믿네."

남자가 내 속이 훤히 들여다보인다는 듯 말한다.

나는 멍한 눈으로 허공을 응시한다. 머릿속은 온통 숲속 어딘가
에 누워 있을 애나라는 여자 생각뿐이다.

"자네는 여기서 쉬게. 내가 나가서 좀 알아볼 테니까. 실종자가
있는지. 금방 답을 찾을 수 있을 테니 너무 걱정 말게나."

그가 자리에서 일어나며 말한다.

회유적이면서도 사무적인 말투다. 솔직히 의심으로 가득 찬 그가 나가서 뭘 할 수 있을지 의문이다. 비록 내게는 마음을 많이 써주었지만. 저 문이 닫히는 순간 그는 하인들을 불러놓고 건성으로 몇 가지 질문을 던질 것이다. 애나는 숲속 어딘가에 누워 죽어가는데.

"여자가 살해되는 걸 봤어요."

나는 녹초가 된 몸을 힘겹게 일으키며 말한다.

"내가 달려가 도왔어야 했는데. 다시 숲으로 들어가 수색해보겠어요. 내 말이 사실이라는 걸 증명하겠다고요."

그가 나를 빤히 응시한다. 내 확신에 찬 표정 때문인지 그의 얼굴에서 회의의 빛이 사그라진다.

"어디서부터 시작할 텐가? 모르긴 해도 몇천 에이커는 족히 될 텐데. 게다가 자네는 계단 오르는 것조차 버거워하지 않나. 그 애나라는 여자가 누군지는 모르겠지만 보나 마나 이미 죽었을 걸세. 살인자는 멀리 달아났을 거고 말이야. 내게 한 시간의 여유를 주게. 함께 수색할 사람도 모아야 하고 이 사건의 내막을 아는 자가 있는지도 알아봐야 하니까. 이 집의 누군가는 그녀가 누구인지, 또 어디서 실종됐는지 알고 있을 거야. 그녀는 곧 발견될 걸세. 내 약속하지. 그러니 우리 차근차근 제대로 해보세나."

남자가 내 어깨에 손을 얹고 꼭 쥔다.

"딱 한 시간만 기다려주게. 부탁이네."

썩 내키지는 않지만 그의 말이 옳다. 내게는 휴식이 절실하다. 기력을 되찾아야 수색도 할 수 있을 테니. 애나의 죽음에 대한 죄책감이 내 등을 떠밀고 있지만 나 홀로 숲을 헤집고 다닐 용기는 나지 않는다. 처음 들어갔을 때도 간신히 살아 나왔으니.

나는 온순하게 고개를 끄덕인다.

"고맙네, 서배스천. 욕조에 물을 받아놨으니 몸부터 씻게나. 난 가서 의사를 불러오겠네. 갈아입을 옷은 내가 종자를 시켜 가져오게 할 거고. 좀 쉬다가 점심시간에 맞춰 응접실로 내려오게."

그가 나가기 전에 물어보고 싶은 게 있다. 이 저택에 대해서. 내가 이곳에 온 이유에 대해서. 하지만 지금은 조바심 부릴 때가 아니다. 대화가 길어질수록 수색은 그만큼 지연될 테니까. 남자가 문을 열고 나가려는 찰나 나는 참지 못하고 가장 중요하게 여겨지는 질문을 불쑥 끄집어낸다.

"이 집에 내 가족이 있습니까? 나를 걱정하는 누군가가 있지 않나요?"

그가 어깨 너머로 나를 돌아본다. 그의 얼굴에 경계와 연민의 표정이 교차한다.

"자네는 독신일세. 가족이라고는 자네 재산을 호시탐탐 노리는 미치광이 숙모뿐이야. 물론 자네에겐 친구가 많네. 나도 그중 하나고. 하지만 자네는 지금껏 누구에게도 애나라는 여자를 언급한 적이 없었다네. 솔직히 나도 오늘 처음 들어본 이름이야."

그가 얼굴을 붉히며 돌아선다. 실망한 친구를 방에 남겨둔 채 냉기 서린 복도로 나가버린다. 벽난로 속 불꽃은 내 마음만큼이나 불안하게 깜빡이고 있다.

3

나는 외풍을 맞으며 자리에서 벌떡 일어난다. 그리고 침대 옆 탁자로 다가가 서랍을 열어본다. 내 소지품에서 애나의 흔적이 발견된다면 그녀가 내 온전치 못한 정신의 산물이 아니라는 게 증명되는 셈이다. 불행하게도 침실은 입을 꼭 다문 채 어떠한 단서도 내주지 않는다. 사적 물품이라고는 몇 파운드가 담긴 지갑과 금으로 장식된 초대장뿐이다. 초대장의 앞면에는 내빈 명단, 뒷면에는 메시지가 우아한 필체로 각각 적혀 있다.

하드캐슬 경 내외분이 파리에서 돌아온 따님 에블린 양의 귀환을 축하하는 의미로 가장무도회를 준비했습니다. 파티는 9월 둘째 주말에 블랙히스 하우스에서 열릴 예정입니다. 외진 곳에 자리한 탓에 인근 마을 애벌리에서 블랙히스로 오는 차편이 제공될 것입니다.

초대장 수취인은 서배스천 벨 박사로 돼 있다. 익숙하지는 않지만 내 이름이다. 이렇게 적어놓으니 착한 사마리아인의 입을 통해 들었을 때와는 느낌이 사뭇 다르다. 게다가 '박사'라는 직함까지 더해져 생소하기가 그지없다. 나 자신이 서배스천으로 여겨지지 않는다. 더군다나 내가 의사라니.

입가에 쓴웃음을 머금었다.

내가 청진기를 거꾸로 들고 달려들면 환자들이 기겁하고 달아나겠지?

초대장을 서랍에 도로 넣고 탁자 위에 놓인 손때 묻은 성경을 집어 든다. 밑줄 친 단락이 많이 보인다. 빨간 동그라미로 표시한 단어도 여럿 있다. 하지만 아무리 머리를 굴려봐도 의미를 알 수 없다. 성경 안에는 힌트가 될 만한 내용이 적혀 있지도, 편지 따위가 숨겨져 있지도 않다. 나는 성경을 두 손으로 꼭 움켜쥔 채 어설프게 기도를 시도해본다. 한때 집착했을지 모르는 믿음을 깨워보려는 노력이지만 한없이 어색하기만 할 뿐이다. 다른 모든 것과 마찬가지로 신앙 역시 나를 버리고 떠나버린 모양이다.

다음으로 옷장을 살펴본다. 줄줄이 걸린 옷의 주머니에는 아무것도 들어 있지 않다. 수북이 쌓인 담요를 들춰보니 판판하고 납작한 트렁크가 깔려 있다. 멋스러워 보이는 가방이다. 낡은 가죽, 변색된 쇠 밴드, 남의 눈으로부터 내용물을 보호하기 위한 묵직한 걸쇠. 가방에는 런던 주소가 적혀 있다. 분명 내 주소겠지만 익숙지가 않다.

나는 재킷을 벗고 트렁크를 옷장 밖으로 끌어낸다. 움직일 때마다 내용물이 요란하게 달가닥거린다. 부푼 마음으로 걸쇠 버튼을 눌러본다. 빌어먹을 걸쇠는 단단히 걸려 있다. 뚜껑을 힘껏 잡아당겨본다. 한 번, 두 번. 뚜껑은 꿈쩍도 하지 않는다. 열린 서랍과 탁자를 다시 살펴본다. 바닥에 납작 엎드려 침대 밑도 들여다본다. 하지만 눈에 들어오는 것은 쥐약 알갱이와 먼지뿐이다.

트렁크 열쇠는 어디에도 없다.

내가 살펴보지 않은 곳은 욕조 주변뿐이다. 무언가에 홀린 사람처럼 가리개를 돌아 들어간다. 순간 가슴이 철렁 내려앉는다. 이글거리는 눈빛의 괴물이 반대편에서 불쑥 튀어나왔기 때문이다.

거울.

그 사실을 깨달은 괴물은 나만큼이나 겸연쩍어한다.

나는 머뭇거리며 앞으로 한 걸음 내디딘다. 처음 접하는 내 모습에 실망감이 밀려든다. 겁에 질려 덜덜 떠는 딱한 남자는 내 예상을 크게 벗어난 모습이다. 이보다 크거나 작을 줄 알았나? 이보다 말랐거나 뚱뚱할 줄 알았나? 아무튼 거울 속의 특징 없는 형체는 내가 기대한 모습이 분명 아니었다. 갈색 머리, 갈색 눈 그리고 흔적을 찾을 수 없는 턱. 너무나도 평범한 외모다. 머릿수를 채우기 위해 신이 대충 만들어 꽂아놓은 사람처럼.

내 모습에 금세 질린 나는 계속 트렁크 열쇠를 찾아본다. 눈에 들어오는 것이라고는 약간의 세면도구와 물병뿐이다. 내가 누구였는지는 모르겠지만 실종 전에 신변 정리를 꼼꼼히 한 모양이다. 밀려드는 좌절감에 비명이라도 지르고 싶은 심정이다. 그때 문에서 노크 소리가 들려온다. 방문자의 성격이 고스란히 묻어나는 다섯 번의 두드림.

"서배스천, 안에 있나? 나, 리처드 애커일세. 의사. 자네 상태를 살펴봐달라는 부탁을 받고 왔네."

걸걸한 목소리가 말한다.

문을 열자 회색 콧수염을 커다랗게 기른 남자가 눈에 들어온다. 양 끝이 둥글게 말려 올라간 콧수염이 무척 인상적이다. 육십 대로 보이는 남자는 완전한 민머리에 코가 둥글납작하고 눈은 벌겋게 충혈되어 있다. 브랜디 냄새가 풍기지만 불쾌할 정도는 아니다. 기분 좋게 마셨기 때문이리라.

"맙소사, 몰골이 말이 아니군. 이건 의사로서의 소견일 뿐이네."

내가 어리둥절한 틈을 타 그가 불쑥 들어온다. 그는 검은 왕진 가방을 침대에 던져놓고 방 안을 찬찬히 둘러본다. 그의 시선이 한동안 내 트렁크에 머문다.

"내게도 똑같은 트렁크가 있었지."

그가 트렁크 뚜껑을 살살 매만지며 말한다.

"라볼라유지? 아닌가? 그걸 챙겨 동양으로 떠났었지. 군에 입대했을 때도 챙겨 갔었고. 프랑스제는 믿지 말라고들 하던데 난 그 트렁크 없인 못 산다네."

그가 견고함을 시험하려는 듯 발끝으로 가죽 트렁크를 툭 건드린다.

"안에 벽돌이라도 들었나?"

그가 고개를 갸웃하며 말한다. 그리고 대꾸를 기대하는 듯 나를 빤히 쳐다본다.

"잠겨 있어요."

나는 더듬거리며 말한다.

"열쇠를 잃어버렸나?"

"그게… 맞아요. 애커 박사님, 난….'

"그냥 디키라고 부르게. 다들 그렇게 부르니까."

그가 기운차게 말하고 창가로 다가가 밖을 내다본다.

"솔직히 그렇게 불리는 걸 좋아하진 않아. 하지만 내가 싫다고 남들이 부르는 것까지 뭐라 할 순 없지 않겠는가. 대니얼이 그러더군. 자네가 불운한 일을 겪었다고 말이야."

"대니얼?"

생소한 이름이 튀어나오니 당황스럽다.

"콜리지. 오늘 아침 자네를 찾아낸 친구 말이야."

"아, 네."

디키 박사가 당혹스러워하는 내 반응을 보며 씩 웃는다.

"기억 상실증에 걸린 모양이군. 하지만 걱정 말게. 전쟁 중에 그런 케이스를 많이 봤지. 며칠 지나면 대부분 정상으로 돌아오더군. 환자가 원하든 아니든 간에."

그가 나를 잡아끌어 트렁크 위에 앉힌다. 그런 다음 내 머리를 앞으로 숙여놓고 고기를 다루는 푸줏간 주인처럼 내 뒤통수를 살펴본다. 내가 움찔하자 그가 낄낄 웃는다.

"오, 역시, 뒤통수에 커다란 혹이 나 있어."

그가 잠시 환부를 유심히 관찰한다.

"어젯밤에 부딪힌 모양이군. 이것 때문에 기억이 싹 지워진 거야. 다른 증상은 없나? 두통이나 메스꺼움 같은?"

"목소리가 들려요."

나는 얼굴을 붉히며 털어놓는다.

"목소리?"

"머릿속에서요. 아무래도 내 목소리인 것 같은데, 확신에 차서 이런저런 얘기를 늘어놓더군요."

"그렇군. 그… 목소리가 뭐라고 하던가?"

그가 진지하게 말한다.

"내가 하는 일을 놓고 이래라저래라 참견을 하더군요."

디키는 내 뒤에서 같은 자리를 빙빙 맴돌고 있다. 손으로는 콧수염을 만지작거리면서.

"그 조언들 말이야, 전부 공명정대한 것들인가? 난폭하거나 삐딱한 내용은 아니고?"

"그런 건 아니에요."

그의 억지스러운 추론에 짜증이 밀려온다.

"지금도 그 소리가 들리고?"

"아뇨."

"트라우마."

그가 손가락 하나를 펴 보이며 불쑥 말한다.

"아마 그 때문일 걸세. 아주 흔한 케이스지. 머리에 충격이 가해지면 온갖 요상한 현상이 발생하곤 한다네. 냄새를 보게 되고, 소리를 맛보게 되고, 자네처럼 환청을 듣게 되기도 해. 대개 하루 이틀이면 사라지고, 길어봤자 한 달일 걸세."

"한 달이라고요?"

나는 트렁크에 앉은 채로 몸을 휙 틀고 그를 쳐다본다.

"이런 상태로 어떻게 한 달을 더 참으라는 겁니까? 병원에 가서 진찰을 받아보는 게 낫지 않을까요?"

"맙소사, 병원이라니! 얼마나 끔찍한 곳인데."

그가 기겁하며 말한다.

"질병과 죽음이 득실대는 곳 아닌가. 환자가 누운 침대마다 온갖 병이 달라붙어 있고. 내가 시키는 대로 하게. 산책을 하고, 소지품을 살펴보고, 친구들과 대화를 나눠보게. 어젯밤 식사 자리에서 당신이 마이클 하드캐슬과 함께 술 마시는 걸 봤어. 엄청들 퍼마시더군. 사람들 얘길 들어보니 다들 화끈하게 논 모양이야. 마이클이라면 기억을 되찾는 데 도움이 될지도 몰라. 기억이 돌아오면 머릿속 환청도 거짓말처럼 사라질 거고. 내 말 믿게."

그가 말을 멈추고 혀를 찬다.

"난 그보다도 자네의 팔이 더 걱정이네."

그때 밖에서 노크 소리가 들려온다. 내가 말릴 틈도 없이 디키가 달려가 문을 연다. 대니얼의 종자가 갈아입을 옷을 가져온 것이다. 내가 머뭇거리자 디키가 옷을 대신 받아 들고 종자를 돌려보낸다. 그가 옷을 침대에 내려놓는다.

"자, 우리가 어디까지 했지? 아, 맞아, 자네 팔."

나는 그의 시선을 따라 셔츠 소매에 무늬를 그려놓은 핏자국을 내려다본다. 그가 소매를 걷어 올리자 흉측한 상처와 그 주변의 너덜거리는 살이 드러난다. 딱지가 앉았다가 숲에서 다시 뜯긴 모양이다.

그가 내 손가락을 차례로 구부렸다 편다. 그런 다음 자신의 왕진 가방에서 작은 갈색 약병을 꺼낸다. 그가 상처를 잘 닦고 나서 요오드를 발라준다.

"칼에 베인 상처야, 서배스천."

그가 근심 어린 목소리로 말한다. 그의 얼굴에서 더 이상 미소를 찾아볼 수 없다.

"최근 일 같은데. 방어하려고 팔을 올렸다가 베인 모양이야. 이렇게 말이지."

그가 왕진 가방에서 꺼낸 유리 점적기로 번쩍 든 자신의 팔뚝을 우악스럽게 그어 보인다. 실감 나는 재연에 소름이 돋는다.

"어제저녁 일도 기억이 없나?"

그가 내 팔뚝에 붕대를 감아주며 묻는다. 어찌나 꽉 동여매던지 내 입에서 신음이 터져나올 정도다.

"정말 아무것도 기억나지 않아?"

나는 잃어버린 시간을 애써 뒤져본다. 의식을 되찾은 후 모든 기억이 사라졌다고 생각했지만 이제 보니 그건 아닌 것 같다. 기억은 손끝에 닿을락 말락 한 거리에 머물러 있을 뿐이다. 기억은 어둠에 묻힌 방 안의 가구처럼 무게와 형체를 갖추고 있다. 약간의 불빛만 들인다면 어렵지 않게 찾을 수 있을 것이다.

나는 한숨을 내쉬며 고개를 젓는다.

"아무리 애를 써도 기억이 나질 않습니다. 하지만 오늘 아침 난 분명⋯."

"여자가 살해되는 걸 봤다는 얘기지? 그래. 대니얼에게 전해 들었네."

의사의 목소리에서 의심이 묻어난다. 하지만 그는 이의를 제기하지 않고 계속해서 붕대를 감아나간다.

"어쨌든 경찰에 당장 신고하는 게 좋겠네. 범인이 누군지는 모르겠지만 자네에게 이토록 해를 가한 걸 보니 그냥 놔둬선 안 될 사람 같아."

그가 침대에서 왕진 가방을 집어 들고 어색하게 악수를 청한다.

"지금은 전략적으로 살짝 후퇴해야 하는 상황이네. 가서 마구간지기를 만나보게나. 그 친구가 마을까지 타고 갈 마차를 내줄 걸세. 마을에 도착하면 경찰대를 찾아가 알리고. 앞으로 정신 똑바로 차려야 할 거야. 이번 주말에 스무 명이 블랙히스에 머물 예정이거든. 오늘 밤 가장무도회엔 서른 명이 추가로 초대받았고 말이야. 다들 한 가닥씩 하는 사람들이니까 괜히 심기를 건드렸다가는⋯."

그가 고개를 젓는다.

"그러니까 내 말은, 조심하라는 얘기네."

그가 방을 나가자마자 나는 황급히 탁자에서 열쇠를 집어 들고 문부터 걸어 잠근다. 손이 너무 떨려 그조차도 쉽지 않다.

한 시간 전, 나는 살인자의 노리개가 된 기분이었다. 그 어떤 물리적 위협도 내가 받은 정신적 고통에는 견줄 수 없었다. 저택에 도착하고 나서야 비로소 안도감이 찾아왔고, 그 덕분에 용기 내어 숲속에 버려진 애나의 시체를 찾아야 한다고 목소리를 높일 수 있었다. 사람을 모아 살인자를 찾아 나서야 한다고도 했고. 하지만 지금은 아니다. 누군가가 이미 내 목숨을 노리고 달려들었다. 언제 또 그들이 불쑥 나타나 나를 해치려들지 모른다. 그 전에 이곳을 떠나야만 한다. 죽은 자에게 진 빚은 어떻게 갚아야 할까? 내가 애나에게 무슨 빚을 졌는지 알 수는 없지만 만약 빚이 있다면 나중에 멀리서 차차 갚아도 늦지 않을 것이다. 거실에서 착한 사마리아인을 만나고 나서는 디키의 조언대로 해볼 참이다. 마차를 빌려 마을로 가는 것.

이제 집으로 돌아갈 때가 온 것이다.

4

나는 물이 찰랑거리는 욕조에 몸을 담그고 앉아 진흙과 낙엽을 씻어낸다. 박박 문질러 분홍빛으로 변한 몸을 유심히 살펴본다. 기억을 되살려줄 점이나 흉터는 없는지. 이십 분 후에는 아래층으로 내려가야만 한다. 하지만 나는 블랙히스에 도착했을 때만큼이나 애나에 대해 아는 게 없다. 본격적인 수색에 나서기 전까지 머릿속 높은 장벽을 반드시 허물어뜨려야만 한다. 내 무지가 모든 걸 그르치게 할까 두렵다.

욕조 물은 어느새 내 기분처럼 새까맣게 변했다. 풀이 죽어 욕조를 나온 나는 수건으로 몸을 말리고 나서 종자가 가져온 단정한 정장을 살펴본다. 내키지는 않지만 옷장 안을 뒤져보니 그의 딜레마가 이해될 것도 같다. 아직도 그가 나라는 사실이 실감 나지 않는다. 벨의 옷은 똑같은 정장 몇 벌과 야회복 재킷 두 벌, 수렵복, 셔츠 열몇 장과 조끼 몇 개가 전부다. 죄다 회색이나 검은색이고, 특징이라고는 찾아볼 수가 없다. 내가 얼마나 단조롭게 살아왔는지 증명된 셈이다. 이런 사람이 누군가를 부추겨 끔찍한 일을 저지르게 했을 가능성은 희박하다.

나는 신속히 옷을 걸친 뒤 바짝 곤두선 신경을 달래려 심호흡을 몇 번 한다. 굳게 먹은 마음이 흔들리기 전에 서둘러 문으로 향한 다. 방을 나서기 전에 주머니를 든든히 채우라고 본능이 말한다. 탁자를 향해 뻗은 손이 멈칫한다. 챙겨 가고 싶은 것이 눈에 들어 오지 않는다. 그것이 무엇인지 기억도 나지 않지만. 벨의 오래된 습관인 모양이다. 빈손으로 나가려니 기분이 영 이상하다. 숲에서 간신히 챙겨 온 것이라고는 빌어먹을 나침반뿐인데 이제는 그것 조차 보이지 않는다. 디키 박사가 대니얼 콜리지라고 불렀던 착한 사마리아인이 가져간 게 틀림없다.

나는 불안감에 사로잡힌 채 방을 나선다.

머릿속은 오전에 새로 만든 기억으로만 차 있을 뿐이다. 그마저 도 얼마나 오래 지켜낼 수 있을지 의문이다.

지나쳐 가는 하인이 거실의 위치를 알려준다. 거실은 큰 식당의 맞은편에 있단다. 오늘 아침 내가 들어섰던 대리석 깔린 현관 근 처에. 가보니 생각보다 분위기가 별로다. 짙은 색 나무 패널과 진 홍색 휘장이 특대형 관을 연상시킨다. 벽난로 속 석탄불은 기름기 가득한 연기를 내뿜고 있다. 열 명 남짓한 사람들이 이미 자리해 있다. 테이블에는 편육이 준비돼 있지만 손님 대부분은 가죽 안락 의자에 축 늘어져 있거나 납틀 창문 앞에 모여 구슬픈 눈빛으로 음울한 바깥 풍경을 내다보고 있다. 잼으로 얼룩진 앞치마를 두른 하녀는 그들 틈에서 소리 없이 움직이며 사용된 접시와 글라스를 커다란 은쟁반에 모아 담는 중이다. 트위드 수렵복 재킷 차림의 뚱뚱한 남자는 한쪽 구석에서 피아노를 연주하고 있다. 야한 가사 보다도 형편없는 연주 실력이 더 거슬린다. 남자는 최선을 다하고 있지만 아무도 그에게 관심이 없다.

정오가 다 됐지만 대니얼은 어디서도 찾아볼 수가 없다. 나는 음료 캐비닛에 진열된 온갖 종류의 디캔터[1]를 찬찬히 살펴보는 중이다. 그것들이 다 무엇인지, 내가 어떤 술을 즐겨 마시는지 알 길이 없다. 나는 갈색의 정체 모를 술을 골라 글라스에 따르고 돌아서서 손님들을 지켜본다. 운이 좋으면 눈에 익은 얼굴을 발견할 수 있을지도 모른다. 내 팔뚝에 깊은 상처를 낸 자가 거실에 있다면 멀쩡한 내 상태를 확인하고 크게 놀랄 것이 분명하다. 만약 그가 정체를 드러낸다면 그때 나는 어떻게 반응해야 하나? 물론 범인부터 정확히 짚어내는 것이 우선이겠지만. 눈에 들어오는 거의 모든 이가 우락부락한 얼굴로 요란하게 떠들어대고 있다. 남자는 하나 같이 트위드 수렵복 차림이고, 여자는 대부분 스커트와 리넨 셔츠와 카디건으로 수수하게 차려입었다. 떠들썩한 남편들과 달리 여자들은 곁눈질로 나를 살피며 서로에게 무언가를 속삭이고 있다. 내가 무슨 희귀한 새라도 되는 듯이. 여러모로 불편한 상황이지만 호기심에 찬 그들의 입장은 충분히 이해할 수 있다. 보나 마나 대니얼이 탐문을 위해 내 상태를 떠벌리고 다녔을 테니까. 이제 나는 그들의 오락거리가 돼버리고 만 것이다.

나는 글라스를 손에 쥔 채 사방에서 들려오는 대화 소리에 귀를 기울인다. 마치 장미 덤불 속에 머리를 처박은 듯한 기분이다. 그들의 절반은 불만을 쏟아내는 중이고, 나머지 절반은 그 불만의 대상인 듯하다. 그들은 거의 모든 것을 못마땅해하고 있다. 숙소, 음식, 게으른 하인들, 고립 상태 그리고 자가운전이 불가능했

---

[1] 포도주 등을 일반 병에서 따라 내어 상에 낼 때 쓰는, 보통 보기 좋게 만든 유리병.

던 상황까지(설령 차를 끌고 왔어도 길을 잃고 헤맸을 게 분명하지만). 그들을 가장 언짢게 한 것은 손님을 맞는 레이디 하드캐슬의 무성의한 태도였다. 손님 대부분은 전날 밤 일제히 블랙히스에 도착했다. 그럼에도 불구하고 그녀는 아직까지 코빼기도 보이지 않는다. 그들은 그 사실을 큰 모욕으로 받아들인 듯하다.

"잠시만요, 테드."

하녀가 오십 대로 보이는 남자를 아슬아슬하게 피해 나가며 말한다. 그는 떡 벌어진 가슴에 햇볕에 그을린 얼굴과 숱 많은 빨간 머리를 가지고 있다. 비만에 가까운 육중한 몸을 뒤덮은 트위드 수렵복은 팽팽히 늘어나 있고, 얼굴에서는 파란 눈이 번뜩인다.

"테드?"

그가 그녀의 손목을 우악스럽게 움켜쥐며 으르렁거린다. 그녀는 통증에 움찔한다.

"내가 누군 줄 알고 그래, 루시? 이젠 스탠윈 씨라고 불러야지. 내가 아직도 밑바닥에서 쥐랑 뒹구는 신세인 줄 알아?"

그녀는 겁에 질린 얼굴로 고개를 끄덕인다. 그리고 도와줄 사람을 찾아 주위를 황급히 둘러본다. 아무도 선뜻 나서려 하지 않는다. 피아노 소리마저도 뚝 멎었다. 어떤 이유에서인지 모두가 이 남자를 두려워한다. 그를 알지 못하는 나는 그나마 나은 편이다. 나는 눈을 내리깐 채 곁눈질로 그들을 흘끔 쳐다본다. 그의 상스러움이 나를 표적으로 삼지 않기를 바라면서.

"그녀를 놔줘, 테드."

문간에서 대니얼 콜리지가 말한다.

거실에 찌렁찌렁 울려 퍼지는 그의 목소리는 차갑고 단호하다.

스탠윈이 뜨거운 콧김을 씩씩 뿜어대며 가느다랗게 뜬 눈으로 대니얼을 노려본다. 상대가 안 되는 대결이다. 땅딸막한 스탠윈은 단단해 보이는 체구에 독기가 묻어나는 인상을 풍긴다. 그럼에도 불구하고 주머니에 손을 찔러 넣은 채 서서 고개를 삐딱하게 든 대니얼은 조금의 물러섬이 없다. 오히려 스탠윈이 당혹스러워한다. 마치 언제 대니얼의 무리가 자신에게 달려들지 몰라 두려운 듯이.

무거운 정적이 흐르는 가운데 시계의 째깍거림만이 요란하게 들려온다.

스탠윈이 끙 앓는 소리를 내며 하녀의 손목을 놓아준다. 그리고 알아들을 수 없는 말을 웅얼거리며 대니얼의 옆을 스치고 나가버린다.

그제야 손님들은 참았던 숨을 내쉰다. 피아노 연주도 다시 이어진다. 영웅적인 시계는 마치 아무 일도 없었다는 듯 묵묵히 제 갈 길을 가고 있다.

대니얼의 시선이 손님들의 얼굴을 차례로 훑어나간다.

나는 불편한 그의 시선을 피해 창문에 비친 내 모습을 응시한다. 내 얼굴에는 역겨움의 표정이 떠올랐다. 나라는 인간의 무한한 결점에 깊은 혐오감이 느껴진다. 숲속 살인사건 현장에서도 그리고 방금 이곳에서도, 나는 불의를 보고 모른 체했다. 왜 나는 제때 용기를 내지 못하는 걸까?

대니얼이 다가온다. 유리창에 비친 그의 모습이 흡사 유령 같다.

"벨. 잠깐 시간 좀 내주겠나?"

그가 내 어깨에 손을 얹으며 나지막이 말한다.

나는 수치심에 몸을 한껏 웅크린 채 그를 따라 거실 옆 서재로 들어간다. 모두의 시선이 내 등에 일제히 꽂힌다. 서재의 분위기는 거실보다 음울하다. 손질 안 된 담쟁이덩굴로 뒤덮인 납틀 창문으로는 햇빛이 거의 스며들지 않는다. 칙칙한 유화가 몇 배는 더 암울해 보일 수밖에 없다. 잔디밭이 내다보이는 창가에 책상이 놓여 있다. 조금 전까지 누군가가 앉아 있었던 모양이다. 압지에 놓인 만년필에서는 잉크가 새어 나오고 있고, 그 옆에는 종이 자르는 칼이 놓여 있다. 이런 숨 막히는 공간에서 어떤 내용의 서신을 작성했을지 궁금하다.

반대편 구석, 어딘가로 통하는 또 다른 문 옆에서는 트위드 수렵복 차림의 젊은 남자가 축음기 스피커를 유심히 살펴보고 있다. 음반이 돌고 있음에도 아무 소리도 발산되지 않는 이유가 궁금한 모양이다.

"케임브리지에서 고작 한 학기 배우고 왔을 뿐이면서 자기가 무슨 이점바드 킹덤 브루넬[1]인 줄 안다니까."

대니얼의 말에 젊은 남자가 고개를 든다. 스물네 살쯤 돼 보이는 청년은 머리가 검고 얼굴은 넓고 납작하다. 마치 얼굴이 판유리에 눌린 듯한 모습이다. 앳된 그가 나를 보며 환히 웃는다.

"벨리, 이 친구, 여기 있었구먼."

그가 내 손을 꼭 쥐며 내 등을 두드린다. 꼭 살가운 바이스[2]에 껴버린 기분이다.

그가 기대에 찬 표정으로 내 얼굴을 훑는다. 내 무덤덤한 반응에 그의 초록색 눈이 가늘어진다.

---

[1] 영국의 대표적인 상징물인 템스강 터널, 그레이트 웨스턴 철도, 그레이트 브리튼호를 건설한 토목, 조선 기술자.
[2] 기계공작에서 공작물을 끼워 고정하는 기구.

"정말이었군. 자네가 기억을 잃어버렸다는 소식 말이야."

그가 대니얼을 흘끔 돌아보며 말한다.

"운 좋은 녀석! 자, 가서 한잔 걸치세나. 내가 제대로 된 숙취를 맛보게 해주지."

"블랙히스에선 소문이 엄청 빨리 퍼지는군."

"남 얘기 말고는 할 게 없으니까. 내 이름은 마이클 하드캐슬이네. 우린 오랜 친구 사이고. 아니, 이젠 최근에 알게 된 지인이라고 해야 하나?"

그의 목소리에 실망한 기색이 전혀 묻어나지 않는다. 오히려 그는 이 상황을 즐기는 듯하다. 왠지 마이클 하드캐슬이라는 사람은 거의 모든 것에서 재미를 찾는 타입인 것 같다.

"마이클은 어젯밤 저녁 식사 때 자네 바로 옆자리에 앉아 있었다네."

대니얼이 말했다. 어느새 그는 마이클에 이어 축음기를 살피는 중이었다.

"아하, 그래서 자네가 자리를 박차고 밖으로 뛰쳐나갔던 거였구먼. 울화통이 터져서 화풀이로 자기 머리를 쥐어박은 거였어."

"자네가 참아, 벨리. 언젠가는 우연히라도 농담다운 농담을 한번 선보일 때가 오겠지 뭐."

마이클이 말한다.

두 사람은 입을 닫고 내 응수를 기다린다. 하지만 나는 끝내 반응하지 않고 잠시나마 화기애애했던 분위기는 이내 어색한 침묵에 파묻히고 만다. 오늘 아침, 의식을 되찾은 뒤 처음으로 나의 지난 삶을 동경하게 되었다. 이 두 남자를 알고 지냈던 시절이 그립다. 이들과의 돈독했던 우정이 그립다. 나의 비애가 친구들의 얼굴에 고스란히 비친다. 무거운 정적이 우리 사이에 깊은 도랑을 파놓았다. 우리가 한때 나누었을지 모르는 신뢰를 조금이나마 회복하기 위해 나는 소매를 걷어 올리고 붕대 감긴 팔뚝을 내보인다. 붕대는 어느새 배어 나온 피로 흥건하다.

"내가 화풀이로 그랬던 거라면 얼마나 좋겠나? 디키 박사는 어젯밤 누군가가 나를 덮쳤다고 했어."

"오, 맙소사."

대니얼이 헉 하고 숨을 들이쉰다.

"그 빌어먹을 쪽지 때문이겠지? 안 그런가?"

마이클이 내 팔뚝에 시선을 고정한 채 말한다.

"그게 무슨 소리지, 하드캐슬? 자네, 뭔가 알고 있는 것 같은데. 왜 진작 얘기하지 않았지?"

대니얼이 눈썹을 추켜세우며 묻는다.

"솔직히 나도 아는 게 별로 없네."

마이클이 멋쩍어하며 말한다. 그가 구두 끝으로 두꺼운 카펫을 쿡쿡 찍어댄다.

"다섯 번째 와인을 막 땄을 때 하녀가 쪽지를 가져왔다네. 그 직후 벨리가 되잖은 핑계를 대고 자리를 떴어."

그가 겸연쩍어하며 나를 쳐다본다.

"나도 같이 가겠다고 나섰지만 자네는 혼자 가겠다며 고집을 부렸네. 난 자네가 여자를 만나러 가는 줄로만 알았어. 그래서 그냥 내버려두기로 했지. 그게 자네를 마지막으로 본 순간이었네."

"쪽지에 어떤 내용이 적혀 있었나?"

"그야 나도 모르지. 자네가 그걸 보여주지 않았으니 말이야."

"그걸 가져온 하녀를 기억하나? 혹시 벨이 자네에게 애나라는 이름을 언급했던 적이 있었나?"

대니얼이 묻는다.

마이클이 잠시 기억을 더듬다가 어깨를 으쓱여 보인다.

"애나? 그런 적 없었는데. 그리고 쪽지를 가져온 하녀는···."

그가 양 볼을 크게 부풀렸다가 긴 한숨을 내뿜는다.

"검은 드레스에 하얀 앞치마를 두르고 있었네. 오, 젠장, 콜리지, 한번 생각해보게나. 이 집엔 하녀만 수십 명이야. 누가 누군지 내가 무슨 수로 알겠나?"

그가 난처한 표정으로 두 친구를 번갈아 쳐다본다. 대니얼은 넌더리를 내며 고개를 젓는다.

"걱정하지 말게, 친구. 우리가 확실하게 진상을 규명해줄 테니까 말이야."

그가 내 어깨를 꼭 쥐며 말한다.

"내게 좋은 생각이 있어."

그가 벽에 걸린 액자를 가리킨다. 액자에는 블랙히스 사유지 지도가 담겨 있다. 빗물로 얼룩진 건축 제도製圖의 가장자리는 노랗게 변색되어 있다. 저택과 주변 토지는 꽤 아름답게 묘사돼 있다. 블랙히스의 서쪽으로는 가족 묘지가, 동쪽으로는 마구간이 각각 있다. 구불구불한 오솔길은 호수까지 이어져 있고, 둑에는 보트 창고가 마련돼 있다. 마을을 향해 뻗은 진입로를 제외한 모든 것이 숲으로 덮여 있다. 그것은 위층 창문을 통해서도 확인할 수 있는 사실이다.

내 피부에서 식은땀이 배어 나온다.

오늘 아침 애나가 그랬던 것처럼 나 역시 저 숲속 어딘가에서 죽음을 맞을 운명이었는데, 나는 지도를 유심히 살피며 내 무덤이 될 뻔했던 지점을 찾아본다.

내 불안감을 감지했는지 대니얼이 나를 흘끔 돌아본다.

"꽤 외진 곳이지? 안 그런가?"

그가 은으로 된 케이스에 담배를 톡톡 두드리며 나지막이 말한다. 그가 담배를 입에 물고 라이터를 찾아 주머니를 뒤적인다.

"아버지가 정계를 떠나신 뒤 우릴 이곳으로 데리고 오셨어."

마이클이 대니얼의 담배에 불을 붙여주며 말한다. 그도 한 대 꺼내 입에 문다.

"아버지는 늘 시골의 대지주로 살고 싶어 하셨지. 물론 당신 뜻대로 일이 풀리진 않았지만 말이야."

나는 호기심에 찬 표정으로 눈썹을 추켜세운다.

"형이 이 집 관리인이었던 찰리 카버라는 놈에게 살해됐어."

마이클이 마치 경마 결과를 들려주듯이 차분하게 말한다.

친구가 겪은 끔찍한 비극을 기억하지 못하는 나 자신이 실망스럽다. 나는 더듬거리며 그에게 사과한다.

"미… 미안해. 정말 상심이…."

"오래전 일인데 뭐."

마이클이 내 말을 끊는다. 그의 목소리에서 조바심이 묻어난다.

"그게 벌써 십구 년이나 됐군. 당시 난 겨우 다섯 살이었다네. 솔직히 기억도 거의 없어."

"저질 신문들이 떠들어댄 내용과 달리, 카버와 또 다른 놈 하나가 인사불성이 되도록 술을 퍼마시고 호숫가에서 토머스를 붙잡았네. 그들은 아이를 반쯤 익사시킨 후 칼로 뒤처리를 했어. 당시 아이는 일곱 살이었거든. 테드 스탠원이 달려와 산탄총으로 그들을 쫓아버렸다네. 하지만 토머스는 이미 숨이 끊긴 후였어."

대니얼이 덧붙인다.

"스탠윈? 아까 본 그 막돼먹은 망나니 놈 말인가?"

나는 애써 차분한 어조로 묻는다.

"이보게, 목소리를 낮추게나."

대니얼이 말한다.

"부모님이 스탠윈을 무척 신뢰하신다네. 토머스를 구하려고 뛰어들었을 때만 해도 그는 미천한 관리인에 불과했지. 하지만 아버지가 사례의 의미로 선물한 아프리카 농장을 잘 굴려 큰돈을 벌었다네."

마이클이 말한다.

"살인자들은 어떻게 됐나?"

나는 묻는다.

"카버는 자수했네."

대니얼이 담뱃재를 카펫 위로 털어내며 말한다.

"경찰은 그의 오두막 마룻장 밑에서 그가 범행에 사용한 칼을 찾아냈어. 몰래 빼돌린 브랜디 틈에 숨겨져 있었다더군. 그의 공범은 끝내 잡히지 않았네. 스탠윈은 자기가 산탄총을 쏴서 맞혔다고 하는데 지역 병원에서는 총상 입은 환자가 찾아온 적이 없었다고 해. 카버는 그의 행방에 대해 입을 열지 않고 있고. 하드캐슬경 내외분은 그 주말에 파티를 주최하셨는데 공범은 참석한 손님 중에 있을 가능성이 크네. 하지만 그들 모두 카버라는 사람을 알지 못한다고 입을 모아 주장했어."

"정말 이상한 일이었지."

마이클이 덤덤하게 말한다. 그의 표정은 창밖을 가득 채운 먹구름만큼이나 음울해 보인다.

"그러니까 공범이 아직 잡히지 않았다는 얘기지?"

순간 등골이 오싹해져온다. 19년 전의 살인사건과 오늘 아침의 살인사건. 우연의 일치로 보기에는 무리가 있다.

"경찰 놈들은 정말 아무짝에도 쓸모가 없다니까."

대니얼이 말한다. 그리고 입을 꼭 다물었다.

내 시선이 마이클에게로 돌아간다. 그는 거실을 응시하고 있다. 손님들은 삼삼오오 무리를 이루어 현관 홀로 이동 중이다. 여기서도 그들의 불평을 똑똑히 들을 수 있다. 저택의 허술한 관리 상태부터 하드캐슬 경의 취태와 에블린 하드캐슬의 쌀쌀맞은 태도까지, 블랙히스의 모든 것이 그들의 공분을 자아내고 있는 듯하다. 불쌍한 마이클. 다른 곳도 아니고, 자신의 집에서 이토록 조롱을 당하다니.

"옛날얘긴 이쯤에서 그만두세나."

대니얼이 침묵을 깨고 말한다.

"그동안 애나에 대해 이리저리 알아봤네. 안타깝게도 좋은 소식은 아니야."

"그녀를 아는 사람이 없던가?"

"애나라는 이름은 내빈 명단에도 없고, 스태프 중에도 그런 사람은 없더군. 그보다 더 중요한 건 블랙히스에서 실종된 사람이 없다는 사실이네."

마이클이 말한다.

내가 항변을 위해 입을 열자 마이클이 한 손을 들어 말린다.

"내 말을 끝까지 들어보게, 벨리. 수색대를 조직하는 건 어렵겠지만 어차피 십 분쯤 뒤에 사냥을 나갈 예정이거든. 오늘 아침 어디쯤에서 의식을 되찾았는지 알려주면 사람들을 몰고 그쪽으로 가볼까 하네. 열다섯 명이 우르르 몰려다닐 테니 뭔가 있다면 눈에 띄지 않겠나?"

그제야 안도감에 가슴이 벅차오른다.

"고맙네, 마이클."

그가 담배 연기 뒤에서 미소를 짓는다.

"지금껏 자네가 이토록 과장된 반응을 보인 적이 없었는데 별일이구면."

나는 내 몫을 다하기 위해 다시 지도를 들여다본다. 하지만 정확히 어디서 애나를 목격했는지 알 길이 없다. 살인자는 나를 동쪽으로 향하게 했다. 숲은 나를 블랙히스 앞에 토해냈고. 문제는 내가 얼마나 오래 걸었는지, 또 정확히 어느 지점에서 출발했는지 모른다는 사실이다. 나는 심호흡을 한 번 한 뒤 손끝으로 유리를 더듬어나가기 시작한다. 대니얼과 마이클이 슬그머니 다가와 내 뒤에 선다.

마이클이 턱을 문질러대며 고개를 끄덕인다.

"가서 떠날 채비를 해야겠네."

그가 나를 위아래로 훑어본다.

"자네도 옷을 갈아입어야지. 곧 출발할 거야."

"난 생각 없네. 난 그냥… 아무래도 난…."

나는 기어 들어가는 목소리로 말한다.

젊은 남자가 난처해하는 반응을 보인다.

"이 친구야…."

대니얼이 내 어깨를 두드리며 그의 말을 끊는다.

"생각을 좀 해보게, 마이클. 이 친구가 무슨 일을 겪었는지 자네도 잘 알지 않나. 하마터면 숲속에서 죽을 뻔했는데 또 들어가고 싶겠나?"

그의 말투가 다시 부드러워진다.

"걱정 말게, 벨. 우리가 그 여자를 반드시 찾아낼 테니까. 그녀를 죽인 살인자도 마찬가지고. 우리가 다 알아서 할 테니 자네는 최대한 멀리 떨어져서 마음이나 추스르게나."

5

나는 납틀 창문 앞에 벨벳 커튼에 몸을 반쯤 감춘 채 서 있다. 마이클과 그의 일행이 진입로에 모여 있다. 두꺼운 외투를 걸친 그들의 손마다 산탄총을 한 자루씩 쥐고 있다. 낄낄대며 수다를 떠는 남자들의 입에서 입김이 연신 뿜어져 나온다. 다들 음울한 저택에서 벗어나 신명나는 살육의 현장에 뛰어들 생각에 한껏 부푼 모습이다.

대니얼의 말이 위로가 되긴 했지만 나를 사면해주지는 못한다. 나 역시 저들과 함께 숲으로 들어가 나 때문에 죽음을 맞은 여자의 시체를 찾아봐야 마땅하다. 하지만 나는 오히려 도망치려고만 하고 있다. 나를 두고 떠나는 사람들을 멀리서만 지켜봐야 하는 이 상황이 한없이 수치스럽다. 하지만 견뎌내야지 어쩌겠는가.

개들이 창문 앞을 지나쳐 간다. 의욕 넘치는 녀석들은 주인을 극성스럽게 재촉하는 중이다. 부산스러운 두 개 무리가 한데 뒤섞여 잔디밭을 가로지른다. 그들은 내가 대니얼에게 알려준 쪽으로 나아가고 있다. 그들 틈에서 내 친구의 모습은 보이지 않는다. 나중에 합류할 모양이다.

나는 그들이 나무 틈으로 완전히 사라질 때까지 기다렸다가 다시 벽에 붙은 지도 앞으로 돌아간다. 마구간은 저택에서 얼마 떨어져 있지 않다. 마구간지기가 내주는 마차를 타고 마을로 향할 생각이다. 그곳에서 기차를 타면 집으로 돌아갈 수 있다.

거실로 향하기 위해 돌아서자 문간을 막아선 크고 새까만 까마귀가 눈에 확 들어온다.

순간 가슴이 철렁 내려앉는다. 나는 황급히 탁자 쪽으로 달아난다. 가족사진과 자질구레한 장신구가 바닥에 우수수 떨어진다.

"겁먹지 마오."

형체가 서재로 반걸음 들어서며 말한다.

자세히 보니 새가 아니다. 중세의 흑사병 의사 옷차림을 한 남자다. 온몸을 덮은 깃털도 알고 보니 검은 외투다. 길쭉한 부리도 자기로 된 가면일 뿐이다. 가면의 맨들거리는 표면은 가까이에 켜진 램프 불빛을 받아 번뜩이고 있다. 오늘 밤에 열릴 가장무도회를 위한 의상인 모양이다. 한낮에 이런 섬뜩한 옷차림을 하고 다니는 이유는 알 수 없지만.

"깜짝 놀랐잖아요."

나는 가슴을 부여잡으며 말한다. 나도 모르게 어색한 웃음이 터져나온다. 그가 고개를 한쪽으로 삐딱하게 기울이고는 마치 유기동물 관찰하듯 나를 뚫어져라 응시한다.

"뭘 가져왔소?"

그가 묻는다.

"네?"

"정신이 들고 나서 가장 먼저 떠오른 단어가 뭐였소?"

"나를 압니까?"

나는 거실로 통하는 문을 흘끔 돌아보며 묻는다. 불행하게도 다른 손님은 보이지 않는다. 남자는 바로 이 순간을 노렸던 것이다. 깨달음이 찾아들자 등골이 또다시 오싹하다.

"물론 알지. 그 얘긴 나중에 하기로 하고, 자, 말해보오. 그 단어가 뭐였소?"

"그 가면부터 벗어요. 얼굴을 보고 얘기하자고요."

"지금 중요한 건 내 가면이 아니오, 벨 박사. 묻는 말에 대답이나 하오."

협박조는 아니지만 자기 가면 때문인지 우렁우렁거리는 나지막한 목소리는 짐승의 것처럼 섬뜩하게 와 닿는다.

"애나."

나는 덜덜 떨리는 허벅지를 두 손으로 꼭 붙들고 대답한다.

그가 한숨을 내쉰다.

"그거 참 안됐군."

"그녀가 누군지 알고 있나요?"

나는 기대에 찬 목소리로 묻는다.

"이 집의 누구도 그런 이름을 들어본 적이 없다더군요."

"당연히 들어본 적이 없겠지."

그가 장갑 낀 손을 살랑거리며 말한다. 그리고 외투 안에서 금으로 된 회중시계를 꺼내 시간을 확인한다.

"우리가 해야 할 일이 있소. 하지만 당신 상태를 보아하니 아무래도 당분간은 힘들 것 같소. 사정이 조금 나아지면 다시 얘기합시다. 그때까지 블랙히스 그리고 이곳 손님들에 대해 깊이 알아보시는 게 좋을 거요. 그럼 잘 지내시오, 박사. 조만간 풋맨(하인)이 당신을 찾아낼 것이오."

"풋맨?"

내 안 깊은 곳 어딘가에서 그 이름이 경종을 울린다.

"그가 애나를 죽인 범인인가요? 내 팔뚝에 상처를 낸 사람?"

"아닐 거요. 풋맨은 당신 팔뚝에 상처를 입힌 것에 만족하지 않을 테니까."

내 뒤에서 둔탁한 소리가 요란하게 들려온다. 나는 그쪽을 휙 돌아본다. 창문에 피가 조금 묻어 있다. 죽어가는 새 한 마리가 잡초와 시든 꽃 틈에서 필사적으로 푸드덕대고 있다. 유리가 있는지도 모르고 맹렬히 날아와 부딪힌 모양이다. 갑작스레 찾아든 연민에 나는 흠칫 놀란다. 나도 모르게 눈물을 글썽인다. 죽은 새를 묻어주기 위해 돌아서니 수수께끼 같은 남자는 이미 어딘가로 사라져버렸다.

나는 주먹 쥔 두 손을 내려다본다. 손톱이 손바닥에 깊숙이 박혔다.

"풋맨."

나는 웅얼거린다.

처음 듣는 이름이다. 하지만 어떤 이유에서인지 들을 때마다 마음이 산란해진다. 순간 이유 모를 공포가 엄습했다.

나는 겁에 질린 채 책상으로 다가간다. 책상에 놓인 종이 자르는 칼은 작지만 꽤 날카롭다. 칼끝으로 엄지손가락을 살짝 찔러본다. 그리고 배어 나온 피를 쪽쪽 빨며 칼을 주머니에 집어넣는다. 별것 아니지만 빈손으로 다니는 것보다는 훨씬 낫지 않겠는가.

자신감이 조금 생기자 나는 내 방으로 향한다. 손님이 모두 빠져나가 썰렁해진 블랙히스에 우울감이 감돈다. 화려하게 꾸민 현관 홀을 제외한 모든 곳에서 퀴퀴한 곰팡내가 풍긴다. 구석마다 쥐약이 수북이 쌓여 있고, 하녀의 짧은 팔이 닿지 않는 곳은 죄다 먼지로 덮여 있다. 양탄자는 올이 다 드러나 있고, 가구 표면은 긁힌 자국으로 뒤덮여 있으며, 진열장 안의 은그릇은 흉측하게 얼룩져 있다. 갑자기 투덜대던 손님들이 그립다. 그들은 암울한 정적에 파묻힌 이 집의 생명소나 다름없다. 블랙히스는 사람을 품고 있을 때만 진정으로 살아 있다. 그들 없는 저택은 그저 레킹 볼[1]의 처분을 기다리는 우울한 폐허에 불과할 뿐이다.

나는 침실에서 외투와 우산을 챙겨 밖으로 나온다. 땅에서는 굵은 빗줄기가 연신 튀어 오르고 있다. 젖은 공기에 썩은 낙엽 냄새가 진하게 풍긴다. 새가 정확히 어떤 창문에 부딪혀 죽었는지 알 길이 없다. 건물 가장자리를 따라 천천히 걸어나가다 보니 새의 시체가 눈에 들어온다. 나는 챙겨온 칼로 땅을 파헤쳐 대충 무덤을 만든다. 장갑은 금세 축축히 젖었다.

냉기에 몸을 떨며 어디로 가야 할지 고민에 빠진다. 잔디밭 너머로 자갈 깔린 길이 보인다. 마구간으로 통하는 길이다. 잔디밭을 가로질러 갈 수도 있지만 구두가 흠뻑 젖을 수도 있다는 생각에 좀 더 안전한 방법을 선택하기로 한다. 왼쪽으로 도로가 나타날 때까지 자갈 깔린 진입로를 따라 이동하는 것. 예상대로 진입로의 상태는 참담하다. 나무뿌리가 바위를 뒤집어놓았고, 손질되지 않은 가지는 음흉한 손가락처럼 축 늘여져 있다. 흑사병 의사처럼 차려입은 요상한 남자의 모습이 아직도 머릿속에 맴돈다. 불길한 기운이 엄습해오자 나는 칼을 꼭 쥔 채 천천히 걸음을 옮겨나간다. 발을 헛디뎠다가는 또 무엇이 숲속에서 튀어나와 내게 달

[1] 철거할 건물을 부수기 위해 크레인에 매달고 휘두르는 쇳덩이.

려들지 모른다. 그렇게 차려입고서 대체 무슨 게임을 하고 있는 걸까? 아무리 애를 써도 그의 경고는 쉽사리 떨쳐지지 않는다.

누군가가 애나를 살해했고, 내게 나침반을 쥐여주었다. 어젯밤 나를 공격한 인물이 오늘 아침 나를 살려주었다는 게 이해가 되지 않는다. 이제 나는 그 '풋맨'이라는 놈에 맞서 싸워야 한다. 이토록 많은 적을 두고 있었다니. 대체 내 정체는 무엇이란 말인가?

길 끝에는 빨간 벽돌로 지은 높은 아치형 구조물이 우뚝 서 있다. 그 중앙에는 박살 난 유리 시계가 붙어 있고, 그 너머로는 안뜰과 마구간 그리고 별채가 보인다. 구유는 귀리로 넘쳐났고, 초록색 캔버스 천으로 덮인 마차는 서로 다닥다닥 붙어 있다.

말이 보이지 않는다.

마구간은 텅 비어 있다.

"누구 있어요?"

나는 조심스레 불러본다. 내 목소리가 안뜰을 쩌렁쩌렁 울린다. 하지만 어디서도 응답이 없다.

작은 오두막의 굴뚝에서는 검은 연기가 뿜어져 나오고 있다. 다가가 보니 문은 열려 있다. 나는 다시 큰 소리로 부르며 안으로 들어선다. 이상한 일이다. 집에는 아무도 없다. 난로 안에서는 장작이 타고 있고, 테이블에는 포리지♣와 토스트가 놓여 있는데. 나는 빗물에 젖은 장갑을 벗어 난로 위 주전자 걸이에 걸쳐놓는다. 돌아갈 때 조금이나마 불쾌함이 덜하도록.

손끝으로 음식을 건드려본다. 아직 미지근하다. 조금 전까지 이곳에 사람이 있었다는 뜻이다. 가죽을 덧댄 작업대에는 안장 하

♣ 귀리에 우유나 물을 부어 걸쭉하게 죽처럼 끓인 음식.

나가 놓여 있다. 한창 수선 중인 모양이다. 이로써 누군가가 알 수 없는 이유로 황급히 뛰쳐나갔음이 확인된 셈이다. 실내 공기는 숯불에 텁텁해졌고, 광택제와 말총 냄새가 진동하지만 쉼터는 그럭저럭 아늑해 보인다. 비록 고립되어 있기는 하지만. 어젯밤 누가 나를 덮쳤는지 알아내기 전까지는 블랙히스의 모든 이를 조심히 대할 수밖에 없다. 마구간지기를 포함해서. 그를 홀로 대면하는 것은 어리석인 짓이다.

문 옆에는 근무 당번표가 붙어 있고 그 옆에는 끈에 묶인 연필이 늘어뜨려져 있다. 나는 마을까지 타고 갈 마차가 필요하다는 메시지를 남기기 위해 당번표를 벽에서 떼어낸다. 하지만 노트에는 이미 무언가가 적혀 있다.

블랙히스를 떠나선 안 돼요. 모두의 운명이 당신에게 걸려 있어요. 밤 10시 20분에 가족 묘지에서 만나요. 묘소로 오면 내가 모든 걸 설명해줄게요. 오 그리고 장갑 챙기는 거 잊지 말아요. 지금 타고 있잖아요.

사랑하는 애나가

순간 매캐한 연기가 콧속으로 스며든다. 나는 홱 돌아서서 불붙은 내 장갑을 확인한다. 황급히 그것을 땅에 던져놓고는 발로 밟아 불을 끈다. 눈은 휘둥그레졌고 가슴은 터질 듯이 쿵쾅거린다. 나는 어떻게 이런 속임수가 가능했는지 확인하기 위해 오두막 안을 샅샅이 뒤졌다.

이럴 게 아니라 오늘 밤 애나를 만나 직접 물어보면 되잖아.

"하지만 난 그녀가 죽는 걸 봤다고."

나는 텅 빈 방에 대고 으르렁거린다. 이내 어색함이 몰려든다.

뛰는 가슴을 애써 진정시키고 나서 쪽지의 내용을 다시 읽었다. 그녀의 말을 믿어야 할지 모르겠다. 만약 아직 살아 있다면 애나는 잔인한 사람이다. 내게 이런 게임을 걸어오다니. 아침에 내가 겪은 불운한 사고에 대해 전해 들은 누군가가 이 모든 걸 꾸몄는지도 모른다. 그게 아니라면 왜 하필 그런 음험한 시간에 그런 음험한 장소에서 보자고 하겠는가?

그 사람, 점쟁이인가?

"비가 오는 날이잖아. 내가 이곳에서 젖은 장갑을 말리게 될 거라는 건 누구라도 예측할 수 있었을 거야."

오두막은 공손하게 내 말에 귀를 기울인다. 하지만 내 귀에조차도 썩 그럴듯하게 들리지는 않는다. 메시지를 곧이곧대로 받아들여야 하는지 고민이다. 깨끗한 양심을 챙겨 이곳을 벗어날 수만 있다면 애나가 살아 있을 실낱같은 희망을 기꺼이 버릴 준비가 돼 있다. 내가 이토록 결함 많은 인간이었다니.

나는 비참한 기분에 휩싸인 채 불에 그슬린 장갑을 낀다. 아무래도 밖에 나가 걸으면서 머릿속을 정리해야 할 것 같다.

마구간으로 향하는 길에 잡초가 무성한 작은 방목장이 눈에 들어온다. 풀은 허리 높이까지 자라 있고, 울타리는 심하게 썩어 무너져 내린 상태다. 우산을 쓴 두 형체가 맞은편에 모습을 드러낸다. 서로 팔짱을 낀 그들은 잘 보이지도 않는 길을 따라 걸어오는 중이다. 그들이 나를 어떻게 찾아냈을까? 그들 중 하나가 한 손을 번쩍 들어 인사한다. 나도 그의 먼 친척이나 되는 것처럼 같은 동작으로 화답한다. 두 사람은 이내 나무 틈으로 사라져버린다.

결심을 굳힌 나는 천천히 손을 내린다.

죽은 여자가 산 사람을 어쩌겠어? 나는 생각한다. 그러니 마음 놓고 블랙히스를 떠나도 돼. 비겁하지만 그래도 솔직하잖아.

하지만 정말로 애나가 살아 있다면?

오늘 아침, 그녀는 나 때문에 목숨을 잃었다. 그리고 그 후로 내 머릿속은 온통 그 생각뿐이었다. 두 번째 기회가 주어졌는데 모른 척 등을 돌릴 수는 없다. 그녀는 위험에 처했고, 나는 그녀를 도울 수 있다. 이번에는 기필코 구해내야만 한다. 만약 그게 내가 블랙히스에 남을 충분한 이유가 되지 못한다면 나는 이토록 지키고 싶어 하는 목숨을 누릴 자격이 없다. 어떤 어려움이 있어도 나는 기필코 오늘 밤 10시 20분에 묘지로 갈 것이다.

6

"누군가가 나를 죽이려 해."

소리 내어 말로 하니 어색하게 들린다. 마치 큰 소리로 운명을 불러들이는 기분이다. 하지만 오늘 저녁까지 목숨을 부지하려면 두려운 마음부터 떨쳐내야 한다. 더 이상 침실에 틀어박혀 겁을 내고만 있을 수는 없다. 그것도 찾아야 할 답이 산더미처럼 쌓여 있을 때.

나는 위협이 도사리고 있을지 모르는 숲을 유심히 살피며 집으로 돌아간다. 머릿속에서는 오늘 아침에 벌어진 일들이 반복해서 재생되고 있다. 팔뚝에 난 상처, 흑사병 의사 차림의 남자, 풋맨과 신비에 싸인 애나라는 여자. 애나는 아직 살아 있고, 나를 위해 수수께끼 같은 메시지까지 남겨놓았다.

숲에서 어떻게 살아 나올 수 있었을까?

그녀는 오늘 아침 일찍, 자신이 습격을 당하기 전에 문제의 메시지를 적어놓았을 것이다. 하지만 그녀는 내가 오두막에 들어와 난롯불에 장갑을 말리게 될 거라는 걸 어떻게 알았을까? 내 계획을 누구에게도 들려준 적이 없었는데. 내 혼잣말을 들었을까? 그녀가 어딘가에서 나를 지켜봐왔을까?

나는 고개를 저으며 계속 걸음을 옮겨나간다.

처음부터 너무 멀리 보려 하지 마. 지금은 뒤를 돌아볼 때라고.
마이클은 어젯밤 우리가 저녁을 먹고 있을 때 하녀가 다가와 내게
쪽지를 전달했다고 했다. 그리고 오늘 아침까지 나는 실종 상태였
다고 했다.

바로 이 모든 것의 시발점이었다.

내게 쪽지를 전달한 하녀부터 찾아봐야겠어.

블랙히스의 현관으로 들어서자 거실 쪽에서 여자들의 목소리
가 유혹하듯 들려온다. 커다란 쟁반을 하나씩 든 젊은 하녀 두 명
이 점심 쓰레기를 치우고 있다. 나란히 서서 움직이는 그들은 고
개를 푹 숙인 채 소곤대는 중이다. 내가 문간에 서 있다는 사실을
모르는 듯하다.

"헨리에타가 그러는데 그녀가 돌아버린 것 같대."

하얀 모자 밑으로 갈색 곱슬머리가 삐져나온 여자가 말한다.

"레이디 헬레나를 헐뜯는 건 옳지 않아, 베스. 우리에게 늘 잘해
주셨잖아. 횡포를 부리신 적도 없고. 안 그래?"

옆의 여자가 나무란다.

무수한 소문으로 무장한 베스는 잠시 고민에 빠진 듯하다.

"헨리에타가 그랬어. 그녀가 미쳐 날뛰었다고 말이야. 피터 경
에게 버럭 고함도 쳤고. 블랙히스로 돌아온 후로 그렇게 변한 것
같아. 토머스 도련님이 그렇게 되고 나서 말이야. 하긴, 누구라도
그런 상황에선 제정신이 아니겠지."

"헨리에타는 입이 너무 가벼워서 탈이야. 나라면 그냥 한 귀로
흘려버리겠어. 예전부터 가끔 다툼이 있었잖아. 안 그래? 심각한

문제였다면 레이디 헬레나가 드러지 부인을 찾으셨겠지. 늘 그러시듯이."

"드러지 부인이 그녀를 못 찾고 있으니까 문제지."

베스가 의기양양하게 받아친다.

"오전 내내 코빼기도 보이지 않았대. 하지만⋯."

내가 불쑥 들어서자 그녀의 말이 뚝 멎는다. 깜짝 놀란 하녀들이 무릎을 살짝 구부리며 어색하게 인사한다. 서로 팔다리가 뒤엉키자 두 여자가 얼굴을 붉힌다. 나는 손을 살랑이며 어젯밤 저녁 시중을 든 하인들이 누구였는지 묻는다. 그들은 멍한 얼굴로 잘 모르겠다고 웅얼거린다. 그냥 돌아서려는데 베스가 집 뒤편 일광욕실에서 손님을 접대 중인 에블린 하드캐슬이라면 그 답을 알고 있을 거라고 귀띔해준다.

나는 하녀를 따라 옆문으로 들어간다. 오늘 아침, 대니얼이 나를 데려갔던 서재가 나타난다. 마이클이 나를 기다리고 있었던 방. 서재 너머에는 도서관이 있다. 우리는 그곳을 신속히 가로질러 연결되는 복도로 빠져나온다. 복도는 어둠에 묻혀 있다. 작은 전화용 탁자 아래서 검은 고양이가 불쑥 튀어나온다. 녀석의 꼬리가 나무 바닥을 청소하듯 훑는다. 고양이는 복도를 따라 사뿐사뿐 걸어가다가 맨 끝의 살짝 열린 문틈으로 사라져버린다. 방에서는 따스한 주황색 불빛이 은은히 새어 나오고 있다. 음악이 흐르는 가운데 누군가가 대화를 나누고 있다.

"미스 에블린은 저 안에 계십니다."

하녀의 탐탁잖은 목소리가 문제의 방과 에블린 하드캐슬에 대한 그녀의 입장을 대변하는 듯하다.

나는 그냥 무시하고 문을 활짝 열어젖힌다. 방 안에 갇혀 있던 후끈한 열기가 일제히 뿜어져 나와 내 얼굴에 뿌려진다. 습한 실내가 향수 냄새로 진동한다. 거슬리는 음악 소리는 방 안을 쩌렁쩌렁 울려댄다. 커다란 납틀 창문 밖으로는 집 뒤편 정원이 내다보인다. 둥근 지붕 너머로 회색 구름이 차곡차곡 쌓여가는 중이다. 벽난로 앞에는 일반 의자와 등받이가 젖혀지는 긴 의자가 줄지어 놓여 있다. 젊은 여자들은 시든 난초처럼 의자에 축 늘어져 있다. 담배를 피우는 이들도 있고, 술을 홀짝이는 이들도 보인다. 방 안은 한껏 들뜬 분위기 대신 불안감으로 가득 찼다. 생기가 느껴지는 것이라고는 반대편 벽에 걸린 유화뿐이다. 그 앞에는 새까만 눈을 가진 나이 든 여자가 도도한 모습으로 앉아 불쾌한 기분을 노골적으로 드러내고 있다.

"제 할머님이세요. 헤더 하드캐슬."

내 뒤에서 여자 목소리가 들린다.

"만족스러운 그림은 아니에요. 뭐 할머님이 특별히 잘생기셨던 것도 아니지만."

나는 목소리가 들려온 쪽을 돌아본다. 따분한 표정의 얼굴들이 나를 응시하고 있다. 순간 내 얼굴이 화끈 달아오른다. 몇몇이 내 이름을 소곤대자 여자들이 성난 벌떼처럼 웅성거린다.

체스 테이블 양옆에는 에블린 하드캐슬로 보이는 여자와 몸에 꽉 끼는 정장 차림의 뚱뚱한 노인이 각각 앉아 있다. 어울리지 않는 커플이다. 이십 대 후반의 에블린은 유리 조각을 연상시키는 앙상하고 각진 체구에 광대뼈가 도드라진다. 금발 머리를 단정하게 묶었고 세련된 초록색 드레스 차림에 허리에는 벨트를 둘렀다. 드레스의 깊은 주름이 그녀의 굳은 표정과 완벽하게 매치된다.

뚱뚱한 남자는 최소한 예순다섯 살은 된 듯하다. 육중한 몸으로 작은 테이블에 앉은 모습이 안쓰러워 보이기까지 한다. 한없이 작고 딱딱한 의자에 갇힌 그는 언뜻 봐도 괴로워하고 있다. 이마에는 땀방울이 맺혀 있고 손에는 땀에 젖은 손수건이 꼭 쥐어져 있다. 그런 자세로 꽤 오래 앉아 있었던 모양이다. 그가 나를 괴상하게 바라본다. 그의 얼굴에 호기심과 안도의 표정이 교차한다.

"실례합니다. 저는….."

나는 말한다.

에블린은 체스판에서 눈을 떼지 않은 채 폰[1]을 앞으로 밀어낸다. 뚱뚱한 남자도 다시 게임으로 시선을 되돌린다. 그의 살집 있는 손가락이 나이트[2]를 삼켜버린다.

그의 실수에 나도 모르게 끙 앓는 소리를 토하고 만다.

"체스 둘 줄 알아요?"

에블린이 여전히 체스판에 시선을 고정한 채 내게 묻는다.

"그런 것 같습니다."

"레이븐코트 경과의 게임이 끝나면 나랑 한 판 둘래요?"

내 경고를 무시한 레이븐코트의 나이트가 에블린이 쳐둔 덫으로 빠져들어간다. 잠복해 있던 그녀의 룩[3]이 기다렸다는 듯 나이트를 쳐내버린다. 에블린의 체스 말들이 대담한 공격을 이어나가자 노인이 허둥대기 시작한다. 게임은 네 번의 공방 만에 싱겁게 끝나고 만다.

"막판에 집중력이 흐트러지셨어요, 레이븐코트 경."

[1] paun, 체스에 사용되는 말 중 하나. 장기의 졸에 해당하며, 가장 약한 말이다.
[2] knight, 체스 말의 하나. 장기의 마와 동일하며, 기병을 나타내 말의 머리 형태를 하고 있다.
[3] rook, 체스 말의 하나. 나이트보다 가치 있으며, 이동 방법은 장기의 차와 같다.

그가 킹♟을 쓰러뜨리자 에블린이 말한다.

"자, 이제 가보셔야죠."

여자의 퉁명스러운 태도에 레이븐코트가 어색하게 눈인사를 건네며 힘겹게 의자에서 일어난다. 그는 다리를 절며 다가와 내게 목례를 한 뒤 방을 나가버린다.

그가 사라지자 에블린의 표정이 밝아진다. 하지만 그녀는 이내 미소를 지우고서는 공석이 된 의자를 가리키며 앉을 것을 권한다.

"자, 이리로 와요."

"괜찮아요. 어젯밤 저녁 식사 때 내게 메시지를 전달했던 하녀를 찾고 있습니다. 당신의 도움이 필요해요. 그녀에 대해 아는 게 없어서 말이죠."

"집사는 알고 있을 텐데요."

그녀가 체스 말을 차례로 세워놓으며 말한다. 각 말은 정사각형 칸 정중앙에 반듯하게 놓인다. 말의 얼굴은 모두 적진을 향하고 있다. 겁쟁이가 무모하게 뛰어들 전쟁은 아닌 듯하다.

"콜린스 씨는 이 집 하인들을 속속들이 알아요. 적어도 그들은 그렇게 믿는 듯하더군요. 불행하게도 그는 오늘 아침 폭행을 당했어요. 디키 박사가 그를 정문 관리실로 데려갔죠. 당분간 조용한 곳에서 안정을 취해야 한다면서 말이에요. 그렇지 않아도 그의 상태를 살피러 가볼까 하던 참이었어요. 나랑 같이 갈래요?"

나는 잠시 머뭇거린다. 왠지 위험한 초대 같다. 하지만 에블린 하드캐슬이 음흉한 계략을 품고 있다면 목격자가 득실대는 이곳에서 함께 자리를 뜨자고 큰 소리로 제안했을 리 없다.

♟ king, 체스 말의 하나로 킹이 잡히기 직전의 상황이 되면 게임이 끝난다.

"안내해주겠다면 나야 고맙죠."

그녀의 얼굴에 희미한 미소가 비친다.

손님들의 호기심에 찬 시선을 아는지 모르는지 자리에서 벌떡 일어난다. 한쪽에는 정원으로 통하는 유리문이 나 있다. 하지만 우리는 방을 나와 현관 홀 쪽으로 향한다. 그리고 각자의 방에서 외투를 챙겨 나온다. 블랙히스를 나서자 거센 바람이 부는 싸늘한 오후가 우리를 맞는다.

"콜린스 씨에게 무슨 일이 있었나요?"

나는 묻는다. 어쩌면 그 사건과 어젯밤 내가 겪은 일 사이에 무언가 연결고리가 있는지도 모른다.

"손님으로 온 그레고리 골드라는 화가에게 습격당했다더군요."

그녀가 두꺼운 스카프를 매듭지어 묶으며 말한다.

"사람들 얘길 들어보니 특별한 이유가 없는 폭행이었다네요. 누군가가 달려와 뜯어말릴 때까지 골드가 아주 피곤죽으로 만들어놓았대요. 미리 경고해둘게요. 콜린스 씨는 진정제를 잔뜩 먹고 쉬는 중이에요. 가봐도 별 도움은 되지 않을 거예요."

우리는 자갈 깔린 진입로를 따라 걸음을 옮긴다. 계속 가면 마을에 닿을 수 있을 것이다. 내 기이한 상태가 자꾸 마음에 걸린다. 나는 며칠 전 한껏 부푼 가슴을 안고서 바로 이 길을 따라 저택으로 향했을 것이다. 어쩌면 멀고 외진 이곳까지 굳이 걸음 해야 하는 상황을 못마땅해했는지도 모른다. 그때 이미 내가 위험에 처해 있다는 걸 알고 있었을까? 아니면 이곳에 도착한 뒤에 뒤늦게 알았을까? 모든 기억이 바람에 휩쓸려 간 낙엽처럼 깨끗이 사라져버렸다. 그럼에도 나는 새로 태어나 여기 이렇게 서 있다. 서배스천 벨이 지금의 나를 본다면 어떻게 생각할까? 과연 우리는 한마음 한뜻이 될 수 있을까?

에블린이 말없이 내 팔짱을 끼고 그가 얼굴에 온화한 미소를 머금는다. 마치 속에 불이 지펴진 듯한 기분이다. 그녀의 눈은 생기로 번뜩인다. 더 이상 베일에 싸인 여자의 모습이 아니다.

"집을 벗어나니 살 것 같아요."

그녀가 고개를 들어 빗방울이 떨어지는 하늘을 올려다본다.

"당신이 완벽한 타이밍에 나타나줘서 얼마나 기뻤는지 몰라요. 하마터면 난로에 머리를 처박고 죽을 뻔했어요."

"다행이네요."

갑자기 달라진 그녀의 태도에 당혹스럽다. 얼떨떨해하는 내 반응을 확인한 에블린이 피식 웃는다.

"오, 그냥 그러려니 해요. 난 사람들과 엮이는 걸 별로 좋아하지 않아요. 하지만 정말로 마음에 드는 사람을 만나면 이것저것 잴 것 없이 적극적으로 들이댄답니다. 시간도 아낄 수 있고, 장기적으로 보면 좋지 않겠어요?"

"이해합니다. 그런데 어쩌다 내게 호감을 느끼게 된 거죠?"

"솔직하게 대답해도 되나요?"

"지금까진 솔직한 게 아니었고요?"

"지금까진 예의를 차린 거였고요. 하지만 다 부질없는 짓이에요. 그런다고 득 될 것도 없는데."

그녀가 장난스레 유감스러운 표정을 지어 보인다.

"솔직히 말하면, 난 당신의 수심 어린 모습이 좋아요. 이곳을 벗어나고 싶어 안달하는 모습. 그 심정, 누구보다 내가 잘 알거든요."

"집에 돌아오니 좋지 않나요?"

"워낙 오랫동안 떠나 있었더니 집처럼 느껴지지 않네요."

그녀가 커다란 웅덩이를 가볍게 뛰어넘으며 말한다.

"지난 십구 년간 파리에 살았거든요. 동생이 죽은 후로 지금껏 줄곧."

"일광욕실에서 당신과 함께 있었던 여자들은요? 당신 친구들인 줄 알았는데."

"오늘 아침에 도착한 사람들이에요. 솔직히 말하면, 전부 모르는 사람이에요. 어릴 적 알고 지냈던 아이들은 어느새 죄다 허물을 벗고 어른 흉내를 내고 있더라고요. 난 여기서 당신만큼이나 이방인인 셈이에요."

"적어도 당신은 자신이 누군지 알고 있지 않습니까, 미스 하드캐슬. 그것만으로도 위안이 되지 않나요?"

"전혀요."

그녀가 나를 빤히 쳐다보며 말한다.

"난 오히려 나 자신으로부터 당분간 벗어나고 싶어요. 당신이 부러워 죽겠다고요."

"내가 부러워요?"

"네."

그녀가 얼굴에서 빗물을 훔쳐내며 말한다.

"당신의 영혼은 다시 순수해졌어요. 후회도 상처도 없잖아요. 우린 매일 아침 거울을 들여다보며 속이 뻔히 들여다보이는 거짓말을 늘어놓기 바쁜데. 적어도⋯."

그녀가 아랫입술을 살짝 깨물고 적절한 표현을 찾아 머리를 굴린다.

"당신은 솔직하잖아요."

"솔직한 게 아니라 적나라하게 노출돼버린 것이죠."

"당신의 '귀향'도 썩 즐겁지만은 않은 모양이네요."

그녀가 얼굴에 야릇한 미소를 머금는다. 나를 비판하듯 씰룩이는 그녀의 입술은 왠지 무언가를 공모하는 듯해 보인다.

"내가 이런 사람일 줄 몰랐어요."

나는 나지막이 말한다. 예고 없이 튀어나온 뜻밖의 고백에 스스로 흠칫 놀란다. 이 여자와 함께 있으니 긴장이 눈 녹듯 풀려버렸다. 대체 내가 왜 이러는 걸까?

"그게 무슨 말이죠?"

"난 겁쟁이예요, 미스 하드캐슬."

나는 한숨을 내쉰다.

"지난 사십 년의 기억이 사라져버린 자리에 그 사실만 덩그러니 남아 있더군요. 내가 비겁자라는 사실."

"오, 그냥 에비라고 불러요. 그래야 나도 당신을 서배스천이라고 부를 수 있으니까요. 그래야 부담 없이 위로도 할 수 있고요. 인간이라면 누구나 결함을 갖고 있어요. 만약 내가 이 세상에 새로 태어났다면 나 역시도 당신처럼 모든 걸 경계했을 거예요."

그녀가 내 팔뚝을 꼭 잡아 쥐며 말한다.

"고마워요. 하지만 이건 그보다 좀 더 깊고, 더 본능적인 문제예요."

"겁쟁이면 좀 어때요? 그보다 나쁜 사람이 얼마나 많은데. 적어도 당신은 비열하고 잔인하진 않잖아요. 이제 당신에겐 선택의 기회가 주어졌어요. 우리처럼 어둠 속에서 자기 스스로를 조립하려 하지 말아요. 나중에 또다시 정신이 들면 그때도 지금처럼 어리둥절해질 테니까요. 그러지 말고 세상을 제대로 봐요. 주변 사람을 유심히 지켜보면서 마음에 드는 부분을 잘 추려내 자기 것으로 만들어보는 거예요. 이렇게 말이죠. '저 남자의 정직함과 저 여자의 낙관주의를 배워야겠어.' 마치 새빌 로[1]에서 정장 쇼핑을 하듯이."

"당신 덕분에 내 이런 상태가 축복으로 여겨지네요."

나는 한결 가벼워진 마음으로 말한다.

"두 번째 기회가 다 그런 거죠 뭐. 과거의 자신이 마음에 들지 않으면 바꾸면 되는 거예요. 누구도 당신의 의지를 막지 못해요. 더 이상은. 아까 얘기했듯이 난 당신이 부러워요. 우린 꼼짝없이 운명의 굴레에 갇혀 살아야 하는데."

뭐라 할 말이 없다. 굳이 대꾸할 상황이 아니기는 하지만. 저만치 앞으로 두 개의 커다란 울타리 기둥이 나타난다. 기둥 위에서 금이 간 천사상들이 나팔을 소리 없이 불고 있다. 정문 관리실은 왼편 나무 틈에 파묻혀 있다. 우거진 가지 틈으로 빨간 타일 지붕이 살짝 들여다보인다. 좁은 길이 우리를 페인트가 벗겨진 초록색 문 앞으로 이끈다. 곳곳이 깨지고 갈라진 문에는 세월의 흔적이 뚜렷이 남아 있다. 에블린이 내 손을 잡아끌며 집 뒤편으로 돌아간다. 제멋대로 자란 풀이 붕괴 직전의 외벽에 닿아 있다.

뒷문은 단순해 보이는 걸쇠로 단단히 잠겨 있다. 그녀는 거침없이 문을 열고 눅눅한 주방으로 들어선다. 조리대 표면에는 먼지가 수북이 쌓여 있고, 구리 냄비들은 요리판 위를 뒹굴고 있다. 그녀가 잠시 멈춰 서서 귀를 쫑긋 세운다.

"에블린?"

그녀는 입을 열지 말라는 제스처를 해 보인 뒤 복도 쪽으로 소

[1] Savile Row, 런던의 고급 양복점들이 있는 거리.

리 없이 이동한다. 확 달라진 그녀의 태도에 나는 바짝 긴장한다. 하지만 그녀가 이내 웃음을 터뜨린다.

"미안해요, 서배스천. 아버지가 와 계신지 확인 좀 하려고요."

"아버지?"

나는 어리둥절해하며 묻는다.

"여기서 지내시거든요. 당연히 사냥을 나가셨겠지만 혹시 모르니까요. 여기서 마주치고 싶지 않거든요. 아버지와는 사이가 썩 좋지 않아요."

그녀는 내게 대꾸할 틈도 주지 않고 나를 타일 깔린 복도로 이끈다. 우리는 좁은 계단을 오르기 시작한다. 발을 디딜 때마다 나무 계단이 요란하게 삐걱댄다. 나는 부지런히 그녀를 뒤따르며 간간이 뒤를 살펴본다. 관리실은 폭이 좁고 뒤틀린 공간이다. 벽마다 묘한 각도로 문이 나 있다. 꼭 흉측하게 돌출된 덧니를 보는 듯하다. 창문을 두드리는 거센 바람에서 비 냄새가 물씬 풍긴다. 토대가 들썩이는지 집 전체가 진동하는 것 같다. 이 집의 모든 것이 발을 들이는 이의 신경을 자극하도록 디자인된 듯하다.

"집사를 왜 굳이 이곳에 옮겨놨죠?"

나는 에블린에게 묻는다. 그녀는 우리 양옆으로 난 문 중 어느 것을 고를지 고민에 빠져 있다.

"더 편안한 장소가 있었을 텐데."

"집엔 빈방이 없어요. 그리고 디키 박사가 최대한 조용하고 따뜻한 곳으로 데려가야 한다고 해서요. 생각해보니 여기 만한 데가 없더라고요. 자, 이쪽으로 들어가보죠."

그녀가 왼쪽 문에 가볍게 노크한다. 응답이 없자 문을 조심스레 연다.

숯 얼룩이 묻은 셔츠 차림의 키 큰 남자가 손목이 묶인 채 천장 고리에 매달려 있다. 의식을 잃은 그의 발은 바닥에 살짝 닿아 있고, 곱슬거리는 검은 머리는 가슴 위로 축 늘어져 있다. 그의 얼굴은 피로 범벅이 된 상태다.

"여기가 아니네요. 우리가 문을 잘못 골랐나 봐요."

에블린이 무뚝뚝한 목소리로 말한다.

"맙소사."

나는 흠칫 놀라며 뒤로 물러난다.

"이 친구, 뭡니까, 에블린?"

"그레고리 골드예요. 우리 집 집사를 그 지경으로 만들어놓은 범인."

에블린이 코르크판에 핀으로 고정한 나비를 감상하듯 피투성이가 된 남자를 올려다본다.

"집사는 전쟁 때 아버지의 당번병[1]이었어요. 그래서인지 이번 일을 특히 더 괘씸하게 여기시더라고요."

"아무리 그래도 그렇지. 에비, 어떻게 사람을 돼지처럼 매달아놓을 수 있죠?"

"아버지는 영민함과는 거리가 멀어요."

그녀가 어깨를 으쓱인다.

"오히려 천박하시죠."

의식을 되찾은 후 처음으로 피가 끓어오른다. 사람을 밧줄로 묶어 밀실에 매달아두는 건 옳지 않다. 이 남자가 무슨 짓을 저질렀든지 간에.

---

[1] 장교의 공적인 직무 수행을 돕고 비서 역할을 하는 병사.

"이 사람을 내려줘야 해요. 이건 비인간적이라고요."

"그가 한 짓부터가 비인간적인 일이었는걸요."

그녀의 냉담함에 나는 할 말을 잃고 만다.

"어머니는 가족 초상화 손질을 위해 골드를 고용하셨어요. 그는 집사가 누군지도 몰랐어요. 하지만 무슨 일인지 오늘 아침, 그를 뒤쫓아 가 부지깽이로 흠씬 두들겨 팼더라고요. 그냥 저렇게 매달아둔 것만으로도 감지덕지라고요."

"저 친구를 어쩔 셈이죠?"

"마을에서 순경이 오기로 했어요."

에블린이 나를 이끌고 작은 방을 나서며 말한다. 문이 닫히자 그녀의 표정이 한결 밝아진다.

"아버지는 체포되는 순간까지 골드를 최대한 불편하게 하고 싶어 하세요. 복잡하게 생각할 문제가 아니라니까요. 아, 이쪽 문인가 보네요."

그녀가 반대편 문을 열고 작은 방으로 들어간다. 회반죽이 발린 벽에는 창문이 하나 나 있다. 먼지가 수북이 쌓여 유리창을 내다볼 수 없을 정도다. 외풍은 느껴지지 않는다. 난로 안에서는 불꽃이 맹렬히 튀고 있고, 그 옆에는 장작이 높이 쌓여 있다. 한쪽 구석에 놓인 철제 침대에는 집사가 회색 담요를 덮고 누워 있다. 본 적이 있는 얼굴이다. 오늘 아침 내게 문을 열어주었던, 얼굴이 화상으로 덮인 남자.

에블린의 말대로 그의 몰골은 말이 아니다. 그의 얼굴은 크고 작은 상처와 멍자국으로 뒤덮여 있다. 베갯잇에는 그가 쏟은 피가 말라붙어 있다. 끙끙대는 신음이 아니었으면 시체라고 오해할 뻔했다.

침대 옆 나무 의자에는 하녀가 커다란 책을 펼쳐든 채 앉아 있다. 스물세 살쯤 돼 보이는 여자는 주머니에 쏙 들어갈 만큼 자그마하다. 모자 밑으로는 금발 머리 몇 가닥이 삐져나와 있다. 우리가 들어서자 여자가 고개를 들고 돌아본다. 그녀는 황급히 책을 덮고 자리에서 벌떡 일어나 하얀 앞치마의 주름을 문질러 편다.

"미스 에블린. 아가씨가 오시는 줄 몰랐어요."

그녀가 고개를 떨군 채 더듬거리며 말한다.

"친구에게 콜린스 씨를 보여주려고 왔어."

하녀의 갈색 눈이 나를 살짝 훑다가 이내 바닥으로 돌아간다.

"오전 내내 같은 상태예요. 의사 선생님이 잠드는 데 도움이 될 거라면서 약을 주고 가셨어요."

"그런데 깨질 않는다고?"

"깨워보질 않아서 모르겠어요. 하지만 방금 요란하게 들어오셨을 때도 꿈쩍없었거든요. 당분간은 힘들지 않을까 싶네요. 세상 모르고 곯아떨어졌으니."

하녀가 나를 흘끔 돌아본다. 내가 눈에 익은 모양이다. 그녀는 또다시 바닥으로 시선을 돌려버린다.

"저기, 날 알아요?"

"아뇨. 그게 아니라… 어젯밤 저녁 식사 때 제가 챙겨드렸잖아요."

"내게 쪽지를 가져온 게 당신이었어요?"

나는 기대에 찬 목소리로 묻는다.

"그건 제가 아니라 마들렌이었어요."

"마들렌?"

"내 시녀예요."

에블린이 불쑥 끼어든다.

"일손이 부족하다고 해서 시녀를 주방으로 보냈어요."

그녀가 손목시계를 들여다본다.

"사냥 나간 사람들에게 다과를 가져갔을 거예요. 오후 세 시쯤이면 돌아올 테니 그때 불러서 물어보기로 하죠."

나는 다시 하녀를 돌아본다.

"그 쪽지에 대해 뭐 아는 거 있어요? 거기 적힌 내용이랄지."

하녀는 두 손을 연신 꼼지락거리며 고개를 젓는다. 곤혹스러워하는 모습을 보니 더 몰아붙일 수가 없다. 나는 고맙다는 말을 짧게 던지고 방을 나온다.

7

우리는 마을로 통하는 길을 따라 걸어가고 있다. 발을 내디딜 때
마다 양옆으로 늘어선 나무가 점점 가까워져온다. 내가 예상했던
풍경과는 큰 차이가 있다. 서재의 지도는 이 길을 숲을 옆에 낀 장
려한 대로로 묘사해놓았었다. 하지만 실제로 보니 돌개구멍과 부
러진 나뭇가지로 뒤덮인 넓은 흙길에 불과할 뿐이다. 하드캐슬 사
람들은 숲의 관리에는 조금의 관심도 없는 듯하다. 과연 이웃의
입장은 어떨지 궁금하다.

우리는 정처 없이 쏘다니는 중이다. 에블린은 직접 마들렌을 찾
아봐야겠다며 기어이 나를 끌고 나왔다. 그녀는 집에 빨리 돌아갈
마음이 없는 듯하다. 물론 내게는 잘된 일이다. 에블린과 함께 한
뒤로 나는 과거 속 나의 잔류물에서 하나의 완전한 인간으로 거듭
났다. 친구와 나란히 걸으며 바람과 비를 맞는 이 순간이 너무나
행복하다.

"마들렌이 당신에게 뭘 들려줄 수 있을 것 같아요?"

에블린이 길에 떨어진 나뭇가지를 집어 숲으로 던지며 묻는다.

"난 어젯밤 그녀가 전달한 쪽지를 보고 나가 숲속으로 들어갔

어요. 그리고 그곳에서 습격을 당했죠."

"습격!"

에블린이 화들짝 놀라며 말한다.

"숲에서요? 왜죠?"

"나도 몰라요. 하지만 마들렌을 만나보면 그 의문이 풀릴 것 같아요. 누구의 지시였는지, 쪽지에 적힌 내용이 무엇이었는지."

"분명 답이 나올 거예요. 마들렌은 나랑 같이 파리에서 지냈어요. 충성스럽고 사람을 웃기는 재주도 있죠. 하지만 하녀로서는 형편없어요. 남의 편지를 몰래 읽는 게 하녀의 특전이라고 생각할걸요."

"이제 보니 아주 관대한 주인이군요."

"그럴 수밖에 없어요. 보수를 두둑이 챙겨주질 못하니까요. 마들렌이 쪽지 내용을 알려주면요? 그다음엔 뭘 어쩔 거죠?"

"경찰에 알려야죠. 부디 그걸로 이 사건이 말끔하게 해결됐으면 좋겠어요."

삐뚜름하게 서 있는 이정표에 다다른 우리는 왼쪽으로 방향을 튼다. 그리고 작은 오솔길을 따라 숲으로 들어간다. 흙길이 비비 꼬이는 통에 왔던 길을 되돌아 나갈 수 있을지 걱정된다.

"우리 지금 어디로 가는 거죠?"

초조해진 나는 얼굴 높이로 늘어진 나뭇가지를 걷어내며 묻는다. 마지막으로 이곳을 찾았을 때 내게 무슨 일이 벌어졌는지 상기하면서.

"저걸 보고 따라가는 거예요."

그녀가 나무에 못으로 박은 노란 표식을 살짝 잡아당기며 말한다. 오늘 아침 나를 블랙히스로 이끌었던 빨간 표식과 비슷해 보인다. 당시 상황을 떠올리니 또다시 불안감이 찾아든다.

"표식이에요. 관리인이 숲속에서 길을 잃고 헤매지 않도록 걸어놓은 것이죠. 걱정 말아요. 너무 깊이는 들어가지 않을 테니까."

그녀의 말이 끝나기가 무섭게 우리는 작은 빈터에 도착했다. 한복판에 우물이 있다. 나무로 지은 쉼터는 무너져 내렸고 양동이를 끌어올리는 심하게 녹슨 철제 바퀴는 낙엽 속에 처박혀 있다. 에블린이 환히 웃으며 손뼉을 친다. 그리고 애정 어린 손길로 이끼 덮인 돌을 어루만지기 시작한다. 그녀가 손가락으로 돌 밑에 깔린 쪽지를 잽싸게 감춰보지만 나는 이미 보고 말았다. 예의상 못 본 척하는 게 맞는 것 같아 그녀가 쳐다보기 전에 허둥대며 시선을 멀리 돌린다. 손님 중에 구혼자가 있나 보군. 부끄러운 얘기지만 비밀리에 주고받는 그들의 서신에 질투가 난다. 특히 쪽지를 남겨 놓고 간 그 남자에게.

"여기예요."

그녀가 한쪽 팔을 과장되게 흔들며 말한다.

"마들렌은 이곳을 지나 집으로 돌아갈 거예요. 곧 나타날 테니 기다려보죠. 세 시에 무도회장 세팅이 시작되거든요."

"우리가 어디쯤 와 있죠?"

나는 주위를 둘러보며 묻는다.

"이건 동전을 던지며 소원을 비는 우물이에요."

그녀가 몸을 기울이고 시커먼 우물 안을 들여다본다.

"어릴 적 마이클과 함께 여기 나와 놀곤 했어요. 우린 동전 대신 조약돌을 던져 넣고 소원을 빌었죠."

"어린 에블린 하드캐슬은 그때 어떤 소원을 빌었죠?"

갑작스러운 질문에 당황했는지 그녀가 미간을 찌푸린다.

"기억나지 않아요. 모든 걸 다 가진 아이에게 또 무슨 소원이 있겠어요?"

더 갖게 해달라는 소원.

"나라면 기억이 난다 해도 비밀로 간직했을 것 같아요."

나는 미소를 흘리며 말한다.

에블린이 손에 묻은 흙을 털어내고 의아한 듯 쳐다본다. 그녀 마음속 깊은 곳에서는 분명 불타는 호기심이 꿈틀대고 있을 것이다. 모든 것이 친숙한 곳에서 예기치 못한 미지의 무언가와 맞닥뜨렸으니 그럴 만도 하다. 내가 지금 이곳에 나와 있는 이유는 그녀에게 흠뻑 매료되었기 때문이다. 나도 이런 내가 실망스럽다.

"기억을 되찾으면 어쩔 거예요?"

그녀가 한층 부드러워진 목소리로 묻는다.

이번에는 내가 당황할 차례다.

혼란이 걷힌 후 나는 더 이상 내 상태에 집착하지 않기로 했었다. 기억 상실은 내게 비극이 아닌, 좌절이었다. 무엇보다도 애나를 기억하지 못하는 현실이 한없이 못마땅했다. 서배스천 벨이라는 이름, 두 명의 친구 그리고 주석판 성경과 자물쇠로 잠긴 트렁크. 내가 지금까지 밝혀낸 것들이다. 이 땅에 태어나 사십 년을 살아온 흔적치고는 초라하기가 그지없다. 내게는 잃어버린 시간을 아쉬워하며 함께 울어줄 아내도, 아무리 기다려도 돌아오지 않는 아버지를 걱정하는 아이도 없다. 서배스천 벨은 졸지에 그런 사람이 돼버렸다. 별로 그립지도, 그다지 아쉽지도 않은 사람.

숲속 어딘가에서 나뭇가지가 부러진다.

"풋맨."

에블린이 말한다. 순간 등골이 오싹해진다. 흑사병 의사의 경고가 떠올랐기 때문이다.

"방금 뭐라고 했죠?"

나는 휘둥그런 눈으로 사방을 살피며 묻는다.

"저 소리, 풋맨이에요. 그들이 장작으로 쓸 나무를 모으는 중이에요. 참으로 딱하죠? 손님들이 데려온 종들이거든요. 집에 하인이 부족하다 보니 저들까지 나서서 장작을 모으는 거예요."

"그들? 풋맨이 몇 명이나 되죠?"

"가족당 한 명씩이에요. 아직 도착하지 않은 가족도 있고요. 현재 일고여덟 가족 정도 와 있어요."

"여덟?"

나는 목멘 소리로 말한다.

"서배스천, 갑자기 왜 그래요?"

내 반응을 확인한 에블린이 말한다.

다른 때 같았으면 그녀의 우려와 애정을 반겼겠지만 지금은 그녀의 호기심이 당혹스럽기만 하다. 흑사병 의사 차림의 기묘한 남자가 풋맨을 조심하라고 경고한 일을 그녀에게 어떻게 설명할 수 있을까? "풋맨"이라는 이름은 내게 아무런 의미도 없다. 그럼에도 불구하고 그 이름이 불릴 때마다 가슴이 철렁 내려앉는 이유는 무엇일까?

"미안해요, 에비."

나는 유감스러운 표정을 지으며 고개를 젓는다.

"당신에게 들려줄 얘기가 있어요. 하지만 지금 이곳에선 곤란해요."

미심쩍어하는 그녀의 눈빛이 너무나 부담스럽다. 나는 고개를 돌리고 빈터를 둘러본다. 세 개의 오솔길이 이곳에 모였다가 숲속으로 뿔뿔이 흩어졌다. 그중 하나는 물가로 통하는 곧은 길이다.

"저쪽으로 가면⋯."

"호수."

에블린이 내 어깨 너머를 바라보며 말한다.

"동생이 찰리 카버에게 살해된 곳이죠."

잠시 무거운 침묵이 찾아든다.

"미안해요, 에비."

괜한 말을 꺼낸 것 같아 마음이 무겁다.

"무심하다 할지 모르지만 워낙 오래전에 벌어진 일이라서 말이죠. 아직도 실감이 나지 않아요. 토머스의 얼굴조차 기억나지 않는 걸요."

"마이클도 같은 얘길 했어요."

"놀랄 일은 아니죠. 걘 나보다 다섯 살이나 어렸거든요."

그녀는 두 손으로 자신의 어깨를 감싼다.

"그날 아침엔 내가 토머스를 봐주기로 했었어요. 하지만 그날 따라 말이 너무 타고 싶더라고요. 토머스는 계속 성가시게 굴었고요. 그래서 동생들을 모아놓고 보물찾기를 하자고 꼬드겼어요. 내가 이기적으로 굴지만 않았어도 토머스는 혼자 물가로 가지 않았을 거예요. 카버 그 놈에게 죽임을 당하는 일도 없었을 거고요. 그 생각만 하면 괴로워 미칠 것 같았어요. 그 어린 나이에⋯ 한동안 먹지도 못하고 잠도 이룰 수 없었죠. 분노와 죄책감에 휩싸여 하루하루를 보내야 했어요. 나를 위로하려는 사람에겐 괜히 못되게 굴었고요."

"어떤 계기로 마음을 바꾸게 된 거죠?"

"마이클."

그녀가 아쉬워하는 미소를 지어 보인다.

"난 걔한테 특히 모질게 굴었어요. 진저리가 날 정도로 말이죠. 하지만 마이클은 모진 학대를 참아내며 끝까지 내 곁을 지켜줬어요. 내가 비탄에 빠진 걸 알고 날 위로하려 무던히 애를 썼죠. 어려서 아무것도 모를 거라고 생각했는데. 아무튼 마이클 덕분에 마음을 조금이나마 다잡을 수 있었어요."

"그래서 파리로 떠났던 건가요? 과거에 발목 잡혀 있고 싶지 않아서?"

"그건 내 결정이 아니었어요. 그 일이 벌어지고 몇 달 지나서 부모님이 등 떠밀다시피 날 보내신 거였죠."

그녀가 아랫입술을 살짝 깨물며 말한다.

"끝내 날 용서하지 못하셨거든요. 여기 계속 남았으면 내가 나를 용서하지 못했을 거고요. 부모님은 나름 배려 차원에서 나를 귀양 보내셨던 거예요. 적어도 난 그렇게 믿어요."

"그런데 결국 이렇게 돌아오게 됐군요."

"선택의 여지가 없었으니까요."

그녀가 씁쓸하게 말한다. 나무 틈으로 서늘한 바람이 스며들자 그녀가 스카프 자락을 여민다.

"부모님이 돌아오라고 하셨어요. 말을 듣지 않으면 나중에 단 한 푼도 상속받지 못할 거라면서 말이죠. 그래도 말을 듣지 않았더니 마이클의 이름도 유언장에서 빼버리겠다고 협박하셨어요. 어쩔 수 없이 따를 수밖에 없었죠."

"이해가 안 되는군요. 그토록 가혹했던 분들이 이젠 당신을 위해 파티를 열어주시다니."

"파티? 오, 맙소사. 정말 여기서 무슨 일이 벌어지고 있는지 모르는 거예요?"

그녀가 고개를 저으며 말한다.

"솔직히 아직 잘…."

"내일은 내 동생의 열아홉 번째 기일이에요, 서배스천. 어떤 이유에서인지 부모님은 블랙히스 대문을 다시 여는 것으로 그날을 기념하기로 하셨어요. 동생이 살해된 날 이곳에 왔던 손님도 고스란히 다시 부르셨고요."

그녀의 목소리에 분노가 묻어난다. 그녀가 고개를 돌리고 반짝이는 파란 눈으로 호수 쪽을 바라본다.

"부모님은 추도식을 파티로 위장하셨어요. 거기에 나를 주빈으로 내세우셨고요. 뭔가 무시무시한 걸 준비하신 게 분명해요. 이건 기념 행사가 아니에요. 부모님이 내게 내리는 벌이라고요. 잘 차려입은 손님 쉰 명이 모든 걸 지켜보게 될 거고요."

"부모님이 정말 그렇게 악독한 분들인가요?"

충격이다. 오늘 아침, 새 한 마리가 날아와 유리창에 부딪쳐 죽었을 때와 같은 기분을 느낀다. 이토록 부당하고 잔인한 삶이라니. 마음 한 켠이 아리다.

"오늘 아침에 어머니가 메시지를 전해오셨어요. 호수에서 만나자는 내용이었죠. 하지만 어머니는 끝내 나타나지 않으셨어요. 애초에 나올 마음이 없으셨던 거예요. 그냥 날 거기 세워놓고 싶으셨겠죠. 거기서 무슨 일이 있었는지 상기시키려고요. 이 정도면 충분한 답변이 됐나요?"

"에블린… 난… 무슨 말을 해야 할지 모르겠어요."

"무슨 할 말이 있겠어요, 서배스천? 부富는 원래 영혼에 유독한 거예요. 우리 부모님은 아주 오랫동안 부유하게 살아오셨고요.

파티에 참석할 손님들도 마찬가지고요. 그들의 태도는 가면에 불과해요. 그걸 명심하면 별일 없을 거예요."

그녀가 씁쓸한 미소를 지어 보이며 내 손을 잡는다. 그녀의 손가락은 차갑고, 눈빛은 따뜻하다. 덧없는 용기. 꼭 교수대로 향하는 사형수를 보는 듯하다.

"오, 너무 신경 쓰지 말아요. 난 정말 아무렇지도 않아요. 그러니까 당신도 내 문제로 심란해하지 않았으면 좋겠어요. 원한다면 우물에 동전을 던져 넣고 나를 위해 소원을 빌어봐요. 물론 그보다 더 중요한 일이 있다면 이해할게요."

그녀가 주머니에서 작은 동전 한 닢을 꺼낸다.

"자."

그녀가 동전을 내게 건네며 말한다.

"우리가 던져 넣은 조약돌은 별 효과가 없었어요."

멀리 날아간 동전은 돌에 한 번 맞고 튀었다가 이내 물속으로 사라져버린다. 나는 에블린의 조언을 무시하고 그녀의 구제를 위해 소원을 빈다. 그녀가 부모의 책략에서 벗어나 자유롭고 행복하게 살 수 있게 해달라고. 나는 아이처럼 눈을 감는다. 다시 눈을 떴을 때는 자연의 질서가 바로잡혀 있기를 바라면서. 나의 갈망이 그 불가능한 일을 가능케 하기를.

"당신은 많이 변했어요."

에블린이 중얼거린다. 그녀의 얼굴에 심상치 않은 표정이 떠오른다. 자신이 방금 무슨 말을 내뱉었는지 뒤늦게 알아차린 모양이다.

"예전부터 날 알고 있었어요?"

나는 깜짝 놀라며 묻는다. 에블린과 내가 한때 알고 지냈다고?

미처 떠올려보지 못했던 가능성이다.

"내가 괜한 말을 했군요."

그녀가 내게서 떨어지며 말한다.

"에비, 우린 지난 한 시간을 함께해왔어요. 당신은 이제 내 가장 친한 친구가 된 거라고요. 제발, 솔직하게 말해줘요. 도대체 내 정체가 뭐죠?"

그녀의 눈이 잠시 내 얼굴을 훑는다.

"그건 나한테 물으면 안 돼요. 우린 이틀 전에 만났어요. 그냥 살짝 스치고 지나갔었죠. 당신에 대해 내가 아는 내용은 죄다 험담과 소문일 뿐이에요."

"기억이 완전히 지워졌어요. 소문이라도 상관없으니 뭐든 들려줘요."

그녀가 입을 꼭 다물고 어색한 동작으로 소매를 잡아 내린다. 그녀에게 삽이 있었다면 땅굴을 파 달아나버렸을 것이다. 대체 무슨 얘기를 들었기에 저토록 주저하는 걸까? 나는 벌써부터 덜컥 겁이 난다. 그렇다고 언제까지나 진실을 피해 다닐 수는 없는 일이다.

"부탁이에요."

나는 애원한다.

"아까 당신이 그랬죠? 이제는 내가 직접 운명을 결정할 수 있게 됐다고. 하지만 그러려면 내가 누구였는지부터 알아야 하지 않겠어요?"

그녀의 고집이 흔들리기 시작한다. 그녀가 고개를 들고 나를 쳐다본다.

"정말로 알고 싶어요? 진실을 알면 상처받을 텐데도요?"

"괜찮아요. 그렇게 해서라도 내가 잃은 걸 되찾을 수만 있다면."

"당신 과거는 차라리 잊는 게 나을지도 몰라요."

그녀가 한숨을 내쉬며 두 손으로 내 손을 꼭 잡아 준다.

"당신은 마약 딜러였어요, 서배스천. 놀고먹는 게 지겨운 부자에게 오락거리를 제공하는 일을 했다더군요. 할리가街의 병원도 꽤 잘 됐다고 들었어요."

"내가…."

"마약 딜러."

그녀가 다시 말한다.

"아편팅크♪가 한창 유행이라면서요? 아마 당신의 트렁크에는 모두가 탐내는 특별한 무언가가 보관돼 있을 거예요."

순간 몸에서 진이 쫙 빠졌다. 과거에 이토록 상처받게 될 거라고는 상상조차 하지 못했다. 추악한 진실이 내 가슴에 커다란 구멍을 뚫어놓았다. 나의 결함은 실로 엄청났지만 의사라는 깨알만 한 자부심은 끝까지 지켜야만 했다. 의사라는 직함에 담긴 고결함과 명예는. 하지만 서배스천 벨은 양심의 조언을 무시한 채 자신의 지위를 이기적으로 이용하고 말았다.

에블린이 경고한 대로 진실은 내게 상처만을 안겨주었다. 칠흑같은 어둠 속에서 간신히 쉼터를 찾아냈나 싶었는데.

"하지만 너무 상심 말아요."

에블린이 고개를 살짝 기울이고 멀리 돌아간 내 눈을 쳐다본다.

"내게는 당신이 혐오스러운 괴물로 전혀 느껴지지 않으니까."

♪ 아편으로 만든 약물.

"그래서 내가 이 집에 온 거였나요?"

나는 나지막이 묻는다.

"손님에게 마약을 팔기 위해서?"

그녀가 동정 어린 미소를 지어 보인다.

"아마도요."

마치 온몸이 마비된 듯하다. 이제야 이해가 되는 것 같다. 오늘 아침, 내가 침실로 안내받는 동안 왜 모두가 야릇한 눈빛으로 나를 쳐다보았는지. 왜들 그리 수군대며 법석을 떨었는지. 그때는 손님들이 내 안위를 걱정해주는 것이라 생각했었다. 언제쯤 내 트렁크가 다시 열릴지 궁금해하는 것일 뿐이었는데.

바보가 된 기분이다.

"난 이만…."

나는 말을 제대로 맺지도 않고 허둥대며 돌아선다. 그리고 빠른 걸음으로 숲을 나온다. 길을 따라 내달리다시피 하는 나를 에블린이 힘겹게 뒤따른다. 그녀는 마들렌부터 만나봐야 하지 않느냐며 다시 돌아갈 것을 제안하지만 불같은 증오로 똘똘 뭉친 나는 멈추지 않는다. 과거의 내 결함은 그러려니 할 수 있다. 그 정도 과오는 얼마든지 극복할 수 있다. 하지만 배신감은 영영 떨쳐낼 수 없을 것 같다. 나를 인간쓰레기로 만들어놓고는 자기만 살겠다고 무책임하게 달아나버리다니.

블랙히스의 현관문은 활짝 열려 있다. 나는 계단을 빠르게 올라 내 방으로 향한다. 내게서는 아직도 축축한 흙냄새가 진동한다. 트렁크 앞에 우뚝 서서 가쁜 숨을 몰아쉰다. 이것 때문에 어젯밤 내가 숲속으로 들어갔던 것일까? 이것 때문에 내가 거기서 피를 흘린 건가? 다 부숴버리겠어. 과거의 나와 관련된 모든 걸 다 박살 내버리겠어.

자물쇠를 부수는 데 쓸 묵직한 물체를 찾아 방 안을 샅샅이 뒤지고 있을 때 에블린이 들어온다. 내가 무엇을 하려는지 직감한 그녀가 복도로 사라졌다가 이내 로마 황제의 흉상을 들고 돌아온다.

"역시 당신밖에 없어요."

나는 그것을 받아들고 자물쇠를 내리찍는다.

오늘 아침, 벽장에서 트렁크를 꺼내왔을 때 그 엄청난 무게에 흠칫 놀랐었다. 하지만 이상하게도 지금은 흉상으로 내리찍을 때마다 저만큼씩 뒤로 밀려난다. 눈치 빠른 에블린이 트렁크를 깔고 앉는다. 세 번째 시도 만에 자물쇠가 박살 났다.

나는 흉상을 침대에 던져놓고 묵직한 뚜껑을 들춰본다.

트렁크 안은 텅 비어 있다.

아니, 거의 빈 것이나 다름없다.

어두운 한구석에는 애나의 이름을 밑바닥에 새긴 체스 말 하나가 덩그러니 놓여 있다.

"내게 감추는 게 있다면 지금 다 털어놔봐요."

에블린이 말한다.

8

내 침실 창문 밖으로 어둠이 내려앉는다. 차가운 바깥 공기에 유리는 성에로 뒤덮여간다. 난로 속 불꽃만이 유일한 조명이다. 닫힌 문밖에서 복도를 지나는 발소리가 들려온다. 누군가가 재잘대며 무도회장으로 향하고 있다. 아득한 어딘가에서는 바이올린을 연주하고 있다.

나는 난로 앞으로 다리를 쭉 뻗고 앉아 정적이 되돌아오기를 기다린다. 에블린은 함께 저녁을 먹고 파티장에 가자고 했지만 나는 정중히 거절했다. 내 정체를 아는 다른 손님과 엮이고 싶지 않다. 그들이 내게서 무엇을 원하는지 잘 알기에. 벌써 이 집과 이곳 사람들의 음흉한 게임에 진절머리가 난다. 나는 밤 10시 20분에 맞춰 애나를 만나러 묘지로 나갈 생각이다. 그리고 나서는 마구간지기를 찾아가 마차를 내어달라고 할 것이다. 그리고 이 광기 어린 곳을 서둘러 탈출할 것이다.

내 시선이 다시 트렁크에서 나온 체스 말로 돌아간다. 나는 그것을 불빛에 대고 유심히 살펴본다. 아무리 애를 써도 기억은 되살아나지 않는다. 체스 말이 그토록 찾아 헤맨 열쇠가 돼주기를 간절히 바랐건만. 손으로 공들여 깎아 만든 비숍[1]에는 하얀 페인트가 주근깨처럼 뿌려져 있다. 아까 본 고가의 상아 세트에서 나온 것은 분명 아니다. 대체… 이건 무슨 의미일까? 기억은 없지만 왠지 묘한 끌림이 있다. 마음이 편안해지는 것 같기도 하고. 신기하게도 전에 없던 용기가 솟구치는 기분이다.

그때 노크 소리가 들려온다. 나는 체스 말을 손에 꼭 쥔 채 의자에서 벌떡 일어난다. 묘지로 나갈 시간이 다가오니 점점 더 초조해진다. 난로에서 불꽃이 튈 때마다 창밖으로 뛰어내릴 것처럼 몸이 들썩인다.

"벨리, 안에 있나?"

마이클 하드캐슬이 말한다.

그가 다시 노크한다. 끈질기다. 정중한 파성퇴[2].

나는 체스 말을 벽난로 위 선반에 조심스레 놓아두고 문을 연다. 복도는 온갖 것으로 분장한 손님으로 북적거린다. 밝은 주황색 정장을 걸친 마이클은 커다란 태양 가면의 끈을 만지작거리고 있다.

"여기 있었군."

그가 미간을 찌푸리며 말한다.

"의상을 왜 아직 안 걸쳤지?"

"난 가지 않을 거야. 오늘은 너무…."

나는 머리 앞으로 올린 손을 살랑거린다. 하지만 마이클은 내 모호한 몸짓언어의 의미를 헤아리지 못하는 듯하다.

---

[1] bishop, 체스 말 중 하나.
[2] 과거 성문이나 성벽을 두들겨 부수는 데 쓰던 나무 기둥같이 생긴 무기.

"현기증이 나? 가서 디키를 불러올까? 방금 그를⋯."

나는 마이클이 의사를 찾으러 돌아서기 전에 그의 팔뚝을 움켜잡는다.

"그냥 좀 쉬고 싶어서 말이야."

"그래? 불꽃놀이도 안 볼 거야? 부모님이 이런저런 깜짝 이벤트를 많이 준비하신 모양이던데. 그걸 다 못 보면 나중에 후회하게⋯."

"정말 괜찮아."

"뭐 자네가 그렇다면야 어쩔 수 없지."

의기소침한 표정만큼이나 풀 죽은 목소리로 그가 마지못해 말한다.

"악몽 같은 하루를 보냈으니 그럴 만도 해, 벨리. 내일이면 한결 나아질 걸세. 오해도 많이 풀릴 거고."

"오해?"

"살해됐다는 그 여자 있지?"

그가 당황해하며 말한다.

"대니얼이 그러는데 자네가 오해를 한 것 같다더군. 그래서 수색을 중단했네. 피해 본 사람은 없었으니까 염려 말게나."

대니얼? 애나가 아직 살아 있다는 걸 그 친구가 어떻게 알았을까?

"자네가 오해한 거 맞지? 안 그런가?"

당혹스러워하는 내 반응을 확인한 그가 묻는다.

"그래. 맞아⋯. 내가 오해를 한 거야. 미안하게 됐네. 괜히 나 때문에 자네가 고생했어."

나는 환히 웃으며 말한다.

"걱정 말게. 이제 다 잊고 훌훌 털어버리게나."

그가 의혹의 눈으로 나를 쳐다보며 말한다.

하지만 그의 목소리는 여전히 의심을 잔뜩 머금고 있다. 애나에 대한 황당한 이야기는 물론 나라는 인간에 대한 의혹을 아직도 떨쳐내지 못한 모양이다. 하긴, 그럴 수밖에. 나는 더 이상 그가 알던 친구가 아니니까. 어쩌면 그는 내가 과거의 나로 돌아가고 싶지 않다는 걸 깨달았는지도 모른다. 오늘 아침, 나는 우리 사이에 생긴 균열을 봉합하기 위해 무던히 애를 썼었다. 하지만 서배스천 벨은 마약 밀매인에 비겁자이기까지 했다. 독사 같은 인간. 마이클은 바로 그런 인간의 친구였다. 그런 그가 어떻게 내 친구가 될 수 있을까?

"난 이만 가보겠네."

그가 헛기침을 한 번 하고는 말한다.

"푹 쉬게나."

그는 주먹으로 문틀을 톡톡 두드리고 나서 돌아선다. 그리고 북적대는 손님들을 따라 무도회장으로 향한다.

나는 그의 뒷모습을 지켜보며 산란한 정신을 가다듬는다. 오늘 아침 숲에서 본 애나의 모습 그리고 임박한 묘지에서의 미팅. 첫 기억의 공포는 어느새 많이 사그라진 상태다. 하지만 무언가 엄청난 사건이 발생한 게 분명하다. 대니얼은 사람들에게 그렇지 않다고 떠벌리고 다녔지만. 나는 내가 목격한 것을 의심하지 않는다. 발사된 총과 공포. 애나는 분명 검은 형체에 쫓기던 중이었다. 그 추격자는 보나 마나 풋맨이었을 것이고. 아무튼 그녀는 용케 살아남았고, 어젯밤 습격당한 나 역시 마찬가지였다. 만나서 그것을 의논하자는 건가? 우리의 공동의 적에 대해서? 그가 우리를 죽이려는 이유에 대해서? 어쩌면 그는 마약을 노리는지도 모른다. 살인까지 불사할 가치가 분명 있으니. 어쩌면 애나는 내 파트너인지도 모른다. 그녀가 트렁크에서 약을 빼갔을까? 그의 차지가 되지 않도록 숨겨놓으려고? 적어도 체스 말은 그렇게 설명이 된다. 체스 말은 소통을 위한 암호일 수도 있다.

옷장에서 외투를 꺼내 걸친 뒤 긴 목도리와 두꺼운 장갑으로 무장한다. 종이 자르는 칼과 체스 말을 주머니에 챙겨 넣고는 저택을 나선다. 차지만 상쾌한 밤공기가 나를 맞아준다. 눈이 어둠에 적응될 때까지 기다렸다가 신선한 공기를 깊이 들이마신다. 폭풍은 물러갔지만 공기는 여전히 축축하다. 나는 자갈 깔린 길을 따라 묘지 쪽으로 향한다.

어깨가 바짝 경직되고, 속이 거북하다.

나는 이 숲이 무섭다. 하지만 그보다 더 무서운 건 애나와의 만남이다.

처음 깨어났을 때는 나 자신을 재발견하는 데만 혈안이 됐었다. 하지만 이제는 어젯밤의 불운이 오히려 축복으로 여겨진다. 기억을 잃은 덕분에 내게는 새 출발의 기회가 주어졌다. 그런데 애나를 만나서 사라진 옛 기억이 전부 되살아나기라도 한다면? 하루 종일 대충 꿰맞춘 뒤죽박죽 인격은 오늘 밤을 버텨낼 수 있을까? 혹시 오늘 이후로 그 모든 게 다 유실되어버리지는 않을까?

만약 나마저 그 속에 휩쓸리게 된다면?

그런 우려가 내 발길을 돌리려 한다. 하지만 이렇게 도망치면 내 발목을 잡는 과거의 나에게 맞설 수 없다. 진심으로 새 출발을 원한다면 절대 물러나서는 안 된다.

나는 이를 갈며 좁은 길을 따라 나무 틈으로 들어선다. 정원사의 작은 오두막이 나타난다. 창문 안으로는 불빛이 보이지 않는다. 에블린이 외벽에 몸을 기댄 채 서서 담배를 피우고 있다. 옆에는 랜턴이 놓여 있다. 그녀는 긴 베이지색 외투 차림에 웰링턴 장화를 신었다. 어울리지 않게도 외투 안에 파란색 야회복을 걸쳤고, 머리에는 작은 다이아몬드 왕관을 얹었다. 부자연스러운 옷차림에도 숨이 멎을 듯 아름답다.

그녀가 내 반응을 유심히 살핀다.

"저녁 먹고 나서 옷 갈아입을 시간이 없었어요."

그녀가 담배를 떨어뜨리며 방어적으로 말한다.

"여기서 뭐 하는 거예요, 에비? 왜 무도회에 가지 않았죠?"

"슬쩍 빠져나왔어요. 당신과 함께 가는 게 훨씬 재밌을 것 같아서요."

그녀가 구두 굽으로 담배꽁초를 짓이겼다.

"위험할지도 몰라요."

"그래서 당신 혼자 가도록 내버려둘 수 없는 거예요. 자, 봐요. 이걸 챙겨왔어요."

그녀가 핸드백에서 검은 권총을 꺼낸다.

"그건 어디서 났어요?"

나는 화들짝 놀라며 묻는다. 순간 죄책감이 찾아든다. 나 때문에 애꿎은 여자가 무기를 손에 쥐게 된 것이다. 마치 에블린을 배신한 기분이다. 그녀가 있어야 할 곳은 따뜻하고 안전한 블랙히스지 위험천만한 숲이 아니다.

"어머니 총이에요. 그런데 어머니는 대체 이걸 어디서 찾으셨을까요?"

"에비, 이럴 게 아니라⋯."

"서배스천, 당신은 이 끔찍한 곳에서 내 친구가 돼준 유일한 사람이에요. 당신 혼자 묘지로 향하도록 내버려둘 수 없다고요. 거기서 누가 기다리는지도 모르는데. 누군가가 이미 당신을 죽이려고 했잖아요. 이것도 놈들이 파놓은 함정일 수 있다고요."

그녀의 말에 나는 울컥한다.

"고마워요."

"고맙긴요. 저 안에 갇혀 따가운 눈총을 받으며 밤을 보내는 것보다 이게 훨씬 나은걸요."

그녀가 랜턴을 번쩍 들어 보이며 말한다.

"오히려 내가 고맙죠. 자, 이제 가볼까요? 연설이 시작되기 전까지는 돌아와야 하거든요."

묘지는 칠흑 같은 어둠에 파묻혔다. 철제 울타리는 한쪽으로 기울어졌고 주변 나무는 묘비 위로 축 늘어져 있다. 땅에는 썩어가는 낙엽이 수북이 쌓여 있고, 묘비들은 곳곳이 깨져나가 이름조차 확인하기가 쉽지 않았다.

"마들렌에게 어젯밤 당신이 전해 받은 쪽지에 대해 물어봤어요."

에블린이 삐걱대는 문을 밀고 들어가며 말한다.

"내가 괜한 짓 한 거 아니죠?"

"물론이죠."

나는 초조하게 주위를 살피며 말한다.

"솔직히 말하면, 너무 정신이 없어서 그 문제는 까맣게 잊고 있었어요. 그녀가 뭐라던가요?"

"요리사인 드러지 부인의 심부름이었다더군요. 그녀도 따로 만나봤어요. 누군가가 주방에 쪽지를 놓고 갔다네요. 사람들이 쉴 새 없이 들락이는 곳이라 누가 놓고 갔는지는 모르겠다고 했어요."

"마들렌이 쪽지를 읽어봤다던가요?"

"당연하죠."

에블린이 씁쓸해하는 표정으로 대답한다.

"꽤 당당히 그 사실을 털어놓던데요. 쪽지 내용은 의외로 간단했어요. 당장 바로 이곳으로 나오라는 것."

"그게 다였어요? 서명도 없었고요?"

"네. 미안해요, 서배스천. 결정적인 단서를 기대했을 텐데."

우리는 묘지 끝에 자리한 장대한 무덤으로 다가간다. 깨진 천사상 두 개가 대리석으로 덮은 묘를 양옆에서 지키고 있다. 그중 하나의 손에는 희미하게 깜빡이는 랜턴이 걸려 있다. 딱히 비출 것도 없는 텅 빈 묘지에 왜 이걸 걸어두었을까?

"우리가 애나보다 먼저 도착한 모양이네요."

에블린이 말한다.

"그럼 이 랜턴은 누가 걸어놓은 거죠?"

나는 묻는다.

가슴이 쿵쾅대기 시작한다. 발목을 덮은 낙엽 무더기가 바지를 축축이 적셔놓았다. 에블린의 시계가 약속 시각이 지났음을 알려준다. 하지만 애나는 나타나지 않고 있다. 빌어먹을 랜턴만이 바람에 흔들리며 끽끽대고 있을 뿐이다. 우리는 십오 분 가까이 그 아래 서서 기다린다. 불빛이 우리 어깨를 데워주는 동안 우리의 눈은 애나를 찾아 분주히 움직인다. 춤추는 그림자, 요동치는 나뭇잎, 미풍에 흔들리는 나뭇가지. 어딘가에서 수상한 소리가 들려오거나 깜짝 놀란 짐승이 덤불을 헤집고 나타날 때마다 우리는 서로의 어깨를 툭 치며 가슴을 쓸어내린다.

기다림이 이어지는 동안 불길한 생각이 속속 뇌리를 스친다. 디키 박사는 내 팔뚝의 상처를 보고 맹렬히 휘두르는 칼날을 막으려는 과정에서 생긴 것 같다고 했었다. 만약 애나가 내 편이 아니라 내 적이라면? 그래서 내 머릿속에 그녀의 이름이 각인된 것이라면? 어쩌면 저녁 식사 자리에서 내게 전달된 쪽지도 그녀가 보낸 것인지도 모른다. 나를 이곳으로 유인하기 위해서. 어젯밤 시작한 일을 오늘 마무리 짓기 위해서.

굳건했던 용기에 균열이 생기면서 공포가 스며든다. 에블린이 곁에서 용기를 나눠주지 않았다면 나는 버티지 못했을 것이다.

"안 올 것 같네요."

에블린이 말한다.

"나도 같은 생각이에요."

나는 안도감을 감추려 나지막이 말한다.

"이만 돌아가는 게 좋을 것 같아요."

"그러는 게 낫겠죠? 아쉽게 됐네요."

나는 떨리는 손으로 천사의 손에 걸린 랜턴을 챙겨 에블린을 뒤따라간다. 몇 걸음도 채 옮기지 못했을 때 에블린이 갑자기 내 팔뚝을 움켜잡는다. 그녀가 랜턴을 밑으로 내리자 땅에 뿌려진 핏자국이 눈에 들어온다. 나는 무릎을 꿇고 앉아 엄지와 검지로 끈적거리는 물질을 만져보았다.

"여기 좀 봐요."

에블린이 나지막이 말했다.

그녀는 어느새 핏자국을 따라 근처 묘비 쪽으로 이동했다. 낙엽 더미 밑에서 무언가가 반짝거리고 있다. 오늘 아침 나를 저택으로 안내했던 나침반. 유리가 깨진 나침반은 피로 얼룩져 있고, 헌신적인 바늘은 여전히 북쪽을 가리켰다.

"살인자가 당신에게 준 그 나침반 아닌가요?"

에블린이 속삭인다.

"맞아요."

나는 손으로 나침반의 무게를 느껴보며 말한다.

"아침에 대니얼 콜리지가 가져간 거예요."

"누군가가 그에게서 빼앗아온 모양이네요."

애나가 내게 경고하려 했던 위험. 그것이 그녀를 먼저 덮친 모양이다. 대니얼 콜리지도 어떻게든 연루된 것 같고.

에블린이 내 어깨에 살며시 손을 얹는다. 가늘게 뜬 그녀의 눈은 랜턴 불빛이 닿지 않는 어둠 속을 빤히 쳐다보고 있다.

"당신을 빨리 블랙히스에서 탈출시켜야겠어요. 방에서 짐을 챙겨 나와요. 내가 마차를 보낼 테니까."

"대니얼부터 찾아봐야죠. 애나는 또 어쩌고요?"

"뭔가 끔찍한 일이 벌어지고 있어요."

그녀가 속삭인다.

"당신 팔뚝에 난 상처, 마약, 애나 그리고 이 나침반. 이 모든 건 우리가 모르는 게임의 조각들이에요. 당신은 서둘러 여길 떠나야 해요, 서배스천. 나를 위해서. 이곳 일은 경찰에게 맡기자고요."

나는 고개를 끄덕인다. 더 이상 저항할 기운이 남지 않았다. 내가 이곳에 남기로 한 것은 순전히 애나 때문이었다. 그녀의 은밀한 요청에 용기 있게 응하는 것이 명예로운 일이라 믿었다. 그 의무만 아니었다면 나는 진작 제 발로 이곳을 떠났을 것이다.

우리는 말없이 블랙히스로 돌아간다. 앞장선 에블린은 챙겨 온 권총으로 어둠을 푹푹 찔러댄다. 나는 발소리를 죽인 채 순종적인 개처럼 그녀를 졸졸 따라 나간다. 그녀와 헤어지고 나서 침실로 달려 올라가 문을 연다.

자리를 비운 동안 누군가가 들어왔던 모양이다.

침대에는 상자가 덩그러니 놓여 있다. 빨간 리본을 살짝 당겨 풀고 뚜껑을 열었다. 순간 가슴이 철렁 내려앉았다. 담즙이 목구멍을 타고 솟구쳐 오른다. 상자에는 죽은 토끼가 담겨 있다. 토끼의 몸에는 커다란 부엌칼이 깊숙이 박혀 있다. 상자 바닥에는 피가 말라붙어 있고 토끼의 귀에는 피로 얼룩진 쪽지가 붙어 있다.

당신의 친구로부터

풋맨

순간 눈앞이 깜깜해진다.

그리고 나는 이내 실신해버렸다.

9

둘째 날

귀청이 터질 듯한 소리에 놀라 눈을 떴다. 내 두 손은 반사적으로 튀어 올라 귀를 막아 쥔다. 나는 몸을 움츠린 채 소음의 근원지를 찾아 두리번거린다. 놀랍게도 나는 통풍이 잘 되고 욕조와 따뜻한 난로가 갖춰진 내 침실이 아닌, 희게 칠해진 좁은 방에 갇혀 있다. 1인용 철제 침대에 누운 채로. 먼지 덮인 작은 창문으로는 은은한 빛이 스며든다. 반대편 벽에는 서랍장이 놓여 있고, 문에는 지저분한 갈색 실내복 가운이 걸려 있다.

나는 몸을 틀고 두 다리를 침대 밑으로 늘어뜨린다. 발이 차가운 돌바닥에 닿는 순간 등골이 오싹해진다. 풋맨은 내게 무슨 짓을 해놓은 걸까? 죽은 토끼로 내 혼을 쏙 빼놓은 후에? 쉴 새 없이 터져나오는 소음에 정신을 가다듬을 수가 없다.

나는 가운부터 걸친다. 싸구려 향수 냄새에 숨이 턱 막힌다. 문틈으로 고개를 내밀고 복도를 살펴본다. 바닥 타일은 깨져 있고, 하얗게 칠한 벽은 습기를 이기지 못하고 부풀어 올랐다. 어디에도 창문은 보이지 않는다. 오직 램프들만이 모든 것을 칙칙한 누런 빛으로 물들인다. 복도로 나오니 땡땡거리는 소리가 몇 배 더 크게 들린다. 나는 귀를 막아 쥔 채 소음이 들려오는 쪽으로 향한다. 잠시 후, 저택으로 통하는 나무 계단이 나타난다. 계단의 상태가 무척 불안정해 보인다. 벽에 붙은 판자에는 주석으로 만든 커다란 종이 수십 개 달려 있다. 그 밑에는 호출의 출처를 알리는 명판이 하나씩 붙어 있다. 현관문 종이 집의 토대를 뒤흔들 만큼 심하게 요동친다.

나는 여전히 귀를 막아 쥔 채 커다란 종을 올려다본다. 당장 벽에서 종을 뜯어버리고 싶은 마음이 굴뚝같다. 하지만 현관으로 나가 방문자를 맞는 것이 훨씬 확실한 방법일 것이다. 가운 허리띠를 단단히 묶고 계단을 달려 올라가 현관 홀의 뒤편으로 들어선다. 시끄러운 아래와 달리 위층은 조용하다. 꽃다발과 각종 장식품을 한 아름 안은 하인들이 차분하게 움직인다. 어젯밤 파티의 뒤처리를 하느라 초인종이 울리는 것도 몰랐던 모양이다.

나는 짜증 가득한 얼굴로 고개를 저으며 현관문을 연다. 문 앞에 선 남자는 다름 아닌 서배스천 벨 박사다.

그의 눈은 휘둥그레져 있고, 덜덜 떨리는 몸에서는 빗물이 뚝뚝 떨어지고 있다.

"선생의 도움이 필요합니다."

흥분한 그가 말한다.

내 머릿속이 하얗게 질려버린다.

"전화기를 잠깐 빌려 써도 되겠습니까?"

그의 눈에서 간절함이 묻어난다.

"아무래도 경찰을 불러야 할 것 같아서 말입니다."

말도 안 돼.

"그냥 그렇게 서 있기만 할 겁니까?"

그가 내 어깨를 쥐고 흔들며 소리친다. 그의 손이 뿜어내는 냉기가 내 잠옷 안으로 스며든다.

그는 나를 떠밀치고 현관 홀로 들어온다. 그리고 도움을 줄 만한 이를 찾아 두리번거린다.

나는 여전히 내 눈을 믿지 못하고 있다.

이 사람, 바로 나 아닌가?

어제의 나.

누군가가 내 소매를 잡아끌며 말을 건다. 나는 그 무엇에도 집중하지 못한다. 내 온 신경은 쫄딱 젖은 눈앞의 남자에게만 쏠려 있을 뿐이다. 내 행세를 하는 이 사기꾼에게만.

대니얼 콜리지가 계단 위에서 모습을 드러낸다.

"서배스천?"

그가 한 손으로 난간을 더듬으며 계단을 내려온다.

나는 그를 유심히 관찰한다. 그들의 속임수를 간파하기 위하여. 나를 골려주려고 연습한 티가 나지는 않는지. 그는 어제 그랬듯 가볍게 계단을 내려온다. 어제와 같은 당당하고 고상한 모습으로.

누군가가 계속 내 소매를 잡아당기고 있다. 돌아보니 하녀가 내 앞으로 얼굴을 들이밀고 있다. 그녀는 근심 어린 눈으로 나를 올려다보며 무언가를 속삭인다.

머릿속이 산란해진 나는 눈을 깜빡이며 그녀에게 초점을 맞춘다. 그제야 그녀의 말이 귀에 들어온다.

"콜린스 씨, 괜찮으세요, 콜린스 씨?"

정확히 어디서 봤는지 기억할 수 없지만 눈에 익은 얼굴이다.

나는 그녀 머리 너머로 계단을 올려다본다. 어느새 대니얼이 벨을 침실로 안내하고 있다. 어제 벌어진 모든 일이 내 눈앞에서 고스란히 재현되고 있다.

나는 하녀로부터 벗어나 벽에 걸린 거울 앞으로 달려가본다. 끔찍한 모습에 눈살이 찌푸려진다. 나는 심한 화상을 입었고, 얼룩덜룩한 피부는 마치 무더운 날 오랫동안 밖에 놓아둔 과일처럼 까칠거린다. 나는 거울 속 남자를 안다. 어떻게 이게 가능한지 모르겠지만 나는 이 집 집사가 되어 깨어난 것이다.

가슴이 터질 듯이 쿵쾅거린다. 나는 하녀를 돌아본다.

"내게 무슨 일이 벌어지고 있는 거지?"

나는 더듬거리며 묻는다. 예기치 못한 북부 말씨와 쉰 목소리. 나는 화들짝 놀라며 내 목을 움켜잡는다.

"집사님?"

"어떻게 내가…."

하녀를 닦달하는 건 무의미한 짓이다. 내가 찾는 답은 터덕터덕 계단을 올라 대니얼의 방으로 향하고 있는데.

나는 가운 자락을 여며 쥐고 그들을 쫓아 올라간다. 낙엽과 진흙 섞인 빗물 자국을 따라서. 하녀가 내 이름을 불러댄다. 내가 계단을 반쯤 올라갔을 때 그녀가 쌩하니 달려와 내 앞을 막아선다. 그녀의 두 손이 내 가슴을 지그시 밀어낸다.

"올라가시면 안 돼요, 콜린스 씨. 속옷 차림으로 나오신 걸 레이디 헬레나가 보시면 경을 치실 거예요."

내가 하녀를 돌아나가려 하자 그녀는 또다시 잽싸게 움직여 앞을 가로막는다.

"저리 비켜!"

나는 소리친다. 하지만 이내 후회가 밀려든다. 퉁명스럽고 강압적인 태도는 전혀 나답지 않다.

"이번에 집사님 차례가 돌아왔을 뿐이에요, 콜린스 씨. 주방으로 가시죠. 제가 차를 끓여드릴게요."

그녀의 파란 눈이 내 어깨 너머를 흘끔 쳐다본다. 뒤를 돌아보니 하인들이 계단 아래 모여 있다. 꽃다발을 품은 그들은 우리를 물끄러미 올려다보고 있다.

"내 차례가 돌아왔을 뿐이라니?"

의혹이 입을 벌리고 나를 삼켜버린다.

"화상을 입으신 후로,"

그녀가 나지막이 말한다.

"이해가 안 되는 말씀을 종종 해오셨어요. 가서 따뜻한 차 한잔 하시면 한결 나아지실 거예요."

그녀의 진심이 묻어나는 친절에 흥분이 가라앉았다. 묘하게도 어제 대니얼이 내게 보인 태도가 연상된다. 조심스레 나를 달래던 모습. 마치 너무 몰아붙이면 내가 산산이 조각나기라도 하는 것처럼. 그는 내가 미쳤다고 생각했다. 지금 이 하녀와 마찬가지로. 하지만 지금 내게 벌어지는 일들, 내게 벌어지고 있다고 생각되는 황당한 상황들을 차분히 곱씹어보면 마냥 그들이 틀렸다고 비난할 수만은 없다.

나는 무력한 표정으로 그녀를 쳐다본다. 하녀는 내 팔뚝을 잡고 아래층으로 이끌어나간다. 하인들이 옆으로 비켜 서며 우리에게 길을 내준다.

"차 한잔,"

그녀가 부드럽게 말한다.

"그럼 기분이 한결 나아지실 거예요."

그녀는 마치 길 잃은 아이를 챙기듯 굳은살 박인 손으로 나를 살며시 잡아끈다. 우리는 현관 홀을 빠져나와 하인 전용 계단을 내려간다. 그리고 어둑한 복도를 지나 주방으로 들어간다.

내 눈썹에는 땀방울이 맺혔다. 오븐과 스토브에서는 후끈한 열기가 뿜어 나오고, 불 위에서는 음식이 익어가는 중이다. 그레이비[1]와 구운 고기와 케이크 냄새가 풍긴다. 설탕과 땀 냄새도. 챙겨야 할 손님은 많지만 작동 가능한 오븐은 턱없이 부족하다. 지금 당장 저녁 준비에 들어가지 않으면 나중에 낭패를 볼 수 있다.

그걸 내가 어떻게 알고 있지? 당혹스럽다.

집사가 아니고서는 알 수 없는 사실이잖아.

하녀들은 아침상에 내놓을 은접시를 분주히 나르고 있다. 오늘 메뉴는 스크램블드에그와 훈제 청어다. 하체 비만에 얼굴이 발그레한 나이 든 여자가 오븐 옆에 서서 하녀들을 지휘하고 있다. 그녀의 점퍼스커트[2]는 밀가루로 뒤덮여 있다. 세상의 그 어떤 장군도 그녀만큼 당당하지 못할 것이다. 어수선한 분위기 속에 우리를 발견한 그녀가 하녀와 나를 차례로 노려본다.

그녀가 앞치마에 손을 문지르며 우리 쪽으로 성큼 다가온다.

"여기서 이러고 있으면 안 되잖아, 루시."

그녀가 준엄한 표정으로 말한다.

하녀는 어떻게 반응해야 할지를 놓고 고민에 빠진 듯하다.

"네, 드러지 부인."

마침내 그녀의 손이 내게서 떨어져나간다. 이내 팔뚝에서 허전한 기분이 전해져 온다. 그녀는 동정 어린 미소를 지어 보이며 소

---

[1] 고기를 익힐 때 나온 육즙에 밀가루 등을 넣어 만든 소스.
[2] 블라우스나 스웨터 위에 입는, 소매 없는 웃옷과 스커트가 한데 붙은 옷.

음 속으로 사라진다.

"좀 앉아요, 로저."

드러지 부인이 애써 부드럽게 말한다. 그녀의 입술은 찢긴 상태이고, 입 주변에는 멍 자국이 있다. 누군가에게 얻어맞은 모양이다. 말을 할 때마다 통증에 움찔하는 게 보인다.

주방 중앙에는 나무 테이블이 놓여 있다. 그 위에는 혓바닥 요리와 통닭과 햄이 수북이 쌓인 접시들이 널려 있다. 수프와 스튜도 있고, 번들거리는 채소도 보인다. 벌써 녹초가 된 주방 스태프는 계속 음식을 내오는 중이다. 그들 대부분 오븐에 갇혔다 빠져나온 듯한 모습을 하고 있다.

나는 의자를 끌어와 앉는다.

드러지 부인이 오븐에서 갓 꺼낸 스콘을 약간의 버터와 함께 내온다. 그녀는 내 앞에 접시를 내려놓고 내 손을 살며시 잡아 쥔다. 그녀의 피부는 오래된 가죽처럼 거칠기만 하다.

그녀는 온화한 눈빛으로 내 얼굴을 잠시 훑다가 홱 돌아서서 북적대는 스태프들 속으로 쏙 들어가버린다.

녹은 버터가 뚝뚝 떨어지는 스콘은 꽤 먹을 만하다. 그것을 한입 베어 물었을 때 루시가 또다시 눈에 들어온다. 그제야 그녀가 눈에 익은 이유를 깨달았다. 그녀는 점심시간에 거실에서 보게 될 하녀다. 테드 스탠윈에게 붙잡혀 구박을 당하다가 대니얼 콜리지 덕분에 풀려날 바로 그 하녀. 내가 기억하는 것보다 훨씬 예뻐 보인다. 주근깨가 뿌려진 얼굴, 커다란 파란 눈, 모자 밑으로 몇 가닥 삐져나온 빨간머리. 잼 병뚜껑과 씨름 중인 그녀의 얼굴은 살짝 일그러져 있다.

이번에도 앞치마가 잼으로 범벅이 돼버리겠지?

그 상황이 눈앞에서 느린 동작으로 펼쳐진다. 그녀의 손에서 미끄러진 병이 바닥에 떨어져 산산조각 나버린다. 사방으로 유리 파편이 튀고, 그녀의 앞치마는 잼으로 얼룩진다.

"오, 빌어먹을, 루시 하퍼."

누군가가 빽 소리친다.

나는 의자를 뒤로 밀쳐내고 일어나 주방을 빠져나온다. 그리고 복도를 내달려 뒤편 계단으로 향한다. 손님용 복도로 들어서는 순간 모퉁이를 돌아 나오려던 한 남자와 충돌하고 만다. 빼빼 마른 그는 눈썹을 덮는 검은 곱슬머리에 숯 얼룩이 묻은 하얀 셔츠 차림이다. 나는 사과를 하며 그의 얼굴을 쳐다본다. 그레고리 골드. 얼굴에는 격노의 표정이 떠올라 있고 눈에서는 이성이라고는 찾아볼 수가 없다. 그는 분노를 주체하지 못하고 몸을 바르르 떤다. 순간 이 괴물에게 집사가 어떻게 당했는지 떠오른다.

나는 황급히 뒤로 물러난다. 그가 긴 손가락으로 내 가운을 움켜잡는다.

"이럴 것까진…."

순간 시야가 흐릿해진다. 눈앞의 세상이 번져버린 그림처럼 변한다. 나는 극심한 통증을 느끼며 벽에 부딪친다. 머리에서 피가 배어 나오고 있다. 그가 쇠로 된 부지깽이를 휘두르며 내게 다가온다.

"제발, 사실 나는…."

나는 뒷걸음질하며 애원한다.

그가 내 옆구리를 걷어찬다. 순간 폐 안의 모든 공기가 빠져나가버린다.

그를 진정시키려 황급히 한 손을 앞으로 내밀었지만 내 반응에 그는 더 흥분한다. 그의 발길질은 점점 빨라지고, 나는 공처럼 몸을 웅크린 채 그의 분노를 고스란히 몸으로 받아낸다.

더 이상 숨을 쉴 수도, 앞을 볼 수도 없다. 그저 압도적인 통증에 파묻힌 채 흐느껴댈 뿐이다.

결국 나는 의식의 끈을 놓아버리고 만다. 다행하게도.

10

셋째 날

어둡다. 달도 뜨지 않은 밤이 숨을 내쉴 때마다 창문의 방충망이 진동한다. 시트는 부드럽고 캐노피[1]로 덮인 침대는 아늑하다.

나는 이불을 꼭 움켜쥐며 희미하게 미소 짓는다.

악몽이었군. 괜히 놀랐잖아.

요동치던 심장이 서서히 진정을 되찾아간다. 입안에 가득했던 피의 맛도 꿈과 함께 사라져버린다. 나는 또 어디에 와 있는 걸까? 한쪽 구석에 우뚝 선 덩치 큰 남자의 검은 형체가 눈에 들어온다.

순간 숨이 턱 막혀버린다.

나는 커버 너머로 손을 뻗어 침대 옆 탁자에 놓인 성냥을 집어 들려 한다. 하지만 성냥은 더듬거리는 손끝에 끝내 닿지 않는다.

"누구요?"

나는 어둠에 대고 떨리는 목소리로 묻는다.

"친구."

굵고 나지막한 남자의 목소리다.

---

[1] 침대 위에 지붕처럼 늘어뜨린 덮개.

"친구라면 어둠 속에 숨을 이유가 없지 않소."

"당신 친구라고 하진 않았는데요, 데이비스 씨."

연신 더듬거리는 내 손에 램프가 닿는다. 나는 고꾸라질 뻔한 그것 아래서 간신히 성냥을 찾아낸다.

"불을 켤 필요는 없소. 어차피 그런다고 크게 득이 되지는 않을 테니까."

어둠이 말한다.

나는 떨리는 손으로 성냥을 켜고 램프에 불을 붙인다. 유리 뒤에서 불꽃이 튀면서 어두웠던 구석이 환해진다. 방문객은 전에 만난 적 있던 흑사병 의사다. 어둑한 서재에서 맞닥뜨렸을 때 미처 알아채지 못했던 디테일이 속속 눈에 들어온다. 바닥에 질질 끌리는 그의 외투는 심하게 닳아 해졌다. 눈을 제외한 얼굴 전체는 실크해트[i]와 자기로 된 부리 가면으로 가렸다. 장갑 낀 두 손은 지팡이에 가지런히 얹고 있다. 지팡이 표면에는 무언가가 은색으로 새겨져 있다. 글자가 너무 작아 내용을 확인할 수는 없지만.

"눈총기가 있으시군."

흑사병 의사가 말한다. 집 안 어딘가에서 발소리가 들려온다. 이게 꿈이라면 어째서 이런 자잘한 디테일까지 세세히 짚어낼 수 있는 거지?

"내 방에서 뭐 하는 거요?"

나는 버럭 화를 내며 말한다.

방을 찬찬히 둘러보던 부리 가면이 그제야 시선을 돌려 나를 본다.

---

[i] 서양의 남성 정장용 모자.

"당신과 같이 할 일이 있소. 빨리 퍼즐의 답을 찾아야 하오."

"사람을 잘못 찾으셨군. 난 의사란 말이오."

나는 으르렁거리며 말한다.

"의사였었지. 그랬다가 집사가 됐고, 오늘은 돈 많은 한량이 됐소. 내일은 은행가가 될 거고 말이오. 하지만 그들 모두 당신의 진정한 인격이 아니오. 당신의 인격은 당신이 블랙히스에 들어서는 순간 당신에게서 벗겨져 나갔소. 그건 당신이 이곳을 떠나기 전까지 절대 되돌아오지 않을 거요."

그가 주머니에서 작은 거울을 꺼내 침대로 휙 던진다.

"직접 확인해보시오."

나는 떨리는 손으로 거울을 집어 든다. 어느새 나는 매력적인 파란 눈을 가진 청년으로 변해 있다. 나는 서배스천 벨도, 화상 입은 집사도 아니다.

"그의 이름은 도널드 데이비스요. 그에게는 그레이스라는 누이와 짐이라는 친구가 있소. 땅콩을 무척 싫어한다오. 당신은 오늘 하루를 데이비스로 살아야 하오. 그리고 내일 아침 눈을 뜨면 또 다른 이로 변해 있을 거고 말이오. 이 게임은 계속 이런 식으로 진행되는 것이오."

분명 꿈은 아니다. 이건 현실이다. 나는 각기 다른 두 인물이 되어 같은 날을 두 번 살았다. 나는 다른 이가 되어 내게 말을 했고, 나를 질책했으며, 다른 이의 눈으로 나를 관찰했다.

"내가 미쳐버린 거요? 그런 거요?"

나는 거울 너머로 그를 쳐다봤다.

갈라진 목소리가 내 것처럼 느껴지지 않는다.

"그런 건 아니오. 하긴, 광기가 탈출구가 돼줄 수도 있겠지. 블랙히스에서 탈출할 방법은 딱 한 가지뿐이오. 그래서 내가 이렇게 나타난 거고 말이오. 당신에게 제안할 게 있소."

"왜 내게 이러는 거요?"

"나를 너무 과대평가하지 마오. 나는 당신이 처한 곤경에 아무런 책임이 없소. 블랙히스의 불행에 대해서도 마찬가지고."

"그럼 이게 다 누구 책임이란 말이오?"

"당신이 만나야 할 이유도, 그럴 필요도 없는 인물이 있소."

그가 신경 끄라는 듯 한 손을 살랑거리며 말한다.

"자, 이제 내 제안을 들을 준비가 됐소?"

"그들을 먼저 만나봐야겠소."

"그들이라니, 누구 말이오?"

"나를 이곳으로 끌어들인 사람. 그러면 나를 자유의 몸으로 풀어줄 수도 있지 않겠소?"

나는 끓어오르는 분을 애써 삭이고 이를 갈며 말한다.

"전자에 해당하는 인물은 이미 오래전에 사라졌소. 후자의 인물은 바로 당신 눈앞에 서 있고 말이오."

그가 두 손으로 자신의 가슴을 두드리며 말한다. 의상 때문인지는 모르겠지만 그의 동작이 꽤 극적으로 느껴진다. 마치 숱한 연습을 거듭해온 것처럼. 왠지 그들의 연극에서 하나의 배역을 맡아 연기하고 있는 듯한 기분이다. 모두가 아는 대사를 나만 모르는 듯한 기분.

"블랙히스를 탈출하는 방법을 아는 사람은 나 하나요."

"당신의 그 제안 말이오?"

나는 의심 가득한 말투로 묻는다.

"그렇소. 제안이라기보다는 수수께끼라는 게 더 진실에 가깝겠지만."

그가 회중시계를 꺼내 시간을 확인한다.

"오늘 밤 무도회에서 누군가가 살해될 것이오. 다들 그걸 살인으로 보지 않을 거요. 당연히 살인자를 잡으러 나서지도 않을 거고 말이오. 그 사건의 부당함을 바로잡으시오. 그렇게만 해주면 내가 이곳을 탈출할 방법을 알려주겠소."

시트를 꽉 움켜쥔 나는 온몸이 바짝 얼어붙어 있다.

"언제든 나를 자유의 몸으로 풀어줄 수 있다면 왜 지금 당장 풀어주지 않는 거요? 왜 굳이 나를 그런 게임으로 끌어들이려 하느냐 말이오!"

"왜냐하면 영원은 아주 따분하거든. 게임 자체가 무척 중요한 부분이기도 하고 말이오. 그 답은 당신 상상에 맡기겠소. 하지만 너무 시간을 끌지는 마시오, 데이비스 씨. 오늘, 바로 이날은 앞으로 여덟 번 더 반복될 것이오. 그리고 당신은 여덟 명의 각기 다른 호스트의 눈으로 같은 사건을 관찰하게 될 것이오. 벨은 당신의 첫 호스트요, 집사는 두 번째, 데이비스는 세 번째 호스트요. 그럼 이제 다섯 명의 호스트가 남았다는 뜻이 아니겠소. 내가 당신이라면 잠시도 지체하지 않겠소. 답을 찾으면 그 증거를 챙겨 밤 11시에 맞춰 호수로 나오시오. 내가 거기서 기다리고 있겠소."

"이런 유치한 게임엔 발 들이고 싶지 않소."

나는 앞으로 몸을 기울이며 으르렁거렸다.

"현명한 결정 내리리라 믿소. 하지만 이건 명심하시오. 만약 마지막 호스트가 돼서 자정까지 답을 찾지 못하면 우린 당신의 기억을 전부 지워버리고 당신을 벨 박사의 몸으로 되돌려보낼 것이오. 이 게임은 처음부터 다시 시작될 것이고 말이오."

그가 다시 시간을 확인하고는 시계를 주머니에 집어넣는다. 그는 짜증 섞인 표정으로 혀를 쯧쯧 찬다.

"시간은 당신을 기다려주지 않소. 순순히 협조하면 다음에 만났을 때 쓸 만한 추가 정보를 주리다."

창문으로 스며든 바람이 램프 불을 꺼버린다. 이내 방 안은 또다시 칠흑 같은 어둠에 파묻혔다. 다급하게 성냥을 찾아 다시 불을 켜보지만 흑사병 의사는 이미 사라져버리고 없다.

혼란과 공포에 휩싸인 나는 마치 무언가에 쏘인 것처럼 벌떡 일어나 침대를 내려온다. 침실 문을 벌컥 열고 서늘한 복도로 나가본다. 복도 역시 어둡기는 마찬가지다. 그가 다섯 걸음 앞에 서 있다 해도 보이지 않을 정도다.

나는 문을 닫고 들어와 옷장으로 향한다. 줄줄이 걸린 옷 중에 손에 잡히는 대로 꺼내 대충 걸친다. 호스트는 키가 작고 빼빼 말랐으며, 화려한 옷을 즐겨 입는 모양이다. 자주색 바지, 주황색 셔츠 그리고 노란색 조끼. 옷장 뒤편에는 외투와 목도리가 걸려 있다. 나는 그것들을 차례로 걸치고 나서 밖으로 나간다. 아침의 살인사건과 밤의 가장무도회, 수수께끼 같은 쪽지와 화상 입은 집사. 이곳에서 무슨 일이 벌어지고 있는지 알 길은 없지만 나는 더이상 꼭두각시처럼 끌려다닐 마음이 없다.

어떻게든 이 집에서 탈출해야만 한다.

계단 위 대형 괘종시계가 지친 팔로 새벽 3시 17분을 알린다. 야심한 밤에 단잠에 빠졌을 마구간지기를 깨우고 싶지는 않지만 내게 다른 선택의 여지가 없다. 나는 한 번에 두 칸씩 계단을 뛰어내려간다. 공작처럼 야하게 차려입은 데이비스의 자그마한 발은 우스꽝스럽기까지 하다.

벨이나 집사였을 때는 이렇지 않았는데. 마치 이 몸뚱이의 벽에 갇혀 짓이겨지는 듯한 기분이다. 솔기는 당장이라도 터져버릴 것만 같고. 술에 잔뜩 취한 것처럼 온몸이 둔하고 무겁게 느껴진다.

현관문을 열자 바람에 떠밀린 낙엽이 들이닥친다. 밖에서는 돌풍이 불고 있다. 곧 비가 쏟아질 것 같은 분위기다. 숲은 음산한 소리를 내며 요동치고 있다. 밤은 내던져진 검댕과 같은 색을 띠고 있다. 넘어져서 목이 부러지는 사고를 당하지 않으려면 빛이 더 필요하다.

다시 집 안으로 들어온 나는 현관 홀 뒤편에 자리한 하인 전용 계단을 내려간다. 나무 난간은 거칠고, 계단은 곧 무너질 것처럼 불안정하다. 다행히 꺼져가는 램프들은 아직도 은은하게 빛을 뿌리고 있다. 복도는 내가 기억하는 것보다 길게 느껴진다. 희게 칠한 벽은 물방울로 덮여 있다. 회반죽에 생긴 균열로 흙냄새가 스며든다. 눈에 들어오는 모든 게 축축하고 썩었다. 블랙히스에 이토록 방치된 곳이 있었다니. 하인이 있는 집이 이럴 수가 있나? 엄밀히 따지자면, 하인 관리를 제대로 못한 주인 탓일 것이다.

주방을 뒤적이던 나는 온갖 것으로 가득 찬 선반에서 허리케인 램프￼와 성냥을 발견한다. 두 번째 시도 만에 불을 붙이는 데 성공하고 나서 다시 계단을 올라간다. 그리고 폭풍이 몰아치는 밖으로 나간다.

램프의 불빛이 어둠을 할퀴고, 빗줄기가 연신 내 눈을 찌른다.

진입로를 따라 걷다가 마구간으로 통하는 자갈 깔린 길로 들어선다. 나를 에워싼 숲은 쉴 새 없이 들썩인다. 고르지 않은 길 위

￼ 바람이 불어도 불꽃이 꺼지지 않게 유리 갓을 두른 램프.

에서 발이 자꾸 미끄러진다. 나는 눈부신 램프를 높이 들고 마구간지기의 오두막을 바라본다. 아치형 구조물 밑으로 들어서는 순간 나는 말똥을 밟고 미끄러진다. 뜰에는 펄럭이는 캔버스 천으로 덮인 마차 몇 대가 세워져 있다. 말들은 마구간 안에서 힝힝대고 있다.

나는 구두 밑창에 묻은 말똥을 문질러 닦고 나서 오두막 앞으로 다가간다. 노커를 거칠게 두드리자 안에서 불이 켜진다. 잠시 뒤, 문이 살짝 열리면서 잠이 덜 깬 내복 차림의 노인이 얼굴을 내보인다.

"여길 떠나야 하오."

"이 시간에 말씀입니까?"

그가 의심 섞인 목소리로 묻는다. 잠시 눈을 비벼대던 그가 칠흑 같은 밤하늘을 올려다본다.

"이런 날 마차를 몰다가는 큰 사고를 당할 수도 있는데요."

"급한 일이오."

그가 한숨을 푹 내쉬며 문을 활짝 열어준다. 나는 오두막 안으로 들어가 옷을 챙겨 입는 그를 지켜본다. 잠을 완전히 떨쳐내지 못한 노인은 힘겹게 바지를 걸치고 멜빵을 맨다. 재킷까지 마저 걸치고 나서는 내게 잠시 기다리라고 손짓한 뒤 밖으로 획 나가버린다.

나는 기꺼이 그러기로 한다. 오두막 안은 따뜻하고 아늑하다. 은은하게 풍기는 가죽과 비누 냄새에 마음이 차분해진다. 문득 문옆의 근무 당번표를 체크하고 싶어진다. 애나의 메시지가 적혀 있는지도 모른다. 내가 그쪽으로 손을 뻗으려는 찰나 요란한 소음과 함께 눈부신 불빛이 창문으로 쏟아져 들어온다. 빗속으로 나가보니 늙은 마구간지기가 초록색 자동차에 들어가 있다. 덜덜거리는 차는 마치 중병에라도 걸린 듯이 연신 기침을 토해낸다.

"자, 준비됐습니다."

그가 차에서 내려오며 말한다.

"시동을 걸어놨습니다."

"하지만···."

할 말을 잊은 나는 겁에 질린 얼굴로 눈앞의 커다란 기계를 쳐다본다.

"마차는 없소?"

"있습니다만 천둥이 쳐서 말들이 겁을 먹었습니다. 오늘 같은 날엔 말 다루기가 쉽지 않습니다."

그가 셔츠 밑으로 손을 넣고 겨드랑이를 긁으며 말한다.

"난 운전할 줄 모르오."

나는 무시무시한 기계 괴물을 쳐다보며 말한다. 내 목소리에서는 공포가 묻어난다. 금속 표면에 맞고 튄 빗물이 앞 유리에 작은 웅덩이를 만들어놓았다.

"운전은 숨 쉬는 것보다 더 쉽습니다. 핸들을 잡고 가고 싶은 방향으로 돌리시기만 하면 됩니다. 바닥에 붙은 페달을 밟으시면서 말이죠. 금세 익히실 수 있을 겁니다."

나는 그 말에 홀려 차 안으로 들어선다. 이내 딸깍 소리와 함께 차 문이 닫힌다.

그가 어둠을 가리키며 말한다.

"자갈길을 따라 끝에 도달하면 왼쪽으로 도십시오. 거기서부터 흙길이 시작될 겁니다. 그 길을 따라 쭉 달리시면 마을에 도달하실 수 있어요. 길고 곧은 길이지만 표면이 고르지 않습니다. 얼마나 조심히 차를 모느냐에 달렸지만 빠르면 사십 분, 늦어도 한 시간이면 도착하실 겁니다. 아무튼 절대 그냥 지나치실 염려가 없으니까요, 마음 놓으시죠. 나중에 차를 어디에 세워두셨는지 알려주시면 제가 아침에 사람을 보내 챙기도록 하겠습니다."

그는 그 말만을 남기고 오두막 안으로 사라진다. 그의 뒤로 문이 거칠게 닫힌다.

나는 핸들을 꽉 움켜쥐고 레버와 다이얼을 응시했다. 그것들이 다 무엇을 위한 장치인지 감이 오지 않았다. 한참을 망설이다가 조심스레 페달을 밟아봤다. 무시무시한 기계가 앞으로 불쑥 튀어나갔다. 페달에 얹은 발에 조금 더 힘을 주고 아치형 구조물에서 벗어났다. 울퉁불퉁한 자갈길을 지나자 마구간지기가 알려준 대로 왼쪽으로 꺾인 흙길이 나타났다.

앞 유리는 빗물로 범벅이 된 상태다. 시야 확보를 위해 차창 밖으로 고개를 내밀어본다. 헤드램프 불빛이 낙엽과 부러진 나뭇가지로 어수선한 흙길을 어설프게나마 밝혀주었다. 헤드램프에서는 빗물이 작은 폭포처럼 쏟아져내린다. 나는 위험을 무릅쓰고 가속 페달을 최대한 힘껏 밟는다. 불안은 이미 자신감에 멀리 떠밀려 사라졌다. 마침내 나는 광기로 가득 찬 블랙히스를 탈출하는 데 성공했다.

하늘은 회색을 띤 새벽 어스름으로 물들어갔다. 어느새 비는 멎었다. 마구간지기가 알려준 대로 곧게 뻗은 숲길이 한없이 이어졌다. 바로 이 순간, 나무 틈에서 한 여자가 살해당하고 있다. 때마침 깨어난 벨은 그 광경을 목격할 것이고. 그를 살려준 살인자는 은으로 된 나침반을 쥐여주며 이치에 닿지 않는 곳으로 그를 안내할 것이고, 그는 기적적으로 목숨을 건졌다면서 바보처럼 좋아할 것이다. 나는 어떻게 숲에 들어가게 됐을까? 또 다른 인격이 되어 이렇게 차를 몰아나가는 게 어떻게 가능할까? 그뿐 아니라 집사로도 잠깐 살아보지 않았던가? 핸들을 쥔 내 손에는 힘이 잔뜩 들어가 있다. 서배스천 벨이었을 때 나는 집사와 대화가 가능했다. 짐작건대, 내일 나의 호스트가 돼줄 인물도 지금쯤 블랙히스 주변을 어슬렁거리고 있을 게 분명하다. 어쩌면 나는 그를 이미 만나보았는지도 모른다. 내일의 호스트뿐만이 아니다. 그다음 날의 호스트도 그리고 그다음 날의 호스트도. 그런 나는 뭐가 되는 거지? 그들은? 결국 우리는 같은 영혼이 흩뿌려놓은 조각들인 건가? 서로의 죄악을 책임지는 공동 운명체? 아니면 죄다 다른 사람인가? 오래전에 잊힌 원본의 흐릿한 복제물?

연료계가 빨강 쪽으로 기울어져 있다. 나무 틈으로는 자욱한 안개가 뿜어져 나온다. 잠시나마 의기양양했던 나는 또다시 움츠러든다. 이미 오래전에 나타났어야 할 마을은 아직도 보이지 않는다. 굴뚝 위로 피어오르는 연기 대신 끝도 없이 이어지는 숲만이 계속 시야를 채워나가는 중이다.

갑자기 차가 덜덜 떨리다가 멈춰 선다. 이내 거슬리는 소리와 함께 엔진이 죽어버린다. 차 바로 앞에 흑사병 의사가 우뚝 서 있다. 하얀 안개 속에서 그의 검은 외투가 극명한 대조를 이루고 있다. 다리는 뻣뻣하고 허리가 욱신거리지만 나는 격노에 휩싸여 차에서 내려온다.

흑사병 의사가 지팡이에 두 손을 얹어놓은 채 묻는다.

"언제까지 이토록 어리석게 굴 거요? 이번 호스트를 이끌고 많은 걸 할 수 있었을 텐데. 이 아까운 시간을 여기서 허비하고 있다니. 이런다고 당신이 뭘 얻을 수 있을 것 같소? 블랙히스는 당신을 순순히 놓아주지 않을 거요. 당신이 여기서 이러고 있는 동안 경쟁자들은 분주히 움직이며 퍼즐을 풀어나가고 있단 말이오."

나는 경멸적으로 말한다.

"이젠 내게 경쟁자들까지 생긴 거요? 당신에겐 이게 다 장난 같소? 처음엔 내가 여기 갇혀버렸다고 하더니 이젠 경쟁에서 이겨야만 탈출할 수 있다는 거요?"

나는 그의 앞으로 성큼성큼 걸어나간다. 필요하다면 놈을 흠씬 두들겨 패줄 참이다.

"아직도 모르겠소? 난 당신이 내건 규칙엔 아무 관심이 없단 말이오. 난 이 게임에서 빠지겠소. 날 순순히 보내주지 않으면 그 대가를 톡톡히 치르게 될 거요."

내가 바짝 다가가자 그가 지팡이로 나를 가리킨다. 내 가슴 앞으로 번쩍 들린 지팡이는 세상 그 어떤 대포보다도 위협적으로 느껴진다. 지팡이에 새긴 은색 글자들이 꿈틀거리고, 나무 표면에서 새어 나온 희미한 불빛은 안개를 태워 없앤다. 열기가 내 옷 안으로 스며든다. 남자는 자신이 원한다면 평범해 보이는 막대기 하나로 내 몸에 구멍을 낼 수도 있다는 듯 여유만만하다.

"도널드 데이비스는 당신의 호스트 중 가장 어린애 같은 인물이오. 늘 그랬지."

그가 혀를 차며 나를 쳐다본다. 나는 뒤로 주춤 물러난다.

"하지만 당신에겐 그의 응석을 다 받아줄 시간이 없소. 저택에는 당신 외에도 두 명이 더 붙잡혀 있소. 그들도 당신처럼 다른 손님과 하인의 인격으로 지내는 중이오. 당신들 중 오직 한 사람만이 이곳을 떠날 수 있소. 가장 먼저 내게 답을 가져오는 사람 말이오. 이제 이해하겠소? 이 흙길 끝엔 탈출구가 없소이다. 오직 나를 거쳐야만 나갈 수 있단 말이오. 굳이 달아나고 싶다면 그렇게 해보시오. 그래봤자 결국에는 블랙히스에서 또다시 눈을 뜰 거요. 이곳의 그 무엇도 임의적이지 않고, 또 그 무엇도 간과해선 안 된다는 것만 깨닫게 될 뿐이오. 난 당신을 영원히 이곳에 가둬둘 수도 있소. 명심하시오."

그가 지팡이를 내리고 주머니에서 회중시계를 꺼낸다.

"나중에 계속 얘기하십시다. 흥분을 조금 가라앉히고."

그가 시계를 주머니에 넣으며 말한다.

"이제부터는 호스트를 좀 더 현명하게 이용해보시오. 당신의 경쟁자들은 굉장히 교활한 사람들이오. 당신처럼 천금 같은 시간을 허비하는, 그런 경솔한 사람들이 아니란 말이오."

나는 그에게 달려들어 주먹을 날리고 싶은 충동에 휩싸였다. 하지만 빨간 안개가 걷히고 나니 이것이 얼마나 가당찮은 생각인지 알게 되었다. 요상한 의상에 감춰진 그의 체구는 내 공격을 거뜬히 받아낼 만큼 건장하다. 나는 생각을 바꾸고 그를 지나쳐 안개 속으로 파고든다. 흑사병 의사는 블랙히스 쪽으로 걸음을 옮기기 시작한다. 이 길에 과연 끝이 있기는 할까? 한참을 가도 마을에 도달하지 못하면 어쩌지? 하지만 그 답을 찾기 위해서라도 여기서 포기할 수는 없다.

이제는 미치광이의 게임에 갇혀 그의 노리개로 살아가지 않을 것이다.

11

넷째 날

숨을 헐떡이며 잠에서 깼다. 새 호스트의 산만 한 배가 온몸을 짓누른다. 기억을 더듬어본다. 어젯밤, 나는 몇 시간 동안 길을 따라 걷다가 지쳐 쓰러져버렸다. 좌절한 나는 그렇게 누워 닿지 못한 마을에 대고 미친 듯이 울부짖었다. 흑사병 의사의 말이 다 사실이었다. 블랙히스를 벗어날 길은 없다.

침대 옆 시계를 보니 오전 10시 30분이 넘었다. 몸을 일으키려는데 키 큰 남자가 은쟁반을 들고 방으로 불쑥 들어온다. 그는 쟁반을 탁자에 내려놓는다. 삼십 대 중반쯤 돼 보이는 그는 검은 머리에 말쑥하게 면도를 한 얼굴이다. 특별히 인상적이지는 않지만 은근히 호감 가는 외모다. 작은 코에는 안경을 걸쳤고, 그의 눈은 커튼에 고정돼 있다. 그는 아무 말 없이 커튼을 걷고 창문을 열었다. 창밖으로 정원과 숲이 내다보인다.

나는 넋을 놓고 그를 지켜본다.

꽤 꼼꼼한 사람 같다. 그의 동작 하나하나는 작지만 민첩하다. 불필요한 동작은 절대 취하지 않는다. 마치 나중에 떠맡을 훨씬 고된 일을 위해 기운을 아껴두려는 듯이.

나를 등진 그는 잠시 창가에 서서 방을 환기한다. 왠지 뭐라도 해야 할 것만 같다. 어색한 침묵은 분명 나를 위한 배려일 것이다. 하지만 언제까지 이러고 있어야 하는지 답답하다. 내 생각을 읽었는지 남자가 다가와 내 겨드랑이를 붙잡고 상체를 세워준다.

민망한 상황이지만 나는 잠자코 있는다.

내 실크 잠옷은 땀으로 흠뻑 젖어 있다. 몸에서 풍기는 톡 쏘는 악취에 눈이 따갑다. 남자는 당황해하는 내 반응에도 아랑곳하지 않고 탁자에서 은쟁반을 가져와 내 무릎에 내려놓는다. 그가 반구형 커버를 열자 음식이 수북이 담긴 커다란 쟁반이 모습을 드러낸다. 달걀과 베이컨, 돼지 갈빗살, 찻주전자와 우유병. 혼자 먹기에는 벅찬 양이다. 어느새 나는 짐승처럼 게걸스럽게 고기를 물어뜯고 있다. 내 종자인 듯한 키 큰 남자는 동양식 가리개 뒤로 사라진다. 잠시 후, 그쪽에서 물 쏟아지는 소리가 들려온다.

나는 잠시 식사를 멈추고 주위를 찬찬히 둘러본다. 소박했던 벨의 침실과 달리 이 방은 호화로움으로 가득 차 있다. 창문에 드리워진 빨간 벨벳 커튼 그리고 두꺼운 파란색 카펫. 벽마다 그림이 걸려 있고, 옻칠한 마호가니 가구에서는 광이 난다. 내가 누구인지는 몰라도 하드캐슬 가족으로부터 극진한 대접을 받고 있음은 분명하다.

종자가 돌아온다. 나는 쌕쌕거리며 냅킨으로 입가에 묻은 기름을 훔쳐낸다. 이런 내가 얼마나 역겨울까? 내가 봐도 그런데. 꼭 여물통에 처박힌 돼지가 된 기분이다. 그럼에도 불구하고, 그는 태연하기만 하다. 그가 쟁반을 치우고 나를 부축해 일으킨다. 이 사람은 지금껏 몇 번이나 이렇게 나를 챙겨왔을까? 그리고 그 보수로 얼마나 받아왔을까? 어쨌든 더 이상은 이런 돌봄을 받고 싶지 않다. 남자는 마치 부상병을 챙기듯 나를 질질 끌고 가리개를 돌아 들어간다. 그가 욕조에 받아놓은 뜨거운 물에서 김이 모락모락 피어오른다.

그가 내 옷을 벗기기 시작한다.

남자에게는 늘상 해온 일과에 불과할지 몰라도 나는 수치심에 얼굴을 들 수가 없다. 비록 내 몸은 아니지만 맨살에 느껴지는 남자의 손길이 영 부담스럽다. 걸을 때마다 양쪽 허벅지가 문대지는 기분은 말할 것도 없고.

나는 남자에게 물러가라고 손짓하지만 소용이 없다.

"주인님, 제가 도와드리지 않으면….."

그가 잠시 말을 멈춘다. 그리고 적절한 표현을 찾아 조심스레 이어나간다.

"혼자서는 욕조에 들어가실 수도, 나오실 수도 없습니다."

그에게 제발 꺼져달라고 애원하고 싶다. 하지만 그의 말이 구구절절 옳은 걸 어쩌겠는가.

나는 눈을 질끈 감고 고개를 끄덕인다.

그가 익숙한 손놀림으로 내 잠옷 상의 단추를 풀고 바지를 내린다. 바지를 벗겨낼 때는 다리를 하나씩 차례로 들어 넘어지지 않도록 챙겨준다. 잠시 후, 나는 완전히 알몸이 돼버렸다. 종자는 적당한 거리를 두고 물러나 있다.

나는 눈을 뜨고 벽에 걸린 전신 거울을 들여다본다. 거울에 비친 내 모습은 인체의 기괴한 캐리커처 같다. 퉁퉁 부은 피부는 황달에 걸린 듯 누렇고, 헝클어진 음모를 뚫고 나온 물건은 축 늘어져 있다.

나는 밀려드는 역겨움과 수치심을 이기지 못하고 훌쩍이기 시작한다.

종자의 얼굴에 깜짝 놀라는 표정이 떠오른다. 또한 이 상황을 즐기는 듯한 야릇한 표정도 살짝 엿보인다. 하지만 그는 이내 원초적인 감정을 지워낸다.

쪼르르 달려온 그가 나를 부축해 욕조에 앉혀준다.

나는 아직도 벨로 지냈을 때 뜨거운 물에 몸을 담그는 순간 느꼈던 행복감을 생생히 기억하고 있다. 하지만 지금은 그런 희열이 조금도 찾아들지 않는다. 목욕 후 욕조를 나오는 것 역시 엄청난 고난일 것이 분명하다. 이 비대한 덩치 때문에. 그런 걱정이 따뜻한 물에 몸을 데우는 기쁨을 압도하고 있다.

"레이븐코트 경, 오늘 아침도 보고서가 필요하십니까?"

나는 뻣뻣하게 욕조에 앉아 고개를 젓는다. 제발 그가 나가주기를 기대하면서.

"그럼 오늘 일정을 말씀드리겠습니다. 사냥, 숲길 산책, 아 그리고…."

나는 물을 빤히 내려다보며 다시 고개를 젓는다. 이걸 얼마나 더 견뎌야 하나?

"알겠습니다. 그 외엔 약속된 미팅이 몇 개 있을 뿐입니다."

"다 취소해주게."

나는 나지막이 말한다.

"전부 다."

"레이디 하드캐슬과의 미팅 약속까지도 말씀이십니까?"

나는 처음으로 그의 초록색 눈을 제대로 쳐다본다. 흑사병 의사는 살인사건을 해결해야만 이 집을 떠날 수 있다고 했다. 어쩌면 이 집의 안주인이 그 비밀을 파헤치는 데 도움이 될지도 모른다.

"아니, 그 약속은 남겨두고. 어디서 만나기로 했지?"

"주인님의 응접실입니다. 장소를 바꾸시겠습니까?"

"아니, 괜찮네."

"알겠습니다, 주인님."

남자는 고개를 끄덕이고 방을 나간다. 홀가분하지만 비참한 기분은 가실 줄 모른다.

나는 눈을 감고 욕조 가장자리에 머리를 누인다. 아무리 애를 써도 내가 처한 상황이 이해가 되지 않는다. 몸에서 영혼이 분리돼 나왔다는 건 죽음을 의미한다. 하지만 이건 분명 내세가 아니다. 지옥에서 말 잘 듣는 하인과 멋들어진 고급 가구를 누릴 수 있겠는가? 심판대에 오른 인간의 죄를 씻어주는 건 또 무슨 해괴한 짓이고?

아니. 나는 아직 살아 있다. 정확히 어떤 상태에 빠졌는지 알 수 없을 뿐. 이 상황은 죽음만큼이나 암담하다. 훨씬 더 기만적이고. 그나마 나 혼자만 겪는 시련이 아니라는 사실이 적잖은 위안을 준다. 흑사병 의사는 나를 포함해 총 세 명이 블랙히스 탈출을 놓고 경쟁하고 있다고 귀띔해주었다. 내게 죽은 토끼를 선물하고 사라진 풋맨도 나와 같은 운명일까? 그래서 그토록 나를 겁주려 하는 걸까? 어차피 결승선에 도달하는 것을 두려워하면 결코 이길 수 없는 경주이니까. 어쩌면 흑사병 의사에게 이 잔인한 경쟁은 그저 신나는 오락거리에 불과할지도 모른다. 우리는 굶주린 개처럼 서로를 잡아먹지 못해 안달하고 있는데.

속는 셈 치고 그를 믿어보는 게 어떻겠소?

"트라우마인가?"

나는 머릿속을 울리는 목소리에게 투덜거린다.

"그건 벨에게 남겨두고 떠나온 줄 알았는데."

말을 그렇게 하고 있지만 그게 사실이 아님을 잘 안다. 나는 이 목소리를 결코 떨쳐낼 수 없을 것이다. 그것은 흑사병 의사와 풋맨처럼 끈질기게 내 주변을 맴돌며 나를 괴롭혀댈 게 뻔하다. 나는 우리의 역사의 무게를 똑똑히 느끼고 있다. 단지 기억하지 못할 뿐. 그들은 내게 벌어지는 모든 일의 일부다. 내가 반드시 풀어야 할 퍼즐의 조각들이다. 그들이 동지인지 적인지는 구분할 길이 없다. 하지만 목소리의 실체가 무엇이든 지금껏 내게 어떠한 피해도 주지 않았다는 건 부인할 수 없는 사실이다.

하지만 순진하게 억류자를 믿을 수는 없다. 살인사건을 해결해야만 이 게임을 끝낼 수 있다니, 생각할수록 터무니없다. 가면으로 얼굴을 가린 채 자정마다 나타나는 흑사병 의사의 의도가 궁금하다. 그는 정체가 드러날까 두려워하고 있다. 어떻게든 그의 가면을 벗겨내야만 한다. 그걸 해낸다면 내게는 그에게 맞설 충분한 힘이 생길 것이다.

시계를 쳐다보며 내게 주어진 옵션들을 차례로 짚어나간다.

지금쯤 그는 서재에서 나의 전 호스트였던 서배스천 벨과 대화하고 있을 것이다. 나는 아직도 이 게임의 개념을 완전히 이해하지 못한 상태다. 아무튼 남자들이 모두 사냥을 나간 바로 지금이야말로 그를 덮치기에 완벽한 타이밍이다. 살인사건을 해결하는 것도 시급하지만 오늘 내게는 또 다른 할 일이 있다. 자유를 되찾으려면 그것을 내게서 앗아간 남자의 정체부터 밝혀내야 한다. 그러려면 누군가의 도움이 절실하다.

흑사병 의사는 내가 주어진 여드레 중 사흘을 서배스천 벨, 집사 그리고 도널드 데이비스로 살며 무의미하게 흘려버렸다고 했다. 이제 나는 다섯 명의 호스트를 더 만날 것이다. 나는 벨과 집사가 맞닥뜨렸던 순간을 떠올려본다. 지금쯤 그들은 블랙히스 주변을 어슬렁거리고 있을 것이다. 지금 내가 그러듯이.

나의 경쟁자들.

그들 안에 누가 들어가 있는지 밝혀내는 것이 급선무다.

12

어느새 물은 차갑게 식어버렸다. 파랗게 질린 몸이 부들부들 떨린다. 레이븐코트의 종자가 다시 돌아와 흠뻑 젖은 감자 부대 건져내듯 나를 꺼내줄 생각을 하니 갑자기 우울해진다.

그때 침실 문에서 점잖은 노크 소리가 들려온다.

"레이븐코트 경, 별일 없으십니까?"

그가 방으로 들어서며 묻는다.

"난 잘 있네."

내 손은 이미 감각을 잃었다.

가리개 뒤에서 그가 불쑥 머리를 내민다. 눈으로 잠시 욕조 안의 상황을 살핀다. 그는 내 부름을 기다리지 않고 성큼 다가와 소매를 걷어올린다. 야윈 그가 비대한 나를 건져 올리려면 초인적인 힘이 필요할 것이다.

이번에는 순순히 그에게 모든 걸 맡긴다. 더 이상 내게는 일말의 자존심도 남지 않았다.

그가 나를 부축해 욕조에서 끌어내는 동안 나는 그의 소매 밑으로 살짝 드러난 초록색 문신을 유심히 살펴본다. 너무나 희미해 정확한 모양을 확인할 수가 없다. 상황을 눈치 챈 그가 황급히 소매를 내린다.

"어릴 적 어리석은 짓을 했습니다, 주인님."

나는 십 분 동안 수치스럽게 서서 그의 수건질을 묵묵히 받는다. 종자는 내 몸의 물기를 다 말리고 나서 옷을 가져와 입힌다. 한쪽 발, 또 다른 쪽 발, 한쪽 팔 그리고 또 다른 쪽 팔. 그가 입혀준 옷은 실크로 된 멋진 맞춤 정장이다. 하지만 몸에 너무 끼어 불편하다. 꼭 나이 든 이모들이 바글대는 방 안에 갇힌 기분이다. 한 사이즈 작은 정장은 레이븐코트의 몸이 아닌, 그의 허영심에 맞춰 제작된 모양이다. 종자는 머리를 빗겨준 후 야자유를 가져와 살집 많은 내 얼굴에 발라준다. 모든 작업이 끝나자 그가 거울을 쥐여준다. 예순에 가까운 남자. 나이에 걸맞지 않은 검은 머리와 흐리게 탄 차를 연상시키는 갈색 눈. 나는 거울 속 어딘가에 숨겨져 있을지 모르는 내 모습을 찾아본다. 배후에서 레이븐코트를 꼭두각시처럼 부리는 조종자. 이곳에 오기 전, 나는 누구였을까? 이 난리를 치다가 덫에 빠져버리기 전, 나는 어떤 이로 살고 있었을까?

이토록 절망적인 상황이 아니었으면 굉장히 흥미진진한 수수께끼로 와 닿았을 것이다.

벨이었을 때와 마찬가지로 거울에 비친 레이븐코트의 모습을 볼 때마다 피부가 따끔거린다. 내 일부가 내 진짜 얼굴을 기억하는 것이다. 그리고 이 낯선 이의 모습에 당혹스러워하는 것이다.

나는 종자에게 거울을 돌려준다.

"도서관으로 가야겠네."

"제가 도서관의 위치를 알고 있습니다, 주인님. 가서 책을 가져올까요?"

"나도 같이 가겠네."

종자가 멈칫하며 미간을 찌푸린다. 그가 더듬거리며 조심스레 말한다.

"그게 저… 그곳까진 거리가 꽤 됩니다. 직접 다녀오시기엔 무리일 것 같습니다만…."

"내 걱정일랑 말게. 어차피 운동이나 할 겸 다녀오려는 거니까."

그는 더 할 말이 있어 보이지만 꾹 참고 내 지팡이와 작은 서류 가방을 가져온다. 나는 그를 따라 어두운 복도로 나간다. 벽에는 석유 램프가 줄줄이 걸려 있다.

우리는 천천히 걸어간다. 종자가 몇 마디 건네보지만 나는 새 호스트의 육중한 몸뚱이에 적응하려 애쓰느라 그 말을 제대로 듣지 못한다. 간밤에 집이 싹 바뀐 듯한 기분이다. 길어진 방 사이의 간격 하며, 걸쭉해진 실내 공기 하며. 우리는 불이 환히 켜진 현관 홀로 들어선다. 계단은 예전과 달리 무척 가팔라졌다. 도널드 데이비스였을 때 단숨에 달려 내려왔던 계단은 이제 오르기에 벅찬 산처럼 느껴진다. 하드캐슬 경 부부가 굳이 레이븐코트를 아래층에 모셔놓은 이유를 알 것 같다. 건장한 장정 두 명과 도르래 없이는 나를 벨의 방으로 절대 데려갈 수 없을 것이다.

나는 틈틈이 멈춰 서서 숨을 고를 때마다 속속 눈에 들어오는 다른 손님을 유심히 살펴본다. 언뜻 봐도 즐거운 모임은 분명 아닌 듯하다. 목소리를 죽인 채 열띤 언쟁을 벌이는 사람, 언성을 높이며 계단을 뛰어 오르는 사람, 거칠게 문을 닫고 방으로 들어가 버리는 사람. 술잔을 꽉 움켜쥔 남편과 아내 들은 벌게진 얼굴로 서로를 들들 볶아대는 중이다. 툭툭 내뱉는 말에서 독기가 묻어난다. 홀 안의 공기는 특히 더 까칠하고 위협적으로 느껴진다. 내 신경이 너무 예민해진 건가? 아니면 불길한 내 예지력 때문인가? 어쨌든 블랙히스는 비극의 온상임에 틀림이 없다.

나는 후들거리는 다리를 이끌고 간신히 도서관에 도착한다. 한동안 상체를 곧게 세워놓은 탓에 허리가 뻐근하다. 고생 끝에 들어선 방은 먼지투성이다. 책으로 빽빽이 채워진 책꽂이는 벽을 따라 줄지어 세워져 있고, 곰팡이 핀 빨간 카펫은 바닥에 찰싹 달라붙어 있다. 벽난로 안으로는 타다 남은 장작이 보인다. 그리고 반대편에는 작은 테이블과 불편해 보이는 나무 의자가 놓여 있다.

안을 둘러보는 종자가 못마땅한 듯 혀를 찬다.

"잠시만 기다려주십시오, 주인님. 제가 거실에 가서 편안한 의자를 가져오겠습니다."

그렇지 않아도 그게 절실히 필요했다. 지팡이 손잡이에 문대진 왼쪽 손바닥이 얼얼하다. 다리는 당장이라도 풀려버릴 것만 같다. 땀으로 흥건히 젖은 셔츠 안에서는 온몸이 근질거려온다. 고작 집 안을 가로질러왔을 뿐인데 나는 녹초가 돼버리고 말았다. 이런 몸으로 오늘 밤 경쟁자들보다 먼저 호수에 도달하는 게 과연 가능한 일일까? 아무래도 새 호스트가 필요할 것 같다. 최소한 계단 정도는 거뜬히 정복하는 인물이면 좋겠지.

레이븐코트의 종자가 윙백 의자[1]를 들고 돌아와 내 앞에 놓아준다. 그는 내 팔을 붙잡고 초록색 쿠션에 나를 조심히 앉힌다.

"이곳을 왜 찾으셨는지 여쭤봐도 되겠습니까, 주인님?"

"운이 좋다면 곧 여기서 친구들을 만날 수 있을 걸세."

나는 손수건으로 얼굴을 훔치며 말한다.

---

[1] 등받이가 날개처럼 펼쳐진 안락의자.

"혹시 수중에 종이 가진 거 있나?"

"물론입니다."

그가 자신의 서류가방에서 풀스캡[2]과 만년필을 꺼내 주문을 받아 적을 준비를 한다. 나는 그를 물리려다 말고 땀과 물집으로 뒤덮인 내 손을 내려다본다. 지금은 알량한 자존심이나 세울 때가 아니다.

나는 잠시 편지에 적을 내용을 떠올려본다. 그리고 종자에게 큰소리로 그것을 불러준다.

"당신들은 분명 나보다 먼저 이곳에 왔을 겁니다. 그 덕분에 이집에 대한 정보를 내가 가진 것 이상 누리고 있겠죠. 우리가 선택받은 이유는 물론, 우리의 억류자, 흑사병 의사에 대해서도 많은걸 알고 있을 거라 믿습니다."

나는 잠시 구술을 멈추고 펜으로 종이를 긁어대는 소리에 집중한다.

"당신들은 아직 나를 찾지 못했습니다. 나는 그 이유가 분명 있을 거라 생각합니다. 한 가지 제안을 하겠습니다. 오늘 점심시간에 도서관에서 모입시다. 억류자의 덜미를 잡으려면 당신들의 협조가 절실합니다. 만약 이렇게 만나는 것이 부담스럽다면 지금껏 알아낸 내용을 서면으로 전달해주면 고맙겠습니다. 아무리 하찮고 사소한 정보라도 상관없습니다. 하루빨리 이곳을 탈출하려면 그 무엇 하나 대충 흘릴 수 없습니다. 그 왜 '백지장도 맞들면 낫다'는 옛 속담도 있지 않습니까. 우리가 지혜를 모아 대처한다면 의외로 쉽게 문제를 해결할 수도 있을 겁니다."

2 대형 인쇄용지.

나는 종자가 마저 받아 적기를 기다린다. 그리고 고개를 들어 그의 얼굴을 올려다본다. 혼란스러워하는 종자의 얼굴에 은근히 즐기는 듯한 표정이 살짝 엿보인다. 한없이 진지하기만 했던 첫인상과는 확실히 다른 모습이다.

"이걸 부치시겠습니까, 주인님?"

"그럴 필요 없네."

나는 책꽂이를 가리키며 말한다.

"그걸 브리태니커 백과사전 첫 권에 꽂아두게. 그들이 알아서 찾아 읽도록 말이야."

그가 나와 편지를 번갈아 쳐다보다가 내가 지시한 대로 그것을 책 사이에 끼워 넣는다.

"누군가가 저걸 꺼내 보고 답을 해올까요, 주인님?"

"몇 분 후가 될지도 모르고, 몇 시간 후가 될 수도 있겠지. 자주 와서 살펴보세나."

"그럼 그때까지는 어쩔 참이십니까?"

그가 포켓 스퀘어[i]로 손에 묻은 먼지를 털어내며 묻는다.

"이 집 하인들을 만나 물어봐주게. 혹시 손님 중 옷장에 중세시대 흑사병 의사 의상을 걸어둔 사람이 있는지 말이야."

"네?"

"자기로 만든 가면, 검은 외투, 뭐 그런 것들 말이네. 그러는 동안 나는 잠깐 눈이나 붙일까 하네."

"여기서 말씀입니까?"

"그래."

---

[i] 양복 주머니 따위에 장식용으로 꽂는 손수건.

그가 미간을 찌푸리고 나를 빤히 쳐다본다. 눈앞에 던져진 퍼즐을 어떻게 풀어야 할지 난처해하는 모습이다.

"제가 난로를 켜드릴까요?"

"괜찮네. 이 상태가 딱 좋아."

"알겠습니다."

그는 무언가 할 말이 있다는 듯 잠시 내 곁을 서성이다가 마지막으로 나를 흘끔 쳐다본 후 혼란스러워하는 표정을 지으며 방을 나간다.

나는 두 손을 배 위에 얹어놓고 눈을 감는다. 잠이 들 때마다 나는 예외 없이 다른 이의 몸에 갇힌 채 눈을 뜬다. 호스트를 이런 식으로 희생시키는 건 위험한 일이다. 하지만 레이븐코트의 몸으로는 할 수 있는 게 거의 없지 않은가. 부디 내가 다시 깨어났을 때는 경쟁자들이 백과사전에 끼워둔 편지를 확인했기를. 그리고 나도 그들 중 하나이기를.

13

둘째 날(계속)

고통스럽다.

비명을 지르는 내 입안에서 피 맛이 느껴진다.

"아픈 거 알아요. 미안해요."

여자의 목소리가 말한다.

목에서 따끔한 통증이 느껴진다. 바늘이 파고든 것이다. 온기가 통증을 녹여준다.

숨 쉬기가 쉽지 않다. 움직이는 건 불가능하다. 눈조차 뜰 수가 없다. 바퀴 돌아가는 소리가 들려온다. 자갈길을 내달리는 말발굽 소리도. 바로 옆자리에는 누군가가 앉아 있다.

"난…."

나는 격한 기침을 시작한다.

"쉬, 아무 말 하지 말아요. 당신은 다시 집사로 돌아온 거예요."

여자가 내 팔뚝에 살며시 손을 얹으며 속삭인다.

"골드가 당신을 공격한 지 십오 분 지났어요. 당신은 마차를 타고 정문 관리실로 향하는 중이고요."

"당신, 누구…."

내 입에서 껄껄대는 소리가 흘러나온다.

"친구예요. 하지만 그건 지금 조금도 중요하지 않아요. 내 말 잘 들어요. 당신이 얼마나 혼란스러운지, 얼마나 지쳤는지 잘 알아요. 하지만 이건 굉장히 중요한 문제예요. 이 모든 것엔 규칙이 있어요. 앞으로는 이렇게 호스트를 허비하지 말아요. 그래봤자 소용없으니까. 당신은 각 호스트로 하루씩 살 수 있어요. 당신이 원하든 원하지 않든. 깨어난 순간부터 그날 자정까지 말이에요. 이해하겠어요?"

나는 쏟아지는 졸음과 사투를 벌이는 중이다.

"그래서 당신이 다시 여기로 돌아온 거예요. 당신의 호스트가 자정 전에 잠이 들면 당신은 다시 집사로 돌아와 이날을 계속 살아가는 거라고요. 만약 집사가 잠이 들면 당신은 다시 직전 호스트에게 돌아가고요. 만약 그 호스트가 자정 이후 잠이 들거나 죽으면 당신은 새로운 호스트로 다시 깨어나요."

그때 마차 앞부분에서 또 다른 목소리가 들려온다. 거친 남자의 목소리.

"이제 다 왔습니다."

그녀가 내 이마에 손을 얹었다.

"행운을 빌어요."

나는 더 이상 버티지 못하고 의식의 끈을 놓아버리고 만다.

14

넷째 날(계속)

누군가의 손이 내 어깨를 흔들어 깨운다.

나는 눈을 뜨고 주위를 살핀다. 아직도 도서관이다. 나는 여전히 레이븐코트의 몸에 갇혀 있다. 안도감이 밀려든다. 이런 덩치로 살아가는 것보다 더 끔찍한 일은 없을 것 같았지만 내 생각이 틀렸다. 집사의 몸은 꼭 깨진 유리 파편으로 가득 찬 부대처럼 느껴졌다. 그 고통스러운 삶으로 돌아가기 전에 레이븐코트로 일생을 살라 한다면 나는 기꺼이 그렇게 할 마음이 있다. 내게 선택의 여지가 없다는 것이 문제이지만. 마차에 함께 타고 있었던 여자가 진실을 들려준 것이라면 나는 머지않아 그 비참한 운명으로 되돌아가게 될 것이다.

노란 연기 너머로 나를 내려다보는 대니얼 콜리지가 눈에 들어온다. 그는 입에 담배를 물고, 손에는 술잔을 쥐고 있다. 그는 서배스천 벨과 함께 서재에 있었을 때와 같은 닳아 해진 사냥복 차림이다. 내 눈이 시계 쪽으로 돌아간다. 점심시간까지는 이십 분 정도 남았다. 그는 미팅을 위해 이곳에 온 모양이다.

그가 술잔을 내게 건네고 나서 반대편 테이블에 살짝 걸터앉는다. 그의 옆에는 백과사전이 활짝 펼쳐진 채 놓여 있다.

"나를 찾았다고?"

대니얼이 담배 연기를 길게 뿜어내며 말한다.

레이븐코트의 귀를 통해 듣는 그의 목소리는 예전과 다르다. 싹싹했던 말투는 오래된 피부처럼 벗겨져 나간 모양이다. 그는 내게 대답할 틈도 주지 않고 백과사전을 읽어내려가기 시작한다.

"당신들은 분명 나보다 먼저 이곳에 왔을 겁니다. 그 덕분에 이 집에 대한 정보를 내가 가진 것 이상으로 누리고 있겠죠. 우리가 선택받은 이유는 물론, 우리의 억류자 흑사병 의사에 대해서도 많은 걸 알고 있을 거라 믿습니다."

그가 책을 덮는다.

"당신이 불러서 이렇게 나타났어."

나는 내게 고정된 그의 번뜩이는 눈을 빤히 쳐다본다.

"당신도 나랑 같은 처지지?"

나는 말한다.

"나흘 후 당신은 내가 될 거야."

그가 말한다. 그리고 내게 머리를 굴릴 여유를 잠시 준다.

"대니얼 콜리지는 당신의 마지막 호스트야. 우리의 영혼, 그의 몸뚱이. 이해가 잘 안 되지? 불행하게도 정신 또한 그의 것이야."

그가 검지로 자신의 이마를 톡톡 두드린다.

"한마디로, 당신과 난 생각 자체가 다르다는 얘기지."

그가 백과사전을 앞으로 들어 보인다.

"예를 들면,"

그가 책을 테이블에 툭 떨어뜨린다.

"콜리지는 편지를 써서 다른 호스트들에게 도움을 요청할 만큼 머리가 좋지 않아. 아주 기발한 아이디어였어. 논리적인 해결 방법이었다고. 레이븐코트다운 생각."

어스레함 속에서 그의 담배가 빨갛게 타들어간다. 그 은은한 불빛 뒤로 무성의하게 머금은 미소가 엿보인다. 어제 봤던 대니얼이 분명 아니다. 지금 보는 눈빛은 확실히 더 차갑고 매섭다. 그는 내 속을 꿰뚫어 보려 애쓰는 듯하다. 내가 벨이었을 때는 미처 짚어내지 못한 부분이다. 거실에서 슬그머니 물러났던 테드 스탠윈은 진작 알고 있었다는 뜻이다. 그 깡패는 생각보다 똑똑한 것 같다.

"그럼 당신은 이미 나로 살아봤다는… 그러니까 내 말은, 레이븐코트로 이미 살아봤다는 건가?"

"그 이후의 호스트들로도 살아봤지. 다들 까다로운 사람들이야. 그나마 레이븐코트가 가장 양호한 편이지. 그러니 지금 마음껏 즐기라고."

"그래서 온 건가? 내 다른 호스트들에 대해 경고하려고?"

내 질문에 그가 또다시 미소를 지어 보인다. 하지만 그 미소는 이내 담배 연기에 휩쓸려 사라져버린다.

"아니. 내가 여기 온 이유는 얼마 전 바로 그 자리에 앉아 누군가로부터 들은 이야기를 당신에게 고스란히 전달하기 위해서야."

"그게 뭐였지?"

그가 손을 뻗어 테이블 끝에 놓인 재떨이를 끌어온다.

"흑사병 의사가 살인사건을 해결하라고 했지? 피해자가 누구인지는 언급하지 않았고? 에블린 하드캐슬. 오늘 밤 무도회에서 살해될 피해자는 바로 그녀야."

그가 재떨이에 담뱃재를 톡톡 털며 말한다.

"에블린?"

나는 힘겹게 상체를 세우며 말한다. 손에 쥐고 있다는 사실을 깜빡한 글라스에서 술이 튀어 내 다리를 적신다. 부모에게 잔인한 학대를 받으면서도 비상한 노력으로 내 좋은 벗이 되어준 그녀가 죽임을 당할 거라는 충격적인 소식이 나를 패닉에 빠뜨린다.

"빨리 가서 그녀에게 알려야지!"

"우리가 왜 그래야 하지?"

대니얼이 차분하게 말한다.

"그녀가 죽지 않으면 우리가 무슨 수로 살인사건을 해결하겠어? 사건을 해결해야만 여길 탈출할 수 있다는 말 있었나?"

"그럼 그녀가 죽도록 내버려두겠다는 거야?"

그의 냉담한 반응이 나를 또 한 번 충격에 빠뜨린다.

"난 오늘을 여덟 번이나 반복해서 살아봤어. 내가 무슨 짓을 해도 매번 그녀는 죽음을 맞이했다고."

그가 손가락으로 테이블 가장자리를 살살 매만지며 말한다.

"어제 무슨 일이 있었든 내일도 그리고 그다음 날에도 결국 같은 일이 벌어지게 된다고. 당신이 어떻게 살인을 막으려는지는 모르겠지만 다 부질없는 짓이야."

"그녀는 내 친구야, 대니얼."

예고도 없이 드러난 감정의 깊이에 나는 흠칫 놀란다.

"그녀는 내 친구이기도 해."

그가 앞으로 몸을 기울이며 말한다.

"하지만 오늘 벌어질 일을 어떻게든 막아보려 애를 써도 결국 난 내가 막으려는 이 사건의 설계자가 돼버리고 말더군. 날 믿어. 에블린의 목숨을 구하려는 건 헛수고야. 내가 통제할 수 없는 상황이 나를 이곳으로 이끌었어. 그리고 조만간 당신도 지금 내가 앉은 이 자리에 앉아 내가 하는 설명을 고스란히 읊게 될 거야. 그 순간이 오면 순진한 레이븐코트의 헛된 희망이 그리워질걸. 미안하지만 미래는 경고가 아니야, 친구. 미래는 약속이라고. 그리고 그 약속은 우리가 결코 깨버릴 수 없어. 바로 그게 우리가 갇힌 이 덫의 본성이라고."

그가 일어나 녹슨 손잡이를 힘껏 밀어 창문을 연다. 그의 눈은 먼발치의 무언가에 고정된다. 나흘 후 내가 고스란히 보이게 될 행동들. 그는 내게 아무 관심이 없다. 내 두려움과 희망에 대해서도 마찬가지다. 나는 그저 그가 지겹도록 반복해 늘어놓는 이야기의 일부에 불과할 뿐이다.

"아무리 생각해도 말이 안 되는 것 같아."

우리가 에블린을 살려내야 하는 이유를 그에게 상기시키기 위해 나는 말한다.

"에블린은 착하고 선한 사람이야. 게다가 십구 년 동안 멀리 떠나 있었잖아. 이제 와서 누가 그를 해치려 하겠어?"

하지만 의혹은 여전히 나를 짓누르고 있다. 어제 숲속에서 에블린은 부모님이 토머스를 제대로 챙기지 못한 자신을 아직도 용서하지 않고 있다고 했다. 그녀도 동생을 카버의 손에 죽게 한 자신을 탓하고 있었다. 그녀는 여전히 노여움을 풀지 못한 부모님이 무도회에서 무언가 끔찍한 일을 벌이게 될 거라 믿고 있었다. 바로 이 게임이 그것일까? 그들은 정말로 친딸을 살해하고 싶을 만큼 그녀를 증오하고 있을까? 만약 그렇다면, 헬레나 하드캐슬과 만나기로 한 약속은 내게 큰 행운이나 다름없다.

"글쎄."

내 목소리에서 묻어나는 짜증을 감지했는지 대니얼이 말한다.

"이 집엔 비밀이 너무 많고, 그중 결정적인 한 가지를 짚어내기란 쉽지가 않아. 내가 조언 하나 할까? 당장 나가서 애나부터 찾아보도록 해. 여덟 명의 호스트가 많다고 느껴질 수도 있겠지만 이 게임에서 이기려면 최소한 그 두 배가 넘는 인력이 필요할 거야. 그러니 앞으로는 단 한 명의 호스트도 허투루 낭비해선 안 돼."

"애나."

나는 집사를 태우고 가는 마차에서 본 여자를 떠올린다.

"그 여자, 벨의 지인이 아니었나?"

그가 담배를 길게 한 모금 빨면서 가늘어진 눈으로 나를 응시한다. 그는 내게 어디까지 귀띔해주어야 할지를 놓고 고민에 빠진 듯하다.

마침내 그가 말한다.

"애나도 우리처럼 이곳에 갇혔어. 그녀는 친구야. 그녀뿐만 아니라, 이 상황에 놓인 누구라도 우리 친구라 할 수 있겠지. 그러니까 풋맨보다 먼저 그녀를 찾도록 해. 그는 지금 우리를 사냥하고 있어."

"그가 내 방에 죽은 토끼를 놓아두었더군. 벨의 침실에 말이야. 어젯밤에."

"그건 시작일 뿐이야. 그는 기어이 우리를 죽이고 말 거야. 신나게 재미를 보고 나서 말이지."

순간 온몸이 바짝 얼어붙어버리고 속이 울렁거린다. 나 또한 짐작해온 가능성이지만 그의 입을 통해 확인하고 나니 또 다른 차원의 공포가 밀려든다. 나는 눈을 질끈 감고 코로 길게 숨을 내쉰다. 두려움을 극복하는 레이븐코트만의 방식인 모양이다. 물론 아닐 수도 있겠지만.

나는 한층 차분해진 마음으로 눈을 뜬다.

"대체 그놈 정체가 뭐지?"

나는 애써 힘주어 묻는다.

"몰라."

그가 담배 연기를 뿜어내며 말한다.

"난 그를 악마라고 부를까 해. 여기가 워낙 지옥 같은 곳이다 보니. 그는 우리를 차례로 없애려 하고 있어. 경쟁자가 다 사라져야 오늘 밤 자기 혼자 흑사병 의사에게 퍼즐의 답을 가져갈 수 있을 테니까."

"그에게도 다른 호스트들이 있나? 우리처럼?"

"신기하게도 말이야, 그는 우리와는 다른 것 같아. 하지만 특별히 다른 호스트들이 필요한 것 같지도 않더군. 그는 우리 호스트들의 얼굴을 전부 알고 있어. 그리고 가장 곤란한 순간을 골라 우리를 공격하지. 내가 실수할 때마다 그는 마치 기다렸다는 듯 나타났어."

"우리 머릿속을 훤히 꿰뚫어 보는 상대를 무슨 수로 막지?"

"그 답을 안다면 우리가 지금 이렇게 머리를 맞대고 있을 필요는 없었겠지."

그가 짜증 섞인 투로 말한다.

"조심해. 그는 빌어먹을 유령처럼 이 집을 들락이고 있어. 혼자 있을 때 그와 맞닥뜨리면…. 당신 혼자서 놈에게 맞설 생각일랑 마."

대니얼의 목소리는 위협적이고, 표정은 음울하다. 풋맨의 정체는 알 수 없지만 그는 내 미래를 손에 쥐고 제 마음대로 조종하는 중이다. 주변에서 늘어놓는 그에 대한 경고가 나를 점점 더 불안하게 한다. 흑사병 의사는 내게 여드레의 여유를 주었다. 그 안에 나는 어떻게든 에블린 살인사건을 해결해야만 한다. 여덟 명의 호스트를 지혜롭게 이용해서. 서배스천 벨은 자정을 넘겨서까지 잠을 잤다. 더 이상 그를 호스트로 쓸 수 없게 됐다는 뜻이다.

이제 내게 남겨진 건 이레의 시간과 일곱 명의 호스트뿐이다.

내 두 번째와 세 번째 호스트는 집사와 도널드 데이비스였다. 마차에 함께 타고 있었던 여자는 데이비스를 언급하지 않았다. 왜 그랬을까? 어쨌든 그에게도, 집사에게도, 같은 규칙이 적용되고 있을 것이다. 두 사람 모두 자정까지 많은 시간이 남아 있다. 하지만 그중 한 명은 중상을 입었고, 나머지 한 명은 블랙히스로부터 멀리 떨어진 도로에서 잠이 들었다. 사실상 그들 모두 쓸모가 없어진 셈이다. 그야말로 최악의 둘째 날과 셋째 날을 보낸 것이다.

나는 이미 넷째 날에 접어들었다. 그리고 레이븐코트는 내게 부담만 주는 호스트다. 남은 네 명의 호스트에 대해서는 아는 바가 전혀 없다. 그나마 대니얼이 꽤 쓸만해 보여 다행이다. 흑사병 의사는 궁지에 빠뜨리려 갖은 꼼수를 다 부리고 있다. 정말로 풋맨이 내 약점을 안다면 큰일이다. 내게는 약점이 무수히 많으니까.

"에블린의 죽음에 대해 알아낸 사실을 들려줘. 우리가 힘을 합치면 풋맨에게 당하기 전에 사건을 해결할 수 있을지도 몰라."

"내가 알려줄 수 있는 건 그녀가 매일 밤 11시 정각에 죽는다는 사실뿐이야."

"정말 아는 게 그것뿐인가?"

"아는 거야 많지. 하지만 내가 당신을 어떻게 믿고 그걸 다 털어놓겠어?"

그가 나를 빤히 쳐다보며 말한다.

"나는 당신이 앞으로 벌이게 될 일을 바탕으로 치밀하게 계획을 세워뒀어. 지금 입을 잘못 놀렸다간 당신이 그 궤도를 벗어난 기행을 벌이게 될지도 모른다고. 내게 득이 되는 일을 당신이 방해할 수도 있고 말이야. 나를 위해 누군가의 주의를 딴 데로 돌려놓아야 할 때 당신이 엉뚱한 데로 가버리면 안 되잖아. 생각 없이 내뱉은 말 한마디가 내 계획을 물거품으로 만들어버릴 수 있다고. 그러니 오늘도 내가 디자인해놓은 그대로 흘러가야만 해. 그게 당신을 위해서도, 나를 위해서도 바람직한 일이라고."

그가 지친 얼굴로 자신의 이마를 잠시 문지른다.

"미안해, 레이븐코트. 당신은 그냥 당신의 계획대로 조사를 이어나가기만 하면 돼. 나를 비롯한 그 누구에게도 방해받지 말고."

"알았어."

나는 실망한 티를 내지 않으려 애쓰며 말한다. 하지만 다 무의미한 짓이다. 결국 그는 나이니까. 자신에 대한 내 실망감을 아직 생생히 기억하고 있을 테니까.

"내게 사건을 해결하라고 조언하는 걸 보니 당신도 흑사병 의사의 말을 믿는 모양이군. 혹시 그의 정체를 밝혀냈나?"

"아직. 그리고 '믿는다'는 표현은 적절하지 않은 것 같아. 그에게도 그 자신만의 명분이 있을 거야. 난 그렇게 확신해. 하지만 지금으로서는 그가 요구하는 대로 들어주는 것 외엔 우리가 할 수 있는 게 없어."

"왜 우리에게 이런 일이 벌어지는지도 설명 안 해줬고?"

그때 문 쪽에서 요란한 소음이 들려온다. 우리는 일제히 레이븐코트의 종자에게로 시선을 돌린다. 외투를 반쯤 벗은 그는 목에 감긴 긴 자주색 목도리와 씨름 중이다. 가쁜 숨을 몰아쉬는 그의 머리는 거센 바람에 산발이 되었고 볼은 벌겋다.

"급히 오라고 호출하셨습니까, 주인님?"

그가 여전히 목도리를 잡아당기며 말한다.

"제가 불렀습니다."

대니얼은 어느새 자신의 캐릭터로 돌아가 있다.

"오늘 하실 일이 많지 않으십니까. 커닝엄이 곁에서 잘 챙겨드
릴 겁니다. 그럼 저는 이만 가보겠습니다. 정오에 서배스천 벨과
만나기로 했거든요."

"난 에블린이 그리 되는 걸 두고 보지만은 않을 걸세, 대니얼."

"그건 저도 마찬가지입니다."

그가 창밖으로 담배를 던져버리고는 창문을 닫는다.

"하지만 결국 운명은 그녀를 찾아내고야 말 겁니다. 마음의 준
비를 단단히 하십시오."

그는 성큼성큼 걸어 도서관을 나가버린다. 살짝 열린 문틈으로
다른 손님들의 재잘거림과 날붙이류 부딪치는 요란한 소리가 쏟
아져 들어온다. 대니얼은 서재를 통과해 거실로 향한다. 손님들은
점심을 먹고 있다. 이제 곧 스탠윈이 나타나 루시 하퍼라는 하녀
를 위협하게 될 것이다. 서배스천 벨은 창가에서 그 광경을 지켜
보게 될 것이고. 남자들이 사냥을 나가면 에블린은 우물에서 쪽
지를 발견하게 될 것이고, 묘지에는 피가 뿌려질 것이며, 두 친구
는 끝내 나타나지 않을 여자를 기다리게 될 것이다. 대니얼은 내
힘으로는 결코 오늘 벌어질 일을 막을 수 없을 거라 했다. 하지만
그렇다고 그냥 앉아서 지켜볼 수만은 없는 일이다. 이 집에서 탈
출하려면 흑사병 의사가 던져준 퍼즐을 풀어야만 한다. 하지만 그
목적을 이루기 위해 에블린을 희생양으로 삼을 수는 없다. 나는

무슨 수를 써서라도 그녀의 죽음을 막아낼 것이다.

"무엇을 도와드릴까요, 주인님?"

"종이를 가져오게. 펜과 잉크도. 뭔가 적을 게 있어."

"알겠습니다."

그가 자신의 서류가방에서 주문한 것들을 꺼낸다.

두툼한 내 손으로는 펜을 놀리는 것조차 쉽지가 않다. 하지만 잉크가 흉측하게 번지더라도 메시지만큼은 분명하게 전달돼야 한다.

나는 시계를 확인한다. 오전 11시 56분. 거의 시간이 됐다.

잉크가 다 마른 것을 확인하고 종이를 반듯하게 접어 커닝엄에게 건넨다.

"받게."

내 앞으로 뻗은 그의 손은 분홍빛을 띠고, 손가락 끝에는 검은 기름때가 묻었다. 편지를 건네받은 그가 잽싸게 두 손을 등 뒤로 감춘다.

"지금 당장 점심을 나르고 있는 거실로 가주게. 거기서 무슨 일이 벌어지는지 지켜보다가 이 편지를 꺼내 읽고 나서 다시 돌아와주면 되네."

그는 혼란스러워하는 표정을 짓는다.

"네, 주인님?"

"오늘은 아주 이상한 하루가 될 걸세, 커닝엄. 자네를 믿어도 되겠지?"

그가 다시 입을 열려 하자 나는 부축해달라고 잽싸게 손짓했다.

"자넨 그냥 시키는 대로만 하면 돼."

나는 끙 앓는 소리를 내며 일어난다.

"이곳으로 돌아와 날 기다려주게."

커닝엄이 거실로 떠난 후 나는 지팡이를 챙겨 일광욕실로 향한다. 가서 에블린을 찾아볼 참이다. 이른 시간이라 일광욕실은 한산하다. 여자들은 바에 앉아 술을 홀짝이거나 긴 의자에 축 늘어진 채 누워 있다. 모두가 진 빠진 모습이다. 그 무엇에라도 의욕을 부리는 자체가 엄청난 부담인 것처럼. 그들은 에블린에 대해 소곤대며 기분 나쁜 웃음을 흘리고 있다. 에블린은 한쪽 구석의 체스 테이블에 홀로 앉아 자신과의 외로운 게임에 집중하고 있다. 그녀는 자신에 대한 여자들의 험담을 전혀 의식하지 못하는 듯하다.

"에비, 당신에게 할 말이 있어요."

나는 절뚝거리며 그녀 앞으로 다가간다.

그녀가 천천히 고개를 들고 잠시 나를 빤히 쳐다본다. 어제와 마찬가지로 그녀의 금발 머리는 포니테일로 묶여 있다. 하지만 어제와 다르게 그녀의 수척하고 어두운 얼굴은 조금도 밝아지지 않는다.

"됐어요, 레이븐코트 경."

그녀가 다시 체스판으로 시선을 돌리며 말한다.

"당신이 도와주지 않아도 충분히 고되고 불쾌한 하루를 보내는 중이에요."

뒤에서 들려오는 나지막한 웃음소리가 내 속을 뒤집어놓는다.

"부탁이에요, 에비, 이건 굉장히···."

"미스 하드캐슬이에요, 레이븐코트 경."

그녀가 신경질적으로 말한다.

"예절이 사람을 만든다는 말, 아시죠?"

굴욕감에 속이 울렁거린다. 레이븐코트에게는 최악의 악몽이다. 여러 사람이 지켜보는 가운데 뻘쭘하게 서 있으려니 꼭 돌팔매를 기다리는 기독교인이 된 기분이다.

에블린이 반짝이는 눈을 가늘게 뜨고 땀을 질질 흘리며 몸서리치는 나를 쳐다본다.

"그럼 이렇게 하죠. 나랑 게임 한판 해요."

그녀가 체스판을 톡톡 두드리며 말한다.

"당신이 이기면 기꺼이 대화 상대가 돼줄게요. 대신 내가 이기면 오늘 하루 동안 나를 괴롭히지 말아줘요. 어때요?"

함정인 줄 알지만 나는 그 제안을 거절할 입장이 아니다. 나는 땀에 젖은 눈썹을 훔치고 그녀 맞은편 작은 의자에 힘겹게 내려앉는다. 일광욕실 곳곳에서 웃음이 터져나온다. 차라리 단두대에 오르는 게 훨씬 마음이 편할 것 같다. 의자 양옆으로 살이 흘러내린다. 등받이도 낮아 불편하기가 그지없다. 허리를 반듯하게 세우는 것조차 쉽지 않다.

에블린은 괴로워하는 내게 눈길 한번 주지 않고 체스판의 폰을 앞으로 밀어낸다. 나는 룩을 움직여 응수한다. 머릿속에 떠오르는 수를 잠자코 따라가볼 생각이다. 막상막하다. 하지만 불편한 자세 탓에 게임에 집중할 수가 없다. 이런 상태로 에블린을 이기는 건 불가능하다. 나는 최대한 시간을 끄는 전략으로 돌아선다. 치열한 공방과 기발한 속임수는 삼십 분 넘게 이어진다. 내 인내심은 어느새 한계에 다다랐다.

"당신의 목숨이 위험해요."

나는 불쑥 말한다.

폰을 쥔 에블린의 손이 뚝 멎는다. 바르르 떨리는 그녀의 손에서는 종만큼이나 큰 소리가 난다. 그녀의 시선이 내 얼굴을 잠시 훑다가 뒤편의 여자들에게로 돌아간다. 누가 엿들었을까 봐 두려운 모양이다. 그녀는 당황한 기색이 역력하다.

이미 알고 있었군.

"우리가 합의한 내용 잊었나요, 레이븐코트 씨?"

그녀가 딱딱하게 굳은 표정으로 말한다.

"하지만….."

"자꾸 이러시면 그냥 일어나겠어요."

그녀가 매섭게 쏘아보며 말한다. 결국 나는 대화 시도를 포기하고 만다.

게임은 계속 이어진다. 나는 그녀의 반응에 당혹스러워 더 이상 게임에 집중하지 못한다. 에블린도 오늘 밤 벌어질 사건에 대해 아는 듯하다. 하지만 어떤 이유에서인지 남들이 그걸 알아챌까 두려워하고 있다. 더 큰 문제는 그녀가 레이븐코트를 전혀 신뢰하지 않는다는 사실이다. 그녀에게 경멸을 받는 호스트는 사건 해결에 아무런 도움도 되지 않는다. 그녀를 살리려면 그녀에게 호감을 받는 호스트를 불러내거나 그녀의 도움 없이 혼자 고군분투할 수밖에 없다. 무척 짜증 나는 상황이다. 대화의 물꼬를 틀 방법을 한창 궁리하고 있을 때 서배스천 벨이 문간에 나타난다. 순간 기분이 묘해진다. 굽도리널을 따라 이동하는 생쥐처럼 방으로 슬그머니 들어선 그는 분명 나다. 두 눈으로 똑똑히 확인했음에도 이 상황이 믿어지지 않는다. 구부정한 자세의 그는 고개를 푹 숙이고 있다. 양옆으로 늘어뜨린 두 팔은 뻣뻣하게 경직돼 있다. 그는 경계의 눈빛으로 주위를 분주히 살피는 중이다.

"제 할머님이세요. 헤더 하드캐슬."

벽에 걸린 초상화를 들여다보는 그를 향해 에블린이 말한다.

"만족스러운 그림은 아니에요. 뭐 할머님이 특별히 잘생기셨던 것도 아니지만."

"실례합니다. 저는⋯."

그들의 대화는 어제와 똑같이 진행되고 있다. 그녀는 방금 들어온 골골한 남자에게 노골적으로 관심을 보이고 있다. 그런 그녀를 보노라니 질투심이 치솟는다. 물론 그런 건 지금 조금도 중요하지 않다. 벨은 그날 내가 보낸 하루를 고스란히 재현하고 있다. 내가 그랬듯 자기만의 착각에 빠져 있다. 어쩌면 나 역시도 지금 대니얼이 치밀하게 짜놓은 코스를 따라나가는 중인지도 모른다. 그렇다면 나도⋯ 메아리에 불과할 뿐인가? 기억? 아니면 물살에 휩쓸려 떠내려가는 유목 신세인 건가?

체스판을 확 뒤집어 엎어볼까? 그럼 우리의 운명이 바뀔지도 모르잖아. 나는 그들과 다르다는 것도 증명할 수 있을 거고.

나는 앞으로 손을 내민다. 하지만 에블린의 반응, 그녀의 경멸, 지켜보는 여자들의 웃음을 생각하니 금세 주눅이 들어버린다. 자존심을 지키는 건 내게 무척 중요하다. 나는 잽싸게 두 손을 거둬들인다. 나중에 또 기회가 있을 거야. 잠자코 때를 기다려야 해.

패배가 확실시되자 나는 의기소침해진다. 마지막으로 무의미한 수를 몇 번 내놓고 나서 내 킹을 체스판에 뉘어놓는다. 그런 다음, 서배스천 벨의 아득한 목소리를 뒤로 한 채 비틀거리며 방을 나선다.

15

커닝엄은 내게 지시받은 대로 도서관에서 나를 기다리고 있다. 그는 의자 끝에 걸터앉아 있고, 가볍게 떨리는 그의 손에는 내가 건넨 편지가 쥐어져 있다. 내가 들어서자 그가 일어난다. 너무 무리해서 빨리 걸어온 모양이다. 과중한 부담에 혹사당한 폐가 터져버릴 듯이 아프다. 입에서는 가쁜 숨이 연신 터져나온다.

그는 달려와 나를 부축하지 않는다.

"거실에서 무슨 일이 벌어질지 어떻게 알았죠?"

나는 대답을 위해 입을 열어보지만 말과 공기를 한꺼번에 담기에는 내 목구멍이 너무 작았다. 나는 잠시 게걸스러운 호흡을 이어나간다. 내 눈은 서재 쪽을 향하고 있다. 벨과 대화 중인 흑사병 의사를 볼 수 있기를 간절히 바랐지만 내가 한발 늦어버린 모양이다. 일광욕실에 지금껏 붙잡혀 있느라.

하긴, 따지고 보면 별로 놀랄 일은 아니다.

마을로 향하는 길에 맞닥뜨렸던 흑사병 의사는 내가 언제 어디서 무엇을 하게 될지 훤히 아는 듯하다. 내 앞에 모습을 드러낼 때도 그런 계산이 바탕에 깔려 있을 게 분명하다. 내가 매복했다가 그를 덮칠 수 없는 이유다.

"당신이 얘기한 그대로 일이 벌어졌어요."

커닝엄이 믿어지지 않는다는 표정으로 종이를 내려다보며 말한다.

"테드 스탠윈이 하녀를 모욕했고, 대니얼 콜리지가 불쑥 나타나 말렸습니다. 그뿐 아니라 그들은 당신이 적어놓은 대사를 그대로 읊기까지 했습니다. 한 단어도 빠뜨리지 않고 말입니다."

어찌 된 일인지 그에게 친절히 설명해줄 수도 있지만 아직은 때가 아니다. 나는 절뚝거리며 의자로 다가가 힘겹게 앉는다. 욱신거리는 다리는 그제야 긴장을 푼다.

"속임수였나요?"

"속임수가 아닙니다."

"그리고 여기… 이 마지막 줄 말입니다. 당신이….'"

"네."

"당신이 레이븐코트 경이 아니라고 적어놨던데요."

"난 레이븐코트가 아닙니다."

"아니라고요?"

"아니에요. 얼굴이 창백하군요. 술 한잔하는 게 좋겠어요."

복종이 몸에 밴 그는 내 조언에 순순히 따른다. 그가 술이 담긴 글라스를 들고 돌아와 의자에 앉는다. 그는 술을 홀짝이면서도 내게서 눈을 떼지 않는다. 두 다리를 반듯하게 모으고 앉은 그의 어깨는 많이 움츠러져 있다.

나는 그에게 모든 걸 털어놓는다. 숲속에서 목격한 살인사건, 벨이 되어 살았던 첫날, 끝도 없이 이어지는 도로 그리고 최근 대니얼과 나눈 대화. 그의 얼굴에 의심의 표정이 살짝 스친다. 그는 의심이 생길 때마다 손에 쥔 종이를 흘끔흘끔 내려다본다. 그런 그를 지켜보고 있노라니 안쓰러운 마음이 든다.

"한잔 더 하겠습니까?"

나는 턱으로 벌써 반이나 줄어든 글라스를 가리키며 묻는다.

"당신이 레이븐코트 경이 아니라면, 대체 그분은 지금 어디 계신 겁니까?"

"그건 나도 몰라요."

"아직 살아 계시긴 합니까?"

그의 시선이 살짝 돌아간다.

"그러길 바라고 있나요?"

"레이븐코트 경은 나를 잘 대해주셨습니다."

하지만 그의 얼굴에서는 노기가 엿보인다.

뭔가 숨기는 게 있군.

나는 다시 커닝엄을 응시한다. 내리뜬 눈과 지저분한 손 그리고 혈기왕성할 때 경솔하게 새겼다는 문신. 그는 잔뜩 겁을 먹었다. 하지만 내가 들려준 진실 때문은 아니다. 그는 이미 오늘을 경험한 내가 자신에 대해 무엇을 아는지 궁금해하고 있다. 그에게는 말 못 할 비밀이 있는 게 분명하다.

"당신의 도움이 필요합니다, 커닝엄. 해야 할 일은 산더미인데 레이븐코트의 몸에 갇혀 있어서 거동조차 쉽지가 않아요."

남은 술을 마저 비운 그가 자리에서 일어난다. 그의 볼은 발그레해졌다. 그가 술기운을 빌어 말한다.

"난 이만 가보겠습니다. 내일 레이븐코트 경이 돌아오시면 그때 다시…."

그는 말을 잇지 못한다.

그가 뻣뻣하게 목을 까딱인 후 문으로 향한다.

"당신의 비밀을 알면 그가 다시 받아줄까요?"

나는 불쑥 말한다. 연못에 던져진 돌멩이처럼 머릿속에 문득 떠오른 아이디어다. 커닝엄은 치명적인 비밀을 숨기고 있는 게 분명하다. 내가 제대로 짚었다면. 그것을 파헤치려 들면 그는 심적으로 큰 부담을 느낄 것이다.

걸음을 멈춘 그가 두 주먹을 꼭 쥔다.

"그게 무슨 소립니까?"

그가 정면을 응시한 채 묻는다.

"당신 자리의 쿠션을 들춰봐요."

나는 애써 덤덤하게 말한다. 내가 시도하려는 것은 논리적으로 빈틈이 없다. 그렇다고 그게 제대로 먹힐 거라는 보장은 없다.

그가 자신이 앉았던 의자를 흘끔 쳐다보다가 다시 내게로 시선을 돌린다. 그는 말없이 내 주문에 따른다. 쿠션 밑에는 하얀 봉투가 숨겨져 있다. 나는 유유히 미소를 흘리며 그를 지켜본다. 봉투를 뜯고 난 커닝엄의 어깨가 축 늘어진다.

"어떻게 알았습니까?"

그가 갈라지는 목소리로 묻는다.

"지금은 아는 게 없어요. 하지만 다음 호스트의 몸에서 깨어나면 난 당신의 비밀을 파헤치는 데만 집중할 겁니다. 그 후엔 다시 이 방으로 돌아와 당신의 비밀을 그 봉투에 담아놓을 거예요. 지금 이 대화가 내가 원하는 방향으로 흐르지 않으면 난 그 봉투를 다른 손님들이 찾을 수 있는 곳에 놓아둘 겁니다."

그가 코웃음을 친다. 그의 경멸의 눈초리에 뺨을 얻어맞은 기분이다.

"레이븐코트도 아니면서 하는 짓이 그와 똑같군요."

나는 흠칫 놀란다. 지금까지 나는 호스트가 바뀌어도 내 성격은 고스란히 유지되는 줄 알았는데. 주머니에 넣고 다니는 페니[1]처럼. 그게 아니었나?

내 지난 호스트들은 커닝엄을 협박할 생각을 감히 떠올리지 못했을 것이다. 그 협박을 행동에 옮기는 건 더더욱 상상할 수 없고. 서배스천 벨, 로저 콜린스, 도널드 데이비스 그리고 레이븐코트. 돌이켜보면 그들 모두 그럴 만한 인물이 못 되었다. 그렇다면 내가 그들의 의지를 조종하고 있는 것일까? 그 반대가 아니라? 만약 그렇다면 더 신중할 필요가 있다. 남의 몸에 갇히는 것과 그들의 욕구에 휩쓸리는 것 사이에는 크나큰 차이가 있으니.

갑자기 들려온 커닝엄의 목소리에 정신이 번쩍 든다. 그는 주머니에서 꺼낸 라이터로 편지를 태우는 중이다.

"당신이 원하는 게 뭡니까?"

그가 불붙은 편지를 난로 안에 던져 넣으며 말한다.

"우선 당신에게 주문할 게 네 가지 있어요."

나는 통통한 손가락을 펴 보이며 말한다.

"첫째, 마을로 통하는 길 근처에 오래된 우물이 있습니다. 거길 살펴보면 돌 틈에 끼워진 쪽지가 보일 겁니다. 거기 적힌 내용을 확인하고 쪽지를 다시 제자리에 꽂아 넣은 후 나를 찾아와요. 서둘러야 합니다. 그 쪽지는 한 시간 안에 사라져버릴 테니까요. 둘째, 내가 아까 얘기했던 그 흑사병 의사를 찾아봐요. 셋째, 블랙히스 곳곳을 돌아다니면서 애나의 이름을 언급하고 다녀줘요. 레이

[1] 영국의 작은 동전이자 화폐 단위.

븐코트 경이 그녀를 찾고 있다고 말입니다. 마지막으로, 서배스천 벨을 찾아가 만나봐요."

"서배스천 벨? 그 의사 말입니까?"

"맞아요."

"왜요?"

"내가 서배스천 벨이었을 때 당신을 만난 기억이 없으니까요. 만약 우리가 그 부분을 바꿀 수 있다면 그건 오늘 벌어질 다른 일도 거뜬히 바꿀 수 있다는 뜻일 겁니다."

"에블린 하드캐슬의 죽음 말인가요?"

"바로 그겁니다."

커닝엄이 길게 한숨을 내쉬며 나를 돌아본다. 그는 마치 사막을 지나온 사람처럼 지친 모습이다.

"내가 협조하면 이 편지에 담긴 내용을 비밀에 부쳐주겠단 말입니까?"

그의 표정에서 희망이 살짝 엿보인다.

"그렇습니다. 약속하죠."

나는 땀에 젖은 손을 앞으로 내민다.

"선택의 여지가 없는 것 같군요."

그는 넌더리를 내며 악수에 응한 뒤 허둥대며 방을 나선다. 더 머물렀다가는 또 무슨 부담을 떠안게 될지 두려운 모양이다. 잠시 술렁이던 축축한 실내 공기가 차분히 가라앉으며 뼛속으로 스며든다. 칙칙한 도서관을 벗어나기 위해 지팡이를 짚고 힘겹게 몸을 일으킨다.

레이븐코트의 방으로 향하는 길에 서재를 흘끔 들여다본다. 헬레나 하드캐슬과 만나기로 한 곳. 만약 그녀가 오늘 밤 에블린을 죽일 계획이라면 어떻게든 그 사실을 실토케 만들어야 할 것이다.

저택은 정적에 파묻혔다. 남자들은 죄다 사냥을 나갔고, 여자들은 일광욕실에 모여 술을 나누며 수다를 떠는 중이다. 하인들마저도 자취를 감췄다. 아래층 어딘가에 모여 무도회 준비에 한창인 듯하다. 들리는 것이라고는 창문을 두들겨대는 빗소리뿐이다. 벨은 소음을 그리워했다. 하지만 상대의 적의를 감지하는 데 남다른 소질이 있는 레이븐코트에게 이런 정적은 상쾌하게만 느껴질 뿐이다. 마치 퀴퀴한 냄새가 풍기는 방을 환기할 때처럼.

묵직한 발소리가 내 몽상을 깨뜨린다. 누군가가 느리고 신중하게 움직이고 있다. 일부러 내 주의를 끌려는 듯이. 나는 큰 식당에 다다랐다. 문틈으로 긴 떡갈나무 테이블이 보이고 먼지가 두껍게 덮인 채 벽에 걸린 짐승들의 머리가 보인다. 식당은 텅 비었다. 그럼에도 발소리는 사방에서 들려오고 있다. 모두가 절뚝거리는 내 걸음을 흉내 내는 것 같다.

나는 바짝 얼어붙어버린다. 눈썹에는 땀방울이 맺혀 있다.

발소리가 차례로 멎는다.

나는 이마의 땀을 훔치며 초조하게 주위를 살펴본다. 벨의 종이 자르는 칼이라도 있었으면. 레이븐코트의 굼뜬 몸뚱이에 파묻힌 나는 꼭 닻을 질질 끌고 가는 사람이 된 기분이다. 달아날 수도, 맞서 싸울 수도 없는 상태. 설령 반격을 한다 해도 보나 마나 허공에 빈 주먹만 날려댈 게 뻔하다. 내게 도움을 줄 사람도 없고.

잠시 망설이던 나는 다시 걸음을 옮긴다. 으스스한 발소리는 계속해서 나를 쫓아온다. 내가 걸음을 멈추면 발소리도 뚝 멎는다. 벽에서는 사악한 웃음소리가 배어 나온다. 내 심장은 요란하게 쿵쾅거리고 팔뚝의 털은 바짝 곤두섰다. 나는 거실 문틈으로 내다보이는 입구의 홀로 빠르게 이동한다. 발소리는 더 이상 내 걸음을 흉내 내지 않는다. 사방에서 깔깔대며 춤추는 소리가 들려온다.

나는 할딱거리며 문간에 다다른다. 땀이 눈으로 스며들어 앞이 보이지 않는다. 계속 허둥대다가는 지팡이에 발이 걸려 넘어질 것만 같다. 입구의 홀로 들어서자 웃음소리가 뚝 멎는다. 그리고 누군가의 속삭임이 나를 쫓아낸다.

"우린 곧 만나게 될 거야, 귀여운 토끼."

16

십 분 뒤, 속삭임은 가셨지만 그것이 유발한 공포는 여전히 메아리로 남아 있다. 메시지 내용 그 자체보다도 한껏 들뜬 남자의 말투가 더 섬뜩했다. 피와 고통을 예고하는 경고. 그는 풋맨이 분명했다.

나는 덜덜 떨리는 손을 살짝 들어본다. 아주 조금은 진정이 된 것 같다. 나는 계속 내 방을 향해 나아간다. 부지런히 걷고 있을 때 입구 홀 뒤편의 어두운 문간에서 누군가가 흐느끼는 소리가 들려온다. 나는 잠시 그 주변을 서성이며 함정일지 모르는 어둠 속을 들여다본다. 풋맨이 쳐놓은 덫은 아닌 듯했다. 그가 저토록 구슬피 울고 있을 리도 없고.

나는 연민에 이끌려 어정쩡하게 걸음을 옮긴다. 안으로 들어서니 화랑으로 보이는 좁은 공간이 나타난다. 벽 한구석에는 하드캐슬 가족의 초상화가 여럿 걸려 있다. 조상들은 벽 한구석에서 시들어가는 중이고, 현재 블랙히스 주인 가족은 잘 보이는 문 근처에 자리를 잡았다. 그림 속 레이디 헬레나 하드캐슬은 도도한 모습으로 앉아 있고, 그 옆에는 그녀의 남편이 우뚝 서 있다. 두 사람 모두 검은 머리에 까만 눈을 하고 있다. 고상하면서도 거만해 보이는 부부다. 이 집 자녀들의 초상화도 보인다. 창가에 선 에블린은 커튼을 만지작거리며 밖을 내다보고 있다. 마치 누군가를 기다리는 듯이. 마이클은 앉은 의자 팔걸이에 한쪽 다리를 걸쳐놓은 상태다. 바닥에는 책 한 권이 덩그러니 놓여 있다. 따분한 표정의 그는 끓어오르는 혈기를 주체하지 못하고 몸을 들썩이는 중이다. 초상화의 구석마다 그레고리 골드의 서명이 남겨져 있다. 나는 아직도 화가가 집사를 구타하는 모습을 생생히 기억하고 있다. 순간 지팡이를 쥔 내 손에 힘이 잔뜩 들어간다. 입안에서는 피 맛이 느껴진다. 에블린은 골드가 초상화 손질 작업을 위해 블랙히스에 왔다고 했다. 미치광이인지는 몰라도 화가로서의 그의 재능은 인정해야만 했다.

한쪽 구석에서 다시 흐느껴 우는 소리가 들려온다.

화랑에는 창문이 없다. 석유 램프만이 유일한 조명이다. 나는 어스레함 속에서 눈을 가늘게 뜨고 그림자 속을 살피다가 웅크려 앉은 하녀를 발견한다. 그녀는 축축해진 손수건에 얼굴을 묻고 흐느끼는 중이다. 소리 없이 눈치껏 다가가는 게 옳지만 레이븐코트의 둔하고 육중한 몸으로는 불가능한 일이다. 지팡이 소리와 할딱거리는 숨소리에 하녀가 화들짝 놀라며 일어난다. 모자 끈이 스르르 풀리면서 그녀의 곱슬거리는 빨간 머리가 얼굴로 흘러내린다.

나는 그녀를 대번에 알아본다. 루시 하퍼. 점심때 테드 스탠윈에게 수난을 당했던 바로 그 하녀. 내가 집사가 되어 깨어났을 때 나를 부축해 주방으로 데려가주었던 고마운 여자. 당시 기억이 떠오르자 측은한 마음이 든다.

"미안, 루시. 놀라게 할 생각이 아니었어."

"아니에요, 그런 게 아니라… 저는 그냥….”

그녀가 도망칠 구멍을 찾아 황급히 주위를 살핀다.

"우는 소리가 들리길래.”

나는 애써 동정 어린 미소를 지어 보이며 말한다. 입과 입 주변에 살이 많아 미소 짓는 것조차도 쉽지가 않다.

"오, 그럴 필요 없으셨는데…. 다 제 잘못이었어요. 점심때 제가 실수를 했거든요.”

그녀가 눈물을 훔치며 말한다.

"테드 스탠윈이 자네를 아주 막 대하더군.”

뜻밖인지 그녀가 흠칫 놀란다.

"아니에요. 그런 말씀 마세요.”

그녀가 새된 소리로 말한다.

"테드, 아니, 스탠윈 씨는 저희 하인들을 잘 대해주세요. 정말이에요. 아까는 그저…. 이제는 신분이 달라지셔서….”

그녀가 다시 울먹인다.

"이해하네. 스탠윈이 손님들이 자기를 하인 취급하는 걸 못 견딘다 이거지?”

그녀가 얼굴에 미소를 살짝 머금는다.

"바로 그거예요. 테드가 아니었으면 찰리 카버를 잡지 못했을 거예요. 하지만 다른 손님들은 아직도 그를 하인으로 대하세요. 하드캐슬 경은 그를 스탠윈 씨라고 부르시지만.”

"뭐 그렇다면야.”

자존심이 묻어나는 그녀의 목소리에 나는 살짝 놀란다.

"저는 괜찮으니 걱정 마세요.”

그녀가 진심을 담아 말한다. 그녀는 바닥에 떨어진 모자를 집어

든다.

"이만 돌아가 봐야 해요. 다들 저를 찾고 있을 거예요."

그녀가 문 쪽으로 돌아선다. 나는 문득 떠오른 질문을 던졌다.

"루시, 자네 혹시 애나라는 여자를 아는가? 이곳 하녀인 것 같은데."

"애나?"

뜻밖의 질문에 그녀가 멈칫한다.

"아뇨, 처음 듣는 이름인데요."

"행동이 갑자기 이상해진 하녀는 없고?"

"네. 그런데 그거 아세요? 오늘만 그 질문을 세 번 받았어요."

그녀가 곱슬거리는 머리카락을 손가락으로 비비 꼬며 말했다.

"이 질문을 세 번이나?"

"네. 한 시간 전쯤 더비 부인이 주방에 내려와서 같은 걸 물어보셨어요. 하녀들이 다들 움찔했죠. 명문가 귀부인이 아래층까지 내려오는 일은 절대 없거든요."

지팡이를 쥔 내 손에 힘이 들어간다. 더비 부인이 뜬금없이 같은 질문을 했다고? 수상한데. 그녀도 내 경쟁자인 건가?

아니면 또 다른 호스트이거나.

여성들에 대한 레이븐코트의 친밀감은 그가 그들의 존재를 인정하는 선에서 끝이 난다. 그에게 여성이 되어 산다는 것은 물속에서 숨을 쉬는 것만큼이나 터무니없는 일이다.

"더비 부인에 대해 좀 들려주겠나?"

"저도 아는 게 별로 없어요. 연세가 지긋하시고, 독설을 즐기시죠. 나쁜 분은 아니세요. 궁금하실지 모르겠지만 풋맨도 저를 찾아왔었어요. 더비 부인이 나가신 후 몇 분 지났을 때 나타나서 부인과 같은 걸 묻더라고요. 갑자기 이상한 행동을 보이는 하인이 없었는지."

지팡이를 쥔 내 손에 조금 더 힘이 들어간다. 나는 터져나오려는 욕을 간신히 참아낸다.

"풋맨? 어떻게 생겼는지 기억하나?"

"금발 머리에 키가 컸고요…."

그녀가 갑자기 불안해하는 표정을 지었다.

"글쎄요, 잘 모르겠어요. 스스로에게 아주 만족해하는 것 같더라고요. 보나 마나 손님이 수행원으로 데려왔을 거예요. 최근에 코가 부러졌는지 시퍼런 멍이 들어 있더군요. 누구에게 얻어맞았나 봐요."

"그래서 그에게 뭐라고 했나?"

"제가 아니라 요리사인 드러지 부인이었어요. 더비 부인에게 들려준 그 대답을 그에게도 고스란히 들려줬죠. 이상한 행동을 보이는 하인은 없다고 말이에요. 그보다 손님들이 더…."

그녀가 얼굴을 붉힌다.

"오, 죄송합니다. 제 말씀은 그런 뜻이 아니라…."

"괜찮네, 루시. 나 또한 자네랑 생각이 같아. 수상쩍은 건 오히려 이 집에 모인 손님들이지. 다들 뭘 하고 있었는지 궁금하구먼."

그녀가 씩 웃으며 조심스레 문 쪽을 돌아본다. 그리고 마룻장의 삐걱거림에도 파묻혀버릴 것 같은 작은 목소리로 말했다.

"오늘 아침에 미스 하드캐슬이 프랑스인 시녀를 데리고 숲으로 나가셨어요. 그리고 찰리 카버의 오두막 근처에서 누군가에게 습격을 당하셨죠. 손님 중 하나였다는데 정확히 누구인지는 모르겠어요."

"습격을 당했다고? 그게 사실인가?"

나는 벨의 몸에 갇힌 채로 보낸 아침을 떠올린다. 숲속에서 보았던 여자. 나는 그녀가 애나일 거라 짐작했다. 하지만 그때 내가 잘못 짚은 것이라면? 그것 외에도 빗나간 짐작이 더 있다면?

"그냥 그렇게 들었어요."

내 반응에 그녀가 살짝 움츠러든다.

"아무래도 그 프랑스인 하녀를 만나봐야겠군. 이름이 뭔가?"

"마들렌 오베르. 그 애길 제게 들으셨다고는 하지 말아주세요. 다들 쉬쉬하는 분위기라서요."

마들렌 오베르. 어젯밤 저녁 식사 때 벨에게 쪽지를 전달했던 바로 그 하녀. 나는 그동안 어수선한 주변 분위기에 휩쓸려 칼에 베인 그의 팔뚝에 대해 까맣게 잊어왔다.

"아무에게도 얘기하지 않을 테니 걱정 말게, 루시. 그래도 그녀는 꼭 만나봐야겠어. 그녀를 보면 내가 찾고 있다고 귀띔해주겠나? 이유까지는 알려줄 거 없고. 그녀가 내 방으로 와주면 내 자네들에게 약간의 사례를 하겠네."

그녀는 잠시 망설이다가 쌩하니 화랑을 나가버렸다.

레이븐코트가 젊고 날렵했다면 나는 가벼운 발걸음으로 화랑을 나설 수 있었을 것이다. 에블린은 레이븐코트에게 무관심하지만 나는 여전히 그녀의 친구다. 어떻게든 그녀를 구해야 한다. 만약 누군가가 오늘 아침 숲속에서 그녀의 목숨을 해치려 한다면 바로 그가 오늘 저녁 그녀를 살해할 범인일 것이다. 나는 그를 막을 것이고 마들렌 오베르는 내가 그럴 수 있도록 도와야 한다. 내일 이맘때쯤이면 살인자의 정체가 드러날지도 모른다. 나는 흑사병 의사의 약속대로 이 집을 벗어나게 될 거고.

하지만 복도로 나오는 순간 의기양양함은 증발해버린다. 나는 가쁜 숨을 몰아쉬며 눈부신 입구 홀을 등지고 걸어나간다. 풋맨의 존재가 블랙히스를 무시무시한 공간으로 바꾸어놓았다. 꿈틀대는 그림자와 어둠에 묻힌 사각死角. 과연 얼마나 많은 이들이 그의 손에 끔찍하게 죽어갔을까? 어딘가에서 자그마한 소음이 들려올 때마다 이미 요동치는 가슴이 철렁 내려앉는다. 나는 땀에 흠뻑 젖은 채 내 침실에 도착한다.

나는 문을 닫고 나서 길고 떨리는 숨을 천천히 내쉰다. 이러다가 풋맨에게 당하기도 전에 쓰러져 죽을지도 모르겠다.

내 방은 아름답게 꾸며져 있었다. 벽난로 불빛을 받아 눈부시게 반짝이는 샹들리에 아래에는 다리를 뻗을 수 있는 긴 의자와 안락의자가 놓여 있다. 탁자 위에는 독한 술과 희석 음료, 얇게 썬 과일, 비터스* 그리고 반쯤 녹은 얼음이 담긴 버킷이 주인을 기다리고 있다. 그 옆으로는 머스터드가 뚝뚝 떨어지는 로스트 비프 샌드위치가 수북이 쌓여 있다. 허기가 나를 그쪽으로 이끌려 하지만 몸이 더 버티지 못하고 주저앉아버린다.

일단 좀 쉬어야겠다.

내 육중한 몸에 깔린 안락의자가 요란하게 삐걱거린다. 굵은 빗줄기가 창문을 때리고, 하늘은 검정과 자줏빛으로 물들어 있다. 어제 내렸던 바로 그 비인가? 어제 봤던 그 구름이고? 토끼는 어제와 똑같은 곳에 굴을 파고 있을까? 어제 괴롭힌 땅속 벌레를 고스란히 다시 깨우면서? 새도 어제와 똑같은 패턴으로 날고 있지 않을까? 그중 하나는 어제처럼 같은 유리창에 부딪쳐 죽겠지? 대

---

* 칵테일에 쓴맛을 내는 술.

체 누가, 대체 뭘 어쩌자고 이런 함정을 만들어놓은 걸까?

"아무래도 한잔해야겠어."

나는 욱신대는 관자놀이를 문지르며 웅얼거린다.

"자, 여기."

바로 뒤에서 한 여자가 내 어깨 너머로 술잔을 내민다. 그녀의 작은 손은 굳은살로 뒤덮여 있고 앙상하다.

나는 돌아앉으려 해보지만 쉽지가 않다. 레이븐코트는 너무 크고 의자는 너무 작은 탓이다.

여자가 조바심을 내며 글라스를 흔들자 얼음이 달가닥거린다.

"얼음이 다 녹기 전에 마셔요."

"모르는 여자가 건넨 술을 넙죽 받아 마시라고요?"

그녀가 몸을 숙이고 내 목에 뜨거운 입김을 내뿜는다.

"하지만 당신은 날 아는 걸요."

그녀가 속삭인다.

"집사랑 같이 마차를 타고 갔던 여자. 내 이름은 애나예요."

"애나!"

순간 내 몸이 움찔한다.

그녀의 손은 모루[†]처럼 내 어깨를 지그시 누른다. 나는 그 기운에 눌려 다시 쿠션에 앉는다.

"일어날 거 없어요. 당신이 일어났을 땐 난 이미 사라지고 없을 테니까요."

"우린 조만간 다시 만날 거예요. 앞으론 나를 찾지 말아줘요."

"찾지 말라고요? 왜죠?"

[†] 대장간에서 뜨거운 금속을 올려놓고 두드릴 때 쓰는 쇠로 된 대.

"왜냐하면 나를 찾는 건 당신만이 아니니까요."

그녀가 뒤로 살며시 물러나며 말한다.

"풋맨도 나를 사냥하고 있어요. 그는 우리가 한편이라는 걸 알아요. 당신이 나를 계속 쫓는다면 그건 그를 내게 안내하는 거나 다름없어요. 내가 꽁꽁 숨어 있어야 우리 두 사람 모두 안전할 수 있다고요. 그러니까 더 이상 내게 집착하지 말아요."

그녀가 문 쪽으로 스르르 물러나는 소리가 들린다.

"기다려요."

나는 큰소리로 불러본다.

"내가 누군지 알아요? 내가 왜 여기 끌려왔는지 아느냐고요. 제발, 아는 대로 가르쳐줘요."

그녀의 걸음이 멎는다.

"내가 깨어났을 때 기억 속엔 누군가의 이름 하나만 덩그러니 남겨져 있었어요. 난 그게 당신일 거라 짐작해요."

내 두 손이 의자 팔걸이를 꼭 움켜쥔다.

"그 이름이 뭐죠?"

"에이든 비숍. 자, 당신이 원하는 대로 해줬으니 당신도 내 부탁을 들어줘요. 앞으로는 날 찾지 말아요."

17

"에이든 비숍."

나는 그 이름을 반복해서 불러본다.

"에이든… 비숍. 에이든, 에이든, 에이든."

지난 삼십 분에 걸쳐 내 이름을 여러 다른 조합과 억양으로 차례로 입에 담아보았다. 왠지 그러고 있으면 자연스레 기억이 떠오를 것만 같았다. 입안이 바짝 마를 때까지 되뇌어보았지만 결국 얻어낸 건 아무것도 없었다. 귀중한 시간을 이렇게 허비하고 싶지는 않았지만 다른 대안이 없었다. 1시 30분이 훌쩍 지났지만 헬레나 하드캐슬은 아직도 나타나지 않았다. 하녀를 불러 물어보았지만 오늘 아침 이후로 그녀를 보지 못했다는 대답만을 들었다. 그녀가 어딘가로 사라져버린 것이었다.

설상가상으로, 커닝엄과 마들렌 오베르도 나를 찾아오지 않았다. 에블린의 하녀가 내 호출에 순순히 따르리라고는 생각하지 않았지만 커닝엄까지 몇 시간째 코빼기도 보이지 않는 건 이상하다. 대체 그는 어디서 무엇을 하고 있는 걸까? 나는 점점 초조해져간다. 할 일은 산더미처럼 쌓여 있고, 남은 시간은 쥐꼬리만 한데.

"세실, 헬레나가 아직 여기 있나요? 당신이 그녀랑 만나기로 했다고 들었는데."

귀에 거슬리는 목소리가 말한다.

문간에는 빨간색 커다란 외투 차림의 노파가 서 있다. 그녀의 머리는 모자로 덮여 있고, 무릎까지 올라오는 웰링턴 장화에는 진흙이 잔뜩 묻어 있다. 칼바람을 쐬고 온 그녀의 볼은 벌겋게 상기돼 있고, 찌푸린 표정이 얼굴에 바짝 얼어붙어 있다.

"아직 못 봤어요. 아직도 그녀를 기다리는 중입니다."

"당신도요? 나랑은 오늘 아침에 정원에서 만나기로 했는데. 벤치에 앉아 한 시간도 넘게 덜덜 떨었지 뭐예요."

그녀가 벽난로 앞으로 다가서며 말한다. 옷을 어찌나 두껍게 껴입었는지, 불꽃이 튀면 바이킹 장례식처럼 온몸이 화염에 휩싸이게 될 것이다.

"대체 그 사람이 어디로 갔을까요?"

그녀가 장갑을 벗어 내 옆자리에 휙 던져놓고 말한다.

"블랙히스에 뭐 그리 할 게 많다고. 한잔하겠어요?"

"이 잔도 아직 다 못 비웠습니다."

나는 손에 쥔 글라스를 흔들어 보이며 대답한다.

"당신처럼 그냥 방에 늘어져 있을 걸 그랬어요. 괜히 산책을 나갔다가 고생만 했어요. 돌아와보니 현관문이 걸려 있더라고요. 삼십 분도 넘게 창문을 두들겨댔는데 하인들은 코빼기도 보이지 않았죠. 이게 아메리칸 스타일인 모양이에요."

디캔터가 요란하게 짤랑거린다. 글라스는 나무 표면 위에 거칠게 놓인다. 술을 따르자 잠시 쉬익 소리가 들려온다. 그리고 이내 무언가가 퐁당 떨어지는 소리가 뒤따른다. 노파의 입에서 만족이 묻어나는 긴 한숨이 터져나온다.

"입에 착 달라붙는군요."

또다시 글라스가 짤랑거린다. 첫 잔은 몸풀기였던 모양이다.

"헬레나에게 이 파티는 취소하는 게 좋겠다고 했어요. 하지만 내 말을 귓등으로도 안 듣더라니까요. 봐요, 내 말을 안 들으니 이 꼴이 나버렸잖아요. 피터는 정문 관리실에 숨어 있고, 마이클은 어떻게든 파티를 무난히 치러내려고 홀로 고군분투 중이고, 에블린은 변장 놀이만 하고 있고. 내 장담하건대, 이번 파티는 그야말로 대재앙이 될 거예요."

노파가 글라스를 손에 쥔 채 다시 벽난로 앞으로 돌아간다. 몇 겹의 겉옷을 벗은 그녀는 눈에 띄게 쪼그라들었다. 분홍빛 볼과 자그마한 분홍빛 손 그리고 산발이 된 회색 머리.

"이게 뭔가요?"

그녀가 벽난로 선반에서 하얀 카드를 집어 들며 말한다.

"나한테 전할 메시지가 있었나요, 세실?"

"네?"

그녀가 내게 카드를 건넨다. 그것 앞면에는 짤막한 메시지가 적혀 있다.

밀리센트 더비를 만나봐요.

　　　　　　　　　　　　　　　　　　　　　A.

애나의 메시지가 분명하다.

저번에는 불에 탄 장갑 그리고 이번에는 카드. 누군가가 계속 내 앞에 이정표를 들이대고 있다. 비록 더비 부인이 내 경쟁자 또는 남은 호스트 중 하나일 거라는 내 짐작은 빗나갔지만 이 삭막한 곳에 친구가 하나라도 존재한다는 사실이 적잖은 위안을 준다. 이 노파의 몸뚱이에 누군가가 갇혀 있으리라고는 도저히 상상이 가지 않는다.

그럼 왜 이 노파는 주방을 기웃거리며 하녀들에 대해 묻고 다닌 걸까?

"커닝엄을 시켜 부인을 모셔오라고 했습니다. 부인과 한잔하고 싶어서요."

나는 위스키를 한 모금 넘기고 나서 말한다.

"메시지를 받아 적으면서 정신을 딴 데 둔 모양입니다."

"그래서 하인들에게 중요한 일을 맡기면 안 된다니까요."

밀리센트가 도도하게 말한다. 그녀는 옆에 놓인 의자에 자리를 잡고 앉는다.

"내가 장담하는데 말이에요, 세실, 그는 나중에 은행에서 당신 돈을 몽땅 찾아 하녀랑 달아나버릴 거예요. 그 지독한 테드 스탠윈을 좀 보라고요. 미천한 관리인 시절엔 그렇게 고분고분했던 사람이 이젠 마치 자기가 이 집 주인인 것처럼 행세하잖아요. 뻔뻔한 사람 같으니라고."

"스탠윈은 아주 무례한 사람이더군요. 하지만 나머지 하인들은 대체로 괜찮습니다. 다들 나를 친절하게 대해줘요. 아까 부인께서 주방에 내려가셨었죠? 직접 보셨으니 아실 텐데요."

그녀가 글라스를 쭉 내밀고 살살 흔들어 보인다. 글라스에서 튄 위스키가 바닥에 떨어진다.

"오, 아까 그 일, 맞아요…."

그녀가 시간을 벌어보려는 듯 술을 홀짝이며 말끝을 흐린다.

"하녀 중 하나가 내 방에서 뭔가를 훔쳐간 것 같아서요. 그래서 확인차 내려가봤던 거예요. 방금 내가 얘기했잖아요. 사람 속 결코 알 수 없다고. 내 남편 기억하죠?"

"어렴풋이 기억합니다."

그녀의 우아한 화제 전환에 감탄하며 나는 말한다. 그녀가 주방에서 무엇을 했는지는 알 수 없어도 그것이 절도 사건과는 아무런 상관이 없다는 건 확실하다.

"그 사람도 마찬가지예요."

그녀가 코웃음을 치며 말한다.

"지독하게 가난한 하층 계급에서 태어나 자란 사람이죠. 그런 멍청한 인간이 어쩌다 보니 방적공장을 마흔 개도 넘게 소유하게 됐어요. 그 사람과 오십 년을 넘게 같이 살았는데 그가 죽을 때까지 난 단 한 번도 웃어본 기억이 없어요."

복도에서 바닥이 삐걱거린다. 경첩이 내는 거슬리는 소리도 들려온다.

"헬레나인지도 모르겠네요. 그녀 방이 바로 옆방이거든요."

밀리센트가 의자에서 일어서며 말한다.

"하드캐슬 경 가족은 정문 관리실에서 지내는 줄 알았는데요."

"피터는 거기서 지내고 있어요."

그녀가 한쪽 눈썹을 추켜세우며 말한다.

"헬레나는 여기서 지내겠다고 고집을 부렸다네요. 두 사람의 관계는 결혼한 지 얼마 되지 않아서 식어버렸어요. 우린 스캔들 때문에라도 여기 왔어야 했어요, 세실."

노파가 복도로 나가 헬레나의 이름을 불러본다. 하지만 이내 조용해진다.

"대체 무슨⋯."

그녀가 웅얼거리더니 다시 방 안으로 고개를 불쑥 들이민다.

"일어나요, 세실."

그녀가 초조한 표정으로 말한다.

"분위기가 좀 이상해졌어요."

불길한 기운이 감지되자 나는 자리에서 일어나 복도로 나가본다. 헬레나의 침실 문이 바람에 흔들리고 있다. 자물쇠는 부서진 상태이고 발밑에서는 지저깨비가 짓이겨지고 있다.

"누군가가 문을 부수고 들어간 모양이에요."

밀리센트가 내 뒤에서 속삭인다.

나는 지팡이로 문을 조심스레 밀어본다. 그리고 노파와 함께 안을 들여다본다.

방은 비어 있다. 대충 둘러보니 주인이 자리를 비운지 꽤 된 것 같다. 커튼은 아직도 쳐져 있고, 복도 램프의 불빛이 유일한 조명이다. 사주식 침대는 깔끔하게 정돈돼 있고, 화장대는 크림과 파우더를 비롯한 온갖 화장품으로 넘쳐난다.

위협이 없음을 확인한 밀리센트가 내 앞으로 걸어 나와 공격적인 사과의 눈빛을 보낸다. 그런 다음, 침대를 돌아 들어가 두꺼운 커튼을 걷는다. 이내 방 안의 어둠이 싹 물러가버린다.

적갈색 책상의 뚜껑은 내려져 있고 서랍은 전부 열려 있다. 잉크병과 봉투와 리본 틈으로 옻칠한 커다란 상자가 보인다. 뚜껑을 열어보니 리볼버 모양으로 움푹 꺼진 쿠션이 드러난다. 리볼버들은 이미 사라졌다. 보나 마나 에블린이 그중 하나를 챙겨 묘지로 나갔을 것이다. 그녀는 분명 그것이 어머니의 총이라고 말했었다.

"침입자가 무엇을 노리고 들어왔을지 짐작이 되네요."

밀리센트가 나무 상자를 톡톡 두드리며 말한다.

"하지만 아무리 생각해도 이치에 닿질 않네요. 누군가가 총을 훔치려 한 거라면, 왜 마구간으로 가지 않았을까요? 거기 가면 총이 수십 개나 있는데. 그중 하나를 슬쩍 챙겨간다고 해서 누가 눈이라도 깜빡하겠어요?"

밀리센트가 상자를 한쪽으로 밀어내자 몰스킨[1]으로 된 수첩이 나타난다. 그녀는 그것을 펼쳐 들고 그 안에 기록된 내용을 빠르게 훑어나간다. 미팅과 행사, 잊어서는 안 되는 온갖 메모들. 누군가가 뜯어간 마지막 페이지가 아니었으면 꽤 분주하면서도 따분한 삶의 기록으로만 비칠 뻔했다.

"흥미롭군요. 오늘 미팅 약속이 적힌 페이지가 사라졌어요."

짜증 섞인 그녀의 표정에서 의심의 빛이 스친다.

"헬레나가 왜 그 페이지를 뜯어갔을까요?"

"정말로 그녀가 뜯어갔을 거라 생각하시나요?"

"그녀가 아니면 누가 그걸 가져갔겠어요? 남들에겐 아무짝에도 쓸모가 없는 내용인데. 헬레나에게 뭔가 꿍꿍이가 있는 것 같아요. 누구에게도 들키고 싶지 않은 뭔가가 분명 있을 거라고요. 세실, 아무래도 나가서 그녀를 찾아봐야 할 것 같아요. 어떻게든 그녀를 말려야 한다고요. 늘 그래왔듯이 말이죠."

그녀가 수첩을 침대 위로 휙 던져놓고 침실을 쌩하니 나가버린다. 내가 돌아섰을 때 그녀는 이미 복도로 사라져버렸다. 페이지에 묻은 누군가의 까만 지문이 나를 불안하게 한다. 내 종자가 이곳에 왔었는데. 그도 헬레나 하드캐슬을 찾는 모양이다.

---

[1] 표면이 부드럽고 질긴 면직물.

18

창밖으로 내다보이는 세상은 쪼글쪼글 주름이 져 있다. 가장자리는 서서히 어둑해져가는 중이고, 중앙은 이미 새까맣게 변해버렸다. 숲에서는 사냥꾼들이 속속 튀어나오고 있다. 뒤뚱대며 잔디밭을 가로지르는 그들의 모습은 마치 커다란 새를 보는 듯하다. 방에 틀어박혀 초조하게 커닝엄이 돌아오기를 기다리던 나는 더 참지 못하고 백과사전을 확인하러 도서관으로 향한다.

하지만 이내 후회가 밀려든다.

하루 종일 빨빨거리고 다닌 나는 이미 녹초가 된 상태다. 육중한 몸뚱이는 시간이 흐를수록 점점 부담이 되어간다. 설상가상으로 저택은 여느 때보다 훨씬 어수선한 분위기다. 하녀들은 놀란 물고기 떼처럼 사방을 누비며 쿠션을 통통하게 부풀리거나 꽃 장식을 곳곳에 배치하는 등 법석을 떨고 있다. 그들의 활력과 우아함에 주눅이 든다.

입구 홀은 모자에서 빗물을 털어내는 사냥꾼들로 북적이고 있다. 그들의 발밑에는 물웅덩이가 하나씩 만들어져 있다. 쫄딱 젖은 그들은 엄습해온 냉기에 잿빛으로 질려 있다. 누구에게서도 생기라고는 찾아볼 수가 없다. 모두가 비참한 오후를 보내고 온 모양이다.

나는 초조하게 그들을 헤쳐나간다. 내리깐 눈으로는 그들의 찌푸린 얼굴을 조심스레 훑는다. 그들 중 과연 누가 풋맨일지 궁금해 미칠 것 같다. 루시 하퍼는 주방을 찾은 그의 코가 부러졌다고 했다. 내 호스트들이 그에 맞서 싸웠다는 뜻이다. 덕분에 그를 알아보기가 수월해졌다는 뜻이고.

애석하게도 얼굴이 상한 이는 보이지 않는다. 사냥꾼들이 옆으로 비켜서서 내게 길을 내준다. 나는 발을 질질 끌며 도서관으로 향한다. 도서관 창문에는 두꺼운 커튼이 쳐져 있고 벽난로 안에서는 불꽃이 튀고 있다. 실내 공기에서는 향수 냄새가 은은하게 풍긴다. 접시에 놓인 두꺼운 양초들이 그림자에 파묻힌 세 여자를 비추고 있다. 그들은 웅크린 자세로 의자에 앉아 무릎에 펼쳐놓은 책을 보고 있다.

나는 백과사전이 꽂힌 책꽂이 앞으로 다가간다. 어둠 속에서 잠시 손으로 더듬어보지만 책이 있어야 할 곳은 비어 있다. 나는 근처 테이블에서 양초를 가져와 책꽂이를 비춰본다. 하지만 백과사전은 보이지 않는다. 내 입에서 긴 한숨이 터져나온다. 마치 우렁찬 소리를 토하며 작동을 멈춘 끔찍한 장치가 된 기분이다. 내가 백과사전에 이토록 큰 기대를 걸고 있었을 줄은 미처 몰랐다. 여기서 미래의 호스트들을 대면할 수 있을 거라 생각했는데. 내가 갈망하는 건 그들이 알아낸 정보만이 아니다. 나는 그들을 유심히 살펴보고 싶었다. 거울의 방 안에서 왜곡된 자신의 모습을 신기하게 들여다보듯이. 물론 그러다 보면 되풀이되는 특징을 확인할 수도 있을 것이다. 여러 호스트를 거치면서도 그들의 성격에 오염되지 않고 고스란히 전해져온 내 본연의 조각들. 그런 기회가 아니면 무슨 수로 나와 내 호스트들의 경계선을 확인하겠는가. 나와 풋맨의 유일한 차이는 내가 호스트들과 공유하는 정신일 것이다.

피로가 밀려들자 나는 벽난로 앞 의자로 다가가 풀썩 주저앉는다. 잔뜩 쌓인 장작이 탁탁 소리를 내며 타들어가고 있다. 은근한 열기에 몸이 축 늘어진다.

바로 그때, 가슴이 철렁 내려앉는다.

벽난로 안에서 타들어가는 백과사전이 눈에 들어왔기 때문이다. 책 모양의 재로 변한 백과사전은 당장이라도 바스라질 것만 같다.

보나 마나 풋맨의 짓일 거야.

나는 놈이 설계해놓은 대로 패닉에 빠져버린다. 그는 늘 나보다 한발씩 앞서가는 것 같다. 하지만 그는 나를 이기는 것으로는 성이 차지 않는 모양이다. 어떻게든 그 사실을 내게 일깨워주려 하는 걸 보면. 그는 내게 두려움을 심어주려는 것이다. 어떤 이유에서인지 그는 나를 괴롭히는 데 혈안이 돼 있다.

나는 아직도 그의 노골적인 멸시가 이해되지 않는다. 불안감에 젖어 불꽃을 응시하고 있을 때 문간에서 커닝엄의 목소리가 들려온다.

"레이븐코트 경?"

"대체 어딜 쏘다니다 오는 건가?"

나는 버럭 화를 내며 말한다.

그가 내게로 다가온다. 그리고 난롯불에 두 손을 쬔다. 밖에서 폭풍을 만난 모양이다. 새 옷으로 갈아입었지만 젖은 머리는 수건질에 산발이다.

"레이븐코트의 사나운 성질은 어디 가지 않았군요."

그는 여자들이 엿들을까 조용히 말한다.

"하루라도 당신의 질책을 받지 않으면 왠지 허전합디다."

"청승 떨지 말아요."

나는 그에게 삿대질을 하며 으르렁거린다.

"대체 몇 시간 동안 어디서 뭘 한 겁니까?"

"공들여 처리할 일이 있었어요."

그가 내 무릎 위로 무언가를 툭 떨어뜨리며 말한다.

나는 그것을 집어 불빛에 비춰본다. 내 시선은 자기로 된 가면의 뻥 뚫린 눈에 고정된다. 순간 끓어오르던 분노가 싹 가신다. 호기심에 찬 눈으로 우리를 지켜보는 여자들을 의식했는지 커닝엄이 목소리를 한층 더 낮춘다.

"가면의 주인은 필립 서트클리프라는 친구예요. 하인 하나가 그의 옷장 안에서 발견한 겁니다. 그가 사냥 나간 틈을 타서 몰래 가져왔습니다. 실크해트와 외투도 걸려 있더군요. 하드캐슬 경과 무도회장에서 만나기로 약속한 내용이 적힌 쪽지도 있었고요. 우리가 가서 그 친구를 만나봐야 하지 않겠습니까?"

나는 무릎을 탁 내리치며 미친 사람처럼 웃어 보인다.

"잘했어요, 커닝엄, 아주 잘했어요."

"당신이 좋아할 줄 알았어요. 불행하게도 내가 가져온 좋은 소식은 거기까지예요. 우물에서 미스 하드캐슬을 기다리는 쪽지 있죠? 그게 좀… 이상하더라고요."

"이상하다니, 어떻게 이상하다는 거죠?"

나는 새 부리 가면을 얼굴로 가져가본다. 자기의 차가운 표면이 축축하다. 하지만 내 얼굴에는 딱 맞다.

"빗물에 잉크가 좀 번졌는데요, 아무튼 이런 내용이었어요. '밀리센트 더비를 멀리해요.' 그 밑에는 성이 대충 그려져 있고요. 딱 그뿐이었어요."

"이상한 경고네요."

"경고? 내 눈엔 위협으로 보이던데요?"

"밀리센트 더비가 뜨개질바늘을 챙겨 들고 에블린에게 달려들 것 같아요?"

나는 한쪽 눈썹을 추켜세우며 말한다.

"그녀가 늙었다고 해서 무시하진 말아요."

그가 부지깽이로 죽어가는 장작불을 쑤셔대며 말한다.

"한때 밀리센트 더비가 이 집 사람들의 절반 가까이를 좌지우지했던 적이 있었다고요. 세상엔 그녀가 캐내지 못할 추잡한 비밀은 없어요. 그녀가 쓰지 못할 비열한 속임수도 없고요. 그녀에 비하면 테드 스탠윈은 아마추어에 불과했어요."

"그녀에게 당한 적이 있나 보군요."

"레이븐코트는 당해봤죠. 그래서 그는 그녀를 믿지 않아요. 그는 괘씸한 놈이지만 바보는 아니라고요."

"다행이군요. 그건 그렇고, 서배스천 벨은 만나봤습니까?"

"아직 못 만났습니다. 이따 저녁때 찾아보려고요. 베일에 싸인 애나라는 여자에 대해서도 아직 알아낸 게 없어요."

"오, 그럴 필요 없어요. 아까 그녀가 날 찾아왔거든요."

나는 의자 팔걸이에 뜯겨져 나온 가죽을 만지작거리며 말한다.

"정말입니까? 그녀가 원하는 게 뭡니까?"

"그건 알려주지 않았어요."

"그녀가 당신을 어떻게 아는 거죠?"

"물어보지 않았습니다."

"우리 편인가요?"

"그럴지도 모르죠."

"생산적인 미팅이었나보군요."

그가 음흉하게 말한 뒤 부지깽이를 제자리에 돌려놓는다.

"당신은 빨리 가서 목욕을 하는 게 좋겠어요. 설마 이런 역겨운 냄새를 폴폴 풍기며 식당으로 내려가진 않겠죠? 저녁 식사는 8시 예요. 사람들에게 불필요한 반감을 살 필요가 없지 않겠습니까."

그가 나를 부축해 일으키려 하지만 나는 괜찮다며 밀어낸다.

"저녁 내내 에블린을 졸졸 따라다니도록 해요."

나는 힘겹게 몸을 일으키며 말한다. 중력은 여전히 협조할 생각이 없다.

"내가 왜 그래야 하죠?"

그가 인상을 찌푸리며 묻는다.

"누군가가 그녀를 죽이려 하니까요."

"하지만 그녀를 죽이려는 사람이 나일 수도 있지 않겠습니까."

그가 덤덤하게 말한다. 마치 보드빌▲을 즐기는 취미를 소개하는 것만큼이나 하찮다는 듯이.

미처 생각지도 못했던 가능성에 나는 흠칫 놀라며 다시 의자에 풀썩 주저앉아버린다. 밑에 깔린 나무가 삐걱댄다. 레이븐코트는 커닝엄을 전적으로 신뢰한다. 그리고 나는 어느새 그런 그의 특성에 익숙해져버렸다. 그가 끔찍한 비밀을 품고 있다는 걸 알면서

▲ 노래와 춤을 섞은 대중적인 희가극으로, 19세기 후반에서 20세기 초에 유행했다.

도. 그 또한 유력한 용의자 중 하나인데.

커닝엄이 자신의 코를 콕콕 두드린다.

"이제야 머리가 제대로 돌아갑니까?"

그가 내 팔을 자신의 어깨에 걸쳐놓으며 말한다.

"당신이 욕조에 앉아 있는 동안 벨을 찾아볼게요. 에블린을 따라다니는 건 당신이 직접 하고요. 그러는 동안 난 당신 곁에 붙어 있을 겁니다. 그래야 당신이 나를 용의 선상에서 제외해줄 게 아니겠습니까. 당신의 여덟 호스트에게 살인자로 내몰리지 않아도 난 이미 골치 아픈 상황에 빠져 있어요."

"당신은 이런 일에 아주 정통한 것 같네요."

나는 곁눈질로 그의 반응을 유심히 살피며 말한다.

"내가 처음부터 종자였던 건 아니에요."

"원래는 뭐였죠?"

"내 과거가 이번 일과 무슨 상관입니까?"

나를 부축하는 게 버거운지 그의 얼굴은 심하게 일그러졌다.

"그럼 헬레나 하드캐슬의 방에서 무슨 짓을 했는지는 알려줄 수 있나요?"

"그녀의 수첩에 잉크가 번져 있더군요. 오늘 아침에 보니 당신 손에도 잉크가 묻어 있었고 말입니다."

내 말에 그가 움찔한다.

"하루 종일 아주 바쁘셨구만."

그가 금세 딱딱해진 목소리로 말한다.

"하드캐슬 집안 사람들과 나 사이의 스캔들에 대해 아직 모르는 모양이군요. 오, 난 당신의 깜짝 파티를 망치고 싶지 않아요. 여기저기 물어보면 알게 될 겁니다. 뭐 엄청나게 대단한 비밀은 아니에요. 분명 누군가는 아주 신이 나서 떠벌려댈 거예요."

"당신이 그 방에 침입했죠, 커닝엄? 리볼버 두 개가 사라졌어요. 그녀의 수첩에서 페이지 하나가 뜯겨 나간 상태였고요."

"난 침입했던 게 아닙니다. 초대를 받아 들어갔던 거라고요. 사라졌다는 리볼버들에 대해선 아무것도 몰라요. 하지만 내가 방을 나섰을 때까지만 해도 수첩은 멀쩡했습니다. 내 눈으로 똑똑히 봤다고요. 내가 거기서 뭘 했는지, 왜 당신의 짐작이 틀렸는지, 난 다 설명할 수 있어요. 하지만 얘길 해줘도 믿지 않을 거 아닙니까. 그러니 당신이 알아서 진실을 파헤쳐봐요. 어차피 당신은 그렇게 확인한 진실만을 믿을 테니까."

우리는 함께 몸을 일으킨다. 커닝엄이 내 이마에 맺힌 땀방울을 훔쳐내고 지팡이를 가져와 쥐여준다.

"말해봐요, 커닝엄. 왜 당신 같은 사람이 나 같은 사람의 시중이나 드는 거죠?"

내 질문에 그가 멈칫한다. 그의 얼굴이 서서히 어두워진다.

"인생을 자기 뜻대로만 사는 사람이 어디 있겠습니까?"

그가 엄숙한 표정으로 말한다.

"자, 나갑시다. 가서 살인을 막아야죠."

19

가지 달린 촛대가 저녁 식탁을 밝히고 있다. 깜빡이는 불빛 아래
로는 닭 뼈와 생선 가시, 바닷가재 껍질 그리고 돼지 비계가 수북
이 쌓여 있다. 어둠이 내려앉은 지 오래지만 커튼은 여전히 활짝
걷힌 상태다. 창밖으로는 폭풍에 요동치는 숲이 내다보인다.

　나는 요란한 소리를 내며 식사에 열중한다. 깨고, 바스러뜨리
고, 가르고, 들이키면서. 그레이비가 내 턱을 타고 흘러내린다. 입
술은 기름으로 번들거린다. 흉포한 식욕에 나조차도 지칠 지경이
다. 가쁜 숨을 몰아쉬며 입안 가득 쑤셔 넣은 음식을 씹어댄다. 냅
킨의 상태는 전쟁터를 연상시킨다. 다른 손님들은 곁눈질로 내 흉
물스러운 퍼포먼스를 지켜보고 있다. 그들은 심하게 거슬리는 소
리를 애써 무시하며 각자의 대화에 집중하려 애쓰는 중이다. 어
떻게 사람이 이토록 전투적으로 식사를 할 수 있을까? 과연 이 밑
빠진 독은 채워질 수나 있을까?

　마이클 하드캐슬은 내 왼편에 앉아 있다. 내가 도착한 뒤로 우
리는 딱 두 마디 나누었을 뿐이다. 그는 식사 내내 에블린과 머리
를 맞대고 대화를 나누었다. 오누이의 애정이 느껴지는 모습이었

다. 자신이 위험에 처해있음을 아는 사람 치고는 굉장히 차분해 보인다.

자기에겐 아무 일 없을 거라고 믿는 건가?

"동양을 여행해보신 적 있나요, 레이븐코트 경?"

내 오른편에 앉은 남자도 그냥 날 모른 척해주면 좋겠는데. 머리가 벗겨진 클리퍼드 헤링턴 중령은 퇴역한 해군 장교다. 그가 걸친 제복에서는 훈장이 반짝거리고 있다. 한 시간도 넘게 영웅의 곁을 지키고 있노라니 부담스러워 미칠 지경이다. 그의 가느다란 턱과 회피하듯 돌아간 시선과 상대를 미안하게 만드는 태도 때문인지도 모른다. 위스키에 취해 멀게진 눈도 한몫했을 것이고.

헤링턴은 저녁 내내 따분한 이야기를 쉴 새 없이 늘어놓았다. 이따금 적절히 과장이라도 해주면 좋았으련만. 어느새 화제는 아시아로 바뀐 상태다. 나는 짜증 섞인 반응을 감추려 와인을 연신 홀짝인다. 와인에서는 톡 쏘는 듯한 기묘한 맛이 난다. 내 찡그린 표정을 확인한 헤링턴이 슬그머니 내 쪽으로 몸을 기울인다.

"내 반응도 다르지 않았습니다."

그가 술 냄새 나는 뜨거운 입김을 내 얼굴에 뿜어대며 말한다.

"하인에게 어떤 와인인지 물어봤어요. 차라리 이 글라스에 대해 물어보는 편이 나을 뻔했습니다."

촛불이 그의 얼굴에 음산한 노란빛을 뿌려놓는다. 술에 절어 번뜩이는 그의 눈은 적잖이 혐오스럽다. 나는 와인을 내려놓고 시선 둘 곳을 찾아 두리번거린다. 테이블에는 열다섯 명 정도가 둘러앉아 있다. 사방에서 프랑스어, 스페인어, 독일어가 한데 뒤섞여 들려온다. 그나마 생소한 외국어가 따분한 이야기에 어느 정도 양념이 되어준다. 고가의 장신구가 글라스에 닿아 짤랑거리고, 웨이터

들이 빈 접시를 챙길 때마다 날붙이류가 달가닥거린다. 전체적으로 칙칙한 분위기다. 속삭임에 가까운 대화들, 열 곳이 넘는 빈자리. 으스스함을 넘어서 애절해 보이기까지 하는 풍경이다. 모두들 뻔히 보이는 빈자리를 의식하지 않으려 애쓰는 모습이다. 단순히 예의를 차리기 위함일까? 아니면, 내가 모르는 또 다른 이유가 있는 걸까?

나는 그 이유를 묻기 위해 눈에 익은 얼굴을 찾아본다. 하지만 커닝엄은 벨을 만나러 떠났다. 밀리센트 더비, 디키 박사 그리고 역겨운 테드 스탠윈은 코빼기도 보이지 않는다. 에블린과 마이클을 제외하면 내가 알아볼 수 있는 이는 대니얼 콜리지뿐이다. 그는 테이블 끝, 빼빼 마른 남자 근처에 앉아 있다. 두 사람은 와인이 반쯤 찬 글라스 뒤에 숨어 다른 손님들을 유심히 살피는 중이다. 누군가가 대니얼의 잘생긴 얼굴에 찢어진 입술과 퉁퉁 부은 눈을 선물해주었다. 내일쯤이면 그의 모습은 더 섬뜩하게 변해 있을 것이다. 물론 내일이 온다면. 보고만 있어도 불안해지는 나와 달리 그는 부상에 별로 개의치 않는 모습이다. 나는 지금껏 대니얼이 이 저택의 교묘한 책략에 조금도 영향을 받지 않는다고 믿어왔다. 미래에 대한 지식이 그가 불행을 피해 다닐 수 있게 해줄 거라고. 그의 처참한 몰골을 보니 마술사의 소매에서 삐져나온 카드가 떠오른다.

대니얼이 조크를 늘어놓자 옆의 남자가 테이블을 내리치며 웃음을 터뜨린다. 나는 그쪽으로 시선을 돌린다. 분명 아는 얼굴인데 그가 누구인지는 기억나지 않는다.

어쩌면 미래의 호스트인지도 모르지.

부디 아니기를. 기름 바른 머리와 창백하고 초췌한 얼굴. 그 무엇 하나 허투루 흘려버릴 타입은 절대 아니다. 그에게서 교활함과 잔인함이 감지된다. 내가 왜 그런 인상을 받았는지는 알 길이 없지만.

"아주 기이한 치료법을 쓰더군요."

클리퍼드 헤링턴이 내 주의를 되돌리려고 언성을 살짝 높인다.

나는 어리둥절하게 눈을 깜빡인다.

"동양인들 말입니다, 레이븐코트 경."

그가 환히 웃으며 말한다.

"그런가요? 몰랐습니다. 한 번도 가본 적이 없어서…."

"엄청난 곳이었어요. 정말 엄청났습니다. 그곳 병원들은…."

나는 한 손을 들어 하인을 부른다. 짜증 나는 대화로부터 해방될 수 없다면 와인이라도 실컷 마시고 싶었다. 자비는 또 다른 자비를 낳는 법.

"어젯밤에 벨 박사와 그곳 아편에 대해 얘길 나눴습니다."

그가 계속 이어나간다.

제발 이제 그만….

"음식이 입에 맞으십니까, 레이븐코트 경?"

마이클 하드캐슬이 대화에 불쑥 끼어들며 말한다.

나는 안도하며 그를 돌아본다.

레드와인이 담긴 글라스를 입에 가져가 댄 그의 초록색 눈에는 장난기가 가득하다. 애절한 눈빛의 에블린과는 완전 딴판이다. 그녀는 파란색 야회복 차림이고 머리에는 작은 왕관을 얹었다. 그녀의 곱슬거리는 금발 머리는 핀으로 단정하게 고정했고, 목에는 화려한 다이아몬드 목걸이를 둘렀다. 오늘 저녁 그녀는 바로 지금과 같은 옷차림에 외투와 장화로 무장을 하고 서배스천 벨과 묘지로 향할 것이다.

나는 냅킨으로 입가를 닦으며 고개를 살짝 숙인다.

"아주 훌륭합니다. 우리끼리만 누려서 좀 아쉽긴 하지만요."

나는 곳곳에 보이는 빈자리를 가리키며 말한다.

"개인적으로 서트클리프 씨를 꼭 뵙고 싶었는데 말입니다."

그의 흑사병 의사 의상도 보고 싶었고. 속으로 웅얼거린다.

"운이 좋으시군요."

클리퍼드 헤링턴이 불쑥 끼어든다.

"서트클리프는 저랑 아주 절친한 사입니다. 괜찮으시다면 이따 무도회장에서 직접 소개해드리겠습니다."

"과연 무도회장에 나오실 수 있을까요?"

마이클이 말한다.

"지금쯤 저희 아버지와 술을 진탕 퍼드시고 계실 텐데요. 대체 어머니의 분노를 어찌 감당하려고 그러시는지 모르겠습니다."

"레이디 하드캐슬은 오늘 밤에 뵐 수 있는 건가요? 다들 오늘 모친을 못 뵀다고 하던데요."

나는 묻는다.

"애초에 블랙히스로 돌아오는 걸 원치 않으셨거든요."

마이클이 마치 비밀을 나누듯이 목소리를 낮추고 말한다.

"아마 어딘가에서 액막이를 하고 계실 겁니다. 하지만 걱정 마십시오. 파티엔 꼭 오실 테니까요."

그때 웨이터가 다가와 마이클의 귀에 무언가를 속삭인다. 청년의 표정이 이내 어두워진다. 웨이터가 사라지자 그는 누나에게 메시지를 전달한다. 그녀의 얼굴에도 그림자가 드리운다. 그들은 잠시 서로를 쳐다본다. 손까지 맞잡고. 마이클이 포크로 와인 글라스를 톡톡 두드리며 자리에서 일어난다. 허리를 곧게 편 그의 얼굴이 어스레한 불빛을 벗어난다. 그림자 속에서 그가 입을 연다.

식당 안에 정적이 감돈다. 손님들의 눈은 그에게 고정돼 있다.

"부모님이 직접 건배를 제안하셔야 하는데 유감입니다. 보나 마나 지금쯤 무도회 준비에 여념이 없으실 겁니다. 화려한 입장을 위해 만반의 준비를 하고 계시겠죠."

손님들이 나지막이 웃음을 터뜨리자 그가 수줍게 미소 짓는다.

손님들의 얼굴을 찬찬히 훑어나가던 내 시선이 대니얼에게서 멈춘다. 그는 야릇한 표정을 지으며 나를 응시하고 있다. 그가 냅킨으로 입을 닦으며 마이클 쪽을 흘끔 돌아본다. 그의 말에 집중하라는 뜻이다.

무슨 일이 벌어질지 이미 아는 모양이군.

"아버지를 대신해 오늘 밤 자리한 모든 분께 감사의 인사를 드립니다. 나중에 아버지께서 따로 감사 인사를 드리시겠지만요."

그의 목소리가 가볍게 떨린다. 마음이 심란해졌다는 뜻이다.

"여러분께 깊은 감사의 마음을 전하는 동시에 파리에서 돌아온 제 누이, 에블린을 진심으로 환영하는 바입니다."

그녀가 흐뭇한 표정으로 동생을 올려다본다. 손님들이 일제히 글라스를 들고 그에게 화답한다.

마이클은 다시 정적을 기다렸다가 계속 이어나간다.

"누이는 이제 새로운 모험을 떠납니다. 그리고⋯."

그가 잠시 말을 멈추고 테이블을 내려다본다.

"누이는 세실 레이븐코트 경과 혼인을 하기로 약속했습니다."

모두가 말없이 나를 돌아본다. 충격은 혼란으로, 이내 혐오감으로 바뀐다. 그들의 표정은 나의 솔직한 감정과 정확히 일치한다.

레이븐코트와 에블린의 나이 차는 무려 서른 살이 넘는다. 오늘 아침에 그녀가 나를 왜 그토록 차갑게 대했는지 이제야 알 것 같다. 레이븐코트와의 혼인은 토머스를 죽음으로 내몬 딸에게 하드캐슬 경 내외가 내리는 벌인 셈이다. 그들은 이런 기발한 방법으로 딸에게서 토머스의 잃어버린 세월을 고스란히 보상받으려는 것이다.

나는 에블린을 흘끔 돌아본다. 그녀는 냅킨을 만지작거리며 입술을 깨물고 있다. 조금 전까지만 해도 머금고 있었던 미소는 이제 온데간데없다. 마이클의 이마에서는 땀방울이 흘러내리고, 와인 글라스를 쥔 그의 손은 바르르 떨린다. 그는 자신을 빤히 쳐다보는 누나와 차마 눈을 맞추지 못한다. 그의 시선은 여전히 테이블보에서 떨어질 줄 모른다.

"레이븐코트 경은 저희 집안과 절친한 사이이십니다."

마이클이 정적을 깨고 기계적으로 말한다.

"세상 누구보다도 제 누이를 끔찍이 챙겨주실 거라 믿어 의심치 않습니다."

마침내 그가 에블린의 반짝이는 눈을 내려다본다.

"에비, 누나도 한마디 해야지?"

그녀가 두 손으로 냅킨을 꼭 움켜쥔 채 고개를 끄덕인다.

모든 시선이 그녀에게로 쏠린다. 다들 바짝 얼어붙었다. 하인들마저도 더러운 접시와 와인 병을 손에 든 채 벽 앞에 줄지어 서서 우리 쪽을 바라보고 있다. 마침내 에블린이 고개를 들고 자신을 지켜보는 손님들과 눈을 맞춘다. 그녀의 눈은 덫에 걸린 짐승처럼 휘둥그레져 있다. 그녀는 하려던 말을 잊고 펑펑 울기 시작한다. 그녀가 격하게 흐느끼며 밖으로 나가버리자 마이클이 뒤따라 달려나간다.

나는 술렁이는 손님들 틈으로 대니얼을 바라본다. 그는 심각한 표정으로 창밖을 내다보고 있다. 과연 그는 내 얼굴이 화끈 달아오르는 걸 몇 번이나 지켜봤을까? 그도 이 당혹스러운 기분을 생생히 기억하고 있겠지? 그래서 내 눈을 애써 피하는 거겠지? 내 차례가 되면 나는 그보다 더 잘 해낼 수 있을까?

본능은 테이블 끝에 덩그러니 남겨진 내게 마이클과 에블린을 쫓아 나갈 것을 주문하고 있다. 하지만 그보다는 달이 나를 이 의자에서 끄집어내주기를 기다리는 편이 훨씬 현명할 것이다. 어색한 정적 속에서 클리퍼드 헤링턴이 일어나 글라스를 높이 든다. 촛불에 그의 훈장이 반짝거린다.

"두 사람의 행복을 위하여."

그가 놀랍도록 진지하게 말한다.

손님들이 차례로 글라스를 들고 무성의하게 따라 외친다.

테이블 끝에서 대니얼이 나를 바라보며 윙크를 한다.

20

손님이 모두 빠져나가자 하인들이 분주하게 뒷정리에 들어간다. 커닝엄이 나를 데리러 들어온다. 그는 한 시간도 넘게 밖에서 이 순간을 기다려왔다. 그가 들어오려 할 때마다 나는 손짓해 그를 말렸었다. 이미 충분히 치욕을 당한 상태에서 종자가 나를 일으키려 낑낑대는 모습을 손님들에게 보여주고 싶지 않았다. 그는 능글맞은 미소를 머금고 안으로 들어온다. 뚱보 늙은이 레이븐코트와 달아난 신부에 대한 소문을 전해 들은 모양이다.

"레이븐코트와 에블린이 결혼한다는 사실은 왜 귀띔해주지 않았죠?"

나는 그를 멈춰 세우며 묻는다.

"당신에게 굴욕을 주기 위해서였어요."

바짝 얼어붙은 나는 얼굴을 붉히며 그를 노려본다.

그의 눈은 초록색을 띠고, 동공의 모양은 뿌려진 잉크처럼 일정하지 않다. 그의 눈빛에서 군대를 일으키고 교회를 불태우고도 남을 만큼의 단호한 의지가 엿보인다. 신이여, 부디 이 친구가 엉뚱한 생각을 먹지 않도록 해주소서.

"레이븐코트는 허영에 가득 찬 인간이에요. 그런 인간에게 굴욕을 안기는 건 너무나도 쉬운 일입니다."

커닝엄이 덤덤하게 말한다.

"지켜보니 당신도 어느새 그렇게 물들어버렸더군요. 그래서 기회가 올 때마다 신나게 놀려먹는 겁니다."

"왜죠?"

그의 솔직한 대답에 나는 흠칫 놀란다.

"당신이 날 협박했으니까."

그가 어깨를 으쓱이며 말한다.

"내가 그냥 손 놓고 당하고만 있을 줄 알았습니까?"

나는 잠시 눈만 끔뻑이다가 접힌 살이 요동칠 만큼 격하게 웃음을 터뜨린다. 어쩌면 이리도 뻔뻔할 수가 있을까? 나한테 당한 굴욕을 고스란히 돌려주려고 여태껏 참고 기다려왔다는 건가? 생각할수록 우습고 황당하다.

커닝엄이 눈썹을 씰룩이며 인상을 찌푸린다.

"화나지 않아요?"

"내가 화를 낸다고 당신이 눈이라도 깜짝하겠습니까?"

나는 촉촉해진 눈가를 훔치며 말한다.

"게다가 먼저 자극한 쪽은 나였잖아요. 당신의 이런 반응, 충분히 이해합니다."

내 말에 그가 살며시 미소를 머금는다.

"지금 보니 당신, 레이븐코트 경과는 좀 다른 구석이 있군요."

"이름부터가 다르죠."

나는 그의 앞으로 손을 내밀며 말한다.

"내 이름은 에이든 비숍입니다."

그가 내 손을 꼭 잡는다. 그의 얼굴에서 미소가 점점 번진다.

"만나서 반갑습니다, 에이든. 난 찰스라고 합니다."

"난 당신의 비밀을 누구에게도 발설할 생각이 없어요 찰스. 그때 협박을 했던 건 사과하겠습니다. 지금 내 머릿속엔 그저 에블린 하드캐슬의 목숨을 구하고 하루 빨리 블랙히스를 벗어날 생각뿐이에요. 그것 외엔 아무런 관심이 없습니다. 제발 날 도와줘요."

"나 하나 같은 편으로 둔다고 얼마나 도움이 되겠습니까?"

그가 소매로 안경을 닦으며 말한다.

"솔직히 이 모든 게 너무나 기이해서 그냥 모른 척 무시하고 싶어도 그래지질 않아요."

"자, 그럼 가봅시다. 대니얼은 오늘 밤 11시, 파티에서 에블린이 살해될 거라고 했어요. 그녀를 구하고자 한다면 거기 가서 기다려야죠."

무도회장은 입구 홀 반대편에 있다. 나는 커닝엄의 부축을 받으며 그곳으로 향한다. 자갈 깔린 진입로에는 마을에서 도착한 마차들이 줄지어 서 있다. 말들은 요란하게 울어대고, 풋맨들은 손님을 위해 문을 열어주고 있다. 분장한 사람들이 새장에서 풀려난 카나리아처럼 푸드덕거리며 마차를 내려온다.

"대체 에블린은 뭐가 아쉬워서 레이븐코트 같은 사람과 결혼을 하려 했던 겁니까?"

나는 커닝엄에게 속삭인다.

"돈 때문이죠."

"하드캐슬 경은 투자에 소질이 없어요. 숱하게 실수를 하고도 배우는 게 없다니까요. 들리는 소문으로는 그가 파산 직전에 내몰렸다고 합니다. 하드캐슬 경 내외는 에블린을 내주는 조건으로 레이븐코트로부터 거액의 지참금을 챙기게 됐어요. 그뿐만 아니라, 레이븐코트는 2년 후, 블랙히스를 사들이기로 약속했답니다. 그것도 엄청난 돈을 지불하고서 말입니다."

"그렇게 된 거였군요. 돈에 쪼들리는 하드캐슬 경 부부가 돈을 받고 딸을 팔아치운 거였어요."

나는 오늘 아침의 체스 게임을 떠올린다. 내가 움찔하며 일광욕실을 나오려 할 때 에블린이 살짝 머금었던 미소를. 레이븐코트는 신부를 산 것이 아니라, 끝이 보이지 않는 악의의 우물을 산 것이다. 늙은 얼간이는 자신이 무슨 짓을 하고 있는지 알까?

"서배스천 벨은 어떻게 됐죠?"

나는 그에게 내준 과제를 떠올리며 말한다.

"그 친구를 만나봤어요?"

"찾아가보니 자기 침실 바닥에 뻗어 있더군요."

그가 연민이 묻어나는 목소리로 말한다.

"거기서 죽은 토끼를 봤습니다. 그 풋맨이라는 자는 아주 엽기적인 유머 감각을 가진 것 같아요. 난 의사를 불러 그를 챙기게 했습니다. 안됐지만 당신의 실험은 다른 날로 미뤄야 할 것 같네요."

실망감은 무도회장의 닫힌 문을 두드려대는 음악 소리에 사그라져버린다. 하인이 문을 열어주자 안에서 요란한 소음이 터져나온다. 쉰 명도 넘는 손님이 촛불 샹들리에의 은은한 불빛 아래서 북적거리고 있다. 반대편 벽 앞의 무대에서는 오케스트라가 허세에 찬 모습으로 연주에 집중하고 있다. 할리퀸♣들과 이집트 여왕들과 음흉하게 웃는 악마들은 댄스 플로어를 신나게 누비는 중이

♣ 일부 전통 연극에 나오는 어릿광대.

다. 하얀 가발을 뒤집어쓴 궁전 어릿광대들은 황금색 가면을 매단 긴 막대를 높이 쳐들고 있다. 바닥에 질질 끌리는 드레스와 망토와 고깔들. 끊임없이 충돌을 일으키는 사람들의 몸뚱이. 마이클 하드캐슬은 휘황찬란한 태양 가면을 쓰고 있고, 태양의 뾰족한 빛살들은 사방으로 길게 뻗어 있다. 가까이 다가가기가 부담스러운 분장이다.

우리는 댄스 플로어로 통하는 중이층[1]의 작은 계단에 올라 손님들을 내려다본다. 내 손가락이 박자에 맞춰 난간을 톡톡 두드린다. 내 안의 레이븐코트는 이 노래를 잘 아는 모양이다. 그는 당장이라도 악기를 집어 들고 연주를 하고 싶어 안달이 난 것 같다.

"레이븐코트가 음악을 하던가요?"

나는 커닝엄에게 물었다.

"어릴 적에 좀 했던 모양입니다. 소문을 들어보니 바이올린에 재능이 있었다고 하더군요. 하지만 말을 타다가 팔이 부러지는 사고를 당했고, 그 후로 바이올린을 그만뒀다고 합니다. 아직도 그 시절을 그리워하는 것 같더라고요."

"그렇군요."

그의 갈망의 깊이에 흠칫 놀라며 나는 말한다.

나는 잡념을 떨쳐내고 당장 중요한 문제에 주의를 돌려본다. 이 많은 사람 틈에서 어떻게 서트클리프를 찾아낼지 난감하다.

그리고 풋맨도.

순간 가슴이 철렁 내려앉는다. 그놈을 잊고 있었다니. 소음과 북적거림 속에서 맡은 바 임무를 수행하고 귀신같이 사라져버리

---

[1] 다른 층들보다 작게 두 층 사이에 지은 층.

는 칼날이 머릿속에 그려진다.

벨이었으면 침실로 달아나버렸겠지만 레이븐코트는 확실히 사내다운 면이 있다. 머지않아 이곳에서 에블린의 목숨을 앗아가려는 시도가 있을 것이고, 나는 철통같이 그녀를 지켜낼 것이다. 나는 찰스의 부축을 받으며 계단을 내려간다. 그리고 무도회장 그림자 속으로 파고들어 몸을 숨긴다.

광대들은 내 등을 두드리고, 나비 가면을 하나씩 손에 쥔 여자들은 내 앞을 빙빙 맴돈다. 나는 그들을 애써 무시한 채 지친 몸을 이끌고 유리문 근처의 긴 소파로 다가간다.

저택 곳곳에 은은하게 감도는 다른 손님의 악의를 감지하는 것과 지금처럼 노골적인 적의에 압도당하는 건 차원이 다른 문제다. 혼돈 속으로 깊숙이 빠져들수록 그들의 원한은 점점 더 뚜렷하게 와 닿는다. 오후 내내 술을 진탕 퍼마신 남자들은 춤을 추는 게 아니라 휘청대는 것 같아 보인다. 잔뜩 흥분한 그들은 알아들을 수 없는 말을 웅얼대며 흉포하게 눈을 부라려대는 중이다. 젊은 여자들은 고개를 뒤로 젖히고 웃음을 터뜨리느라 바쁘다. 얼굴 분장은 벗겨지고 머리는 산발이 돼버렸다. 나이 든 아내들은 멀찌감치 물러나 이글거리는 눈빛의 몸뚱이들을 경계하는 모습으로 지켜보고 있다.

본성을 드러내는 데 가면만 한 게 없지.

찰스는 바짝 긴장한 모습이다. 내 팔뚝을 부여잡은 그의 손가락에 점점 더 힘이 들어간다. 눈에 들어오는 모든 게 부자연스럽다. 손님들은 즐기는 게 아니라 발악하는 것 같아 보인다. 고모라의 마지막 파티를 보는 듯한 기분이다.

우리는 마침내 긴 소파에 다다른다. 찰스는 나를 푹신한 쿠션에 앉혀준다. 술 쟁반을 들고 분주히 움직이는 웨이트리스들이 보인다. 하지만 어수선한 분위기 탓에 그들을 부르는 게 쉽지 않다. 팔짱을 낀 손님들이 샴페인 테이블을 뜨자 그가 그쪽을 가리킨다. 나는 이마에 맺힌 땀을 훔치며 고개를 끄덕인다. 술이 조금 들어가면 곤두선 신경이 가라앉을지도 모른다. 그가 술을 가지러 떠나기가 무섭게 잔잔한 바람이 불어와 내 피부를 간질인다. 누군가가 환기를 위해 유리문을 열어놓은 모양이다. 밖은 칠흑 같은 어둠에 묻혀 있다. 화로들 안에서 깜빡이는 불꽃 덕분에 나무로 에워싸인 작은 연못이 희미하게 눈에 들어온다.

어둠이 잠시 술렁이다가 서서히 형체를 갖춘다. 촛불에 비친 그것의 창백한 얼굴이 안으로 스르르 들어온다.

얼굴이 아니다. 가면이다.

자기로 만든 하얀 새 부리 가면.

나는 찰스를 찾아 두리번거린다. 부디 그가 놈과 가까이 있기를 바라면서. 하지만 사람들에게 휩쓸려간 그는 어디서도 보이지 않는다. 내 시선이 다시 유리문 쪽으로 돌아간다. 흑사병 의사는 흥청대는 사람들을 헤치고 다가오는 중이다.

나는 지팡이를 움켜쥐고 힘겹게 몸을 일으킨다. 바다에서 난파선 건져 올리는 것이 이보다는 훨씬 쉬울 것이다. 나는 필사적으로 움직여 내 사냥감을 에워싼 손님들을 비집고 들어간다. 번뜩이는 가면과 펄럭이는 망토를 쫓아서. 하지만 그는 숲속의 안개처럼 손에 잡히지 않는다.

그는 한쪽 구석에서 홀연히 사라져버린다.

멈춰 서서 주위를 살필 때 누군가가 내게 달려든다. 나는 화를 누르지 못하고 빽 소리친다. 자기로 된 새 부리 가면 뒤에서 갈색 눈이 나를 쳐다보고 있었다. 순간 가슴이 철렁 내려앉는다. 내가 움찔하자 남자가 황급히 가면을 벗어 초췌하고 앳된 얼굴을 드러낸다.

"이런, 죄송합니다. 제가 미처…."

"로체스터, 로체스터, 이쪽이야!"

누군가가 그를 부른다.

우리는 일제히 그쪽을 돌아본다. 흑사병 의사 의상을 걸친 또다른 남자가 우리에게 다가오고 있다. 그의 뒤로 한 명, 댄스 플로어에도 세 명이 더 보인다. 내 사냥감이 순식간에 몇 배로 늘어난 것이다. 하지만 그들 모두 내가 찾는 그놈일 수는 없다. 그러기에는 너무 작고, 너무 뚱뚱하니. 그러기에는 너무 크고, 너무 말랐으니. 죄다 진짜 흑사병 의사의 불완전한 복제다. 그들이 다가와 친구를 데려가려 한다. 나는 잽싸게 손을 뻗어 한 놈의 팔뚝을 움켜잡는다.

"이 의상은 어디서 났지?"

내게 붙잡힌 남자가 인상을 찌푸린다. 충혈된 그의 회색 눈은 생기를 잃었다. 텅 빈 문간. 아무 생각도 없는 사람 같다. 내게서 떨어져나간 그가 손가락으로 내 가슴을 쿡 찌른다.

"정중하게 다시 물어봐요."

술에 취한 그가 혀 꼬부라진 소리로 말한다. 그는 당장이라도 주먹을 날릴 기세다. 나는 묵직한 지팡이로 그의 다리를 힘껏 내리친다. 남자의 입에서 욕이 터져나온다. 졸지에 한쪽 무릎을 꿇어버린 그가 한 손으로 댄스 플로어를 짚고 몸을 일으키려 한다. 나는 지팡이 끝으로 그의 손을 꾹 찍어버린다.

"이 의상, 어디서 났느냐고!"

나는 소리친다.

"다락에서요."

그의 얼굴은 벗겨진 가면만큼이나 창백해졌다.

"거기 수십 벌이 걸려 있어요."

그가 손을 빼내려 하자 나는 지팡이에 체중을 조금 더 실어 저지한다. 통증에 그의 얼굴이 심하게 일그러진다.

"거기 이 의상이 마련돼 있다는 건 어떻게 알았지?"

나는 손에서 힘을 살짝 빼며 묻는다.

"하인이 가르쳐줬어요."

그의 눈에는 눈물이 배어 나와 있다.

"그는 이미 가면과 모자를 걸치고 있었어요. 무도회에 걸치고 갈 의상이 없다고 했더니 그가 우리를 다락으로 데려갔어요. 그 친구 덕분에 모두가 거기서 의상을 구할 수 있었죠. 정말이에요."

흑사병 의사가 꾀를 냈군.

나는 고통스러워하는 그의 얼굴을 잠시 내려다본다. 과연 그 말이 사실일까? 내가 지팡이를 올리자 그가 비틀대며 일어나 욱신대는 손을 주무른다. 그가 내 시야를 벗어났을 때 먼발치서 나를 발견한 마이클이 달려온다. 얼굴이 벌게진 그는 당혹감에 휩싸인 모습이다. 그의 말은 요란한 음악과 웃음소리에 파묻혀 잘 들리지 않는다.

내가 무슨 말인지 모르겠다고 손짓하자 그가 바짝 다가선다.

"제 누이를 보셨습니까?"

그가 큰소리로 말한다.

나는 고개를 젓는다. 갑자기 두려움이 밀려든다. 나는 그의 눈빛을 통해 무언가가 크게 잘못됐음을 짐작한다. 어찌 된 일인지 물으려는 찰나 그가 돌아서서 춤추는 사람들을 거칠게 떠밀며 어딘가로 향한다. 몸속에서는 열이 확 끓어오르고, 머릿속은 아찔해진다. 자꾸 불길한 생각이 떠오른다. 나는 사람들을 헤치고 소파로 돌아가 앉는다. 그런 다음, 나비넥타이와 깃의 단추를 차례로 푼다. 가면 쓴 사람들이 내 앞을 분주히 스쳐 간다. 땀에 젖은 그들의 맨살이 불빛을 받아 반짝거린다.

속이 메스껍다. 눈에 들어오는 그 무엇도 반갑지가 않다. 그와 함께 에블린을 찾아나서려는 찰나 커닝엄이 나타난다. 그의 손에는 얼음이 담긴 은 버킷이 들려 있고, 그것에는 샴페인 한 병이 꽂혀 있다. 그의 겨드랑이에는 손잡이가 긴 글라스 두 개가 끼워져 있다. 땀이 줄줄 흐르는 커닝엄의 얼굴은 물방울 맺힌 버킷 표면을 보는 듯하다. 나는 그가 무엇을 위해 떠나 있었는지조차 까맣게 잊어버린 상태다. 나는 그의 귀에 대고 외친다.

"대체 어디 있었어요?"

"서트클리프의 의상을⋯."

그가 요란한 음악 소리 너머로 소리친다.

"⋯본 것 같아서요."

커닝엄도 나와 같은 일을 겪은 모양이다.

나는 고개를 끄덕인다. 우리는 자리에 앉아 조용히 술을 홀짝인다. 우리의 시선은 에블린을 찾아 분주히 움직인다. 내 안에서는 좌절감이 점점 쌓여만 간다. 당장 일어나야 했다. 집 안 구석구석을 살피고 손님들을 탐문해야 했다. 하지만 레이븐코트는 그런 일조차 손쉽게 해치울 수 없는 사람이다. 무도회장은 너무 복잡하고, 그의 몸은 너무 지쳐 있다. 그는 계산과 관찰에만 능할 뿐 직접 행동에 나서는 건 버거워한다. 하지만 에블린을 구해내려면 어쩔 수 없다. 내일은 죽어라 뛰어다니겠지만 오늘은 그냥 지켜만 볼 생각이다. 일단 이곳 무도회장에서 정확히 무슨 일이 벌어지는지 지켜봐야 한다. 그리고 모든 디테일을 꼼꼼히 기록해두어야 한다. 또 다른 이가 되어 오늘 저녁을 다시 살게 될 때에 대비해서.

샴페인이 곤두섰던 신경을 가라앉힌다. 하지만 나는 글라스를 내려놓는다. 술이 나를 더 둔하게 만들어놓을까 두렵기 때문이다. 바로 그때 마이클이 눈에 들어온다. 그는 무도회장이 한눈에 내려다보이는 중이층에 올라가 있다.

오케스트라의 연주가 멎자 웃음과 수다 소리가 차츰 잦아든다. 모두의 시선이 그에게로 일제히 돌아간다.

"재밌게 노시는데 방해해서 죄송합니다."

마이클이 난간을 꼭 움켜쥔 채 말한다.

"황당하게 들리겠지만 여러분께 한 가지만 여쭙겠습니다. 혹시 제 누이를 보신 분 안 계십니까?"

손님들은 서로를 쳐다보며 술렁인다. 그녀가 무도회장에 없다는 건 단 일 분만에 확인된다.

그녀를 가장 먼저 발견한 건 커닝엄이다.

그가 내 팔뚝을 붙잡고 술에 취한 듯 비틀대며 연못을 향해 걸어나가는 에블린을 가리킨다. 먼발치 그녀는 불빛을 연신 드나들며 걸음을 옮겨나가는 중이다. 손에는 작은 은색 권총을 쥐었다.

"마이클을 불러와요."

나는 소리친다.

커닝엄이 손님들을 헤쳐나가는 동안 나는 몸을 일으켜 창가로 다가간다. 손님 중 누구도 그녀를 보지 못한 듯하다. 무도회장 분위기는 어느새 다시 소란스러워졌다. 바이올린 연주자는 음 하나를 시험해본다. 시계는 밤 11시를 알린다.

내가 유리문에 다다랐을 때 에블린은 이미 연못에 도착해 있었다.

그녀의 몸이 바르르 떨리며 좌우로 흔들리고 있다.

근처 나무 틈에 선 흑사병 의사는 소극적인 모습으로 지켜보고 있다. 그의 가면이 화로의 불꽃에 번뜩인다.

에블린이 은색 권총을 들고 총구를 자신의 복부에 겨눈 후 방아쇠를 당긴다. 총성이 사람들의 재잘거림과 음악 소리를 단번에 잠재워버린다.

잠시 시간이 멈춘 듯하다.

에블린은 아직도 물가에 서 있다. 마치 수면에 비친 자신의 모습을 감상하고 있는 것 같다. 그때 갑자기 그녀의 다리가 탁 풀리면서 손에서 권총이 떨어져나간다. 그녀는 연못 위로 고꾸라진다. 흑사병 의사는 고개를 푹 숙이고는 어둠 속으로 사라진다.

뒤에서 비명이 속속 터져나온다. 손님들은 밖으로 우르르 쏟아져나가고, 까만 하늘은 예고됐던 불꽃놀이로 환하게 밝아진다. 나는 싸늘한 주검이 돼버린 누이를 향해 달려가는 마이클을 바라본다. 누이의 이름을 외쳐대는 그의 목소리는 연신 터지는 폭죽 소리에 파묻혀버리고 만다. 그는 새까만 물속으로 첨벙대며 들어간다. 연신 휘청대고 미끄러지면서 간신히 누이에게 다다라 에블린을 끌어안는다. 그는 안간힘을 다해 누이를 물 밖으로 끌어낸다. 그런 다음, 잔디에 주저앉아 누이의 얼굴에 입을 맞추며 제발 눈을 떠보라고 애원한다. 하지만 죽음은 이미 주사위를 던졌고, 에블린은 빚을 갚았다. 죽음은 가치를 지녔던 모든 것을 앗아가버렸다.

마이클은 누나의 젖은 머리에 얼굴을 묻고 격하게 흐느낀다.

그는 물가로 몰려든 사람들을 의식하지 못하는 듯하다. 그가 에블린을 잔디에 반듯하게 눕히자 디키 박사가 무릎을 꿇고 앉아 그녀의 상태를 살피기 시작한다. 복부에 난 구멍과 잔디에 떨어진 은색 권총이 이미 모든 것을 알려주고 있음에도 그는 굳이 손가락으로 목의 맥을 짚어본다. 그리고 다른 손으로는 그녀의 얼굴에서 더러운 물을 훔쳐내준다.

그가 마이클에게 가까이 다가오라고 손짓한다. 그는 흐느끼는 남자의 손을 꼭 잡고 고개를 숙인 채 나지막이 무언가를 속삭인다. 기도를 하는 듯하다.

그 광경이 내 마음을 뜨겁게 달구어놓는다.

여자 몇 명은 서로의 어깨에 얼굴을 묻고 울음을 터뜨린다. 하지만 내 눈에는 죄다 어설픈 연기로만 보일 뿐이다. 어쩌면 그들은 이 상황을 무도회의 일부로 여기는지도 모른다. 에블린은 자신이 그토록 경멸하던 사람들의 볼거리로 전락해버린 것이다. 의사도 그렇게 느꼈는지 그녀의 존엄 회복을 위해 행동 하나하나에 세심한 주의를 기울이고 있다.

일 분만에 기도를 마친 그가 재킷을 벗어 에블린의 얼굴을 덮어준다. 피로 범벅이 된 드레스보다 그녀의 깜빡이지 않는 눈이 더 부담스럽다는 듯이.

그의 볼에서는 눈물이 흘러내리고 있다. 그가 흐느끼는 마이클을 이끌고 현장을 뜬다. 내 눈에는 둘 다 기운 빠진 노인 같아 보인다. 느릿한 걸음, 구부정한 허리. 슬픔의 엄청난 무게가 그들의 어깨를 짓누르는 듯하다.

그들이 집 안으로 들어가버리기가 무섭게 여기저기서 온갖 소문이 터져나온다. 경찰이 온다는 둥, 유서가 발견됐다는 둥, 찰리 카버의 영혼이 하드캐슬 집안의 또 다른 자식을 데려갔다는 둥. 황당한 억측들은 디테일과 패턴이 더해진 상태로 내 귀에 속속 도달한다. 이곳을 벗어나 마을에까지 퍼져나갈 수 있을 만큼의 탄탄한 스토리들.

나는 커닝엄을 찾아 두리번거린다. 어디에도 그는 보이지 않는다. 그가 어디서 무엇을 하고 있을지 상상이 되지 않는다. 하지만 나와는 다르게 눈치가 빠르고 늘 의욕적인 친구이니 어딘가에서 생산적인 일을 벌이고 있을 게 분명하다. 총성에 놀란 내 가슴은 아직도 벌렁대는 중이다.

나는 다시 무도회장으로 돌아가 소파에 주저앉는다. 온몸이 덜덜거리고 머릿속은 핑핑 돈다.

내일 아침이면 내 친구는 또다시 살아 있을 것이다. 하지만 그렇다고 해서 이미 벌어진 일이 바뀌는 건 아니다. 내가 받은 정신적 충격은 말할 것도 없고.

에블린은 자살했고, 그것은 다 내 책임이다. 레이븐코트와의 결혼은 그녀에게 내려진 벌이었다. 치욕에 못 이긴 그녀가 결국 극단적인 선택을 하도록. 그리고 그 중심에는 내가 있었다. 그녀는 내 얼굴을 역겨워했다. 나라는 존재가 그녀로 하여금 권총을 챙겨들고 물가로 향하게 만든 것이었다.

그럼 흑사병 의사는? 그는 이 살인사건을 해결해야만 자유의 몸으로 풀어주겠다고 약속했다. 하지만 이게 정말 살인사건일까? 분명 절망에 빠진 그녀가 총으로 자신을 쏘는 걸 똑똑히 지켜봤는데. 그녀가 자살을 결심한 이유는 너무나도 명백하다. 하지만 나의 억류자가 이러는 이유는 대체 무엇일까? 이 또한 내게 고통을 안겨주기 위함일까? 희망의 싹을 아예 잘라버리기 위해서?

그럼 묘지는? 권총은?

에블린이 실의에 빠져 있었다면 벨을 묘지로 안내했을 때 그토록 명랑한 모습을 보일 수 있었을까? 저녁을 먹은 지 두 시간도 채 되지 않았을 때? 그녀가 쥐고 있던 커다란 검은색 권총도 이상했다. 그게 어떻게 그녀의 클러치 백에 들어갈 수 있었을까? 게다가 그녀가 자살할 때 사용한 것은 은색 권총이었다. 대체 그녀는 총을 왜 바꾸었을까?

들뜬 사람들 틈에 끼어 하염없이 기다려보지만 경찰은 끝내 나타나지 않는다.

손님들이 하나둘씩 물러가고 촛불은 펄럭거리며 타들어간다. 파티는 그렇게 끝이 나버린다.

소파에 늘어져 잠이 들기 직전 마지막으로 내 눈에 들어온 건 잔디에 무릎을 꿇고 앉아 물에 흠뻑 젖은 죽은 누나를 끌어안고 오열하는 마이클 하드캐슬의 모습이다.

21

둘째 날(계속)

숨을 쉴 때마다 밀려드는 통증이 내 안을 휘적여댄다. 눈을 깜빡여 잠을 쫓고 나니 하얀 벽과 하얀 시트 그리고 피가 말라붙은 베개가 속속 눈에 들어온다. 내 볼은 손에 얹어져 있고, 입술과 맞닿은 손가락 마디에는 침이 묻어 있다.

나는 이 순간을 알고 있다. 벨의 눈으로 본 기억이 있다.

나는 또다시 집사로 돌아온 것이다. 그가 정문 관리실로 옮겨진 후.

누군가가 내 침대 옆을 서성이고 있다. 검은 드레스와 하얀 앞치마를 보니 하녀인 모양이다. 그녀는 커다란 책을 펼쳐 들고 책장을 미친 듯이 넘기는 중이다. 천근만근한 머리를 들 수 없어 그녀의 허리 위를 제대로 볼 방법이 없다. 나는 신음을 토하며 그녀를 부른다.

"오, 다행이네요. 정신이 들어요?"

그녀가 걸음을 멈추고 말한다.

"레이븐코트는 언제쯤 혼자 남겨지죠? 당신이 그 부분은 쪽지에 적어놓지 않았더라고요. 그 빌어먹을 얼간이가 종자를 주방으로 보내서….”

“당신은 누구….”

목구멍은 피와 가래로 막혀 있다.

탁자 위에 물병이 놓여 있다. 하녀가 물을 챙겨주려 달려온다. 그녀는 카운터에 책을 내려놓고 글라스를 내 입술에 갖다 대준다. 나는 고개를 살짝 들어 그녀의 얼굴을 올려다보지만 이내 눈앞이 핑핑 돌기 시작한다.

“당분간 말을 하지 않는 게 좋아요.”

내 턱으로 물이 흘러내리자 그녀가 앞치마로 훔쳐낸다.

그녀가 잠시 말을 멈춘다.

“일단 기력부터 회복해야죠.”

그녀가 다시 뜸을 들인다.

“사실 레이븐코트에 대해 당신에게 묻고 싶은 게 있어요. 그 사람 때문에 내가 죽기 전에 말이에요.”

“당신은 누구죠?”

나는 꺽꺽대며 묻는다.

“그 인간이 얼마나…. 잠깐만요.”

그녀가 고개를 내 앞으로 들이민다. 그녀의 갈색 눈이 잠시 내 얼굴을 훑어나간다. 그녀의 창백한 볼은 통통하고, 모자 밖으로는 헝클어진 금발 머리가 삐죽 튀어나와 있다. 순간 나는 흠칫 놀란다. 그녀는 벨과 에블린이 만난 적 있는 하녀다. 집사 곁을 지키며 간호했던 바로 그 하녀.

“지금 이게 몇 번째 호스트죠?”

그녀가 묻는다.

“그건 나도 잘….”

"몇 번째냐니까요?"

그녀가 침대 끝에 걸터앉으며 묻는다.

"지금까지 몇 명의 몸을 들락거렸죠?"

"당신이 애나인가요?"

나는 힘겹게 고개를 들고 그녀를 올려다본다. 극심한 통증이 뼛속 깊이 스며든다. 그녀가 지그시 내 몸을 눌러 다시 매트리스에 눕힌다.

"그래요. 내가 애나예요."

그녀가 차분한 목소리로 말한다.

"지금 호스트가 몇 번째죠?"

순간 기쁨의 눈물이 터져나온다. 내 안에서는 따뜻한 기운이 꿈틀댄다. 이 여자가 기억나지는 않지만 우리가 오랫동안 우정과 신뢰를 쌓아온 사이라는 건 본능으로 알 수가 있다. 기억에도 없는 여자를 이토록 그리워해왔다니.

내 표정을 확인한 애나의 눈에서도 눈물이 글썽이기 시작한다. 그녀가 몸을 좀 더 숙이고 나를 살며시 끌어안는다.

"나도 보고 싶었어요."

그녀가 말한다.

한참 후, 그녀가 헛기침을 한 번 하고는 눈가를 훔친다.

"우는 건 이 정도로 됐어요."

그녀가 훌쩍인다.

"이런다고 뭐가 해결되겠어요? 어서 당신의 호스트들에 대해 들려줘요."

"난… 난…."

목이 메어 말을 하기가 쉽지 않다.

"벨이 돼서 처음 눈을 떴어요. 그다음엔 집사 그리고 그다음엔 도널드 데이비스, 그다음 또다시 집사로 돌아갔다가 레이븐코트 가 됐어요. 그리고 이젠…."

"또다시 집사로 돌아왔죠."

그녀가 대신 말을 맺어준다.

"삼세 번만의 행운이란 말도 있잖아요."

그녀가 이마로 흘러내린 머리카락을 쓰다듬으며 또다시 몸을 숙인다.

"우린 아직 자기소개를 제대로 못했어요. 당신은 내가 누군지 모르죠? 내 이름은 애나예요. 당신은 에이든 비숍이고요. 아니, 여기까지는 소개가 이루어졌었던가요? 당신이 자꾸 틀린 순서로 나타나니까 나까지 헷갈려버렸잖아요."

"내 다른 호스트들도 만나봤어요?"

"나타났다 사라지기를 반복했죠."

그녀가 누군가의 목소리가 들리는 문 쪽을 돌아보며 말한다.

"불쑥 나타나서는 주로 이런저런 부탁을 하죠."

"당신의 호스트들요? 그들도…."

"내겐 다른 호스트가 없어요. 그냥 나 혼자뿐이에요. 흑사병 의 사를 만난 적도 없고, 다른 날을 살 수도 없어요. 지금 눈앞에서 펼쳐지는 일들은 내일이 되면 다 잊어버려요. 오늘 겪은 일들을 생각하면 다행으로 느껴지긴 하네요."

"그래도 이곳에서 무슨 일이 벌어지고 있는진 알 거 아니에요. 에블린의 자살에 대해서도 그렇고. 아닌가요?"

"그건 살인사건이에요. 난 그걸 아는 상태로 깨어났어요."

그녀가 내 시트를 반듯하게 덮어주며 말한다.

"내 이름은 기억할 수 없었지만 당신 이름은 알고 있었어요. 밤 11시까지 살인자의 정체를 밝히고 그가 범인이라는 걸 증명해내 야만 이곳을 벗어날 수 있다는 것도 알아요. 그게 게임의 규칙 아니던가요? 그 내용까진 머릿속에 각인이 돼서 절대 잊지 못해요."

"내가 깨어났을 땐 아무것도 기억나지 않았어요."

어째서 우리의 상태가 제각각인지 궁금하다.

"흑사병 의사는 당신 이름만 빼고 모든 걸 다 들려줬어요."

"당연히 그랬겠죠. 당신은 그의 특별한 프로젝트이니까."

그녀가 내 베개의 위치를 바로잡아주며 말한다.

"그는 나한텐 아무런 관심이 없어요. 하루 종일 입도 열지 않았고요. 하지만 그냥 혼자 있게 내버려두질 않더군요. 그가 저기 저 침대 아래 숨어 있지 않다는 사실이 놀라울 정도예요."

"우리 중 한 사람만이 여길 빠져나갈 수 있다고 했어요."

"그는 그게 당신이기를 바라고 있어요. 속내가 훤히 들여다보이지 않나요?"

잠시 노기를 띠었던 그녀의 목소리가 이내 부드러워진다.

"미안해요. 당신에게 괜한 화풀이를 했네요. 아무튼 그는 뭔가 꿍꿍이가 있어요. 난 그게 거슬린다고요."

"무슨 뜻인지 알아요. 하지만 만약 한 사람만이 이곳을 탈출할 수 있다면…."

"왜 우리가 서로를 도와야 하는 거냐고요?"

그녀가 내 말을 끊는다.

"왜냐하면 당신은 우리 둘 다 여길 빠져나갈 방법을 알고 있으니까요."

"내가요?"

"당신이 안다고 했잖아요."

그녀가 처음으로 당황한다. 그녀의 얼굴에는 근심 어린 표정이 떠오른다. 내가 다시 입을 열려는 찰나 복도의 나무 바닥이 삐걱 대기 시작한다. 계단을 오르는 발소리가 들려온다. 집 전체가 진 동하는 듯하다.

"잠깐만요."

그녀가 카운터에서 책을 집어 들며 말한다. 자세히 보니 그것은 스케치북이다. 끈으로 허술하게 묶어놓은 갈색 가죽 커버 안에 낱 장으로 된 종이가 가득 차 있다. 그녀가 책을 침대 밑에 숨겨놓고 산탄총을 챙겨 든다. 그런 다음, 개머리판을 어깨에 갖다 붙인 채 문으로 다가가 소란스러운 밖을 살펴본다.

"오, 이런."

애나가 발로 문을 닫으며 말한다.

"의사가 당신에게 줄 진정제를 가져왔어요. 서둘러야 해요. 레 이븐코트는 언제쯤 혼자 남겨지나요? 그에게 날 찾으러 다니지 말라고 경고해야 하는데."

"왜, 그게 누구…?"

"우리에겐 시간이 많지 않아요, 에이든."

그녀가 산탄총을 다시 침대 밑으로 밀어 넣으며 말한다.

"자세한 얘기는 당신이 다음에 깨어나면 그때 나누기로 해요. 지금은 레이븐코트에 대해 당신이 아는 모든 걸 들려주기만 하면 돼요."

그녀가 내 쪽으로 몸을 기울이고 내 손을 꼭 움켜쥔다. 그녀의 애원하는 눈이 나를 빤히 응시한다.

"그는 오후 1시 15분에 자기 방에 혼자 있을 거예요. 당신은 그에게 위스키를 한잔 건네고 몇 마디 나누게 될 거예요. 잠시 후엔 밀리센트 더비가 나타날 거고요. 당신은 그녀를 소개하는 카드를 그에게 남겨주고 떠나죠."

그녀가 눈을 질끈 감고 내가 알려준 시간과 이름을 반복해서 되뇐다. 기억 속에 확실히 새겨놓으려는 것이다. 딱딱히 굳은 그녀의 얼굴이 무척 앳되어 보인다. 열아홉 살도 채 되지 않은 듯하다. 그간 고생을 했는지 몇 살 더 들어 보이는 것 같기는 하지만.

"한 가지 더 당부해둘 게 있어요."

그녀가 내 볼을 감싸 쥐고 가까이 얼굴을 들이민다. 그녀의 갈색 눈 속의 황색 얼룩이 똑똑히 보인다.

"밖에서 날 보면 모르는 척해줘요. 내게 가까이 오지도 말고요. 풋맨이 보고 있을지 모르니…. 그에 대해선 나중에 들려줄게요. 아무튼 우리가 함께 있는 걸 그에게 들키면 안 돼요. 서로 할 말이 있을 땐 여기서 하기로 해요."

그녀가 내 이마에 살짝 입을 맞추고 잠시 주변을 살핀다.

사람들의 발소리는 홀까지 도달했다. 두 사람의 목소리가 희미하게 들려온다. 한 명은 디키가 분명하지만 나머지 한 명은 긴가민가하다. 굵고 초조해하는 목소리. 그들 사이에 무슨 말이 오가는 중인지는 알 길이 없다.

"밖에 디키랑 또 누구죠?"

"하드캐슬 경인 것 같아요. 당신의 상태를 살피기 위해 오전 내내 여길 들락거렸거든요."

이치에 닿는 설명이다. 에블린은 전쟁 중 집사가 하드캐슬 경의 당번병이었다고 귀띔해주었다. 지금 그레고리 골드가 맞은편 방에 대롱대롱 매달려 있는 것도 두 사람의 친밀한 관계 때문이다.

"늘 이런 식인가요? 질문이 던져지기도 전에 설명이 먼저 나오는 것 말이에요."

"나도 몰라요."

그녀가 몸을 일으키고 앞치마의 주름을 문질러 편다.

"지난 두 시간 동안 온갖 지시에 따르느라 정신이 없었거든요."

그때 디키 박사가 문을 열고 들어온다. 그의 콧수염은 처음에 봤을 때와 마찬가지로 요상해 보인다. 그의 시선이 애나와 나를 번갈아 훑는다. 갑자기 입을 꼭 닫아버린 우리가 수상한 모양이다. 기다리는 설명이 나오지 않자 그가 자신의 검은 왕진 가방을 탁자에 내려놓고 내게로 다가온다.

"이제야 의식이 돌아왔군."

그가 발뒤꿈치로 딛고 서서 몸을 앞뒤로 살살 흔든다. 그의 손가락은 조끼의 회중시계 주머니 안에 감춰져 있다.

"자리 좀 피해주겠나?"

그가 애나에게 말한다. 그녀는 무릎을 살짝 구부려 절을 하고는 나를 흘끔 돌아보며 방을 빠져나간다.

"기분이 좀 어떤가? 마차를 타고 왔을 때보다는 낫겠지?"

"별로 나쁘지는…."

내 대답이 끝나기도 전에 그가 커버를 젖히고 맥을 짚어본다. 그의 손이 닿는 순간 온몸에 통증을 동반한 경련이 인다.

"아직도 통증이 남은 모양이군."

움찔하는 나를 보며 그가 말한다. 그는 내 팔을 다시 내린다.

"하긴, 흠씬 두들겨 맞았으니 아픈 게 당연하겠지. 저 그레고리 골드라는 친구가 왜 자네를 구타했는지 알고 있나?"

"모릅니다. 저를 다른 사람으로 착각한 모양입니다, 박사님."

말끝에 '박사님'이라는 호칭을 붙인 건 집사의 오랜 습관 때문일 뿐 내가 원해서 그런 게 아니었다. 신기하다. 어떻게 그 단어가 내 입에 착착 달라붙을 수 있는지.

의심 많은 의사의 예리한 눈빛이 잠시 내 얼굴을 훑는다. 그는 위로와 공포가 동시에 묻어나는 야릇한 미소를 머금는다. 안 그런 척해도 디키 박사는 아까 복도에서 무슨 일이 벌어졌는지 잘 알 것이다.

그가 왕진 가방을 열고 갈색 병과 피하 주사기를 꺼낸다. 그는 내 눈을 똑바로 쳐다보며 밀랍으로 봉인된 병의 입구에 주삿바늘을 찔러 넣고 투명한 액체를 주사기에 채워나간다.

내 손은 시트 자락을 꼭 움켜쥐고 있다.

"저는 괜찮습니다, 박사님. 정말이에요."

"나도 아네. 바로 그게 문제야."

그가 말한다. 그리고 다시 입을 열 틈도 주지 않은 채 내 목에 바늘을 꽂아 넣는다.

따뜻한 액체가 정맥으로 스며들면서 정신이 혼미해지기 시작한다. 의사의 모습이 서서히 흐려지더니 결국 칠흑 같은 어둠이 내 시야를 완전히 덮어버린다.

"좀 쉬게, 로저. 골드 씨는 내가 알아서 할 테니까."

22

다섯째 날

입으로 시가 연기를 뿜어내며 눈을 뜬다. 나는 옷을 다 갖춰 입은 채 나무 바닥에 누워 있다. 한 손은 흐트러지지 않은 침대에 얹고 있다. 바지는 발목까지 내려져 있고, 배 위에는 브랜디 술병이 놓여 있다. 전날 밤, 술에 잔뜩 취한 채로 옷을 벗다가 잠에 빠져들었던 모양이다. 새로운 호스트의 입에서는 오래된 잔 받침 같은 역겨운 냄새가 풍긴다.

나는 끙 앓는 소리를 내며 침대를 움켜잡고 힘겹게 몸을 일으켜 본다. 갑자기 몰려든 극심한 두통에 하마터면 고꾸라질 뻔했다.

나는 벨에게 주어진 것과 비슷한 침실에 들어와 있다. 간밤에 피운 난로 안에서는 잉걸불이 깜빡이고 있다. 커튼은 활짝 열려 있고, 창문으로는 새벽빛이 은은하게 새어 들어온다.

에블린이 숲에 있어. 가서 그녀를 찾아야 해.

나는 바지를 올리고 비틀대며 거울 앞으로 다가간다. 새 호스트의 정체부터 확인하는 게 순서다.

하마터면 나는 거울 속으로 뛰어들 뻔했다.

레이븐코트의 몸에 오랫동안 갇혔다 풀려나서인지 새 호스트

219

의 몸은 한없이 가볍게만 느껴진다. 산들바람에 날아다니는 나뭇잎만큼이나 가볍게. 거울 속 남자를 보니 그 이유를 알 것 같다. 작고 여윈 체구. 이십 대로 보이는 그는 약간 긴 갈색 머리와 충혈된 파란 눈 그리고 깔끔하게 손질된 턱수염을 가지고 있다. 내가 살며시 미소를 짓자 살짝 삐뚜름하게 난 새하얀 치아가 드러난다.

악한의 얼굴이다.

내 소지품은 침대 옆 탁자에 수북이 쌓여 있다. 맨 위에는 조너선 더비의 이름이 적힌 초대장이 얹어져 있다. 적어도 이 숙취를 누구의 탓으로 돌려야 할지 알게 됐으니 다행이다. 나는 손끝으로 소지품을 뒤적여본다. 주머니칼, 텅 빈 휴대용 술병, 오전 8시 43분을 알리는 손목시계 그리고 코르크 마개로 막은 라벨 없는 갈색 유리병 세 개. 나는 그중 하나를 골라 마개를 열고 냄새를 맡아본다. 확 풍기는 향긋하면서 역겨운 냄새에 속이 울렁이인다.

벨이 팔고 다니는 아편팅크인 모양이다.

이게 어째서 그토록 인기가 있는지 알 것 같다. 살짝 냄새만 맡았을 뿐인데도 몽롱한 기분이 느껴진다.

한쪽 구석의 작은 세면대 옆에는 찬물이 담긴 주전자가 놓여 있다. 나는 옷을 전부 벗고 전날 밤의 땀과 때를 씻어낸다. 이 몸뚱이 속에 갇힌 사람을 끄집어내기 위해. 남은 물은 배 속이 출렁일 때까지 들이킨다. 불행하게도 물로 숙취를 씻어내려는 나의 시도는 실패로 돌아갔다. 몸속의 모든 뼈와 근육 속으로 통증이 스며든다.

아침 날씨가 아주 사납다. 눈에 들어오는 가장 두꺼운 옷을 꺼내 걸친다. 사냥용 트위드와 바닥에 닿을 만큼 긴 검은색 외투.

이른 시간임에도 계단 맨 윗단에서는 술에 취한 커플이 옥신각

신하고 있다. 두 사람 모두 전날 밤의 야회복 차림이다. 그들의 손에는 아직도 술잔이 쥐어져 있다. 서로에게 비난을 쏟아내는 그들의 언성이 조금씩 높아져간다. 나는 거칠게 휘두르는 팔들을 피해 멀리 돌아 나간다. 그들의 격한 목소리는 입구 홀까지 나를 따라온다. 광란의 파티로 홀은 엉망이 돼버린 상태다. 샹들리에에는 나비넥타이가 주렁주렁 걸려 있고, 대리석 바닥은 낙엽과 박살이 난 디캔터 파편으로 뒤덮여 있다. 청소에 여념 없는 하녀 두 명이 눈에 들어온다. 청소가 시작되기 전에는 과연 어떤 모습이었을지 문득 궁금해진다.

나는 그들에게 찰리 카버의 오두막 위치를 묻는다. 하지만 그들은 입을 꼭 닫은 채 눈을 내리깔고 고개만 저어댈 뿐이다.

그들의 침묵에 화가 치밀어 오른다.

루시 하퍼가 전한 소식이 사실이라면 에블린은 하녀와 함께 오두막 근처에서 습격을 당할 것이다. 누가 그녀를 위협하는지 밝혀낼 수만 있다면 그녀의 목숨을 구하고 이곳을 탈출할 수 있을 것이다. 하지만 아무리 머리를 굴려봐도 애나를 이곳에서 탈출시킬 방법은 떠오르지 않는다. 그녀는 자신의 책략을 뒤로 미뤄두고 나를 돕기 위해 발 벗고 나섰다. 그녀는 내게 우리 둘 모두를 이곳에서 탈출시킬 비책이 있다고 믿는 듯하다. 하지만 그것은 헛된 희망이다. 정문 관리실에서 얘기를 나눌 때 그녀는 근심 어린 표정을 살짝 내비쳤었다. 어쩌면 그녀는 이 모든 노력이 부질없음을 깨달았는지도 모른다.

나는 그저 내 미래의 호스트들이 지난 호스트들보다는 똑똑하기를 바랄 뿐이다.

질문을 몇 개 더 던져보지만 하녀들의 입은 끝내 열리지 않는다. 나는 다급하게 주위를 둘러본다. 입구 양옆으로 자리한 방들은 모두 정적에 휩싸여 있다. 집 전체가 전날 밤의 후유증으로 골골대고 있다. 다른 옵션이 보이지 않자 나는 유리 파편을 헤치고 주방으로 통하는 계단을 내려간다.

지하 복도는 내가 기억하는 것보다 훨씬 음울해 보인다. 달가닥대는 접시 소리와 고기 굽는 냄새가 내 속을 휘저어놓는다. 지나치는 하인들은 불안해하는 모습으로 내 눈치를 살핀다. 내가 입을 열고 질문을 던지려 할 때마다 그들은 약속이라도 한 듯 일제히 고개를 돌려버린다. 내가 이곳까지 내려온 것이 불편한 모양이다. 다들 어떻게 하면 나를 쫓아낼 수 있을지 고민하는 듯하다. 이곳은 그들의 공간이다. 허심탄회한 대화와 짓궂은 험담이 쉴 새 없이 흐르는 곳. 당연히 예고도 없이 불쑥 나타난 내가 부담스러울 수밖에.

서서히 불안해지기 시작한다. 귓속에서는 맥박이 요란하게 뛰고 있다. 사포 같은 공기 안에 갇혀 있으니 급격히 피로해진다.

"어떻게 오셨죠?"

뒤에서 목소리가 묻는다.

날카롭게 던져진 단어 하나하나가 내 등을 강타한다.

돌아보니 요리사 드러지 부인이 통통한 손을 통통한 허리에 얹은 채 나를 빤히 올려다보고 있다. 뒤웅스러운 몸뚱이에 얹힌 자그마한 머리. 꼭 찰흙으로 빚어놓은 아이 같다. 이목구비는 누군가가 서툰 손으로 대충 눌러놓은 것 같고. 그녀는 단호하다. 앞으로 두 시간 후, 집사에게 따뜻한 스콘을 먹이며 위로할 사람으로는 보이지 않는다.

"에블린 하드캐슬을 찾고 있어요. 마들렌 오베르라는 하녀를 데리고 숲으로 산책을 나갔다고 들었는데."

나는 그녀의 이글거리는 눈을 쳐다보며 말한다.

"그게 왜 궁금한 거죠?"

그녀의 어조가 나를 움찔하게 만든다. 나는 두 주먹을 불끈 쥐고 치밀어 오르는 분노를 애써 억누른다. 하인들은 목을 길게 빼고 우리를 구경하느라 바쁘다. 다들 불똥이 튈까 두려워하면서도 무언가 극적인 일이 벌어지기를 바라는 듯하다.

"누군가가 그녀를 해치려 하고 있어요."

나는 이를 갈며 말한다.

"찰리 카버의 오두막이 어디 있는지 가르쳐줘요. 가서 그녀에게 알려야 한단 말입니다."

"어젯밤 마들렌에게도 그걸 알려주려고 했던 건가요? 그래서 그녀 블라우스가 갈가리 찢겼던 거예요? 그래서 그녀가 서럽게 펑펑 울어댔던 거고요?"

흥분한 그녀의 이마에 정맥이 흉측하게 튀어나온다. 그녀의 말에는 가시가 돋아 있다. 그녀가 내 앞으로 바짝 다가와 손가락으로 내 가슴을 쿡쿡 찔러댄다.

"난 당신이 뭘 하려는지…."

순간 내 안에서 분노가 폭발해버린다. 나는 충동적으로 그녀의 뺨을 후려친다. 그리고 그녀를 뒤로 거칠게 떠밀고 나서 무섭게 성큼 다가간다.

"그녀가 어디로 갔는지 말해요!"

나는 침을 튀기며 소리친다.

드러지 부인은 입을 꼭 다문 채 나를 노려본다.

나는 또다시 주먹을 불끈 쥔다.

이만 물러서.

이쯤 했으면 됐어.

나는 애써 화를 삭이고 돌아선다. 드러지 부인을 등진 채 정적이 내려앉은 복도를 빠르게 걸어나가기 시작한다. 하인들이 화들짝 놀라며 양옆으로 비켜선다. 격노에 휩싸인 나는 정신이 반쯤 나가버린 상태다.

모퉁이를 돌아 나와서는 축 늘어진 몸을 벽에 기대고 서서 심호흡을 해본다. 두 손은 덜덜 떨리고 있다. 머릿속 뿌연 안개가 서서히 걷히기 시작한다. 조금 전 몇 초 동안 더비는 내 통제에서 완전히 벗어나 있었다. 내 입에서 터져나온 독설은 그가 늘어놓은 것이다. 내 정맥을 타고 흘렀던 분노도 분명 그의 것이었다. 나는 아직도 똑똑히 느낄 수 있다. 피부에서 배어 나온 개기름, 바짝 곤두선 신경, 무언가 고약한 일을 벌이고 싶어 하는 갈망. 오늘 무슨 일이 벌어지든 나는 욱하지 않도록 화를 다스려야만 한다. 그러지 않았다가는 또다시 이 괴물이 튀어나와 한바탕 난리를 피울 게 분명하다.

나는 그게 가장 두렵다.

내 호스트들이 언제든 반발할 수도 있다는 사실.

23

부츠가 진창에 푹푹 빠진다. 나는 황급히 숲을 헤쳐나가는 중이다. 절박감은 가죽끈처럼 나를 잡아끈다. 주방에서 아무 정보도 얻지 못한 나는 운 좋게 에블린과 맞닥뜨리기를 기대하며 숲길로 들어섰다. 계산의 실패를 노력으로 만회하려는 것이다. 설령 허탕을 치는 한이 있더라도 더비와 블랙히스의 유혹으로부터 잠시나마 거리를 둘 수 있다면 그것으로 만족한다.

숲에 들어온지 얼마 되지 않았을 때 빨간 표식이 나를 개울로 안내한다. 커다란 바위 양옆으로 빠르게 흐르는 물. 한쪽 진창에는 박살 난 와인 병이 반쯤 묻혀 있다. 그리고 그 옆에는 벨의 검은 외투가 내팽개쳐 있다. 외투 주머니에서 튀어나온 은 나침반도 눈에 들어온다. 나는 그것을 집어 들고 뒷면을 살펴본다. 첫날 아침에 그랬던 것처럼. 내 손가락이 뚜껑 밑부분에 새겨진 "SB"라는 이니셜을 살살 더듬어나간다. 서배스천 벨의 이니셜. 대니얼이 그 사실을 알려주었을 때 나는 바보가 된 기분이었다. 주변에는 담배꽁초 대여섯 개가 뿌려져 있다. 벨이 이곳에 한참 서 있었다는 뜻이다. 보나 마나 누군가를 기다리고 있었을 것이다. 저녁을 먹던 중 쪽지를 전달받고 이곳으로 부리나케 달려왔겠지. 대체 무슨 내용이 적혀 있었기에 거센 빗줄기와 추위를 헤치고 이곳까지 달려왔던 걸까? 그의 외투를 샅샅이 뒤져보지만 단서가 될 만한 것은 나오지 않는다. 주머니에서 발견된 것이라고는 은으로 된 열쇠 하나가 전부다. 트렁크 열쇠인 듯하다.

나는 열쇠와 나침반을 내 외투 주머니에 쑤셔 넣고 또 다른 빨간 표식을 찾아 나선다. 더 이상 전 호스트에게 피 같은 시간을 빼앗길 수는 없다. 풋맨이 미행 중인지도 모르니 틈틈이 뒤도 살펴봐야 한다. 숲속은 풋맨이 표적을 습격하기 완벽한 장소다.

얼마나 더 걸어 들어갔을까, 마침내 찰리 카버의 옛 오두막이 나타난다. 오두막은 무너져내린 상태다. 집 안과 지붕은 화재로 초토화돼버렸고, 이제 남은 것이라고는 검게 그을린 벽 네 개뿐이다. 나는 잔해를 밟고 안으로 들어가본다. 발소리에 놀란 토끼들이 숲속으로 달아나버린다. 토끼들의 털은 젖은 재로 얼룩이 져 있다. 한쪽 구석에는 뼈대만 앙상하게 남은 낡은 침대가 놓여 있다. 바닥 한복판에는 테이블 다리 하나가 뒹굴고 있다. 에블린은 카버가 교수형에 처해진 날 오두막에 불이 났다고 했다.

보나 마나 하드캐슬 경 부부가 악몽을 장작더미처럼 쌓아놓고 직접 불을 붙였을 것이다.

어찌 그들을 탓하겠는가. 카버는 호수에서 그들의 아들을 죽였다. 그들은 오두막을 불태워버리는 것으로 그의 기억을 깨끗이 지워내려 했던 것이다.

오두막 뒤편에는 썩은 울타리가 둘러져 있다. 오랫동안 관리받지 못한 대부분 널들은 앞으로 쓰러진 상태다. 자주색과 노란색 꽃이 사방에 널려 있고, 울타리 기둥마다 빨간 산딸기가 주렁주령 매달려 있다.

내가 한쪽 무릎을 꿇고 앉아 부츠 끈을 묶고 있을 때 나무 틈에서 하녀 하나가 불쑥 나타난다.

나를 발견한 그녀는 공포에 질린 모습이다.

얼굴이 창백해진 그녀가 들고 있던 바구니를 떨어뜨린다. 바구니에 담겨 있던 버섯이 사방으로 튄다.

"자네가 마들렌인가?"

하지만 그녀는 이미 뒷걸음질 치며 다급하게 주위를 살피는 중이다.

"자네를 해치려는 게 아니야. 난 단지…."

내가 말을 잇기도 전에 그녀는 숲속으로 쏙 들어가버린다. 잡초에 발이 걸린 나는 울타리 위로 고꾸라진다.

힘겹게 몸을 일으킨 나는 나무 틈으로 펄럭이는 검은 드레스를 바라본다. 그녀는 놀라울 만큼 빠르게 내달리는 중이다. 나는 하녀를 불러보지만 그럴수록 그녀는 점점 더 멀어져갈 뿐이다. 그녀보다 몇 배 빠르고 강한 나는 어렵지 않게 따라잡을 수 있을 것이다. 그녀를 겁주고 싶은 마음은 없지만 에블린을 생각하면 그녀를 반드시 붙잡아야만 한다.

"애나!"

가까운 곳 어딘가에서 벨의 목소리가 들려온다.

"도와줘요!"

패닉에 빠진 마들렌이 흐느끼며 소리친다.

나는 그녀를 거의 따라잡았다. 그녀의 옷을 움켜잡으려 손을 뻗어보지만 손끝은 드레스를 살짝 스치는 데 그치고 만다. 내가 균형을 잃고 휘청대는 동안 그녀는 또다시 저만치 멀어져간다.

나뭇가지를 피해 몸을 숙인 그녀가 잠시 비틀거린다. 나는 필사적으로 달려가 그녀의 드레스 자락을 낚아채 잡는다. 순간 그녀의 입에서 또다시 비명이 터져나온다. 바로 그때, 어딘가에서 날아든 총알이 내 얼굴을 아슬아슬하게 스치고 지나가 뒤편 나무에 박혀버린다.

내 손이 떨어지자 마들렌이 비틀대며 숲에서 모습을 드러낸 에블린 앞으로 달려나간다. 에블린은 그녀가 무덤까지 가져갈 검은색 권총을 쥐고 있다. 그녀의 얼굴에는 권총보다도 훨씬 섬뜩한 격노의 표정이 떠올라 있다. 자칫하다가는 그녀의 총에 맞아 죽을 수도 있는 상황이다.

"당신이 뭔가 오해를…. 어떻게 된 일인지 설명할게요."

나는 두 손을 무릎에 얹고 헐떡거린다.

"당신 같은 남자들은 다들 그렇게 얘기하죠."

에블린이 겁에 질린 하녀의 팔뚝을 움켜쥐고 뒤로 잡아 끈다.

마들렌은 몸까지 덜덜 떨며 흐느낀다. 놀랍게도 더비는 이 절망적인 상황을 즐기는 듯하다. 소녀의 공포가 그를 흥분시키는 모양이다. 마치 이번이 처음이 아닌 것처럼.

"이 모든 건 다…. 제발 내 말 좀 들어줘요…. 당신이 오해하는 거라니까요."

나는 애절한 표정을 지으며 조심스레 앞으로 한 걸음 내디딘다.

"다가오지 말아요, 조너선."

에블린이 가시 돋친 말투로 말한다. 권총을 쥔 그녀의 두 손에 더욱 힘이 들어간다.

"이 아이도 괴롭히지 말아요. 다른 하녀도 마찬가지고요."

"난 전혀 그럴 생각이…."

"당신 어머니는 우리 집안과 가까운 분이세요. 그게 바로 내가 지금 당신을 곱게 보내주는 유일한 이유예요."

에블린이 내 말을 끊는다.

"하지만 또다시 여자를 희롱하고 다니면, 당신이 그랬다는 얘기가 내 귀에 들어오면 그땐 정말 총알밥을 만들어줄 거예요."

그녀는 내게 총구를 겨눈 채 외투를 벗어 마들렌의 들썩이는 어깨에 덮어준다.

"오늘은 내 곁에 바짝 붙어 있어. 내가 지켜줄 테니까."

그녀가 겁에 질린 하녀에게 속삭인다.

두 여자는 숲속에 나만 남겨놓은 채 비틀거리며 나무 틈으로 사라진다. 나는 고개를 젖혀 하늘을 올려다보며 찬 공기를 깊게 들이마신다. 얼굴로 떨어지는 빗방울이 내 좌절감을 식혀주기를 바라면서. 나는 에블린의 습격자를 막기 위해 이곳에 왔다. 살인자의 정체를 밝혀내기 위해서. 하지만 어쩌다 보니 막고자 했던 상황을 초래하고 말았다. 지금껏 나는 헛수고만 한 셈이다. 그러는 과정에서 죄 없는 여자를 괜히 겁먹게 했고. 어쩌면 대니얼이 옳았는지도 모른다. 미래는 우리가 언제든 깰 수 있는 약속이 아니라고 했던 말.

"또 꾸물거리고 있군."

내 뒤에서 흑사병 의사가 말한다.

그림자 같은 그는 빈터 너머에 서 있다. 늘 그렇듯 그는 이번에도 완벽한 위치를 골랐다. 내가 제때 닿을 수 없게 멀리 떨어져 있으면서도 어렵지 않게 대화를 이어나갈 수 있을 만큼 가까운 곳.

"그녀를 도우려고 나왔을 뿐이오."

나는 쓸쓸하게 말한다. 조금 전 벌어진 일을 생각하면 아직도 속이 쓰리다.

"당신에겐 아직 시간이 있소. 서배스천 벨이 숲속에서 길을 잃어버렸거든."

그렇지. 나는 에블린을 위해 숲으로 들어온 게 아니야. 벨을 위해 들어온 거라고. 같은 날이 무탈하게 반복될 수 있도록. 더 이상 운명에 휘둘려선 안 돼.

나는 주머니에서 나침반을 꺼내 든다. 첫날 아침, 불안해하며 나침반의 떨리는 바늘을 따라 걸음을 옮겨나갔던 기억이 떠오른다. 이게 없으면 벨은 결코 숲을 빠져나올 수 없을 것이다.

나는 그것을 흑사병 의사의 발 앞으로 휙 던진다.

"이렇게 하면 운명도 달라지지 않겠소? 그를 찾고 싶으면 당신 혼자 가시오."

나는 돌아서며 말한다.

"내가 이곳에 온 목적을 단단히 오해한 모양이군."

그가 날카롭게 말한다. 그 말에 나는 멈칫한다.

"서배스천 벨을 이 숲에 홀로 남겨두면 그는 영영 에블린 하드캐슬을 만나지 못할 것이오. 당신이 그토록 소중히 여기는 우정도 쌓지 못할 거고 말이오. 그를 포기한다는 건 당신이 그녀를 구하는 데 아무런 관심이 없다는 뜻이나 마찬가지 아니겠소?"

"내가 그녀를 잊게 된단 말이오?"

나는 흠칫 놀라며 묻는다.

"난 그저 당신이 앞으로는 좀 더 신중하기를 바랄 뿐이오. 당신이 벨을 버리면 그건 에블린을 버리는 것이나 다름없소. 왜 그런 부당한 짓을 하려고 하시오? 당신은 그런 잔인한 사람이 아니지 않소."

잘못 들은 것일 수도 있지만 그의 목소리에서 처음으로 온기가 느껴진다. 갑자기 당혹스러워진 나는 돌아서서 그를 쳐다본다.

"이날이 바뀌는 걸 보고 싶소."

나는 절망이 묻어나는 목소리로 말한다.

"그게 가능하다는 걸 보고 싶단 말이오."

"당신이 왜 절망하는지 이해는 가오. 하지만 집이 불타고 있는데 그깟 가구를 재배열해본들 무슨 의미가 있겠소?"

그가 몸을 숙이고 땅에서 나침판을 집어 든다. 손가락으로 문질러 표면에 묻은 진흙을 닦아내고서는 끙 앓는 소리를 토하며 허리를 편다. 왠지 흑사병 의사의 의상 안에는 골골한 노인이 갇혀 있을 것만 같다. 그가 공들여 닦은 나침반을 내게 건넨다. 표면이 젖어서 하마터면 손에서 미끄러질 뻔했다.

"이거 받으시오. 그리고 에블린 살인사건을 해결하시오."

"그녀는 자살했소. 그녀가 스스로 목숨을 끊는 걸 내 눈으로 똑똑히 지켜봤단 말이오."

"정말 그렇게 생각하시오? 그렇게 믿고 있다면 당신은 이 게임에서 한참 뒤처진 거요."

"당신, 생각보다 훨씬 잔인한 사람이었군."

나는 이를 갈며 말한다.

"이곳에서 무슨 일이 벌어지고 있는지 안다면 당신이 가서 막으면 되는 거 아니오? 왜 굳이 이런 게임을 만들어 많은 사람을 피곤하게 하는 거요? 당신이 먼저 살인자를 잡아 죽이면 쉽게 해결될 일을."

"흥미로운 아이디어이긴 하지만 난 누가 살인자인지 모르오."

"어떻게 그게 가능하오? 당신은 내가 행동을 취하기도 전에 무슨 행동을 할지 미리 알 수 있지 않소. 어떻게 이 집에서 가장 중요한 사실을 모를 수가 있소?"

나는 의심스럽게 묻는다.

"왜냐하면 내가 그걸 알아야 할 필요가 없으니까. 내가 할 일은 당신을 지켜보는 것이고, 당신이 할 일은 에블린 하드캐슬을 지켜보는 것이오. 우린 각자 주어진 역할에만 충실하면 되는 거라오."

"그럼 난 아무나 범인으로 지목하면 되겠군요."

나는 두 손을 번쩍 치켜들며 소리친다.

"헬레나 하드캐슬이 죽였소. 자, 이제 만족하시오? 사건을 해결했으니 날 여기서 내보내주시오!"

"내가 증거를 가져오라고 하지 않았소. 이건 말 한마디로 해결될 일이 아니오."

"내가 그녀의 목숨을 구해내면, 그땐 어떻게 되는 거요?"

"그건 불가능한 일이오. 사건을 해결하는 데도 아무런 도움이 안 될 거고 말이오. 어쨌든 내 제안에는 변함이 없소. 에블린은 어젯밤에 죽었고, 그 전에도 밤마다 그렇게 죽어왔소. 오늘 밤 당신이 그녀를 구해낸다 해도 그녀의 운명은 결코 바뀌지 않을 것이오. 에블린 하드캐슬을 죽인 자, 또는 그녀를 죽이려 하는 자의 이름을 가지고 오시오. 그렇게만 한다면 당신은 자유의 몸으로 풀려날 수 있소."

블랙히스에 도착한 후 두 번째로 나침반을 손에 쥐었다. 신뢰할 수 없는 상대로부터 지시를 받는 것도 이번이 두 번째다. 에블린을 살리려면 흑사병 의사가 시키는 대로 하는 수밖에 없다. 하지만 상황을 더 악화시키지 않고서는 그녀의 운명을 바꿀 방법이 없다. 그의 말이 모두 사실이라면, 내게는 두 가지 옵션만이 주어졌을 뿐이다. 내 첫 번째 호스트를 구하던지 에블린을 포기하던지.

"아직도 내 의도를 의심하는 거요?"

주저하는 나를 보며 그가 말한다.

"당연한 일 아니겠소? 늘 이렇게 가면으로 얼굴을 가리고, 수수께끼 같은 말만 늘어놓는데. 난 이 사건의 미스터리를 풀기 위해 이곳에 잡혀 있는 게 아니라는 걸 알고 있소. 당신에겐 또 다른 꿍꿍이가 있는 게 분명하오."

"내 가면을 벗겨내면 그 꿍꿍이가 무엇인지 드러날 거라 믿소?"

그가 비웃듯 말한다.

"사람의 얼굴 자체가 나름의 가면 아니겠소. 그건 당신이 누구보다도 잘 알 텐데. 하지만 당신이 제대로 짚었소. 난 무언가를 감추고 있소. 하지만 걱정 마오. 당신을 해하려는 음모는 아니니까. 당신이 용케 이 가면을 벗겨낸다 해도 또 다른 이가 날 대체하게 될 테니 괜히 헛고생할 거 없소. 굳이 그래야겠다면야 말리지는 않겠소만. 내가 당신을 블랙히스로 데려온 자의 이름을 가르쳐주면 의심이 조금 풀리겠소?"

"그가 누구요?"

"에이든 비숍. 당신의 경쟁자들과 달리 당신은 자발적으로 블랙히스에 왔소. 오늘 벌어진 모든 일은 다 당신이 자초한 것이오."

그의 목소리에서 유감의 느낌이 묻어나지만 무표정한 하얀 가면 때문인지 오히려 불길하게 들린다. 슬픔을 연기하고 있달까.

"그럴 리 없소."

나는 완강하게 말한다.

"내가 뭣 하러 내 발로 여길 들어왔겠소? 세상에 그런 어리석은 사람이 있을 것 같소?"

"블랙히스에 오기 전 당신이 어떻게 살았는지는 내 알 바 아니오, 비숍 씨. 에블린 하드캐슬 살인사건을 해결하면 당신이 궁금해하는 모든 것에 대한 답을 듣게 될 것이오. 그건 그렇고, 벨은 지금 당신의 도움을 필요로 하고 있소."

그가 내 뒤를 가리킨다.

"저쪽이오."

그는 그 말만을 남기고 어스레한 숲속으로 쏙 들어가버린다. 내 머릿속은 수백 가지 질문으로 가득 차 있다. 하지만 그중 무엇 하나도 이 숲에서 도움이 돼주지 못할 것이다. 그래서 나는 머릿속을 애써 비워내고 벨을 찾으러 나선다. 잠시 후, 몸을 구부린 채 덜덜 떨고 있는 남자가 눈에 들어온다. 걸음을 내디딜 때마다 발밑에서 잔가지들이 딱딱거리며 부러진다. 그 소리에 놀란 벨이 바짝 얼어붙어버린다.

겁을 내는 그의 모습이 역겹다.

적어도 마들렌은 눈치껏 달아나기라도 했는데.

나는 얼굴이 노출되지 않도록 주의하며 내 첫 호스트를 피해 멀리 돌아 나간다. 이곳에서 무슨 일이 벌어지고 있는지 설명해줄 수도 있겠지만 겁에 질린 토끼는 동지로서 별 쓸모가 없다. 게다가 벨은 나를 살인자로 오해하고 있지 않은가.

내가 벨에게 바라는 것은 그가 끝까지 살아남는 것뿐이다.

두 걸음 더 다가가 그의 뒤에 바짝 붙어 선다. 그의 귀에 메시지를 속삭일 수 있을 만큼 가까워졌다. 그의 몸에서는 땀이 비 오듯 쏟아지고, 더러운 누더기 같은 역한 냄새가 풍긴다. 나는 울렁거리는 속을 간신히 달래고 속삭인다.

"동쪽."

나는 나침반을 꺼내 그의 주머니 안에 떨어뜨린다.

뒤로 천천히 물러나 잿더미로 변한 카버의 오두막을 향해 걸음을 옮겨나가기 시작한다. 벨은 이곳에서 한 시간여 동안 더 헤매게 될 것이다. 나는 그 틈을 타서 곳곳에 남겨진 표식을 따라 저택으로 돌아갈 참이다. 다행히 그와 맞닥뜨리는 일은 없을 것이다.

필사적으로 막아보려 하지만 결국 모든 것은 내가 기억하는 그대로 벌어지고 있다.

24

나무들 사이로 블랙히스의 희미한 형체가 모습을 드러낸다. 나는 저택 뒤편으로 빠져나왔었다. 그곳의 보수 상태는 정문 쪽보다도 심각하다. 몇몇 창문에는 금이 가 있고, 벽돌은 무너져 내리는 중이다. 지붕에서 떨어져나온 돌로 된 난간은 두꺼운 이끼로 뒤덮인 채 잔디 위를 뒹굴고 있다. 하드캐슬 가 사람들은 손님들이 보게 될 부분들만 대충 수리해놓은 모양이다. 집안의 재정 상태가 생각보다 좋지 않다는 귀띔이 사실인 듯하다.

첫날 아침 그랬던 것처럼 나는 숲이 시작되는 곳을 한참 서성이다가 불길한 기분을 안고 정원을 가로질러나간다. 만약 내가 자발적으로 이곳을 찾았다면 분명 그래야 했을 이유가 있을 것이다. 하지만 아무리 기억을 더듬어보아도 그 답은 떠오르지 않는다.

내가 좋은 사람이라고 믿고 싶다. 누군가에게 도움을 주기 위해 자발적으로 이곳을 찾은 것이라고. 하지만 만약 그게 사실이라면 지금 나는 오히려 상황을 엉망으로 만들어가는 게 아닌가. 오늘 밤 에블린은 여느 날 밤처럼 스스로 목숨을 끊을 것이다. 그리고 나는 그 참사를 막는 대신 오히려 부추기고 있다. 오늘 아침에 벌어진 일들이 바로 그 증거다. 어쩌면 에블린을 구하려는 내 어설픈 노력이 그녀가 은색 권총을 챙겨 들고 연못으로 향하게 만드는지도 모른다.

그런 생각에 파묻혀 있을 때 밀리센트가 불쑥 눈에 들어온다. 철제 벤치에 앉은 노파는 몸을 덜덜 떨며 정원 너머를 바라보고 있다. 그녀는 찬 바람이 스며들지 못하게 팔짱을 끼고 있다. 외투를 세 겹으로 껴입은 그녀의 입에는 목도리가 칭칭 감겨 있다. 추위에 얼굴은 파랗게 질려 있고, 푹 내려쓴 모자는 귀를 완전히 덮어놓았다. 내 발소리를 듣고 그녀가 돌아본다. 그녀의 주름진 얼굴에 화들짝 놀라는 표정이 떠오른다.

"맙소사, 그 꼴이 뭐니?"

그녀가 입을 가린 목도리를 밑으로 살짝 내리고 말한다.

"좋은 아침입니다, 밀리센트."

그녀를 보자 안에서 따스한 기운이 꿈틀대기 시작한다. 뜻밖의 반응에 나는 흠칫 놀란다.

"밀리센트?"

그녀가 입술을 오므리며 말한다.

"요즘엔 그렇게 부르는 게 유행이니? 그래도 기왕이면 '어머니'라고 불러다오. 어려운 부탁이 아니잖니. 사람들이 들으면 내가 널 길거리에서 주워온 줄 알겠어. 솔직히 얘기하면, 엄마는 이따금 네가 버려진 고아였더라면 오히려 낫지 않았을까, 뭐 그런 생각을 하곤 한단다."

입이 떡 벌어진다. 나는 지금껏 조너선 더비가 밀리센트 더비의 아들임을 잊고 지냈다. 성서 속 역병이 그를 이 땅에 데려다놓았을 거라 짐작하는 편이 더 쉽고 자연스럽기 때문이었다.

"죄송해요, 어머니."

나는 두 손을 주머니에 찔러넣고 그녀 옆으로 다가가 앉는다.

그녀가 나를 쳐다보며 눈썹을 추켜세운다. 영민해 보이는 회색 눈이 이글거리고 있다.

"네가 웬일이니? 사과를 다 하고. 게다가 정오도 되기 전에 나타나다니. 어디 아픈 거야?"

"이곳 공기 때문인가봐요."

"어머니는요? 이 추운 날 왜 나와서 떨고 계세요?"

그녀가 끙 앓는 소리를 내며 두 팔로 자신을 꼭 끌어안는다.

"헬레나랑 여기서 만나기로 했어. 같이 산책하기로 했거든. 그런데 아무리 기다려도 코빼기도 보이지 않는구나. 이번에도 약속 시각을 까먹었나봐. 오늘 오후에 세실 레이븐코트를 만나기로 했다던데. 어쩌면 그 자리에 갔는지도 모르겠구나."

"레이븐코트는 아직 자고 있던데요."

밀리센트가 호기심에 찬 눈빛으로 나를 쳐다본다.

"커닝엄에게 들었어요. 그 왜 레이븐코트의 종자 있죠?"

나는 허둥대며 둘러댄다.

"그를 아니?"

"조금요."

"나라면 그 사람과 가까이 지내지 않겠어."

그녀가 혀를 찬다.

"네가 수상쩍은 사람들과 어울리길 좋아한다는 거 알아. 하지만 세실이 하는 얘길 들어보니 그 종자라는 사람은 문제가 아주 많은 것 같더구나. 저급한 너마저도 혀를 내두를 만큼."

그 말이 내 호기심을 자극한다. 커닝엄에게 특별히 반감을 가질 이유는 없지만 그는 내가 비밀을 폭로하겠다고 협박을 한 후에야 마지못해 나를 돕겠다고 나섰다. 그가 그토록 감추고 싶어 하는 비밀이 무엇인지 확인할 때까지는 그를 무작정 신뢰할 수 없다. 어쩌면 밀리센트가 그 비밀을 파헤치는 데 결정적인 역할을 해줄 지도 모른다.

"문제라뇨?"

나는 태연히 묻는다.

"오, 그러니까 그게…."

그녀가 한 손을 살랑이며 말한다.

"세실, 그 사람 말이야, 말 못 할 비밀이 엄청 많은 것 같더구나. 그가 헬레나의 부탁을 받고 커닝엄을 고용했다는 소문도 있어. 하지만 그 사람에 대한 좋지 않은 비밀을 알고 나서는 해고하기로 결심을 했다더라."

"좋지 않은 비밀?"

"그건 세실이 쓴 표현이란다. 나도 거기까지밖에 못 들었어. 그 빌어먹을 놈이 입에 자물쇠를 채워버리는 바람에. 너도 그가 스캔들을 죽을 만큼 싫어한다는 거 알지? 그 비밀이라는 게 뭔진 모르겠지만 보나 마나 음란한 내용일 거야. 커닝엄의 혈통을 생각하면 말이지. 나도 궁금해 미치겠어."

"커닝엄의 혈통이라고요? 그게 무슨 말씀이세요?"

"그 사람, 블랙히스에서 나고 자랐다나봐. "요리사의 아들이라지, 아마? 적어도 난 그렇게 들었어."

"그게 정말이에요?"

노파가 간교한 미소를 흘리며 나를 돌아본다.

"들기로는, 피터 하드캐슬 경이 가끔 런던에 가서 놀다 오곤 했었대. 그러던 어느 날, 런던에서 한 여자가 어린아이를 품에 안고 나타났다나. 그녀는 그게 피터의 아이라고 주장했어. 피터는 그 애를 교회에 넘기려고 했는데 헬레나가 나서서 말렸다나봐."

"그녀가 왜 그랬을까요?"

"헬레나는 남편에게 모욕을 주려 했던 것 같아."

밀리센트가 코를 훌쩍이며 매서운 바람을 피해 고개를 돌린다.

"그녀는 애초에 남편에게 아무런 애정이 없었어. 아이를 거두는 것으로 남편을 최대한 불편하게 만들려는 속셈이었겠지. 가엾은 피터는 지난 삼십삼 년간 눈물로 밤을 지새워왔을 거야. 뭐 아무튼, 그들은 요리사 드러지 부인에게 그 아이를 넘기고 알아서 키우게 했어. 헬레나는 그 아이의 친부가 누구인지 여기저기 떠벌리고 다녔고."

"커닝엄도 자신의 출생 비밀을 알고 있나요?"

"당연히 알고 있지 않을까? 사람들 입이 좀 싸야 말이지."

노파가 소매 안에서 손수건을 뽑아 들고 콧물을 훔친다.

"나중에 네가 직접 물어보렴. 그와 많이 친해진 것 같은데. 자, 우리 좀 걸을까? 이러다 벤치에 앉은 채로 얼어붙어버리겠어. 헬레나는 나타날 것 같지도 않고."

내게 대꾸할 틈도 주지 않고 그녀가 자리에서 일어난다. 그녀는 발을 동동 구르며 장갑 낀 손에 뜨거운 입김을 연신 뿜어낸다. 실로 고약한 날씨다. 회색 하늘은 찔끔찔끔 비를 뿌리는 중이다. 또다시 폭풍이 몰려올 것만 같다.

"오늘 같은 날 왜 굳이 산책을 하시려고요?"

우리의 발 밑에서 자갈 짓이겨지는 요란한 소리가 난다.

"레이디 하드캐슬은 집 안에서도 만날 수 있잖아요."

"마주치고 싶지 않은 사람이 너무 많잖니."

오늘 아침 그녀는 무슨 일로 주방을 찾았던 걸까?

"참, 오늘 아침 어머니가 주방에 내려가셨다고 들었어요."

"누가 그런 소릴 했지?"

그녀가 불쾌한 듯 고개를 번쩍 들며 말한다.

"그게 저…."

"난 주방 근처에도 간 적 없어."

그녀가 내 말을 자르고 이어나간다.

"그런 지저분한 곳에 한 번 다녀오면 옷에서 몇 주 동안 역한 냄새가 빠지지 않는다고."

그녀는 진짜로 짜증이 난 듯하다. 그곳에 가지 않았다는 주장이 사실이라는 뜻이다. 잠시 후, 그녀가 장난스레 내 옆구리를 쿡 찌른다. 그녀의 목소리가 어느새 밝아졌다.

"도널드 데이비스 소식 들었니? 어젯밤에 차를 몰고 런던으로 돌아갔다더구나. 폭우를 뚫고 마구간지기를 찾아왔었대. 화려하게 치장을 한 상태로 말이야."

나는 움찔한다. 지금쯤 도널드 데이비스로 돌아가 있어야 하는데. 집사로 되돌아갔던 것처럼. 그는 내 세 번째 호스트였다. 애나는 내가 각 호스트로 만 하루씩 살 수 있다고 했다. 내가 그것을 원하든 아니든. 나는 아침나절에 도로에서 잠에 빠져든 그를 남겨두고 떠나왔다. 대체 그는 왜 코빼기도 안 보이는 걸까?

난 무방비 상태의 그를 홀로 남겨두고 왔어.

순간 죄책감이 찾아든다. 어쩌면 지금쯤 풋맨이 그를 찾아냈는지도 모른다.

"내 말 듣고 있니?"

밀리센트가 약이 오른 표정으로 말한다.

"도널드 데이비스가 차를 타고 떠났다고. 그들은 미쳤어. 그 집 안사람들 다. 이건 공식적인 의학 소견이야."

"디키에게 들으셨어요?"

나는 멍하니 말한다. 머릿속은 여전히 데이비스 생각뿐이다.

"그 사람, 뭔 말이 그리도 많은지 몰라."

그녀가 피식 웃으며 말한다.

"삼십 분 넘게 붙잡혀 있는 동안 그 우스꽝스러운 콧수염을 쳐다보지 않으려고 내가 얼마나 애썼는지 아니? 목소리가 어떻게 그걸 뚫고 새어 나올 수 있는지, 정말 놀랍더구나."

그 말에 나는 웃음을 터뜨린다.

"블랙히스에서 어머니가 좋아하는 사람이 있긴 해요?"

"아무도 없지. 아마도 내 시기심 때문일 거야. 늙어서 무도회에도 끼지 못했잖니. 무도회 얘기가 나와서 말인데, 저기서 거리의 악사가 오는구나."

나는 그녀가 가리키는 쪽으로 시선을 돌린다. 대니얼이 반대편에서 다가오고 있다. 이 추운 날에 그는 얇은 크리켓 스웨터와 리넨 바지 차림이다. 입구 홀에서 처음으로 벨과 맞닥뜨리게 될 때도 그는 같은 옷차림을 하고 있을 것이다. 나는 손목시계를 들여다본다. 이제 곧 운명의 만남이 이루어지게 된다.

"콜리지 씨."

밀리센트가 확 밝아진 목소리로 그를 부른다.

"더비 부인."

그가 바짝 다가서며 말한다.

"오늘 아침엔 또 누굴 바람맞히셨습니까?"

"누가 나 같은 노인네를 거들떠보겠어요, 콜리지 씨? 동정을 받지 않는 것만으로도 감지덕지죠."

언제 무너질지 모르는 다리를 건너는 사람처럼 경계심 어린 말투다.

"이런 을씨년스러운 아침에 무슨 일로 나왔죠?"

"아드님께 부탁할 게 있어서요. 뭐 나쁜 일은 아니니까 걱정은 하지 마세요."

"실망인데요."

"저도 마찬가지예요."

그가 처음으로 나를 쳐다본다.

"잠깐 시간 돼, 더비?"

우리는 먼발치로 자리를 옮긴다. 밀리센트는 무관심한 척하면서도 목도리 너머로 우리를 힐끗 바라보느라 바쁘다.

"무슨 일 있어?"

"풋맨을 잡으러 갈 거야."

잘생긴 그의 얼굴에 공포와 흥분의 표정이 교차한다.

"어떻게?"

지대한 관심이 생긴 나는 묻는다.

"우린 그가 식당에서 레이븐코트를 괴롭힐 거라는 걸 알고 있잖아. 거기서 그를 덮쳐볼 생각이야."

유령 같은 발걸음과 사악한 웃음소리를 떠올리자 목덜미에 소름이 쫙 돋아난다. 하지만 그 악마 같은 놈을 붙잡을 생각을 하니 안에서 뜨거운 기운이 꿈틀댄다. 더비가 숲속에서 하녀를 추격할 때 느꼈던 흉포한 기분이 고스란히 되돌아온다. 하지만 이럴 때일수록 더 경계해야 한다. 이 호스트에게 빈틈을 보여서는 안 된다.

"대체 뭘 어쩌려고?"

나는 애써 차분한 척하며 묻는다.

"난 거기 혼자 있었어. 놈이 어디 숨어 있었는지 내 눈엔 띄지 않더라고."

"나도 마찬가지야. 어젯밤 저녁을 먹으면서 하드캐슬 집안의 오랜 친구라는 사람과 잠깐 얘기를 나눠봤어."

어느새 벤치 끝으로 슬그머니 이동한 밀리센트를 의식했는지 그가 나를 좀 더 멀리 끌고 간다.

"마룻장 밑에 무수한 터널이 복합하게 꼬여 있다더군. 풋맨은 분명 거기 숨어 있을 거야. 우리가 가서 놈의 덜미를 잡아야지."

"어떻게?"

"이번에 새로 사귄 친구가 그랬어. 도서관과 거실과 화랑에 각각 터널로 통하는 문이 나 있다나. 우린 그 문들을 지켜보고 있다가 그가 밖으로 나왔을 때 잽싸게 덮치기만 하면 돼."

"그럴듯한 작전인데. 도서관은 내가 지킬 테니까 자네는 거실을 맡아. 화랑엔 누굴 세워봐야 하지?"

흥분하는 더비를 진정시키는 건 쉬운 일이 아니다.

"애나에게 부탁해봐야지 뭐. 하지만 우리 중 누구도 혼자서는 결코 풋맨을 제압하지 못할 거야. 자네는 애나와 도서관을 지키도록 해. 난 다른 호스트들을 모아 거실과 화랑을 지켜볼 테니까."

"멋진 작전이야."

나는 환히 웃으며 말한다.

더비를 호스트로 두고 있지 않다면 나는 진작 랜턴과 부엌칼을 챙겨 터널로 내려갔을 것이다.

"좋아."

작전의 성공을 확신한다는 듯 그가 여류 넘치는 모습으로 웃음을 짓는다.

"한 시쯤 가서 자리를 잡도록 해. 운이 좋으면 저녁 전에 놈을 잡을 수 있을 거야."

나는 돌아서는 그의 팔뚝을 잽싸게 움켜잡는다.

"혹시 애나에게 우릴 도우면 함께 이곳을 빠져나갈 수 있게 해주겠노라고 약속한 적 있어?"

그가 나를 빤히 응시한다. 나는 황급히 그의 팔을 놓아준다.

"그래."

"거짓말이지? 그렇지? 우리 중 한 명만이 블랙히스를 탈출할 수 있잖아."

"꼭 그렇게만 볼 거 없어. 어떻게든 애써보면 방법을 찾게 될지도 모르잖아."

"자네는 내 마지막 호스트야. 솔직히 말해봐. 자네는 우리 상황을 얼마나 희망적으로 보고 있지?"

"자네도 큰 기대는 걸지 마."

딱딱히 굳었던 그의 표정이 살짝 풀어진다.

"자네가 그녀를 마음에 두고 있다는 거 알아. 아직도 그 기분을 잊지 않고 있어. 하지만 여길 탈출하려면 그녀를 우리 편에 잡아둘 수밖에 없어. 풋맨과 애나, 그들 모두를 적으로 두면 결코 이곳을 뜰 수 없다고."

"그래도 그녀에겐 솔직히 말해줘야지."

내 친구를 노골적으로 무시하는 그의 태도에 나는 당황한다.

내 반응에 그가 움찔한다.

"그랬다간 그녀를 적으로 만들게 될걸."

그는 엿듣는 이가 없는지 주위를 슥 살핀다.

"그녀를 돕는다는 계획도 수포로 돌아가버릴 거고."

그가 두 볼을 불룩하게 부풀리고 자신의 머리를 헝클이며 미소를 짓는다. 불안은 구멍 난 풍선처럼 스르르 새어 나가고 있다.

"옳다고 판단되면 그렇게 해. 하지만 그 전에 풋맨부터 잡는 게 순서 아닐까?"

그가 손목시계를 들여다본다.

"이제 세 시간 남았어. 제발 그때까지만 참아줘."

우리는 잠시 서로를 쳐다본다. 의심하는 내 눈빛과 애원하는 그의 눈빛이 팽팽히 맞부딪친다. 결국 그의 뜻대로 하기로 한다.

"그러지."

"절대 후회 안 할 거야."

그는 내 어깨를 꼭 쥐고 나서 밀리센트를 향해 명랑하게 손을 흔들어 인사한다. 그리고 다시 블랙히스 쪽으로 성큼성큼 걸음을 옮겨나간다.

밀리센트는 입술을 오므린 채 나를 바라보고 있다.

"넌 왜 친구들이 다 저 모양이니?"

"저부터가 이 모양이잖아요."

나는 그녀를 빤히 쳐다보며 대꾸한다. 잠시 후, 그녀는 고개를 저으며 계속 걸음을 옮겨나간다. 내가 바짝 다가와 설 수 있도록 그녀는 좀처럼 속도를 내지 않는다. 우리 앞으로 긴 온실이 나타난다. 대부분 창유리에는 금이 가 있고, 무성하게 자란 초목들은 유리 벽을 뚫고 나올 기세다. 밀리센트가 울창한 잎에 막힌 안을 들여다본다. 그녀는 따라오라고 내게 손짓한다. 우리는 온실 맨 끝에 난 입구로 다가간다. 문은 새것으로 보이는 사슬과 맹꽁이자물쇠로 단단히 걸려 있다.

"아쉽구나."

그녀가 자물쇠를 잡고 흔들며 말한다.

"어릴 적에 여길 자주 들락였었는데."

"예전에 블랙히스에 오셨던 적이 있다고요?"

"모두가 여기서 여름휴가를 보냈어. 세실 레이븐코트, 커티스 쌍둥이, 피터 하드캐슬 그리고 헬레나까지. 다들 그렇게 만나게 된 거였어. 결혼하고 나서는 네 형과 누나를 데리고 여길 찾곤 했었지. 걔들은 여기서 에블린과 마이클과 토머스랑 신나게 어울려 놀았었단다."

그녀가 내 팔짱을 낀다. 우리는 돌아서서 가던 길을 계속 나아간다.

"오, 정말 좋은 시절이었는데. 헬레나는 늘 네 누나를 시기했었단다. 에블린이 너무 볼품없었거든. 그건 얼굴이 짓이겨진 것 같은 마이클도 마찬가지였지만. 남매 중 유일하게 얼굴이 반반했던 토머스는 호수에서 죽었고. 얄궂은 운명이 그 가엾은 여자를 두 번이나 걷어찬 거야. 넌 이렇게 잘생겼는데. 걔들에 비할 수 없을 만큼."

그녀가 두 손으로 내 볼을 감싸 쥐며 말한다.

"에블린은 곱게 컸잖아요. 많이 예뻐졌던데."

"그래?"

밀리센트가 의외라는 듯이 말한다.

"파리가 사람을 그렇게 바꾸어놓은 모양이지 뭐. 걔도 아침 내내 날 피해 다니는 것 같더라. 모전여전이야. 세실이 대체 뭘 보고 그 아이에게 홀딱 반해버렸는지 모르겠다. 그 허영덩어리가 말이

야. 네 아버지도 한 허영심 했지만 세실에게 대면 아무것도 아니
었어."

"하드캐슬 가족은 그녀를 싫어하더라고요. 에블린 말이에요."

"누가 그런 황당한 소릴 해?"

밀리센트는 내 팔뚝을 꼭 움켜쥐고 부츠에 묻은 진흙을 털어내
기 위해 발을 흔들어댄다.

"마이클이 자기 누나를 얼마나 끔찍이 생각하는지 아니? 누나
를 보러 거의 매달 파리에 다녀왔을 정도야. 걔가 돌아와서도 남
매 사이가 아주 돈독했다고 들었어. 그리고 피터는 그 앨 싫어하
지 않아. 그냥 딸에게 무관심한 거라고. 오직 헬레나만 에블린에
게 등을 돌렸을 뿐이야. 하지만 그건 우리가 이해해야지. 토머스
의 죽음으로 엄청난 정신적 충격을 받았을 테니까 말이야. 그래도
기일이면 어김없이 호숫가를 거닌다는 게 대단하지 않니? 언젠
간 그녀가 호수에 대고 아들과 대화하는 걸 들은 적이 있어."

어느새 우리는 연못에 다다라 있다. 오늘 밤 에블린이 스스로
목숨을 끊게 될 곳. 블랙히스의 다른 모든 것과 마찬가지로 연못
의 아름다움 역시 먼 거리에 의존하고 있다. 무도회장에서 바라본
연못의 풍경은 실로 황홀했다. 하지만 막상 이곳에 와보니 더러운
연못과 부서진 주변 바위들과 그 표면에 카펫처럼 두껍게 깔린 이
끼만이 눈에 들어올 뿐이다.

왜 하필 여기서 자살을 했을까? 자기 침실이나 입구 홀을 놔두고.

"어디 아프니? 안색이 창백해졌구나."

"그들이 저택 관리에 손을 뗐다는 게 안타까워서요."

나는 희미하게 미소를 머금으며 말한다.

"오, 그건 그래. 하지만 그들도 어쩔 수 없었을 거야."

그녀가 목도리를 매만지며 말한다.

"아들이 죽은 곳인데 너 같으면 여기 계속 머물고 싶겠니? 블랙히스에 대한 안 좋은 소문이 돌고 나서는 저택을 사겠다고 나서는 사람도 없었어. 그래서 그냥 숲속에 방치해왔던 거야."

조너선 더비는 이 감상적인 사연에 별 관심을 보이지 않는다. 내 머릿속은 오늘 밤 파티에 대한 생각으로 가득 차 있다. 우리 옆 무도회장 창문 안으로 하인과 인부 들이 분주히 움직이는 게 보인다. 그들은 바닥을 문질러 닦고 벽에 페인트를 칠하는 중이다. 하녀들은 위험천만해 보이는 발판 사다리에 올라가 기다란 깃털 먼지떨이를 바삐 놀리고 있다. 홀 한쪽 구석에서는 따분한 표정의 악사들이 번들거리는 악기로 연습을 하고 있고, 에블린 하드캐슬은 홀 중앙에 서서 과장된 손동작으로 하인들을 지휘하느라 정신이 없다. 그녀가 하인들의 팔뚝에 살며시 손을 얹고 자애로운 표정으로 작업을 주문할 때마다 우리가 함께했던 그날 오후의 추억이 스멀스멀 떠오른다.

나는 마들렌 오베르를 찾아나선다. 그녀는 스탠윈에게 학대당하고 레이븐코트와는 친해진 루시 하퍼와 수다를 떨고 있다. 그들은 무대 옆에 긴 의자를 배열하는 중이다. 학대당한 두 여자가 서로에게서 위안을 찾는 모습을 보노라니 가슴 한 켠이 뭉클해진다. 오늘 아침 벌어진 일에 대한 내 죄책감은 조금도 사그라지지 않았지만.

"엄마가 저번에 얘기했었지? 더 이상 네 뒤처리를 해줄 마음이 없다고."

밀리센트가 빳빳하게 서서 날카롭게 말한다.

그녀는 하녀들을 바라보는 나를 지켜보고 있다. 그녀의 눈 속에서는 혐오와 사랑이 소용돌이치고 있다. 안개 속에서 더비의 비밀의 형태가 조금씩 모습을 드러내기 시작한다. 모호했던 짐작이 확신으로 굳어지는 순간이다. 더비는 강간범이다. 거기다 상습범이기까지 하다. 밀리센트의 눈빛에 그 모든 게 담겨 있다. 그가 범한 모든 여자, 그가 망쳐놓은 모든 인생. 그녀는 그걸 다 품고 있다. 조녀선 더비 안에 숨은 어둠을 밀리센트는 밤마다 꼼꼼히 주워 담아온 것이다.

"넌 늘 연약해 보이는 애들만 건드리는 것 같더구나. 그렇지? 내가 지켜봤더니 넌 늘….'

그녀의 말이 뚝 멎는다. 할 말이 갑자기 증발해버렸는지 그녀의 입은 떡 벌어져 있다.

"엄마는 이만 가볼게."

그녀가 내 손을 꼭 쥐며 말한다.

"갑자기 아주 요상한 생각이 떠올랐어. 이따 저녁때 보자꾸나."

밀리센트는 돌아서서 왔던 길로 되돌아간다. 나는 당혹감을 감추지 못한 채 그녀가 저택 뒤편으로 사라질 때까지 지켜보다가 돌아서서 무도회장 안을 살핀다. 대체 뭘 봤기에 저토록 놀라는 걸까? 밴드를 제외한 모두가 분주히 움직이고 있다. 그때 창틀에 놓인 체스 말 하나가 눈에 들어온다. 그날 벨의 트렁크에서 발견된 손으로 조각한 체스 말이 분명하다. 하얀 물감으로 칠해진 그것은 멍한 눈으로 나를 쳐다보고 있다. 누군가가 먼지로 뒤덮인 그 위 유리창에 메시지를 적어놓았다.

뒤를 봐.

아니나 다를까, 숲이 시작되는 지점에서 애나가 나를 향해 손을 흔들고 있다. 그녀의 자그마한 몸은 회색 외투로 덮여 있다. 나는 체스 말을 주머니에 슬그머니 넣고 나서 좌우를 살핀다. 다행히 우리 둘뿐이다. 나는 그녀를 따라 숲속으로 들어간다. 블랙히스의 시선이 닿지 않는 곳으로. 그녀는 오랫동안 나를 기다렸던 모양이다. 그녀는 얼어붙은 몸을 데우려 연신 꼼지락대지만 퍼레진 그녀의 볼에는 혈색이 돌아오지 않는다. 그녀의 옷차림을 보니 그 이유를 알 것 같다. 그녀는 머리부터 발끝까지 회색으로 뒤덮인 상태다. 외투는 올이 다 드러났고, 니트로 된 모자는 비단 만큼이나 얇아 보인다. 오래전부터 물려 내려온 듯한 옷은 덧댄 곳이 너무 많아 최초의 원단을 더 이상 찾아볼 수 없을 정도다.

"사과라도 한 알 갖고 있나요?"

그녀가 인사도 없이 묻는다.

"죽을 만큼 배가 고파서요."

"술이 좀 있긴 한데."

나는 휴대용 술병을 그녀 앞으로 내밀며 말한다.

"그거라도 마실 수밖에요."

그녀가 술병을 받아 들고 뚜껑을 연다.

"정문 관리실 밖에서 만나는 건 위험하다고 하지 않았었나요?"

"누가 그래요?"

술맛을 본 그녀가 미간을 찌푸리며 묻는다.

"당신이 그랬잖아요."

"나중에."

"네?"

"우리가 이렇게 만나는 게 위험하다고 나중에 얘기할 거라고요. 아직은 하지 않았고. 왜냐하면 아직 그런 경고를 할 기회가 없었거든요. 깨어난 지 몇 시간밖에 되지 않아서. 그리고 그 몇 시간도 풋맨이 당신의 미래 호스트들에게 이상한 짓을 못 하도록 조치해놓는 데 다 써버렸어요. 아침까지 거르면서 말이에요."

나는 눈을 깜빡이며 뒤바뀐 순서로 찾아든 하루를 머릿속으로 재구성해본다. 레이븐코트의 기민한 두뇌 회전이 절실한 상황이다. 조너선 더비의 지적 한계 안에서 머리를 쓰는 것은 걸쭉한 수프에 크루통*을 넣고 섞는 것만큼이나 답답한 일이다.

내가 어리둥절해하자 그녀가 얼굴을 찌푸린다.

"아직 풋맨에 대해 몰라요? 난 우리가 어느 지점까지 왔는지 늘 헷갈려요."

나는 벨의 죽은 토끼와 식당에서 레이븐코트를 바싹 따라온 섬뜩한 발소리에 대해 들려준다. 심상치 않은 내용에 그녀의 안색이 어두워진다.

"그 개자식."

내 말이 끝나자 그녀가 식식대며 말한다. 그녀는 두 주먹을 불끈 쥔 채로 제자리를 빙빙 맴돈다. 그녀의 어깨는 앞으로 움츠러져 있다.

"나중에 맞닥뜨리면 아주 본때를 보여줄 거예요."

그녀가 살의가 느껴지는 눈빛으로 저택을 노려본다.

"오래 기다리지 않아도 될 거예요. 대니얼은 그가 터널에 숨어 있을 거라 믿고 있어요. 터널 입구가 몇 개 있는데 우린 도서관을 감시하기로 했어요. 1시 전까지 가서 자리하고 있으랬어요."

"그보단 차라리 목을 긋고 자살하는 게 낫지 않겠어요? 그럼 풋맨이 우릴 죽이려 들지 않을 텐데."

---

* 수프나 샐러드에 넣는, 바삭하게 튀긴 작은 빵 조각.

그녀가 직설적으로 말한다. 그리고 마치 넋 나간 사람 보듯 나를 응시한다.

"왜 그러죠?"

"풋맨은 바보가 아니에요. 우리가 그가 숨은 곳을 알아냈다면 그건 그가 발각되기를 바랐기 때문이에요. 이 게임이 시작된 직후부터 그는 늘 우리보다 한 걸음씩 앞서나갔어요. 보나 마나 이건 우리를 제 꾀에 넘어가게 만들려는 수작일 거예요."

"그래도 뭐라도 해야 하잖아요!"

나는 이의를 제기한다.

"걱정 말아요. 뭐라도 하게 될 테니까. 하지만 현명하게 대처할 수도 있는데 굳이 어리석게 굴 필요는 없지 않겠어요?"

그녀가 차분하게 말한다.

"내 말 들어봐요, 에이든. 난 당신이 얼마나 절박한지 알아요. 하지만 당신과 내가 했던 약속을 잊지 말아요. 난 당신을 보호하기로 했고, 당신은 에블린을 죽인 살인자를 찾아내기로 했어요. 함께 여길 빠져나가기로. 난 이렇게 약속을 이행하고 있잖아요. 자, 그러니 당신도 약속해줘요. 풋맨을 찾아 나서지 않겠다고 말이에요."

이치에 닿는 말이다. 하지만 두려움 앞에서 그런 건 조금도 귀에 들어오지 않는다. 그 미치광이가 나를 찾기 전에 그를 끝장낼 기회가 있다면 나는 이판사판으로 달려들 것이다. 아무리 위험하다 할지라도. 구석에 숨어 지내느니 차라리 당당히 죽음을 맞는 편이 나았다.

"약속할게요."

또다시 거짓말을 하고 만 것이다.

다행스럽게도 애나는 추위에 떠느라 그것을 눈치채지 못한다. 내가 건넨 술을 적잖이 마셨음에도 그녀는 여전히 창백한 얼굴로 떨고 있다. 그녀가 바람을 피하려 내 품으로 파고든다. 그녀의 피부에서 비누 향기가 풍긴다. 내 안에서 꿈틀대는 더비의 욕정을 들키지 않기 위해 잽싸게 시선을 돌려버린다.

내가 불편해하는 걸 눈치챈 그녀가 고개를 들고 내리뜬 내 눈을 올려다본다.

"당신의 다른 호스트들은 다 좋은 사람들이에요. 그러니 안심해요. 그에게 휘둘리지 말고 당신 자신을 꼭 붙들고 있어요."

"그건 말처럼 쉽지 않아요. 이젠 내가 그들인지, 그들이 나인지, 헷갈린다고요."

"당신이 그 끈을 놓았다면 더비는 진작 나를 덮쳤을 거예요. 이제 당신이 더비가 아니라는 걸 알았죠? 정신 바짝 차리고 지금껏 해온 대로만 계속 해나가면 돼요."

그녀가 거센 바람 속으로 한 걸음 물러난다. 불편했던 마음이 이내 평온을 되찾는다.

"이런 날씨엔 밖에 나오지 말아요."

나는 목도리를 풀어 그녀의 목에 둘러준다.

"이러다 독감에라도 걸리면 어쩌려고 그래요?"

"당신이 자꾸 이러면 사람들이 조녀선 더비를 인간이라 오해할지도 몰라요."

그녀가 목도리 끝을 외투 안으로 쑤셔 넣으며 말한다.

"에블린 하드캐슬에게 가서 그렇게 얘기해줘요. 오늘 아침에 그녀가 날 총으로 쏴죽일 뻔했어요."

"그럼 당신도 그녀를 쐈어야죠."

애나가 무덤덤하게 말한다.

"그럼 그녀의 살인사건이 진작 해결됐을 텐데."

"그게 농담인지 진담인지 구분이 안 되는군요."

"당연히 농담이죠."

그녀가 심하게 튼 두 손에 입김을 호호 불며 말한다.

"그렇게 간단히 해결될 일이었다면 우린 이미 오래전에 여길 탈출했을 거예요. 솔직히 그녀의 목숨을 구하는 것이 더 나은 계획인지 모르겠어요."

"그래서 그녀를 그냥 죽게 내버려두자고요?"

"내 생각엔 우리가 지금 엉뚱한 일에 아까운 시간을 허비하고 있는 것 같아요."

"에블린을 보호하려면 누가 그녀의 목숨을 노리는지 밝혀내야만 해요. 그게 이 문제를 푸는 순서라고요."

"당신이 옳기를 바래요."

그녀가 못 미더워하는 말투로 말한다.

내 피부 속으로 파고든 그녀의 의심이 온몸을 간질여대기 시작한다. 나는 그녀에게 에블린의 목숨을 구해야만 살인자의 정체를 밝혀낼 수 있음을 강조한다. 하지만 특별히 세워놓은 계획은 없다. 과연 에블린을 구해낼 방법이 있기는 한 건지 의심마저 든다. 나는 눈먼 감상에 젖어 풋맨에게 기반을 넘기는 중이다. 애나를 이렇게 대해서는 안 된다는 걸 알지만 당장은 에블린을 맨 우선에 놓아둘 수밖에 없다.

바로 그때 오솔길 쪽에서 소란이 발생한다. 누군가의 목소리가 바람에 실려온다. 애나가 내 팔뚝을 움켜잡고 나를 숲 쪽으로 이끈다.

"실은 당신에게 부탁할 게 있어서 왔어요."

"부담 갖지 말고 편히 말해봐요."

"지금 시간이 어떻게 됐죠?"

그녀가 주머니에서 작은 스케치북을 꺼내 들며 말한다. 그녀가 정문 관리실에서 들고 있었던 스케치북과 똑같은 것이다. 구겨진 종이와 구멍이 여럿 뚫린 표지. 그녀는 내가 안을 보지 못하도록 그것을 높이 들고 심각한 얼굴로 종이를 넘겨나간다. 무언가 중요한 내용이 담긴 모양이다.

나는 손목시계를 들여다본다.

"오전 10시 8분이에요."

나는 호기심을 이기지 못하고 말한다.

"거기 뭐가 적혀 있죠?"

"메모, 정보, 당신의 여덟 호스트에 대해 알게 된 사실들. 그리고 그들이 무엇을 하고 있는지."

그녀가 손가락으로 종이를 훑어나가며 무성의하게 대답한다.

"보여달란 말은 하지 말아요. 절대 그럴 수 없으니까. 아직은 너무 많은 걸 알면 위험해요."

"보여달라고 애원할 생각 없어요."

나는 시선을 멀리 돌려버린다.

"10시 8분. 완벽해요. 내가 잔디 위에 돌을 하나 놓아둘 거예요. 에블린이 자살을 할 때 당신은 그 자리에 서 있으면 돼요. 절대 움직여선 안 되고요. 알아듣겠어요, 에이든?"

"대체 뭘 어쩌려고 그러죠, 애나?"

"우리의 '플랜 B'라고 해두죠."

그녀가 다시 스케치북을 주머니에 넣으며 내 볼에 살짝 입을 맞춘다. 그녀의 차가운 입술이 감각을 잃은 내 살과 만난다.

한 걸음 내디딘 그녀가 손가락을 딱 부딪치며 나를 돌아본다. 그리고 하얀 알약 두 개가 놓인 손바닥을 불쑥 내민다.

"나중에 먹어요. 디키 박사가 집사의 상태를 살피러 왔을 때 그의 왕진 가방에서 슬쩍했어요."

"이게 무슨 약이죠?"

"두통약이에요. 이걸 줄 테니 내 체스 말을 돌려줘요."

"이 흉측한 것 말이에요?"

나는 그녀에게 손으로 깎아 만든 비숍을 넘기며 말한다.

"이걸 왜 원하는 거죠?"

파란 손수건에 알약을 조심스레 싸는 나를 지켜보며 그녀가 미소를 흘린다.

"당신이 내게 준 것이니까요."

그녀가 체스 말을 꼭 쥔 채 말한다.

"이건 당신이 내게 처음으로 했던 약속이었어요. 이 흉측한 것 덕분에 이곳에 대한 공포를 떨칠 수 있었죠. 이것 덕분에 당신도 두려워하지 않게 됐고요."

"나를요? 내가 왜 공포의 대상인 거죠?"

뜻밖의 설명에 서운함이 밀려든다.

"오, 에이든."

그녀가 고개를 저으며 말한다.

"우리가 이걸 제대로 해내면 이 집의 모두가 당신을 두려워하게 될 거예요."

애나는 그 말을 남기고 돌아선다. 그리고 나무 무리를 지나 연못을 에워싼 잔디를 가로질러나간다. 그녀의 젊음 때문인지, 성격 때문인지, 아니면 우리를 둘러싼 모든 비참한 재료의 화학 반응 때문인지, 이유는 알 수 없지만 그녀는 조금도 의심하지 않았다. 그녀는 자신의 계획에 위험할 정도로 큰 기대를 걸고 있다.

나는 수목한계선에 서서 애나를 지켜본다. 그녀는 화단에서 큼 지막한 하얀 돌을 집어 들고 여섯 걸음 더 나아간 후 잔디 위에 그 것을 떨어뜨린다. 그런 다음, 두 팔을 쭉 펴고 무도회장 유리문까 지의 거리를 잰다. 잠시 후, 만족스러운 표정으로 손에 묻은 흙을 털어낸 다음 두 손을 주머니에 찔러 넣고 사라진다.

어떤 이유에서인지 눈앞에서 펼쳐지는 광경이 나를 불안하게 한다.

나는 자발적으로 이곳에 왔지만 애나는 다르다. 흑사병 의사가 그녀를 블랙히스로 데려온 이유가 분명 있을 것이다. 그 이유가 대체 무엇일까?

애나의 정체가 무엇인지 알 수는 없지만 나는 지금 무턱대고 그 녀의 리드를 따르고 있다.

25

침실 문은 굳게 걸려 있다. 안에서는 아무 소리도 들리지 않는다. 헬레나 하드캐슬의 일과가 본격적으로 시작되기 전에 그녀를 만나고 싶었지만 이 집 안주인은 특별히 하는 일 없이 빈둥거리는 타입이 아닌 듯하다. 나는 나무 표면에 귀를 갖다 붙이고 다시 손잡이를 돌려본다. 지나는 손님들이 호기심에 찬 눈빛으로 나를 흘끔흘끔 쳐다본다. 그녀는 방에 없는 게 분명하다.

돌아서서 걸음을 옮기려는 순간 문득 뇌리를 스치는 생각이 있다. 침입자는 아직 그녀의 방을 찾지 않았다. 레이븐코트는 오늘 이른 오후에 이 문이 부서진 걸 발견하게 될 것이다. 이제 몇 시간 남지 않았다.

그 침입자가 누구인지, 왜 이 방에 들어가려 하는지 궁금하다. 처음에는 에블린을 의심했었다. 그녀가 헬레나의 서랍장에서 훔친 권총을 갖고 있었으니까. 하지만 오늘 아침 숲속에서 그녀는 그 총으로 나를 죽일 뻔했다. 만약 그녀가 이미 그 총을 손에 넣었다면 굳이 문을 부수고 어머니 침실로 진입을 시도할 필요가 없을 것이다.

그녀가 원하는 또 다른 무언가가 있다면 모를까.

헬레나의 일정이 기록된 수첩의 일부 또한 권총과 함께 사라졌다. 밀리센트는 헬레나가 무언가를 감추기 위해 문제의 페이지를 뜯어갔다고 믿었다. 하지만 남은 페이지들은 커닝엄의 지문으로 뒤덮여 있었다. 그는 그 이유에 대한 설명을 거부했고 침입한 사실에 대해서도 완강히 부인했다. 하지만 그가 어깨로 문을 부수고 들어갈 때 불쑥 나타나면 그는 모든 걸 인정하고 자백할 수밖에 없을 것이다.

결심을 굳힌 나는 복도 끝 그림자 속으로 들어가 몸을 숨긴다.

오 분 후, 더비는 무료함에 몸을 비비 꼬아대기 시작한다.

나는 안절부절못하고 제자리를 빙빙 맴돈다. 아무리 애를 써도 한껏 들뜬 그를 진정시킬 수가 없다.

어느새 나는 음식 냄새를 따라 아침 식사가 한창인 거실로 향하고 있다. 간단한 요깃거리와 의자를 가져올 참이다. 부디 그것들이 삼십 분 동안 내 호스트의 짜증을 달래주기를 바랄 뿐이다. 그 후에는 또 다른 오락거리를 찾아봐야 하겠지만.

거실은 잠이 덜 깬 손님들의 기운 빠진 대화가 넘쳐나고 있다. 비몽사몽인 그들에게는 전날 밤의 땀과 시가 연기 냄새가 풍긴다. 입김에서는 술 냄새가 묻어난다. 그들은 굼뜨게 움직이며 나지막이 대화를 나누고 있다. 금이 잔뜩 간 자기 인형을 보는 듯하다.

탁자에서 큼지막한 접시를 집어 든 나는 달걀과 강낭콩을 수북이 담고 잠깐 멈춰 서서 소시지를 입에 쑤셔 넣는다. 맛을 본 후에는 소매로 입가의 기름기를 대충 훔쳐낸다. 음식에 정신이 팔린 나는 거실에 정적이 찾아든 사실을 뒤늦게 깨닫는다.

건장한 체구의 남자가 문간에 서 있다. 그의 시선이 손님들의 얼굴을 찬찬히 훑어나가는 중이다. 그의 날카로운 눈빛을 무사히 떠나보낸 사람들은 안도의 한숨을 내쉰다. 남자를 보니 다들 불안해하는 이유를 알 것 같다. 야수 같은 남자의 축 늘어진 볼은 적갈색 턱수염으로 덮여 있고, 심하게 짓이겨진 코는 프라이팬 속 깨진 달걀을 연상시킨다. 닳아빠진 정장은 당장이라도 뜯길 것처럼 팽팽히 당겨져 있고, 뷔페 테이블만큼이나 널찍한 어깨에서는 빗방울이 반짝인다.

마침내 그의 시선이 내게로 돌아온다. 무릎 위로 커다란 바윗덩어리가 떨어진 듯한 기분이다.

"스탠윈 씨가 보자고 하십니다."

그가 내게 말한다.

거친 목소리 때문인지 자음이 유독 귀에 거슬린다.

"무슨 일로요?"

"가보면 알게 됩니다."

"스탠윈 씨에게 전해요. 지금은 너무 바빠서 못 간다고."

"제 발로 걸어가든지 나한테 질질 끌려가든지, 선택해요."

그가 나지막이 으르렁거린다.

더비 안에서 부아가 치밀어 오른다. 하지만 여기서 한바탕 소란을 피우고 싶지는 않다. 어차피 이놈을 때려눕힐 수도 없을 테니. 신속히 스탠윈을 만나고 와서 하던 일을 계속 이어나갈 수밖에 없다. 그가 무슨 일로 나를 찾는지 살짝 궁금하기도 하고.

나는 접시를 탁자에 내려놓고 스탠윈이 보낸 깡패를 따라 거실을 나선다. 육중한 남자는 나를 앞세우고 위층으로 올라간다. 계단을 다 오르자 그가 오른쪽으로 돌라고 지시한다. 막아놓은 복도 쪽으로. 드리워진 커튼을 걷자 축축한 공기가 내 얼굴에 뿌려진다. 눈앞에 긴 복도가 펼쳐져 있다. 활짝 열린 문들 안으로 먼지로 덮인 침실이 속속 눈에 들어온다. 방마다 갖춰진 사주식 침대는 죄다 폭삭 주저앉았다. 숨을 들이쉴 때마다 공기가 내 목구멍을 할퀴어댄다.

"저기 저 방에 들어가서 얌전히 기다려요. 난 가서 스탠윈 씨에게 당신이 왔다고 전할 테니까."

나를 끌고 온 남자가 턱으로 내 왼편에 자리한 방을 가리키며 말한다.

나는 순순히 그가 시키는 대로 한다. 아기방으로 들어서니 가장 먼저 벽에서 떨어져나온 화사한 노란 벽지가 눈에 들어온다. 바닥에는 온갖 게임과 나무로 만든 장난감이 어지럽게 널려 있다. 문 옆에는 낡은 흔들 목마가 놓여 있다. 아동용 체스판에서는 게임이 진행 중이다. 하얀 팀이 검은 팀을 압도하고 있다.

안으로 들어서기 무섭게 바로 옆방에서 에블린의 비명이 들려온다. 더비와 나는 처음으로 하나가 되어 움직인다. 황급히 모퉁이를 돌아가본다. 빨간 머리 깡패가 문 앞에 버티고 서 있다.

"스탠윈 씨의 볼일이 아직 안 끝났어요."

그가 추위를 떨쳐내려 몸을 꼼지락대며 말한다.

"난 에블린 하드캐슬을 찾고 있어요. 방금 그녀의 비명을 들었어요."

나는 할딱이며 말한다.

"그래서 지금 뭘 어쩌겠다는 겁니까?"

나는 그의 어깨 너머로 방 안을 흘끔 살핀다. 접대실 같은 공간은 텅 비어 있다. 가구에는 노랗게 색 바랜 시트가 씌워져 있고, 끝단에는 까맣게 곰팡이가 피었다. 창문은 오래된 신문으로 덮여 있고, 벽은 썩어가는 판자에 지나지 않는다. 반대편 벽에는 또 다른 문이 하나 나 있다. 그리고 그 문은 닫혀 있다. 그들은 그 문 뒤에 있는 게 분명하다.

나는 다시 남자에게로 시선을 돌린다. 그가 누런 덧니를 드러내고 씩 웃으며 말한다.

"아직도 볼일이 남았습니까?"

"그녀가 무사한지 확인해야겠어요."

나는 그를 떠밀고 진입을 시도한다. 하지만 나보다 세 배 이상 덩치가 큰 남자는 꿈쩍도 하지 않는다. 그는 자신의 기운을 어떻게 써야 하는지 잘 아는 듯하다. 그가 손바닥으로 내 복부를 거칠게 밀어낸다. 그는 여전히 무표정한 얼굴이다.

"이쯤에서 그만둡시다. 난 당신 같은 고상한 신사가 엉뚱한 곳에 함부로 발을 들이지 않도록 지키고 있는 겁니다."

그는 기어이 화로 속에 석탄을 쏟아붓고 말았다. 내 안에서 피가 절절 끓어 오른다. 나는 또다시 남자에게 달려들지만 이번에도 그는 나를 가볍게 들어 복도에 휙 던져버린다.

나는 이를 갈며 힘겹게 몸을 일으킨다.

남자는 여전히 제자리를 지키고 있다. 나처럼 헐떡거리지도 않고 너무나 태평하다.

"당신 부모가 센스는 물려주지 않은 모양이군."

그의 말에 정신이 번쩍 든다. 온몸에 찬물을 끼얹은 기분이다.

"스탠윅 씨가 그녀를 어떻게 하실까 봐 걱정입니까? 조금만 기다려봐요. 그녀가 나오면 안에서 무슨 일이 있었는지 직접 물어보란 말입니다."

우리는 서로의 눈을 한동안 노려본다. 나는 다시 복도를 지나

아기방으로 돌아간다. 당장 에블린의 상태를 눈으로 확인하고 싶지만 당분간은 그의 말에 순순히 따를 수밖에 없다. 그녀는 오늘 아침 일을 떠올리며 조녀선 더비에게 아무 말도 하지 않을 것이다. 하지만 지금 저 문 뒤에서 벌어지는 일 때문에 오늘 밤, 그녀가 스스로 목숨을 끊게 될 거라는 짐작을 떨쳐버릴 수가 없다.

나는 황급히 벽으로 다가가 판자에 귀를 가져가 대본다. 에블린과 스탠윈은 썩은 판자 너머에서 열띤 언쟁을 벌이는 중이다. 그들의 목소리가 어렴풋이 들리지만 제대로 알아들을 수 있을 정도는 아니다. 나는 주머니칼로 벽지를 뜯어내고 헐거워진 판자 틈에 칼날을 박아 넣은 후 있는 힘껏 후벼대기 시작한다. 젖은 나무는 손쉽게 뜯겨 나온다.

"…어머니에게 전해요. 날 갖고 장난쳤다간 둘 다 내 손에 죽을 줄 알라고 말이에요."

판자 너머에서 스탠윈의 목소리가 들려온다.

"당신이 직접 말씀드려요. 난 당신 심부름꾼이 아니라고요."

에블린이 냉담하게 대꾸한다.

"내가 돈을 대는 동안에는 심부름이 아니라 그보다 더한 것도 군말 없이 해야지."

"당신의 말투가 마음에 들지 않는군요, 스탠윈 씨."

"더 이상 날 바보 취급하지 말아요, 미스 하드캐슬."

그가 적의에 찬 목소리로 말한다.

"내가 여기서 십오 년 넘게 일해왔다는 사실 잊었어요? 덕분에 이곳과 이곳 사람들에 대한 모든 걸 훤히 알고 있단 말입니다. 나를 당신 주변에 득실대는 편협한 얼간이들과 똑같이 취급하지 말아요."

허공을 맴도는 그의 증오에서 끈적이는 감촉이 느껴진다. 당장이라도 낚아채 들고 병에 담을 수 있을 것만 같다.

"그럼 편지는요?"

에블린이 분을 삭이고 나지막이 말한다.

"그건 내가 보관하고 있죠. 그래야 당신이 경거망동하지 않을 테니까."

"당신은 정말로 나쁜 사람이에요. 그거 알아요?"

스탠윈이 요란한 소리로 웃음을 터뜨린다.

"그래도 난 정직하잖아요. 이 집 사람 중 과연 몇 명이나 같은 주장을 할 수 있을까요? 자, 이만 돌아가봐요. 내 메시지 전달하는 거 잊지 말고."

스탠윈의 방문이 열리는 소리가 들려온다. 잠시 후, 에블린이 아기방을 쌩하니 지나쳐 사라져버린다. 나는 그녀를 따라가볼까 하다가 그만둔다. 어차피 그랬다가는 또다시 그녀의 반발심만 살 테니까. 게다가 에블린이 언급한 문제의 편지는 지금 스탠윈의 수중에 있지 않은가. 그녀가 돌려받기를 간절히 희망하는 편지에는 분명 내가 꼭 봐야 할 내용이 담겨 있을 것이다. 누가 알겠는가? 스탠윈과 더비가 한 패거리일지?

"조너선 더비가 아기방에서 기다리고 있습니다."

육중한 남자가 스탠윈에게 알린다.

"좋아."

스탠윈이 서랍을 열며 말한다.

"일단 옷부터 갈아입어야지. 곧 사냥을 나가야 하니 말이야. 그러고 나서 그 미꾸라지 같은 놈을 만나보자고."

그 둘은 친구 사이가 아니었군.

26

나는 테이블에 두 발을 올려놓은 채 앉아 있다. 옆에는 체스판이 놓여 있다. 나는 턱을 문지르며 체스판을 물끄러미 들여다본다. 체스 말들의 배열 상태를 보면 전략을 대충 간파할 수 있다. 하지만 정신이 산란해진 더비의 상태로는 도저히 불가능한 일이다. 그의 온 신경은 창밖 풍경과 방 안에 떠다니는 먼지와 복도에서 들려오는 소음에 쏠려 있다. 마음의 평화부터 되찾는 게 순서다.

대니얼은 각 호스트가 제각각의 생각과 입장이 있다고 귀띔해 주었다. 나는 지금에서야 그 경고의 의미를 제대로 이해한다. 벨은 겁쟁이였고 레이븐코트는 무자비했다. 그 둘 모두 집중력이 대단했다. 더비는 완전히 딴판이다. 그의 머릿속에는 온갖 잡념이 금파리처럼 윙윙댄다. 그리고 그 생각들은 진중히 자리 잡지 못하고 늘 또 다른 무언가에 의해 쫓겨나버린다.

문 쪽에서 거슬리는 소리가 들린다. 테드 스탠윈이 성냥을 흔들어 끄고 입에 문 파이프 너머로 나를 쳐다보고 있다. 그는 생각보다 덩치가 크다. 몸뚱이가 녹아내린 버터처럼 양옆으로 퍼져 있다.

"자네가 체스에 취미가 있는지 몰랐는데, 조너선."

그가 낡은 흔들 목마를 앞뒤로 살살 흔들며 말한다. 목마가 까딱일 때마다 바닥이 쿵쿵 울린다.

"독학으로 배우는 중입니다."

"기특한데. 자기 계발도 실천할 줄 알고."

그가 한동안 나를 빤히 쳐다보다가 창가로 천천히 다가간다. 스탠윈은 위협적인 언행을 보이지 않았지만 어떤 이유에서인지 더비는 그를 두려워하고 있다. 내 맥박이 모스 부호로 그 사실을 알려준다.

나는 문을 흘끔 돌아본다. 필요할 때 잽싸게 뛰쳐나가기 위해서. 하지만 복도에는 육중한 남자가 버티고 서 있다. 그는 팔짱을 낀 채 벽에 몸을 기댄 상태다. 그가 기분 나쁜 미소를 흘리며 고개를 살짝 까딱인다. 마치 감방 동료를 대하듯이.

"자네 모친이 아직도 돈을 안 갚았어."

스탠윈이 유리창에 이마를 갖다 붙이고 말한다.

"무슨 문제라도 있나?"

"아무 문제 없어요."

"부디 계속 그랬으면 좋겠어."

나는 앉은 채로 몸을 틀고 그를 쳐다본다.

"지금 날 협박하는 겁니까, 스탠윈 씨?"

그가 돌아서서 복도를 지키는 남자를 돌아보며 미소를 흘린다. 그의 시선은 이내 내게로 돌아온다.

"자네가 아니야, 조너선. 난 자네 모친을 협박하는 거야. 내가 자네 같은 껄렁껄렁한 애송이를 데리고 뭘 하겠어? 응?"

그가 파이프를 빼며 인형을 집어 든다. 그리고 그것을 체스판 위로 휙 던져버린다. 인형에 맞은 체스 말들이 사방으로 튄다. 격분한 나는 그를 향해 주먹을 날린다. 하지만 그는 가볍게 내 주먹을 낚아채 잡고 나를 홱 돌려세운 후 두꺼운 팔뚝으로 내 목을 조르기 시작한다.

그의 입김이 내 목에 뿌려진다. 그에게서는 썩은 고기 같은 악취가 풍긴다.

"모친과 잘 상의해봐, 조너선."

그가 조롱하듯 웃으며 내 목구멍을 힘껏 쥔다. 시야에 떠오른 검은 얼룩들이 춤을 추기 시작한다.

"자꾸 시간 끌면 내가 자네 모친을 찾아가는 수밖에 없어."

그가 잠시 뜸을 들이고 나서 나를 놓아준다.

나는 무릎을 꿇고 앉아 두 손으로 목을 움켜쥐고 헐떡거린다.

"자네는 그 성질머리부터 좀 고쳐야겠어."

그가 파이프로 나를 가리키며 말한다.

"화를 제대로 다스리지 못하면 언제든 낭패를 볼 수 있거든. 하지만 걱정은 마. 그 부분은 저 친구가 잘 도와줄 테니까."

나는 바닥에서 그를 노려보지만 그는 이미 방을 빠져나가고 있다. 그가 나가면서 고개를 끄덕여 신호하자 복도의 남자가 방 안으로 성큼 들어온다. 그는 무표정한 얼굴로 나를 내려다보며 재킷을 벗는다.

"일어나. 일찍 시작해야 일찍 끝나지."

어떻게 된 일인지 그는 아까 문밖에서 봤을 때보다 더 커진 듯하다. 그의 가슴은 방패 같고, 팔뚝은 하얀 셔츠의 솔기를 찢고 나올 만큼 두껍다. 그가 다가오자 나는 공포에 질려버린다. 내 손은 무기로 쓸만한 것을 찾아 사방을 더듬는다. 마침내 손끝에 테이블 위의 묵직한 체스판이 닿는다.

나는 본능적으로 그것을 집어 들고 남자를 향해 냅다 던진다.

체스판이 허공에 붕 떠오른다. 신기한 일이다. 어떻게 저 무거운 게 저토록 오래 날아갈 수 있는지. 마치 시간이 멈춰버린 것만 같다. 잠시 후, 눈앞에서 기적이 펼쳐진다. 소름 끼치는 소리와 함께 체스판이 남자의 얼굴을 강타한다. 그가 외마디 비명을 지르며 뒤로 나자빠진다.

그의 손가락 사이로 피가 철철 배어 나온다. 나는 그 틈을 타 잽싸게 몸을 일으킨다. 뒤에서 스탠윈의 성난 목소리가 들려온다. 하지만 나는 못 들은 척 복도를 내달리기 시작한다. 뒤를 흘끔 돌아보니 응접실을 반쯤 빠져나온 스탠윈의 모습이 눈에 들어온다. 그의 얼굴은 격노로 벌겋게 달아올랐다. 나는 웅성거림을 따라 계단을 달려 내려간다. 그리고 눈이 벌건 손님들이 아침을 먹고 있는 거실로 들어간다. 디키 박사는 마이클 하드캐슬 그리고 저녁 식사 때 만나봤던 해군 장교, 클리퍼드 헤링턴과 요란하게 웃으며 수다를 떠는 중이다. 커닝엄은 곧 기상할 레이븐코트를 위해 은으로 된 서빙 접시에 음식을 수북이 담고 있다.

잠시 후, 사람들의 재잘거림이 뚝 멎는다. 스탠윈이 나타난 모양이다. 나는 슬그머니 서재로 들어가 문 뒤에 몸을 숨긴다. 나는 반쯤 넋이 나갔다. 심장은 늑골을 부수고 튀어나올 듯이 쿵쾅거린다. 웃음과 울음이 동시에 터져나올 것만 같다. 마음 같아서는 당장이라도 무기를 집어 들고 괴성을 지르며 스탠윈에게 달려들고 싶지만 지금 나는 제대로 서 있는 것조차 쉽지 않다. 서서히 꺼져가는 의식을 필사적으로 붙들고 있다. 여기서 쓰러지면 이 호스트를 영영 잃는다. 이 아까운 하루도 허비하게 될 것이고.

나는 문과 문틀 사이로 밖을 살핀다. 스탠윈이 어깨로 사람들을 떠밀치고 다니며 나를 찾고 있다. 겁에 질린 사람들이 황급히 비켜서며 사과한다. 누구 하나 불쾌함을 표시하고 나서는 사람이 없다. 다들 그에게 무슨 약점이 잡혀들 있는지. 그가 카펫 한복판에서 누군가를 때려죽여도 다들 거들떠보지 않을 분위기다. 여기서 그를 상대하는 건 어리석은 일이다.

내 손끝에 차가운 무언가가 닿는다. 내려다보니 선반에 놓인 묵직한 담배 상자다.

더비는 그것을 무기로 쓰고 싶어 한다.

나는 그에게 경거망동하지 말 것을 주문한 후 다시 거실로 시선을 돌린다. 순간 내 입에서 외마디 비명이 터져나올 뻔했다.

어느새 바짝 다가온 스탠윈이 서재 쪽으로 방향을 튼다.

나는 다른 숨을 곳을 찾아 서재 안을 황급히 둘러본다. 하지만 숨을 곳도, 도망칠 곳도 없다. 도서관으로 향하려면 그가 들어서려는 문간으로 나가야만 한다. 나는 꼼짝없이 갇혀버린 것이다.

나는 담배 상자를 집어 들고 깊은숨을 한번 들이쉰다. 그가 들어서는 순간 그것으로 있는 힘껏 내리칠 참이다.

하지만 아무리 기다려도 그는 나타나지 않는다.

나는 다시 문틈으로 거실을 살핀다. 이상하게도 스탠윈이 보이지 않는다.

불안감이 찾아들자 몸이 덜덜 떨리기 시작한다. 더비는 어떤 상황에서도 주저하는 타입이 아니다. 내가 말릴 틈도 없이 그는 더 참지 못하고 문 너머로 고개를 불쑥 내민다.

바로 그때 스탠윈이 눈에 들어온다.

그는 나를 등진 채 서서 디키 박사와 대화를 나누고 있다. 그가 무슨 말을 했는지 선한 의사가 갑자기 거실을 뛰쳐나간다. 어딘가에 쓰러져 있을 스탠윈의 경호원의 상태를 살피러 가는 모양이다.

그에겐 진정제가 있겠지?

순간 기발한 아이디어가 뇌리를 스친다.

우선 여기서 몰래 빠져나가는 게 급선무다.

테이블 쪽에서 누군가가 스탠윈을 부른다. 그가 시야에서 사라지자 나는 담배 상자를 내려놓고 화랑 쪽으로 내달린다. 그리고 멀리 돌아 입구 홀로 빠져나간다.

마침 방을 나서는 디키 박사의 모습이 눈에 들어온다. 그의 손에는 왕진 가방이 들려 있다. 나를 본 그가 환히 웃는다. 그의 우스꽝스러운 콧수염이 씰룩인다.

"아, 마스터 조너선."

내가 그의 옆으로 바짝 다가가자 그가 쾌활하게 말한다.

"무슨 일 있는가? 왜 그리 헐떡대지?"

"저는 괜찮습니다."

그와 나란히 걸어나가며 나는 말한다.

"실은 문제가 좀 생겼습니다. 박사님께 부탁드릴게 있어요."

그의 눈이 가늘어진다. 쾌활했던 목소리도 금세 바뀌어버린다.

"이번엔 또 무슨 짓을 저지른 건가?"

"박사님께서 살펴보실 환자에게 진정제를 놔주십시오."

"진정제를? 내가 왜 그래야 하지?"

"그가 제 어머니를 해치려 하거든요."

"밀리센트를?"

그가 걸음을 멈추고 내 팔뚝을 우악스럽게 움켜잡는다.

"대체 무슨 일이 벌어지고 있는 건가, 조너선?"

"어머니가 스탠윈에게 돈을 빌리신 모양입니다."

그가 침울한 표정을 지으며 손에서 힘을 뺀다. 쾌활한 기운을 잃어버린 그는 순식간에 폭삭 늙어버린 모습이다. 얼굴의 주름도 그새 한층 깊어진 듯하다. 그는 진정으로 안타까워하고 있다. 그런 그에게 난처한 부탁을 하려니 마음이 무거워진다. 하지만 나는 집사에게 진정제를 놓을 때 그가 지었던 표정을 생생히 기억하고 있다. 내가 그를 의심하지 않는 이유다.

"그러니까 그가 밀리센트의 숨통을 쥐고 있다 이거지?"

그가 한숨을 내쉬며 말한다.

"하긴, 별로 놀라운 일은 아니야. 그놈에게 책잡힌 사람이 어디 한둘이던가. 하지만 아무리 그래도 그렇지…."

그가 아까와 달리 굼뜬 걸음을 옮겨나가기 시작한다. 잠시 후, 우리는 계단에 다다른다. 계단 밑 입구 홀에서는 차가운 공기가 감돌고 있다. 활짝 열린 현관문 밖으로 산책을 나선 한 무리의 노인이 내다보인다. 뭐가 그리 흥겨운지 다들 웃느라 정신이 없다.

어디서도 스탠윈의 모습은 보이지 않는다.

"그래서 모친을 협박한 스탠윈을 자네가 두들겨 팼다, 이 말인가? 응?"

디키는 이미 결심을 굳힌 듯하다. 그가 씩 웃으며 내 등을 두드린다.

"자네에게서 부친의 모습이 엿보이는구만. 대체 그 깡패 놈을 잠에 빠뜨려놓고 뭘 어쩌려는 건가?"

"그가 들이닥치기 전에 어머니랑 의논을 좀 해보려고요."

더비는 타고난 거짓말쟁이다. 입만 열면 사기와 기만이 술술 흘러나온다. 디키 박사는 잠시 입을 닫은 채 골똘한 생각에 잠긴다. 그의 침묵은 우리가 방치된 이스트 윙을 가로지를 때까지 쭉 이어진다.

"내게 마침 놈을 오후 내내 잠에 빠뜨릴 수 있는 약이 있네."

그가 손가락을 딱 부딪치며 말한다.

"자넨 여기서 기다리게나. 다 끝나면 부를 테니까."

그가 어깨와 가슴을 넓게 펴고 스탠윈의 침실을 향해 성큼성큼 걸어나간다. 마지막 전투에 임하는 노병을 보는 듯하다.

디키가 시야에서 사라지자 나는 가장 가까운 문을 열고 안으로 들어간다. 깨진 거울 속에서 더비가 나를 내다본다. 어제 나는 레이븐코트 안에 갇히는 것보다 더 나쁜 상황을 상상할 수 없었다. 하지만 더비 안에 갇히는 건 그것과는 또 다른 차원의 고통이다. 잠시도 가만있지 못하고, 심보가 못된 악마. 나는 그로부터 탈출하고 싶어 안달이 난 상태다.

십 분 후, 바깥 복도의 바닥이 삐걱대기 시작한다.

"조너선."

디키 박사가 속삭인다.

"조너선, 어디 있나?"

"여깁니다."

나는 밖으로 고개를 불쑥 내밀며 말한다.

어느새 방을 지나쳐간 그가 내 목소리에 흠칫 놀란다.

"이 노인네를 심장마비로 죽게 할 참인가?"

그가 자신의 가슴을 톡톡 두드리며 말한다.

"케르베로스*는 재워놨네. 하루 종일 저렇게 뻗어 있을 걸세. 이젠 스탠윈에게 돌아가 진찰 결과를 알려줘야 해. 내가 그러는

---

* 지옥을 지키는 개.

273

동안 자네는 숨을 곳을 찾아보게나. 그가 절대 못 찾을 곳으로 말이야. 아르헨티나로 가보던지. 아무튼 행운을 비네."

그가 자세를 바로잡고 거수경례를 한다. 나도 경례로 답한다. 그가 내 어깨를 토닥이고 나서 느릿느릿 복도를 걸어나가기 시작한다. 여유롭게 휘파람까지 불어대면서.

그가 뭐라든 나는 숨어 지낼 생각이 추호도 없다. 디키가 스탠윈의 주의를 딴 데로 돌려놓으면 나는 그 틈을 타 그의 소지품을 샅샅이 뒤져볼 참이다. 에블린의 편지는 분명 그가 챙겨두었을 것이다.

나는 아까 스탠윈의 경호원이 지키고 있었던 응접실을 가로질러 가 공갈범의 침실로 들어간다. 고적함이 느껴지는 공간이다. 바닥에는 올이 다 드러난 양탄자가 깔려 있고, 한쪽 벽에는 철제 침대가 붙어 있다. 녹슨 침대 프레임에는 벗겨진 하얀 페인트가 고집스럽게 매달려 있다. 난로 안에서는 죽어가는 불씨가 재를 뿜어내는 중이고, 침대 옆 작은 탁자에는 책장 모서리를 접어놓은 책 두 권이 놓여 있다. 디키의 말대로 스탠윈의 부하는 침대에 잠들어 있다. 마치 모든 줄이 끊어져버린 거대한 꼭두각시를 보는 듯하다. 요란하게 코를 고는 그의 얼굴에는 붕대가 감겨 있고, 손가락은 연신 씰룩거린다. 자면서도 내 목을 조르는 꿈을 꾸는 것일까?

나는 스탠윈의 발소리를 듣기 위해 귀를 쫑긋 세운 채 벽장을 열고 그의 재킷과 바지의 주머니를 꼼꼼히 살펴본다. 그 안에서 나온 것이라고는 보푸라기와 좀약뿐이다. 트렁크에도 소지품은 보이지 않는다. 그 어떤 감정도 내보이지 않는 사람답다.

답답해진 나는 손목시계를 들여다본다.

이곳에서 너무 많은 시간을 쓰고 있다. 하지만 더비는 쉬이 단

넘할 사람이 아니다. 속임수를 간파하는 건 내 호스트의 특기다. 그는 스탠윈 같은 부류와 그들이 숨기는 비밀에 대해 누구보다 잘 알고 있다. 공갈범은 자신이 원했다면 저택에서 가장 크고 호화로운 방을 누릴 수도 있었을 것이다. 하지만 그는 굳이 스스로를 이런 곳에 격리시켜놓았다. 그가 똑똑하고 피해망상적이라는 뜻이다. 그는 절대 자신의 비밀을 몸에 지니고 다닐 타입이 아니다. 특히 지금처럼 적들에게 에워싸여 있을 때는 더더욱.

그의 비밀은 분명 이곳에 숨겨져 있다.

내 시선이 벽난로 쪽으로 돌아간다. 난로 안 불씨는 서서히 꺼져가는 중이다. 이상한 일이다. 방 안이 아직 싸늘한데 왜 불을 끄려 했을까? 나는 무릎을 꿇고 앉아 난로 안으로 손을 넣어본다. 안쪽에서 작은 선반이 만져진다. 나는 선반에 놓인 책을 집어 밖으로 꺼낸다. 검은색 작은 일기장. 표지는 긁힌 자국으로 뒤덮여있다. 스탠윈은 자신의 비밀이 난로 안에서 타버리지 않게 불씨만 남겨놓은 것이다.

나는 누더기가 된 책장을 넘기다가 원장으로 보이는 내용을 발견한다. 지난 십구 년간 기록해온 날짜와 요상한 상징들이 빽빽이 적혀 있다.

암호가 틀림없다.

마지막 두 페이지 사이에는 에블린의 편지가 꽂혀 있다.

사랑하는 에블린,

스탠윈 씨가 당신의 곤란한 처지에 대해 들려줬어요. 난 당신이 뭘 걱정하는지 잘 알아요. 당신 모친의 태도에 좀 놀랐어요. 당신이 왜 그토록 불안해하는지 알 것 같더군요. 과연 지금은 또 어떤 책략을 꾸미고 있을지 궁금합니다. 당신을 도울 준비는 돼 있어요. 하지만 스탠윈 씨의 주장만으로는 부족해요. 이 문제에 대한 증거가 필요합니다. 사회면에서 당신이 도장이 새겨진 반지를 낀 사진을 자주 봤어요. 작은 성이 새겨진 반지 말이에요. 그걸 내게 보내줘요. 그게 당신의 진지함을 증명해줄 거예요.

그럼,
펠리시티 매덕스

내가 믿었던 것과 달리 똑똑한 에블린은 자신의 운명을 순순히 받아들이지 않은 모양이었다. 자신을 도와줄 펠리시티 매덕스라는 사람을 불러들인 것을 보면. 편지 끝에는 그녀가 언급한 작은 성이 그려져 있다. 그림으로 서명을 대신한 것일까? 어쩌면 밀리센트 더비를 멀리하라는 메시지도 펠리시티가 남겨놓은 것이었는지 모른다.

경호원은 계속 코를 골아댄다.

편지에서 추가 정보를 짜내지 못한 나는 그것을 다시 원장 사이에 끼워 내 주머니에 조심스레 집어넣는다.

"교활한 사람들 같으니."

나는 웅얼거리며 복도로 나온다.

"정말 그렇지?"

내 뒤에서 누군가가 말한다.

바로 그때 머리에서 극심한 통증이 느껴진다. 그리고 나는 그대로 바닥에 고꾸라져버린다.

27

둘째 날(계속)

기침을 할 때마다 피가 튀어 내 베개를 빨갛게 물들인다. 나는 다시 집사의 몸으로 돌아와 있다. 황급히 고개를 들자 온몸에서 통증이 밀려든다. 흑사병 의사가 다리를 꼰 채 애나의 의자에 앉아 있다. 그의 무릎에는 실크해트가 놓여 있다. 모자를 가볍게 두들기던 그가 깨어난 나를 보고 손을 멈춘다.

"이제 정신이 드시오, 비숍 씨?"

그가 가면 뒤에서 말한다.

나는 멍한 얼굴로 그를 응시한다. 기침이 잦아들자 나는 이날의 패턴을 짜맞춰보기 시작한다. 처음으로 이 몸에 갇혀 깨어났던 순간, 그때는 아침이었다. 벨에게 문을 열어주었고, 답을 듣기 위해 계단을 올랐다가 골드에게 흠씬 두들겨 맞았다. 나중에 또다시 이 몸이 되어 깨어났을 때는 그 후로 십오 분이 흐른 시점이었다. 나는 애나와 함께 마차를 타고 정문 관리실로 향하는 중이었다. 아마 정오쯤이었을 것이다. 우리는 정식으로 통성명을 한 상태였다. 하지만 창밖의 밝기를 보니 지금은 이른 오후쯤 된 것 같다. 차분히 생각해보면 대충 어떻게 된 상황인지 감이 온다. 애나는 내게 우리가 각 호스트로 만 하루씩 살 수 있다고 설명해주었다. 하지만 한 호스트를 이토록 단편적으로 체험하게 되리라고는 상상조차 못 했다.

마치 누군가의 괴팍한 장난 속에 갇혀버린 듯한 기분이다.

나는 여덟 명의 호스트를 이용해 이 미스터리를 풀어야만 한다. 벨은 겁쟁이. 집사는 얻어맞아 피곤죽이 됐다. 도널드 데이비스는 달아나버렸다. 레이븐코트는 제 몸조차 제대로 가누지 못하고 더비는 우둔하다.

참새로 만든 삽으로 땅을 파야 하는 임무를 떠안은 것과 다르지 않다.

흑사병 의사는 앉은 채로 몸을 꼼지락거리며 내 앞으로 몸을 기울인다. 그의 옷에서는 퀴퀴한 냄새가 풍긴다. 통풍도 되지 않는 다락에 오랫동안 처박혀 있었던 걸 꺼내 걸치고 나온 것처럼.

"저번 대화는 갑작스럽게 끝이 나지 않았소. 그래서 오늘은 당신에게 진척 상황을 듣고 싶어 이렇게 왔소이다. 그래, 사건은 해결…."

"왜 꼭 이 친구여야만 하는 거요?"

나는 그의 말을 끊는다. 옆구리에 날카로운 통증이 느껴질 때마다 나는 움찔한다.

"왜 꼭 이런 놈들 안에 갇히게 해놨냔 말이오! 레이븐코트는 몇 걸음만 내디디면 힘들어 죽을 것 같다고 징징거리고, 집사는 반불구가 됐고, 더비는 인간이 아니라 괴물이오. 내가 조속히 사건을 해결하고 블랙히스를 탈출하길 바란다면서 어찌 내게 이런 시련을 안겨주는 것이오? 더 나은 대안이 얼마든지 있었을 텐데."

"물론 더 유능한 사람들이 있긴 하오. 하지만 당신의 호스트들

은 모두 에블린 살인사건과 관련 있는 인물들이오. 그들을 잘 이
용하면 손쉽게 사건을 풀 수 있을 것이오."

"그럼 그들이 용의자들이란 말이오?"

"목격자들이라고 하는 게 더 적절한 표현일 거요."

남아 있던 진이 쫙 빠져나가면서 하품이 나기 시작한다. 디키
박사가 또다시 진정제를 놔주고 간 모양이다. 마치 이 몸뚱이에서
영혼이 짜내어지는 듯한 기분이다.

"호스트들의 순서는 대체 누가 정하는 거요? 말해보시오. 어째
서 내가 첫날엔 벨이었다가 오늘은 더비가 돼버렸는지. 다음 호스
트를 미리 아는 방법은 정녕 없소이까?"

다시 뒤로 물러나 앉은 그가 손가락을 모아 뾰족한 탑을 만들고
나서 고개를 옆으로 기울인다. 그의 침묵이 길게 이어진다. 재평
가와 재조정의 시간. 흡족해하는 것인지 짜증을 내는 것인지 구분
할 길이 없다.

"왜 그런 걸 묻는 거요?"

마침내 그가 침묵을 깨고 말한다.

"궁금하니까."

그의 대꾸가 없자 나는 덧붙인다.

"왠지 당신의 답 속에 결정적인 열쇠가 숨겨져 있을 것 같아서."

그가 한층 누그러진 표정으로 끙 앓는 소리를 낸다.

"이제야 이게 장난이 아니란 걸 깨달으셨구만. 다행이오. 좋소.
답을 내드리리다. 원래는 호스트들이 깨어난 순서를 따라가게 돼
있소만 내 당신을 위해 손을 좀 써두었소이다."

"손을 쓰다니?"

"당신은 모르겠지만 우린 이 얘기를 숱하게 나누어왔소. 당신

과 나. 몇 번이나 그랬는지 그 수를 헤아릴 수가 없을 정도요. 매번 에블린 하드캐슬 살인사건을 해결하라는 과제를 내어주지만 당신은 실패만 반복할 뿐이오. 처음엔 오로지 당신의 무능함만 탓했소만 결국 호스트들이 나서는 순서가 더 큰 문제라는 걸 깨닫게 됐소. 예를 들면, 도널드 데이비스는 오전 3시 19분에 깨어나게 돼 있소. 당연히 그가 당신의 첫 번째 호스트가 돼야 하겠지만 왠지 조정이 필요할 것 같았소. 왜냐하면 그의 사정이 너무나 남다르기 때문이오. 그는 이 집안과 친분이 두터운 사이오. 당신은 속히 이곳을 벗어나려 하지만 그의 입장은 당신과 완전히 다르지 않겠소? 그래서 당신의 첫 번째 호스트를 정처 없는 서배스천 벨로 바꾸게 된 것이오."

그가 바지의 한쪽 다리를 살짝 올리고 발목을 긁는다.

"레이븐코트 경은 오전 10시 30분에 깨어나게 돼 있소. 한마디로, 당신이 그를 찾아야 하는 순간이 한참 뒤에 와야 한다는 뜻이오. 당신이 많이 절박해져 있을 때 말이오."

그의 목소리에 자부심이 묻어난다. 자신이 만든 기계 장치를 흡족한 표정으로 바라보는 시계 제작자처럼.

"새로운 루프를 실험할 때마다 필요한 만큼 변화를 주었소. 당신은 지금 내가 최종적으로 결정한 순서에 따라 호스트를 갈아타고 있는 것이오."

그가 도량 있는 척 두 손을 펼쳐 보이며 말한다.

"난 당신이 이 순서를 착실히 따라나가면 해답을 거뜬히 찾아낼 수 있을 거라 믿소."

"어째서 내가 도널드 데이비스에게로 돌아가지 못하는 거요? 집사에게로는 돌아갈 수 있으면서."

"왜냐하면 당신이 그를 마을로 통하는 한없이 이어지는 길에 여덟 시간 가까이 방치해뒀기 때문이오. 당연히 진이 다 빠져버렸지 않겠소?"

흑사병 의사가 힐책하듯 말한다.

"지금 그는 곤히 잠들었소. 그리고 정확히….."

그가 손목시계를 들여다본다.

"오후 9시 38분에 깨어날 것이오. 그때까지 당신은 집사와 나머지 호스트들만을 누릴 수 있소."

그때 복도에서 나무 바닥이 삐걱거린다. 나는 큰소리로 애나를 불러볼까 고민한다. 하지만 내 표정에 그 속내가 드러났는지 흑사병 의사가 혀를 끌끌 찬다.

"이런, 날 너무 얕잡아 보셨구만. 애나는 아까 레이븐코트 경을 만나러 여길 나섰소. 난 이곳 사람들의 루틴을 다 꿰고 있소. 감독이 배우들의 루틴을 훤히 꿰고 있는 것처럼 말이오. 누군가가 이 자리에 불쑥 들이닥칠 걸 우려했다면 내가 굳이 이곳을 골라 이렇게 당신을 만나고 있겠소?"

마치 교장실로 끌려온 못된 아이가 된 듯한 기분이다. 왠지 그에게 폐를 끼치는 듯한 기분.

갑자기 내 입에서 길고 요란한 하품이 터져나온다. 정신이 서서히 혼미해져가기 시작한다.

"당신이 다시 잠에 빠져들기 전까지 몇 마디 더 나눠봅시다."

흑사병 의사가 장갑 낀 두 손을 모아쥐며 말한다. 가죽이 서로 짓이겨지며 거슬리는 소리를 낸다.

"궁금한 게 더 남았다면 지금 다 풀어놓아보시오."

"애나는 왜 블랙히스에 갇히게 된 거요?"

나는 잽싸게 묻는다.

"당신과 난 제 발로 들어왔지만 내 경쟁자들은 그런 게 아니지 않소. 그렇다면 그녀도 강제로 끌려왔다는 뜻일 텐데, 대체 그녀에게 왜 그런 짓을 한 거요?"

"그것만 빼고 뭐든 다 물어도 좋소. 자발적으로 블랙히스에 들어왔다면 남들보다 더 유리한 위치에 있다는 뜻이오. 물론 불리한 점도 있기는 하오만. 당신 경쟁자들은 본능적으로 이해하지만 당신은 이해하지 못하는 것들. 당신 곁에서 그 빈칸을 채워주는 게 바로 내 역할이오. 딱 거기까지만. 자, 말해보시오. 에블린 하드캐슬 살인사건 수사는 어떻게 돼가고 있소?"

"그녀 한 사람이 왜 그리 중요한 거요?"

나는 지친 목소리로 말한다. 눈꺼풀이 점점 무거워진다. 약 기운이 따스한 손처럼 나를 잡아끈다.

"왜 모두가 그녀의 죽음에 목숨을 걸어야 하느냔 말이오."

"그건 내가 당신에게 묻고 싶은 질문이오. 당신은 어째서 미스 하드캐슬을 구하기 위해 이토록 비상한 노력을 기울이는 것이오? 그게 불가능한 일이라는 걸 알면서도. 그 이유가 무엇이오?"

"그녀가 죽는 걸 지켜만 보고 있을 순 없지 않겠소. 뭐라도 해서 막아봐야지."

"이제 보니 아주 고결한 분이셨군."

그가 고개를 한쪽으로 살짝 기울이며 말한다.

"미스 하드캐슬 살인사건은 미해결 상태로 남아 있소. 난 어떻게라도 그 미스터리를 풀어야만 직성이 풀릴 것 같소. 이게 만족할 만한 답변이 됐소이까?"

"세상에선 매일 많은 사람이 살해되오. 그중 한 사건을 바로잡는다고 뭐가 달라지겠소?"

"좋은 지적이오."

그가 감탄한 듯 손뼉을 치며 말한다.

"하지만 당신 같은 정의로운 사람 수백 명이 그 가엾은 영혼들을 구하기 위해 발 벗고 나섰는지도 모르지 않소."

"정말 그렇소?"

"글쎄올시다. 하지만 상상만으로도 흐뭇하지 않소?"

나는 그의 말에 집중하려 애쓴다. 하지만 천근만근한 눈꺼풀의 무게는 견디기가 힘들다. 눈앞에서 방 안 풍경이 녹아내린다.

"안타깝게도 우리에겐 시간이 많지 않소. 난 이만⋯."

"잠깐⋯ 가기 전에⋯ 어째서⋯."

혀가 마비된 것처럼 말이 어눌해진다.

"당신이 물어봤지 않소⋯. 당신이⋯ 내 기억⋯."

흑사병 의사가 요란하게 바스락거리는 소리를 내며 자리에서 일어난다. 그리고 탁자에서 물잔을 집어 들고 내 얼굴에 냅다 물을 끼얹는다. 얼음장처럼 차가운 물이 뿌려지자 내 몸이 움찔하며 경련을 일으킨다. 정신이 번쩍 든다.

"미안하게 됐소이다."

그가 빈 잔을 빤히 쳐다보며 말한다. 자신의 행동에 적잖이 놀란 모습이다.

"이쯤 되면 그냥 자도록 내버려두는데⋯. 하지만 너무 궁금해서 말이오."

그가 물잔을 천천히 내려놓는다.

"방금 내게 뭘 물어보려 했소? 중요한 문제이니 어휘 선택에 신중을 기해주기 바라오."

물이 내 눈을 따끔거리게 만든다. 입술에서 떨어진 물방울은 면으로 된 잠옷 셔츠에 스며든다.

"우리가 처음 만났을 때 당신이 내게 묻지 않았소? 벨의 몸에 갇혀 깨어났던 당시 기억이 남아 있느냐고 말이오. 대체 그게 왜 궁금했던 거요?"

"당신이 실패할 때마다 우린 당신의 기억을 지우고 나서 다시 모든 걸 처음으로 되돌려놓는다오. 하지만 어찌 된 일인지 당신은 뭔가 중요한 단서를 하나씩 쥐고 있더이다."

그가 손수건을 꺼내 내 이마에 묻은 물을 훔쳐내주며 말한다.

"이번엔 애나의 이름을 기억하고 있었고 말이오."

"당신은 그걸 알고 유감이라고 했소."

"그렇소."

"어째서 유감이란 말이오?"

"당신 호스트들의 등장 순서와 더불어 당신이 선택적으로 기억하는 것들이 루프의 진행에 엄청난 영향을 미치게 되오. 만약 당신이 풋맨을 기억하고 있었다면 당신은 진작 그를 잡으러 떠났을 것이오. 그랬다면 적어도 사건 해결에 도움이 되지 않았겠소? 하지만 당신은 경쟁자인 애나에게만 집착하고 있을 뿐이오."

"그녀는 내 친구요."

"블랙히스의 그 누구에게도 친구는 없소. 아직도 그걸 깨닫지 못했다면 안타깝지만 당신에겐 희망이 없다고 봐야 하오."

"우리가…."

약 기운이 또다시 나를 잡아끌기 시작한다.

"우리가 함께 탈출할 길은 없겠소?"

"없소."

그가 젖은 손수건을 잘 접어 주머니에 집어넣는다.

"이곳을 벗어나고 싶다면 방법은 하나뿐이오. 밤 11시에 호수로 와서 내게 살인자의 이름을 알려주는 것. 그걸 해낸 사람만이 이곳을 떠날 수 있소. 그러니 가서 현명히 잘 처신토록 하시오."

그가 가슴 주머니에서 금시계를 꺼내 시간을 확인한다.

"벌써 시간이 이렇게 됐군. 난 약속이 있어서 이만 가보겠소."

그가 문 옆에 기대어놓은 지팡이를 챙겨 든다.

"평소 같았으면 공정하게 지켜만 봤겠지만 일이 이렇게 된 이상 내 당신에게 조언 하나 하리다. 자신의 고결함에 발이 걸려 넘어지는 일은 없어야 하지 않겠소. 애나는 지난 루프에 관련된 많은 걸 기억하고 있음에도 당신에게 전부 들려주지 않고 있소."

그가 장갑 낀 손으로 내 턱을 쥐고 살며시 든다. 그리고 내 앞으로 천천히 얼굴을 들이민다. 마스크 뒤에서 그의 숨소리가 들려온다. 그의 눈은 파랗다. 생기 없고 슬퍼 보이는 파란 눈.

"그녀는 당신을 배신할 거요."

나는 대꾸를 하려고 입을 열지만 마비된 혀는 움직이지 않는다. 내 눈은 더 버티지 못하고 스르르 감겨버린다. 흑사병 의사의 구부정한 그림자는 문밖으로 유유히 사라진다.

28

다섯째 날(계속)

눈꺼풀에서 맥이 뛴다.

나는 눈을 깜빡여본다. 한 번, 두 번. 극심한 통증 탓에 눈을 제대로 뜨는 게 쉽지 않다. 머리는 깨진 달걀 같다. 목구멍에서는 연신 신음이 새어 나온다. 탄성과 낑낑거림이 뒤섞인 듯한 소리다. 덫에 걸린 짐승이 낼 법한 나지막한 까르륵거림. 몸을 일으켜보려 하지만 머릿속을 울려대는 극심한 통증에 번번이 실패한다.

그렇게 시간이 흐른다. 정확히 얼마나 흘렀는지는 알 길이 없다. 일반적으로 아는 그런 시간이 아니다. 나는 솟았다 꺼지기를 반복하는 내 배를 빤히 지켜보다가 힘겹게 일어나 앉는다. 등은 허물어지기 직전의 벽에 갖다 붙인다. 아기방 바닥에 누워 깨어난 나는 어느새 조너선 더비로 돌아와 있다. 당혹스럽기가 그지없다. 사방에는 깨진 꽃병 파편이 널려 있다. 내 두피에도 몇 조각 박혀 있다. 내가 스탠원의 침실을 나섰을 때 누군가가 뒤에서 몰래 다가와 꽃병으로 내 머리를 내리쳤던 모양이다. 그 누군가는 의식을 잃고 쓰러진 나를 이곳으로 질질 끌고 왔을 것이다. 사람들 눈에 띄지 않도록.

편지를 봐, 이 바보야.

내 손이 펄리시티의 편지와 스탠윈으로부터 훔친 원장을 찾아 주머니를 뒤적이기 시작한다. 하지만 이미 그것들은 어디론가로 사라져버렸다. 벨의 트렁크 열쇠도 마찬가지다. 내게 남은 것이라고는 애나가 챙겨준 두통약 두 알뿐이다. 약은 아직도 파란 손수건에 고이 싸여 있다.

그녀는 당신을 배신할 거요.

이 모든 게 그녀의 계략일까? 흑사병 의사의 경고는 명확했다. 하지만 적이 무슨 이유로 훈훈함이나 연대감 같은 기분을 유발하겠는가. 어쩌면 애나는 내게 털어놓은 것보다 훨씬 많은 비밀을 품고 있는지도 모른다. 하지만 만약 그 정보가 우리를 적으로 만들었다면 어째서 나는 여태껏 그 이름에 집착하고 있는 것일까? 그간 숱하게 호스트를 갈아 치워왔음에도. 아니다. 만약 배신이 있었다면 그것은 내가 늘어놓은 헛된 약속 때문이었을 것이다. 그리고 그것은 얼마든지 바로잡을 수 있는 문제다. 애나에게 올바른 방법으로 진실을 들려주면 해결될 일이다.

나는 물도 없이 알약을 삼킨다. 그런 다음, 벽을 붙잡고 휘청대며 스탠윈의 방으로 다시 들어가본다.

의식을 잃은 경호원은 아직도 침대에 뻗어 있다. 창밖 풍경은 어스레함에 젖어드는 중이다. 나는 손목시계를 들여다본다. 오후 6시. 사냥 나간 사람들이 돌아올 시간이다. 스탠윈도 그들과 함께 귀가할 것이고. 어쩌면 그들은 뜰을 가로지르거나 계단을 오르는 중인지도 모른다.

어떻게든 공감범이 돌아오기 전에 이곳을 떠야만 한다.

두통약을 먹었음에도 여전히 머리가 띵하다. 세상이 핑핑 돈다.

나는 비틀대며 이스트 윙으로 들어간다. 그리고 커튼이 내려진 입구 홀 계단 위 층계참에 도달한다. 발을 내디딜 때마다 전쟁을 치르는 기분이다. 나는 필사적으로 움직여 디키 박사의 방으로 들어선다. 하마터면 방바닥에 속을 비워낼 뻔했다. 그의 침실은 이쪽 복도의 여느 방과 다르지 않게 꾸며져 있다. 한쪽 벽에는 사주식 침대가 붙어 있고, 그 반대편 가리개 뒤로는 욕조와 세면대가 갖춰져 있다. 벨과 달리 디키는 침실을 자기 집처럼 꾸며놓았다. 여기저기 그의 손주들 사진이 놓여 있고, 한쪽 벽에는 십자가상이 붙어 있다. 그는 바닥에 작은 양탄자까지 깔아놓았다. 아침마다 차가운 나무 바닥을 딛고 싶지 않았던 모양이다.

나는 익숙한 분위기에 휩쓸려 디키의 소지품을 뒤지기 시작한다. 부상 부위에 대해서는 일시적으로나마 까맣게 잊은 상태다. 나는 그의 손주 사진을 하나 골라 집어 든다. 문득 내게도 블랙히스 밖에 가족이 있을지 궁금해진다. 부모나 아이들, 나를 그리워하고 있을 친구들.

그때 복도에서 누군가의 발소리가 들려온다. 나는 움찔하며 침대 옆 탁자에 가족사진을 내려놓는다. 액자와 부딪친 글라스에 금이 가버린다. 밖에서 발소리가 그냥 지나쳐 간다. 다행이지만 아직은 마음을 놓을 때가 아니다. 내 손놀림이 한층 빨라진다.

나는 침대 밑에서 발견한 디키의 왕진 가방을 매트리스에 내려놓고 안에 담긴 내용물을 쏟아낸다. 새는 약병들과 가위, 주사기와 붕대 따위가 커버 위로 우수수 떨어진다. 맨 마지막에 떨어진 킹 제임스 성경은 바닥을 뒹군다. 서배스천 벨의 침실에서 본 성경과 마찬가지로 특정 단어와 단락에 빨간 잉크로 밑줄이 그어져 있다.

이건 암호야.

또 다른 사기꾼을 알아본 더비의 얼굴에 늑대 같은 음흉한 미소가 번져나간다. 디키는 벨의 마약 밀매 사업의 익명 동업자였던 것이다. 그가 선한 의사의 안위를 걱정했던 이유가 밝혀진 셈이다. 그가 사람들에게 무슨 말을 늘어놓을지 두려웠기 때문에.

나는 코웃음을 친다. 온갖 비밀로 넘쳐나는 집에서 찾아낸 또 하나의 변변찮은 비밀. 아쉽게도 그건 내가 쫓는 비밀이 아니다.

나는 침대에 놓인 붕대와 요오드를 챙겨 들고 세면대로 향한다. 그리고 어설픈 대로 처치에 들어간다.

지금은 환부에 세심함을 기울일 여유가 없다.

파편을 뽑을 때마다 손가락 사이로 피가 배어 나온다. 얼굴을 타고 흘러내린 피는 턱에 잠깐 고였다가 세면대 위로 뚝뚝 떨어진다. 통증에 글썽이는 눈물이 시야를 흐려놓는다. 나는 삼십 분 가까이 머리에 박힌 자기 조각들과 씨름한다. 조녀선 더비 또한 나만큼이나 아파하고 있을 거라는 확신이 그나마 위안이 된다.

모든 파편을 뽑고 나서는 붕대로 머리를 칭칭 감기 시작한다. 그리고 옷핀으로 붕대를 잘 고정해놓은 후 거울로 살펴본다.

붕대는 잘 감긴 것 같지만 내 몰골은 말이 아니다.

얼굴은 창백하고 눈은 멍해 보인다. 나는 피로 물든 조끼와 셔츠를 차례로 벗는다. 나는 패배자다. 끝장이 나버린 것이다. 나 자신이 점점 흐트러져가는 게 느껴진다.

"맙소사!"

문간에서 디키 박사가 말한다.

사냥을 마치고 돌아온 그는 빗물이 뚝뚝 떨어지는 몸을 바르르 떨고 있다. 그의 피부는 난로 속 재처럼 창백하다. 그의 콧수염조차도 축 늘어진 모습이다.

나는 휘둥그레진 그의 눈을 따라 아수라장으로 변한 방 안을 찬찬히 둘러본다. 박살이 난 그의 손주들 사진은 피로 뒤덮인 상태다. 성경은 아무렇게나 내팽개쳐져 있고, 왕진 가방도 바닥을 뒹굴고 있다. 가방 속 내용물은 침대 위에 흩뿌려져 있다. 세면대는 핏물로 가득 차 있다. 셔츠는 욕조에 떨어뜨려놓았다. 마치 절단 수술이 끝난 진료실의 풍경을 보는 듯하다.

이마에 붕대를 감은 내 몰골을 확인한 그는 충격에 빠진 모습이다. 하지만 그의 얼굴에는 이내 분노의 표정이 떠오른다.

"대체 무슨 짓을 한 건가, 조너선?"

그가 격노에 찬 목소리로 묻는다.

"죄송합니다. 어디로 가야 할지 몰라서요."

나는 당혹스러워하며 대답한다.

"박사님과 헤어지고 나서 스탠윈의 방을 뒤졌습니다. 어머니에게 도움이 될만한 게 있을 것 같았어요. 거기서 원장을 찾아냈습니다."

"원장?"

그가 목멘 소리로 말한다.

"그에게서 그걸 훔쳐왔다고? 당장 가서 제자리에 놔두고 오게. 어서, 조너선!"

내가 꾸물거리자 그가 빽 소리친다.

"그럴 수 없어요. 누군가가 꽃병으로 제 머리를 내리치고 그걸 빼앗아갔거든요. 피를 쏟으며 쓰러져 있을 때 스탠윈의 경호원이 의식을 회복할 기미가 보였어요. 그래서 박사님 방으로 도망쳐온 겁니다."

방 안에 잠시 무거운 침묵이 감돈다. 디키 박사는 쓰러진 손주들 사진을 바로 세워놓고는 왕진 가방을 주섬주섬 챙기기 시작한다. 가방은 다시 침대 밑으로 돌아간다.

그는 여전히 불편해하는 모습이다. 내 비밀이 족쇄가 되어 그를 붙잡아두고 있는 것일까?

"다 내 탓일세."

그가 웅얼거린다.

"자넬 믿는 게 아니었는데. 하지만 자네 모친을 생각해서 어쩔 수 없이…."

그가 고개를 저으며 다가와 욕조에서 내 셔츠를 집어 든다. 체념 어린 그의 모습이 나를 두렵게 한다.

"이렇게 할 생각은 조금도…."

나는 다시 입을 연다.

"자네는 테드 스탠윈으로부터 뭔가를 훔치기 위해 날 이용해먹었네."

그가 카운터 끝을 붙잡고 서서 나지막이 말한다.

"손가락 하나만으로도 손쉽게 날 끝장내버릴 수 있는 그 사람으로부터 말이야."

"죄송합니다."

그가 씩씩거리며 나를 홱 돌아본다.

"죄송하다는 말 한마디로 수습이 될 것 같은가? 자넨 엔덜리 하우스에서도 그렇게 말했었네. 리틀 햄프턴에서도 그랬었고. 기억하나? 더 이상 그런 공허한 사과는 남발하지 말게."

그가 내 셔츠를 내 가슴 앞으로 불쑥 밀어낸다. 그의 얼굴이 벌겋게 달아올랐고 눈에는 눈물이 글썽인다.

"지금껏 여자를 몇 명이나 울렸나? 그 수를 헤아릴 수나 있나? 자네 모친에게 쪼르르 달려가 안기며 제발 뒷수습을 해달라며 질질 짜댄 건 몇 번이고? 그럴 때마다 앞으론 절대 그런 일 없을 거라고 약속했겠지? 자, 보게. 자넨 지금 이 우둔한 디키 박사에게도 똑같은 짓을 벌이고 있지 않은가. 난 더 이상 자네에게 휘둘리고 싶은 마음이 없네. 더는 못 참겠단 말이야. 이 세상의 암적인 존재가 될 것도 모르고 그때 자넬 내 손으로 받다니."

나는 애원하는 눈빛으로 한 걸음 다가가본다. 하지만 그는 나와는 눈도 마주치지 않고 주머니에서 은색 권총을 꺼내 쥔다.

"썩 꺼지게, 조녀선. 내 말 듣지 않으면 자넬 쏴버릴 거야."

나는 권총을 흘끔 쳐다보며 방을 나선다. 그리고 문을 닫은 후 복도를 걸어나간다.

가슴 속에서 심장이 요동친다.

디키 박사의 권총은 에블린이 오늘 밤 자살할 때 쓰게 될 바로 그 권총이다. 그는 살인 흉기를 지니고 있는 것이다.

29

나는 오랫동안 내 방 거울 속 조너선 더비를 들여다본다. 그 안 어딘가에 있을 남자를 찾아서. 내 진짜 얼굴의 흔적을 찾아서.

나는 더비가 자신의 사형 집행인을 똑똑히 봐주기를 원한다.

거실에서 슬쩍 집어온 위스키로 목구멍을 데운다. 어느새 술병은 반이나 비어 있다. 하지만 나비넥타이를 매는 동안 만큼은 술기운을 빌려서라도 덜덜 떨리는 손을 진정시켜야만 한다. 디키 박사의 증언이 진작 알고 있었던 사실들을 확인시켜주었다. 더비는 괴물이다. 그는 어머니의 돈으로 자신의 죄를 씻어왔다. 숱한 악행을 저지르고도 그는 재판 한 번 받지 않았다. 처벌받은 적도 없고. 그에게 죗값을 치르게 하려면 내가 직접 그를 교수대로 끌고 갈 수밖에 없다.

하지만 지금은 에블린 하드캐슬부터 살리는 게 급선무다.

내 시선이 안락의자에 죽은 파리처럼 덩그러니 놓인 디키 박사의 은색 권총으로 돌아간다. 그것을 훔쳐오는 건 식은 죽 먹기였다. 나는 응급 환자가 생겼다며 하인을 시켜 의사를 데려오게 했다. 그가 방을 비운 동안 나는 몰래 들어가 탁자에서 권총을 챙겨

나왔다. 너무나 오랫동안 운명에 질질 끌려다니기만 했다. 하지만 더는 그럴 수 없다. 만약 누군가가 이 권총으로 에블린을 죽이려 한다면 그는 나부터 밟고 가야 할 것이다. 흑사병 의사의 수수께끼는 다 헛소리다. 나는 그를 믿지 않는다. 더 이상 눈앞에서 끔찍한 일이 벌어지는 걸 잠자코 지켜보지만은 않을 것이다. 조너선 더비가 태어나서 처음으로 의로운 일을 벌일 시간이 된 것이다.

권총을 재킷 주머니에 넣고 마지막으로 위스키를 한 모금 넘긴다. 그런 다음, 복도로 나와 다른 손님들을 따라 만찬회가 열리는 곳으로 내려간다. 그들의 태도와 달리 그들의 스타일은 흠잡을 데가 없다. 창백한 등이 드러난 야회복과 화려한 장신구. 오전의 무기력함 대신 한껏 들뜬 기운만이 느껴진다. 저녁이 되니 저택은 활기를 되찾았다.

늘 그러듯 나는 지나치는 사람들의 얼굴을 유심히 살펴나간다. 그들 틈에 숨어 있을지 모르는 풋맨을 찾기 위함이다. 이미 모습을 드러낼 때가 지났는데. 시간이 흐를수록 무언가 끔찍한 일이 벌어질 것만 같은 불안감이 점점 커져간다. 그나마 공정한 싸움이 될 테니 다행이다. 더비에게는 칭찬할 만한 구석이 별로 없다. 거기다 욱하는 성질 때문에 다루기가 쉽지 않은 호스트다. 증오에 찬 그가 갑자기 튀어나와 달려들기라도 하면…. 상상만 해도 등골이 오싹해진다.

마이클 하드캐슬이 가식적인 미소를 흘리며 입구 홀 한복판에 서 있다. 그는 계단을 속속 내려오는 손님들에게 차례로 인사를 건넨다. 그들을 진심으로 반겨 맞는 모습이다. 나는 그에게 신비에 싸인 펠리시티 매덕스와 우물가의 쪽지에 대해 물어볼 게 많다. 하지만 분위기를 보아하니 나중으로 미뤄둬야 할 것 같다. 우선 우리 사이를 갈라놓는 태피터[1]와 나비넥타이 부대의 철옹성 같은 벽부터 허물어뜨려야 한다.

피아노 선율이 나를 긴 화랑으로 이끈다. 손님들은 술에 거나하게 취해 있고, 하인들은 문 너머에서 큰 식당을 챙기느라 분주한 모습이다. 나는 지나쳐 가는 쟁반에서 위스키 담긴 글라스를 낚아채 들고 밀리센트를 찾아 두리번거린다. 하지만 그녀는 어디 숨었는지 도통 보이지 않는다. 북적대는 손님 중 눈에 익은 얼굴은 서배스천 벨뿐이다. 그는 입구 홀을 가로질러 자신의 방으로 향하는 중이다.

나는 하녀를 멈춰 세우고 헬레나 하드캐슬의 행방을 묻는다. 부디 그녀가 가까운 곳에 있기를 바라면서. 하지만 하녀는 그녀가 아직 도착하지 않았다는 대답만 내놓을 뿐이다. 대체 하루 종일 어디 처박혀 있는 걸까? 이제는 단순 부재가 아닌, 공식적인 실종으로 다뤄야 할 때다. 딸이 죽는 날 레이디 하드캐슬이 코빼기도 보이지 않는다는 건 아무리 생각해도 수상하다. 그녀가 용의자인지, 아니면 피해자인지는 아직 명확하지 않지만, 나는 어떻게 해서든 그 답을 알아내고야 말 것이다.

글라스를 비우고 나니 머릿속이 서서히 흐려진다. 사방에서 들려오는 웃음과 대화 소리가 나를 에워싼다. 친구와 연인들. 화기애애한 분위기가 더비의 속을 불편하게 만든다. 그가 느끼는 역겨움과 혐오감이 내게도 고스란히 전해진다. 그는 이곳에 모인 사람들과 이 세상을 증오한다. 또한 자기 자신마저도.

은쟁반을 하나씩 든 하인들이 속속 지나쳐간다. 에블린의 마지

---

[1] 광택이 있는 빳빳한 견직물로, 특히 드레스를 만드는 데 쓰인다.

막 만찬이 착착 준비돼가는 중이다.

그녀는 왜 두려워하지 않는 거지?

그녀의 웃음소리가 들려온다. 그녀는 손님들과 뒤섞여 신나게 수다를 떨고 있다. 오늘 아침, 레이븐코트의 경고를 듣고 나서 자신의 운명을 대충 짐작했을 텐데도.

나는 글라스를 내려놓고 입구 홀로 나간다. 그리고 에블린의 침실이 자리한 복도로 들어선다. 왠지 그곳에 가보면 내가 찾는 답을 발견할 수 있을 것만 같다.

램프들이 어스레한 불빛을 뿌린다. 복도는 쥐 죽은 듯 조용하고 숨이 턱 막힐 만큼 답답하다. 마치 잊힌 세상 끝에 온 듯한 기분이다. 그렇게 중간쯤 왔을 때 그림자 속에서 빨간 옷차림의 형체가 불쑥 튀어나온다.

풋맨이다.

그가 내 앞을 막아선 것이다.

순간 나는 바짝 얼어붙어버린다. 뒤를 흘끔 돌아보며 과연 그에게 따라잡히지 않고 입구 홀에 도달할 수 있을지 머리를 굴려본다. 그럴 가능성은 희박하다. 두 다리가 내 지시에 따라 제대로 움직여줄지도 의문이다.

"죄송합니다, 선생님."

짹짹대는 목소리가 말한다. 풋맨이 내 앞으로 한 걸음 다가선다. 자세히 보니 열세 살쯤 돼 보이는, 키 작고 강단 있는 소년이다. 여드름으로 덮인 얼굴에 초조한 미소를 머금고 있다.

"실례합니다."

그제야 나는 내가 그의 앞길을 막고 있음을 깨닫는다. 나는 미안하다고 웅얼거리며 그에게 길을 내어준다. 입에서 안도의 한숨이 터져나온다.

풋맨이 얼마나 두려운 존재이던지 성질 고약하기로 소문난 더비마저도 그와 유사한 빨간 형체만 보고 경기를 일으킬 정도가 됐다. 어쩌면 이것은 그의 계략인지 모른다. 그가 벨과 레이븐코트를 죽이는 대신 살살 자극만 해온 이유. 계속 이런 식이면 그는 어떠한 저항에도 부딪히지 않고 내 호스트들을 차례로 제거해나갈 수 있을 것이다.

지금 내 모습은 그가 붙여준 '토끼'라는 별명에 딱 어울린다.

나는 조심스레 걸음을 옮겨 에블린의 침실에 도착한다. 문은 굳게 잠겨 있다. 노크를 해보지만 응답이 없다. 여기까지 와서 그냥 빈손으로 돌아갈 수는 없다. 나는 뒤로 한걸음 물러난다. 어깨로 문을 밀어붙여볼 참이다. 순간 깨달음이 찾아든다. 헬레나의 침실 문과 레이븐코트의 거실로 통하는 문의 위치가 같다는 사실. 나는 그들의 방 안으로 고개를 들이밀어본다. 두 방의 크기가 동일하다. 에블린의 침실이 한때 거실이었다는 뜻이다. 그게 사실이라면, 헬레나의 방에는 분명 사잇문이 나 있을 것이다. 자물쇠는 부서진 상태로 방치돼 있을 것이고.

살펴보니 내 짐작대로다. 사잇문은 벽에 걸린 화려한 태피스트리 뒤에 감춰져 있다. 다행스럽게도 자물쇠는 걸려 있지 않고, 덕분에 나는 손쉽게 에블린의 방으로 진입하는 데 성공한다.

부모와의 온전치 못한 관계를 생각하면 그녀가 이런 방 대신 청소 도구함을 침실로 쓴다 해도 놀랍지 않을 것이다. 수수한 침실은 적당히 아늑해 보인다. 방 중앙에는 사주식 침대가 놓여 있고, 커튼 뒤에는 욕조와 세면기가 마련돼 있다. 하녀가 오랫동안 들락이지 못했던 모양이다. 욕조에 담긴 물은 차갑고 더럽다. 젖은 수건은 바닥에 아무렇게나 널브러져 있다. 화장대 위에는 목걸이가 방치돼 있고, 그 옆으로는 화장을 지우는 데 쓴 티슈가 수북이 쌓여 있다. 커튼은 쳐진 상태고 벽난로는 장작으로 가득 차 있다. 구석마다 놓인 석유램프가 침울한 방을 은은히 비추고 있다.

흥분한 더비의 몸속에서 따뜻한 기운이 꿈틀대는 게 느껴진다. 나는 호스트의 그런 반응을 애써 무시한 채 에블린의 소지품을 차례로 살펴나간다. 무엇이 오늘 밤 그녀를 연못으로 내몰게 될지 알아내야만 한다. 그녀는 보기와 달리 정리에 취미가 없는 모양이다. 사방이 온통 벗어놓은 옷 천지다. 서랍마다 값비싸 보이는 모조 장신구를 비롯해 오래된 스카프와 숄이 넘쳐난다. 체계도, 질서도 없다. 그녀는 하녀들이 자신의 소지품에 접근하는 것을 원치 않는 듯하다. 대체 무슨 비밀이 숨겨져 있길래.

어느새 내 손은 실크 블라우스를 살살 매만지고 있다. 순간 내 얼굴이 찌푸려진다. 내가 아닌, 그가 벌이고 있는 짓이라는 걸 깨달았기 때문이다.

더비.

나는 빽 소리치며 뒤로 물러나 옷장 문을 거칠게 닫는다.

그의 갈망이 생생히 전해져 온다. 그는 내 무릎을 꿇려놓고 그녀의 소지품을 뒤져나가는 중이다. 그녀의 향기를 맡으며. 그는 통제할 수 없는 짐승이다.

나는 이마에 맺힌 땀방울을 훔치고 심호흡을 하며 뛰는 가슴을 진정시킨다. 그리고 다시 수색 작업으로 돌아간다.

안에서 꿈틀대는 그가 비집고 나오지 못하도록 애쓰며 분주히 움직인다. 하지만 아무런 성과도 내지 못한다. 그나마 눈이 가는 것은 작고 특이한 수집품이 담긴 낡은 스크랩북뿐이다. 마이클과 주고받은 서신들, 그녀의 어릴 적 사진들 그리고 사춘기 때 쓴 시와 낙서들. 동생을 끔찍이도 사랑했고, 사무치게 그리워하는 선하디선한 그녀의 초상이다.

나는 스크랩북을 덮고 다시 침대 밑 제자리에 돌려놓는다. 그리고 안에서 요동치는 더비를 질질 끌며 방을 나선다.

30

나는 입구 홀 어두운 구석의 안락의자에 앉아 에블린의 침실 쪽을 바라보고 있다. 만찬회는 시작됐고, 에블린은 세 시간 후 목숨을 잃게 될 것이다. 나는 그녀가 연못에 이를 때까지 놓치지 않고 바싹 뒤따를 생각이다.

인내력 없는 내 호스트에게는 그야말로 곤욕일 것이다. 하지만 다행스럽게도 내게는 흡연을 즐기는 그를 다스릴 담배가 있다. 담배는 내게도 꽤 유용하다. 그걸 피우면 머릿속이 어질거려 잠시나마 암과 같은 더비를 잊게 되니.

"그들이 준비하고 있습니다."

커닝엄이 담배 연기를 헤치고 불쑥 나타나 내 의자 옆에 쪼그려 앉는다. 그는 의미를 알 수 없는 야릇한 미소를 머금고 있다.

"준비라뇨?"

나는 그를 쳐다보며 말한다.

순간 그의 얼굴에서 미소가 사라진다. 그가 휘청이며 황급히 일어난다.

"죄송합니다, 더비 씨. 다른 분인 줄 알았습니다."

그가 허둥대며 말한다.

"내가 바로 그 다른 사람입니다, 커닝엄. 나라고요, 에이든. 방금 내게 한 얘기, 그게 무슨 소립니까?"

"내게 사람들을 모아보라고 하지 않았습니까."

"아뇨, 그런 적 없는데요."

우리는 어리둥절한 표정으로 서로를 쳐다본다. 커닝엄의 얼굴은 내 뇌만큼이나 구겨져 있다.

"미안해요. 이렇게 얘기하면 당신이 알아들을 거라고 했어요."

"누가요?"

그때 입구 홀 쪽에서 소음이 들려온다. 나는 앉은 채로 그쪽을 돌아본다. 에블린이 두 손으로 얼굴을 감싸 쥔 채 격하게 흐느끼며 대리석 바닥을 가로질러나가고 있다.

"이거 받아요. 난 이만 가볼게요."

커닝엄이 쪽지를 내 손에 쥐여주며 말한다. 나는 쪽지에 적힌 메시지를 확인한다. "그들 모두 다."

"잠깐만요! 이게 무슨 뜻인지는 설명해줘야죠."

나는 다급하게 커닝엄을 불러보지만 그는 이미 어딘가로 사라져버렸다.

그를 따라가보려는 찰나 에블린을 뒤쫓아 나가는 마이클의 모습이 눈에 들어온다. 내가 이곳에 온 이유다. 내가 벨이었을 때 만난 용기 있고 친절한 에블린이 연못에서 목숨을 끊게 될 자멸적 상속녀로 돌변하는 순간.

"에비, 에비, 가지 마. 내가 어떻게 도울 수 있는지 알려달라고."

마이클이 누이의 팔뚝을 움켜쥐고 말한다.

그녀는 세차게 고개를 저어댄다. 샹들리에 불빛을 받은 눈물이 그녀 머리의 다이아몬드만큼이나 반짝거린다.

"난 그냥···."

그녀가 목멘 소리로 말한다.

"난 아무래도···."

그녀는 또다시 고개를 저으며 동생의 손을 뿌리친다. 나를 지나 자신의 침실을 향해 성큼성큼 걸어나간다. 떨리는 손으로 간신히 자물쇠를 푼 그녀는 문을 거칠게 닫고 방으로 들어가버린다. 낙담하며 지켜본 마이클이 큰 식당으로 향하는 마들렌의 쟁반에서 포트와인이 담긴 글라스를 집어 든다.

그는 단숨에 글라스를 비운다. 그의 볼은 벌겋게 상기되었다.

그가 그녀의 손에서 쟁반을 낚아채 들고 하녀를 에블린의 침실 쪽으로 떠민다.

"이건 신경 쓰지 말고 네 주인에게 가봐."

졸지에 셰리와 포트와인과 브랜디를 넘겨받은 그는 최대한 품위를 지키려 애쓰는 모습이다. 하지만 서른 개나 되는 글라스를 어떻게 처리해야 할지 몰라 난감해하는 표정이 역력하다.

나는 자리에 앉은 채로 마들렌을 지켜본다. 그녀가 열심히 노크 해보지만 에블린의 문은 열리지 않는다. 시간이 흐를수록 하녀는 점점 더 불안해한다. 마침내 그녀는 포기하고 입구 홀로 돌아온다. 마이클은 아직도 쟁반 놓을 곳을 찾아 같은 자리를 빙빙 맴도는 중이다.

"죄송합니다만 아씨께서는···."

마들렌이 절망의 제스처를 해보인다.

"괜찮아, 마들렌."

마이클이 지친 목소리로 말한다.

"에블린에게 시간을 좀 줘야겠어. 나중에 필요해지면 누이가 부를 테니까 자네도 너무 걱정하지 마."

마들렌은 어쩔 줄 몰라 하며 에블린의 침실을 다시 돌아본다. 그리고 잠시 머뭇거리다가 주방으로 통하는 하인 전용 계단을 내려가버린다.

쟁반을 든 채 좌우를 살피던 마이클이 자신을 빤히 쳐다보는 나를 발견한다.

"나, 정말 바보 같아 보이지 않는가?"

그가 얼굴을 붉히며 말한다.

"그보다는 서투른 웨이터를 보는 것 같네."

나는 퉁명스럽게 말한다.

"만찬회가 자네 계획대로 흘러가지 않은 모양이군."

"레이븐코트 때문에 골치가 아파 죽겠네."

마이클이 안락의자의 푹신한 팔걸이에 쟁반을 위태롭게 내려놓는다.

"혹시 담배 가진 거 있나? 있으면 한 대만 주게."

나는 그에게 담배를 건네고 불까지 붙여준다.

"자네 누이가 정말로 그와 결혼을 하게 됐나?"

"우린 이제 빈털터리 신세가 됐다네."

그가 한숨을 내쉬고는 담배를 길게 한 번 빤다.

"아버지는 매물로 나온 모든 빈 광산과 말라 죽은 농장을 닥치는 대로 사들이고 계시네. 앞으로 일이 년 후면 우리 커피가 다 말라버릴 거야."

"에블린과 자네 부모님 사이에 갈등이 좀 있지 않았나. 그녀는 왜 굳이 이 길을 택한 거지?"

"날 위해서."

그가 고개를 저으며 말한다.

"부모님이 누나를 협박했다네. 시키는 대로 하지 않으면 더 이상 나를 아들로 여기지 않겠다시면서 말이야. 누나에게 큰 죄를 지은 기분일세."

"분명 다른 방법이 있을 텐데."

"아버지가 당신의 직함을 이용해 은행 몇 곳에서 돈을 짜내셨네. 만약 제때 그 빚을 갚지 못하면 우린… 여생을 가난하고 비참하게 살게 될 걸세. 불 보듯 뻔하지 않은가."

"대부분 사람들이 그렇게 살고 있지."

"적어도 그들은 충분한 연습을 거치지 않았나."

그가 대리석 바닥 위로 재를 털며 말한다.

"그건 그렇고, 자넨 어째서 머리에 붕대를 두르고 있나?"

나는 겸연쩍게 손을 올려 붕대를 만져본다. 그동안 머리 부상을 까맣게 잊고 있었다.

"스탠윈에게 호되게 당했다네. 그가 펄리시티 매덕스라는 사람을 놓고 에블린과 언쟁을 벌이는 걸 우연히 듣게 됐지. 들어가서 말려보려고 하다가 이렇게 돼버렸다네."

"펄리시티?"

그가 그 이름에 즉각 반응한다.

"자네도 아는 사람인가?"

그는 담배를 또 한 모금 빨았다가 천천히 연기를 내뿜는다.

"누나의 오랜 친구일세. 그들이 왜 그녀를 놓고 싸웠을까? 에블린은 근래 들어 그녀를 본 적도 없었는데."

"그녀는 지금 블랙히스에 와 있다네. 그녀가 우물에 에블린에게 전하는 쪽지를 숨겨뒀어."

"그게 사실인가?"

그가 회의적인 반응을 보인다.

"그녀는 초대 손님 명단에 끼지 못했네. 에블린도 내게 그녀 얘기 하지 않았고."

그때 요란한 소음과 함께 문간에 나타난 디키 박사가 나를 향해 달려온다. 그가 내 어깨에 한 손을 얹고 내 귀로 자신의 입을 바짝 가져간다.

"자네 모친이…."

그가 속삭인다.

"자, 날 따라오게."

내용은 알 수 없지만 심각한 문제인 듯하다. 분명 마음에 품고 있을 나에 대한 반감을 조금도 드러내지 않는 걸 보면.

나는 마이클에게 사과의 한마디를 남기고 의사를 따라나선다. 발을 내디딜 때마다 불안감이 점점 커져간다. 그가 어머니의 침실로 나를 데리고 들어간다.

창문은 활짝 열려 있고, 밖에서는 쌀쌀한 돌풍이 몰아치고 있다. 한쪽에 켜둔 촛불은 위태롭게 흔들거린다. 눈이 어둠에 완전히 적응되자 비로소 그녀의 모습이 보인다. 밀리센트는 평온하게 침대에 누워 있다. 그녀의 눈은 감겨 있고, 가슴은 들썩이지 않는다. 마치 잠깐 눈을 붙이기 위해 커버 밑으로 기어 들어간 사람 같아 보인다. 그녀는 만찬회를 위해 옷을 챙겨 입던 중이었다. 회색 머리는 평소와 달리 단정하게 빗긴 상태다.

"상심이 클 줄로 아네, 조너선. 자넨 모친과 각별한 사이였지 않은가."

순간 비탄이 찾아든다. 이 여자가 내 어머니가 아님을 알면서도 내게 들러붙은 비탄은 떨어져나갈 줄 모른다.

갑자기 눈물이 왈칵 쏟아진다. 나는 몸을 바르르 떨며 그녀의 침대 옆 나무 의자로 다가가 앉는다. 그리고 아직 온기가 남은 그녀의 손을 살며시 잡아 쥔다.

"심장마비였네."

디키 박사가 고뇌에 찬 목소리로 말한다.

"예고도 없이 불쑥 찾아왔을 걸세."

침대 반대편에 선 그는 나만큼이나 괴로워하고 있다. 그가 촉촉해진 눈가를 훔치고 창문을 닫는다. 바람이 뚝 멎자 요동치던 촛불이 안정을 되찾는다. 따스한 황금색 불빛이 방 안에 퍼진다.

"제가 미리 경고를 해드리면 안 될까요?"

문득 떠오른 생각이다.

그는 잠시 어리둥절해하다가 온화한 목소리로 대답한다.

"아니."

그가 고개를 저으며 말한다.

"제때 경고해드릴 순 없었을 걸세."

"아뇨, 그게 아니라 제 말은…."

"그저 모친의 시간이 왔을 뿐이네, 조너선."

그가 나지막이 말한다.

나는 대꾸 없이 고개만 끄덕인다. 그는 계속 위로의 말을 쏟아내지만 내 귀에는 한마디도 들어오지 않는다. 내 비탄은 바닥없는 우물 같다. 추락하는 내가 할 수 있는 일이라고는 언젠가는 바닥에 닿기를 바라는 것뿐이다. 내가 우는 건 비단 밀리센트 더비 때문만은 아니다. 깊이를 알 수 없는 우물 속에는 내 호스트의 비탄보다도 깊은 무언가가 잠겨 있다. 에이든 비숍의 비밀. 내 안에서는 원초적이고 극단적이고 한없이 슬퍼하면서도 잔뜩 성이 나 있는 무언가가 꿈틀대는 중이다. 더비의 비탄이 칠흑 같은 어둠 속에서 파헤쳐낸 그것은 아무리 애를 써도 손에 닿지 않는다.

그냥 묻어둬.

"그게 뭐지?"

네 일부일 뿐이야. 그냥 놔둬.

그때 문에서 노크 소리가 들려온다. 시계를 들여다보고 나서야 어느새 한 시간이 흘러가버렸음을 깨닫는다. 의사는 보이지 않는다. 나 몰래 슬쩍 빠져나간 모양이다.

에블린이 문틈으로 고개를 불쑥 들이민다. 그녀의 얼굴은 창백하고, 찬바람을 쐬다 들어와서인지 볼은 빨갛다. 그녀는 여전히 야회복 차림이다. 옷 곳곳은 심하게 주름져 있다. 그녀의 긴 베이지색 외투의 주머니 밖으로 작은 왕관이 삐죽 튀어나와 있다. 진흙과 낙엽으로 뒤덮인 웰링턴 장화를 보니 벨과 묘지에 다녀온 모양이다.

"에블린…."

비애에 목이 메온다.

에블린이 방 안 풍경을 슥 둘러보고는 혀를 차며 들어온다. 그녀는 곧장 탁자로 다가가 위스키를 따라 온다. 내가 시큰둥하게 굴자 그녀는 글라스를 기울여 단숨에 넘기게 한다.

나는 욕지기를 내며 글라스를 밀어낸다. 내 턱을 타고 흐른 위스키가 바닥에 뚝뚝 떨어진다.

"어째서 당신은…."

"당신의 현재 상태로는 날 도울 수 없으니까요."

"돕는다고요?"

그녀는 나를 유심히 쳐다보며 골똘한 생각에 잠긴다.

잠시 후, 그녀가 내게 손수건을 쥐여준다.

"턱 닦아요. 칠칠치 못하게. 미안하지만 당신의 오만한 얼굴과 비애는 잘 어울리지 않아요."

"어떻게…."

"설명하자면 길어요. 알다시피 우리에겐 남은 시간이 얼마 없잖아요."

나는 멍한 얼굴로 앉아 복잡해진 머릿속을 정리해본다. 레이븐 코트의 명석한 두뇌가 절실한 상황이다. 지금껏 많은 일이 벌어졌지만 그것들을 하나의 퍼즐로 짜 맞추는 건 쉬운 일이 아니다. 꼭 뿌연 돋보기로 단서를 살피고 있는 기분이다. 에블린이 차분하게 시트를 끌어와 밀리센트의 얼굴에 덮어준다. 너무나도 경황이 없어 미처 챙기지 못한 부분이다.

만찬회에서 약혼을 문제 삼아 짜증을 냈던 건 능청스러운 연기였던 모양이다. 지금 그녀에게서는 언짢아하는 모습이 조금도 엿보이지 않는다. 눈은 반짝거리고 목소리는 사색적이다.

"오늘 밤에 죽어야 하는 사람은 나 혼자가 아니었군요."

그녀가 노파의 머리를 살살 쓸어내리며 말한다.

"마음이 좋지 않네요."

내 손에서 글라스가 떨어진다.

"그럼 당신도 알고 있었던…."

"네, 연못에서…. 알고 있었어요. 신기하죠? 안 그런가요?"

그녀는 꿈을 꾸고 있는 듯한 모습이다. 마치 한때 들은 적 있지만 지금은 어렴풋하게만 기억하는 내용을 설명하는 듯한 모습. 진지한 말투가 아니었다면 그녀의 정신 상태를 의심했을 것이다.

"알면서도 태평하군요."

나는 조심스레 말한다.

"오늘 아침엔 완전 딴판이었어요. 홧김에 벽을 걷어차 구멍을 내놓기까지 했다니까요."

에블린의 손이 화장대 가장자리를 살살 더듬어나가다가 밀리센트의 보석상자를 열고 진주 손잡이 달린 브러시를 만지작거린다. 하마터면 그녀의 존경 어린 눈빛을 탐욕으로 오해할 뻔했다.

"당신을 죽이려 하는 자가 누군가요, 에블린?"

나는 불안감을 떨치지 못한 채 묻는다.

"그건 나도 몰라요. 잠에서 깨보니 누군가가 방문 밑으로 편지를 밀어 넣어놨더라고요. 아주 구체적인 지시 사항이 적혀 있었어요."

"보낸 이는 모르고요?"

"래시턴 순경이 뭔가 짚이는 게 있다고 했어요. 하지만 그게 뭔지는 끝내 알려주지 않더군요."

"래시턴?"

"당신 친구 있잖아요. 그에게 들었어요. 당신이 수사에 도움준 적이 있었다면서요?"

그녀의 목소리에서는 의심과 혐오감이 묻어난다. 하지만 지금은 그런 것에 기분 나빠할 정신이 아니다. 그 래시턴이라는 자도 호스트 중 하나인가? 어쩌면 커닝엄에게 '그들 모두 다'라는 메시지가 남긴 쪽지를 전달하고 몇몇 사람을 불러 모으도록 지시한 것도 그였는지 모른다. 어쨌든 중요한 건 그가 용케도 나를 자신의 계획에 빠뜨려 넣는 데 성공했다는 사실이다. 그를 신뢰할 수 있는지는 또 다른 문제다.

"래시턴과는 어디서 만났죠?"

"더비 씨,"

그녀가 단호하게 말한다.

"여기 앉아서 당신의 모든 질문에 답을 내주고 싶지만 우리에겐 그럴 시간이 없어요. 십 분 후에 연못으로 나가봐야 하거든요. 일 분도 늦어선 안 돼요. 실은 그것 때문에 들어온 거예요. 난 당신이 의사에게 받은 은색 권총이 필요해요."

"설마 정말로 목숨을 끊으려는 건 아니겠죠?"

나는 화들짝 놀라며 묻는다.

"당신 친구들이 살인자의 정체를 밝혀내기 직전이라고 들었어요. 시간이 조금 더 필요하다죠? 내가 제때 나타나지 않으면 살인자는 뭔가 잘못됐다는 걸 알고 즉각 조치를 취할 거예요."

나는 두 걸음 성큼 걸어 그녀에게 바짝 다가선다. 온몸에서 맥박이 요동친다.

"그들이 배후 인물을 알고 있다는 얘긴가요?"

나는 흥분하며 묻는다.

"그게 누구인지 그들이 암시를 주진 않았나요?"

에블린은 밀리센트 더비의 카메오▲ 하나를 집어 들고 불빛에 비춰본다. 파란색 레이스 위에 얹힌 상아를 깎아 만든 얼굴. 그녀의 손이 바르르 떨린다. 그녀가 처음 내보인 두려움의 흔적이다.

"아뇨. 하지만 곧 정체가 드러날 거예요. 내가 최종적으로 뭔가를 강요받기 전에 당신 친구들이 날 구해줄 거라 믿어요."

▲ 바탕색과 다른 색깔로 보통 사람의 얼굴을 양각한 장신구.

"최종적으로?"

"쪽지엔 아주 구체적인 메시지가 담겨 있었어요. 정각 11시에 연못에 나가 자살하지 않으면 내가 깊이 사랑하는 누군가가 나 대신 죽을 거라더군요."

"펄리시티? 당신이 우물에서 그녀의 쪽지를 찾아 챙겼다는 걸 알아요. 어머니 문제로 그녀에게 도움을 요청했죠? 마이클은 그녀가 오랜 친구라고 했어요. 혹시 그녀가 위험에 처해 있나요? 누군가가 그녀를 인질로 붙잡아두고 있는 거예요?"

어쩌면 그것이 내가 지금껏 그녀를 찾아내지 못한 이유인지도 모른다.

보석상자의 뚜껑이 덜거덕거리며 닫힌다. 에블린이 화장대에 두 손을 얹어놓은 채로 돌아서서 나를 쳐다본다.

"조급하게 굴어 미안하지만, 당신 지금 빨리 가봐야 할 데가 있지 않나요? 누군가가 당신에게 돌을 지켜보라는 주문을 전해달라고 했어요. 그렇게만 얘기하면 당신이 알 거라면서 말이죠."

나는 고개를 끄덕인다. 오늘 오후 애나가 당부했던 내용이다. 오늘 밤 나는 에블린이 자살할 때 그것 옆에 서 있어야 한다. 그녀는 절대 움직이지 말고 끝까지 자리를 지켜줄 것을 강조했다.

"여기서 내가 할 일이 끝났으니 이만 가볼게요. 은색 권총은 어디 있죠?"

그녀의 자그마한 손에 쥔 권총은 무기라기보다는 장식품에 가까워 보인다. 이런 하찮은 도구로 목숨을 끊으려 하다니. 어쩌면 그런 이유로 권총을 선택했는지도 모른다. 죽어가는 순간에도 수치심에 휩싸일 수 있도록. 살인자는 에블린의 죽음만으로는 성에 차지 않는 모양이다. 그녀에게 이토록 모멸감까지 떠안기려는 걸 보면.

살인자는 그녀로부터 모든 선택권을 앗아가버렸다.

"오늘은 아주 우아하게 죽겠는걸요."

에블린이 권총을 내려다보며 말한다.

"이따 늦지 말아요, 더비 씨. 내 목숨은 당신에게 달렸어요."

그녀는 마지막으로 보석상자를 흘끔 돌아보고 나서 방을 나가
버린다.

31

나는 추위에 덜덜 떨며 애나가 조심스레 놓아둔 돌 앞에 우뚝 서 있다. 왼편에는 화로가 버티고 있지만 나는 끝내 움직이지 않는다. 내가 왜 이곳에 왔는지 모르겠다. 하지만 나는 몸속 피가 바짝 얼어붙을 때까지 이 자리를 지킬 것이다. 이것이 에블린을 살리는 계획의 일환인지도 모르니.

내 시선이 나무 쪽으로 돌아간다. 어둠 속에 몸을 반쯤 숨긴 흑사병 의사가 눈에 들어온다. 그는 연못에 눈길 한번 주지 않는다. 레이븐코트의 눈으로 지켜보았을 때와는 딴판이다. 그의 시선은 오른쪽으로 살짝 돌아가 있다. 고개가 돌아간 각도를 보니 누군가와 대화를 나누고 있는 것 같다. 내가 서 있는 곳에서는 그의 대화 상대가 누구인지 확인할 길이 없다. 어쨌든 고무적인 풍경이다. 에블린은 내 호스트들 중 누가 동지인지 알아냈다고 했다. 어쩌면 덤불 속 어딘가에 필요할 때 튀어나와 그녀를 구해낼 누군가가 숨어 있는지도 모른다.

에블린은 정각 11시에 맞춰 나타난다. 그녀는 축 늘어진 손에 은색 권총을 쥐고 있다. 그림자를 벗어난 그녀는 쭉 늘어선 화로를 따라 걸음을 옮긴다. 그녀의 파란색 야회복 자락은 잔디에 살며시 끌리고 있다. 나는 잽싸게 달려가 그녀의 손에서 권총을 낚아채고 싶은 충동에 빠진다. 하지만 시야 밖 어딘가에서 투명한 손이 불가해한 레버를 마구 잡아당기고 있음을 잊어서는 안 된다. 이제 곧 누군가가 요란하게 부르는 소리가 들려올 것이다. 내 미래 호스트 중 하나는 어둠 속으로 맹렬히 달려 들어가 에블린에게 살인자가 잡혔다고, 이제 모든 게 끝났다고 알려줄 것이다. 그녀는 권총을 떨어뜨릴 것이고 펑펑 울며 고맙다는 말을 반복해 읊어댈 것이다. 그러는 동안 대니얼은 애나와 내가 이곳을 탈출할 방법을 가져올 것이고.

이 게임이 시작된 이래 처음으로 나는 거대한 무언가의 일부가 돼버린 듯한 기분을 느낀다.

갑자기 기운이 샘솟는다. 나는 두 발에 잔뜩 힘을 주고 지정된 자리를 꿋꿋이 지킨다.

에블린이 물가에 멈춰 서서 주변 나무를 찬찬히 둘러본다. 흑사병 의사를 미처 발견하지 못한 그녀는 다시 시선을 거둔다. 그녀의 몸이 불안정하게 흔들리고 있다. 마치 자신의 귀에만 들리는 선율에 몸을 맡긴 것처럼. 화로 불빛을 받아 반짝거리는 그녀의 다이아몬드 목걸이는 꼭 그녀의 목을 타고 흐르는 액화液火를 보는 듯하다. 그녀의 몸이 덜덜 떨린다. 얼굴에서는 절박함이 묻어난다.

뭔가가 잘못됐어.

나는 무도회장 쪽을 돌아본다. 레이븐코트는 창가에 서서 간절한 눈빛으로 친구를 바라보고 있다. 마침내 그의 입이 열린다. 하지만 손을 쓰기에는 너무 늦어버렸다.

"신이여, 도와주소서."

에블린이 밤에 대고 속삭인다.

눈물이 그녀의 볼을 타고 흘러내린다. 그녀가 총구를 자신의 복부에 갖다 붙이고 방아쇠를 당긴다.

고막을 찢을 듯이 요란한 총성이 세상을 뒤흔든다. 비통에 찬 내 울부짖음도 그 소리에 파묻혀버리고 만다.

무도회장은 순간 정적에 휩싸인다.

화들짝 놀란 얼굴들이 연못을 일제히 돌아본다. 에블린은 피가 배어 나오는 복부를 움켜쥔 채 서 있다. 그녀는 어리둥절한 표정이다. 마치 받아서는 안 되는 무언가를 받기라도 한 듯이. 그녀는 상황을 파악하기도 전에 잠시 휘청대다가 물 위로 고꾸라진다.

기다렸다는 듯 밤하늘에서 폭죽이 터지기 시작한다. 유리문으로 우르르 몰려나온 손님들은 새근거리며 하늘을 올려다본다. 누군가가 나를 향해 맹렬히 달려오고 있다. 발소리가 나는 쪽으로 돌아서는 순간 몸을 날린 그들에게 떠밀려 쓰러지고 만다.

그들이 허둥대며 몸을 일으킨다. 한 사람은 내 얼굴을 할퀴고, 또 다른 한 명은 무릎으로 내 복부를 찍어내린다. 순식간에 더비의 불같은 성질에 압도당한 나는 격노의 괴성을 지르며 어둠 속 형체들에게 주먹을 날린다. 내게 붙잡힌 그들은 몸을 뒤틀어대며 강하게 저항한다.

하인들이 달려와 우리를 부축해 일으킨다. 랜턴 불빛이 우리에게 쏟아진다. 몹시 화가 난 마이클 하드캐슬이 억센 커닝엄에게서 벗어나려 안간힘을 다하고 있다. 풀려나는 순간 그는 축 늘어져 있는 에블린에게 냅다 달려갈 게 뻔하다.

나는 어리둥절한 얼굴로 그를 쳐다본다.

바뀌었어.

깨달음이 찾아드는 순간 무릎이 탁 풀려버린다. 나는 하인에게 붙잡힌 채 연못 쪽을 돌아본다.

내가 레이븐코트 안에 갇혀 이 사건을 목격했을 때 마이클은 누나에게 찰싹 달라붙어 있었다. 하지만 지금은 트렌치코트 차림의 키 큰 남자가 그녀를 물에서 끌어내는 중이다. 그는 에블린을 눕히고 디키가 벗어준 재킷으로 그녀의 피투성이 얼굴을 덮는다.

마침내 하인이 나를 놓아준다. 나는 무릎을 꿇고 앉아 커닝엄에게 이끌려 가는 마이클 하드캐슬을 바라본다. 나는 이 기적의 순간을 제대로 이해해보려 애쓴다. 머리를 굴려대는 동안 눈은 쉴 새 없이 좌우로 흔들린다. 디키 박사는 에블린의 시신 옆에 무릎을 꿇고 책임자로 보이는 남자와 무언가를 의논하고 있다. 무도회장 소파로 돌아간 레이븐코트는 지팡이 너머로 몸을 기울인 채 골똘한 생각에 잠겨 있다. 끔찍한 바깥 상황을 모르는 술 취한 손님들은 밴드에게 몰려가 연주를 계속 이어갈 것을 주문하고, 하릴없이 서성이는 하인들은 재킷으로 덮인 시신에게 다가갈 때마다 성호를 그어댄다.

나는 오랫동안 어둠 속에 앉아 눈앞에서 펼쳐지는 충격적인 광경을 지켜본다. 손님들이 트렌치코트 입은 사내의 안내에 따라 다시 저택으로 들어갈 때까지. 에블린의 시신이 이미 어딘가로 옮겨질 때까지. 밤의 한기 속에서 내 몸은 뻣뻣하게 굳어져간다.

그때 풋맨이 시야에 불쑥 들어온다.

저택 모퉁이를 돌아 나온 그는 허리에 작은 부대를 두르고 있다. 그의 손에서는 피가 뚝뚝 떨어지고 있다. 그가 칼을 꺼내 들고 화로 가장자리에 살살 문지르기 시작한다. 칼날을 가는 것인지 아니면 그냥 데우려는 것인지 알 길이 없다. 그는 자신의 그런 행동을 내가 똑똑히 봐주기를 바라는 듯하다. 금속과 금속이 서로 문지르는 섬뜩한 소리를 내가 똑똑히 들어주기를.

그는 나를 빤히 지켜보고 있다. 보나 마나 내 반응을 기다리는 것이리라. 아무리 봐도 그는 하인 같지가 않다. 빨간색과 하얀색의 풋맨 제복을 걸치고 있기는 하지만 굴종하는 태도는 조금도 엿보이지 않는다. 그는 키가 크고 삐삐 말랐다. 흐느적거리며 움직이는 그는 짙은 금발에 눈물방울 모양 얼굴을 가지고 있다. 가식적으로 보이지만 충분히 매력적으로 비치는 능글맞은 미소 위에서는 까만 눈이 번뜩인다. 물론 부러진 코도 빼놓을 수는 없다.

퉁퉁 부은 자줏빛 코가 그의 이목구비를 흉측하게 뒤틀어놓았다. 불빛을 받은 그의 모습이 인간처럼 꾸미고 나온 괴물을 연상시킨다.

풋맨이 칼을 들고 유심히 살펴본다. 만족스러운 표정을 짓더니 칼로 허리에 두른 부대를 끊어 내 앞으로 휙 던진다.

부대는 둔탁한 소리를 내며 떨어진다. 피로 얼룩진 그것은 졸라매는 끈으로 봉해져 있다. 그는 내가 부대를 열어보기를 바라겠지만 나는 그가 원하는 대로 순순히 따를 마음이 없다.

나는 일어나서 재킷을 벗고 뻣뻣해진 목을 주무른다.

머릿속에서 내게 달아나라고 소리쳤던 애나의 비명이 메아리친다. 그녀가 옳다. 나는 이 상황을 두려워해야 한다. 아마 다른 호스트 안에 갇혀 있었다면 분명 겁을 집어먹었을 것이다. 이건 명백한 함정이다. 하지만 이제는 이 남자를 두려워하는 것에 진절머리가 난다.

단호한 결의를 앞세워 당당히 맞서 싸울 때가 온 것이다.

우리는 한동안 서로를 응시한다. 빗줄기가 굵어지고 바람이 거세진다. 예상대로 풋맨이 먼저 움직인다. 그는 홱 돌아서서 어둠에 묻힌 숲으로 쏙 들어가버린다.

나는 미치광이처럼 고함을 치며 그를 뒤쫓는다.

숲으로 들어서자 주변 나무가 나를 에워싼다. 잔가지는 얼굴을 할퀴어대고, 나뭇잎은 점점 무성해져간다.

다리가 아파오지만 나는 그의 발소리가 들리지 않을 때까지 달음박질을 멈추지 않는다.

마침내 미끄러지듯 멈춰 서서 숨을 할딱이며 주변을 살핀다.

그때 그가 불쑥 튀어나와 내 입을 막아 쥔다. 내 옆구리로 파고든 칼날이 뼈와 살을 가르며 흉곽까지 올라간다. 목구멍에서는 피가 솟구친다. 이내 다리가 풀려버리지만 그의 억센 팔뚝에 붙잡힌 나는 쓰러지지 않는다. 그가 가쁜 숨을 몰아쉰다. 그는 지친 게 아니라, 한껏 기대에 부푼 것이다.

그가 성냥을 켜고 내 얼굴을 비춘다.

그는 내 앞에 무릎을 꿇고 앉아 까만 눈으로 나를 매섭게 노려본다.

"토끼 주제에 용감하군."

그가 칼로 내 목을 긋는다.

32

여섯째 날

"일어나요! 정신 차려요, 에이든!"

누군가가 내 침실 문을 요란하게 두드리고 있다.

"당장 일어나요, 에이든. 에이든!"

나는 피로를 애써 삼키고 눈을 깜빡여본다. 땀에 흠뻑 젖은 채 의자에 앉아 있다. 뒤틀린 옷이 내 몸을 조이고 있다. 밤인 모양이다. 가까운 테이블에서는 양초가 타들어가고 있다. 내 무릎에는 타탄 무늬 담요가 덮여 있고, 책장 모서리가 잔뜩 접힌 책에는 노인의 쪼글쪼글한 손이 얹혀 있다. 잉크 얼룩과 검버섯으로 뒤덮인 주름진 살 위로 얽히고설킨 정맥이 흉측하게 튀어 올라와 있다. 나는 뻣뻣한 손가락을 구부려본다.

"에이든, 제발!"

복도에서 누군가의 목소리가 애원한다.

나는 의자에서 일어나 천천히 문으로 다가간다. 마치 성난 말벌 떼에 쏘인 듯 온몸이 욱신거린다. 경첩이 덜렁거리고, 문의 밑면이 바닥을 훑는다. 문이 열리자 문틀에 몸을 기댄 채 서 있는 그레고리 골드의 멀쑥한 모습이 눈에 들어온다. 그는 집사에게 달려들었을 때 옷차림 그대로다. 진흙이 튄 야회복 재킷은 갈가리 찢긴 상태다. 그는 가쁜 숨을 몰아쉬고 있다.

그는 애나가 내게 준 체스 말을 쥐고 있다. 뿐만 아니라 그는 내 본명도 알고 있다. 내 또 다른 호스트임이 틀림없다. 그는 마치 지옥에 끌려갔다 돌아온 사람처럼 흐트러지고 불안해하고 있다.

나를 보자마자 그가 내 어깨를 꼭 움켜쥔다. 벌겋게 충혈된 그의 까만 눈이 심하게 요동친다.

"마차에서 내리지 말아요."

그가 침을 튀기며 말한다.

"무슨 일이 있어도 절대 마차에서 내리면 안 됩니다."

그가 발산하는 공포는 이내 내게 감염되어 온몸에 퍼진다.

"대체 무슨 일이 있었던 거죠?"

나는 떨리는 목소리로 묻는다.

"그가… 그가 멈추질 않아서…."

"뭘 멈추지 않았다는 겁니까?"

골드가 고개를 저으며 자신의 관자놀이를 두들긴다. 눈물이 그의 볼을 타고 흘러내린다. 그를 어떻게 위로해야 할지 모르겠다.

"뭘 멈추지 않았다는 거죠, 골드?"

"칼로…."

그가 소매를 걷고 자상으로 덮인 팔뚝을 내보인다. 첫날 아침, 막 깨어난 벨이 자신의 팔뚝에서 발견한 것과 똑같은 상처다.

"당신은 그러고 싶지 않을 겁니다. 안 그러고 싶을 거예요. 하지만 결국에는 그녀를 포기하게 될 겁니다. 그들에게 다 털어놓게 될 거고요. 모든 걸 다. 당신은 그러고 싶지 않겠지만 결국에는 다 불어버릴 거예요."

그가 횡설수설한다.

"두 명이에요. 둘. 똑같이 생겼지만 그들은 둘이에요."

그는 제정신이 아니다. 그에게는 온전한 정신이 조금도 남아 있지 않다. 나는 그에게 들어오라고 손짓하지만 그는 겁을 먹고 뒤로 물러난다. 등이 벽에 닿자 그가 다시 입을 연다.

"절대 마차에서 내리면 안 됩니다."

그가 속삭이고는 돌아서서 복도를 따라 내달리기 시작한다.

나는 그를 뒤쫓으려다 말고 되돌아와 양초를 챙긴다. 하지만 복도는 이미 텅 비어버렸다.

33

둘째 날 (계속)

집사의 몸, 집사의 고통, 진정제가 안겨준 묵직한 느낌.

고향으로 돌아온 기분이다.

완전히 깨지 않은 상태에서 나는 또다시 스르르 잠에 빠져들려 하고 있다.

날은 점점 어두워지는 중이다. 작은 방 안에서는 산탄총을 손에 쥔 남자가 제자리를 빙빙 맴돌고 있다.

흑사병 의사가 아니다. 골드도 아니고.

내 신음 소리를 듣고 그가 돌아본다. 그의 얼굴은 그림자 속에 파묻혀 제대로 보이지 않는다.

나는 입을 열어보지만 아무 말도 흘러나오지 않는다.

나는 다시 눈을 감고 잠으로 되돌아간다.

34

여섯째 날 (계속)

"아버지."

나는 깜짝 놀라며 눈을 뜬다. 빨간 머리와 주근깨로 덮인 소년의 얼굴이 내 앞으로 불쑥 들이밀어져 있다. 그의 파란 눈이 번뜩인다. 어느새 노인의 몸으로 되돌아온 나는 의자에 앉아 있다. 무릎에는 타탄 무늬 담요가 덮여 있다. 소년이 뒷짐을 진 채 몸을 푹숙인다. 마치 자신의 두 손을 신뢰하지 못하는 사람처럼.

내가 매섭게 쏘아보자 그가 주춤 물러난다.

"9시 15분에 깨워달라고 하셨습니다."

그가 쭈뼛대며 말한다.

그에게서는 스카치위스키와 담배와 공포의 냄새가 풍긴다. 그의 눈 흰자위는 노랗게 변해 있다. 그는 누군가에게 쫓기기라도 하는 듯 불안해하는 표정이다. 총구를 앞에 둔 짐승처럼.

촛불은 꺼진 지 오래다. 벽난로 안에는 잿더미가 수북하다. 창밖은 서서히 밝아오는 중이다. 집사의 몸으로 돌아간 나는 골드가 방문하고 나서 깜빡 잠에 빠져든 모양이었다. 그랬던 기억은 없지만. 골드가 겪은 수난은 이제 곧 내가 겪게 될 것이고, 바로 그 공포가 나를 이른 새벽까지 잠 못 이루게 했다.

마차에서 내리지 말아요.

그것은 경고이자 애원이었다. 그는 내가 이날의 결과를 어떻게든 바꿔놓기를 기대하고 있다. 상상만으로도 짜릿하지만 또 한 편으로는 심란하기가 그지없다. 충분히 가능한 일이라는 걸 안다. 직접 눈으로 확인했으니. 하지만 내가 움직이면 과연 풋맨이 가만히 두고만 보겠는가? 어쩌면 우리는 쳇바퀴 속에 갇힌 지도 모른다. 그 안에서 서로 상대의 계략을 무력화시키려 쉴 새 없이 바둥대고 있는지도. 정답이 무엇인지는 중요하지 않다. 문제는 어떻게 그 답을 흑사병 의사에게 무사히 전달하느냐다.

기회가 닿는 대로 그 화가부터 만나봐야 한다.

나는 앉은 채로 몸을 들썩인다. 타탄 무늬 담요를 잡아 끌자 그가 움찔한다. 그는 바짝 긴장한 채 곁눈질로 나를 지켜본다. 딱하기도 하지. 용기를 잃은 것으로도 모자라 겁쟁이라는 오명까지 떠안게 됐으니. 내 안에서 꿈틀대는 연민이 내 호스트를 당황시킨다. 그는 아들을 무척 혐오하고 있다. 그는 아들의 온순함에 극도로 화가 난 상태다. 아들의 침묵을 모욕으로 여긴다. 그의 눈에 아들은 용서받지 못할 실패자로만 비칠 뿐이다.

내 유일한 혈육.

나는 고개를 젓는다. 호스트의 한탄에 젖어들지 않으려 애써본다. 벨, 레이븐코트 그리고 더비에 대한 기억은 안개처럼 뿌예져버렸다. 이번 호스트의 삶은 너무나도 어수선해 정신이 없다.

담요가 호스트의 병약함을 짐작케 해주지만 나는 아랑곳 없이 자리에서 벌떡 일어난다. 호스트는 생각보다 키가 크다. 나를 본 아들이 화들짝 놀라며 한쪽 구석 그림자 속으로 쏙 들어가버린다.

실제 거리는 얼마 되지 않지만 눈이 좋지 않은 내 호스트에게는 너무 멀게만 느껴진다. 나는 안경을 찾아 주변을 더듬거려본다. 내 호스트는 나이를 약점으로 여긴다. 박약해진 의지라면서. 안경도, 지팡이도, 나를 도와줄 사람도 없다. 앞으로 내가 떠안게 될 모든 부담은 나 혼자서만 짊어져야 한다.

아들은 불안해하는 얼굴로 나를 지켜보고 있다. 꼭 불길하게 몰려오는 구름을 올려다보는 사람 같다.

"할 말 있으면 해보거라."

답답해진 나는 퉁명스럽게 말한다.

"오후 사냥에서 빠지고 싶은데요."

그의 말이 내 발 앞에 조심스레 놓인다. 굶주린 늑대 앞에 놓인 두 마리의 죽은 토끼.

별 것 아닌 요청이 내 신경을 건드린다. 세상에 사냥을 원치 않는 사내가 있나? 남자답게 세상 위에 당당히 올라설 생각은 못 할망정 변두리로 몰래 숨어 다니려고만 하다니. 단칼에 거부하고 싶어진다. 자신이 누구인지 똑똑히 일깨워줄 필요를 느낀다. 하지만 나는 끓어오르는 충동을 애써 억누른다. 함께 다니지 않는 것이 서로의 행복을 위해 좋을 테니까.

"좋을 대로 해."

나는 손을 살랑거리며 말한다.

"고맙습니다, 아버지."

내가 마음을 바꾸기 전에 그가 황급히 방을 나선다. 홀로 남자 호흡이 안정된다. 꼭 쥐었던 주먹도 이제야 풀린다. 가슴을 움켜 쥐고 흔들어대던 분노가 사그라들자 나는 내 모습을 비춰볼 거울을 찾아보기 시작한다.

침대 옆 탁자에는 법과 관련된 두꺼운 책들이 수북이 쌓여 있다. 에드워드와 레베카 댄스 앞으로 부친 무도회 초대장은 책갈피로 전락해버렸다. 이름을 확인하는 순간 다리가 풀려버린다. 레베카의 얼굴과 향기가 생생히 떠오른다. 곁에서 그녀와 함께하며 느꼈던 감정도. 손가락이 내 목에 두른 로켓⚓을 만지작거린다. 로켓 안에는 그녀의 초상화가 담겨 있다. 눈물짓는 댄스의 가슴이 아려온다. 그가 자신에게 허락한 유일한 사치다.

나는 비탄을 애써 밀쳐내고 손끝으로 초대장을 톡톡 두드리기 시작한다.

"댄스."

나는 웅얼거린다.

한없이 무뚝뚝하기만 한 그에게 전혀 어울리지 않는 이름이다.

그때 정적을 깨고 노크 소리가 들려온다. 손잡이가 천천히 돌아가더니 이내 문이 열린다. 어기적거리며 방으로 들어선 남자는 육중한 체구의 소유자다. 그가 자신의 백발을 북북 긁어대자 하얀 비듬이 사방으로 튄다. 하얀 구레나룻을 기른 그는 구겨진 파란 정장 차림이다. 눈은 빨갛게 충혈돼 있고. 헝클어진 모습만 아니라면 꽤 섬뜩해 보였을 것 같다.

그가 머리를 긁다 말고 눈을 깜빡이며 당황한 나를 쳐다본다.

"이게 자네 방인가, 에드워드?"

낯선 남자가 묻는다.

"그건 모르겠지만 여기서 깨어나긴 했네."

나는 조심스레 대답한다.

⚓ 사진 등을 넣어 목걸이에 다는 작은 갑.

"그래? 난 그들이 내준 방이 어딘지 기억을 못 하고 있네."

"그럼 간밤엔 어디서 잤나?"

"일광욕실."

그가 겨드랑이를 북북 긁어대며 말한다.

"헤링턴이 내기를 제안했다네. 내가 십오 분 안에 포트와인 한 병을 비우지 못할 거라나? 그래서 오기로 들이켰는데 그 후로 필름이 뚝 끊겨버렸어. 오늘 아침에 그 날불한당 골드가 날 깨우더니만 정신병자처럼 알아들을 수 없는 이야기를 주절주절 늘어놓더군."

골드가 언급되자 전날 밤 그가 늘어놓은 경고와 팔뚝의 상처가 떠오른다. 그는 마차에서 내리지 말라고 말했었다. 내가 곧 이곳을 떠나게 될 거라는 얘긴가? 그렇다면 대체 어디로? 결코 닿을 수 없는 마을은 목적지가 아닐 테고.

"골드가 아무 말 없던가?"

나는 묻는다.

"그가 어디로 갔는지 알고 있나? 그 친구가 무슨 꿍꿍이인지는 알고?"

"골드랑 같이 술을 마신 것도 아닌데 내가 무슨 수로 알겠나, 댄스."

그가 오만하게 말한다.

"계속 주시하고 있으니 경거망동 말라고 경고만 했다네."

그가 방 안을 슥 둘러본다.

"혹시 내가 여기 술을 놔두고 가진 않았나? 한잔 걸치면 이 지긋지긋한 두통이 잠잠해질 것 같은데 말이야."

내가 대꾸할 새도 없이 그가 내 서랍장을 샅샅이 뒤지기 시작한

다. 술이 나오지 않자 그는 휙 돌아서서 옷장을 향해 성큼성큼 걸
어간다. 내 정장 주머니를 전부 살펴본 그가 다시 방 안을 둘러본
다. 마치 덤불 속 사자 소리를 듣기라도 한 듯이.

노크 소리와 함께 또 다른 얼굴이 모습을 드러낸다. 이번에는
클리퍼드 헤링턴 중령이다. 저녁 식사 때 레이븐코트 바로 옆자리
를 지켰던 따분한 해군 장교.

"자, 빨리들 가세나. 하드캐슬이 기다리고 있을 거야."

그가 손목시계를 들여다보며 말한다.

술 취하지 않은 그는 당당하고 권위적인 모습이다.

"그가 왜 우릴 불렀는지 아나?"

나는 묻는다.

"나야 모르지. 가서 무슨 일인지 들어보세나."

그가 시원시원하게 말한다.

"가면서 마실 위스키가 필요해."

술을 찾던 남자가 말한다.

"정문 관리실에 술이 준비돼 있을 걸세, 서트클리프."

헤링턴이 짜증 섞인 목소리로 말한다.

"자네도 알다시피 요즘 하드캐슬의 심기가 편치 않네. 술은 나
중에 찾아보는 게 어떻겠나?"

어느새 댄스와 하나가 된 것일까? 하드캐슬 경이 언급되자 짜
증이 확 밀려든다. 내 호스트는 의무상 블랙히스를 지키고 있는
것이다. 하드캐슬 집안과의 볼일은 진작 끝이 난 상태지만 나는
집주인을 만나 실종된 그의 아내에 대해 묻고 싶어 안달이 났다.
내 의욕은 사포가 되어 댄스의 불안을 박박 문질러대는 중이다.

내가 스스로를 짜증나게 하고 있는 것이다.

해군 장교가 또다시 잔소리를 늘어놓자 꾸물대던 서트클리프가 한 손을 들어 추가 시간을 구걸한다. 그는 다급해진 손놀림으로 내 방 선반을 차례로 훑어나가기 시작한다. 그리고 코를 쿵쿵대며 침대 쪽으로 다가간다. 그가 매트리스를 들자 그 밑에 깔려 있던 스카치위스키 한 병이 모습을 드러낸다.

"앞장서게, 헤링턴."

갑자기 관대해진 서트클리프가 병뚜껑을 열고 게걸스럽게 술을 들이켠다.

헤링턴은 고개를 저으며 복도로 나오라고 손짓한다. 서트클리프는 큰 소리로 농담을 늘어놓기 시작한다. 그의 친구가 말려보려 애쓰지만 소용이 없다. 꼭 무례한 어릿광대를 보는 듯하다. 그의 오만함에 이가 갈릴 정도다. 몸이 달아 있는 내 호스트는 그들을 앞질러 가고 싶어 하지만 나는 이 복도를 홀로 걷고 싶지 않다. 그래서 떠올린 절충안은 딱 두 걸음 떨어져서 그들을 뒤따르는 것이다. 그들의 대화에 끼지 않아도 될뿐더러 언제 어디서 튀어나올지 모르는 풋맨을 방비하는 차원에서도 그게 바람직하다.

계단을 내려온 우리는 크리스토퍼 페티그루라는 남자와 맞닥뜨린다. 만찬회장에서 대니얼에게 연신 알랑대던 사람이다. 그는 빼빼 말랐고, 기름이 좔좔 흐르는 검은 머리를 한쪽으로 단정히 빗어 넘겼다. 비굴하면서도 능글맞은 그는 전날 밤과 마찬가지로 내 신경을 거스른다. 그의 시선이 잠시 내 주머니에 머물렀다가 천천히 내 얼굴로 올라온다. 이틀 전, 나는 그가 내 미래의 호스트일지 궁금해했다. 만약 그렇다면 내가 그에게 한없는 자유를 허락한 게 분명하다. 이미 고주망태인데도 친구들이 내미는 술병을 마다하지 않는 걸 보면. 다행히 내 쪽으로는 술병이 돌지 않는다. 덕분에 사양할 일도 없다. 에드워드 댄스가 이 무리와는 거리를 두어온 모양이다. 그들은 신기하리만큼 죽이 잘 맞는다. 평범한 친구들이라기보다는 무인도에 남겨진 세 사람을 보는 듯하다. 집에서 멀어져갈수록 그들의 들뜬 분위기는 점점 사그라져간다. 그들의 웃음소리도 거센 바람과 빗소리에 파묻혀버렸다. 차가운 손에 쥐어진 술병은 어느새 따뜻한 주머니에 쏙 들어가 있다.

"아까 아침에 레이븐코트의 푸들에게 물릴 뻔하지 않았나?"

목도리 너머로 기만적인 눈을 번뜩이며 페티그루가 말한다.

"그 녀석 이름이 뭐랬더라?"

그는 손가락을 딱딱 부딪치며 기억을 더듬어나간다.

"찰스 커닝엄."

나는 건성으로 말한다. 그때 나무 뒤에서 우리를 미행하는 형체가 눈에 들어온다. 그는 풋맨 제복을 걸치고 있다. 나도 모르게 손이 내 목으로 올라간다. 다시 그의 칼날이 느껴진다.

나는 몸서리를 치며 가늘어진 눈으로 나무 쪽을 바라본다. 댄스의 형편없는 시력 때문인지는 몰라도 내 적은 더 이상 보이지 않는다.

"맞아. 찰스 커닝엄."

페티그루가 말한다.

"그 친구가 살해된 토머스 하드캐슬에 대해 묻고 다니는 것 같던데."

헤링턴이 말한다. 그는 해군 장교답게 거센 바람에도 전혀 위축되지 않은 모습이다.

"그가 아침 일찍 스탠윈을 만나러 갔다고 들었네."

그가 덧붙인다.

"건방진 놈."

페티그루가 말한다.

"자네는 어떤가, 댄스? 그 자식이 자네도 찾아왔었나?"

"아니."

나는 계속 숲을 응시하며 대답한다. 우리는 조금 전까지 풋맨이 숨어 있었던 지점을 지나는 중이다. 나무에 붙은 빨간 표식이 눈에 들어온다. 내 상상력이 그걸 보고 숲속 괴물을 그려냈던 모양이다.

"커닝엄이 뭘 원하던가?"

나는 쭈뼛거리며 다시 친구들에게 시선을 돌린다.

"그 친구가 뭘 원한 게 아니라, 레이븐코트를 대신해서 찾아온 거였다네. 어쩐 일인지 그 뚱보 은행가가 토머스 하드캐슬의 죽음에 지대한 관심을 보이더군."

페티그루가 말한다.

순간 내 걸음이 뚝 멎는다. 레이븐코트로 지내는 동안 커닝엄에게 많은 지시를 내렸지만 토머스 하드캐슬의 죽음에 대해 묻고 오라는 주문은 한 번도 해본 적이 없었다. 커닝엄은 레이븐코트의 이름을 들먹이며 제멋대로 일을 벌여온 것이다. 어쩌면 그것이 바로 그가 그토록 지키고 싶어 했던 비밀이었는지도 모른다. 도서관 의자 밑 봉투에 고스란히 담겨야 할 비밀.

"대체 뭘 묻던가?"

나는 처음으로 호기심을 보이며 묻는다.

"두 번째 살인자에 대해 계속 묻더군. 그 왜 있지 않은가. 달아나기 전에 스탠윈이 쏜 산탄총에 맞았다는 그놈 말이야."

헤링턴이 휴대용 술병을 입으로 가져가며 말한다.

"그들이 누구였는지 아느냐고 물었네. 인상착의나 뭐 그런 거."

"자네, 뭐 아는 거라도 있나?"

나는 묻는다.

"내가 뭘 알겠나?"

헤링턴이 말한다.

"설령 아는 게 있었다 해도 그 자식에겐 들려주지 않았을 걸세. 뭐 아무튼 듣기 싫은 소리 몇 마디 하면서 쫓아냈다네."

"세실이 커닝엄을 그토록 굴려댄 이유가 있어."

서트클리프가 구레나룻을 살살 긁어대며 말한다.

"그는 블랙히스의 모든 청소부, 모든 정원사와 친하거든. 보나 마나 우리보다도 이곳에 대해 훤히 알고 있을 거야."

"어떻게 그게 가능하지?"

나는 묻는다.

"살인사건이 발생했을 때 여기 살고 있었으니까."

서트클리프가 어깨 너머로 나를 흘끔 돌아보며 말한다.

"그땐 많이 어렸을 거야. 에블린보다 몇 살 많을 뿐이니까. 그가 피터의 사생아라는 소문이 들리더군. 헬레나가 그 녀석을 요리사에게 떠안겨버렸다나. 그녀가 누구에게 보복하려고 그랬는지는 아직도 모르겠어."

그의 차분한 목소리는 텁수룩하고 몰골사나운 외모와 전혀 어울리지 않는다.

"그땐 엄청 예뻤지. 그 요리사 말일세. 아마 전쟁 때 남편을 잃었을걸."

그가 골똘한 생각에 잠긴 채 말한다.

"하드캐슬 내외가 그 애 학비를 대주었다네. 성년이 돼서는 레이븐코트 밑으로 들어가 일할 수 있게 해주었고.”

“레이븐코트는 십구 년 전 살인사건에 왜 그리 관심을 보이는 거지?”

페티그루가 묻는다.

“자산 실사 작업 차원에서 그러는 걸 거야.”

헤링턴이 말똥을 조심스레 돌아 나가며 퉁명스럽게 말한다.

“레이븐코트가 하드캐슬의 딸과 혼인을 하게 되지 않았나. 혹시라도 짐이 될 만한 게 있을지 모르니 그 전에 확인하려는 게지.”

그들의 대화는 다시 사소한 한담으로 되돌아간다. 하지만 내 머릿속에는 온통 커닝엄 생각뿐이다. 어젯밤 그는 더비의 손에 “그들 모두 다”라고 적힌 쪽지를 쥐여주며 미래 호스트를 대신해 손님을 모으는 중이라고 귀띔해주었다. 그가 블랙히스에서 무슨 일을 꾸미고 있는지 궁금해 미칠 것 같다. 나는 그가 피터 하드캐슬의 사생아라는 것과 그가 손님들을 차례로 만나 이복동생의 죽음에 대해 묻고 다닌다는 걸 알고 있다. 그 두 가지 사실 사이 어딘가에 그의 비밀이 꽁꽁 숨겨져 있을 것이다. 그것 때문에 저토록 협박을 당하고도 찍소리 한 번 못하는 것일 테고.

답답해진 나는 이를 박박 갈아댄다. 과연 이곳에 음흉한 비밀 하나 감추고 있지 않은 사람이 있기는 할까?

우리는 마구간으로 통하는 자갈길을 벗어나 끝없이 이어지는 도로로 접어든다. 마을이 자리한 남쪽으로 한동안 걸어가니 정문 관리실이 나타난다. 좁은 복도로 들어선 우리는 외투를 벗어 빗물을 털어낸다. 다들 궂은 날씨를 불평해대느라 바쁘다.

“이쪽이네.”

오른편 문 뒤에서 목소리가 말한다.

우리는 목소리를 따라 어둑한 거실로 들어간다. 한쪽 벽난로에서는 장작이 타고 있고, 피터 하드캐슬 경은 창가 안락의자에 다리를 꼰 채 앉아 있다. 그의 무릎에는 책이 펼쳐져 있다. 초상화 속 모습보다 나이가 들어 보이는 그는 떡 벌어진 가슴과 단단한 체구의 소유자다. 검은 눈썹은 브이 자를 이루고 있고, 코는 길며, 입꼬리는 밑으로 축 늘어져 있다. 애써 고상한 척하지만 귀족다운 광채는 엿보이지 않는다.

"왜 굳이 여기서 모이자고 한 거지? 멀쩡한 집을 두고…."

페티그루가 투덜거리며 의자에 앉는다.

"자네도 알지? 도로 끝에 우뚝 선 그 저택 말일세. 그 빌어먹을 집은 내가 어렸을 때부터 우리 가족에게 저주만 해댔어."

그가 블랙히스 쪽을 가리키며 말한다.

피터 하드캐슬이 다섯 개의 글라스에 차례로 술을 따른다.

"불가피한 경우가 아니라면 난 절대 저 집에 발을 들이지 않을 걸세."

"그런 다짐은 역사상 최악의 파티를 열기 전에 미리 좀 해두면 안 되겠나? 자네 정말로 아들 녀석의 기일에 에블린의 약혼을 발표할 작정인가?"

페티그루가 말한다.

"이게 내 아이디어였다고 생각하나?"

하드캐슬이 술병을 거칠게 내려놓으며 페티그루를 쏘아본다.

"내가 여기 있고 싶어 이러고 있는 줄 아는가?"

"진정하게, 피터."

서트클리프가 어기적거리며 다가가 어색하게 친구의 어깨를 토닥인다.

"크리스토퍼 저 친구 심술은 자네도 잘 알지 않는가."

"알고말고."

하드캐슬이 말한다. 그의 볼은 벌겋게 달아올랐다.

"난 그저…. 헬레나가 저러고 다니는 것도 그렇고, 너무 힘이 드네."

그가 술을 마저 따른다. 빗줄기가 창문을 요란하게 때리는 방 안에 어색한 침묵이 찾아든다.

그렇지 않아도 침묵과 의자가 절실했던 내게는 무척 만족스러운 순간이다.

내 친구들은 모두 걸음이 빨랐고, 그들과 속도를 맞추는 건 쉬운 일이 아니었다. 나는 이 기회를 놓치지 않고 티 나지 않게 숨을 돌리기로 한다. 대화에 끼는 대신 말없이 방 안을 둘러본다. 하지만 특별히 눈길을 잡아끄는 건 없다. 방은 길고 좁았다. 사방에 놓인 가구는 꼭 강기슭에 쌓인 잔해를 보는 듯하다. 카펫은 닳아서 구멍이 나 있고 꽃무늬 벽지는 촌스럽다. 실내 공기에서는 퀴퀴한 냄새가 풍긴다. 마지막 주인이 먼지가 돼버릴 때까지 이곳에 앉아 있었던 것처럼. 아무튼 집주인이 지낼만한 곳은 아니다. 물론 스탠윈이 은거했던 이스트 윙만큼 불편해 보이지는 않지만.

지금까지는 하드캐슬 경이 딸의 죽음에 어떤 역할을 했는지 물을 이유가 없었다. 하지만 그의 임시 숙소를 눈으로 확인하고 나니 그가 왜 은신을 선택했는지 궁금해졌다. 대체 여기 틀어박혀 무엇을 하려는 것인지.

하드캐슬이 우리 앞으로 글라스를 내밀고 다시 자리로 돌아가 앉는다. 그가 손에 쥔 글라스를 살살 돌리며 골몰한 생각에 빠진다. 그의 어색한 태도는 마이클을 떠올리게 한다.

내 왼쪽에 앉은 서트클리프가 재킷에서 서류를 꺼내 내게 건넨다. 그리고 그것을 하드캐슬에게 넘겨줄 것을 주문한다. 그는 이미 스카치와 소다를 반 이상 마셔버린 상태다. 법률회사, 댄스, 페티그루와 서트클리프가 작성한 혼인계약서 초안이다. 보아하니 나와 침울한 필립 서트클리프와 알랑거리는 크리스토퍼 페티그루는 사업 파트너인 모양이다. 하지만 하드캐슬이 고작 에블린의 혼인 서약에 대해 의논하려고 우리 모두를 이곳으로 불러냈을 리 없다. 그러기에는 그의 정신이 너무나도 산란해져 있다. 게다가 변호사만 필요한 자리에 왜 군이 헤링턴까지 호출했겠는가?

하드캐슬은 내게서 계약서를 받아들고 잠시 내용을 훑다가 테이블에 내려놓는다.

"댄스와 내가 같이 작성한 걸세."

서트클리프가 술을 한잔 더 가져오려 자리에서 일어난다.

"레이븐코트와 에블린의 서명만 받아오게. 그럼 자네는 또다시 엄청난 부를 누리게 되는 거야. 레이븐코트는 서명과 동시에 일시불로 약속된 돈을 내줄걸세. 미불액은 결혼식이 끝날 때까지 신탁 계좌에 보관될 거고. 이년 후엔 자네에게서 블랙히스도 매입할 거라니 이보다 나은 거래가 또 어디 있겠나?"

"레이븐코트는 어디 있지? 그 친구도 같이 자리해야 하는 거 아닌가?"

페티그루가 문을 흘끔 돌아보며 묻는다.

"헬레나가 잘 챙기고 있네."

하드캐슬이 벽난로 위 상인방에서 나무 케이스를 가져와 뚜껑을 연다. 안에 담긴 통통한 시가들이 드러나자 남자들이 일제히 탄성을 흘린다. 내가 사양하자 하드캐슬이 나머지 남자들에게 시가를 하나씩 돌린다. 환하게 머금은 미소가 그의 얼굴에서 못내 아쉬워하는 표정을 지워낸다.

뭔가 원하는 게 있는 모양이군.

"헬레나는 좀 어떤가? 이 일로 많이 괴로울 것 같은데."

나는 음료를 한 모금 넘기고 나서 묻는다. 글라스에 담긴 것은 물이다. 댄스는 술을 조금도 못하는 모양이다.

"자업자득이지 뭐. 그 사람이 고집만 부리지 않았어도 우린 블랙히스로 돌아오지 않았을걸세."

하드캐슬이 코웃음을 치며 말한다. 그가 시가를 하나 골라 들고 케이스 뚜껑을 닫는다.

"당연히 나야 곁을 지키며 힘이 돼주고 싶지. 하지만 이 집에 돌아온 후로 계속 밖으로만 나도니 난들 어쩌겠는가. 말을 붙여봐도 입을 열지 않고. 내가 독실한 사람이었으면 분명 그 사람이 악령에 홀렸다고 생각했을걸세."

남자들은 차례로 건네받은 성냥으로 시가에 불을 붙인다. 저마다 자신만의 방식이 있다. 성냥을 앞뒤로 반복해 흔드는 페티그루, 부드러운 손놀림의 헤링턴 그리고 성냥을 과장되게 빙빙 돌려대는 서트클리프. 하드캐슬은 평범하게 불을 붙이고 나서 나를 매섭게 쏘아본다.

내 안에서 야릇한 기운이 꿈틀거린다. 한때 강렬했던 감정의 자투리는 어느새 잉걸불로 변해버렸다.

하드캐슬이 노란 연기를 길게 내뿜으며 자세를 바로잡는다.

"내가 오늘 자네들을 이곳으로 부른 이유는 우리 모두에게 공통점이 한 가지 있기 때문일세."

수차례 연습을 거친 듯한 딱딱한 말투다.

"테드 스탠윈에게 협박을 당해왔다는 것. 하지만 내가 그 족쇄로부터 벗어날 방법을 찾아냈다네. 한번 들어보겠나?"

그가 우리의 반응을 찬찬히 살핀다.

페티그루와 헤링턴은 말이 없다. 둔한 서트클리프는 씩씩대며 술을 들이켠다.

"계속 해보게, 피터."

페티그루가 말한다.

"스탠윈의 약점을 잡았네. 그게 우릴 자유의 몸으로 만들어줄 걸세."

방 안에 정적이 내려앉는다. 의자 가장자리에 걸터앉은 페티그루는 자신의 손에 시가를 쥐고 있다는 사실을 잊은 듯하다.

"그 친구의 약점을 알아냈다면 왜 지금껏 써먹지 않은 겐가?"

페티그루가 묻는다.

"우리 모두가 한배를 타고 있기 때문이지."

"그 자식이 두려워서가 아니고? 섣불리 스탠윈에게 대들었다간 우리 모두의 비밀이 폭로될 거야. 그가 우릴 가만둘 것 같은가? 마이어슨 때 어땠는지 다들 보지 않았나."

얼굴이 벌게진 서트클리프가 말한다.

"그놈은 우리 등골을 빼먹으려 하고 있어."

하드캐슬이 이를 갈며 말한다.

"우리가 아니라 자네 등골을 빼먹으려 하는 거야, 피터. 자넨 레이븐코트 덕분에 큰돈을 벌게 되지 않았나. 스탠윈이 자네 돈을 노릴까 봐 걱정하는 게 아닌가?"

서트클리프가 두꺼운 손가락으로 테이블을 쿡쿡 찌르며 말한다.

"그 자식은 이미 이십 년 전부터 내 목줄을 조여왔네. 대체 언제까지 이렇게 당하고 살아야 하지?"

하드캐슬이 얼굴을 붉히며 언성을 높인다.

그가 페티그루를 돌아본다.

"이보게, 크리스토퍼, 자네는 내 입장을 이해하지? 스탠윈 그 놈 때문에…. 그 일만 없었어도 엘스페스가 떠나는 일은 없었을걸세."

그의 잿빛 얼굴에 난처해하는 기색이 살짝 비친다.

페티그루는 아무 대꾸 없이 술만 홀짝일 뿐이다. 그는 목까지 상기된 상태다. 글라스를 쥔 손에 힘이 어찌나 많이 들어갔던지 손톱 위 피부가 하얗게 질려 있다.

하드캐슬이 허둥대며 내게로 시선을 돌린다.

"우리가 하나가 돼서 몰아붙이면 스탠윈도 별수가 없을걸세."

그가 주먹으로 자신의 손바닥을 탁 치며 말한다.

"우리가 강하게 반격해야 그가 움찔할 거라고."

서트클리프의 볼이 불룩해진다.

"그건…."

"자넨 가만히 있게, 필립."

헤링턴이 불쑥 끼어든다.

해군 장교의 눈은 하드캐슬에게 단단히 고정돼 있다.

"자네가 잡았다는 스탠윈의 약점이 대체 뭔가?"

하드캐슬이 불안한 듯 문을 흘끔 돌아보고는 목소리를 낮춘다.

"그 자식에겐 숨겨둔 자식이 있네. 우리에게 약점이 잡힐까 봐 그 앨 꽁꽁 숨겨왔지. 대니얼 콜리지가 그 애 이름을 알아냈다고 하네."

"그 도박꾼이? 그 친구는 어쩌다 이 일에 휘말리게 됐지?"

페티그루가 말한다.

"굳이 물어볼 마음이 없었네. 그 왜 그런 놈들이 있지 않은가. 가지 말아야 할 길로 기어이 들어서고 마는."

하드캐슬이 글라스를 살살 돌리며 말한다.

"런던 하인의 절반 이상이 그에게 돈을 받고 주인의 정보를 넘겨왔다는 소문을 들은 적이 있네. 블랙히스에서도 같은 수법을 쓰지 않았겠는가. 여기서 오랫동안 일해온 스탠윈이 이런저런 은밀한 얘길 흘렸을 수도 있고 말이야. 아무튼 상황 돌아가는 게 심상치가 않은 것 같아."

헤링턴이 입술을 오므리며 말한다.

대니얼 얘기가 나오자 짜릿한 느낌이 찾아든다. 나는 진작부터 그가 내 마지막 호스트라는 걸 알고 있었다. 하지만 아득한 미래에 일을 벌여온 그와의 교감은 전혀 없는 상태다. 각자의 수사 결과가 하나로 모이는 건 오랫동안 바라온 무언가를 지평선에서 발견하는 것과도 다르지 않다. 마침내 우리를 이어주는 길이 생겨난 것이다.

하드캐슬이 자리에서 일어나 난롯불에 두 손을 쬔다. 은은한 불빛에 주름진 얼굴이 환히 드러난다. 그는 무척 불안해하는 모습이다. 그에게서는 단호함도, 강인함도 엿보이지 않는다. 보지는 않았지만 산산이 부서진 그의 마음속에는 아이 모양의 구멍이 큼지막하게 뚫려 있을 게 뻔하다.

"콜리지가 우리에게 원하는 게 뭔가?"

나는 묻는다.

하드캐슬이 멀건 눈으로 나를 쳐다보며 말한다.

"응?"

"대니얼 콜리지가 스탠윈의 비밀을 알고 있다면서? 그걸 알려주는 대가로 뭔가를 요구했을 게 아닌가? 그 문제를 의논하려고 우릴 불러 모은 것 같은데."

"맞네. 자네 말대로야."

하드캐슬이 헐거워진 재킷 단추를 만지작거리며 말한다.

"몇 가지나 요구하던가?"

페티그루가 묻는다.

"우리 모두에게 요구할 게 하나씩 있다더군. 그게 무엇이든 언제 요구하든 반드시 들어줘야 한다는 조건을 내걸었다네."

우리는 서로 눈길을 주고받는다. 모두 얼굴에 의혹을 머금고 있다. 마치 적진에 침투한 첩자가 된 기분이다. 대니얼이 무슨 꿍꿍이인지 알 수는 없지만 나는 무조건 그의 편을 들 것이다. 결국에는 나를 위하는 일일 테니까. 우리가 이 끔찍한 곳에서 풀려날 수만 있다면 그의 요구 사항이 무엇이든 들어주지 못할 게 없다.

"난 찬성일세. 스탠윈이 죗값을 치르게 해야지."

나는 기운차게 말한다.

"나도 찬성. 그놈에게 지금껏 괴롭힘을 당해온 걸 생각하면 치가 떨려. 자네 생각은 어떤가, 클리퍼드?"

페티그루가 앞을 가리는 시가 연기를 손으로 휘저으며 말한다.

"나도 찬성이네."

나이 든 해군 장교가 말한다.

모두의 시선이 일제히 서트클리프에게로 돌아간다. 그는 눈 둘 곳을 찾지 못하고 허둥댄다.

"이건 악마와 거래하는 거나 다름없어."

텁수룩한 머리의 변호사가 말한다.

"그럴지도 모르지. 하지만 나도 단테를 읽어봤다네, 필립. 모든 지옥이 동등하게 창조되지 않았단 말일세. 자, 자네 의견을 들려주게나."

하드캐슬이 말한다.

그가 마지못해 고개를 끄덕인다. 그의 시선은 다시 글라스로 떨어진다.

"그럼 됐네. 일단 내가 가서 콜리지를 만나보겠네. 스탠윈은 저녁 전에 다 같이 모여서 찾아가기로 하고. 다 잘 풀리면 결혼 발표 전까지 깔끔하게 끝이 날 거야."

하드캐슬이 말한다.

"한 놈을 해치웠더니 또 한 놈이 나타나버렸군. 역시 신사로 사는 건 쉽지가 않아."

페티그루가 남은 술을 마저 입에 털어 넣으며 말한다.

35

회의가 끝나자 서트클리프, 페티그루, 헤링턴이 시가 연기를 뿜어대며 거실을 나선다. 피터 하드캐슬은 탁자 위에 놓인 축음기로 다가간다. 그는 무명 손수건으로 음반에 묻은 먼지를 잘 닦고 나서 바늘을 내린다. 그가 스위치를 올리자 나팔 모양의 청동 튜브에서 브람스가 터져나오기 시작한다.

나는 친구들에게 먼저 가라고 손짓한 후 복도로 통하는 문을 닫는다. 벽난로 앞에 앉은 피터는 골똘한 생각에 잠겨 있다. 그는 내가 되돌아온 사실을 모르는 듯하다. 그는 불과 한두 걸음 앞에 있지만 왠지 깊은 골이 우리 사이를 갈라놓은 기분이다.

이 문제에 과묵한 태도를 보이는 댄스가 너무나도 답답하다. 그는 남에게 방해받는 걸 경멸하는 만큼 자신이 남을 방해하는 것 또한 경계한다. 게다가 내가 반드시 물어야 하는 질문들은 불필요하게 문제를 키울만한 지극히 사적인 것들이다. 나는 호스트의 성격에 완전히 잠식돼버렸다. 이틀 전까지만 해도 이런 건 조금도 장애가 되지 않았었다. 문제는 새로 등장하는 호스트가 예외 없이 바로 전 호스트보다 강하다는 사실이다. 댄스의 의지를 거스르는 건 강풍 속으로 걸어 들어가는 것만큼이나 쉽지 않다.

내가 문간에 서서 헛기침을 하자 피터 하드캐슬이 앉은 채로 돌아본다.

"아, 댄스, 자네였구먼. 깜빡 놓고 간 거라도 있는가?"

"자네와 단둘이 할 얘기가 있어서 돌아왔네."

"계약서에 무슨 문제라도 있나? 혹시 서트클리프가 또 고주망태가 돼서 실수라도….”

그가 바짝 긴장하며 말한다.

"문제는 서트클리프가 아니라 에블린일세."

"에블린."

긴장이 풀려버린 그의 얼굴에 피곤한 표정이 떠오른다.

"그래, 그 애 문제도 있지. 자, 난로 쪽에 와 앉게나. 여긴 외풍이 너무 심해서 탈이야."

내가 자리를 잡는 동안 그는 바지를 살짝 걷고 난로 앞에서 발을 꼼지락거린다. 그런 행동 하나하나에 그의 성격이 진하게 묻어난다.

"말해보게."

그가 잠시 뜸을 들이고 나서 입을 연다. 조바심을 부리지 않으려 무던히 애쓰는 모습이다.

"우리 에블린이 어쨌길래 그러나? 그 애가 아직도 혼인을 거부하는 모양이지?"

빙빙 돌려가며 꺼낼 말은 아니다. 나는 정공법으로 밀고 나가기로 한다.

"그보다 훨씬 심각한 문제일세. 누군가가 자네 딸의 목숨을 노린다네."

"목숨을 노려?"

그가 미간을 찌푸리며 살짝 미소를 머금는다. 내가 농담하는 줄 아는 모양이다. 내 진지한 모습을 확인한 그가 몸을 앞으로 기울인다. 어리둥절해하는 그의 얼굴에 깊은 주름이 팬다.

"그게 사실인가?"

그가 양손을 깍지 끼며 말한다.

"그렇다네."

"누가, 대체 왜 그러겠다는 건가?"

"그건 모르지만 놈이 어떤 방법을 쓸지는 알고 있네. 그 아이는 자살하지 않으면 사랑하는 누군가가 대신 목숨을 잃는다는 내용의 협박 편지를 받았다고 하네."

"협박 편지?"

그가 코웃음을 친다.

"뭔가 좀 이상한데. 그냥 애들끼리 하는 장난 아닐까? 요즘은 여자애들이 한술 더 뜨지 않는가."

"장난이 아니라니까, 피터."

나는 단호하게 말한다. 그제야 그의 표정이 다시 진지해진다.

"대체 자넨 그걸 어떻게 안 건가?"

"항상 귀를 기울이면 이런 정보를 손쉽게 얻을 수 있다네."

그가 한숨을 내쉬며 코를 잡아 쥔다. 방금 들은 내용을 곱씹어 보려는 것이다.

"누군가가 레이븐코트와의 거래를 방해하려는 게 아닐까?"

그가 묻는다.

"거기까진 생각해보지 못했네."

뜻밖의 반응에 나는 움찔한다. 당연히 딸의 안위를 가장 먼저 걱정할 줄 알았는데. 딸의 안전을 확보하기 위해 호들갑을 떨어댈 줄 알았는데. 그에게 에블린은 부차적인 문제일 뿐이다. 그는 오로지 재산을 지켜야 한다는 일념에만 사로잡혀 있다.

"에블린의 죽음으로 득을 볼 사람이 있는가?"

나는 그에 대한 혐오감을 애써 억누른 채 묻는다.

"우리 집안이 무너지는 걸 보며 웃음 지을 사람들은 있겠지만 이런 끔찍한 일을 꾸밀 만한 자는 없네. 기껏해야 내 뒤에서 수군 대며 험담을 늘어놓는 정도지.《더 타임스》에 실린 악의적인 기사 만도 못한 얘깃거리들 말이야. 자네도 잘 알지 않나."

그가 답답한 듯 의자 팔걸이를 탁탁 두드린다.

"제기랄, 댄스, 자네가 오해한 건 아닌가? 주장이 너무 황당해 서 말일세."

"정말이래도. 내 생각엔 협박범이 내부인일 것 같네만."

"그럼 하인 중에 범인이 있을 것 같다는 얘긴가?"

그가 목소리를 낮추고 말한다. 그의 시선이 문 쪽으로 홱 돌아 간다.

"헬레나."

아내의 이름이 튀어나오자 그가 흠칫 놀란다.

"헬레나, 자네 지금… 그러니까 내 말은… 오, 맙소사….."

얼굴이 벌겋게 상기된 그가 계속 웅얼거린다. 내 얼굴도 그를 따라 화끈 달아오른다. 그것은 댄스에게도 불편한 얘기인 듯하다.

"에블린에게 들었네. 자네와의 관계가 썩 좋지 않았다면서?"

나는 늪 같은 들판에 돌을 놓아나가듯 조심스레 묻는다.

하드캐슬이 창가로 다가가 나를 등지고 선다. 예의를 중요히 여 기는 그가 갑자기 폭발할 리는 없다. 주먹 쥔 두 손으로 뒷짐을 진 그의 몸이 바르르 떨리고 있다.

"헬레나가 에블린을 탐탁지 않아 한다는 건 알고 있네. 하지만 우리 딸이 없으면 몇 년 안에 파산하게 될 텐데. 그 사람이 그런 무모한 짓을 벌였을 리 있겠는가?"

그가 끓어오르는 분노를 애써 억누르며 말한다.

자기 아내가 그런 짓을 벌일 능력이 없다는 얘긴 끝내 하지 않는군.

"하지만…."

"빌어먹을, 댄스, 자넨 왜 이 일에 지대한 관심을 갖는 건가?"

그가 유리창에 비친 내 모습에 대고 빽 소리친다.

드디어 때가 왔군. 댄스는 피터 하드캐슬을 잘 알고 있다. 그의 인내심은 이미 한계에 다다랐다. 과연 내 다음 답은 그의 입을 열 것인가? 아니면, 그가 나를 쫓아내도록 만들 것인가? 이제부터는 단어 선택에 더욱 신중을 기해야 한다. 그의 딸의 목숨을 구하려 애쓰는 중이라고 얘기하든, 아니면….

"미안하네, 피터."

나는 한층 누그러진 목소리로 말한다.

"만약 누군가가 레이븐코트와의 거래를 방해하려든다면 내가 나서서 막아야 하지 않겠나? 자네 친구로서 그리고 자네의 변호사로서."

그의 어깨가 축 늘어진다.

"그래, 그렇지."

그가 어깨 너머로 나를 돌아보며 말한다.

"미안하게 됐네. 난 그냥… 살인 어쩌고 하는 얘기를 듣다 보니… 나도 모르게 옛 생각이 떠올라서 말이야. 자네도… 이해하지? 에블린이 정말로 위험에 처했다면 난 그 앨 구하기 위해 뭐든

할 각오가 돼 있다네. 하지만 헬레나가 에블린을 해하려 한다는 주장엔 동의할 수 없네. 자네가 단단히 오해를 한 거야. 사이가 좀 껄끄럽긴 하지만 서로를 향한 애정은 여전하다네. 날 믿게나."

나는 안도의 한숨을 내쉰다. 댄스와 씨름하느라 진이 빠졌지만 조만간 고대했던 답을 얻을 수 있을 거라는 희망에 기운이 나는 것 같다.

"자네 딸이 펄리시티 매덕스라는 사람에게 헬레나 때문에 두렵다는 얘길 했다고 하네. 알아보니 손님 명단에 그녀 이름은 없더군. 하지만 펄리시티는 에블린을 돕기 위해 이곳에 온 게 분명하네. 그리고 살인자는 에블린을 압박하기 위해 그녀를 인질로 잡아 두고 있는지도 몰라. 자네 딸이 각본대로 자살하지 않을 경우에 대비해서 말일세. 마이클이 그러는데, 그녀는 자네 딸의 오랜 친구라더구먼. 하지만 그녀에 대해 아는 게 거의 없다고 하네. 혹시 자네는 그 아이를 기억하는가? 오래전 집에 놀러 오거나 한 적은 없었고? 오늘 아침까지만 해도 자유의 몸이었던 것 같은데."

나는 호스트가 요구하는 대로 사실을 정연하게 늘어놓는다.

하드캐슬이 당혹스러운 표정을 짓는다.

"기억이 없네. 에블린이 돌아온 후로 대화를 나눈 적이 없었어. 그 애가 돌아올 수밖에 없었던 사정 그리고 우리 부부 문제… 그런 것들이 우리 사이에 장벽을 쌓아놨다네. 그것도 그렇지만, 마이클이 그녀에 대해 아는 게 없다니 이상한데. 에블린이 돌아온 후로 남매가 늘 붙어 다녔거든. 그 애가 파리에 있을 때도 아들놈이 자주 가서 만났었지. 서로 편지도 자주 교환했고. 그런데도 펄리시티에 대해 모른다? 좀 이상하지 않은가?"

"마이클을 다시 만나봐야겠네. 하지만 편지에 적힌 내용은 사실이지 않은가. 헬레나의 행동이 요즘 들어 수상해졌다는 얘기 말일세."

축음기에서 돌아가는 힘찬 바이올린 독주곡 음반이 극성맞은 아이가 날리는 연처럼 반복해서 튄다.

피터가 축음기를 바라보며 얼굴을 찌푸린다. 자신의 불만이 문제를 바로잡아주기를 바라는 듯. 결국 두 손을 든 그가 축음기 앞으로 다가가 바늘을 걷어낸다. 그리고 입으로 불어 음반에 붙은 먼지를 떼어낸 후 불빛에 비춰본다.

"긁혔군."

그가 고개를 저으며 말한다.

그가 다시 음반을 걸자 새 음악이 흐르기 시작한다.

"헬레나에 대해 들려주게나. 토머스의 기일에 약혼식을 올리고 블랙히스에서 파티를 벌이는 건 그녀의 발상이지? 안 그런가?"

"그 사람은 그날 아침 토머스를 제대로 챙기지 않은 에블린을 여태껏 용서하지 않고 있네."

그가 돌아가는 음반을 물끄러미 내려다보며 말한다.

"시간이 지나면 아내가 좀 누그러질 거라 믿었는데…."

그가 두 팔을 넓게 펼쳐 보인다.

"아직도 분이 풀리지 않았는지…."

그가 깊은 숨을 들이쉬며 흥분을 가라앉힌다.

"헬레나는 에블린에게 모욕을 주려 하고 있네. 나도 알아. 그 앨 혼인시키는 것도 다름 아닌 벌을 내리는 거라네. 하지만 두 사람이 그럭저럭 잘 어울린다고 생각하지 않나? 디테일을 잘 들여다보면 말일세. 레이븐코트는 에블린의 털끝 하나 건드리지 않겠다고 약속까지 했다네. 그러기엔 자기가 너무 늙었다나? 에블린은

으리으리한 그의 집을 마음껏 누리게 됐네. 용돈도 두둑이 받게 될 거고. 그가 난처해하는 일만 아니라면 뭐든 다 하고 살 수 있게 됐단 말일세. 그 대가로 그는…. 자네도 그의 종자에 대한 소문을 들었겠지? 때를 가리지 않고 나타났다 사라지기를 반복하는 그 잘생긴 친구 말이야. 추문이 좀 퍼졌지만 그건 결혼식 이후에 뚝 멎게 될걸세."

그가 잠시 말을 멈추고 반항적인 눈빛으로 나를 응시한다.

"자, 이제 감이 오는가, 댄스? 헬레나가 에블린을 죽이려 했다면 왜 굳이 혼인을 시키려 혈안이 됐겠는가? 그 사람은 딸을 해할 사람이 아니네. 아까도 얘기했지만, 그 사람은 에블린을 사랑한다네. 아주 끔찍이 사랑한다고는 할 수 없지만 뭐 아무튼. 아내는 에블린이 충분히 대가를 치렀다고 느끼면 그만둘걸세. 금이 간 모녀 관계도 깨끗이 회복될 거고 말일세. 두고 보게나. 헬레나는 예전 모습으로 돌아올 거고, 에블린은 그와의 혼인이 축복이라는 걸 깨달을걸세. 정말 그렇게 될 거라니까. 자네가 잘못 짚은 거야."

"그래도 헬레나는 꼭 한 번 만났으면 하네, 피터."

"서랍 안에 내 수첩이 있을걸세. 거기 보면 그 사람 일정을 확인할 수 있네."

그가 쓸쓸하게 미소를 짓는다.

"아무래도 부부이니만큼 나랑 겹치는 일정이 많아. 그걸 보면 그 사람의 동선을 대충 읽을 수 있을걸세."

나는 들뜬 마음에 서랍으로 달려간다.

누군가가 그녀의 수첩에서 중요한 일정이 적힌 부분을 찢어 가버렸다. 헬레나 자신이 그랬을 가능성도 배제할 수는 없다. 그게 누구이든 남편에게도 같은 내용이 담긴 수첩이 있다는 사실을 깜빡한 모양이다. 아니면 전혀 몰랐거나. 아무튼 이제 그 기록은 내 수중에 들어왔다. 마침내 미스터리에 싸인 베일을 차례로 벗겨나 갈 때가 온 것이다.

습기에 부푼 서랍은 뻑뻑하다. 힘겹게 열어보니 끈으로 묶어 만든 몰스킨 수첩이 모습을 드러낸다. 나는 헬레나의 일정을 찾아 페이지를 넘겨나간다. 하지만 패기만만했던 나는 금세 시들해진다. 대부분 내가 아는 내용이다. 헬레나는 아침 7시 30분에 커닝엄을 만났다. 비록 만난 목적은 적혀 있지 않지만. 8시 15분에는 에블린을 만나기로 돼 있었다. 9시에는 밀리센트 더비와의 만남이 예정돼 있었고. 어떤 이유에서인지 그녀는 그들과의 약속을 지키지 않았다. 11시 30분에는 마구간지기를 만나야 한다고 적혀 있다. 아직 한 시간 정도 여유가 있다. 이른 오후에는 레이븐코트가 자신의 응접실에서 헬레나를 기다릴 것이다.

물론 그녀는 나타나지 않을 것이고.

내 손가락은 수상쩍은 기록을 찾아 계속 일정을 더듬어나간다. 에블린과 레이븐코트 건에 대해서는 이미 안다. 밀리센트와는 오랜 친구 사이니 의심스럽지 않고. 하지만 대체 무슨 일로 이른 아침부터 남편의 서자를 만나려 했을까?

내가 물었을 때 그는 답변을 거부했다. 하지만 오늘 헬레나 하드캐슬을 본 사람은 그가 유일하다. 더 이상 그의 얼버무림을 용인해서는 안 된다.

어떻게든 그로부터 진실을 뽑아내야만 한다.

하지만 그 전에 마구간부터 다녀와야 할 것 같다.

교묘히 숨어 다니는 블랙히스 안주인이 어디에 있을지 대충 짐작이 간다.

"오늘 아침에 헬레나가 찰스 커닝엄과 만난 사실을 알고 있나?"

나는 수첩을 서랍에 넣으며 피터에게 묻는다.

"헬레나가 인사를 하러 갔던 모양이지."

그가 글라스에 술을 따르며 말한다.

"원래 두 사람이 가까웠거든."

"스탠윈에게 협박을 당하는 게 찰스 커닝엄 때문인가? 그가 자네 아들이라는 걸 스탠윈도 아는 거야?"

"그만하게, 댄스!"

그가 나를 노려보며 말한다.

나도 그를 똑바로 쳐다본다. 내 호스트도. 댄스는 내게 어서 사과하고 방을 나설 것을 주문하고 있다. 너무 상가신 일이다. 입을 열 때마다 호스트의 난처한 입장까지 매번 챙겨줘야 하니.

"자넨 날 잘 알지 않나, 피터. 내가 오죽했으면 이런 걸 다 묻겠나? 미안하지만 난 이 사건의 진상을 끝까지 파헤쳐야겠네."

그는 잠시 생각에 잠긴다. 그가 글라스를 쥔 채 다시 창가로 돌아간다. 창밖에는 볼 게 별로 없다. 집에 바짝 붙어선 나무의 잔가지가 유리창을 간질이고 있다. 피터는 그것들을 안으로 들이고 싶어 하는 눈치다.

"찰스 커닝엄의 혈통 때문에 협박을 당해온 건 아닐세. 언젠가 이 스캔들이 모든 신문의 사회면에 대문짝만하게 실린 적이 있었다네. 헬레나가 기어이 그렇게 되도록 열심히 부채질을 해댔었지. 돈 한 푼 안 쓰고 말이야."

"그럼 스탠윈은 뭘 아는 거지?"

"아무에게도 발설하지 않겠노라고 약속해주게."

"물론이지."

또다시 맥박이 빨라진다.

"그게 저…."

그가 술을 한 모금 넘긴다.

"토머스가 살해되기 전, 헬레나는 찰리 카버와 바람을 피웠었다네."

"토머스를 죽였다는 그 남자 말인가?"

나는 앉은 채로 허리를 펴고 말한다.

"이런 경우를 두고 서방질이라고 하지 않던가? 응?"

그가 뻣뻣한 자세로 창가에 서서 말한다.

"내 경우와 딱 맞아떨어지는 완벽한 은유야. 그는 내게서 아들을 앗아가버렸고, 자기 아이를 내 집으로 들여보냈네."

"그의 아이?"

"커닝엄은 내 사생아가 아니라네, 댄스. 그는 아내의 사생아야. 찰리 카버가 그의 아버지라고."

"그 불한당이!"

나는 흥분하며 말한다. 순간적으로 댄스를 통제하지 못한 것이다. 내가 받은 충격은 그의 분노만큼이나 압도적이다.

"대체 어쩌다 그리된 건가?"

"카버와 헬레나는 서로를 끔찍이 사랑했다네."

그가 차분히 말한다.

"우리 부부는 진작부터…. 내겐 높은 명성이 있었고, 헬레나 집안엔 돈이 있었지. 아주 손쉽고 불가피한 혼인이었지만 서로에게 애정은 없었다네. 카버와 헬레나는 어릴 적부터 함께 자라온 사이야. 그의 부친이 우리 처가의 사냥터지기였거든. 아내는 그 사실을 숨기고 나랑 결혼을 했네. 그리고 카버를 블랙히스로 데려왔지. 아무튼 내 무분별한 행동에 우리 관계는 산산이 부서져버렸고, 일 년쯤 지나서는 아내가 카버의 침대에서 뒹굴게 됐다네. 그렇게 그의 아이를 가진 거야."

"하지만 자네는 커닝엄을 친자식처럼 키워왔지 않은가."

"아닐세. 아내는 임신을 하고 배 속 아이가 내 것이라고 둘러댔지만 자신조차도 친부가 누구인지 모르는 듯했어. 난 모른 척 계속해서…. 우리 남자들만의 필요라는 게…. 자네는 이해하지?"

"이해하고말고."

나는 오랫동안 댄스의 결혼 생활을 다스려온 사랑과 존중을 떠올리며 냉담하게 말한다.

"커닝엄이 태어났을 때 난 밖에 나가 사냥을 하고 있었네. 아내는 산파를 시켜 갓 태어난 아이를 마을로 보냈지. 사냥에서 돌아와보니 분만 중에 아이가 죽었다고 하더군. 그로부터 여섯 달 후, 어떤 젊은 처자가 아이를 품고 나타났네. 아이가 카버와 별로 닮지 않았음을 확인하고는 아내가 다시 데려오게 했겠지. 게다가 그녀는 공교롭게도 런던에서 나랑 잠깐 시간을 보낸 처자였어. 그녀는 아내로부터 돈을 두둑이 받아 챙겼는지 그 애가 내 친자라고 주장하기 시작했네. 헬레나는 피해자인 척하면서 그 아이를 맡아 키우자고 졸랐고. 결국 우린 그 사람 뜻에 따르기로 했고, 아이는 요리사 드러지 부인에게 넘겨졌네. 그녀에게 친자식처럼 길러달라고 당부했지. 그 후 한동안 평화로운 나날이 이어졌다네. 에블린, 토머스 그리고 마이클이 차례로 태어나면서 모처럼 집에 행복이 찾아왔어."

나는 기구한 사연에 귀를 기울이며 무표정한 그의 얼굴을 빤히 쳐다본다. 나는 호스트의 미숙함에 새삼 놀란다. 한 시간 전까지만 해도 나는 토머스의 죽음이 그의 감정을 메마르게 했을 거라 생각했었다. 하지만 지금 보니 그는 불모의 토양이나 다름없다. 그의 안에서는 탐욕 외엔 그 무엇도 자라지 않는다.

"그 사실은 어떻게 알게 됐지?"

"운이 좋았어."

그가 두 손을 창문 양옆 벽에 갖다 붙이며 말한다.

"산책을 나갔다가 카버와 헬레나가 그 아이의 미래를 두고 다투는 걸 목격했다네. 추궁했더니 아내가 모든 걸 털어놓더군."

"그냥 깔끔하게 이혼하면 되지 않나."

"그럼 내 체면이 뭐가 되겠나?"

그가 아연해하며 말한다.

"사생아는 상관없어. 요즘 다들 유행처럼 한둘씩은 두고 있으니 말이야. 하지만 피터 하드캐슬 경의 부인이 천한 정원사와 눈맞아 바람피웠다는 사실이 밖에 알려지기라도 해봐. 사람들이 우리 등 뒤에서 얼마나 씹어대겠나. 그것만은 절대 안 될 일이지."

"그 사실을 알고 자넨 어떻게 반응했는가?"

"카버를 해고했네. 하루의 여유를 줄 테니 짐을 챙겨 썩 꺼지라고 했지."

"그가 토머스를 살해한 날이었나?"

"바로 그날이었네. 해고 통보에 그는 무척 화를 냈고…. 그래서…."

술 때문인지 그의 눈은 빨갛고 멀겋다. 그는 오전 내내 글라스를 비우고 다시 채우기를 반복했다.

"몇 달 후 스탠원이 헬레나를 찾아와 손을 벌리더군. 헬레나가 꼼짝없이 당하게 됐지. 내 명예가 더럽혀지는 것도 시간문제였고 말이야. 그냥 돈으로 해결하는 게 상책이라 생각했네.”

 “그럼 마이클과 에블린과 커닝엄은? 아이들도 이 일을 알고 있었나?”

 “몰랐을걸. 아이들 귀에까지 들어갔다면 무슨 수로 비밀을 지킬 수 있었겠나?”

 “스탠윈은 어떻게 그걸 알았고?”

 “지난 십구 년 동안 나 자신에게 그 질문을 반복해 던져왔다네. 하지만 아직도 답을 모르겠어. 어쩌면 그는 카버와 친분이 있었는지도 몰라. 하인들끼리 수다를 떨다가 그 얘기가 튀어나온 게 아니었을까? 난 정말 모르겠네. 아무튼 이 소문이 퍼지면 나는 끝장나는 거야. 레이븐코트는 스캔들에 아주 민감하다네. 신문 1면에 불미스러운 일로 우리 가족 얘기가 오르내리면 그는 분명 혼인을 포기할걸세.”

 거나하게 취한 그가 나를 가리키며 나지막이 말한다.

 “제발 우리 에블린을 구해주게나. 그렇게만 해준다면 자네가 원하는 모든 걸 내줌세. 내 말 듣고 있나? 그년 때문에 피해가 막심하다고, 댄스. 더 이상은 두고 볼 수가 없네.”

36

뚱해 있는 피터 하드캐슬은 남에게 빼앗길세라 글라스를 꼭 쥐고 있다. 더 이상 그에게서 뽑아낼 정보가 없다고 판단한 나는 과일 그릇에서 사과 하나를 집어 들고 방을 빠져나온다. 건성으로 사과를 하고는 잽싸게 거실 문을 닫는다. 몰래 위층에 올라가 골드를 만나볼 참이다. 하드캐슬에게 들키면 괜히 골치만 아파질 것이다.

계단 끝에 다다르자 깨진 창문과 문틈으로 스며든 서늘한 외풍이 나를 맞아준다. 바닥에 떨어진 낙엽이 바람에 춤을 추고 있다. 서배스천 벨이었을 때 에블린과 함께 집사를 찾아 이 복도를 누볐던 일이 떠오른다. 한때 벨과 내가 한 몸이었다는 사실이 믿기지 않는다. 그의 비겁함에 나는 또다시 움츠러든다. 다행히 우리 사이에는 충분한 거리가 생겨난 상태다. 이제 그는 파티에서 우연히 들은 민망한 이야기처럼 여겨진다. 다른 누군가의 수치.

댄스는 벨과 같은 사람들을 경멸한다. 하지만 나는 지나치게 비판적이고 싶지 않다. 내가 블랙히스 밖에서 어떤 인간으로 살았는지, 다른 이의 몸속에 갇히지 않았을 때 무슨 생각을 품고 지냈는지 알 수 없기에. 설령 내가 벨과 같은 부류라 해도… 그걸 꼭 나쁘게만 볼 수 있을까? 나는 그의 동정심이 부럽다. 레이븐코트의 똑똑한 머리도, 댄스의 사물의 핵심을 바로 찌르는 능력도. 그중 하나라도 챙겨 블랙히스를 벗어날 수 있다면 얼마나 좋을까?

방해꾼이 없음을 확인하고 나서 그레고리 골드가 천장에 매달려 있는 방으로 들어간다. 고통 속에서 몸부림치는 그는 연신 신음을 토해낸다. 섬뜩한 악몽에 빠져 허우적대고 있는 듯하다. 마음 같아서는 그를 내려주고 싶다. 하지만 애나가 타당한 이유 없이 그를 이런 상태로 내버려두었을 리 없다.

그를 가볍게 흔들어보지만 아무 반응이 없다. 나는 좀 더 세게 흔들어본다.

역시 무반응.

그의 뺨을 찰싹 올려붙이고는 바닥에 놓인 주전자를 가져와 물을 뿌려본다. 하지만 그는 미동도 없다. 끔찍한 상황이다. 디키 박사의 진정제가 아직도 골드를 꼭 붙잡아두고 있다. 속이 울렁거리고 뼛속까지 냉기가 파고든다. 지금껏 미래에 대한 공포는 늘 모호하고 대단찮게만 여겨졌었다. 안개 속에 숨은 검은 형체들처럼. 하지만 이건 내 문제다. 내 운명이 달린 문제다. 나는 발끝으로 서서 그의 소매를 잡아 내린다. 그의 팔뚝에는 그가 전날 밤 내게 보여주었던 길게 베인 상처들이 남아 있다.

"마차에서 내리면 안 돼."

나는 그의 경고를 떠올리며 웅얼거린다.

"그에게서 물러나요."

뒤에서 애나가 말한다.

"그리고 천천히 돌아서요. 같은 말 반복하게 하지 말고요."

나는 그녀가 시키는 대로 한다.

그녀는 산탄총을 내게 겨눈 채 문간에 서 있다. 모자 밖으로는 금발 머리가 늘어뜨려져 있고, 얼굴에는 성난 표정이 떠올라 있다. 방아쇠에 손가락을 얹어놓은 그녀의 조준에는 흔들림이 없다. 그녀를 자극해서는 안 된다. 골드를 보호하기 위해 기꺼이 나를 죽이고도 남을 여자이니까. 비록 나는 위기를 맞았지만 골드를 챙기는 그녀의 모습은 댄스의 가슴을 벅차게 만들기에 충분하다.

"나예요, 애나. 에이든이에요."

"에이든?"

그녀가 산탄총을 살짝 내리고 내 앞으로 다가온다. 그녀의 눈이 내 축 늘어진 목살과 깊이 팬 주름을 유심히 살펴본다.

"당신이 나이 든 모습으로 나타날 거라고 책에 적혀 있었어요."

그녀가 한 손에 총을 쥔 채 말한다.

"하지만 묘비 같은 얼굴을 하고 나타날 줄은 미처 몰랐어요."

그녀가 턱으로 골드를 가리킨다.

"베인 상처를 구경하고 있었나요? 의사가 자해의 흔적일 거라고 했어요. 자기 팔뚝을 갈가리 찢어놓은 거죠."

"왜 그런 거죠?"

칼을 쥐고 내 팔뚝을 북북 그어대는 모습을 상상하니 등골이 오싹해져온다.

"그야 나보다 당신이 더 잘 알잖아요."

그녀가 코를 훌쩍인다.

"우리 따뜻한 곳으로 자리를 옮겨요."

나는 그녀를 따라 복도 맞은편 방으로 들어간다. 집사가 하얀 면 시트 아래서 곤히 자고 있다. 높이 난 창문으로는 눈부신 햇살이 스며들고, 벽난로 쇠살대 위에서는 장작이 타고 있다. 피가 말라붙은 베개를 제외하고는 모든 게 평화롭고 정겹고 친밀하게 와 닿는다.

"지금껏 깨어나지 못한 거예요?"

나는 턱으로 집사를 가리키며 말한다.

"마차 안에서 잠깐 의식을 되찾았었어요. 여기 도착한 지는 얼마 되지 않았고요. 지금 숨도 간신히 쉬는 거예요. 그건 그렇고, 댄스는 어떤가요? 그 사람으로 사는 기분 말이에요."

애나가 산탄총을 침대 밑으로 밀어 넣으며 묻는다.

"별 재미 없어요. 아들을 증오하는 것 빼고는 특별히 거슬리는 부분이 없더군요. 설령 그가 인간쓰레기라 해도 설마 조녀선 더 비보다 더하겠어요?"

나는 테이블에서 주전자를 집어 들고 글라스에 물을 따른다.

"오늘 아침에 그를 만났어요. 그 머릿속에 갇혀 지내는 기분이 얼마나 좋을지 상상이 안 되더군요."

그녀가 냉담하게 말한다.

전혀 좋지 않은데.

나는 거실에서 챙겨온 사과를 그녀에게 건네며 말한다.

"그에게 배가 고프다고 했죠? 그래서 이걸 가져왔어요. 혹시 허기를 달랠 기회가 있었나요?"

그녀가 앞치마에 사과를 닦으며 말한다.

"아뇨. 고마워요."

나는 창가로 다가가 때 묻은 유리창을 소매로 닦기 시작한다. 밖을 내다보는 순간 가슴이 철렁 내려앉는다. 흑사병 의사가 도로 한복판에 서서 정문 관리실을 가리키고 있다. 그의 옆에는 대니얼이 서 있다. 두 사람은 무언가를 의논 중이다.

그 광경이 나를 불안하게 만든다. 지금껏 나의 교섭 담당자는 우리 사이에 장벽을 차곡차곡 쌓아왔다. 이 친밀감은 이제 각자 이익을 위한 협력으로만 느껴진다. 마치 내가 블랙히스에 굴복이라도 한 것처럼. 에블린의 죽음 그리고 우리 중 오직 한 사람만이 이곳을 떠날 수 있다는 흑사병 의사의 주장을 운명으로 받아들이기라도 한 것처럼. 하지만 그건 사실이 아니다. 나는 오늘의 결과를 바꿀 수 있다. 그것이 바로 내가 계속 분투를 이어가는 이유다. 하지만… 대체 밖의 저들은 무슨 꿍꿍이인 걸까?

"뭐가 보여요?"

애나가 묻는다.

"흑사병 의사가 대니얼과 얘길 나누고 있어요."

나는 말한다.

"난 그를 만나본 적이 없어요."

그녀가 사과를 한 입 베어 물며 말한다.

"대체 흑사병 의사가 뭐 하는 사람이죠?"

나는 잠시 눈을 깜빡이며 그녀를 응시한다.

"잘못된 순서로 당신을 만나니 이런 문제가 생기는군요."

"적어도 난 호스트를 갈아 치우지는 않잖아요. 그 의사에 대해 들려줘요."

나는 흑사병 의사에 대해 알아낸 모든 것을 들려준다. 내가 서배스천 벨이었을 때 서재에서 그를 처음 만났던 일. 내가 탈출을 시도했을 때 그가 불쑥 나타나 내 차 앞을 막아섰던 일. 조너선 더비가 되었을 때 마들렌 오베르를 쫓아 숲에 들어갔다가 그에게 질책을 들었던 일. 그 모든 게 아득한 과거로 느껴진다.

"좋은 친구를 사귄 것 같네요."

그녀가 요란하게 사과를 씹어대며 말한다.

"그는 날 이용해먹고 있어요. 난 그 이유가 궁금해 미치겠어요."

"대니얼은 알지도 몰라요. 그와 친한 것 같은데."

그녀가 창가로 다가서며 말한다.

"저들이 지금 무슨 얘길 하고 있을까요? 당신 혹시 에블린 살인 사건을 해결했으면서 내게 얘기해주는 걸 깜빡한 거 아니에요?"

"우리가 제대로만 하면 해결할 살인사건 자체가 발생하지 않을 거예요."

내 시선은 창밖의 두 남자에게 고정돼 있다.

"아직도 그녀를 구하는 데 집착하는 거예요? 흑사병 의사가 불가능한 일이라고 알려줬는데도요?"

"난 그의 말을 곧이곧대로 믿지 않아요. 가면을 쓰고 늘어놓는 주장은 일단 의심부터 해봐야 해요. 게다가 난 오늘의 결과가 바뀔 수 있다는 걸 확인했어요. 내 눈으로 직접 봤다고요."

나는 냉담하게 말한다.

"맙소사, 에이든."

그녀가 으르렁거린다.

"왜요? 뭐가 문제죠?"

나는 흠칫 놀라며 묻는다.

"모든 게 다 문제예요!"

그녀가 흥분하며 두 팔을 넓게 벌린다.

"나랑 약속했잖아요. 내가 이 작은 방을 지키며 이 두 사람을 챙기는 동안 당신은 여덟 명의 호스트를 이용해 살인사건을 해결하기로."

"지금 그러는 중이에요."

나는 당황하며 말한다.

"아니에요. 당신은 그녀를 구하려고만 하잖아요. 그녀가 죽어야만 우리가 탈출할 수 있는데."

"그녀는 내 친구예요, 애나."

"그녀는 '벨'의 친구예요."

애나가 받아친다.

"그녀는 레이븐코트에게 굴욕을 줬고, 더비를 죽일 뻔하기도 했어요. 그녀는 한겨울 날씨보다도 차가운 여자예요."

"그럴만한 이유가 있었을 겁니다."

내가 생각해도 빈약한 대꾸다. 일단 난처한 질문을 피하고 보자는 헛된 노력. 애나가 옳다. 에블린은 더 이상 내 친구가 아니다. 이렇게 돼버린지 오래다. 그녀의 친절함은 아직도 생생한 기억으로 남아 있지만 나를 움직이는 추진력은 아니다. 나는 그보다 더 깊고, 더 강렬히 꿈틀대는 무언가에 떠밀리고 있다. 그녀가 죽도록 내버려두는 건 도리가 아니다. 댄스를 비롯한 그 어떤 호스트도 그걸 바라지 않을 것이다. 나, 에이든 비숍은 말할 것도 없고.

화가 머리 꼭대기까지 난 애나는 내게 제대로 반박할 기회조차 내주지 않는다.

"그녀가 그러는 이유는 알고 싶지 않아요. 내가 알고 싶은 건 당신의 이유라고요."

그녀가 나를 가리키며 말한다.

"당신은 느끼지 못하겠지만 난 내가 이곳에 얼마나 오래 붙잡혀 있었는지 알 것 같아요. 모르긴 해도 수십 년은 족히 됐을 거라고요, 에이든. 난 여길 벗어나고 싶어요. 반드시 그래야만 해요. 그리고 이게 절호의 기회예요. 당신에겐 여덟 번의 기회가 있잖아요. 결국엔 여길 탈출하게 될 거예요. 하지만 난 탈출을 기도할 때마다 그 사실을 잊어버려요. 당신이 도와주지 않으면 영원히 여기 갇혀 살아야 한단 말이에요. 나중에 당신이 벨이 되어 깨어났을 때 날 기억하지 못하면 어떡해요?"

"당신을 여기 남겨두고 떠나지 않을 거예요, 애나."

그녀의 절박함이 내 마음을 뒤흔든다.

"그럼 그 빌어먹을 살인사건이나 해결해요. 흑사병 의사가 시키는 대로만 하란 말이에요. 에블린을 절대 구하지 못할 거라는 그의 말도 이제는 좀 믿고요!"

"난 그를 믿지 않아요."

나는 버럭 화를 내며 돌아선다.

"왜죠? 지금껏 그가 한 얘기가 다 현실이 됐잖아요. 그는…."

"그는 당신이 날 배신할 거라고 했어요."

나는 빽 소리친다.

"뭐라고요?"

"그가 그랬어요. 당신이 날 배신하게 될 거라고."

나는 몸서리를 치며 말한다. 지금껏 나는 단 한 번도 누구를 비난해본 적이 없다. 화가 날 때면 그냥 속으로만 조용히 삭여왔을 뿐이다. 요란하게 목소리를 내고 나니 갑자기 공포가 밀려든다. 애나가 옳다. 흑사병 의사가 들려준 모든 얘기가 속속 현실로 나타났다. 비록 애나와 긴밀한 관계를 유지하고 있지만 그녀가 나를 배신하지 않으리라는 확신은 없다.

그녀가 고개를 저으며 뒤로 물러난다.

"난 절대로… 에이든, 난 절대 그럴 사람이 아니에요. 맹세코."

"그는 당신이 우리의 마지막 루프에 대해 많은 걸 기억하고 있다고 했어요. 당신은 아니라고 주장하지만. 사실인가요? 정말로 내게 숨기는 비밀이 있어요?"

그녀가 머뭇거린다.

"사실이군요, 애나. 그렇죠?"

"아니에요."

그녀가 힘주어 말한다.

"그가 우릴 이간질하려는 거예요, 에이든. 그의 말을 곧이곧대로 믿으면 안 돼요."

"그게 바로 내가 하고 싶은 얘기예요."

나는 쏘아붙인다.

"만약 흑사병 의사가 에블린에 대해 한 말이 사실이라면 그가 당신에 대해 한 말도 사실이지 않겠어요? 난 그의 말을 믿지 않아요. 그는 뭔가를 원하고 있어요. 우린 그게 뭔지 모르고요. 그는 우릴 이용해 그걸 손에 넣으려 하는 거예요."

"설령 그게 사실이라 해도 난 이해할 수 없어요. 당신이 왜 에블린을 살리는 데 그토록 집착하는 건지."

애나가 한층 산란해진 모습으로 말한다.

"왜냐하면 누군가가 그녀를 죽이려하니까요."

나는 쭈뼛대며 말한다.

"그들은 직접 그녀를 죽이는 대신 그녀가 스스로 목숨을 끊도록 조종하고 있어요. 모두가 그 광경을 똑똑히 지켜볼 수 있게 무대까지 만들어놓고 말이에요. 잔인하지 않아요? 그들은 이 상황을 즐기고 있다고요. 난 도저히…. 우리가 그녀에게 어떤 감정을 갖고 있든, 흑사병 의사의 주장이 사실이든 아니든, 그런 건 상관없어요. 한 사람의 죽음을 쇼로 만드는 건 절대 용납할 수 없어요.

그녀가 무슨 죄가 있다고…. 우린 어떻게든 막아야 해요. 우린 할 수 있다고요."

애나의 질문이 불러일으킨 기억의 언저리에서 나는 불안하게 헐떡인다. 마치 살짝 걷힌 커튼 사이로 내 본래의 모습이 드러난 듯한 기분이다. 죄책감과 비탄. 바로 그것들이 열쇠다. 나는 확신한다. 그것들이 나를 블랙히스에 데려다놓았다. 내가 에블린을 챙기게 만든 것도 그것들이고. 하지만 내가 이곳에 온 목적은 그게 아니다.

나는 기억의 끝자락을 움켜쥔 채 천천히 말한다.

"다른 누군가가 있었어요. 여자였던 것 같은데. 아무튼 난 그녀 때문에 이곳에 왔어요. 하지만 끝내 그녀를 구하지 못했죠."

"그녀 이름이 뭐였나요?"

애나가 쪼글쪼글한 내 손을 잡고 나를 올려다보며 묻는다.

"기억나지 않아요."

나는 욱신거리는 머리를 애써 굴리며 말한다.

"혹시 나였나요?"

"모르겠어요."

기억이 조금씩 멀어져간다. 눈물이 쏟아지고 가슴이 먹먹해진다. 누군가를 잃었지만 그게 누구인지 모르는 답답한 상황이다. 나는 애나의 커다란 갈색 눈을 쳐다본다.

"기억이 없어요."

나는 기운 빠진 목소리로 말한다.

"미안해요, 에이든."

"미안해할 거 없어요."

달아났던 기운이 조금 돌아왔다.

"우린 기어이 블랙히스를 탈출하게 될 거예요. 약속할 테니 제발 내 방식에 따라줘요. 어떻게든 해낼 테니 끝까지 날 믿어줘요, 애나."

놀랍게도 그녀는 반발 대신 미소를 보인다.

"그럼 어디서부터 시작해야 하죠?"

"난 헬레나 하드캐슬을 찾아볼 거예요."

나는 손수건으로 얼굴을 훔치며 말한다.

"풋맨에 대해선 뭐 알아낸 거 없나요? 어젯밤 그가 더비를 죽였어요. 다음 표적은 보나 마나 댄스일 거고요."

"그렇지 않아도 생각해둔 계획이 있어요."

그녀가 침대 밑에서 화가용 스케치북을 꺼낸다. 그리고 그것을 펼쳐 내 무릎에 내려놓는다. 지금껏 그녀를 이끌어온 책이다. 하지만 내가 예상했던 복잡한 인과관계를 설명해줄 단서는 보이지 않는다.

스케치북에는 알아볼 수 없는 내용이 잔뜩 적혀 있다.

"이거 내가 봐도 되나요?"

나는 고개를 기웃거리며 그녀가 거꾸로 뒤집어 적어놓은 글을 읽어본다.

"영광인데요."

"당신에게 보여줘도 되는 부분만 공개하는 거예요."

동그라미 친 경고, 오늘 하루 동안 벌어진 일들을 어설프게 그린 스케치 그리고 요약해놓은 대화 내용. 비록 설명은 없지만 골드가 집사를 구타하는 순간을 대충 묘사한 스케치는 대번에 알아볼 수 있다. 그 외의 것은 죄다 무의미하게 느껴질 뿐이다.

직접 혼돈을 겪고 나서야 비로소 질서를 되찾으려는 애나의 노력이 눈에 들어온다. 그녀는 스케치북 곳곳에 중요한 디테일을 빽빽이 적어놓았다. 추측, 시간 기록, 상호 참조까지 마친 우리 대화들 그리고 온갖 쓸만한 정보들.

스케치북을 전투적으로 훑어나가는 나를 지켜보며 애나가 말한다.

"별 도움은 되지 않을 거예요. 당신의 호스트들 중 하나가 준 거예요. 마치 다른 언어로 적어놓은 것 같죠? 이치에 닿지 않는 내용도 많고요. 그래도 혹시 몰라 당신의 일거수일투족을 기록해왔어요. 당신의 모든 호스트가 지금껏 해온 모든 일이 전부 기록돼 있죠. 나름 꼼꼼하려고 애를 써봤지만 보다시피 빈틈이 많아요. 그래서 당신에게 부탁을 좀 하려고요. 벨에게 접근하기 좋은 시간을 알려줘요."

"벨? 왜죠?"

"풋맨은 날 찾아 헤매고 있어요. 그래서 내가 정확히 어느 장소에 있을지 그에게 알려주려고요."

그녀가 쪽지에 무언가를 적어 내려가며 말한다.

"당신의 호스트 몇몇을 모아놓고 그를 기다릴 거예요."

"대체 그를 어떻게 유인하려는 거죠?"

"이걸 쓰면 돼요."

그녀가 내게 쪽지를 건넨다.

"벨의 동선을 알려주면 이걸 그의 눈에 쉽게 띌 장소에 놓아둘 수 있어요. 주방에서 이걸 언급하면 한 시간도 채 안 돼 집 안 곳곳으로 소문이 퍼져나갈 거예요. 당연히 풋맨의 귀에도 들어가게 될 거고요."

블랙히스를 떠나선 안 돼요. 모두의 운명이 당신에게 달렸어요. 밤 10시 20분에 가족 묘지에서 만나요. 묘소로 오면 내가 모든 걸 설명해줄게요.

사랑하는 애나가

나는 그날 저녁을 떠올려본다. 에블린과 벨이 권총으로 무장한 채 축축한 묘지로 들어가 음산한 그림자 속에서 피로 뒤덮인 부서진 나침반을 발견했을 때.

안심도 되지 않고 그렇다고 확정적이지도 않은 징조. 그저 떨어져나온 또 하나의 미래의 조각일 뿐이다. 직접 체험하기 전까지는 정확한 의미를 알 길이 없다.

애나는 내 반응을 기다리고 있다. 하지만 내 우려는 반대를 위한 충분한 이유가 되지 못한다.

"결과를 이미 알고 있나요? 이 방법이 제대로 통했나요?"

그녀가 초조한 모습으로 소맷단을 만지작거린다.

"모르겠어요. 하지만 지금으로선 이게 최선책이잖아요."

"우린 도움이 절실한데 당신에겐 이제 호스트도 몇 명 남지 않았어요."

"걱정하지 말아요. 내가 찾아내고야 말 테니까."

나는 주머니에서 만년필을 꺼내 메시지 밑에 한 줄을 덧붙인다. 불쌍한 벨에게 조금이라도 도움이 되길 바라면서.

오 그리고 장갑 챙기는 거 잊지 말아요. 지금 타고 있잖아요.

37

수십 개의 말발굽이 자갈을 짓이기고 있다. 말들 뒤편에서는 역겨운 거름 냄새가 바람에 실려 풍겨온다. 마구간을 나선 서른 마리 남짓한 말이 마을로 통하는 도로를 따라 나아가고 있다. 그들 뒤로는 마차들이 매달려 있다.

납작한 모자와 하얀 셔츠 그리고 헐렁한 회색 바지를 차려입은 마구간지기들은 그들이 이끄는 말들만큼이나 구분이 쉽지 않다.

나는 분주히 움직이는 말발굽들을 지켜본다. 어릴 적 말에서 떨어져 발굽에 가슴이 짓밟혔던 기억이 문득 떠오른다. 늑골이 부러지고….

댄스에게 휘둘려선 안 돼.

호스트의 기억으로부터 간신히 떨어져나온 나는 어느새 가슴 흉터에 얹어놓았던 손을 내린다.

점점 더 심해지는군.

벨의 성격은 거의 모르고 지냈다. 하지만 더비의 욕정과 댄스의 태도 그리고 유년 시절 트라우마는 끊임없이 나를 산란하게 한다.

가운데 낀 말 몇 마리가 양옆 동료를 깨물어대고 있다. 동요된 말들의 근육이 일제히 씰룩이면서 갈색 물결이 인다. 나는 도로를 벗어나 수북이 쌓인 거름 쪽으로 빠르게 걸어간다.

그때 마구간지기 하나가 나를 발견하고 다가온다.

"무슨 일로 여기까지 오셨습니까, 댄스 씨?"

그가 모자를 살짝 들어 인사한다.

"날 아는가?"

나는 흠칫 놀라며 묻는다.

"죄송합니다, 선생님. 저는 오즈월드라고 합니다. 어제 선생님께서 타신 종마에 안장을 얹어드렸었죠. 정말 멋진 녀석입니다. 다루기 힘든 말인데 선생님께선 전혀 어려워하지 않으시더군요."

그가 이를 드러내고 씩 웃는다. 흉하게 벌어진 그의 치아는 담배에 물들어 갈색을 띤다.

"그래, 기억나네."

지나는 말들이 그의 등을 쿡쿡 찔러댄다.

"실은 말일세, 오즈월드, 난 레이디 하드캐슬을 찾고 있다네. 마구간에서 앨프 밀러를 만나기로 했다던데."

"마님이 오신다는 얘긴 못 들었습니다, 선생님. 앨프는 십 분쯤 전에 누군가와 여길 나섰고요. 호수 쪽으로 향하는 것 같더군요. 방목장 옆길로 들어가는 걸 봤거든요. 아치를 지나서 오른쪽입니다, 선생님. 서두르시면 따라잡을 수 있으실 겁니다."

"고맙네, 오즈월드."

"별말씀을요, 선생님."

그는 또다시 모자를 들어 인사한 후 돌아선다.

나는 길 가장자리를 따라 마구간 쪽으로 걸어간다. 발에 걸리적거리는 자갈 탓에 걷는 게 쉽지 않다. 다른 호스트의 몸이었다면 가볍게 내달릴 수 있었겠지만 댄스의 노쇠한 다리로는 도저히 불가능한 일이다. 발을 내디딜 때마다 발목과 무릎이 꺾이면서 온몸이 휘청인다.

나는 툴툴대며 아치를 통과한다. 뜰에는 귀리와 건초와 짓이겨진 열매들이 어지럽게 널려 있다. 한쪽 구석에서는 빗자루보다도 키가 작은 소년이 잔해를 쓸어담느라 애쓰는 중이다. 아이는 나를 수줍게 쳐다보며 모자를 벗어 인사한다. 하지만 갑자기 불어온 강풍에 모자를 놓치고 만다. 소년은 모자를 쫓아 뜰을 내달리기 시작한다. 마치 모자 안에 자신의 모든 꿈이 가득 담겨 있기라도 한 듯이.

방목장을 따라 난 길은 진창과 웅덩이로 뒤덮여 있다. 겨우 반쯤 들어섰을 뿐인데 내 바지는 이미 흙탕물로 흥건히 젖었다. 발밑에서는 잔가지들이 부러지고 초목에서는 빗물이 후드득 떨어진다. 누군가가 몰래 지켜보는 듯한 기분이다. 나무 틈 어딘가에서 음산한 기운이 느껴진다. 내 걸음에 고정된 누군가의 시선이. 부디 내가 잘못 짚었기를. 만약 풋맨이 불쑥 튀어나온다면 그야말로 낭패다. 내 느려터지고 노쇠한 몸으로는 그에게 맞설 수도, 도망칠 수도 없다. 내 목숨은 그가 나를 어떻게 죽일지 결정할 때까지만 붙어 있게 될 것이다.

마구간지기도, 레이디 하드캐슬도 보이지 않는다. 불안해진 나는 질퍽대는 진창을 빠르게 걸어나간다.

방목장에서 떨어져나온 좁은 길이 숲속으로 이어진다. 마구간에서 멀어질수록 누군가에게 감시당하고 있다는 기분이 점점 뚜렷하게 느껴진다. 검은딸기나무가 내 옷을 속속 낚아채 쥔다. 얼마나 더 걸어 들어갔을까, 마침내 누군가의 목소리와 기슭에서 찰랑대는 물소리가 들려오기 시작한다. 안도감이 찾아들자 지금껏 참았던 숨이 터져나온다. 두 걸음 더 내딛자 목소리의 주인공들이 시야에 들어온다. 마구간지기와 함께 있는 건 레이디 하드캐슬이 아니다. 커닝엄. 레이븐코트의 종자. 그는 두꺼운 외투 차림이다. 그가 목에 두른 긴 자주색 목도리는 그가 나중에 레이븐코트와 대니얼의 대화를 잠시 중단시킬 때 잘 풀리지 않아 한동안 씨름하게 될 바로 그 목도리다.

은행가는 도서관에서 곯아떨어진 모양이다. 무슨 은밀한 대화를 나누고 있었는지 불쑥 나타난 나를 보고 둘이 크게 놀란다.

커닝엄이 애써 덤덤한 척하며 환히 미소를 지어 보인다.

"댄스 씨, 깜짝 놀랐습니다. 날씨가 험한데 여긴 어떻게 오셨습니까?"

"헬레나 하드캐슬을 찾으러 나왔네."

나는 커닝엄에게서 눈을 떼고 마구간지기를 쳐다본다.

"왠지 밀러 씨랑 이곳으로 산책을 나왔을 것 같아서 말이야."

"아닙니다, 선생님."

밀러가 벗어 쥔 모자를 주물러대며 말한다.

"제 오두막에서 뵙기로 했습니다. 그렇지 않아도 지금 그쪽으로 돌아가려던 참이었어요."

"그럼 우리 세 사람이 한배에 탄 셈이군요. 실은 저도 마님을 뵈려고 했거든요. 기왕 이렇게 모인 거, 함께 가보는 게 어떨까요? 제 용건은 오래 걸리지 않겠지만 선생님께 기꺼이 순서를 양보해 드릴 수 있습니다."

"그 용건이라는 게 대체 뭔가? 듣기로는 자네가 아침 전에 레이디 하드캐슬을 만났다고 하던데."

우리는 마구간으로 돌아가는 중이다.

내 노골적인 질문이 실실 웃음을 흘리던 그를 움찔하게 만든다. 그의 얼굴에 짜증스러운 표정이 살짝 스친다.

"하드캐슬 경과 관련해서 의논드릴 게 있었습니다. 대충 짐작이 되시죠? 골치 아픈 문제가 연달아 터져서 말입니다."

"오늘 집에서 그녀를 만났던 게 분명하지?"

"네, 이른 시간에 뵙고 왔습니다."

"그녀 상태가 어떻던가?"

그가 어깨를 으쓱이며 미간을 찌푸린다.

"글쎄요. 마님과는 몇 마디 나눠보지 못했습니다. 그런데 왜 그걸 물으시는지요, 댄스 씨? 꼭 법정에 와 있는 기분이 드는군요."

"자네 말고 오늘 레이디 하드캐슬을 본 사람은 한 명도 없었거든. 자네가 생각해도 좀 이상하지 않은가?"

"불편한 질문 공세가 두려우셨던 모양이죠."

그가 이를 갈며 말한다.

마침내 우리는 마구간지기의 오두막에 도착한다. 모두가 짜증이 난 상태다. 밀러 씨는 내켜하지 않았지만 마지못해 우리를 안으로 들인다. 오두막은 내가 마지막으로 찾았을 때 만큼이나 깔끔하게 정리되어 있다. 비록 세 사람과 그들의 비밀을 품기에는 한없이 비좁지만.

나는 테이블 옆 의자에 자리를 잡고 앉는다. 커닝엄은 책장을 훑고 있고, 마구간지기는 초조한 모습으로 더 이상 치울 곳 없는 구석을 분주히 쓸고 닦는다.

십 분을 기다려도 레이디 하드캐슬은 나타나지 않는다.

먼저 침묵을 깬 사람은 커닝엄이다.

"마님껜 또 다른 계획이 있으신 모양입니다."

그가 손목시계를 들여다보며 말한다.

"그럼 저 먼저 가보겠습니다. 도서관으로 돌아가봐야 하거든요. 그럼 또 뵙겠습니다, 댄스 씨, 밀러 씨."

그는 우리에게 살짝 목례를 한 후 문을 열고 나가버린다.

밀러가 불안해하는 얼굴로 나를 올려다본다.

"선생님은 어찌시겠습니까? 여기서 계속 기다리실 건가요?"

나는 못 들은 척 벽난로 앞에 선 그에게로 다가간다.

"아까 호숫가에서 커닝엄과 무슨 얘길 나눴소?"

그는 창밖으로 시선을 돌린다. 쓸만한 답변을 배달해줄 사람을 기다리는 듯이. 나는 그의 얼굴 앞에서 손가락을 딱 부딪친다. 그 제야 그의 젖은 눈이 내 쪽으로 돌아온다.

"그냥 궁금해서 묻는 것일 뿐이오."

나는 불길함을 잔뜩 담은 낮은 목소리로 말한다.

"하지만 잠시 후엔 당신에게 짜증을 낼지도 모르오. 그러니 아 까 그 친구와 무슨 얘길 나눴는지 말해보시오."

"그가 안내를 부탁했습니다."

그가 아랫입술을 쭉 내밀고 말한다. 입술 안쪽 분홍빛 살이 살 짝 드러난다.

"호수를 보고 싶다나요."

밀러는 거짓말에 소질이 조금도 없는 것 같다. 깊이 팬 주름과 축 늘어진 살로 뒤덮인 그의 노쇠한 얼굴에 감정이 너무나도 선명 히 드러난다. 모든 찌푸림은 비극이고, 모든 미소는 소극이다. 모 든 공연을 한순간에 망쳐놓을 수 있는 거짓말은 그 사이 어딘가에 숨어 있고.

나는 그의 어깨에 손을 얹고 얼굴을 슬그머니 들이밀며 황급히 시선을 돌리는 그를 쳐다본다.

"당신도 알다시피 찰스 커닝엄은 이 집에서 성장했소. 그런 그에게 관광 가이드가 왜 필요하겠소? 자, 어서 말해보오. 둘이 무슨 얘길 나눈 거요?"

그가 고개를 젓는다.

"그와 약속한 게 있어서…."

"나도 당신에게 약속할 수 있소, 밀러. 하지만 내 약속은 별로 달갑지 않을 거요."

내가 손가락으로 그의 쇄골을 꾹 누르자 그가 움찔한다.

"죽은 아이에 대해 물었습니다."

그가 마지못해 대답한다.

"토머스 하드캐슬 말이오?"

"아뇨, 선생님. 다른 아이 말입니다."

"다른 아이라니?"

"키스 파커. 마구간에서 일했던 아이였죠."

"마구간에서 일했던 아이? 그게 대체 무슨 소리요?"

"아무도 그 앨 기억하지 못하더군요."

그가 이를 갈며 말한다.

"제가 데리고 있던 아이입니다. 착한 녀석이었죠. 열네 살쯤 됐었는데. 토머스 도련님이 죽기 일주일 전쯤에 실종됐습니다. 경찰 둘이 출동해 숲을 샅샅이 뒤졌지만 끝내 시체를 찾지 못했어요. 그래서 다들 개가 달아났을 거라 짐작했죠. 하지만 그건 사실이 아닙니다. 갠 엄마를 끔찍이 챙겼어요. 마구간 일도 너무 좋아했고 말입니다. 그런 애가 달아났다니, 말이 안 되죠. 하지만 아무리 떠들어봐도 귀담아듣는 이 하나 없더군요."

"아직도 시체를 못 찾았단 말이오?"

"그렇습니다, 선생님."

"그 얘길 커닝엄에게 들려줬고?"

"네, 선생님."

"정말 그 말만 했을 뿐이오?"

그의 눈이 좌우로 흔들린다.

"다른 얘기도 했구먼."

"아닙니다, 선생님."

"거짓말 마시오, 밀러."

나는 차갑게 말한다. 안에서 분노가 끓어오르기 시작한다. 댄스는 자신을 기만하는 사람을 증오한다. 사람들에게 자신이 잘 속아 넘어가는 얼간이로 비치는 게 싫기 때문이다. 거짓말쟁이만도 못한 지능의 소유자라는 인상을 주고 싶지 않기 때문에.

"거짓말이 아닙니다, 선생님."

가엾은 마구간지기가 항변한다. 그의 이마에 핏줄이 불거졌다.

"거짓말! 어서 사실대로 털어놓으시오!"

"그럴 수 없습니다."

"말하지 않으면 내가 가만두지 않을 거요, 밀러 씨."

나는 호스트에게 행동의 자유를 주기로 한다.

"당신의 모든 것, 당신이 고이 모셔둔 모든 옷과 돈을 다 앗아가겠소."

내 입에서 댄스의 독설이 폭포처럼 쏟아져 나온다. 강도 높은 협박으로 상대를 뭉개버리는 것이 과연 변호사답군. 알고 보니 댄스 역시 더비만큼이나 지독한 놈이었다.

"당신이 가진 모든…."

"그 얘긴 다 거짓이었어요."

밀러가 불쑥 내뱉는다.

그의 얼굴은 잿빛으로 변했고, 눈은 겁에 잔뜩 질렸다.

"그게 무슨 뜻이오? 어서 말하시오!"

"사람들은 찰리 카버가 토머스 도련님을 죽였다고들 합니다, 선생님."

"그래서요?"

"그런데 그건 말이 되질 않아요. 찰리와 저는 꽤 친했습니다. 그날 아침 찰리는 하드캐슬 경과 언쟁을 벌였고 결국 해고됐습니다. 그래서 그는 퇴직금을 챙기기로 했죠."

"퇴직금?"

"사실은 브랜디 몇 병이었습니다. 하드캐슬 경의 서재에서 가지고 나왔죠."

"그가 브랜디 몇 병 훔친 게 뭐 그리 대수라고. 그게 어떻게 그의 결백을 증명해준단 말이오?"

"미스 에블린을 조랑말에 태워 보내고 들어왔더니 그가 기다리고 있더군요. 마지막으로 친구와 한잔하고 싶었다나요. 그 친구 상황을 아는데 제가 무슨 수로 거절하겠습니까. 그래서 저흰 그가 훔쳐 온 브랜디를 마셨습니다. 찰리와 저, 단둘이서만 말이죠. 살인사건이 발생하기 삼십 분 전쯤 그가 불쑥 저더러 여길 뜨라고 하더군요."

"여길 떠나라? 이유가 뭐였소?"

"누군가가 자기를 만나러 올 거라고 했습니다."

"그게 누구요?"

"저도 모르겠습니다, 선생님. 그 친구가 가르쳐주지 않았거든
요. 그는 그냥⋯."

그가 말끝을 흐린다. 수습 못 할 말실수가 걱정되는 모양이다.

"마저 얘기해보시오."

딱한 얼간이는 양손을 쥐어짜며 왼발로 애꿎은 양탄자를 쿡쿡
찔러댄다.

"모든 준비가 다 됐다고 했습니다, 선생님. 다른 데서 훨씬 나은
일을 하게 됐다더군요. 그래서 저는⋯."

"계속해요."

"그 친구가 얘기하는 걸 들어보니⋯ 왠지⋯."

"속 시원히 털어놓으라니까, 밀러!"

"레이디 하드캐슬 말입니다, 선생님."

그가 처음으로 나와 눈을 맞추며 말한다.

"그 친구가 레이디 헬레나 하드캐슬과 엮인 게 틀림없다고 생
각했습니다. 두 사람이 원래부터 아주 가까웠거든요."

내 손이 그의 어깨에서 떨어진다.

"그녀가 도착하는 걸 봤소?"

"저는⋯."

"당신은 그의 말을 듣지 않았을 거요. 내 말이 틀렸소?"

나는 죄책감이 묻어나는 그의 얼굴을 똑바로 쳐다본다.

"당신은 여길 뜨지 않고 누가 오는지 지켜보고 싶었을 거요. 그
래서 가까운 곳 어딘가에 숨어 있었을 거고 말이오."

"잠깐만 그러려고 했습니다, 선생님. 그 친구 신상이 걱정돼서
좀 지켜보려 했을 뿐입니다."

"왜 이 얘길 아무에게도 하지 않은 거요?"

나는 인상을 찌푸리며 말한다.

"그러지 말라는 당부가 있었거든요."

"누가 그런 당부를 했단 말이오?"

그가 고개를 들고 나를 쳐다본다. 그의 침묵에서 필사적인 애원이 느껴진다.

"대체 누구였냐니까!"

"레이디 하드캐슬이었습니다, 선생님. 그래서 제가 확신을…. 마님이 찰리에게 자기 아들을 죽이라고 시켰을 리 없지 않겠습니까. 안 그렇습니까? 만약 그가 아이를 죽였다면 마님이 제게 입 닫고 있으라고 신신당부를 하셨겠어요? 말이 안 되지 않습니까. 그 친구는 도련님을 죽이지 않았습니다."

"그래서 당신은 지금껏 그 비밀을 간직해왔단 말이오?"

"두려워서 그랬습니다, 선생님. 너무 두려웠어요."

"헬레나 하드캐슬이 말이오?"

"칼이 두려웠습니다. 토머스 도련님을 죽이는 데 쓰인 칼 말입니다. 그게 카버의 오두막에서 발견됐거든요. 마룻장 밑에 숨겨져 있었답니다. 그것 때문에 그 친구가 안타까운 최후를 맞았죠."

"당신이 그 칼을 두려워할 이유가 없지 않소."

"그게 제 칼이었거든요. 편자 다듬을 때 쓰던 칼이었습니다. 살인사건이 발생하기 이틀 전에 제 오두막에서 사라졌었죠. 제 침대에 깔려 있던 고급 담요도 누군가가 훔쳐갔고 말입니다. 저는 사람들에게 오해를 받을까 봐 두려웠습니다. 제가 카버와 그런 끔찍한 일을 꾸몄다는 억울한 누명을 쓰게 될까 봐요."

그 후 몇 분의 시간이 어떻게 흘러가버렸는지 기억도 나지 않는다. 밀러에게 비밀을 지켜주겠노라고 약속한 사실과 오두막을 나선 순간도 희미한 기억으로만 남았을 뿐이다. 나는 비를 쫄딱 맞으며 저택으로 향한다.

마이클 하드캐슬은 토머스가 살해된 날 아침, 누군가가 찰리 카버와 함께 있었다고 말했다. 스탠윈의 산탄총을 맞고 달아난 사람. 혹시 레이디 하드캐슬이 아니었을까? 만약 그녀였다면 총알이 스친 상처를 어떻게 은밀히 치료했을까?

설마 디키 박사가?

하드캐슬 부부는 토머스가 살해된 주말에 저택에서 파티를 열었다. 에블린은 당시 참석한 손님들이 이번에도 고스란히 초대됐다고 했다. 무도회 초대장을 받은 디키도 분명 십구 년 전, 이곳에 있었을 것이다.

그는 입을 열지 않을 거야. 개처럼 충성스러운 사람이니.

"그는 벨과 함께 마약 밀매 사업을 벌이고 있어."

나는 더비였을 때 그의 방에서 발견한 성경을 떠올리며 말한다.

"그걸로 압박하면 그에게서 진실을 뽑아낼 수 있을지도 몰라."

어느새 나는 흥분 상태에 빠졌다. 만약 레이디 하드캐슬이 어깨에 총을 맞은 사실을 디키가 확인해준다면 그녀는 토머스를 살해한 가장 유력한 용의자가 되는 셈이다. 대체 그녀는 왜 아들을 죽이려 했던 것일까? 레이디 하드캐슬이 죽인 게 아니라면, 어째서 그녀는 카버가 자신을 대신해 누명을 쓰도록 내버려둔 것일까? 카버는 하드캐슬 경이 아내와 정분이 났다고 주장해온 문제의 인물인데.

평생 피 냄새를 쫓는 사냥개처럼 진실을 파헤쳐온 늙은 변호사 댄스는 잔뜩 신이 나 있다. 블랙히스에서 또 한 겹의 베일이 벗겨진 듯한 느낌이다. 댄스의 좋지 않은 눈으로 바라보는 저택은 크고 흐릿한 얼룩 같다. 갈라져 생긴 금도 모호해 보인다. 젊은 밀리센트 더비가 레이븐코트 그리고 하드캐슬 가족과 이곳에서 여름휴가를 보냈을 때는 분명 전혀 다른 모습이었으리라. 아이들이 안심하고 숲속을 뛰어다니고, 그들의 부모가 파티와 음악, 웃음과 노래에 흠뻑 빠져 지냈을 때.

얼마나 황홀한 시간이었을까?

헬레나 하드캐슬은 그 시절을 무척 그리워했고, 당시의 추억을 되새기기 위해 또다시 대대적인 파티를 연 것이다. 하지만 그것을 지금 이곳에서 벌어지는 모든 일의 원인이라 단정 짓는 건 어리석은 짓이다.

토머스 하드캐슬의 죽음이 폐허로 만들어버린 블랙히스는 절대로 회복될 수 없다. 그럼에도 불구하고 그녀는 똑같은 손님을 똑같은 파티에 초대했다. 그것도 십구 년이나 지나서. 대체 암울한 과거를 공들여 치장한 이유가 무엇일까?

만약 밀러의 말이 사실이라면, 찰리 카버가 토머스 하드캐슬을 죽이지 않았다면, 헬레나 하드캐슬이 우리 모두가 얽힌 이 끔찍한 거미줄을 쳐놓은 장본인이라는 뜻이다. 이 악몽의 중심에 선 인물.

보나 마나 그녀는 오늘 밤 에블린을 죽일 계획을 세워놓았을 것이다. 하지만 나는 아직도 그녀를 어떻게 찾아야 할지, 또 어떻게 막아야 할지 모른다.

38

몇몇 남자들이 블랙히스 밖에서 담배를 피우며 전날 밤의 난행에 대해 수다를 떨고 있다. 나는 쾌활하게 인사를 건네는 그들을 외면한 채 말없이 계단을 오른다. 다리는 욱신거리고 허리는 빨리 뜨거운 물에 담가달라고 아우성이다. 하지만 내게는 그럴 시간이 없다. 삼십 분 후면 사냥이 시작된다. 놓칠 수 없는 절호의 기회다. 의문은 넘쳐나고, 답들은 죄다 산탄총으로 무장을 했다.

나는 거실에서 스카치위스키가 담긴 디캔터를 챙겨 들고 내 방으로 들어간다. 통증을 잠재우기 위해 독한 술을 몇 모금 넘긴다. 댄스가 불편해하는 게 느껴진다. 나는 무엇이 그의 심기를 거슬리게 하는지 알고 있다. 하지만 지금은 그런 것 따위에 신경 쓸 때가 아니다. 내 호스트는 자신에게 벌어지고 있는 일들을 경멸한다. 그는 나이를 암으로, 폐결핵으로 그리고 미란靡爛으로 여긴다.

진흙으로 덮인 옷을 벗어 던지고 거울 앞으로 다가가 선다. 나는 지금껏 댄스의 본모습도 모른 채 그를 부려왔다. 매일 새 몸으로 태어나는 것에는 완벽히 적응했다. 하지만 유심히 들여다보면 에이든 비숍의 모습이 엿보일지도 모른다는 생각에 그에게서 눈을 떼지 못한다.

댄스는 칠십 대 후반으로, 늘어진 잿빛 피부로 온몸이 덮여 있다. 머리는 거의 다 벗겨졌고 얼굴에서는 주름이 흘러내린다. 커다란 매부리코 양옆으로는 회색 콧수염이 살짝 돋아나 있다. 생기 없는 까만 눈은 몸뚱이의 주인에 대해 아무런 정보도 내주지 않는다. 댄스는 특색 없이 살려고 무던히 애써온 듯하다. 그가 소유한 옷들은 고급 명품으로, 전부 회색이다. 손수건과 나비넥타이는 모두 진홍색이거나 짙은 청색이거나, 둘 중 하나다. 일생을 위장으로 살아온 사람답다.

그의 트위드 수렵복은 배 부분이 조금 끼는 감이 있지만 크게 불편한 정도는 아니다. 나는 위스키로 목구멍을 데우고 나서 복도 맞은편 디키 박사의 침실로 향한다. 그리고 문에 노크를 한다.

문 뒤편에서 발소리가 흘러나온다. 잠시 후, 디키가 문을 활짝 연다. 그도 사냥을 위해 옷을 차려입은 상태다.

"병원에서도 이토록 과도하게 진료를 해본 적이 없었는데."

그가 툴툴거린다.

"칼에 찔린 환자에 기억을 잃은 환자와 흠씬 두들겨 맞아 피곤죽이 된 환자까지 챙겨야 했다네. 자네가 뭣 때문에 왔는진 모르겠지만 웬만큼 흥미로운 케이스가 아니라면 내 관심을 끌지 못할 걸세. 기왕이면 환부가 허리 위에 있기를 바라네만."

"서배스천 벨을 통해서 마약을 팔아왔지?"

나는 불쑥 말한다. 순간 그의 얼굴에서 미소가 사라진다.

"판매는 그가 맡았고, 자네는 물건을 공급했어."

창백해진 그는 잠시 휘청대다가 잽싸게 문틀에 몸을 기댄다.

그의 반응을 확인한 나는 더 강하게 밀어붙인다.

"이 사실을 테드 스탠윈에게 알렸으면 난 큰돈을 벌 수도 있었을걸세. 하지만 난 그러고 싶지 않았어. 내가 알고 싶은 건 자네가 총상을 입은 헬레나 하드캐슬이나 또 다른 누군가를 치료한 적이 있었는지야. 토머스 하드캐슬이 살해된 날에 말일세."

"당시 경찰도 내게 같은 걸 물었다네. 물론 난 솔직하게 대답을 했고 말이야."

그가 옷깃을 느슨하게 풀며 목쉰 소리로 말한다.

"난 그런 적 없네."

나는 잠시 그를 노려보다가 홱 돌아선다.

"아무래도 스탠윈에게 가봐야겠구먼."

"이보게, 이게 사실이라니까."

그가 내 팔뚝을 움켜잡으며 말한다.

우리는 서로의 눈을 똑바로 쳐다본다. 그의 노쇠한 눈에는 공포가 가득하다. 내 심상치 않은 눈빛을 확인한 그가 이내 내게서 손을 뗀다.

"헬레나 하드캐슬은 자기 목숨보다도 자기 아이들을 더 사랑했다네. 그중에서도 토머스를 특히 끔찍이 챙겼었지. 그녀가 그 앨 죽였을 리 없네. 그녀는 절대 그럴 사람이 아니야. 신사의 명예를 걸고 맹세하네. 그날 총상을 입고 날 찾아온 사람은 없었네. 스탠윈이 누굴 쐈는지도 아는 바가 없고."

나는 기만의 흔적을 찾아 한동안 그의 얼굴을 빤히 쳐다본다. 아무리 봐도 그가 거짓말을 하는 것 같지는 않다.

기가 꺾인 나는 의사를 보내준다. 그리고 남자들이 모인 입구 홀로 나간다. 그들은 담배를 피우며 신나게 수다를 떨어대는 중이다. 모두가 들뜬 모습으로 사냥의 시작을 기다리고 있다. 나는 디키가 헬레나의 연루 사실을 순순히 확인해줄 거라 믿었다. 그렇게 에블린의 죽음의 기점을 알아낼 수 있기를 바랐다.

아무래도 토머스에게 벌어진 일에 대해 좀 더 자세히 알아볼 필요가 있을 것 같다. 나는 곧바로 테드 스탠윈을 찾아 나선다.

거실로 들어서자 초록색 트위드 수렵복 차림의 필립 서트클리프가 눈에 들어온다. 그는 열정적으로, 하지만 매우 서투르게 피아노를 연주하고 있다. 형편없는 음악이 이 집에서 보낸 첫날 아침의 기억을 상기시킨다. 서배스천 벨이 간직하는 기억. 벨은 한쪽 구석에 불편하게 서서 이름 모를 술을 홀짝이고 있다. 내 안에서 그에 대한 나의 연민과 댄스의 짜증이 팽팽히 맞서고 있다. 나이 든 변호사는 무지한 자를 절대 곱게 봐주는 법이 없다. 기회가 주어진다면 그는 벨에게 모든 걸 들려줄 것이다. 후폭풍 따위를 두려워할 인간이 아니다. 솔직히 나도 그 아이디어에 구미가 당긴다.

벨은 오늘 아침 숲속에서 본 여자가 애나가 아닌, 마들렌 오베르라는 하녀였다는 사실을 모른다. 또한 그들이 모두 멀쩡히 살아 있으니 죄책감에 시달릴 이유도 없다. 당장이라도 달려가 그에게 루프에 대해 설명해주고 싶다. 에블린의 죽음에 얽힌 미스터리를 풀어야만 이곳에서 탈출할 수 있다는 사실도 귀띔해주고 싶다. 그래야 그가 도널드 데이비스가 됐을 때 무모한 탈출 시도로 소중한 시간을 허비하지 않을 테니까. 그에게 이렇게 말해주고 싶다. 커닝엄이 바로 찰리 카버의 아들이에요. 그는 카버가 토머스 하드캐슬을 죽이지 않았다는 걸 증명하려 애쓰는 것 같아요. 때가 오면 이 정보로 커닝엄을 압박하도록 해요. 레이븐코트는 스캔들을 혐오하거든요. 그 사실을 알면 그는 분명 자신의 종자를 쫓아낼 겁니다. 난 그에게 베일에 싸인 펄리시티 매덕스와 헬레나 하드캐슬을 찾으라고 지시할 거예요. 왜냐하면 사라진 안주인이 이 퍼즐의 열쇠를 쥐고 있으니까요.

하지만 소용없을 거야.

"나도 알아."

나는 서글프게 웅얼거린다.

보나 마나 벨은 나를 미치광이로 여길 것이다. 그리고 이 모든 게 사실이라는 걸 깨달은 후에는 그의 조사가 그 운명의 날을 완전히 바꾸어놓을 것이다. 그를 돕고 싶은 마음이 굴뚝 같지만 이미 답에 너무 근접해 있기에 그럴 수가 없다. 하마터면 루프를 뒤죽박죽 망쳐놓을 수 있으니.

안타깝지만 벨은 스스로 길을 찾는 수밖에 없다.

그때 누군가가 내 팔꿈치를 붙잡는다. 한 손에 접시를 들고 나타난 크리스토퍼 페티그루. 그와 이토록 가까이 붙어 서본 것은 이번이 처음이다. 댄스의 흠잡을 데 없는 매너가 아니었다면 역겨워하는 내 표정이 얼굴에 고스란히 떠올랐을 것이다. 가까이서 보는 그는 땅속에서 캐낸 무언가를 연상시킨다.

"저 친구를 빨리 어떻게 해야 할 텐데 말이야."

페티그루가 턱으로 내 어깨 너머를 가리킨다. 식탁에서 편육을 챙겨 담고 있는 테드 스탠윈. 가늘어진 그의 눈은 동료 손님들을 유심히 살피는 중이다. 그의 얼굴에는 혐오의 표정이 뚜렷이 떠올라 있다.

지금껏 나는 그를 약자를 괴롭히는 못된 사람 정도로만 생각해왔지만 이제 깨닫는다. 그가 그보다 훨씬 악랄하다는 것을. 그의 직업은 협박이다. 그것은 그가 이 집에 얽힌 모든 망신스러운 비

밀과 스캔들과 괴팍한 사연을 속속들이 꿰고 있다는 뜻이다. 뿐만
아니라, 그는 그것들의 주인공도 알고 있다. 그는 블랙히스의 모
두를 경멸한다. 그들의 비밀을 보호해야 하는 자신도 예외는 아니
다. 그래서 그는 기분전환을 위해 매일 남들에게 싸움을 건다.

누군가가 나를 툭 밀치고 지나쳐 간다. 혼란스러워하는 찰스 커
닝엄. 도서관을 다녀온 그는 손에 레이븐코트의 편지를 쥐고 있
다. 루시 하퍼는 주변의 심상치 않은 기운을 감지하지 못한 채 접
시를 치우는 데만 몰두하고 있다. 그녀는 죽은 내 아내, 레베카와
살짝 닮았다. 젊은 시절의 아내는 루시처럼 생겼었다. 그녀의 차
분한 몸동작도 아내와 비슷하다. 마치….

레베카는 네 아내가 아니야.

"지금 무슨 생각을 하는 거야, 댄스?"

나는 정신을 가다듬으며 말한다.

"제대로 못 들었는데, 다시 말해보게."

페티그루가 인상을 찌푸리며 말한다.

민망함에 얼굴이 화끈 달아오른 나는 대꾸를 하려고 입을 연
다. 하지만 내 정신은 또다시 빈 접시를 챙기러 스탠윈 앞을 지나
쳐 이동하는 딱한 루시 하퍼에게 팔려 있다. 그녀는 내가 기억하
는 것보다 예쁘다. 얼굴에 덮인 주근깨와 파란 눈, 하다못해 모자
밑으로 삐져나온 새빨간 머리를 도로 집어넣으려 애쓰는 모습까
지도.

"잠시만요, 테드."

그녀가 말한다.

"테드?"

그가 그녀의 손목을 우악스럽게 움켜쥐며 으르렁거린다. 그녀

는 통증에 움찔한다.

"내가 누군 줄 알고 그래, 루시? 이젠 스탠윈 씨라고 불러야지. 내가 아직도 밑바닥에서 쥐랑 뒹구는 신세인 줄 알아?"

그녀는 겁에 질린 얼굴로 도와줄 사람을 찾아 주위를 황급히 둘러본다.

서배스천 벨과 달리 댄스는 인간 본성을 관찰하는 데 관심이 많다. 눈앞의 상황을 물끄러미 지켜보고 있을 때 문득 기묘한 생각이 뇌리를 스친다. 처음 이 순간을 목격했을 때 나는 오로지 거칠게 다뤄지는 루시의 공포에만 주목했었다. 하지만 유심히 보니 그녀는 겁에 질린 게 아니라, 뜻밖의 반응에 놀란 것이다. 속상해하는 기색도 엿보인다. 신기하게도 스탠윈 역시 유사한 모습을 내보인다.

"그녀를 놔줘, 테드."

문간에서 대니얼 콜리지가 말한다.

이후의 대립은 내가 기억하는 대로 흘러간다. 물러서는 스탠윈, 벨을 이끌고 마이클과 만나기로 한 서재로 향하면서 내게 눈인사를 건네는 대니얼,

"자, 가세나. 볼거리가 끝났지 않은가."

페티그루가 말한다.

스탠윈을 뒤쫓고 싶은 마음은 굴뚝 같지만 계단을 올라 이스트윙으로 향하고 싶지는 않다. 결국 그도 사냥을 위해 다시 내려올 테니까 그냥 여기서 기다리기로 한다.

우리는 분개한 사람들을 헤치고 입구 홀을 가로지른다. 진입로로 나오니 서트클리프와 헤링턴이 우리를 기다리고 있다. 그 뒤로 생소한 얼굴 몇몇이 보인다. 폭풍을 한가득 담은 먹구름이 몰

려오는 중이다. 거센 폭풍은 머지않아 블랙히스를 대여섯 번에 걸쳐 후려칠 것이다. 떼를 지어 선 사냥꾼들은 바람의 거친 손길에 날아가지 않도록 모자와 재킷을 꼭 붙잡고 있다. 개들만이 어둠을 향해 맹렬히 짖어대며 의욕을 보인다. 날씨를 보아하니 비참한 오후가 될 듯하다. 곧 현실로 드러날 비극적인 시나리오를 알기에 더 음울하게 느껴진다.

"허, 왔는가?"

우리가 다가가자 서트클리프가 말한다. 그의 재킷에 비듬이 잔뜩 앉아 있다.

헤링턴이 우리를 돌아보며 고개를 끄덕인다. 그러고는 몸을 숙여 신발에 묻은 지저분한 무언가를 털어내며 묻는다.

"대니얼 콜리지가 스탠윈과 티격대는 걸 봤나? 우리가 사람을 잘 골라 밀어준 것 같구먼."

"그야 두고 보면 알겠지. 그건 그렇고, 대니얼은 어디로 갔지?"

서트클리프가 무뚝뚝하게 말한다.

주위를 둘러봤지만 대니얼은 어디에도 보이지 않는다. 나는 말없이 어깨만 으쓱해 보인다.

사냥터지기들이 총을 챙겨 오지 않은 이들에게 산탄총을 하나씩 나누어준다. 나도 한 정 받아 챙긴다. 잘 닦고 기름까지 쳐놓은 총이다. 총열을 열어보니 실린더에 채워진 빨간 탄약 두 개가 보인다. 다들 화기를 다뤄본 모양이다. 그들은 누가 먼저랄 것도 없이 능숙하게 조준기를 살피며 가상의 목표를 겨누기 시작한다. 하지만 댄스는 사냥에 별 흥미가 없는 듯하다. 무척 난처한 상황이다. 어쩔 줄 몰라 하며 산탄총을 만지작거리고 있을 때 성격 급한 사냥터지기 하나가 달려와 총을 팔뚝에 얹어놓는 방법을 가르쳐준다. 그는 내게 탄약 한 상자를 건네고는 다음 사람에게로 이동한다.

솔직히 총을 쥐고 있으니 안심이 된다. 하루 종일 누군가에게 감시당하는 기분을 떨칠 수 없었는데, 이제는 무기가 생겼으니 마음 놓고 숲속을 누빌 수 있게 됐다. 보나 마나 풋맨이 내 목숨을 노리고 있을 텐데, 호락호락하게 당할 수만은 없지.

그때 마이클 하드캐슬이 불쑥 나타나 두 손에 입김을 불어대며 우리에게 다가온다.

"시간이 많이 지체됐네요. 죄송합니다. 아버지가 사과의 말씀 전해달라고 하셨습니다. 갑자기 일이 생기는 바람에 합류할 수 없게 되셨답니다. 제가 대신 선생님들을 모시겠습니다."

"벨이 얘기한 죽은 여자를 발견하면 어째야 하지?"

페티그루가 비꼬는 투로 말한다.

마이클이 인상을 쓰며 그를 쏘아본다.

"크리스천답게 관용을 베풀어주시죠. 부탁드립니다. 그 친구가 많이 힘들어하고 있습니다."

"그러게 작작 마셔댔어야지."

서트클리프가 말한다. 그 말에 마이클을 제외한 모두가 웃음을 터뜨린다. 불쾌해하는 마이클의 표정을 확인한 그가 잽싸게 두 손을 번쩍 들어 보인다.

"오, 자네도 어젯밤 그 친구 상태를 보지 않았나. 설마 우리가 그 여자를 찾게 될 거라 믿는 건 아니겠지? 알다시피 실종자가 아무도 없지 않은가. 그가 헛소리를 지껄인 거라고."

"벨이 거짓말을 했을 리 없습니다. 저도 그의 팔뚝을 봤습니다. 누군가가 숲에서 그 친구를 난자했단 말입니다."

"보나 마나 넘어지면서 술병에 베였을걸세."

페티그루가 코웃음을 치며 꽁꽁 언 두 손을 비벼댄다.

그때 사냥터지기가 다시 나타나 마이클에게 검은색 권총을 건 넨다. 총열에 긁힌 자국이 길게 나 있는 것만 빼면 오늘 밤, 에블 린이 묘지로 향할 때 챙겨 갈 권총과 똑같다. 헬레나 하드캐슬의 침실에서 훔쳐 온 바로 그 권총.

"도련님을 위해 기름을 칠해뒀습니다."

사냥꾼지기가 모자를 살짝 들어 인사를 한 후 돌아선다.

마이클은 무기를 허리 권총집에 꽂아 넣고 대화를 계속 이어나 간다.

"왜 모두 신경이 예민해져 계신지 모르겠습니다. 오늘 사냥은 며칠 전에 이미 계획이 잡힌 것이지 않습니까. 그저 이동 방향을 바꿨을 뿐이라고요. 가다가 뭔가를 발견해도 좋고, 그러지 못해도 손해볼 건 없습니다."

몇몇 남자가 나를 일제히 돌아본다. 댄스는 이럴 때 결정권자로 영향력을 행사하곤 한다. 난처해하고 있을 때 마침 개들이 짖어대 기 시작한다. 사냥터지기는 개들을 따라 숲속으로 우리를 이끌어 나간다.

나는 블랙히스를 돌아보며 벨을 찾아본다. 그는 서재 창가에 서 있다. 그의 몸은 빨간 벨벳 커튼에 반쯤 가려 있다. 어스레한 분위 기 때문인지, 아니면 먼 거리 때문인지 알 수는 없지만 그의 모습 은 유령처럼 섬뜩하다. 마치 저택에 기를 쫙 빨려버리기라도 한 것처럼.

삼삼오오 짝을 이룬 나머지 사냥꾼들은 이미 숲속에 들어선 상 태다. 나는 허둥대며 그들을 따라잡는다. 우선 스탠윈에게 헬레나에 대해 물어봐야 한다. 하지만 내 속도로는 그의 빠른 걸음을 도 저히 따라잡을 수가 없다. 지금으로서는 그를 시야에 가둬두는 것 으로 만족해야 한다. 아무래도 나중에 휴식을 위해 잠깐 멈춰 섰 을 때 슬그머니 다가가봐야 할 것 같다.

나는 언제 불쑥 나타날지 모르는 풋맨을 생각하며 서트클리프 와 페티그루에게 바짝 붙어선다. 그들은 대니얼과 하드캐슬 경 사 이에 모종의 거래가 있었을 가능성에 대해 머리를 굴려대는 중이 다. 한껏 들떴던 분위기는 어느새 축 가라앉아버렸다. 한 시간쯤 지나자 숨 막힐 듯 답답한 숲속 공기가 사람들이 내뱉는 말을 짓 이겨 속삭임으로 만들어놓는다. 그리고 이십 분이 더 흐르자 대화 가 뚝 멎어버린다. 개들마저도 어둠 속에서 코만 킁킁댈 뿐 더 이 상 짖지 않는다. 나는 묵직한 산탄총을 꽉 움켜쥔 채 무리로부터 너무 뒤처지지 않으려 지친 몸을 재촉한다.

"마음껏 즐겨요, 노인 양반."

내 뒤에서 대니얼 콜리지가 말한다.

"뭐?"

백일몽에 빠졌던 나는 정신이 번쩍 든다.

"댄스는 그나마 괜찮은 호스트예요. 선한 마음씨에 차분한 매 너를 갖췄죠. 몸 상태도 그 정도면 가누는 데 문제가 없고요."

대니얼이 바짝 다가오며 말한다.

"천 마일도 넘게 걸어온 것처럼 몸이 천근만근인데 몸 상태가 나쁘지 않다고요?"

나는 피로에 전 목소리로 말한다.

"마이클이 우리를 갈라놓을 겁니다. 노인네들은 잠시 쉬어갈 거고요, 젊은 놈들은 계속 이동할 거예요. 그러니 조금만 더 참아요. 곧 쉼터에 도착할 테니까."

높은 덤불이 우리 사이를 가로막는다. 우리는 미로에 갇힌 연인처럼 서로를 보지 못하는 채로 대화를 이어나간다.

"늘 피로에 절어 사는 게 너무 짜증 납니다. 콜리지의 젊음을 빨리 누리고 싶어요."

나는 나뭇잎 사이로 그를 쳐다보며 말한다.

"이 잘생긴 얼굴에 현혹되지 말아요. 콜리지의 영혼은 아주 새까맣습니다. 그가 망나니짓을 못 하도록 꼭 붙들고 있는 게 얼마나 고된 일인 줄 알아요? 명심해요. 이 몸에 갇히고 나면 댄스로 지낼 때가 좋았다는 걸 뼈저리게 깨닫게 될 겁니다. 그러니 지금 이 순간을 마음껏 즐기라고요."

잠시 후, 덤불이 사라지자 대니얼이 다시 바짝 다가선다. 살짝 절뚝대며 걷는 그의 한쪽 눈에는 멍이 들어 있다. 걸음을 내디딜 때마다 그의 얼굴이 통증에 일그러진다. 저녁 식사 때 은은한 불빛 아래서 봤을 때보다 상태가 몇 배 심해 보인다. 충격받은 내 표정을 봤는지 그가 희미하게 미소를 흘린다.

"보이는 것만큼 심각하진 않아요."

"어떻게 된 거죠?"

"복도에서 풋맨을 쫓다가 이렇게 됐어요."

"날 두고 당신 혼자서 말입니까?"

그의 무모함에 깜짝 놀라며 나는 말한다. 우리는 풋맨을 지하로 몰아보자는 계획을 세웠다. 출구 세 곳을 지키려면 여섯 사람을 동원해야 한다. 애나가 돕기를 거부하고, 더비가 의식을 잃었을 때 나는 대니얼이 우리 계획을 취소해버릴 줄 알았다. 이제 보니 황소고집인 호스트는 더비만이 아닌 모양이다.

"달리 방법이 없었어요. 다 잡았다고 생각했는데, 내가 오판을 했더라고요. 다행히 칼을 뽑아 들기 전에 그를 쫓아버릴 수 있었어요."

그의 입에서 쏟아져 나오는 모든 단어에 분노가 서려 있다. 나는 현재에 기습당한 미래에 병적으로 사로잡힌 기분이 어떨지 상상해본다.

"애나를 데려갈 방법은 떠올려봤나요?"

나는 묻는다.

대니얼이 끙 앓는 소리를 내며 팔뚝에 얹은 산탄총을 살짝 세운다. 내 굼뜬 속도에 맞춰 걷는 중인데도 그는 제대로 서 있는 것조차 힘들어 보인다.

"아직요. 그리고 앞으로도 떠올려보지 않을 작정입니다. 미안해요. 매정하게 들리겠지만, 우리 중 단 한 사람만 여길 탈출할 수 있어요. 밤 11시가 다가오면 애나는 분명 우릴 배신할 거예요. 이제 우린 서로를 믿는 수밖에 없어요."

그녀는 당신을 배신할 거요.

흑사병 의사는 바로 이 순간을 경고했던 걸까? 모두에게 이득이 돌아가야만 동업 관계가 깨지지 않는다. 하지만 지금은…. 대니얼이 자신을 포기했다는 걸 알면 과연 그녀는 어떻게 반응할까?

나라면 어떻게 반응했을까?

내가 우물쭈물하자 대니얼이 내 어깨에 손을 얹어 위로한다. 댄스는 남자의 제스처에 감탄한다. 뜻밖의 반응이다. 댄스는 그의 목적의식을 높이 평가하고 있다. 그의 대쪽 같은 성격은 내 호스트가 가장 중요히 여기는 자질과 딱 맞아떨어진다. 어쩌면 대니얼은 그런 이유로 다른 호스트 대신 나를 골라 접근했는지도 모른다. 자신과 가장 닮은꼴이기 때문에.

"그녀에겐 얘기 안 했죠? 우리의 제안이 그냥 쇼일 뿐이라는 것 말이에요."

그가 근심 어린 말투로 묻는다.

"차마 그럴 수 없었어요."

"마음은 불편하겠지만 비밀은 꼭 지켜주기 바래요."

대니얼이 어린아이 구슬리듯 말한다.

"풋맨보다 한 수 앞서려면 애나의 도움이 절실해요. 우리가 약속을 지킬 수 없다는 걸 그녀가 알면 우릴 도우려 나서겠어요?"

그때 우리 뒤로 무거운 발소리가 들려온다. 어깨 너머로 돌아보니 어느새 바짝 다가온 마이클이 눈에 들어온다. 늘 밝기만 했던 그의 표정이 평소와 달리 심각하다.

"맙소사. 누가 자네 개를 걷어차기라도 했나? 표정이 왜 그래?"

대니얼이 말한다.

"이 넨장맞을 수색 작업 말이야."

그가 짜증스럽게 말한다.

"벨이 여기 어딘가에서 어떤 여자가 살해되는 걸 봤다고 하지 않았나. 하지만 누구 하나 진지하게 수색에 임하는 사람이 없어. 내가 뭐 많은 걸 바라나? 그냥 사냥터로 향하는 길에 좀 살펴봐달라고만 했을 뿐인데. 낙엽 더미가 보이면 발로 툭툭 건드려보고, 고작 그 정도만 해달라는 건데 내가 무리한 부탁을 한 건가?"

대니얼이 헛기침을 하며 마이클을 멋쩍게 쳐다본다.

"오, 이런. 무슨 나쁜 소식이라도 있나?"

마이클이 인상을 찌푸리며 말한다.

"좋은 소식일세. 아무리 찾아봐도 죽은 여자는 없었네. 오해가 있었던 모양이야."

대니얼이 허둥대며 말한다.

"오해라. 어떻게 그게 오해일 수가 있나?"

마이클이 천천히 말한다.

"더비가 숲에 들어와 있었다더군. 그를 본 하녀가 겁을 집어먹었고, 그렇게 일이 커져버린 거였다네. 그에게 총을 쏜 건 자네 누이였고 말이야. 벨이 그걸 살인사건으로 오해했던 걸세."

대니얼이 말한다.

"더비, 이 개자식!"

마이클이 갑자기 저택 쪽으로 휙 돌아선다.

"가만두지 않겠어. 이런 짓을 하려면 다른 데 가서 하던지 말이야!"

"그 친구 잘못이 아니었네. 적어도 이번에는 말이야. 믿기 힘들겠지만 더비는 그녀를 도우려 했던 거라네. 자네가 오해한 거야."

마이클이 입을 닫고 수상쩍다는 듯한 눈빛으로 대니얼을 응시한다.

"그 말 사실인가?"

대니얼이 경직된 친구의 어깨에 손을 얹으며 말한다.

"물론이지. 다 오해에서 비롯된 일이었네. 그 누구의 잘못도 아니야."

"더비답지 않게 웬일이지?"

마이클이 그제야 한숨을 길게 내쉬고 분노를 사그라뜨린다. 그는 감정에 쉽게 휘둘리는 인간이다. 욱하는 성질에 쉽게 들뜨는 만큼 빨리 식어버리는 타입. 그런 호스트에 갇혀 지내는 기분이 어떨지 궁금해진다. 댄스의 냉담함에도 단점은 있다. 하지만 마이클의 병적일 만큼 심각한 감정 기복보다는 훨씬 낫다.

마이클이 겸연쩍게 말한다.

"오전 내내 손님들에게 숲속 어딘가에 시체가 널브러져 있다고 난리를 쳐댔는데. 이렇게 돼버렸으니 다들 김이 샜을 거야. 이 일이 아니라도 이미 최악의 주말을 보냈을 텐데."

"자네는 그저 친구를 도왔을 뿐이지 않나."

대니얼이 자애롭게 미소를 지어 보인다.

"자네가 미안해할 건 없지."

대니얼의 따뜻한 배려에 나는 깜짝 놀란다. 흐뭇한 기분도 살짝 든다. 블랙히스를 탈출하고자 하는 그의 집념은 높이 평가하면서도 또 한편으로는 그의 무모한 모습에 걱정되기도 한다. 시간이 흐를수록 의심은 공포와 뒤섞여 나를 점점 옥죄어간다. 모두를 적으로 오해하고, 그들을 적대하는 건 쉬운 일이다. 하지만 대니얼은 놀랍게도 그 유혹에 굴하지 않고 뜻밖의 모습을 보여주고 있다.

대니얼과 마이클이 서로에게 바짝 붙어 걸어가고 있을 때 내가 그의 권총집을 가리키며 불쑥 묻는다.

"자네가 찬 그 권총 말이야, 모친 것인가?"

그는 흠칫 놀라는 표정이다.

"이 총 말씀입니까? 어머니에게 이런 권총이 있었던가요? 이건 오늘 아침 에블린에게서 받은 건데요."

"그녀가 왜 자네에게 권총을 줬지?"

당혹스러운지 마이클의 얼굴이 화끈 달아오른다.

"제가 사냥을 별로 좋아하지 않기 때문입니다."

그가 발밑 낙엽을 발로 차며 말한다.

"피와 몽둥이질을 보면 속이 울렁거리거든요. 사실 전 오늘 사냥에 따라나설 마음이 없었어요. 하지만 수색도 해야 하고, 아버지까지 빠지셔서 어쩔 수 없었죠. 제가 불안해하는 걸 보고 누나가 이걸 챙겨주더군요."

그가 권총을 톡톡 두드린다.

"성능은 형편없지만 꽤 근사하지 않습니까?"

대니얼은 터져나오려는 웃음을 억지로 참는다. 마이클이 그 모습을 보고 온화한 미소를 짓는다.

나는 놀림을 무시하고 묻는다.

"자네 양친은 어디들 계시나, 마이클? 그분들이 준비하신 파티인 줄로만 알았는데. 다들 어디 가시고 자네 혼자 이렇게 동분서주하는 건가?"

마이클이 우울한 표정으로 목 뒤를 긁어댄다.

"아버지는 정문 관리실에 틀어박혀 계세요, 에드워드 삼촌. 늘 그렇듯 아주 침울해하고 계신답니다."

삼촌?

순간 댄스의 머릿속에 흐릿한 기억 하나가 떠오른다. 나를 가족의 일원으로 만들어준 피터 하드캐슬과의 평생 우정. 나는 평생 지켜봐온 이 녀석에게 애정을 느끼고 있다. 뿐만 아니라, 그를 자랑스러워하기까지 한다. 내 친자식보다도.

혼란스러워하는 내 반응을 보지 못한 마이클이 말을 계속 이어나간다.

"어머니는, 실은 여기 오신 후로 어머니가 좀 이상해지셨어요. 삼촌이 조용히 불러 말씀 좀 들어보시겠어요? 자꾸 저를 피하시거든요."

"나도 마찬가지라네. 하루 종일 모친을 뵙지 못했어."

그가 잠시 골똘한 생각에 잠겼다가 목소리를 내리깔고 비밀을 털어놓듯 말한다.

"왠지 정신 상태가 정상이 아니신 듯해요."

"정상이 아닌 것 같다고?"

"꼭 다른 사람을 보는 것 같다니까요."

그가 근심스럽게 말한다.

"마냥 행복해하시다가도 갑자기 돌변해 버럭 화를 내세요. 당최 어느 장단에 맞춰 춤을 취야 할지 모르겠습니다. 게다가 저휠 쳐다보는 눈빛도 좀 이상해졌어요. 식구들조차도 알아보지 못하시는 것 같달까요?"

또 다른 경쟁자인 건가?

흑사병 의사는 총 세 명의 경쟁자가 있다고 했다. 풋맨, 애나 그리고 나. 그에게는 거짓말을 할 이유가 없었다. 나는 대니얼의 반응을 살펴본다. 그의 시선은 마이클에게 단단히 고정돼 있다.

"언제부터 그랬지?"

나는 자연스럽게 묻는다.

"글쎄요. 느낌으론 늘 그러셨던 것 같아요."

"자네가 처음으로 이상하게 느낀 건 언제였고?"

마이클이 입술을 씹어대며 기억을 더듬다가 갑자기 말한다.

"옷! 생각났어. 내가 옷 얘기를 했었던가?"

마이클이 친구를 돌아보며 말한다. 대니얼은 멍한 얼굴로 고개를 젓는다.

"잘 생각해보게. 분명 자네에게 했던 것 같은데. 일 년 전쯤에 말일세."

대니얼이 다시 고개를 젓는다.

"어머니가 병적인 연례 성지 참배를 위해 블랙히스를 찾으신 후에 런던으로 돌아오셨거든. 내가 사는 메이페어에 불쑥 나타나셔서는 뜬금없이 옷을 찾았다고 법석을 부리셨네."

마이클은 당장이라도 대니얼이 흥분하며 맞장구를 쳐주기를 원하는 눈치다.

"딱 그 말씀만 하셨어. 옷을 찾으셨다고. 그러고는 내게 그 옷에 대해 아느냐고 물으셨지."

"그게 누구 옷이었나?"

나는 그의 비위를 맞춰주려 묻는다.

헬레나의 또 다른 면에 대해 듣는 건 무척 흥미롭다. 하지만 일 년 전, 확 변해버린 그녀가 또 다른 경쟁자일 가능성은 희박하다. 분명 수상한 구석이 있기는 하지만 그깟 세탁물이 이 퍼즐을 푸는 데 결정적인 역할을 해줄 것 같지는 않다.

그가 두 손을 들어 보이며 말한다.

"그야 저도 모르죠. 어머니는 계속 알아들을 수 없는 말씀만 늘어놓으실 뿐이었어요. 흥분한 어머니를 간신히 진정시켰지만 옷이 어쩌고 하는 궤변은 계속 이어졌죠. 모두가 다 알 거라나요?"

"뭘 다 알 거라는 얘긴가?"

"그걸 끝내 가르쳐주지 않으셨어요. 집으로 돌아가신 후로도 같은 말씀만 하셨고요."

개들이 사냥꾼들을 각기 다른 방향으로 이끌어나간다. 헤링턴, 서트클리프 그리고 페티그루는 저만치 앞에서 우리를 기다리고 있다. 추가 안내를 받기 위해 뒤에 남은 모양이다. 마이클은 인사를 남기고 그들에게로 달려간다.

"어떻게 생각해요?"

나는 대니얼에게 묻는다.

"아직 아무 생각도 안 해봤어요."

그가 애매하게 대답한다.

그는 멀어지는 마이클을 바라보며 골똘한 생각에 잠겼다. 우리는 절벽 아래 자리한 버려진 마을에 도착할 때까지 침묵을 이어간다. 진흙 덮인 나들목 주변에는 돌로 지은 작은 집 여덟 채가 옹기종기 모여 있다. 초가지붕은 썩어 문드러졌고, 한때 그것을 떠받쳤던 통나무는 무너져내렸다. 곳곳에 사람이 살았던 흔적이 보인다. 돌무더기 밖으로 삐죽 튀어나온 양동이, 길가에 쓰러져 있는 모루. 여기에 매력을 느끼는 이들도 있겠지만 내 눈에는 그저 마을 사람들이 기꺼이 버리고 간 과거 고생의 유물로만 보일 뿐이다.

"시간이 거의 다 됐어요."

대니얼이 마을을 쳐다보며 말한다.

그의 얼굴에는 오묘한 표정이 떠올라 있다. 조급함과 들뜸과 약간의 두려움이 묻어나는 그의 목소리가 내 머리털을 곤두세운다. 왠지 이곳에서 무언가 중요한 일이 터질 것만 같다. 하지만 그것이 무엇일지는 전혀 감이 오지 않는다. 마이클은 서트클리프와 페티그루에게 오래된 석조주택 하나를 보여주고 있다. 스탠윈은 나무에 몸을 기대고 서서 먼 산을 바라보는 중이다.

"준비해요."

대니얼이 수수께끼 같은 한마디를 남기고 나무 틈으로 사라져버린다. 다른 호스트였다면 그를 뒤쫓았겠지만 탈진 상태에 빠진 이 몸으로는 상상도 할 수 없는 일이다. 나는 일단 주저앉아 숨을 고르기로 한다.

남자들이 신나게 수다를 떨어대는 동안 나는 무너져내린 벽에 앉아 휴식을 취한다. 눈꺼풀이 점점 무거워진다. 기회를 노려온 나이는 마침내 내 목에 송곳니를 박아 넣고 안에 남은 기운을 쪽쪽 빨아 먹고 있다. 불쾌한 느낌. 레이븐코트의 육중한 몸뚱이에 갇혀 지냈을 때보다 몇 배는 더 심한 것 같다. 그나마 레이븐코트가 돼버렸다는 최초의 충격이 시들해지고 나서는 그의 신체적 한계에 익숙해질 수 있었지만 아직도 자신을 활기찬 청년으로 여기는 댄스는 보통 만만한 상대가 아니다. 댄스는 잠시 앉아 숨을 고르기로 한 내 결정을 못마땅해하고 있다. 고작 이깟 피로에 굴복해버리다니.

밀려든 무기력감에 짜증이 난 나는 졸지 않으려 연신 팔뚝을 꼬집어댄다.

문득 블랙히스 밖에서는 내가 몇 살이나 됐을지 궁금해진다. 지금껏 한 번도 뇌리를 스친 적 없는 의문이다. 그동안은 무의미한 사색에 빠져들 여유가 없었다. 하지만 이제는 나도 모르게 자꾸 젊음과 정력과 팔팔한 건강과 온전한 정신을 위해 기도하게 된다. 여기서 기적적으로 탈출한 후 상상을 초월하는 내 원래의 상태로 돌아가게 된다면….

39

둘째 날(계속)

내 눈이 번쩍 뜨인다. 금으로 된 회중시계를 물끄러미 쳐다보던 흑사병 의사가 나를 돌아본다. 그가 손에 쥔 촛불이 그의 가면을 노랗게 물들여놓았다. 다시 집사로 돌아온 나는 면으로 된 시트를 몸에 두른 채 누워 있다.

"정시에 깨어나셨군."

흑사병 의사가 시계 뚜껑을 닫으며 말한다.

황혼 녘인 것 같다. 촛불이 방 안의 어둠을 살짝 걷어놓았다. 내 옆에는 애나의 산탄총이 반듯하게 놓여 있다.

"어떻게 된 거요?"

나는 목쉰 소리로 묻는다.

"댄스가 벽에 기댄 채 잠이 들었소."

흑사병 의사가 씩 웃으며 바닥에 양초를 내려놓은 후 침대 옆 작은 의자에 앉는다. 그의 외투가 나무 의자를 이내 삼켜버린다.

"아니, 그게 아니라, 이 산탄총 말이오. 내가 왜 이걸 갖고 있는 거요?"

"당신 호스트들 중 하나가 가져다 놓은 것이오. 애나를 불러댈

404

생각일랑 마시고."

문 쪽으로 돌아간 내 눈을 보고 그가 말한다.

"그녀는 정문 관리실에 없소. 난 당신의 경쟁자가 사건을 거의 해결했다는 걸 알려주기 위해 왔소. 오늘 밤, 그는 나를 찾아 호수로 올 것이오. 그를 앞지르려면 이제부터 최대한 서둘러야 하오."

일어나 앉아보려 몸을 꿈틀대던 나는 늑골에서 전해져 오는 극심한 통증에 멈칫한다.

"대체 왜 내게 이토록 관심을 보이는 것이오?"

나는 통증이 잠잠해질 때까지 기다렸다가 묻는다.

"그게 무슨 소리요?"

"왜 자꾸 내 앞에 나타나 이런 얘길 늘어놓느냔 말이오. 당신이 애나에겐 아무런 관심이 없다는 걸 알고 있소. 풋맨과도 별 교류가 없는 것 같고."

"이름을 말해보시오."

"그건 왜…."

"어서."

그가 지팡이로 바닥을 탁탁 내리찍는다.

"에드워드 대… 아니, 더비. 난…."

당황한 나는 잠시 버벅거린다.

"에이든… 그리고 성은…."

"당신은 그들에게 자신을 빼앗기고 있소, 비숍 씨."

그가 팔짱을 끼고 의자 등받이에 몸을 기대며 말한다.

"이미 오래전부터 진행돼온 일이오. 어째서 당신에게 달랑 여덟 명의 호스트만 주어지는지 아시오? 그 이상이면 당신의 본성이 그들 밖으로 표출되지 않기 때문이오."

그의 말이 옳다. 호스트들은 점점 강해지고, 나는 점점 약해지는 중이다. 그것은 아주 천천히, 아주 음흉하게 진행돼왔다. 마치 해변에서 깜빡 잠이 들었다가 바다 한가운데서 깨어난 기분이다.

"그럼 난 이제 어찌해야 하오?"

패닉에 빠진 나는 묻는다.

"기다림."

그가 어깨를 으쓱이며 말한다.

"당신이 할 수 있는 것이라고는 그것뿐이오. 당신 머릿속에서 들려오는 목소리. 지금쯤이면 들어봤으리라 믿소. 건조하고 살짝 아득하게 느껴지는 목소리 말이오. 당신이 당황하면 차분해지고, 당신이 겁을 먹으면 대담해지는."

"들었소."

"당신에게 남은 에이든 비숍의 마지막 흔적이오. 블랙히스에 처음 발을 들였을 때의 당신 말이오. 비록 이젠 자그마한 조각에 불과하지만, 루프 사이에 들러붙은 그의 본성의 한 가닥에 불과할 뿐이지만, 만약 당신이 조금씩 자신을 잃어가고 있다면 그 목소리에 귀를 기울이는 게 좋을 거요. 그게 바로 당신의 등대거든. 한때 당신이었던 남자의 마지막 남은 흔적."

그가 자리에서 일어난다. 외투 자락이 요란한 소리를 내며 일으킨 바람에 촛불이 위태롭게 흔들린다. 그는 바닥에서 양초를 집어 들고는 문으로 향한다.

"기다려보시오."

그가 나를 등진 채 멈춰 선다. 그의 몸은 촛불이 만들어낸 온화한 광륜에 묻혀 있다.

"우리가 이런 만남을 몇 번이나 가져온 거요?"

"모르긴 해도 수천 번은 될 거요. 수를 헤아릴 수 없을 정도로 많이."

"내가 실패를 거듭하는 이유가 대체 뭐요?"

그가 한숨을 내쉬며 어깨 너머로 나를 돌아본다. 그의 태도에서 권태가 묻어난다. 마치 모든 루프가 그의 안에 차곡차곡 침전되어 왔기라도 한 듯이.

"나도 이따금 그걸 의아해하곤 한다오."

녹아 흐른 촛농이 그의 장갑에 떨어진다.

"운이 나빴던 것도 있고, 자만하다가 실수를 저지른 적도 있었소. 하지만 무엇보다도 당신의 천성이 문제였던 것 같소."

"내 천성? 그럼 내가 애초부터 실패할 운명이었다는 거요?"

"운명? 아니오. 그건 핑계일 뿐이오. 블랙히스는 핑계를 용납하지 않소. 이곳에선 그 어떤 일도 필연적으로 발생하지 않소. 비록 밖에서는 그래 보이지만 말이오. 매일 똑같은 일들이 반복되는 이유는 당신의 동료 손님들이 매일 똑같은 결정을 내리기 때문이오. 그들은 매일 사냥을 나서고, 서로를 배신하오. 그들 중 하나는 술만 퍼마시고 아침 식사를 매번 거르면서 자신의 인생을 영원히 바꿔줄 미팅을 놓치고 있소. 자신들에게 다른 길이 있다는 걸 깨닫지 못하기에 변하질 못하는 거요. 하지만 당신은 다르오, 비숍 씨. 난 당신이 친절함과 잔학함의 순간에 어떻게 반응하는지 유심히 지켜봐왔소. 새로운 루프가 시작되면 당신은 늘 이전과는 다른 선택을 했소. 하지만 문제는 결정적인 시점에 이르러서 항상 같은 실수를 반복한다는 사실이오. 마치 당신 안의 일부가 끊임 없이 당신을 함정으로 떠밀어버리기라도 하는 듯이."

"그럼 내가 다른 사람이 되어야만 여기서 탈출할 수 있다는 말이오?"

"모두가 자신이 만든 우리에 갇혀 있다는 말이외다. 블랙히스에 처음 발을 들인 에이든 비숍,"

유쾌하지 않은 기억이 떠올랐는지 그가 한숨을 내쉰다.

"그가 원했던 것 그리고 그가 그걸 손에 넣으려 취했던 조치들은… 너무나 비타협적이었소. 그런 사람은 결코 블랙히스를 탈출할 수 없소. 하지만 지금 내 눈앞의 에이든 비숍은 다르오. 내가 보기에 당신은 거의 답을 찾은 것 같소. 하지만 그렇게 믿었다가 속은 적이 한두 번이 아니었다오. 사실 당신은 지금껏 한 번도 시험대에 올라본 적이 없었소. 하지만 곧 때가 올 것이오. 만약 당신이 변했다면 희망을 가져도 좋소, 진정으로 바뀌었다면 말이오."

구부정한 자세로 방을 나선 그는 촛불을 앞세우고 어두운 복도를 파고든다.

"에드워드 댄스 이후엔 네 명의 호스트가 남게 될 거요. 비록 집사와 도널드 데이비스에겐 남은 시간이 얼마 없지만. 부디 몸조심하시오, 비숍 씨. 풋맨은 당신의 목숨이 끊어질 때까지 멈추지 않을 거요. 그리고 허망하게 호스트를 잃는 건 당신에게 회복 불능의 치명타가 될 것이오."

그 말과 함께 문이 스르르 닫힌다.

40

여섯째 날(계속)

댄스의 나이가 천 개의 작은 추처럼 나를 짓누른다.

내 뒤에서는 마이클과 스탠윈이 대화를 나누고 있다. 한쪽에서는 손에 술잔을 하나씩 쥔 서트클리프와 페티그루가 요란하게 웃음을 터뜨리고 있다.

레베카는 마지막 브랜디 글라스가 놓인 은쟁반을 들고 내 주변을 빙빙 맴도는 중이다.

"레베카,"

나는 애정 어린 목소리로 이름을 부르며 아내의 볼을 향해 손을 길게 뻗는다.

"아닙니다, 선생님. 저는 루시예요. 루시 하퍼."

하녀가 근심 어린 얼굴로 말한다.

"죄송해요. 저 때문에 깨셨네요. 선생님이 벽에서 굴러떨어지실 것 같았어요."

나는 눈을 깜빡여 댄스의 죽은 아내의 기억을 지워낸다. 그리고 어리석게 군 나 자신을 속으로 나무란다. 이런 황당한 실수를 저지르다니. 집사에게 보여준 그녀의 친절을 떠올리니 격앙됐던 감정이 조금씩 수그러든다.

"술을 가져올까요, 선생님? 한잔하시면 몸이 따뜻해질 거예요."

나는 그녀 너머로 에블린의 시녀 마들렌 오베르를 바라본다. 그녀는 글라스와 반쯤 남은 브랜디 병을 모아 바구니에 담는 중이다. 내가 잠든 동안 두 사람이 블랙히스에서 술을 챙겨온 모양이다. 그들이 벌써 돌아갈 채비를 하고 있다니. 내가 얼마나 오랫동안 눈을 붙였는지 짐작이 된다.

"술이 없어도 이미 충분히 얼떨떨해."

그녀의 시선이 내 어깨 너머로 돌아간다. 마이클 하드캐슬의 어깨를 꼭 쥔 테드 스탠윈에게로. 그녀는 반신반의하는 기색이다. 점심시간에 그에게 호되게 당해봤으니 그럴 만도 하다.

"걱정할 것 없어, 루시. 내가 대신 전달해줄 테니까."

나는 자리에서 일어나 쟁반에서 브랜디가 담긴 글라스를 집어든다.

"어차피 저 친구와 할 말이 있었거든."

"감사합니다, 선생님."

그녀가 환히 웃으며 말한다. 그리고 내 마음이 바뀔까 두려운지 잽싸게 돌아서버린다.

내가 다가가자 스탠윈과 마이클이 일제히 입을 닫는다. 잠시 어색하고 불안한 침묵이 이어진다.

"마이클, 스탠윈 씨와 긴히 나눌 얘기가 있는데, 미안하지만 자리 좀 피해주겠나?"

"알겠습니다."

마이클이 고개를 끄덕이고는 사라진다.

나는 스탠윈에게 술을 건넨다. 그는 의심스러운 눈빛으로 글라스를 쳐다보지만 나는 모른 척한다.

"높으신 분께서 어인 일로 미천한 날 다 찾아주셨나, 댄스?"

스탠윈이 링에 오른 상대를 대하듯 나를 뜯어본다.

"우리가 서로를 도울 수 있을 것 같아서 말이네."

"사실 나도 새 친구를 사귀는 데 관심이 많았어."

"토머스 하드캐슬이 살해된 날 아침에 자네가 뭘 봤는지 알고 싶네."

"그걸 왜 내게 묻지?"

그가 손끝으로 글라스를 살살 훑어나가며 말한다.

"확실한 소식통에게서 듣고 싶네."

그는 내 어깨 너머로 바구니를 챙겨 떠나는 마들렌과 루시를 바라본다. 방해꾼이 나타나주기를 바라는 건가? 어떤 이유에서인지 그는 댄스와 단둘이 남겨진 것이 영 불편한 모양이다.

"뭐 들려주지 못할 이유는 없지."

그가 앓는 소리로 말한다. 그의 시선이 다시 내게로 돌아온다.

"그때 난 블랙히스의 사냥터지기였어. 늘 그래왔듯 호숫가를 살펴보던 중이었는지 카버와 어떤 놈이 나를 등진 채 서서 어린애를 칼로 찌르고 있더라고. 난 그에게 총을 쐈고, 그는 내가 카버와 엉겨 붙어 있는 동안 숲속으로 달아나버렸어."

"그 사례로 하드캐슬 경 내외가 자네에게 농장을 내준 건가?"

"그랬지. 내가 달라고 한 건 아니었어."

그가 코를 훌쩍이며 말한다.

"마구간지기 앨프 밀러는 그날 아침, 헬레나 하드캐슬이 카버와 함께 있었다고 알려줬네. 그 사건이 발생하기 몇 분 전에 말이야. 누구 말이 맞는 건가?"

"그놈은 술주정뱅이야. 거기에 거짓말쟁이이기까지 하고."

스탠윈이 차분하게 말한다.

나는 그가 떠는지, 불안해하지는 않는지 유심히 지켜본다. 하지만 노련한 사기꾼답게 너무나도 태연한 모습이다. 어느새 저울은 그의 쪽으로 기울어진 상태다. 그리고 그의 자신감은 점점 커져만 간다.

내가 완전히 오판한 것이다.

마구간지기와 디키에게 그랬던 것처럼 그를 강하게 압박하면 먹힐 줄 알았다. 하지만 스탠윈이 초조해하는 건 두려움 때문이 아니라, 정곡을 찌르는 불편한 질문에 대한 우려 때문이었다.

"어디 한번 말해보시지, 댄스 씨."

그가 몸을 앞으로 기울이고 내 귀에 속삭인다.

"당신 아들의 친모가 누구지? 세상을 뜬 레베카가 아니라는 것쯤은 아는데. 아, 오해는 하지 마. 누군지 짐작이 되니까. 하지만 지금 당신이 알려주면 그걸 확인하느라 아까운 시간을 허비하지 않아도 되잖아. 솔직히 털어놓으면 그 대가로 매달 지불할 돈을 깎아줄 용의도 있어."

순간 내 안에서 피가 얼어붙어버린다. 댄스가 그토록 감추고 싶어 했던 비밀. 그가 가장 수치스러워하는, 그의 유일한 약점. 스탠윈은 바로 그것을 마구 후벼대고 있다.

뭐라 대꾸해야 할지 난감한 상황이다.

내게서 물러난 스탠윈이 입도 대지 않은 브랜디를 덤불에 확 뿌려버린다.

"다음에 또 거래가 하고 싶어지면 그땐 제대로 된 교환거리를…."

그때 내 뒤에서 산탄총이 폭발한다.

무언가가 내 얼굴에 튄다. 스탠윈의 몸이 뒤로 튕겼다가 이내 고꾸라진다. 귓속이 얼얼하다. 볼을 더듬는 손끝에 피가 묻는다.

스탠윈의 피.

누군가가 비명을 지른다. 순간적으로 숨이 턱 막혀버린 사람들의 입에서 속속 괴성이 터져나온다.

미동도 없이 서 있던 사람들이 일제히 움직이기 시작한다.

마이클과 클리퍼드 헤링턴이 시체를 향해 달려온다. 그들은 디키 박사를 불러오라고 외쳐대지만 다 부질없는 일이다. 협박범은 이미 숨져버렸으니까. 그의 가슴에는 커다란 구멍이 생겼고, 그의 얼굴에서는 더 이상 악의에 찬 표정을 찾아볼 수 없다. 멀쩡한 한쪽 눈은 나를 원망하듯 올려다보고 있다. 그에게 말해주고 싶다. 이건 내 잘못이 아니라고. 이건 내가 벌인 일이 아니라고. 갑자기 그것이 세상에서 가장 중요한 일처럼 느껴진다.

쇼크 때문이야.

바스락거리는 덤불에서 대니얼이 걸어온다. 그의 산탄총에서는 연기가 모락모락 피어오르고 있다. 태연하게 시체를 내려다보는 그의 모습은 과연 이것이 그의 범행이 맞기는 한지 의문을 품게 만들 정도다.

"대체 무슨 짓을 한 겐가, 콜리지?"

흥분한 마이클이 스탠윈의 맥을 짚으며 소리친다.

"자네 부친과 약속한 일을 했을 뿐이네."

그가 덤덤하게 말한다.

"테드 스탠윈이 자네 가족을 두 번 다시 협박하지 못하도록 조치하겠다고 약속드렸거든."

"자넨 살인을 저지른 거야!"

"그래. 알아."

대니얼이 휘둥그레진 그의 눈을 쳐다본다.

대니얼이 주머니에서 실크 손수건을 꺼내 내게 건넨다.

"이걸로 닦으세요."

나는 넋 나간 얼굴로 손수건을 받아든다. 너무나도 혼란스럽고 당혹스럽다. 마치 악몽을 꾸는 기분이다. 나는 얼굴에 튄 스탠원의 피를 닦고 나서 손수건에 묻은 진홍색 얼룩을 빤히 쳐다본다. 왠지 그러고 있으면 이 상황이 이해될 것만 같다. 방금까지 나와 대화를 나누었던 스탠원은 싸늘한 주검이 돼버렸다. 어떻게 이런 일이 가능하지? 뭔가가 빠졌잖아. 추격, 공포 그리고 어떤 형태로든의 경고. 이렇게 허망하게 죽는 건 말이 안 된다. 그는 사기로 느껴질 만큼 너무나도 호된 값을 치르고 말았다.

"우린 다 끝장이야."

서트클리프가 나무에 기댄 채 서서 울부짖는다.

"스탠원이 그랬지? 자신에게 무슨 일이 생기면 우리 모두의 비밀이 만천하에 폭로될 거라고."

"고작 걱정하는 게 그건가?"

헤링턴이 그에게 바짝 다가가 소리친다.

"콜리지가 우리 눈앞에서 사람을 죽였단 말일세!"

서트클리프가 받아친다.

"우리 모두가 그를 증오하지 않았나. 자네도 같은 생각을 했다는 거 아네. 아니라고 잡아떼지 말게! 스탠원은 그동안 우리 목줄을 쥐고 지겹도록 괴롭혀오지 않았는가. 그놈은 죽어서도 우릴 놔주지 않을걸세."

"아뇨, 그렇지 않습니다."

대니얼이 산탄총을 한쪽 어깨에 얹어놓으며 말한다.

오직 그만이 차분한 모습을 하고 있다. 너무나 흥분한 나머지 본성을 벗어난 태도를 보이는 다른 손님들과는 완전 딴판이다. 이 끔찍한 사건은 그에게 아무런 의미도 없는 듯하다.

"그가 알아낸 우리 비밀들…."

페티그루가 말한다.

"그 내용은 제가 가진 책에 고스란히 기록돼 있습니다."

대니얼이 불쑥 끼어든다. 그가 은으로 된 케이스에서 담배를 한 대 꺼내 든다.

그의 손에는 조금의 떨림도 없다. 나중에 내 것이 될 손. 블랙히스는 기어이 나를 괴물로 만들 셈인가?

"사람을 시켜 그걸 훔쳐 오게 했습니다."

그가 대수롭지 않다는 듯 담배에 불을 붙이며 말한다.

"이제 여러분의 비밀은 제 비밀이 됐습니다. 영원히 빛을 보지 못하게 잘 챙길 테니 걱정들 마십시오. 자, 그럼 이제 제게 약속을 해주시죠. 이 일을 오늘 딱 하루만 비밀에 부쳐주셔야 합니다. 아시겠어요? 만약 누가 묻는다면 스탠윈이 애초에 우리를 따라 나오지 않았다고 대답하십시오. 그 이유는 잘 모르겠다고도 덧붙여주시고 말입니다. 아무튼 그게 우리가 살아 있는 그를 가장 마지막으로 본 순간이었습니다. 이해하시겠습니까?"

멍한 얼굴들이 서로를 쳐다본다. 다들 충격에 휩싸여 할 말을 잊은 상태다. 조금 전 목격한 사건에 경악을 한 것인지, 아니면 예기치 못한 기적에 흥분한 것인지 당최 구분할 수가 없다.

충격이 서서히 걷히면서 대니얼이 왜 그런 끔찍한 일을 벌였는지 이해되기 시작한다. 삼십 분 전, 나는 마이클에게 약간의 친절을 베풀어준 그를 칭찬했다. 그리고 지금, 나는 또 다른 남자의 피로 온몸이 뒤덮여 있다. 그가 느낀 절망의 깊이를 과소평가한 탓이다.

나의 좌절. 눈앞에서 펼쳐지는 이 모든 것은 바로 내 미래다. 그 생각을 하니 속이 울렁거리기 시작한다.

"말로 해주십시오, 여러분."

대니얼이 담배연기를 길게 뿜어내며 말한다.

"다들 잘 이해했다고 말씀해주십시오."

여기저기서 엉기정기 웅얼거림이 터져나온다. 오직 마이클만이 못마땅한 표정을 짓고 있다.

그를 쳐다보며 대니얼이 냉담하게 말한다.

"명심들 하십시오. 여러분의 비밀은 이제 제 수중에 있습니다."

그가 극적 효과를 위해 잠시 뜸을 들인다.

"자, 누가 우릴 찾으러 나오기 전에 집으로 돌아갑시다."

남자들은 툴툴거리며 다시 숲으로 되돌아간다. 대니얼은 내게 뒤에 남으라고 손짓한다. 그리고 손님들이 충분히 멀어질 때까지 기다린다.

"그의 주머니를 뒤져봐야겠어요. 도와줘요."

그가 소매를 걷어 올리며 말한다.

"이따가 다른 사냥꾼들이 이쪽으로 돌아올 겁니다. 그때 시체 옆에 붙어 있는 모습을 보일 순 없어요."

"대체 무슨 짓을 한 겁니까, 대니얼?"

나는 목소리를 낮추고 말한다.

"그는 내일 살아날 거예요."

그가 대수롭지 않다는 듯 손을 살랑이며 말한다.

"그냥 허수아비를 때려눕힌 거나 다름없다고요."

"우리가 해야 할 일은 살인사건을 해결하는 겁니다. 살인을 저지르는 게 아니라."

"아이에게 기차 장난감을 던져주면 금세 탈선시켜버리지 않습니까. 그런 행동은 아이의 성격과 아무 상관이 없어요. 그걸로 아이를 재단해서도 안 되고요."

"지금 이게 장난 같습니까?"

나는 스탠윈의 시체를 가리키며 신경질적으로 말한다.

"퍼즐이죠. 일회용 조각으로 풀어나가는 퍼즐. 그걸 풀면 우린 집으로 돌아갈 수 있는 겁니다."

그가 인상을 쓰며 나를 쳐다본다. 마치 존재하지 않는 곳으로 가는 법을 묻는 낯선 이를 대하듯이.

"뭐가 그리도 불안한 겁니까?"

"우리가 당신이 제안하는 방법으로 에블린 살인사건을 해결하면 우린 집으로 돌아갈 자격을 잃게 되는 겁니다! 우리가 쓴 이 가면들이 우릴 배신하고 있는 거라고요. 오히려 우리의 본성을 적나라하게 드러내 보이잖아요."

"헛소리 집어치워요."

그가 스탠윈의 주머니를 뒤지며 말한다.

"우리 본성은 오히려 사람들이 지켜본다고 생각될 때 더 뚜렷이 나오는 겁니다. 아직도 모르겠어요? 스탠윈이 내일 다시 살아나는 게 중요한 게 아니라 당신이 오늘 그를 살해했다는 게 중요한 겁니다. 당신은 그를 무참하게 죽였어요. 그리고 그 사실이 당신의 영혼을 영원히 검게 물들여놓을 거예요. 난 우리가 왜 이곳으로 끌려왔는지 몰라요, 대니얼. 왜 우리에게 이런 일이 벌어지고 있는 건지. 하지만 우린 이 부당함을 증명하는 데 집중해야 해요. 거기에 휩쓸려 괴물이 될 게 아니라."

"당신이 틀렸어요. 저들을 우리랑 달라요. 동등한 인간으로 대하면 안 된다고요. 당신이 내게 뭘 원하는지 모르겠어요."

그가 경멸하는 말투로 말한다.

"우리 스스로 수준을 좀 높이자는 겁니다. 우린 우리 호스트들보다 나은 사람들이지 않습니까! 스탠윈을 죽이는 건 대니얼 콜리지의 방식이었어요. 당신은 그와 다르잖아요. 당신은 선한 사람입니다. 그걸 명심해요."

나는 언성을 높이며 말한다.

"선한 사람이라."

그가 피식 웃는다.

"불쾌한 행위를 피한다고 선한 사람이 되는 건 아닙니다. 우리가 어디 갇혔는지 봐요. 우리에게 무슨 일이 있었는지. 이곳에서 탈출하려면 이것저것 가리지 않고 뭐든 해야 한다고요. 그게 우리 본성에 맞지 않는 일이라도 말입니다. 내가 보기에 당신은 이걸 해낼 배짱이 없는 것 같아요. 사실 나도 처음엔 당신과 다르지 않았습니다. 하지만 내겐 더 이상 한가하게 윤리 규범이나 따질 여유가 없어요. 난 오늘 밤 이 게임을 끝낼 겁니다. 그러니 선량한 본성 어쩌고 하는 헛소리일랑 집어치워요. 난 당신을 위해 기꺼이 희생을 감수하려는 거니까. 내가 실패하면 당신은 다른 방법으로 시도하면 되는 거예요."

"당신이 벌인 일의 죄책감을 어떻게 견디려고 그래요?"

"내 가족 얼굴을 보면서 잊을 겁니다. 이곳에서 잃은 것보다 나가서 얻을 게 훨씬 크니까요."

"정말 그렇게 생각해요?"

"그럼요. 여기서 며칠 더 지내보면 당신도 이렇게 돼버릴 겁니다. 자, 어서 주머니 뒤지는 걸 도와줘요. 사냥꾼들이 돌아오기 전에 끝내야 한다고요. 당신도 저녁 내내 경찰에게 붙잡혀 취조당하고 싶지 않다면 빨리 움직여요."

마음의 문을 꽁꽁 닫아놓은 사람과는 대화 자체가 불가능하다.

나는 한숨을 내쉬며 시체 앞으로 다가간다.

"뭘 찾으면 되죠?"

"답. 늘 그렇듯이."

그가 협박범의 재킷 단추를 풀어나가며 대답한다. 재킷은 피로 흥건히 젖어 있다.

"스탠윈은 블랙히스 안의 모든 비밀을 차곡차곡 모아왔어요. 그중에는 우리 퍼즐의 마지막 조각, 그러니까 에블린이 죽어야 하는 이유도 포함돼 있어요. 그가 알아낸 모든 내용은 책에 암호로 정리돼 있습니다. 암호 해독법을 담은 책도 있고요. 전자는 내게 있고, 후자는 스탠윈이 늘 몸에 지니고 다녔어요."

스탠윈의 침실에서 더비가 훔쳐 간 바로 그 책.

"그 책을 더비에게서 훔쳤나요? 난 그걸 손에 넣자마자 뒤통수를 얻어맞았는데."

"당연히 아닙니다. 콜리지는 이미 사람을 시켜 책을 찾아오게 했어요. 나를 자신의 주인으로 들이기 전에 말입니다. 난 그 책을 받고 나서야 비로소 스탠윈에게 관심을 두기 시작했죠. 위로가 될지 모르지만 사실 난 당신에게 경고를 해줄까도 생각했었어요."

"왜 그러지 않았죠?"

그가 어깨를 으쓱인다.

"더비는 미친개예요. 그를 몇 시간 동안 재워놓는 게 모두를 위해 좋은 일이 될 거라 생각했죠. 자, 어서 날 도와줘요. 시간이 없단 말입니다."

나는 몸서리를 치며 시체 옆에 무릎을 꿇는다. 아무리 스탠원이라 해도 이렇게 죽는 건 지나치다. 그의 가슴은 묵사발이 돼버렸고, 옷은 피로 흥건히 젖어 있다. 그의 바지 주머니를 뒤적이는 내 손도 금세 피로 범벅이 된다.

나는 눈도 제대로 뜨지 못한 채 천천히 수색을 이어나간다.

대니얼은 태연하게 스탠원의 셔츠와 재킷을 뒤지는 중이다. 누더기가 된 시체의 상태가 조금도 거슬리지 않는 모양이다. 수색을 마친 우리가 건진 것이라고는 담배 케이스와 주머니칼 그리고 라이터가 전부다. 기대했던 암호서는 끝내 찾지 못했다.

우리는 잠시 서로를 쳐다본다.

"이 친구를 뒤집어보죠."

내 생각을 읽었는지 대니얼이 불쑥 말한다.

육중한 스탠원을 뒤집는 건 생각처럼 쉽지 않다. 하지만 고생한 보람이 있다. 더 이상 시체가 올려다보지 않으니 수색 작업도 훨씬 편해졌다.

대니얼이 스탠원의 바지를 더듬어나가는 동안 나는 그의 재킷을 살짝 들쳐본다. 어설프게 기운 안감이 불룩 솟아올라 있다.

순간 찾아든 들뜬 기분이 나를 부끄럽게 만든다. 대니얼의 일 처리 방식을 옹호하고 싶지 않지만 결정적인 열쇠를 찾아냈다는 생각에 점점 의기양양해져간다.

스탠윈의 주머니칼을 이용해 바늘땀을 뜯자 암호서가 툭 떨어져나온다. 안에는 또 다른 무언가도 감춰져 있다. 나는 안으로 손을 넣어 은으로 된 작은 로켓을 꺼낸다. 체인은 보이지 않는다. 로켓 안에는 그림이 담겨 있다. 일고여덟 살쯤 돼 보이는 빨간 머리 소녀의 오래된 사진.

나는 그것을 대니얼 앞으로 번쩍 들어 보인다. 하지만 그는 암호서를 훑으라 정신이 없다.

"이거예요."

그가 흥분해서 말한다.

"바로 이게 우리를 여기서 탈출시켜줄 거라고요."

"부디 그랬으면 좋겠습니다. 이걸 손에 넣으려고 비싼 값을 치렀는데."

그가 책에서 눈을 떼고 나를 쳐다본다. 조금 전과는 완전히 달라진 모습이다. 벨의 대니얼도, 레이븐코트의 대니얼도 아니다. 벌써부터 이곳을 떠날 생각에 한껏 부푼 그는 불과 몇 분 전, 자신의 행동의 필요성을 강조했던 남자와는 딴판이다.

"내가 한 짓을 자랑스럽게 생각하지 않아요. 하지만 다른 방법이 없었다고요. 당신도 알잖아요."

그래도 최소한 부끄러워할 줄은 알아야지. 문득 흑사병 의사의 경고가 떠오른다.

블랙히스에 처음 발을 들인 에이든 비숍…. 그가 원했던 것 그리고 그가 그것을 손에 넣으려 취했던 조치들은 너무나 비타협적이었소. 그런 사람은 결코 블랙히스를 탈출할 수 없소.

자포자기 상태에 빠진 대니얼은 지금 나와 똑같은 실수를 저지르고 있다. 흑사병 의사가 예언한 그대로다.

무슨 일이 있더라도 나만큼은 그래서는 안 된다.

"갈 준비 됐어요?"

대니얼이 묻는다.

"집으로 돌아가는 길 알아요?"

나는 주위를 둘러보며 말한다. 어떻게 이곳에 도달했는지 기억이 나지 않는다.

"동쪽으로 가야 해요."

"어느 쪽이 동쪽이죠?"

그가 주머니에서 벨의 나침반을 꺼낸다.

"오늘 아침에 그에게서 빌렸어요. 같은 일이 자꾸 반복되는 게 재밌지 않아요?"

그가 손바닥에 나침반을 놓으며 말한다.

41

갑자기 우리 시야에 저택이 불쑥 들어온다. 나무가 걷히면서 진창으로 변한 잔디밭이 나타난다. 촛불이 밝혀진 저택의 창문들로 눈부신 불빛이 흘러나오고 있다. 고대하던 풍경에 안도감이 든다. 산탄총으로 무장한 상태였지만 오는 내내 풋맨과 맞닥뜨리면 어쩌나 걱정했었다. 대니얼의 주장대로 암호서가 결정적인 열쇠라면 우리의 적 또한 그것을 손에 넣으려 안달하고 있을 게 뻔하다.

조만간 그가 우리를 방문할 것이다.

위층 창문들 뒤로 분주히 움직이는 사람들의 검은 윤곽이 보인다. 사냥꾼들은 계단을 터덕터덕 올라 황금빛으로 물든 입구 홀로 들어선다. 그들은 일제히 젖은 모자와 재킷을 벗어 아무렇게나 던져버린다. 더러운 빗물이 대리석 바닥에 웅덩이를 만들어놓는다. 대니얼이 하녀에게서 셰리를 두 잔 받아 들고는 내게 하나를 건넨다.

그가 건배를 하고 술을 넘기고 있을 때 마이클이 바짝 다가온다. 다른 손님들과 마찬가지로 그의 몰골 역시 말이 아니다. 비에 젖은 그의 검은 머리는 창백한 얼굴에 찰싹 들러붙어 있다. 그의 시계는 오후 6시 7분을 알린다.

"믿을 만한 하인 둘을 보내서 스탠윈의 시체를 챙겨 오게 했네."

그가 쟁반에서 셰리 글라스를 집어 들며 속삭인다.

"사냥을 다녀오던 길에 발견했다고 둘러댔어. 오래된 화분 창
고로 옮겨놓으라고 했으니 아무도 찾지 못할걸세. 경찰은 내일 아
침 일찍 부를 생각이고. 자네에겐 미안하지만 그가 숲속에서 썩
어가도록 내버려둘 순 없었다네."

그가 반쯤 마신 글라스를 꼭 움켜쥔다. 술이 들어가서인지 창백
했던 그의 얼굴에 살짝 홍조가 띤다.

입구 홀에 모인 손님들이 하나둘씩 사라진다. 한쪽에서는 거품
이는 물을 양동이에 받아온 하녀 두 명이 걸레질을 준비하고 있
다. 그들이 바닥을 엉망으로 만든 우리를 못마땅한 표정으로 바라
본다.

마이클이 눈을 비비며 우리를 똑바로 쳐다본다.

"아버지와 한 약속을 지키긴 하겠지만, 솔직히 마음에 들진 않
네."

"마이클…."

대니얼이 손을 뻗자 마이클이 뒤로 물러난다.

"나중에."

그가 배신감을 숨기지 않은 채 말한다.

"그 얘긴 나중에 하세나. 오늘 밤엔 듣고 싶지 않네."

그가 홱 돌아서서 자신의 침실이 자리한 위층으로 올라간다.

"저 친구는 신경 쓰지 말아요. 내가 탐욕에 휘둘려 일을 벌였다
고 생각하고 있을 겁니다. 그는 이게 얼마나 중요한 문제인지 모
르고 있어요. 답은 원장 안에 담겨 있는데. 내 그럴 줄 알았지!"

대니얼은 새총을 선물 받은 아이처럼 한껏 들떴다.

"우린 거의 다 왔어요, 댄스. 이제 곧 자유의 몸이 될 거라고요."

"그런 다음엔요? 당신이 여길 벗어나는 건가요? 아니면 내가? 우리 둘 다 탈출할 순 없을 텐데요. 우린 결국 한 몸인 셈이니까."

"모르겠어요. 에이든 비숍이 다시 깨어나지 않을까요? 자신의 기억을 고스란히 되찾은 상태로 말이죠. 부디 그의 기억 속에서 우리가 지워져버렸으면 좋겠어요. 우린 악몽이에요. 그냥 잊는 게 최선이라고요."

그가 시간을 확인한다.

"우리 이 얘긴 나중에 합시다. 오늘 밤 애나와 벨이 묘지에서 만나게 될 거예요. 그녀가 제대로 짚었다면 풋맨도 그 소식을 알고 있을 겁니다. 분명 그 자리에 나타나겠죠. 그를 잡으려면 우리가 그녀를 도와야 합니다. 이제 네 시간 정도 남았으니 그 안에 이 책을 뒤져 답을 찾아내야 해요. 옷을 갈아입고 내 방으로 와요. 같이 보면 낫지 않겠어요?"

"그러죠."

의욕 넘치는 그의 모습이 나를 자극한다. 오늘 밤, 우리는 풋맨을 해치우고 흑사병 의사에게 답을 전달할 것이다. 이 집 어딘가에서는 내 다른 호스트들이 에블린을 구하기 위한 계획을 치밀하게 세우고 있을 게 분명하다. 이제 나는 애나를 구하는 데만 집중하면 된다. 그녀가 했던 모든 말이 거짓일 것 같지는 않다. 애나는 위험을 무릅쓰고 내게 적잖은 도움을 주었다. 그런 그녀를 두고 나만 이곳을 뜰 수는 없다.

사냥에서 돌아온 손님들의 발소리가 복도를 쩌렁쩌렁 울려댄다. 모두가 저녁 식사를 위해 분주한 채비를 할 것이다.

저녁을 마음껏 즐길 그들이 부럽다. 나는 나가서 풋맨과 한바탕 전쟁을 치러야 하는데.

과연 풋맨이 순순히 백기를 들어줄까?

"아, 여기 있었군요."

나는 주위에 엿듣는 이가 없음을 확인한 후 말한다.

"당신이 에이든 비숍의 남은 흔적이라던데, 사실인가요?"

대답 대신 정적이 흐른다. 내 안에서 댄스가 비웃는 게 느껴진다. 고리타분하기 그지없는 늙은 변호사가 미친 사람처럼 혼잣말을 해대는 나를 어떻게 생각하고 있을지 짐작이 간다.

벽난로의 어스레한 불빛이 방 안의 유일한 조명이다. 하인들이 촛불 켜놓는 것을 깜빡 잊은 모양이다. 왠지 의심스러운 상황이다. 나는 들고 있는 산탄총을 어깨에 걸쳐놓는다. 우리가 저택에 들어섰을 때 사냥터지기가 다가와 총을 회수하려 했다. 하지만 나는 집에서 챙겨온 총이라고 둘러대며 그를 물렸다.

문 옆에 놓인 랜턴을 켜자 한쪽 구석에 서 있는 애나의 모습이 눈에 들어온다. 멍한 표정의 그녀는 두 팔을 양옆으로 길게 늘어뜨려놓았다.

"애나."

흠칫 놀란 나는 산탄총을 내리며 말한다.

"대체 무슨…."

내 뒤에서 나무 바닥이 삐걱거린다. 순간 옆구리에서 통증이 폭발한다. 거친 손이 나를 뒤로 잡아끌고는 내 입을 틀어막는다. 억센 힘에 의해 내 몸이 홱 틀어진다. 그제야 나를 붙잡고 있는 풋맨의 얼굴이 눈에 들어온다. 그는 능글맞은 미소를 머금은 채 내 얼굴을 찬찬히 뜯어본다.

저 눈.

내가 비명을 지르려 하자 그가 또다시 내 입을 우악스럽게 막아 쥔다.

그가 칼을 번쩍 들어 보인다. 칼끝이 아주 천천히 내 가슴을 훑고 내려가다가 내 복부 깊숙이 파고든다. 칼날이 박힐 때마다 통증이 점점 커져간다.

태어나서 이토록 살인적인 한기와 정적을 느껴본 적이 없다.

내 다리가 풀려버리자 그가 나를 안고 조심스레 바닥에 눕혀놓는다. 그의 시선은 여전히 내게 고정된 상태다. 내 눈에서 새어 나오는 생명을 자신의 눈으로 흡수하려는 모양이다.

나는 필사적으로 입을 열어본다. 하지만 목에서는 아무 소리도 나오지 않는다.

"도망쳐, 토끼."

그가 내 앞으로 얼굴을 들이밀고 말한다.

"어서 가봐."

42

둘째 날(계속)

나는 비명을 지르며 집사의 침대에서 벌떡 일어난다. 하지만 풋맨
이 지그시 눌러 나를 다시 눕혀놓는다.

"이 사람이 맞나?"

그가 어깨 너머로 창가에 서 있는 애나를 돌아보며 말한다.

"네."

그녀가 떨리는 목소리로 말한다.

풋맨이 몸을 숙이고 목쉰 소리로 말한다. 에일[1] 냄새로 찌든 그
의 입김이 내 볼에 닿는다.

"멀리 달아나진 못했군, 토끼."

칼날이 내 옆구리로 슬그머니 파고든다. 배어 나온 피가 시트를
적신다. 그리고 내 생명도 스르르 꺼져간다.

---

[1] 주로 병이나 캔으로 파는 맥주의 일종.

43

일곱째 날

나는 숨 막히는 어둠에 대고 비명을 지른다. 내 등은 벽에 붙어 있고, 턱은 무릎에 얹어져 있다. 나는 본능적으로 옆구리를 더듬어 본다. 집사가 칼에 찔린 부위. 내가 어리석었다. 흑사병 의사는 진실을 말한 것이었다. 애나는 결국 나를 배신하고야 말았다.

속이 울렁거리고 정신이 혼미해진다. 대체 어떤 이유로 내게 그랬는지 궁금하다. 되짚어보면 그녀가 늘어놓은 말 중 거짓이 아닌 게 없었다.

과연 그녀만 그랬을까?

"닥쳐."

나는 으르렁대며 말한다.

가슴이 쿵쾅거리고 숨이 가빠져온다. 흥분을 가라앉혀야 한다. 그러지 못하면 아무짝에도 쓸모없는 인간이 돼버리고 말 것이다. 나는 애나를 떠올리지 않으려 애써보지만 생각처럼 쉬운 일이 아니다. 그동안 나는 고요 속에서 그녀를 무던히 찾아 헤맸다.

그녀는 나를 안전하게 지켜주었고, 필요할 때마다 위안이 돼주었다.

그녀는 내 친구였다.

나는 몸을 꿈틀대며 머리를 굴려보기 시작한다. 내가 깨어난 곳은 어디인지. 또 다른 위험 상황에 빠진 건 아닌지. 언뜻 보아하니 그런 것 같지는 않다. 어깨는 양쪽 벽에 닿아 있고, 오른쪽 귀 근처 갈라진 틈에서는 희미한 빛이 새어 들어오고 있다. 왼편에는 먼지 쌓인 판지 상자들이, 발 옆에는 병들이 놓여 있다.

나는 손목시계를 빛에 비춰본다. 오전 10시 13분. 벨은 아직 저택에 도착하지 않았다.

"아직 오전이야. 아직 시간이 있어."

나는 안도하며 혼잣말로 우물거린다.

내 입술과 혀는 바짝 말라 있다. 곰팡내 풍기는 공기 탓에 더러운 걸레를 입에 문 듯한 기분이 느껴진다. 얼음을 넣은 시원한 술 한잔 생각이 간절하다. 면 시트 아래서 깨어난 게 언제였는지 기억도 나지 않는다. 따뜻한 욕조 밖에서 오늘 하루 동안 속속 벌어질 골치 아픈 사건들이 차분하게 줄을 서서 기다리고 있었을 때.

언제쯤이면 사정이 나아질지 궁금하다.

내 호스트는 이 자세로 앉아 밤을 보낸 모양이다. 몸을 조금만 움직여도 통증이 느껴진다. 너덜거리는 오른편 벽판을 살짝 밀자 안으로 눈부신 빛이 쏟아져 들어온다.

나는 롱 갤러리[i]에 들어와 있다. 천장에는 거미줄이 덕지덕지 붙어 있다. 벽은 짙은 색 나무로 돼 있고, 바닥에는 나무좀이 갉아먹다 만, 먼지 덮인 낡은 가구들이 널려 있다. 나는 옷을 털고 일어나 무쇠처럼 변한 사지를 살짝 움직여본다. 내 호스트는 무대로

---

[i] 저택 최상층에 있는 가족용 기다란 방.

통하는 작은 계단 밑 벽장 안에서 밤을 보낸 것이었다. 먼지 쌓인 첼로 앞에는 노랗게 변한 악보가 펼쳐져 있다. 시끌벅적함 속에서 용케도 숙면한 듯하다. 그것도 벽장에 갇힌 채로.

대체 이 안에서 뭘 한 거지?

나는 욱신거리는 몸을 이끌고 창가로 다가가본다. 창문은 때로 뒤덮여 있다. 나는 소매로 유리창을 닦고 블랙히스의 정원을 내려다본다. 내가 있는 곳은 저택의 꼭대기층이다.

나는 내 신원을 알려줄 만한 단서가 담겨 있기를 바라면서 습관적으로 주머니를 뒤져본다. 하지만 이내 그럴 필요가 없음을 깨닫는다. 나는 짐 래시턴이다. 스물일곱 살, 순경이다. 내 부모, 마거릿과 헨리는 경찰인 아들을 무척 자랑스럽게 생각한다. 내게는 누이가 하나 있고, 개를 키운다. 그레이스 데이비스라는 여자와 사랑에 빠졌고, 이 파티에 참석한 것도 그녀 때문이다.

한때 나와 호스트들 사이에 버티고 있던 장벽은 거의 완전히 허물어졌다. 래시턴의 삶과 내 삶을 구분하는 게 쉽지 않다. 불행하게도 어쩌다 내가 벽장에 갇혔는지는 아직도 기억나지 않는다. 보나 마나 어젯밤 래시턴이 진탕 마신 스카치위스키 탓이리라. 옛날 얘기를 신나게 늘어놓으며 웃고 춤추고 미친 듯이 술을 퍼마신 기억만이 남아 있을 뿐이다.

풋맨도 그곳에 같이 있었을까? 그가 나를 벽장에 가둬둔 건가?

아무리 머리를 쥐어짜도 소용이 없다. 어젯밤 일은 술에 번진 검은 얼룩처럼 손에 잡히지 않는다. 불안감이 본능적으로 내 손을 래시턴의 주머니로 향하게 한다. 가죽 담배 케이스. 열어보니 달랑 한 대가 남아 있다. 곤두선 신경을 잠재우는 데 담배만 한 것이 없다. 하지만 나는 충동을 애써 억누른다. 지금은 민감해진 모든 감각을 총동원해 답을 찾아야 할 때다. 이곳을 벗어나려면 다른 방법이 없다. 풋맨은 내가 댄스일 때도, 집사일 때도 예외 없이 나타나 나를 괴롭혔다. 호스트가 래시턴으로 바뀌었다고 안도해서는 안 된다.

조심만이 살 길이다.

무기로 쓸만한 것을 찾아 주위를 둘러본다. 아틀라스 동상이 눈에 들어온다. 나는 그것을 머리 위로 번쩍 들고는 장식장과 서로 맞물린 의자들을 요리조리 피해나간다. 사면의 벽은 색바랜 검은 커튼으로 덮여 있고, 곳곳에 판지로 만든 나무가 놓여 있다. 옷걸이에는 의상이 빽빽이 걸려 있다. 그 틈틈이 흑사병 의사 의상이 예닐곱 벌 보인다. 바닥에 놓인 상자에는 모자와 가면 들이 가득 담겨 있다. 이 집 가족이 연극을 즐겨온 모양이다.

그때 바닥이 삐걱거리고 커튼이 씰룩인다. 누군가가 뒤편에서 움직이고 있다.

순간 나는 바짝 얼어붙어버린다. 아틀라스를 다시 번쩍 들고는….

애나가 벌게진 얼굴로 튀어나온다.

"오, 여기 있었군요."

숨을 헐떡이는 그녀의 갈색 눈은 빨갛게 충혈돼 있다. 그녀의 금발 머리는 헝클어져 있고, 모자는 그녀의 손안에서 짓이겨지는 중이다. 그녀의 앞치마에는 내 호스트들에 대한 내용이 빽빽이 기록된 스케치북이 꽂혀 있다.

"당신이 래시턴이죠? 맞죠? 자, 시간이 없어요. 삼십 분 안에 그들을 구해야 한다고요."

그녀가 내 손을 움켜잡으며 말한다.

나는 여전히 동상을 번쩍 든 채 뒤로 물러난다. 불쑥 나타나 가쁜 숨을 몰아쉬는 그녀의 모습이 당황스럽다. 그녀의 목소리에서 죄책감이 조금도 묻어나지 않는다는 사실도 마찬가지고.

"당신과는 함께 가지 않을 겁니다."

아틀라스를 쥔 내 손에 좀 더 힘이 들어간다.

잠시 혼란스러워하던 그녀는 이내 깨닫는다.

"댄스와 집사에게 벌어진 일 때문에 그러는 거죠? 난 전혀 모르는 일이에요. 깨어난 지 얼마 안 됐거든요. 내가 아는 것이라고는 당신에게 여덟 명의 호스트가 주어졌고, 풋맨이 그들을 차례로 죽여나가는 중이라는 사실뿐이에요. 남은 호스트들을 구하려면 서둘러야 해요."

"내가 어떻게 당신을 믿죠?"

나는 어리둥절해하며 말한다.

"당신은 댄스를 산만하게 만들었어요. 풋맨은 댄스의 정신이 딴 데 팔렸을 때 그를 살해했고요. 그가 집사를 죽였을 때도 당신은 그 자리에 있었어요. 당신은 지금껏 그를 도와왔다고요. 내가 다 봤어요!"

그녀가 고개를 젓는다.

"어리석게 굴지 말아요."

그녀가 빽 소리친다.

"난 아직 그러지 않았다고요. 설령 그게 사실이라 해도 당신을 배신해서 그런 게 아니에요. 당신이 죽기를 바랐다면 당신이 깨어나기 전에 호스트들을 처치해버렸을 거예요. 당신은 오해하고 있어요. 일이 끝나면 결국 날 해치려 달려들 텐데 내가 왜 그를 돕겠어요?"

"그럼 대체 거기서 뭘 하고 있었던 거죠?"

"모르겠어요. 아직 그 순간을 살아보지 못해서요. 내가 깨어났을 때 당신… 그러니까 또 다른 당신이 나를 기다리고 있었어요. 그가 내게 책을 쥐여주며 숲에 나가 더비를 찾아보라고 했어요. 그런 다음엔 이곳에 와서 당신을 구해달라고 했다고요. 그게 내 하루예요. 내가 아는 건 정말 그것뿐이라고요."

"그걸로는 충분치 않아요."

나는 퉁명스럽게 말한다.

"난 당신에게 그런 당부를 한 적이 없어요. 내가 어떻게 당신을 믿죠?"

나는 동상을 내려놓고 그녀를 지나쳐 그녀가 불쑥 튀어나왔던 검은 커튼 앞으로 다가간다.

"미안하지만 난 당신을 믿지 못하겠어요, 애나."

"어째서죠?"

그녀가 내 손을 낚아채 잡는다.

"난 당신을 믿는다고요."

"중요한 건 그게….."

"우리의 지난 루프에 대한 기억이 남아 있나요?"

"당신 이름만 기억이 나요."

나는 꼭 맞잡은 우리 손을 내려다본다. 경계의 벽이 순식간에 허물어져버린다. 그녀를 간절히 믿고 싶다.

"지난 루프들이 각각 어떻게 끝나는지 정말 기억나지 않아요?"

"네. 그런데 대체 그건 왜 묻는 거죠?"

나는 조바심을 내며 말한다.

"들어봐요. 내가 당신의 이름을 어떻게 알았는지 알아요? 정문 관리실에서 당신을 불러댔던 기억이 떠올랐거든요. 우린 여기서 만나기로 약속했어요. 당신이 늦게 나타나서 내가 얼마나 걱정했는지 몰라요. 당신을 보고 많이 기뻤는데 당신 얼굴에 떠오른 심상치 않은 표정을 보니 나도 모르게 움찔하게 되더군요."

그녀의 시선이 다시 내게로 돌아온다. 까만 눈을 크게 뜬 그녀에게서 대담함이 느껴진다. 진솔한 눈빛. 그녀가 나를 속였을 리 없어….

이 집의 모두가 가면을 쓰고 있다는 거 명심해.

"당신은 나를 죽였어요."

그녀가 내 볼을 살살 어루만지며 말한다. 그녀는 나도 아직 본 적 없는 남자의 얼굴을 유심히 뜯어본다.

"오늘 아침, 당신이 날 발견했을 때, 난 너무 무서워서 도망치려고 했어요. 하지만 낙담한 당신 표정을 보고…. 당신도 나만큼이나 겁에 질려 있었어요. 속속 무너져 내린 인생들이 그렇게 짓이겨대는데 당신이 무슨 수로 버티겠어요? 당신은 누가 누구인지 제대로 구분하지 못했어요. 당신 자신이 누군지도 모르는 것 같았고요. 당신이 이 책을 내 손에 쥐여주며 미안하다고 했어요. 계속 미안하다는 말만 반복하더군요. 당신은 더 이상 그 사람이 아니라고 했고, 이렇게 같은 실수를 매번 반복해서는 결코 이곳을 탈출할 수 없다고도 했어요. 그게 당신이 마지막으로 남긴 말이었어요."

기억이 스멀스멀 되살아나기 시작한다. 마치 손가락으로 나비를 잡기 위해 강 너머로 손을 뻗는 듯한 기분이다.

그녀가 내 손에 체스 말을 꼭 쥐여준다.

"이게 도움이 될 거예요. 우리는 지난 루프에서 이걸로 신원 확인을 했어요. 비숍. 당신 이름이 에이든 비숍이잖아요. 내 체스 말

435

은 나이트이고요. 보호자. 지금처럼 말이에요."

그제야 죄책감과 비애가 떠오른다. 그리고 후회의 순간도. 그것은 이미지도, 기억도 아니다. 하지만 그런 건 아무래도 상관없다. 그녀의 말이 진실이라는 게 체감된다. 우리가 처음 만났을 때 느꼈던 우리 우정의 견실함처럼. 그리고 나를 블랙히스로 이끈 극도의 비탄처럼. 그녀가 옳다. 나는 그녀를 죽였다.

"이제 기억이 나요?"

나는 고개를 끄덕인다. 속이 메슥거린다. 그녀를 해칠 마음은 없었다. 그건 분명하다. 우리는 오늘처럼 한 팀이 되어 퍼즐을 풀어왔다. 하지만 그러던 중 무언가가 바뀌었다…. 그리고 나는 결사적으로 바뀌었다. 탈출 가능성이 점점 희박해지자 나는 패닉에 빠졌다. 그래서 나 자신에게 굳게 약속했다. 우선 나부터 탈출한 뒤 그녀를 구조할 방법을 찾아보기로. 나의 배신을 고상한 의도로 포장했고, 결국 끔찍한 일을 벌이고 말았다.

역겨움에 몸서리가 난다.

"어느 루프 때 기억인지는 모르겠어요. 하지만 난 스스로에게 경고하기 위해 그 기억을 붙잡고 있었어요. 두 번 다시 당신을 믿지 말라는 경고의 의미로."

"미안해요, 애나. 어떻게… 어떻게 그걸 잊을 수가 있었는지. 난 대신 당신의 이름을 기억 속에 담아두고 있었어요. 다음 루프 땐 그러지 않겠노라는 나 자신과의 약속이었죠. 당신과의 약속이기도 했고."

"그리고 당신은 그 약속을 지켜가는 중이에요."

그녀가 나를 위로한다.

그게 사실이기를 바란다. 하지만 나는 그렇지 않다는 걸 알고 있다. 나는 이미 나의 미래를 보았다. 그와 대화해봤고, 그의 계획에 동조하며 돕기까지 했다. 대니얼은 지난 루프 때 내가 저지른 것과 같은 실수를 저질렀다. 사람이 결사적으로 바뀌면 자연스레 무자비해지기 마련이다. 내가 나서서 그를 막지 않는다면 그는 또다시 애나를 희생시키려 할 것이다.

"왜 우리가 처음 만났을 때 진실을 들려주지 않았죠?"

나는 수치심을 애써 억누르며 묻는다.

"당신이 이미 진실을 알고 있었으니까요. 내 관점에서 보면 우린 두 시간 전에 만났어요. 그때 보니 당신이 나에 대한 모든 걸 알고 있더라고요."

그녀가 미간을 찌푸리며 대답한다.

"당신을 처음 만났을 때 난 세실 레이븐코트였어요."

"그럼 우린 지금 중간 지대에서 만나고 있는 거겠군요. 난 그를 아직 모르니까. 하지만 그건 상관없어요. 그 루프들 안에 갇혔던 건 우리가 아니었으니까. 그들이 누구였든, 결국 그들은 다른 선택을 했고, 다른 실수를 저질렀어요. 난 당신을 믿기로 했어요, 에이든. 그러니 당신도 날 믿어줘요. 왜냐하면 이곳은…. 당신도 이곳이 어떻게 돌아가는지 알잖아요. 풋맨이 당신을 죽였을 때 내가 현장에서 뭘 하고 있었는지 궁금해하는 거 알아요. 하지만 당신이 짐작하는 건 분명 아니었어요. 그건 진실이 아니었다고요."

그녀가 울컥한다. 그녀의 두 발은 바닥에서 초조하게 들썩이고, 내 볼에 닿은 그녀의 손은 가볍게 떨린다. 애써 태연한 척하지만 그녀는 아직도 나를 두려워한다. 내 호스트였던 남자를. 내 안 어딘가에 숨어 있을지 모르는 남자를.

나를 만나기 위해 그녀가 얼마나 용기를 냈을지 짐작이 간다.

"우리가 함께 여길 벗어날 방법을 모르겠어요, 애나."

"알아요."

"하지만 기필코 알아내고야 말겠어요. 당신을 두고 나 혼자 떠나진 않을 거예요. 약속할게요."

"그것도 알아요."

그녀가 갑자기 손으로 내 뺨을 올려붙인다.

"이건 날 죽인 죗값이에요."

그리고 발끝으로 서서 얼얼해진 내 볼에 입을 맞춘다.

"자, 어서 가요. 풋맨이 당신의 남은 호스트들을 마저 처치하기 전에."

44

나무가 삐걱거린다. 좁은 나선형 계단을 내려갈수록 점점 어두워
져 마침내 우리는 칠흑 같은 어둠에 완전히 파묻히고 만다.

"내가 왜 그 벽장 안에 갇혀 있었는지 알아요?"

나는 앞장서나가는 애나에게 묻는다. 그녀의 걸음은 무너지는
하늘보다 빠르다.

"모르겠어요. 하지만 그 덕분에 당신이 목숨을 건졌어요."

그녀가 어깨 너머로 나를 흘끔 돌아보며 말한다.

"책을 보면 풋맨이 이 시간 즈음에 래시턴을 죽이러 온다고 돼
있거든요. 만약 어젯밤 그가 자신의 침실에서 잠을 잤더라면 풋
맨에게 꼼짝없이 당했을 거예요."

"그가 풋맨에게 발견되도록 내버려두는 건 어때요? 자, 내게 좋
은 생각이 있어요."

나는 들뜬 목소리로 말하며 애나를 앞질러나간다. 그리고 한 번
에 두 단씩 계단을 뛰어 내려간다.

만약 오늘 아침, 풋맨이 래시턴을 처치하러 온다면 분명 그는
아직도 복도에 숨어 있을 것이다. 자신의 표적이 침대에 누워 있

을 거라 생각할 것이고. 그것은 모처럼 내가 우위를 점하게 됐다는 뜻이다. 운이 조금 따른다면 지금, 바로 여기서 모든 걸 끝내버릴 수 있을 것이다.

계단 끝에서 희게 칠해진 벽이 나를 맞는다. 아직 계단의 중간 지점에 머물러 있는 애나가 기다려달라고 소리친다. 래시턴은 경찰답게 생각하고 움직이는 중이다. 어둠 속을 능숙하게 더듬어나가던 내 손가락이 바깥쪽 복도로 통하는 문을 찾아낸다. 벽에 켜놓은 촛불을 따라 나가자 왼편으로 텅 빈 일광욕실이 나타난다. 어느새 1층에 다다른 것이다. 방금 지나온 문은 이미 벽 속으로 자취를 감추어버렸다.

이제 풋맨과의 거리는 이십 야드도 채 되지 않는다. 그는 무릎을 꿇고 앉아 쇠지렛대로 내 침실이 틀림없을 방의 자물쇠를 뜯어내려 하고 있다.

"날 찾고 있나, 이 개자식아."

그가 칼을 뽑기 전에 나는 그에게로 몸을 날린다.

그는 내가 예상했던 것보다 훨씬 민첩하게 움직여 몸을 일으킨다. 그리고 잽싸게 물러나며 내 가슴을 걷어찬다. 순간 숨이 턱 막혀버린다. 부자연스러운 자세로 고꾸라진 나는 늑골을 부여잡는다. 그는 미동도 없다. 그저 우뚝 서서 기다릴 뿐이다. 그가 손등으로 입가의 침을 훔쳐낸다.

"겁대가리 없는 토끼군. 내가 아주 천천히 네 놈의 내장을 발라주지."

그가 씩 웃으며 말한다.

몸을 일으키고 먼지를 털어낸 나는 주먹을 들어 권투 자세를 취한다. 갑자기 두 팔이 천근만근 무거워진다. 벽장에 갇혀 밤을 보낸 탓이다. 내 투지는 빠르게 사그러지는 중이다. 이번에는 조심스레 접근해보기로 한다. 좌우로 몸을 흔들어대면서. 하지만 놈은 빈틈을 보이지 않는다. 그의 잽이 내 턱을 파고든다. 고개가 뒤로 젖혀지는 바람에 내 복부로 향하는 그의 두 번째 펀치를 미처 보지 못했다. 그의 세 번째 펀치가 결국 나를 쓰러뜨린다.

머리가 아찔하다. 방향감각도 잃은 것 같다. 나는 흐려진 눈으로 풋맨을 올려다보며 숨을 할딱인다. 그가 내 머리채를 움켜쥐고는 칼을 뽑아 들 태세를 취한다.

"이봐요!"

애나가 소리친다.

그의 주의가 잠시 딴 데로 돌아간 틈을 타 탈출에 성공한다. 나는 풋맨의 무릎을 힘껏 걷어찬 후 어깨로 그의 얼굴을 찍어올린다. 그의 코가 부러지면서 내 셔츠 위로 피가 뚝뚝 떨어진다. 뒷걸음질 쳐 복도로 나간 그가 한 손으로 흉상을 집어 들고 내 쪽으로 냅다 던진다. 나는 옆으로 몸을 날려 피하고, 그는 그새 모퉁이를 돌아 사라진다.

그를 추격하고 싶지만 내게는 그럴 기운이 남아 있지 않다. 나는 벽에 등을 기댄 채 스르르 미끄러져 바닥에 주저앉아버린다. 내 손은 여전히 욱신거리는 늑골을 쥐고 있다. 나는 넋이 반쯤 나갔다. 불안감은 조금도 가시지 않는다. 그는 너무 민첩했다. 그리고 강했다. 만약 격투가 조금 더 이어졌더라면 나는 이렇게 살아남지 못했을 것이다. 확신한다.

"왜 이리 어리석게 구는 거예요? 하마터면 그의 손에 죽을 뻔했잖아요."

애나가 빽 소리친다.

"그가 당신 얼굴을 봤나요?"

나는 입안에 고인 피를 뱉으며 말한다.

"못 봤을 거예요."

그녀가 나를 부축해 일으키려 손을 뻗는다.

"난 그림자 속에 숨어 있었어요. 코가 부러지고 나서는 눈앞이 캄캄해졌을걸요."

"미안해요, 애나. 우리가 그를 잡을 수 있을 거라 믿었어요."

"바보짓이었어요."

애나가 나를 와락 끌어안는다. 그녀의 몸이 바르르 떨린다.

"조심해야 해요, 에이든. 이제 호스트도 몇 남지 않았잖아요. 계속 이런 실수를 남발하면 우린 영영 이곳을 벗어나지 못하게 될 거라고요."

그 말에 정신이 번쩍 든다.

"이제 내겐 호스트가 셋밖에 남지 않았어요."

나는 멍해진 얼굴로 말한다.

서배스천 벨은 상자에 든 죽은 토끼를 보고 실신해버렸다. 집사와 댄스와 더비는 살해당했고, 레이븐코트는 에블린이 자살하는 모습을 지켜본 후 무도회장에서 잠들어버렸다. 이제 남은 호스트는 래시턴, 데이비스 그리고 그레고리 골드뿐이다. 날들이 쪼개지고, 연신 시간을 건너뛰느라 계산이 쉽지 않다.

진작 챙겼어야 하는 부분인데.

대니얼은 자신이 내 마지막 호스트라고 주장했다. 하지만 그게 사실일 리 없다.

이내 수치심이 따뜻한 담요처럼 나를 휘감싼다. 놈에게 이토록 쉽게 기만당하게 될 줄이야. 내가 이토록 순진해빠졌을 줄이야.

너만의 잘못은 아니야.

흑사병 의사는 애나가 나를 배신하게 될 거라고 경고했다. 정작 거짓말은 대니얼이 했는데. 이 집을 벗어나려 발광하는 사람이 달랑 세 명뿐이라는 얘기는 대체 왜 했을까? 정확히는 네 명인데. 그는 대니얼의 이중성을 감추기 위해 무던히 애를 썼다.

"내가 눈이 멀었던 모양이에요."

나는 넋이 나간 모습으로 말한다.

"그게 무슨 소리죠?"

애나가 뒤로 물러나 근심에 찬 얼굴로 나를 쳐다본다.

정신이 번쩍 들면서 민망함이 냉정한 계산으로 바뀌어간다. 대니얼의 거짓말에는 빈틈이 없었다. 하지만 그 목적은 아직도 이해가 되지 않는다. 그가 내 신뢰를 얻고 싶어 했다는 건 알고 있다. 그래야 사건을 파헤치는 내 개인적인 조사로부터 이익을 얻게 될 테니까. 하지만 그는 그것에 대해 내게 물은 적이 없다. 오히려 그 반대였다. 그는 무도회가 벌어질 때 에블린이 살해될 거라고 알려주었다. 또한 풋맨에 대해서도 경고했다. 내게 유리한 고지를 선점할 기회를 준 것이다.

더 이상 그를 친구라 부를 수는 없지만 그가 내 적이 맞는지 역시 아직은 잘 모르겠다. 우선 그의 입장부터 확인하는 것이 급선무다. 그러려면 당분간은 아무것도 모르는 척해야 할 것이다. 그가 알아서 속셈을 드러낼 때까지.

일단 애나부터 시작해야 한다.

부디 그녀가 더비나 댄스에게 어떠한 정보도 흘리지 않기를 바랄 뿐이다. 그것을 문제로 여기는 순간 그들은 작정하고 달려들게 뻔하다.

애나는 나를 지켜보며 답을 기다린다.

"난 뭔가를 알고 있어요. 우리 두 사람 모두에게 아주 중요한 내용이에요. 하지만 당신에겐 들려줄 수가 없어요."

나는 그녀를 쳐다보며 말한다.

"우리 운명에 변화가 생길까 봐 걱정이 되나보군요."

그녀가 이해한다는 듯 말한다.

"염려 말아요. 이 책에도 당신에게 절대 알려서는 안 되는 내용이 가득하니까."

그녀의 어둡던 표정에 미소가 머금어진다.

"난 당신을 믿어요, 에이든. 그러지 않았다면 난 지금 여기 있지 않았을 거예요."

그녀가 손을 내밀어 나를 부축하며 말한다.

"이 복도에 더 머무르면 위험해요. 내가 아직 살아 있는 이유는 그가 내 정체를 모르기 때문이에요. 만약 우리가 함께 있는 걸 그에게 들키기라도 한다면 난 당신을 도울 수 있을 만큼 오래 살지 못할 거예요."

그녀가 앞치마의 주름을 문질러 펴고 모자를 고쳐 쓴다. 고개를 살짝 숙인 그녀는 또 달라 보인다.

"난 이만 가볼게요. 십 분 후에 벨의 침실 밖에서 만나요. 그때까지 몸조심하고요. 풋맨이 회복하고 나면 맨 먼저 당신부터 찾아 나설 거예요."

나도 같은 생각이다. 하지만 외풍이 있는 이 복도에서 기다릴 마음은 없다. 오늘 벌어진 모든 일의 배후에는 분명 헬레나 하드캐슬이 있을 것이다. 어떻게든 그녀를 만나봐야 한다. 이번이 내 마지막 기회인지도 모른다.

상처 입은 자존심과 성치 않은 늑골을 이끌고 그녀를 찾아 일광욕실을 살펴본다. 아침잠 없는 몇몇 손님이 모여 앉아 스탠윈의 똘마니가 더비를 흠씬 두들겨 팬 이야기를 신나게 떠들어대고 있다. 아니나 다를까, 그가 버리고 간 달걀과 강낭콩이 담긴 접시가 테이블에 덩그러니 놓여 있다. 아직 온기가 남아 있는 걸 보니 나간지 얼마 되지 않은 모양이다. 나는 그들에게 가볍게 목례를 하며 헬레나의 침실로 향한다. 하지만 문에 노크해도 안에서는 응답이 없다. 조급해진 나는 발로 걷어차 자물쇠를 부숴버린다.

이제야 문을 부수고 침입한 자의 정체가 밝혀졌군.

커튼이 쳐져 있고, 사주식 침대의 헝클어진 시트는 매트리스 밑으로 흘러내려와 있다. 잠을 이루지 못하고 심하게 뒤척인 흔적이다. 밤새 악몽에 시달리며 식은땀을 쏟아냈는지도 모른다. 옷장 문은 열려 있고, 화장대는 커다란 깡통에서 쏟아진 파우더로 뒤덮인 상태다. 우악스럽게 뜯긴 화장품들은 한쪽으로 밀려나 있다. 레이디 하드캐슬이 급하게 몸단장을 했다는 의미일 것이다. 손으로 짚어보니 침대는 차갑게 식었다. 그녀가 방을 비운 지 오래됐다는 뜻.

밀리센트 더비와 함께 이 방에 들어왔을 때와 마찬가지로 책상 뚜껑은 열려 있고, 헬레나의 수첩은 오늘 날짜 페이지가 뜯긴 상태다. 권총 두 정이 보관돼 있어야 하는 옻칠한 권총 상자는 텅 비어 있다. 이른 아침에 에블린이 들어와 챙겨간 모양이다. 자살을 촉구하는 쪽지를 받고 나서. 그녀는 어머니 침실이 비어 있음을 확인하고 나서 사잇문을 통해 손쉽게 침입했을 것이다.

하지만 만약 그녀가 권총으로 자신을 쏠 작정이라면 왜 굳이 더비가 디키 박사에게 훔친 은색 권총을 썼을까? 그리고 어째서 그녀는 이 상자에서 권총을 두 정이나 빼갔을까? 그녀가 그중 하나를 마이클에게 사냥용으로 건넨 사실은 알고 있다. 하지만 과연 그럴 정신이 있었을까? 자신과 친구의 목숨이 위협받고 있는 상황에서?

내 시선이 수첩의 뜯긴 페이지로 돌아간다. 이것도 에블린의 소행인가? 아니면 다른 누군가가 벌인 짓? 밀리센트는 헬레나 하드캐슬을 의심했다.

나는 손끝으로 뜯긴 부분을 살살 더듬어본다.

나는 헬레나와의 만남 약속이 기록된 레이븐코트의 수첩을 보았었다. 모르긴 해도 사라진 페이지에는 그녀가 커닝엄, 에블린, 밀리센트 더비, 마구간지기 그리고 레이븐코트와의 만남 약속이 기록돼 있을 것이다. 그들 중 실제로 헬레나 하드캐슬과 만난 사람은 커닝엄이 유일하다. 그는 댄스에게 그 사실을 털어놓았다. 수첩에 남겨진 잉크 얼룩도 사실 그의 지문이다.

흥분한 나는 거칠게 수첩을 닫는다. 아직도 이해되지 않는 부분이 많다. 하지만 내게 허락된 시간은 한없이 부족하기만 하다.

나는 복잡해진 머리를 가누고 애나가 기다리는 위층으로 올라간다. 벨의 침실 앞에서 초조하게 제자리를 맴돌고 있는 그녀의 모습이 눈에 들어온다. 그녀는 스케치북을 펼쳐 들고 안에 기록된 내용을 훑어 내려가는 중이다. 문 뒤편에서 희미한 목소리가 흘러나오고 있다. 대니얼이 벨과 대화를 나누는 모양이다. 주방에 드러지 부인과 함께 있는 집사는 곧 올라오게 될 것이다.

"골드를 봤어요? 진작 여기 와 있어야 하는데."

애나가 말한다. 그녀가 어둠에 묻힌 구석을 매섭게 노려본다. 마치 자신의 예리한 눈빛으로 어둠 속에서 그를 도려내기라도 할 것처럼.

"아뇨. 여기서 왜 만나자고 했죠?"

나는 긴장한 모습으로 주위를 살피며 말한다.

"오늘 아침에 풋맨이 집사와 골드를 죽일 거예요. 그 전에 우리가 그들은 안전한 곳으로 데려가야 해요. 난 그들을 보호할 수 있어요."

"정문 관리실 같은 곳 말이군요."

"맞아요. 하지만 그런 우리 생각을 절대 들키면 안 돼요. 그걸 간파당하면 풋맨이 내 정체를 알게 될 거고, 날 죽이려들 거예요. 난 계속 보모인 척할게요. 두 사람의 부상 정도가 너무 심해 위협이 되지 못한다는 걸 확인하면 그는 우릴 그냥 내버려둘 거예요. 그게 바로 우리가 살길이라고요. 이 책엔 그들이 나름의 역할을 해줄 거라고 적혀 있어요. 그러니 어떻게든 살려놓아야죠."

"난 뭘 하면 되죠?"

"그걸 내가 어떻게 알겠어요? 내가 뭘 해야 하는지도 모르는데. 책엔 당신을 무조건 이 시간에 이곳으로 데려와야 한다고 적혀 있어요. 하지만….'"

그녀가 고개를 저으며 한숨을 내쉰다.

"알아들을 수 있는 내용은 딱 그것뿐이에요. 나머지 내용은 다 횡설수설이고요. 내가 그랬잖아요. 당신이 이걸 내게 넘겼을 때 당신의 정신 상태가 온전치 않았다고. 지난 한 시간 동안 여기 적힌 내용을 해독해보려고 애썼어요. 내 해석이 틀리거나 너무 늦게 도착하면 당신이 죽을 테니까요."

섬뜩한 미래의 예언에 나는 몸서리를 친다.

보나 마나 내 마지막 호스트, 그레고리 골드가 그 책을 애나에게 넘겼을 것이다. 나는 아직도 댄스의 침실 문 앞에서 마차에 대해 열변을 토하던 그의 모습을 생생히 기억하고 있다. 겁에 잔뜩 질린 그는 너무 애처로워 보였다. 휘둥그레진 그의 까만 눈은 초점을 잃은 상태였다.

나는 내일이 조금도 기다려지지 않는다.

나는 그녀 옆으로 다가가 팔짱을 낀 채 벽에 기대 선다. 우리의 어깨가 살짝 맞닿는다. 전생에 누군가를 죽였다는 사실이 그녀에게 애틋한 감정을 품는 것조차 힘들게 만든다.

"확실히 당신이 나보다 낫군요. 누군가가 처음으로 내 손에 미래를 쥐어주었을 때 난 마들렌 오베르라는 하녀를 쫓아 숲을 들쑤시고 다녔어요. 그녀를 구해야 한다는 일념에 사로잡혀서. 정작 그녀는 그런 날 보고 까무러칠 듯 겁을 먹더군요."

"누가 오늘 사용법을 알려주면 좋겠어요."

그녀가 침울하게 말한다.

"그냥 자연스럽게 본능에 따라 행동하면 돼요."

"도망치고 숨기만 한다고 뭐가 나아질지 모르겠어요."

그녀가 절망 섞인 목소리로 말한다. 그때 계단을 빠르게 오르는 누군가의 발소리가 들려온다.

우리는 잽싸게 움직인다. 애나는 구석으로 들어가 숨고, 나는 문 열린 침실로 쏙 들어간다. 나는 호기심에 문을 살짝 열고 밖을 살핀다. 집사가 절뚝거리며 복도를 걸어오고 있다. 화상 흉터로 덮인 그의 얼굴이 흉측하다. 추레한 갈색 가운과 잠옷 차림의 그는 비참하고 지친 모습이다.

첫날 아침부터 지금까지 같은 순간을 반복해 체험해왔음에도 내 감정은 조금도 무뎌지지 않았다. 집사의 좌절감과 공포가 생생히 전해져 온다. 그는 자신이 갇힌 새 몸뚱이에 대해 벨에게 항의하기 위해 성큼성큼 나아가는 중이다.

마침 그레고리 골드가 침실을 나오고 있다. 하지만 딴 데 정신이 팔린 집사는 미처 보지 못한다. 나를 등지고 선 화가의 형체가 묘하다. 인간이라기보다 벽에 드리운 긴 그림자에 더 가까운 모습이다. 그가 예고도 없이 손에 쥔 부지깽이로 집사를 후려치기 시작한다.

나는 이 참혹한 장면을 기억하고 있다.

일방적으로 당하는 집사를 보고 있노라니 마음이 아프다. 부지깽이를 내리칠 때마다 벽에 피가 튄다.

집사가 몸을 웅크린 채 바닥을 뒹군다. 그리고 살려달라고 애원하며 미친 듯이 몸부림친다. 하지만 그를 도우러 달려오는 이는 하나도 없다.

순간 내 안에서 이성이 싹 씻겨 나간다.

나는 탁자 위에 있는 꽃병을 집어 들고 복도로 뛰쳐나간다. 그리고 골드에게 성큼 다가가 꽃병으로 그의 머리를 힘껏 내리친다. 고꾸라진 그의 위로 자기 파편이 우수수 떨어진다.

이내 정적이 찾아든다. 나는 깨진 꽃병을 움켜쥔 채 의식을 잃고 쓰러진 두 남자를 물끄러미 내려다본다.

애나가 내 뒤로 슬그머니 다가온다.

"어떻게 된 거죠?"

그녀가 깜짝 놀라는 척하며 묻는다.

"난…."

어느새 복도 끝에는 많은 손님이 모였다. 옷을 반쯤 걸친 남자들과 경악하는 여자들. 다들 요란한 소리를 듣고 잠에서 깬 모양이다. 그들의 시선이 벽에 튄 핏자국과 바닥에 널브러진 두 남자를 분주히 오간다. 호기심에 찬 그 많은 시선은 잠시 후, 내게로 일제히 쏠린다. 풋맨의 모습은 보이지 않는다.

어쩌면 잘된 일인지도 모른다.

나는 또 다른 무모한 짓을 기꺼이 벌이고도 남을 만큼 화가 나 있다.

디키 박사가 계단을 뛰어 올라온다. 다른 손님들과 달리 그는 이미 옷을 다 갖춰 입은 상태다. 커다란 콧수염에도 공들여 기름을 발라놓았다. 로션을 발랐는지 벗겨지기 시작한 머리가 반들거린다.

"대체 어떻게 된 일인가?"

그가 흥분하며 묻는다.

"골드가 갑자기 실성했습니다."

나는 떨리는 목소리로 대답한다.

"그가 갑자기 부지깽이로 집사를 두들겨 패더군요. 그래서 제가…."

나는 쥐고 있는 꽃병 조각을 들어 보인다.

"가서 내 왕진 가방을 가져와. 내 침대 옆에 있을 거야."

디키가 어느새 바짝 다가온 애나에게 지시한다.

애나는 순순히 시키는 대로 한다. 전면에 나서지 않는 모습을 연출하며 미래의 조각들을 재정비하려는 것이다. 의사가 갑자기 그녀를 불러 세운다. 그가 환자를 따뜻하고 조용한 곳으로 옮겨야 한다고 말하자 애나는 정문 관리실을 추천한다. 그녀는 그곳에서 직접 환자를 돌보겠다고 나선다. 그는 어차피 가둬둘 곳이 마땅치 않으니 골드도 정문 관리실로 데려가는 게 좋겠다고 한다. 하인이 마을에서 경찰을 불러올 때까지 진정제로 골드를 재워놓겠다는 것이다. 애나는 마을로 보낼 하인을 찾아보겠다고 한다.

그들은 함께 계단을 내려간다. 집사는 임시변통으로 만든 들것에 누워 있다. 애나가 안도의 미소를 머금고 나를 쳐다본다. 나는 아직도 당혹스러운 표정을 지우지 못하고 있다. 나름 애를 썼지만 솔직히 우리가 무엇을 성취했는지 잘 모르겠다. 집사는 한동안 침대에 뻗어 있게 될 것이다. 오늘 저녁 찾아올 풋맨의 손쉬운 표적이 돼버렸다. 그레고리 골드는 진정제에 취한 상태로 높이 매달리게 될 테고. 비록 목숨은 건졌지만 정신은 산산조각나버렸다.

우리는 그의 지시에 충실히 따르는 중이다. 그럼에도 안심이 되지 않는다. 골드는 애나에게 그 책을 넘겨주었다. 내 마지막 호스트인 그에게 무슨 꿍꿍이속이 있는지 알 길이 없다. 이런 험한 꼴을 당하고 나서 대체 뭘 어쩌겠다는 건지.

나는 기억을 더듬어본다. 언뜻 봤던, 하지만 아직 경험하지 못한 미래의 조각들을. 커닝엄이 더비에게 전달한 "그들 모두 다"라는 메시지가 무엇을 의미하는지 궁금하다. 그는 왜 사람을 조금 모아보겠다고 말했을까? 에블린은 왜 어머니의 방에서 검은색 권총을 훔친 후 굳이 더비로부터 은색 권총까지 챙겨왔을까? 그리고 어째서 그는 그녀가 스스로 목숨을 끊는 동안 그깟 돌덩이나 지키고 있었던 것일까?

절망적인 상황이다. 앞에 뿌려진 빵 부스러기가 나를 벼랑 끝으로 이끌고 있다.

불행히도 다른 옵션은 없다. 그저 끝까지 따라가보는 수밖에.

45

에드워드 댄스의 노쇠한 몸뚱이에서 탈출한 나는 그를 졸졸 따라다니는 온갖 통증에서도 완전히 해방되기를 간절히 바랐다. 하지만 옷장 안에 갇혀 밤을 보낸 탓에 아직도 온몸이 뻣뻣하다. 사지를 뻗을 때마다, 몸을 구부리고 비틀 때마다, 예리한 통증에 움찔한다. 그리고 불만거리는 그렇게 차곡차곡 쌓여만 간다. 내 침실로 향하는 길은 순탄치 않다. 전날 밤 래시턴이 동료 손님들에게 깊은 인상을 남겼던 모양이다. 마주치는 사람마다 악수를 청하거나 내 등을 두들겨대는 걸 보면. 돌덩이가 날아오듯 사방에서 반가운 인사말이 터져나온다. 그들의 호의가 적잖이 부담스럽다.

　침실에 도착한 나는 얼굴에서 억지 미소부터 지워낸다. 바닥에는 하얀 봉투가 놓여 있다. 무엇이 담겼는지 두툼하다. 누군가가 문 밑으로 밀어 넣고 간 모양이다. 나는 복도를 좌우로 살피고 나서 봉투를 뜯어본다.

　당신이 놓고 간 겁니다.

안에 담긴 쪽지에는 그렇게 적혀 있다. 봉투에는 체스 말도 하나 들어 있다. 애나가 지니고 다니는 것과 거의 똑같아 보인다.

아질산아밀, 아질산나트륨 그리고 티오황산나트륨을 챙겨야 해요.
그것들을 잘 보관해둬요.

GG

"그레고리 골드."

이니셜을 확인한 나는 길게 한숨을 내쉰다.

집사에게 달려들기 전에 놓아두고 갔으리라.

이제야 애나의 기분을 헤아릴 수 있을 것 같다. 대충 휘갈겨 쓴 그의 글씨는 읽기가 쉽지 않고, 당부 내용 또한 이해가 잘 되지 않는다.

나는 쪽지와 체스 말을 탁자 위에 던져놓고 문을 걸어 잠근 후 의자를 끌어와 손잡이에 받쳐놓는다. 평소 같으면 래시턴의 소지품을 살피거나 거울 앞에서 새 호스트의 얼굴을 확인했겠지만 나는 이미 그의 서랍 안에 무엇이 들었는지, 그가 어떻게 생겼는지 잘 알고 있다. 양말 서랍에는 브래스 너클[i]이 숨겨져 있다. 몇 년 전 그가 한 싸움꾼으로부터 압수한 것으로, 지금껏 꽤 유용하게 써왔다. 나는 그것을 손에 끼운 후 풋맨을 떠올려본다. 내가 숨을 거두는 순간 얼굴을 바짝 들이밀고 흥분의 한숨을 내쉬던 그의 모습을.

[i] brass knuckles, 격투할 때 손가락 관절에 끼우는 쇳조각.

손이 덜덜 떨린다. 하지만 래시턴은 벨이 아니다. 공포는 벨을 무력하게 만들었지만 래시턴에게는 오히려 의욕만 불어넣어줄 뿐이다. 그는 풋맨을 찾아내 자신의 손으로 직접 처단하고 싶어 한다. 그렇게만 된다면 지난번 굴욕을 확실히 되갚아주는 셈이다. 오늘 아침 그와 한바탕 치고받았을 때, 나를 아래층으로 그리고 문제의 복도로 이끌었던 것은 다름 아닌 래시턴이었다. 나는 확신 한다. 그의 분노와 자존심이 나를 움직였다. 나도 모르는 새 그에 게 조종당한 것이다.

두 번 다시 같은 일이 벌어져서는 안 된다.

래시턴의 무모함이 우리의 목숨을 위태롭게 할 수 있다. 더 이 상 호스트를 허비해서는 안 된다. 애나와 함께 이 지옥을 탈출하 려면 무조건 풋맨보다 한 걸음이라도 앞서나가야만 한다. 나는 우 리를 도와줄 만한 사람을 알고 있다. 문제는 그들을 설득할 자신 이 없다는 사실이다.

나는 손에서 브래스 너클을 빼고 거울 앞 세면대로 가 몸을 씻 는다.

래시턴은 젊은 청년이다. 하지만 앳돼 보이는 만큼 젊지는 않 다. 그는 키가 크고 억세며 굉장히 잘생겼다. 그의 코에는 주근깨 가 적당히 있고, 꿀색을 띤 눈과 짧은 금발 머리는 마치 햇빛으로 빚어놓은 듯하다. 굳이 아쉬운 부분을 하나 짚으라면 그의 어깨에 남아 있는 총상 흉터 정도일 것이다. 당시 기억을 파헤쳐볼 수도 있겠지만 나는 그러지 않기로 한다. 그의 고통이 아니어도 나는 이미 충분히 괴로우니까.

내가 가슴을 문질러 닦고 있을 때 문 손잡이가 덜거덕거린다. 나는 본능적으로 브래스 너클을 집어 든다.

"짐, 안에 있어요? 누군가가 자물쇠를 걸어놨어요."

허스키하고 건조한 여자 목소리.

나는 새 셔츠를 꺼내 걸치고 문에 받쳐놓은 의자를 치운다. 문을 열자 어리둥절한 표정의 젊은 여자가 눈에 들어온다. 그녀는 주먹 쥔 손으로 또 한 번 노크를 하려던 참인 듯하다. 긴 속눈썹 아래서 그녀의 파란 눈이 나를 빤히 쳐다본다. 새빨간 립스틱이 창백한 얼굴과 뚜렷한 대조를 이룬다. 그녀는 이십 대 초반으로, 찰랑대는 검은 머리에 빳빳한 흰색 셔츠와 승마바지 차림을 하고 있다. 그녀를 보자 래시턴의 피가 끓어오르기 시작한다.

"그레이스…."

호스트가 내 입을 빌려 말한다. 나는 흠모와 의기양양함, 흥분 그리고 무능함이 한데 뒤섞인 스튜에 빠져 허우적대고 있다.

"미련한 내 오빠가 무슨 짓을 했는지 들었어요?"

그녀가 안으로 성큼 들어서며 말한다.

"왠지 당신이 상세히 들려줄 것 같은데요."

"어젯밤에 오빠가 차를 한 대 빌렸어요."

그녀가 침대 위로 폴짝 뛰어오른다.

"새벽 두 시에 화려하게 차려입은 오빠가 마구간지기를 깨웠다더군요. 그리고 훌쩍 마을로 떠났대요."

그녀는 잘못 알고 있다. 하지만 내게는 그녀 오빠의 평판을 회복시켜줄 방법이 없다. 차를 몰고 이곳을 벗어나 마을로 향하려 했던 건 내 결정에 따른 일이었다. 지금 이 순간, 내가 버려두고 온 가엾은 도널드 데이비스는 흙길 위에 잠들어 있을 것이다. 그리고 내 호스트는 당장이라도 나를 질질 끌고 그를 찾아나서기라도 할 기색이다.

그의 신의는 실로 대단하다. 이유가 뭘까? 순간 공포가 나를 엄습해 온다. 도널드 데이비스를 향한 래시턴의 애정은 참호 속 진흙과 피로 빚어진 것이었다. 그들은 바보처럼 전장으로 향했고, 형제가 되어 돌아왔다. 그들은 세상 그 누구보다도 서로에 대해 잘 알고 있다.

그는 자신의 친구를 그 지경에 빠뜨린 나에게 단단히 화가 나 있다.

어쩌면 내가 나에게 화가 난 것인지도 모른다.

어쩌다 보니 우리는 한데 뒤엉켜 범벅이 돼버렸고, 더 이상 누가 누구인지 구분할 수조차 없게 됐다.

"내 잘못이에요."

그레이스가 풀 죽은 모습으로 말한다.

"오빠는 벨에게서 그 독약을 더 사려고 했어요. 그래서 내가 아빠에게 이르겠다고 협박을 했죠. 오빠는 나한테 단단히 화가 나 있었어요. 하지만 이렇게 훌쩍 떠나버릴 줄은 정말 몰랐어요."

그녀가 땅이 꺼져라 한숨을 내쉰다.

"설마 오빠가 어리석은 짓을 벌인 건 아니겠죠?"

"아무 일 없을 겁니다. 겁을 집어먹고 달아났을 거예요."

나는 그녀 옆으로 다가가 앉으며 말한다.

"그 빌어먹을 의사를 만나지 말았어야 했어요."

그녀가 내 셔츠의 주름을 손으로 문질러 펴며 말한다.

"벨 때문에 오빠가 그렇게 바뀐 거예요. 그 아편팅크 때문에 말이에요. 언제부턴가 오빠랑 말도 섞지 않게 돼버렸다니까요. 부디 우리가 뭐라도 할 수 있었으면 좋겠는데…."

순간 기발한 생각이 그녀의 뇌리를 스친 모양이다. 그녀는 눈을 휘둥그레 뜬 채 더비 경마에서 돈을 건 경주마와 같은 무시무시한 속도로 한동안 머리를 굴려댄다.

"가서 찰스를 만나봐야겠어요."

그녀가 불쑥 말한다. 그리고 내 입술에 키스한 후 방을 나선다.

내가 말릴 틈도 없이 그녀는 사라져버린다. 문도 제대로 닫지 않고서.

나는 문을 닫기 위해 일어난다. 온몸은 화끈 달아올랐고, 머릿속은 복잡하기만 하다. 신경도 살짝 거슬리고. 전반적으로 내가 그 벽장에 갇혀 있었을 때는 모든 것이 확실히 단순했다.

46

나는 복도를 천천히 걸으며 지나는 모든 침실을 차례로 들여다본다. 내 손에는 브래스 너클이 끼워져 있다. 나는 모든 소음과 그림자에 예민하게 반응한다. 언제 어디서 누가 불쑥 튀어나올지 모른다. 풋맨이 불시에 달려들면 꼼짝없이 당할 수밖에 없다.

나는 복도를 막고 있는 벨벳 커튼을 옆으로 밀어내고 블랙히스의 버려진 이스트 윙으로 들어선다. 매운 바람에 휘날리는 휘장들이 푸줏간 카운터에 떨어지는 고깃덩어리처럼 벽을 후려친다.

나는 아기방에 도착할 때까지 멈추지 않는다.

한쪽 구석 흔들목마 뒤로 의식을 잃고 쓰러져 있는 더비의 모습이 보인다. 문밖에서는 보이지 않는 위치다. 그의 머리에는 피딱지가 눌어붙어 있다. 주변 바닥에는 산산조각이 난 도자기 파편이 널려 있다. 하지만 완벽히 숨겨진 그에게는 아직 목숨이 붙어 있다. 그는 스탠윈의 방을 나서는 순간 급습당했다. 그리고 습격자는 공갈범이 쉽게 찾지 못하도록 그를 구석으로 옮겨놓았다. 보다 안전한 곳으로 데려가기에는 시간이 충분치 않았던 모양이다.

나는 잽싸게 그의 주머니를 뒤져본다. 하지만 그가 스탠윈으로부터 챙긴 모든 것은 이미 도난당한 후다. 충분히 예상할 수 있었던 일이지만 그래도 혹시나 하는 마음이 있었다. 그가 이 집의 무수한 미스터리의 설계자이니.

그에게서 떨어져나온 나는 복도 끝에 자리한 스탠윈의 침실로 향한다. 오직 공포만이 그를 블랙히스에서 가장 으슥한 구석으로 몰아넣을 수 있었을 것이다. 그나마 변변찮은 위안을 누릴 수 있는 곳으로. 그 기준으로 따져보면 그는 꽤 현명한 선택을 한 셈이다. 마룻바닥은 그의 첩자나 다름없다. 발을 디딜 때마다 바닥은 요란한 소리로 나의 접근을 알린다. 긴 복도에는 또 다른 출입구가 없다. 공갈범은 자신이 적들에게 에워싸여 있다고 믿는 모양이다. 왠지 그 사실을 전략적으로 이용해봐도 좋을 것 같다는 생각이 든다.

응접실을 지나온 나는 스탠윈의 침실 문에 노크한다. 기분 나쁜 정적이 나를 맞는다. 안에서 누군가가 소리 내지 않으려 애쓰고 있는 듯하다.

"짐 래시턴 순경입니다."

나는 문에 대고 불러본다. 브래스 너클은 들키지 않도록 슬그머니 빼놓는다.

"당신과 할 얘기가 있어 왔습니다."

그 말에 안에서 바스락대는 소리가 흘러나온다. 누군가가 조심스레 걸음을 옮기는 중이다. 잠시 후, 서랍이 열리고 무언가를 꺼내는 소리가 들린다. 그리고 마침내 응답한다.

"들어와요."

테드 스탠윈이 한 손을 왼쪽 부츠에 깊숙이 찔러 넣은 채 의자에 앉아 있다. 그는 군기가 바짝 든 군인처럼 맹렬히 브러시를 놀리는 중이다. 나는 그가 발산하는 심상치 않은 기운에 몸서리를 친다. 내가 마지막으로 이 남자를 보았을 때 그는 싸늘한 주검이 되어 숲속에 누워 있었다. 나는 그의 주머니를 열심히 뒤지고 있었고. 블랙히스는 그를 데려가 옷에 묻은 흙을 털어내주었다. 그리고 그의 열쇠를 꽂아 다음 루프를 진행시켰다. 그가 모든 걸 처음부터 다시 시작할 수 있도록. 만약 이게 지옥이 아니라면 악마는 분명 주목해서 지켜보고 있을 것이다.

나는 그의 어깨 너머를 바라본다. 침대에서는 그의 똘마니가 곤히 잠들어 있다. 붕대로 덮인 그의 코에서는 요란한 숨소리가 연신 터져나온다. 스탠윈이 그를 옮겨놓지 않았다니, 놀라운 일이다. 공갈범은 의자를 침대 쪽으로 돌려놓은 상태였다. 애나가 바짝 붙어 집사를 챙겼을 때처럼. 스탠윈은 이 자식에게 적잖은 애정을 느끼고 있는 게 분명하다.

더비가 바로 옆방에 누워 있다는 걸 알려주면 그가 어떻게 반응할지 궁금하다.

"아, 이 모든 것의 중심에 서 있는 분께서 친히 납시어주셨군."

스탠윈이 브러시질을 멈추고 나를 쳐다본다.

"그게 무슨 소리죠?"

나는 어리둥절해하며 말한다.

"내 공갈이 제대로 먹혀든 모양이군. 자네가 당혹스러워하는 걸 보니 말이야."

그가 벽난로 옆에 놓인, 당장이라도 부서질 것 같은 나무 의자를 가리킨다. 나는 바닥에 어지럽게 널린 더러운 신문과 부츠 광택제를 최대한 피해 의자를 침대 앞으로 끌어와 앉는다.

스탠윈은 부자가 마구간지기처럼 차려입으려고 노력한 듯한 옷차림을 하고 있다. 하얀 면 셔츠는 빳빳하게 다려져 있고, 검은 바지에는 티끌 하나 없다. 소박한 옷차림으로 한때 웅장했던 집의 허름한 구석에 쪼그려 앉아 부츠와 씨름하는 신세라니. 지난 십구 년간의 협박으로 얻은 게 고작 이건가? 그의 볼과 코는 혈관이 터져서 벌집이 됐다. 수면 부족으로 빨갛게 충혈되고 옴폭 들어간 눈은 문간으로 돌아가 있다. 마치 괴물이라도 기다리는 듯이.

그가 초대한 괴물들.

그가 놓는 모든 엄포 뒤에는 재로 변한 영혼이 수북이 쌓여 있다. 한때 그의 동력이 돼준 불도 오래전에 꺼져버렸다. 처량한 실패자의 모습. 오직 그가 간직한 비밀만이 그에게 온기를 불어넣고 있다. 이제 그는 피해자들이 그를 두려워하는 것만큼이나 그들을 두려워하고 있다.

어느새 찾아든 연민이 나를 쿡쿡 찔러댄다. 스탠윈이 처한 상황이 묘하게도 익숙하게 느껴진다. 내 호스트들이 닿을 수 없는 내 안 깊숙한 곳, 진짜 에이든 비숍이 살고 있는 곳에서 기억 하나가 꿈틀대기 시작한다. 내가 이곳에 온 것은 여자 때문이었다. 나는 그녀를 구하고 싶어 했지만 끝내 그러지 못했다. 블랙히스는 그런 내게… 뭐랄까… 다시 도전할 기회를 주었다.

대체 나는 뭘 하러 이곳에 온 것일까?

그냥 내버려둬.

"우리가 알고 있는 사실부터 하나씩 짚어나가보자고."

스탠윈이 나를 빤히 쳐다보며 말한다.

"자네는 세실 레이븐코트, 찰스 커닝엄, 대니얼 콜리지와 한통속이 돼서 십구 년 전 살인사건을 파헤치고 있어."

조금 전 생각들이 뿔뿔이 흩어져버린다.

"오, 그렇게 놀랄 것 없어."

그가 부츠에 생긴 칙칙한 얼룩을 유심히 살피며 말한다.

"오늘 아침 일찍 커닝엄이 나를 찾아왔지. 자신의 뚱보 주인을 대신해서 물어볼 게 조금 있다나. 그 후에 대니얼 콜리지는 몇 분 동안 주위를 맴돌았어. 두 사람 모두 하드캐슬 도련님을 죽인 놈에 대해 알고 싶어 했지. 내가 총을 쏘며 쫓아냈던 바로 그 친구 말이야. 그리고 이젠 자네까지 나타나서 나를 괴롭히고 있어. 자네가 무슨 꿍꿍이속인지 대충 짐작이 돼. 두 눈과 뇌가 있는 사람이라면 그걸 간파하는 게 어렵지 않을 거야."

그가 나를 흘끔 쳐다본다. 냉담한 표정이지만 나는 그의 머리가 기민하게 돌아가고 있음을 알고 있다. 나는 그의 부담스러운 시선을 의식하며 그의 의심을 잠재워줄 적절한 대꾸거리를 떠올려본다. 하지만 그럴수록 어색한 정적만이 더 길고 무겁게 이어질 뿐이다.

"자네가 어떻게 반응할지 궁금했어."

스탠윈이 끙 앓는 소리로 말한다. 그가 부츠를 신문 위에 내려놓고 걸레로 손을 닦는다.

잠시 후, 그가 다시 입을 열고 마치 누군가에게 은밀한 이야기를 털어놓듯 나지막한 목소리로 말한다.

"갑자기 정의에 대한 욕망이 샘솟은 모양들이야. 그 이유야 뻔하지 않겠어?"

그가 펜나이프로 손톱 밑에 낀 때를 후벼대기 시작한다.

"레이븐코트가 스캔들 냄새를 맡았거나, 자네가 이 사건을 해결해 신문에 이름을 올리고 싶어진 것일 테지."

내가 대꾸하지 않자 그가 경멸의 표정으로 나를 쏘아본다.

"이봐 래시턴, 자네는 나에 대해 아는 게 없겠지만 난 자네 같은 부류를 잘 알아. 분수에 맞지 않는 부잣집 여자에게 홀딱 빠져버린 노동자 계급 순경. 지위를 높이려고 바동대는 건 나쁜 일이 아니야. 나도 한때 그래 봤고. 하지만 그 사다리에 오르려면 적잖은 돈이 필요해. 그리고 그 부분은 내가 도와줄 수 있어. 내겐 정보가 절실하거든. 이번 기회에 우리가 서로를 도와보면 어떨까?"

나를 빤히 응시하는 그의 눈빛이 부담스럽다. 그의 목에서는 맥이 꿈틀대고, 이마는 배어 나온 땀으로 번들거린다. 이런 접근은 경계할 필요가 있다. 그럼에도 그의 제안이 솔깃하다는 건 부인할 수 없다. 래시턴은 그레이스의 당당한 애인이 되고 싶어 한다. 그녀에게 멋진 옷도 선물하고, 한 달에 한 번 이상 고급 레스토랑에도 데려가는, 그런 애인이 되는 꿈을 오래도록 꾸어왔다.

문제는 그가 경찰 생활을 병적일 만큼 좋아한다는 사실이다.

"루시 하퍼가 당신 딸이라는 걸 또 누가 알고 있습니까?"

이번에는 그의 얼굴이 일그러진다.

나는 그가 점심 식탁에서 루시를 갈구는 모습을 보며 그를 의심하게 됐다. 그녀가 비켜달라며 성을 뺀 이름으로 불렀을 때. 벨의 눈으로 그 장면을 보았을 때는 별 생각이 없었다. 그저 짐승 같은 공갈범다운 모습으로만 여겼을 뿐이다. 하지만 댄스가 되어 다시 목격했을 때 비로소 루시의 목소리에서 애정이 묻어난다는 걸 깨닫게 됐다. 그의 얼굴에서는 공포가 살짝 엿보였고. 방 안의 모두가 그의 늑골 사이에 칼침을 놓고 싶어 했지만 어쩐 일인지 그녀만큼은 그를 끔찍이 챙기는 모습이었다. 그녀가 자신의 등에 표적을 하나 그려놓은 것이나 다름없었다. 그가 그녀를 매섭게 몰아붙인 이유를 알 것 같다. 그는 황급히 그녀를 방에서 쫓아내야만 했던 것이다.

"루시 누구?"

그가 쥐고 있는 걸레를 비비 꼬며 말한다.

"모른 척하지 말아요, 스탠윈. 그녀는 당신과 똑같은 빨간 머리를 갖고 있어요. 당신 재킷 안에는 그녀 사진이 담긴 로켓과 당신의 공갈 사업에 대한 디테일이 상세히 기록된 암호서가 보관돼 있고요. 전혀 어울리지 않는 그 두 가지를 신줏단지 모시듯 하는 게 이상하지 않습니까? 당신은 오로지 그것들에만 집착해왔잖아요. 게다가 그녀는 레이븐코트 앞에서 당신을 두둔하기까지 했단 말입니다."

내 입에서 튀어나오는 사실들이 망치처럼 그를 속속 후려친다.

"누구라도 어렵지 않게 짐작했겠죠. 두 눈과 뇌가 있는 사람이라면 그걸 간파하는 게 어렵지 않을 겁니다."

"원하는 게 뭐지?"

그가 나지막이 말한다.

"토머스 하드캐슬이 살해된 날 아침에 정확히 무슨 일이 있었는지 알고 싶어요."

그가 혀를 날름거리며 입술을 적시기 시작한다. 그의 머릿속에서는 거짓말이라는 윤활유가 뿌려진 톱니와 기어들이 미친 듯이 돌아가는 중이다.

"찰리 카버와 또 다른 남자가 토머스를 호숫가로 데려갔어. 거기서 칼로 찔러 아이를 죽였지."

그가 다시 부츠를 집어 들며 말한다.

"난 카버를 붙잡았지만 그의 공범은 달아나버렸어. 또 뭐 다른 얘기 듣고 싶은 거 없나?"

"내가 거짓말이 듣고 싶었다면 헬레나 하드캐슬에게 물어봤을 겁니다."

나는 꽉 움켜쥔 두 손을 무릎 사이로 늘어뜨리고 앞으로 몸을 기울인다.

"그녀도 그 자리에 있었죠? 안 그렇습니까? 앨프 밀러에게 다 들었어요. 모두가 당신이 그 아이를 구하기 위해 몸을 던졌고, 그에 대한 보상으로 대규모 농장을 하사받았다고 믿고 있습니다. 하지만 난 그게 사실이 아니라는 걸 압니다. 당신은 지난 십구 년간 헬레나 하드캐슬을 협박해왔습니다. 그 아이가 죽은 직후부터 오늘날까지 말입니다. 그날 아침, 당신이 뭔가를 본 게 틀림없습니다. 그리고 그걸 무기로 그녀를 괴롭혀왔죠. 그녀는 남편에게 그 돈이 커닝엄의 진짜 혈통에 대한 비밀을 묻어두는 데 쓰일 거라고 설명했을 겁니다. 하지만 그건 사실이 아니었어요. 내 말이 틀렸습니까? 그보다 훨씬 더 큰 후환을 막으려던 게 아니었나요?"

"그날 내가 뭘 봤는지 털어놓지 않으면, 그땐 뭘 어쩔 건데?"

그가 부츠를 옆으로 휙 던지며 으르렁거린다.

"루시 하퍼의 아버지가 악명 높은 테드 스탠윈이라는 사실을 여기저기 떠벌리고 다니려고? 누가 먼저 그 앨 죽이는지 신나게 구경하면서?"

나는 대꾸를 하려고 입을 열지만 아무 말도 내놓지 못한다. 물론 그것이 내 계획이었다. 하지만 어느새 그날의 기억이 떠올라 주저된다. 루시가 계단에서 혼란스러워하는 집사를 이끌고 주방으로 향했을 때. 그녀는 아버지와 달리 심성이 곱다. 애정과 의심으로 똘똘 뭉친 그녀는 나 같은 사람들이 짓밟아대기에 완벽한 표적이다. 스탠윈이 그녀의 어머니에게 양육을 맡긴 이유가 있었다.

그는 그동안 가족을 위해 금전적 지원을 충실히 해왔다. 무시무시한 적들이 미치지 못하는 곳으로 안심하고 보낼 수 있을 때까지 그들을 지켜주고 싶었던 것이다.

"아니."

스탠윈에게 내놓는 대답이라기보다는 혼잣말에 가깝다.

"루시는 내가 힘들 때 곁에서 도움이 되어주었어요. 그녀를 절대 위험에 빠뜨리지 않을 겁니다. 아무리 이 일이 중요하다고 해도요."

놀랍게도 그가 미소를 지어 보인다. 회한의 미소다.

"그렇게 감상적으로 굴면 이 집에서 오래 버티지 못해."

"그럼 상식적으로 굴면요? 에블린 하드캐슬은 십구 년 전 벌어진 일 때문에 오늘 밤 살해될 거예요. 당신은 에블린을 계속 살려두고 싶어 하죠? 그녀가 레이븐코트와 혼인할 수 있도록? 그래야 당신이 계속 돈을 뜯어낼 수 있을 테니까."

그가 휘파람 소리를 낸다.

"만약 그게 사실이라면 살인자의 정체를 알아내는 게 더 짭짤한 돈벌이가 되지 않겠어? 하지만 자네가 잘못 짚은 거야."

그가 힘주어 말한다.

"난 계속 돈을 뜯어낼 필요가 없어. 이번에 사업을 싹 다 처분해버리기로 했거든. 난 돈을 챙겨 여길 떠날 거야. 사실 난 루시를 데려가려고 블랙히스에 들어왔어. 거래도 마무리 지어야 하고. 걘 나랑 같이 떠날 거야."

"누구에게 팔기로 했죠?"

"대니얼 콜리지."

"콜리지는 몇 시간 후 사냥터에서 당신을 죽일 계획을 세워놨어요. 이런 정보의 가치는 얼마나 되죠?"

스탠윈이 의심의 눈초리로 나를 쳐다본다.

"날 죽이려 한다고? 공정한 거래였는데. 그 친구랑 나랑. 숲에 들어가 사업 얘기를 마저 하려고 했어."

"그 내용은 두 권의 책에 나눠 기록해놓았죠? 한 권에는 모든 이름과 범죄 그리고 지불금이 암호로 적혀 있어요. 또 다른 책엔 그걸 해독하는 방법이 적혀 있고요. 당신은 그것들을 따로따로 보관해왔어요. 그게 자신의 안위를 위해 현명하다고 생각했겠죠. 하지만 다 부질없는 짓이에요. 공정한 거래든 아니든, 당신은 결국 참혹하게 죽음을 맞이할 운명이니까."

나는 소매를 살짝 걷어 시간을 확인한다.

"정확히 네 시간 후에. 결국 콜리지는 단 한 푼도 쓰지 않고 책 두 권을 모두 손에 넣게 될 겁니다."

그 말에 스탠윈이 처음으로 불안한 기색을 보인다.

그가 침대 옆 서랍을 열고 파이프와 담배가 담긴 작은 주머니를 꺼낸다. 그런 다음, 담배를 조금 꺼내 파이프 끝에 채워 넣는다. 삐져나온 부분을 손으로 살짝 다듬고 나서는 성냥을 빙빙 돌려가며 담뱃잎에 불을 붙인다. 그가 파이프를 몇 모금 빨고 나서 나를 돌아본다. 담배 연기가 그의 머리 위에 어울리지 않는 광륜을 만들어놓는다.

"그가 날 어떻게 죽인다는 거지?"

스탠윈이 누런 이로 파이프를 꽉 문 채 묻는다.

"토머스 하드캐슬이 살해된 날 아침에 뭘 봤습니까?"

"살인을 살인과 맞바꾸자는 말인가? 응?"

"그래야 공정한 거래죠."

그가 자신의 손바닥에 침을 탁 뱉는다.

"그럼 악수를 해야지."

나는 그와 악수를 하고 나서 마지막 남은 담배에 불을 붙인다. 담배를 향한 끌림은 강둑에 차오르는 물처럼 아주 서서히 찾아들었다. 목구멍이 연기로 채워지자 만족의 눈물이 배어 나온다.

스탠윈이 텁수룩한 수염을 살살 긁어대며 진지하게 말한다.

"그날은 시작부터 좀 이상했어."

그가 입에 문 파이프의 위치를 살짝 돌려놓는다.

"손님들이 파티를 위해 도착하기 전부터 분위기가 심상찮았지. 주방에선 언쟁이 벌어졌고, 마구간에서도 싸움이 있었어. 심지어는 손님들마저도 서로 티격태격했지. 굳게 닫힌 문들에서는 높은 언성이 흘러나왔고."

그답지 않게 신중한 모습이다. 꼭 날카로운 물건들로 가득 찬 트렁크를 풀고 있는 사람 같아 보인다.

"찰리가 해고된 건 별로 놀라운 일이 아니었어. 그가 오랫동안 레이디 하드캐슬과 부적절한 관계를 유지해왔다는 걸 모르는 사람이 없을 정도였으니까. 처음엔 용케 숨겨왔지만 결국 만천하에 들통나버리고 말았지. 어쩌면 그들은 덜미를 잡히고 싶었는지도 몰라. 아무튼 하드캐슬 경이 찰리를 해고했다는 소식은 천연두처럼 주방에 쫙 퍼졌어. 우린 그가 아래층에 내려와 작별 인사 정도는 할 줄 알았는데 코빼기도 보이지 않더라고. 두 시간쯤 후에 하녀 하나가 달려와 찰리가 곤드레만드레 취한 채로 아이들 방을 어슬렁거린다고 귀띔해줬어."

"아이들 방이라고요? 확실합니까?"

"분명 그렇게 얘기했어. 뭔가를 찾는 사람처럼 방 안을 기웃거리고 있다고 말이야."

"그가 뭘 찾고 있었을까요?"

"그녀는 그가 작별 인사를 하러 온 줄 알았다지만 그 시간에 아이들은 전부 밖에 나가 놀고 있었거든. 어쨌든 분명한 건 찰리가 커다란 가죽 가방을 어깨에 메고 여길 떠났다는 사실이야."

"그 가방에 뭐가 담겨 있었는지는 모르고요?"

"그야 알 길이 없지. 그게 뭔지는 몰라도 문제 삼는 사람은 아무도 없었어. 모두가 찰리를 좋아했다고."

스탠윈이 고개를 젖혀 천장을 올려다보며 긴 한숨을 내쉰다.

"그 후엔 무슨 일이 있었죠?"

그가 주저하자 나는 계속 몰아붙인다.

"찰리는 내 친구였어."

그가 침울한 얼굴로 말한다.

"그래서 곧장 그를 찾아나섰지. 다른 건 몰라도 작별 인사는 정식으로 하고 싶었거든. 그를 마지막으로 본 사람이 그가 호수 쪽으로 향했다고 하기에 황급히 그쪽으로 달려가봤지. 하지만 그 친구는 거기 없었어. 아무도 보이지 않더라고. 그래서 그냥 돌아서려는데 땅에 남겨진 혈흔이 눈에 확 들어오지 않겠어?"

"그래서 핏자국을 따라가봤나요?"

"그랬지. 호수 가장자리까지…. 그리고 거기서 아이를 보게 된 거야."

그가 침을 꿀꺽 삼키고 나서 두 손을 얼굴로 가져간다. 마음속 깊은 곳에 오랫동안 묻어둔 끔찍한 기억을 다시 끄집어내려니 괴로운 모양이다. 그를 이런 인간으로 만든 독기 가득한 씨앗.

"대체 거기서 뭘 본 겁니까?"

그가 두 손을 내리고 나를 쳐다본다. 내가 고해를 요구하는 사제라도 되는 듯이.

"처음엔 레이디 하드캐슬만 눈에 들어왔어. 그녀는 진창에 무릎을 꿇고 펑펑 울고 있었지. 사방엔 피가 뿌려져 있었고 말이야. 아이는 보이지 않았어. 그녀가 꼭 끌어안고 있었거든. 기척을 느낀 그녀가 나를 돌아봤고, 그제야 목에 칼이 박힌 아이의 모습이 눈에 들어왔어. 어찌나 깊숙이 찔러넣었던지 머리가 떨어져나올 것 같았다니까."

"그녀가 자백했나요?"

내 목소리에서 흥분이 묻어난다. 어느새 내 손은 주먹이 꽉 쥐어져 있고, 온몸은 바짝 경직돼 있다. 나는 숨을 참으며 의자 가장자리에 아슬아슬하게 걸터앉는다.

이내 나 자신이 부끄러워진다.

"뭐 그렇다고 봐야. 그녀는 계속 사고였다고 주장했어. 끊임없이 같은 말만 반복해댔지. 사고였다고."

"그럼 카버는요?"

"그는 나중에 도착했어."

"얼마나 늦게 나타났나요?"

"글쎄⋯."

"오 분? 이십 분? 이건 중요한 문제예요, 스탠윈."

"이십 분까지는 아니었고, 한 십 분쯤 됐으려나. 아주 늦게 나타나진 않았어."

"그가 가방을 챙겨 왔던가요?"

"가방?"

"그가 갈색 가죽 가방을 챙겨 집을 나서는 걸 하녀가 봤다고 했잖아요. 그가 그 가방을 메고 있었나요?"

"아니. 가방은 없었어."

그가 파이프로 나를 가리킨다.

"자네, 내가 모르는 뭔가를 알고 있는 것 같은데."

"그런 것 같아요. 일단 하던 얘기나 마저 해봐요."

"카버가 나타나 날 한쪽으로 끌고 갔어. 놀랍게도 그는 술에 취해 있지 않더라고. 충격을 받아서인지 아주 말짱한 상태였지. 그가 내게 부탁했어. 내가 목격한 모든 걸 잊어달라고. 그리고 전부 자기가 저지른 일이라고 소문을 내달라더군. 난 그럴 수 없다고 했어. 그녀를 위해서도, 하드캐슬 집안을 위해서도. 하지만 그는 그녀를 사랑한다면서 애원했어. 어디까지나 불행한 사고였고, 자기가 그녀를 위해 할 수 있는 일은 그것뿐이라고 말이야. 어차피 블랙히스에서 쫓겨난 자기에겐 미래가 없다나. 더 이상 함께할 수 없는 헬레나를 위해 꼭 그러고 싶다면서 그녀의 비밀을 끝까지 지켜달라고 신신당부했어."

"그래서 헬레나에게 돈을 뜯어온 거군요. 비밀을 지켜주는 대가로."

"왜? 자네였으면 안 그랬을 것 같아?"

그가 버럭 화를 내며 말한다.

"자네라면 친구와의 약속을 저버리고 그 자리에서 수갑을 채우겠나? 아니면, 그냥 모른 척 끝까지 눈감아주겠나?"

나는 고개를 젓는다. 솔직히 어떻게 답변해야 할지 모르겠다. 하지만 나는 그의 측은한 자기 변호에는 별 관심이 없다. 이 이야기에는 피해자가 딱 둘 있다. 토머스 하드캐슬과 찰리 카버. 살해된 아이와 사랑하는 여인을 보호하기 위해 기꺼이 교수대로 향한 남자. 그들을 돕기에는 너무 늦어버렸다. 하지만 더 이상 진실을 묻어둘 수는 없다.

　이미 많은 이가 그 일로 피해를 보았으니.

47

덤불이 바스락거리고 발밑에서는 잔가지들이 부러진다. 대니얼
은 숲속을 빠르게 헤쳐나가는 중이다. 잠행의 노력 따위는 하지
않는다. 어차피 그럴 필요가 없으니. 내 다른 호스트들은 새 주인
에게 점령당한 상태다. 그리고 거의 모든 손님은 사냥에 나섰거나
일광욕실에 모여 있다.

　가슴이 쿵쾅거린다. 그는 서재에서 벨과 마이클을 만난 후 집을
몰래 빠져나왔다. 그리고 나는 지난 십오 분간 그를 소리 없이 미
행해왔다. 다른 사냥꾼들보다 늦게 집을 나선 그는 댄스를 따라잡
으려 애쓰는 중이다. 그가 그들 무리에 뒤늦게 합류한 이유가 궁
금하다. 부디 이번 기회에 그의 계략을 간파할 수 있기를 바랄 뿐
이다.

　갑자기 우거졌던 나무가 줄어들면서 흉측한 빈터가 나타난다.
호수에서 얼마 떨어지지 않은 곳이다. 오른쪽으로는 물이 어렴풋
이 보인다. 풋맨은 우리에 갇힌 짐승처럼 같은 자리를 빙빙 맴돌
고 있다. 나는 들키지 않기 위해 덤불 뒤로 들어가 몸을 숨긴다.

　"서둘러."

대니얼이 그에게로 다가가며 말한다.

풋맨이 그의 턱에 냅다 주먹을 날린다.

비틀대며 뒤로 물러났던 대니얼이 자세를 바로 한다. 그는 두 번째 주먹을 받을 준비가 됐다고 고개를 끄덕여 신호한다. 이번 주먹은 그의 복부로 파고든다. 대니얼은 땅에 벌러덩 드러눕는다.

"더?"

풋맨이 그에게로 다가서며 묻는다.

"이 정도면 됐어."

대니얼이 찢어진 입술을 훔치며 말한다.

"우리가 한바탕 주먹다짐을 벌였다고 댄스가 믿도록 만들기만 하면 돼. 날 반쯤 죽여놓을 필요까지는 없다고."

저들이 한 패였어.

"그들을 따라잡을 수 있겠어?"

풋맨이 대니얼을 부축해 일으키며 말한다.

"사냥꾼들이 많이 앞서가고 있어서 말이야."

"그래봤자 노인네들인데 뭐. 멀리 가진 못했을 거야. 그건 그렇고, 애나는 붙잡았어?"

"아직. 너무 바빴거든."

"서두르라고. 우리 친구가 조바심을 내기 시작했어."

그들이 원하는 건 다름 아닌 애나다.

그래서 대니얼이 레이븐코트가 된 내게 그녀를 찾으라고 주문했던 것이다. 그래서 풋맨을 위한 덫을 설계하면서 더비에게 그녀를 도서관으로 데려오게 했던 것이고. 그녀를 찾아 그들에게 넘기는 것이 바로 내가 할 일이었다. 양을 도살장으로 끌고 가는 것.

머릿속이 핑핑 돌기 시작한다. 대화가 끝나자 풋맨은 저택으로 향한다. 대니얼은 꿈쩍도 하지 않고 서서 피로 범벅이 된 얼굴을 훔친다. 잠시 후, 그가 움직이지 않는 이유가 밝혀진다. 흑사병 의사가 빈터로 들어섰기 때문이다. 바로 그가 대니얼이 언급했던 "친구"였던 것이다.

우려했던 일이 눈앞에서 펼쳐지고 있다. 그들은 애초에 한 패거리였다. 대니얼과 풋맨. 그리고 그들은 흑사병 의사를 대신해 애나를 사냥하고 있다. 무엇이 그가 원한을 품도록 부채질했을까? 이제야 흑사병 의사가 나를 그녀와 등지게 하려 했던 이유를 알 것 같다.

그가 대니얼의 어깨에 손을 얹고 나무 틈으로 그를 이끌어나간다. 잠시 후, 그들은 내 시야에서 완전히 사라져버린다. 친밀감이 묻어나는 제스처. 실로 당혹스럽다. 흑사병 의사가 내 몸에 손을 댄 적이 한 번이라도 있었던가? 그는 그게 가능할 만큼 내게 가까이 접근한 적도 없었다.

나는 몸을 최대한 숙인 채 그들이 사라진 쪽으로 달려간다. 귀를 쫑긋 세우고 그들의 대화를 엿들으려 애써보지만 아무 소리도 들려오지 않는다. 나는 나지막이 툴툴대며 계속 걸음을 옮겨나간다. 틈틈이 멈춰 서서 주위를 둘러보지만 어디서도 그들의 흔적은 보이지 않는다. 헛수고다. 그들은 사라졌다.

나는 마치 꿈속에 갇힌 듯한 기분으로 왔던 길을 되돌아간다.

그날 내가 본 모든 것 중 과연 얼마만큼이 진짜였을까? 그들 중 진실을 들려준 이가 하나라도 있을까? 나는 대니얼과 에블린을 친구로 여겼다. 흑사병 의사는 미치광이라 믿었고. 또한 나는 내가 기억을 몽땅 잃어버린 서배스천 벨이라는 의사인 줄로만 알았다. 하지만 그것은 아주 사악한 게임의 출발선일 뿐이었다. 나는 그 게임의 참가자 중 하나에 불과했고.

기왕 이렇게 된 거, 이젠 결승선에 집중해야 해.

"묘지."

대니얼은 그가 그곳에서 애나를 붙잡을 수 있을 거라 믿고 있다. 그는 풋맨을 이끌고 그곳으로 향할 게 분명하다. 이 게임은 바로 그곳에서 끝이 날 것이다. 그리고 나는 그것에 단단히 대비해두어야만 한다.

어느새 나는 소원을 비는 우물에 도착했다. 첫날 아침, 에블린이 펠리시티가 남겨놓은 쪽지를 찾아낸 곳. 당장 머릿속 계획을 실행에 옮겨야 하지만 나는 저택으로 돌아가는 대신 호수 쪽으로 발길을 돌린다. 래시턴의 본능에 순순히 따르는 것이다. 경찰의 본능에. 그는 내게 사건 현장을 보여주고 싶어 한다. 스탠윈의 진술이 아직 뇌리에 생생히 남아 있을 때.

오솔길에는 풀이 제멋대로 자라나 있다. 양옆으로 늘어선 나무들은 안쪽으로 기울어 있다. 그것들의 뒤틀린 뿌리는 땅 위로 흉측하게 솟아올라 있다. 검은딸기나무 덤불이 내 트렌치코트를 연신 잡아끈다. 나뭇잎에 고여 있던 빗물이 속속 내게로 쏟아져 내린다. 잠시 후, 나는 진창으로 변한 호수의 둑에 도달한다.

멀리서 봤을 때와 달리 바로 앞에서 본 호수는 꽤 크다. 물은 이끼로 뒤덮인 바위 색을 띤다. 오른편 끝에 자리한 폭삭 내려앉은 보트 창고에는 뼈대만 앙상히 남은 보트 두 척이 매여 있다. 호수 한복판의 작은 섬에는 연주대가 마련돼 있다. 청록색으로 칠한 지붕 곳곳은 벗겨져 있고, 나무틀은 비바람에 심하게 닳았다.

하드캐슬 가족이 블랙히스를 그토록 떠나고 싶어 하는 이유를 이제는 알 것 같다. 호수는 이곳에서 벌어진 끔찍한 사건에 아직도 단단히 사로잡혀 있다. 불안한 기운이 엄습해오자 황급히 돌아서고 싶은 충동이 인다. 하지만 십구 년 전의 진실을 밝혀내기 전까지는 절대 돌아갈 수 없다. 나는 호수 가장자리를 따라 계속 걸어간다. 그리고 그렇게 호수를 두 바퀴 돌아본다. 시체를 꼼꼼히 살펴보는 검시관의 심정으로.

한 시간이 지났다. 사방을 둘러보지만 특별히 눈에 들어오는 건 없다.

스탠윈의 진술이 모두 사실인지는 모르나 어째서 과거가 하드캐슬 가의 또 다른 자식을 데려가려 혈안인지는 설명하지 못한다. 배후에 누가 있는지, 대체 무엇을 얻겠다고 그러는지. 나는 현장을 살펴보면 그 답을 찾게 될 줄 알았다. 하지만 호수는 안에 꼭 담아둔 기억을 하나도 나눠주지 않는다. 호수를 상대로는 스탠윈처럼 거래를 할 수도, 마구간지기처럼 협박을 할 수도 없다.

축축이 젖은 몸에 냉기가 스며들자 포기하고 싶은 마음이 굴뚝같아진다. 하지만 래시턴은 이미 나를 연못으로 이끌어나가는 중이다. 경찰의 눈빛은 다른 호스트와 달리 매우 예리하다. 래시턴은 단서가 될 만한 것을 찾아 분주히 시선을 놀리고 있다. 그는 이곳에 대한 내 기억만으로는 부족한 모양이다. 그는 생생하게 재현되는 당시 상황을 보고 싶어 한다. 그래서 나는 두 손을 주머니에 깊숙이 찔러 넣고 신발 밑부분이 푹푹 잠기는 연못 가장자리로 다가가본다. 이슬비가 수면에 잔물결을 일으킨다. 둥둥 떠다니는 두꺼운 이끼에 빗방울이 떨어질 때마다 요란한 소리가 난다.

비는 곧 멎을 것 같지 않다. 에블린과 나란히 걸어나가는 벨의 얼굴에도, 집사가 잠들어 있고 골드가 매달려 있는 정문 관리실 창문에도 빗줄기가 떨어지고 있을 것이다. 레이븐코트는 응접실

에서 빗소리를 들으며 커닝엄의 행방을 궁금해하고 있을 것이고
더비는… 더비는 아직도 의식을 회복하지 못했을 것이다. 그에게
는 오히려 잘된 일이다. 데이비스는 길바닥에 쓰러져 있거나 저택
으로 되돌아오는 중일 것이다. 어쨌든 그의 온몸은 흠뻑 젖어 있
을 게 분명하다. 숲속에서 산탄총을 손에 쥔 채 느릿느릿 걷고 있
을 댄스도 마찬가지일 거고.

나는 오늘 밤 에블린이 자신의 복부에 은색 권총을 겨누고 방아
쇠를 당기게 될 바로 그 자리에 서 있다.

나는 그녀가 이곳에 서서 보게 될 것들을 직접 살피는 중이다.

이 사건을 이해하기 위해서.

살인자는 자살을 하게끔 에블린을 부추겼다. 하지만 왜 하필 이
곳이었을까? 그녀가 자신의 방에서 조용히 목숨을 끊도록 조치를
취해놓을 수도 있었을 텐데. 왜 하필 이곳을 선택했을까? 왜 하필
파티가 한창 무르익었을 때를 노렸을까?

그래야 모두가 똑똑히 지켜볼 수 있을 테니까.

"그럼 무도회장 한복판이나 무대 위로 떠밀었어야지."

나는 웅얼거린다.

모든 것이 지나치게 연극처럼 느껴진다.

래시턴은 지금껏 수십 건의 살인사건을 수사해왔다. 하지만 지
금 이것처럼 조작된 사건은 단 한 번도 접해보지 못했다. 전부 즉
석에서 발생한 충동적 행위들이었다. 고된 하루를 보내고 귀가한
남자가 아내에게 시비를 걸었다가 대판 싸움이 벌어지고, 마침내
폭발한 멍든 눈의 아내가 부엌칼을 가져와 남편을 찔러 죽인 사건
처럼. 죽음은 언제 어디서든 벌어질 수 있다. 골목에서도 그리고

테이블에 도일리*가 놓인 조용한 방에서도. 쓰러지는 나무에 깔려 죽기도 하고, 실수로 놓친 연장에 맞아 죽기도 한다. 사람들은 늘 그래왔듯 신속하게, 성급하게 그리고 불운하게 죽음을 맞는다. 하지만 굳이 이곳에서, 그것도 야회복 드레스와 재킷 차림의 손님들이 지켜보는 가운데 일을 벌이려는 속셈이 무엇일까?

대체 얼마나 뒤틀린 인간이기에 살인을 연극 연출하듯 하려는 걸까?

나는 저택이 있는 쪽으로 돌아선다. 머릿속에 연못으로 향하는 에블린의 모습이 떠오른다. 그녀는 마치 술에 취한 듯 비틀거렸다. 그녀 손에 쥐어진 은색 권총이 불을 뿜고 이내 정적이 찾아들었다. 그녀가 연못 위로 고꾸라지자 기다렸다는 듯 밤하늘에서 폭죽이 터지기 시작했다.

왜 권총을 두 정이나 챙겨왔을까? 하나만 있어도 얼마든지 가능했을 텐데.

살인 같아 보이지 않는 살인.

흑사병 의사는 그렇게 표현했다. 하지만 만약…. 문득 엽기적인 아이디어 하나가 뇌리를 스친다. 어둠 속으로 한 줄기 빛이 스며든 것 같은 기분이다.

이치에 닿는 유일한 아이디어.

그때 누군가가 내 어깨를 톡톡 두드린다. 흠칫 놀란 나는 하마터면 연못에 빠질 뻔했다. 고맙게도 그레이스가 휘청대는 나를 꼭 붙잡아준다. 몸을 틀고 애정과 곤혹함이 묻어나는 그녀의 파란 눈을 들여다보니 놀란 마음이 금세 진정된다.

---

* 케이크나 샌드위치를 놓기 전에 접시 바닥에 까는 작은 깔개.

"여기서 뭐하고 있었어요? 내가 얼마나 찾아 헤맸는지 몰라요. 점심도 안 먹었죠?"

그녀는 진심으로 걱정했던 모양이다. 무엇을 찾으려는지 그녀가 잠시 내 눈을 빤히 쳐다본다.

"그냥 산책 중이었어요. 한때 이곳이 얼마나 볼 만했을지 상상하면서 말이죠."

그녀를 안심시키려 나는 말한다.

그녀의 얼굴에 의심의 빛이 스치지만 이내 아름다운 눈을 깜빡이며 내 팔짱을 낀다. 그녀의 따스한 체온이 내 몸을 데워준다.

"그때 기억을 떠올리는 게 쉽지 않아요. 토머스에게 벌어진 끔찍한 일이 이곳에서의 행복했던 모든 기억을 시커멓게 물들여놓았거든요."

"그 사건이 발생했을 때 당신도 이곳에 있었나요?"

"내가 얘기 안 했던가요?"

그녀가 내 어깨에 머리를 갖다 붙이며 말한다.

"그날, 나도 여기 있었어요. 오늘 여기 모인 사람 대부분이 그랬었죠."

"당신도 봤어요?"

"다행히 못 봤어요. 에블린은 아이들을 위해 보물찾기를 준비해놨어요. 그때 난 일곱 살이었고, 토머스는 나랑 동갑이었죠. 에블린은 열 살이었고. 그날 어린 우리를 챙기고 돌보는 건 연장자인 그녀 책임이었어요."

당시 기억이 속속 떠오르는지 그녀는 산란해진 모습이다.

"그때 그녀는 오로지 말을 타고 나갈 생각뿐이었어요. 우릴 챙기는 일엔 관심이 없었죠. 하지만 그때 우린 그걸 몰랐어요. 숲속에서 보물을 찾으러 뛰어다니느라 정신이 없었거든요. 그러던 중에 토머스가 갑자기 어디론가로 내달리기 시작했어요. 그게 걔 마지막으로 본 순간이었죠."

"내달렸다고요? 어디로, 왜 가야 하는지 말도 없이 말이에요?"

"꼭 순경에게 심문당하는 기분이네요."

그녀가 나를 꼭 끌어안으며 말한다.

"아뇨, 그런 걸 물어볼 기회조차 없었어요. 걘 그냥 시간을 묻고 나서 휘리릭 사라져버렸어요."

"시간을 물었다고요?"

"네. 마치 누구랑 만나기로 약속이라도 한 것처럼 말이에요."

"어디로 간다고도 알려주지 않았고요?"

"그렇다니까요."

"어딘지 좀 이상해 보이지 않았나요? 이상한 말을 늘어놓았다던지?"

"걘 하루 종일 입을 닫고 있었어요. 지금 생각해보니 일주일 내내 그랬던 것 같아요. 걔답지 않게 우울해하기도 했고, 부루퉁해 있기도 했죠."

"평소엔 어땠는데요?"

그녀가 어깨를 으쓱인다.

"평소엔 아주 성가시게 굴었어요. 딱 그럴 나이잖아요. 툭하면 여자애들 땋은 머리를 잡아당겼고, 까무러칠 만큼 우릴 놀래주기도 했어요. 숲속까지 따라와서는 우리가 방심하고 있을 때 불쑥불쑥 튀어나오곤 했죠."

"그랬던 아이가 일주일 내내 이상한 모습을 보였다는 거죠? 정말 일주일 동안 그랬어요?"

"우린 파티가 시작되기 일주일 전에 블랙히스에 도착했으니까요."

그녀가 나를 올려다보며 몸을 바르르 떤다.

"대체 무슨 일로 그런 걸 묻는 거죠, 래시턴 씨?"

"무슨 일?"

"아유, 얼굴에 이 주름 좀 봐."

그녀가 손가락으로 내 미간을 톡톡 두드린다.

"뭔가 답답한 일이 있는 모양이군요."

"아직은 잘 모르겠어요."

"우리 할머니 앞에선 절대 이러면 안 돼요."

"미간 찌푸리는 거 말이에요?"

"골똘한 생각에 잠겨 있는 거."

"왜죠?"

"할머니는 생각 많은 젊은것들을 아주 싫어하세요. 나태함의 증거라나요."

기온이 빠르게 떨어지고 있다. 어느새 하늘은 시커먼 먹구름으로 뒤덮인 상태다.

"우리 이만 들어가요. 블랙히스는 끔찍하게 싫지만 그래도 밖에서 얼어 죽는 것보단 나아요."

그레이스가 발을 동동 구르며 말한다.

나는 쓸쓸하게 연못을 쳐다본다. 문득 떠오른 아이디어를 실행에 옮기기 전에 먼저 에블린부터 만나봐야 한다. 지금쯤 그녀는 벨과 함께 나란히 걷고 있을 것이다. 조바심이 나지만 두 시간쯤 후 그녀가 돌아올 때까지 기다리는 수밖에 없다. 오늘 벌어진 많은 비극에 휘말리지 않은 그레이스와 잠깐 시간을 보내는 것도 나쁘지는 않을 것 같다.

우리는 어깨를 맞대고 저택을 향해 나란히 걸어간다. 입구에 도착하니 급하게 계단을 내려오는 찰스 커닝엄이 눈에 들어온다. 깊은 생각에 잠겼는지 그는 인상을 찌푸리고 있다.

"무슨 문제라도 있어, 찰스?"

그레이스가 그를 쳐다보며 말한다.

"오늘 이 집 남자들 다 이상한 것 같아. 마치 뭔가에 단단히 홀린 것처럼 말이야."

늘 심각한 표정으로 나를 대하던 그가 어쩐 일인지 미소를 실실 흘리기 시작한다.

"아, 내가 세상에서 제일 좋아하는 두 사람."

커닝엄이 세 번째 단에서 폴짝 뛰어 내려와 우리의 어깨를 토닥인다.

"미안. 잠깐 딴생각을 하고 있었어."

애정이 묻어나는 그의 목소리에 나는 환히 미소를 짓는다.

종자는 내게 주어진 하루를 분주히 들락거리며 이따금 적잖은 도움이 돼주기도 했다. 하지만 그는 늘 은밀한 흑심을 품고 움직였다. 절대 믿어서는 안 되는 인간이다. 래시턴의 눈으로 그를 보고 있노라니 꼭 색칠이 시작된 암회색 윤곽을 보는 기분이 든다.

그레이스와 도널드 데이비스는 어린 시절, 블랙히스에서 여름 휴가를 보내곤 했다. 그들은 마이클, 에블린, 토머스 그리고 커닝엄과 한데 어울려 신나게 놀았다. 비록 드러지 부인의 손에 자랐지만 그가 피터 하드캐슬의 핏줄이라는 사실을 모르는 이는 없었다. 덕분에 그는 자유롭게 주방을 벗어날 수 있었다. 헬레나 하드캐슬은 아이들의 가정교사를 커닝엄에게도 붙여주었다. 그레이스와 도널드는 부모의 설명에도 그를 하인으로 보지 않았다. 세 아이는 사실상 가족이나 다름없었다. 전쟁터에서 돌아온 도널드 데이비스는 커닝엄을 래시턴에게 정식으로 소개했고, 그 후로 세 소년은 친형제처럼 붙어 다녔다.

"왜? 또 레이븐코트가 짜증나게 굴었어? 이번에도 달걀을 이인 분 챙겨주는 걸 잊은 거야? 먹으려고 사는 사람인데 얼마나 화가 났을까."

그레이스가 묻는다.

"아니, 그런 게 아니야."

커닝엄이 심각한 표정으로 고개를 젓는다.

"살다 보면 무난히 흘러가던 하루가 한순간에 확 뒤집혀버릴 때가 있잖아. 방금 레이븐코트에게 깜짝 놀랄만한 얘길 들었거든. 아직도 정신이 얼떨떨해."

"대체 무슨 얘길 들었는데 그래?"

그레이스가 고개를 갸웃하며 묻는다.

"자기가…."

그가 손가락으로 콧날을 잡고 땅이 꺼져라 한숨을 내쉰다.

"오늘 저녁에 브랜디 한잔하면서 들려줄게. 분위기가 좀 진정 됐을 때. 지금은 차마 못하겠어."

"늘 이런 식이지, 찰스."

그녀가 발을 구르며 말한다.

"엄청 뜸 들이면서 듣는 사람 감질나게 만드는 버릇은 여전하 구나."

"이걸 보면 기분이 나아질 거야."

그가 주머니에서 은으로 된 열쇠를 꺼내 보인다. 열쇠에는 서배스천 벨의 이름이 적힌 판지 꼬리표가 붙어 있다. 인간쓰레기, 더비의 주머니에 들어 있었던 열쇠다. 누군가가 스탠윈의 침실 밖에서 둔기로 그의 머리를 내리친 후 훔쳐갔던 바로 그 열쇠.

마치 거대한 시계 속에 갇힌 톱니바퀴가 된 기분이다. 기계 장치의 원리를 이해하기에는 너무나 작아빠진 부품.

"역시 너밖에 없어."

그레이스가 손뼉을 치며 말한다.

그가 나를 쳐다보며 씩 웃는다.

"그레이스가 주방에서 벨의 침실 열쇠를 찾아오라고 했어. 그걸로 문을 열고 들어가 약을 훔쳐 오려고 말이야. 난 침실 열쇠뿐만 아니라 그의 트렁크 열쇠까지 찾아냈어."

그가 손가락에 걸린 열쇠를 살살 흔들어 보이며 말한다.

"유치한 얘기지만 난 벨이 도널드만큼 괴로워했으면 좋겠어."

그녀가 포악해 보이는 눈을 번뜩이며 말한다.

"열쇠는 어떻게 찾은 거야?"

나는 커닝엄에게 묻는다.

"내 할 일을 하던 중에 찾아냈어."

그가 살짝 불안한 모습으로 대답한다.

"그의 침실 열쇠가 수중에 들어왔으니 약을 챙겨 와 호수에 숨겨놓아야지. 어때?"

"호수는 안 돼. 블랙히스에 돌아온 것만으로도 으스스한데 날 그 끔찍한 호수로 보내겠다고?"

그레이스가 얼굴을 찌푸리며 말한다.

"우물이 있어. 정문 관리실 바로 옆에. 깊고 오래돼서 약을 거기 떨어뜨려놓으면 아무도 찾지 못할 거야."

나는 말한다.

"완벽해."

커닝엄이 들뜬 모습으로 두 손을 비벼대며 말한다.

"그 선한 의사는 미스 하드캐슬과 산책을 나갔어. 지금이 절호의 기회라고. 백주 대낮에 강도질이라. 재밌겠지? 안 그래?"

48

그레이스가 문 옆에 서서 망을 보는 동안 커닝엄과 나는 벨의 침실로 들어선다. 향수鄕愁가 모든 것에 생기를 불어넣고 있다. 다른 호스트들의 위압적인 본성과 한바탕 씨름을 하고 나니 벨을 향한 나의 태도가 많이 누그러졌다. 더비, 레이븐코트, 래시턴과 달리 서배스천 벨은 빈 화폭 같은 사람이다. 나는 그의 안으로 파고들어 빈 곳을 꼼꼼히 채워나가기 시작한다. 애초에 아무 문제도 없었다는 착각이 들 정도로.

묘하게도 그가 오랜 친구처럼 여겨진다.

"그가 약을 어디 숨겨놨을까?"

커닝엄이 문을 닫으며 말한다.

물론 나는 벨의 트렁크가 어디 숨겨져 있는지 알고 있다. 하지만 애써 모른 척하며 한때 내 방이었던 공간을 신나게 누빈다.

커닝엄은 금세 트렁크를 찾아낸다. 나는 그를 도와 옷장에 처박힌 트렁크를 끌어낸다. 트렁크가 나무 바닥에 질질 끌리면서 요란한 소리를 낸다. 모두 사냥을 나갔기에 망정이지 하마터면 큰일 날 뻔했다.

열쇠는 딱 들어맞는다. 경첩에 기름을 잘 쳐놓은 덕분에 뚜껑이 소리 없이 열린다. 트렁크를 가득 채운 갈색 약병들이 반듯하게 정돈돼 있다.

커닝엄은 면으로 된 부대를 챙겨왔다. 우리는 트렁크를 사이에 놓고 앉아 벨이 몰래 숨겨놓은 약을 부대로 옮겨 담기 시작한다. 모든 종류의 팅크[1]와 혼합물이 즐비하다. 사람을 바보 같은 미소를 짓게 만드는 요상한 약들. 의심스러운 약병들 틈에 반쯤 남은 스트리크닌[2] 플라스크가 숨어 있다. 굵은 소금을 연상시키는 하얀 가루.

그가 이걸로 뭘 하려고 했을까?

"벨은 아무에게나 닥치는 대로 팔아치우려 할 거야."

커닝엄이 혀를 끌끌 차며 내 손에서 플라스크를 낚아채 들고 그것을 부대에 담는다.

"더 이상 그렇게 못하게 됐어."

나는 트렁크에서 약병들을 꺼내며 골드가 내 침실 문 밑으로 밀어 넣고 간 쪽지를 떠올린다. 쪽지에는 내가 훔쳐야 할 세 가지가 적혀 있었다.

다행히 딴 데 정신이 팔린 커닝엄은 내가 약병 몇 개를 주머니에 챙겨 넣는 걸 눈치채지 못한다. 트렁크에 체스 말을 몰래 넣어두는 것도. 하찮게 여길 수도 있겠지만 나는 아직도 그것이 얼마나 큰 위안이 되었는지 생생히 기억하고 있다. 그것이 얼마나 내게 기운을 북돋웠는지. 그것은 내가 필요로 할 때마다 친절을

---

[1] 알코올에 혼합하여 약제로 쓰는 물질.
[2] 소량이 약품으로 이용되는 독성 물질.

베풀었고, 나를 응원해주었다.

"찰스, 궁금한 게 있는데 솔직히 말해줄 수 있어?"

"얘기했잖아. 난 너랑 그레이스 사이에 끼어들 마음이 추호도 없어."

그가 냉담하게 말한다. 그의 손은 계속 부대를 조심스레 채워나가는 중이다.

"또 무슨 일로 티격태격했는진 모르겠지만 무조건 네가 먼저 사과해. 그녀가 받아주면 고맙게 생각하고."

그가 나를 흘끔 쳐다보며 씩 웃는다. 하지만 딱딱하게 굳은 내 표정을 확인하고는 이내 얼굴에서 미소를 지운다.

"왜 그래?"

"트렁크 열쇠는 어디서 찾았지?"

"굳이 알아야겠다면 말해주지. 하인 하나가 내게 줬어."

그가 내 시선을 피한 채 대답한다. 그는 계속 손을 놀려나간다.

"거짓말 마. 넌 이걸 조녀선 더비의 주머니에서 꺼내왔어. 네가 그의 머리를 둔기로 후려친 다음에. 대니얼 콜리지가 널 시켜 스탠윈의 협박용 원장을 훔쳐 오게 했지? 안 그래?"

나는 목을 긁으며 말한다.

"말도… 말도 안 돼."

"이봐, 찰스, 난 이미 스탠윈과 만나 얘길 나눴어."

나는 감정에 북받친 거친 목소리로 말한다.

래시턴은 지금껏 커닝엄의 우정을 의심해본 적이 없었다. 그는 틈날 때마다 친구에게 조언을 아끼지 않았다. 내 송곳 같은 질문에 크게 당황하는 그의 모습을 지켜보려니 괴롭기가 그지없다.

"난… 난 그를 가격할 마음이 없었어."

커닝엄이 겸연쩍은 얼굴을 하고 말한다.

"레이븐코트를 욕조에 담가두고 나와서 아침을 먹으러 가던 길에 계단 쪽에서 나는 소란스러운 소리를 듣게 됐지. 잠시 후, 난 더비가 스탠윈을 이끌고 서재로 들어가는 걸 보게 됐어. 모두 정신이 딴 데 팔려 있을 때 스탠윈의 방에 들어가 원장을 훔쳐나오려고 했는데 경호하는 놈이 거기 버티고 있더라고. 그래서 난 그 맞은편 방으로 들어가 몸을 숨겼어. 그리고 거기서 잠자코 기다렸지."

"그럼 디키가 경호원에게 진정제를 놔주는 걸 봤겠군. 더비가 원장을 발견해 챙기는 것도 봤을 거고. 그에게 원장을 빼앗기면 안 된다고 생각했겠지? 엄청나게 소중한 것이니까 말이야."

커닝엄이 고개를 끄덕인다.

"스탠윈은 그날 아침에 무슨 일이 있었는지, 누가 토머스를 죽였는지 알고 있어. 그는 지금껏 거짓말로 일관해왔어. 그 내용은 그의 원장에 고스란히 기록돼 있지. 콜리지가 그걸 해독해주기로 했어. 그럼 모두가 내 아버지, 내 친부가 결백하다는 걸 알게 될 거야."

그의 눈빛에서 공포가 묻어난다.

"스탠윈이 나와 콜리지의 거래에 대해 알고 있어? 그래서 네가 그를 만났던 거야?"

그가 불쑥 묻는다.

"그는 아무것도 몰라. 그냥 토머스 하드캐슬 살인사건에 관해 물어볼 게 있어서 찾아갔을 뿐이야."

나는 부드러운 어조로 말한다.

"그가 뭐라고 했지?"

"자기 목숨을 구해준 내게 빚을 졌다더군."

여전히 무릎을 꿇은 채로 앉아 있는 커닝엄이 내 어깨를 움켜잡는다.

"넌 정말 대단해, 래서. 자, 뜸 들이지 말고 다 들려줘."

"그가 온몸이 피로 범벅된 채 토머스의 시체를 끌어안고 있는 레이디 하드캐슬을 봤대."

나는 그를 똑바로 쳐다보며 말한다.

"스탠윈은 당연히 자신이 목격한 대로 결론을 내렸겠지. 하지만 몇 분 후 카버가 현장에 나타나 스탠윈에게 당부했다더군. 자신에게 죄를 전가하라고 말이야."

커닝엄이 나를 빤히 응시한다. 마치 내 이야기의 허점을 찾아내려는 듯이. 다시 입을 연 그가 씁쓸하게 말한다.

"역시."

그가 바닥에 털썩 주저앉는다.

"난 오랫동안 우리 아버지가 결백하다는 걸 증명하려 애써왔어. 그런데 다른 사람도 아니고, 어머니가 범인이었을 줄이야."

"친부모가 누구인지는 언제 알게 됐지?"

나는 위로의 목소리로 말한다.

"내가 스물한 살이 됐을 때 어머니가 가르쳐주셨어. 내 아버지가 사람들이 입을 모아 얘기하는 것처럼 괴물이 아니라고 하셨지. 하지만 자세한 설명은 없었어. 난 그 후로 매일 그 의미를 파헤쳐 보려 무던히 애를 써왔지."

"오늘 아침 어머니를 뵈었지? 그렇지?"

"어머니에게 차를 갖다 드렸어. 우리가 대화를 이어가는 동안 어머니는 침대에 앉아 차를 드셨지. 내가 어릴 적에 그러셨던 것처럼. 어머니는 내게 뭘 할 때가 행복한지, 요즘엔 뭘 배우는지, 뭐 그런 걸 주로 물으셨어. 늘 다정다감하게 날 대해주셨지. 난 어머니와 마주 앉아 대화를 나눌 때가 하루 중 가장 즐거웠어."

그가 부드럽게 말한다.

"그럼 오늘 아침엔? 의심스러운 말씀은 없으셨고?"

"토머스를 죽였다는 자백 같은 거? 그런 말씀은 없으셨어."

그가 비꼬는 투로 말한다.

"평소와 다른 모습은 아니셨고?"

"평소와 다른 모습이라."

그가 코웃음을 친다.

"어머니가 평소와 다른 모습을 보이신 게 벌써 일 년도 넘었어. 도무지 어느 장단에 맞춰 춤을 춰야 할지 모르겠더라고. 한껏 들떠 계시다가도 갑자기 눈물을 펑펑 쏟으시니 원."

"일 년도 넘었다고? 토머스의 기일에 맞춰 블랙히스를 찾으신 후로 줄곧 그러셨다는 얘기군."

마이클 앞에 불쑥 나타나 옷에 대해 잔소리를 퍼부은 것은 그녀가 블랙히스를 찾고 나서였다.

"그래…. 그런 것 같아."

그가 귓불을 살며시 잡아당기며 말한다.

"죄책감에 사로잡히신 건가? 그게 아니라면 그런 기행들을 어떻게 설명할 수 있겠어? 이제야 자백할 용기가 생기신 건가? 그래서 오늘 아침에 그런 모습을 보이셨는지도 모르잖아."

"어머니와 무슨 얘길 나눴지?"

"오늘은 꽤 차분한 모습이셨어. 살짝 딴생각을 하고 계신 것 같기도 했고. 어머니는 이제 모든 걸 바로잡을 때가 된 것 같다고 하

셨어. 아버지 이름을 치욕으로 여기며 살아온 내게도 미안하다고
사과하셨고."

그의 얼굴이 금세 침울해진다.

"어때? 짐작이 되지? 어머니는 오늘 밤 무도회장에서 모든 걸
고백하려 하셨던 거야. 그래서 굳이 블랙히스로 돌아와 똑같은 손
님들을 다시 초대하셨던 거라고."

"그런지도 모르지."

하지만 의심은 계속 수면으로 떠오른다.

"어머니 수첩에 네 지문이 잔뜩 묻어 있었던 이유는 뭐지? 대체
그 안에서 뭘 찾으려 했던 거야?"

"어머니에게 이것저것 꼬치꼬치 캐묻고 있을 때 어머니가 불쑥
말씀하셨어. 자기가 언제 마구간지기와 만나기로 돼 있는지 확인
해보라고. 모든 걸 들려줄 테니 마구간으로 와달라고 하시더군.
먼저 도착해서 기다렸는데 어머니는 끝내 나타나지 않으셨어. 하
루 종일 찾으러 다녔는데 어머니를 보았다는 사람이 하나도 없더
라고. 어쩌면 마을로 나가셨는지도 모르겠어."

나는 화제를 돌려본다.

"실종된 마구간 소년 얘길 들려줘봐. 네가 마구간지기에게 그
친구에 대해 물었었잖아."

"별 얘기 아니야. 몇 년 전 토머스 사건을 수사한 경위와 술을
진탕 퍼마신 적이 있었거든. 그는 애초부터 우리 아버지, 그러니
까 카버가 범인이 아니라고 믿었어. 그 사건이 발생하기 일주일
전, 키스 파커라는 또 다른 소년이 실종됐는데 당시 아버지는 하
드캐슬 경과 런던에 가 계셨거든. 경위는 그 점을 수상하게 여기
고 소년에 대해 여기저기 묻고 다녔는데 아무 소득도 없었대. 소

문을 들어보니 파커가 아무에게도 알리지 않고 갑자기 집을 나가 버린 모양이더라고. 그리고 끝내 돌아오지 않았지. 경찰은 그 아이 시체를 찾지 못했어. 그래서 그가 가출했다는 소문이 틀렸다는 것을 입증하지 못했지."

"너도 아는 애였어?"

"잘 알진 못했어. 우린 가끔 개랑 놀곤 했었는데, 너도 알다시피 여기선 하인들의 자식들도 각자 할 일이 있잖아. 그 앤 대부분의 시간을 마구간에서 일하며 보냈어. 자주 눈에 띄는 아이가 아니었다고."

내 반응을 확인한 그가 번뜩이는 눈으로 나를 응시한다.

"정말로 우리 어머니가 살인자라고 생각하는 거야?"

"그걸 확인하려고 네게 도움을 요청하는 거야. 네 어머니는 드러지 부인을 믿고 널 맡아 기르게 하셨어. 그렇지? 그건 두 사람이 꽤 친했다는 뜻이잖아."

"아주 친하셨지. 내 친부에 대해 아는 사람은 드러지 부인뿐이었어. 스탠윈이 알아내기 전까지는."

"그렇군. 네게 부탁할 게 있어."

"부탁? 뭔데?"

"사실 두 가지인데 말이야. 난 드러지 부인에게… 오!"

순간 깨달음이 찾아든다. 내가 물으려던 질문의 답은 이미 내게 전달된 상태다. 이제 내가 할 일은 그 일이 고스란히 다시 벌어지도록 조치하는 것뿐이다.

커닝엄이 내 얼굴 앞으로 손을 살랑여 보인다.

"갑자기 왜 그래, 래셔? 오늘 좀 이상한데."

"미안. 잠깐 딴생각 좀 하느라고."

나는 혼란스러워하는 그에게 말한다.

"드러지 부인에게 뭔가 확인할 게 있어. 넌 가서 사람 좀 모아 와주고. 그리고 나선 조녀선 더비를 찾아 네가 알아낸 모든 걸 빠짐없이 들려줘."

"더비? 그 골칫덩어리를 왜 끌어들이려고?"

그때 문이 열리고 그레이스가 안으로 고개를 들이민다.

"맙소사. 왜 이리 오래 걸려? 더 이상 지체했다간 우리가 하인 인 척하면서 벨의 목욕물을 받아줘야 할지도 몰라."

"일 분이면 돼."

나는 말한다. 그리고 커닝엄의 팔뚝에 살며시 손을 얹는다.

"이건 우리가 바로잡아야 해. 다 잘 될 테니 걱정 말고, 지금부터 내가 하는 얘기 잘 들어. 아주 중요한 문제니까."

49

걸음을 옮길 때마다 면으로 된 부대가 짤랑거린다. 어깨를 짓누르는 부대의 무게와 들쑥날쑥한 땅이 나를 고꾸라뜨리려 공모 중이다. 내가 휘청댈 때마다 그레이스가 안쓰럽게 쳐다본다.

커닝엄이 내가 주문한 내용을 챙기러 사라졌을 때 영문을 모르는 그레이스는 어리둥절해했다. 그녀에게 설명해주고 싶은 충동이 강하게 일지만 래시턴은 끝내 입을 열지 않는다. 그의 과묵함을 누구보다도 잘 아는 그녀가 꼬치꼬치 캐물을 리 없으니. 도널드 데이비스가 전쟁에서 자신의 목숨을 구해준 은인을 자신의 가족에게 소개했을 때 제대로 된 눈과 심장을 가진 이들은 십 분도 채 지나지 않아 짐 래시턴과 그레이스 데이비스가 결국에는 부부의 연을 맺게 될 거라 확신했다. 그들은 출신 배경의 차이에도 조금의 흔들림 없이 첫 만찬을 무난히 치러냈다. 가시 돋친 말과 날카로운 질문이 끊임없이 이어졌지만 래시턴에게 익숙지 않은 날붙이류가 널린 테이블에서는 애정이 넘쳐났다. 그날 이후로 커플의 사랑은 점점 깊어져만 갔다. 그레이스는 이 일이 끝난 후 내가 모든 걸 속 시원히 털어놓을 거라는 걸 안다. 모든 사실관계가 파악됐을 때. 우리는 아늑한 정적 속에 파묻힌 채 나란히 걸음을 옮겨나가고 있다. 서로가 있어 마냥 행복할 따름이다.

내 손에는 브래스 너클이 끼워져 있다. 그레이스에게는 한통속으로 밝혀진 벨과 디키 박사의 협박에 대해 살짝 언급하는 것으로 불필요한 호기심을 사전에 차단했다. 내 허접한 거짓말을 곧이곧대로 믿은 그레이스는 긴장을 늦추지 않고 빗물이 뚝뚝 떨어지는 모든 나뭇잎을 의심의 눈초리로 일일이 노려본다. 우물에 도착하자 그레이스가 축 늘어진 나뭇가지 하나를 손으로 밀어 치운다. 내가 아무 어려움 없이 빈터를 누비고 다닐 수 있도록. 나는 짊어지고 있던 부대를 우물 속으로 던져 넣는다. 부대가 요란한 소리를 내며 바닥에 떨어진다.

그레이스가 어두운 우물 안을 들여다보는 동안 나는 욱신거리는 두 팔을 세차게 흔들어 통증을 쫓는다.

"소원 안 빌어요?"

"더 이상 부대를 짊어지고 다니지 않게 해달라고 빌었어요."

"오, 맙소사, 그 소원이 순식간에 이루어졌네요. 내가 곁다리로 소원을 빌어도 이루어질까요?"

"그건 부정행위잖아요."

"오랫동안 방치돼온 우물이잖아요. 소원 하나쯤은 추가로 빌어도 될 것 같은데요."

"뭐 하나 물어봐도 돼요?"

"언제는 나한테 허락받고 물어봤나요?"

우물 안으로 기어들어갈 것처럼 몸을 숙인 그녀의 두 발이 땅에서 살짝 떨어진다.

"토머스가 살해된 날 아침, 당신이 보물찾기를 하고 있었을 때,

누가 당신과 함께 있었죠?"

"짐, 그건 십구 년도 더 된 일이라고요."

그녀의 목소리는 돌벽에 갇혀 잘 들리지 않는다.

"찰스랑 같이 있었어요?"

"찰스?"

그제야 그녀가 우물 밖으로 고개를 빼낸다.

"아마 그랬을걸요."

"확실한 답을 들려줘요. 이건 아주 중요한 문제예요, 그레이스."

"나도 알아요. 그가 뭘 잘못했나요?"

우물에서 떨어져나온 그녀가 두 손을 문질러 닦는다.

"아니길 바라고 있어요."

"나도요."

그녀가 심각해진 표정으로 말한다.

"잠깐만요. 기억을 좀 더듬어볼게요. 네, 그도 우리랑 같이 있었어요! 그가 주방에서 과일 케이크를 훔쳐 와 나랑 도널드에게 나눠줬던 기억이 나요. 그 일로 드러지 부인이 노발대발했었죠."

"마이클 하드캐슬은요? 그도 같이 있었나요?"

"마이클? 글쎄요……."

그녀가 한 손으로 머리카락을 비비 꼬아대며 기억을 더듬어나간다. 눈에 익은 그녀의 사랑스러운 제스처가 래시턴의 가슴을 또한 번 벅차게 한다.

"그는 침대에 누워 있었던 것 같아요. 몸이 아프다면서 방에 틀어박혀 있었을 거예요."

그녀가 두 손으로 내 손을 잡아 쥔다. 그리고 황홀한 파란 눈으로 나를 빤히 쳐다본다.

"뭔가 위험한 일을 벌이려는 모양이군요, 짐."

"그래요."

"찰스를 위해서?"

"어느 정도는요."

"정말 얘기 안 해줄 거예요?"

"나중에 때가 되면 다 들려줄게요."

그녀가 발끝으로 서서 내 코에 살짝 입을 맞춘다.

"그럼 어서 가봐요."

그녀가 내 얼굴에 묻은 자신의 립스틱을 문질러 닦으며 말한다.

"당신이 뭔가에 한 번 꽂히면 끝장을 볼 때까지 멈추지 않는다는 거 알아요."

"이해해줘서 고마워요."

"고맙다는 말은 나중에 자초지종을 들려줄 때 해요."

"그럴게요."

나는 그녀에게 키스한다. 래시턴이 보내는 키스다. 다시 몸의 통제권을 되찾고 나니 어색하고 민망한 기분이 든다. 그레이스가 장난기 넘치는 눈빛으로 미소를 흘린다. 나는 그녀를 두고 돌아선다. 이 모든 게 시작된 후 처음으로 나는 진실을 붙들고 있다. 손가락을 푹 찔러 넣지 않으면 미끈대는 그것을 놓쳐버릴 것만 같아 불안하다. 당장 애나를 만나봐야 할 것 같다.

나는 자갈 깔린 길을 따라 정원 관리실로 향한다. 트렌치코트를 벗어 빗물을 털어낸 후 주방 선반에 걸어놓는다. 나무 바닥을 디디는 발소리가 실내를 쩌렁쩌렁 울린다. 오른편 거실에서 들려오는 소리다. 오늘 아침, 댄스와 그의 친구들이 피터 하드캐슬을 만났던 곳. 그들 중 하나가 돌아온 모양이다. 하지만 문을 열어보니 의자에 축 늘어진 채 앉아 있는 피터 하드캐슬과 그 앞에 우뚝 선 애나의 모습이 눈에 들어온다.

그는 숨져 있다.

"애나."

나는 나지막이 말한다.

애나가 충격에 휩싸인 표정으로 나를 돌아본다.

"소음을 듣고 달려왔더니만…."

애나가 시체를 가리키며 말한다. 나와 달리 피를 본 적이 없는 그녀는 시체를 발견하고 엄청난 충격을 받은 듯하다.

"가서 얼굴에 물이라도 좀 뿌리고 와요. 난 주변을 살펴보고 있을게요."

나는 그녀의 팔뚝에 살며시 손을 얹고 말한다.

그녀가 고개를 끄덕인다. 그리고 시체를 마지막으로 내려다보고 나서 도망치듯 방을 빠져나간다. 그녀를 탓할 수만은 없다. 한때 꽤 봐줄 만했던 그의 얼굴은 흉측하게 뒤틀렸고, 오른쪽 눈은 거의 감겼으며, 왼쪽 눈은 당장이라도 튀어나올 것처럼 부릅뜨고 있다. 그의 두 손은 의자 팔걸이를 꼭 쥐고 있고, 극심한 통증이 찾아왔는지 등은 구부정하게 휘어 있다. 그는 목숨과 품위를 동시에 잃고 만 것이다.

나는 심장마비였을 거라 짐작하지만 래시턴의 본능은 속단하지 말 것을 주문한다.

나는 그의 눈을 감겨주려 손을 뻗어본다. 하지만 차마 그의 몸에 손을 댈 수가 없다. 호스트도 몇 남지 않은 상태에서 어떻게든 죽음의 시선만큼은 피하고 싶다.

그의 앞주머니에는 잘 접힌 편지 한 통이 삐쭉 튀어 올라와 있
다. 나는 그것을 뽑아 들고 안에 적힌 메시지를 읽어본다.

난 레이븐코트와 혼인할 수 없어요. 나를 그에게 팔아넘기
려 한 우리 가족을 결코 용서하지 않을 거예요. 이건 다 그들
이 자초한 일이에요.

에블린 하드캐슬

열린 창문으로 외풍이 스며든다. 창틀에 묻은 진흙이 누군가가 창
문을 통해 빠져나갔음을 확인시켜준다. 방 안 풍경에서 유독 거슬
리는 건 활짝 열어젖혀진 서랍이다. 내가 댄스였을 때 뒤졌던 바
로 그 서랍. 예상대로 피터의 수첩은 보이지 않는다. 누군가가 헬
레나의 수첩에서 한 페이지를 뜯어간 것으로도 모자라 피터의 수
첩까지 통째로 훔쳐 가버린 것이다. 오늘 헬레나가 한 일이 은폐
를 위한 살인으로 이어졌다는 뜻. 이것은 중요한 단서다. 끔찍하
지만 꽤 유용한 단서.

나는 편지를 주머니에 쑤셔 넣고 살인자의 신원을 밝혀줄 증거
를 찾아 창문 밖으로 고개를 내밀어본다. 눈에 들어오는 것이라고
는 진창에 남겨진 발자국 몇 개뿐이다. 그리고 그마저도 빗물에
빠르게 씻겨 내려가는 중이다. 발자국의 형태와 크기를 보아하니
정문 관리실에서 달아난 이는 뾰족한 부츠를 신은 여성인 것 같
다. 하지만 에블린은 벨과 함께 있지 않은가.

그녀가 이런 짓을 벌였을 리 만무하다.

나는 피터 하드캐슬에게로 돌아가 맞은편 의자에 앉는다. 오늘
아침에 댄스가 그랬던 것처럼. 시간이 많이 흘렀음에도 그 모임의

기억은 아직 생생히 남아 있다. 우리가 썼던 글라스는 여전히 테이블에 놓여 있고, 시가 연기도 계속 방 안에 감돌고 있다. 하드캐슬은 내가 그를 마지막으로 보았을 때와 똑같은 옷차림이다. 그가 사냥을 위해 옷을 갈아입지 않았다는 뜻이다. 그가 죽은 지 두 시간가량 되었다는 뜻. 나는 손가락을 이용해 글라스에 남은 술을 차례로 찍어 맛을 본다. 하드캐슬 경의 술에서만 야릇한 맛이 느껴진다. 위스키의 은은한 향에서 살며시 묻어나는 쌉싸름함.

래시턴은 그것이 무엇인지 대번에 알아차린다.

"스트리크닌."

나는 섬뜩한 미소를 머금은 피해자의 뒤틀린 얼굴을 빤히 쳐다보며 말한다. 그는 이 소식에 기뻐하는 것 같다. 마치 누군가가 자신의 사인을 밝혀주기만을 지금껏 기다려왔기라도 한 것처럼. 분명 그는 살인자의 정체도 궁금해하고 있을 것이다. 짐작이 가는 이가 있지만 아직 확신할 단계는 아니다.

"어떻게 된 것 같아요?"

애나가 내게 수건을 건네며 말한다.

그녀의 얼굴은 여전히 창백하지만 목소리에서는 기운이 느껴진다. 처음의 충격에서 벗어났다는 뜻이리라. 그럼에도 그녀는 시체로부터 최대한 멀리 떨어져 있으려 애쓰는 모습이다. 그녀는 두 팔로 자신의 어깨를 감싼 채 서 있다.

"누군가가 스트리크닌으로 독살했어요. 그건 벨이 챙겨온 약이에요."

"벨? 당신의 첫 호스트 말인가요? 그가 이 일에 연루됐다고 생각해요?"

"자진해서 벌인 일은 아닐 겁니다. 살인사건에 말려들 만큼 담이 큰 사람이 아니거든요. 스트리크닌은 쥐약으로 쓰기도 해요. 보통은 소량으로 판매되는데 만약 이 집안 사람 중 누군가가 살인자라면 보나 마나 넉넉한 양을 주문했을 거예요. 시체가 속속 발견되기 전까지 벨은 그 누구도 수상히 여길 이유가 없었어요. 누군가가 그를 죽이려 했다는 사실이 이제야 이치에 닿는군요."

나는 수건으로 머리를 말리며 말한다.

"어떻게 그걸 다 알아요?"

애나가 깜짝 놀라며 말한다.

"래시턴이 알고 있는 거예요."

나는 손가락으로 내 이마를 톡톡 두드린다.

"몇 년 전 그가 스트리크닌 사건을 수사했거든요. 상속권을 놓고 다툼이 벌어진 아주 고약한 케이스였어요."

"그걸 당신이… 기억하고 있다고요?"

나는 고개를 끄덕인다. 그리고 독살이 불러올 앞날에 대해 곰곰이 생각해본다.

"어젯밤, 누군가가 벨을 숲속으로 유인했어요. 그의 입을 막으려고 말이죠."

나는 혼잣말하듯 웅얼거린다.

"하지만 선한 의사는 용케 탈출했어요. 비록 팔뚝을 다치긴 했지만 목숨은 건질 수 있었죠. 추격자는 어둠 속에서 그를 놓쳐버리고 말았어요. 아주 운이 좋은 친구입니다."

애나가 나를 이상하게 쳐다본다.

"왜 그러죠?"

나는 미간을 찌푸리며 말한다.

"당신의 말투,"

그녀가 더듬거리며 말한다.

"그때는 이렇지 않았는데…. 난 당신을 알아보지 못했어요. 대체 그 안엔 당신이 얼마나 담겨 있죠?"

"충분히 담겨 있어요."

나는 하드캐슬의 주머니에서 찾은 편지를 그녀에게 건내며 말한다.

"이것 좀 봐요. 우리가 이 모든 게 에블린의 소행이라 믿도록 누군가가 조작하고 있어요. 살인자가 그녀를 함정에 빠뜨린 거라고요."

그녀는 내게서 눈을 떼고 편지를 훑기 시작한다.

"우리가 잘못 짚었으면 어쩌죠? 누군가가 하드캐슬 가족을 전부 몰살시키려 하는 거라면? 에블린은 단지 첫 번째 희생자일 뿐이라면?"

편지 내용을 확인한 그녀가 말한다.

"헬레나가 겁을 먹고 숨어 있을 거라 생각해요?"

"바보가 아니라면 어딘가에 숨어 있겠죠."

나는 잠시 그럴 가능성을 고려해본다. 이 문제는 다각도에서 접근해볼 필요가 있다. 하지만 너무 버겁다. 너무 엄청나다. 과연 상대가 누구일지 짐작조차 되지 않는다.

"이젠 어떻게 하죠?"

"에블린에게 가서 집사가 깨어났다고 전해줘요. 그가 그녀를 다급히 찾고 있다고."

나는 자리에서 일어서며 말한다.

"하지만 집사는 깨어나지 않았잖아요. 그가 그녀를 다급히 찾을 일도 없고요."

"내가 그녀에게 할 얘기가 있어서 그래요. 풋맨의 십자선에 포착되면 큰일이잖아요."

"알았어요. 다녀올 테니 나 대신 집사와 골드를 지켜봐줘요."

"그럴게요."

"에블린을 만나면 무슨 말을 하려고요?"

"그녀가 어떻게 죽음을 맞게 되는지 알려줄 거예요."

50

오후 5시 42분. 애나는 아직 돌아오지 않았다.

그녀가 떠난 지도 벌써 세 시간이 넘었다. 나는 지난 세 시간 동안 산탄총을 무릎에 얹어놓은 채 앉아 온몸을 꼼지락댔다. 어디서 아득한 소음이라도 들려올 때면 나는 화들짝 놀라며 잽싸게 총을 집어 들었다. 애나는 대체 어떻게 그 긴 시간을 버텨냈을까?

이곳은 단 한 순간도 적막할 틈이 없다. 깨진 유리창 틈으로 스며든 바람은 복도가 쩌렁쩌렁 울릴 만큼 요란하게 울부짖는다. 대들보와 마룻장은 연신 삐걱댄다. 정문 관리실은 꼭 의자에서 힘겹게 몸을 일으키려는 노인 같다. 다가오는 발소리를 듣고 문을 열어보면 덜거덕거리는 덧문이거나 유리창을 두들겨대는 나뭇가지였다.

하지만 그런 소음은 더 이상 내게서 어떠한 반응도 자아내지 못한다. 내 친구가 돌아오지 않을 거라는 확신이 생겼기 때문이다. 철야 간호에 접어든 지 한 시간쯤 지났을 때 나는 막연히 그녀가 벨과 붙어 다니는 에블린을 찾는 데 애를 먹고 있으리라 생각했다. 두 시간이 흘렀을 때는 그녀가 누군가의 심부름을 하고 있을 가능성에 무게를 두었다. 우리가 이전에 만났을 때 상황을 되새기며 확립한 이론이었다. 그녀는 자신이 가장 먼저 골드를 만났고, 숲에서 더비와 댄스를 차례로 만난 후 다락에서 나를 데려왔다고 했다. 그런 다음에는 이곳으로 향하는 마차 안에서 처음으로 집사와 대화를 나누었고, 마구간지기의 오두막에 벨을 위한 쪽지를 남겨두었으며, 레이븐코트를 찾으러 그의 응접실을 다녀왔다. 그 후 집사와의 대화가 또 한 차례 이루어졌지만 내가 그녀를 다시 보게 된 건 그날 저녁, 댄스가 풋맨에게 습격을 당한 뒤였다.

지난 엿새 동안 그녀는 오후만 되면 예외 없이 어딘가로 사라졌다. 그리고 나는 그 사실을 이제야 깨달았다.

이 방에 갇힌 지 어느덧 세 시간째다. 창밖은 점점 어둑해지고 있다. 나는 그녀가 위험에 빠졌을 거라 확신한다. 보나 마나 풋맨의 덫에 걸려들었을 것이다. 그녀가 우리 적과 함께 있는 걸 보았기에 나는 그녀가 아직 살아 있다는 걸 알고 있다. 하지만 그 사실은 내게 별 위안이 되지 못한다. 풋맨은 골드의 정신을 파괴했고, 이제는 애나까지 같은 방법으로 괴롭히려 하고 있다.

나는 산탄총을 손에 쥔 채 방 안을 빙빙 맴돈다. 두려움을 떨치고 제대로 된 계획을 내놓아야 할 때다. 가장 쉬운 해결책은 여기서 기다리는 것이다. 결국 풋맨이 집사를 처치하러 이곳을 찾게 될 테니까. 하지만 그랬다가는 에블린 살인사건을 해결하는 데 필요한 소중한 시간을 허비하게 될 것이다. 애나를 이 집에서 탈출시킬 수 없다면 그녀의 목숨을 구하는 건 아무 의미가 없다. 안타깝지만 나로서는 에블린을 우선 챙길 수밖에 없다. 내가 그러는 동안 애나에게 아무 일 없기를 바랄 뿐이다.

집사가 끙끙대기 시작한다. 마침내 그의 눈이 열린다.

우리는 잠시 서로의 얼굴을 빤히 쳐다본다. 죄책감과 혼란이 교차하는 표정으로.

그와 골드를 내버려두고 떠나는 건 그들을 광기와 죽음의 문턱으로 몰아넣는 일일 것이다. 하지만 그 외에는 달리 방법이 없다.

그가 다시 잠에 빠져들자 나는 산탄총을 그의 침대에 살며시 내려놓는다. 나는 그가 죽는 걸 보았었다. 하지만 그걸 곧이곧대로 받아들일 필요는 없다. 양심이 내게 말한다. 그에게 최소한 싸워볼 만한 가능성이라도 떠안겨주라고.

나는 의자에 걸쳐놓은 코트를 걸치고는 뒤도 돌아보지 않은 채 블랙히스로 향한다. 에블린의 어수선한 침실은 내가 남겨두고 온 그대로다. 꺼져가는 장작불은 어둠을 걷어내는 데 별 효과가 없다. 나는 장작 몇 개를 난로에 던져 넣고는 방 안을 살펴보기 시작한다.

손이 덜덜 떨린다. 이번에는 더비의 욕망이 아닌, 내 흥분 때문이다. 만약 내가 찾는 것을 발견한다면 누가 에블린을 죽이려는지 밝힐 수 있을 것이다. 자유는 어느새 손에 잡힐 듯 가까워졌다.

더비가 이미 이 방을 샅샅이 뒤져보았는지도 모른다. 하지만 그는 래시턴처럼 제대로 된 훈련을 받지도 않았고, 그처럼 노련하지도 못하다. 순경의 두 손은 캐비닛과 침대 주변을 더듬어나가는 중이다. 발로는 마룻장을 톡톡 두드려 헐거워진 부분은 없는지 찾아본다. 그토록 꼼꼼히 수색했건만 건진 건 아무것도 없다.

아무것도.

나는 홱 돌아서서 세간을 훑어나간다. 처음에 실수로 흘려버린 부분이 있을지도 모른다. 잘못 짚기에는 상황이 너무 위중하고, 다른 설명은 이치에 닿지 않는다. 그때 헬레나의 방으로 통하는 사잇문에 덮인 태피스트리가 눈에 들어온다. 나는 석유램프를 앞세우고 그 문을 통과한다.

별 기대 없이 침대에서 매트리스를 들추었더니 면으로 된 가방이 모습을 드러낸다. 매듭을 풀고 안을 들여다보니 권총 두 정이 보인다. 하나는 위험할 것 없는 출발 신호용 피스톨로, 마을 행사에 흔히 쓰이는 것이다. 또 하나는 에블린이 어머니 방에서 훔쳐 온 검은 리볼버다. 오늘 아침 그녀가 숲속에서 지니고 있었던 총. 그리고 오늘 저녁 묘지에 챙겨갈 총. 총은 장전된 상태이지만 약실은 비어 있다. 가방에는 누군가의 혈액이 담긴 유리병과 투명한 액체가 감긴 작은 주사기도 담겨 있다.

갑자기 내 가슴이 요동치기 시작한다.

"내가 옳았어."

나는 웅얼거린다.

갑자기 살랑인 커튼이 나를 살렸다.

열린 문틈으로 스며 들어온 산들바람이 내 목에 닿는 순간 뒤에서 발소리가 들려온다. 나는 본능적으로 바닥에 납작 엎드린다. 이내 바람을 가르며 칼날이 날아든다. 나는 잽싸게 몸을 굴려 눕는다. 손에 쥔 리볼버를 번쩍 들었을 때 풋맨은 이미 복도로 달아나버린 후다.

나는 마룻장에 뒤통수를 갖다 붙이고는 권총을 배에 살며시 내려놓는다. 만약 커튼의 살랑임을 일 초만 늦게 알아차렸어도 나는 살아남지 못했을 것이다.

나는 잠시 가쁜 숨을 고르고 나서 일어나 권총 두 정과 주사기를 가방에 넣는다. 하지만 혈액 담긴 유리병은 내 주머니로 들어간다. 조심스레 방을 빠져나온 나는 손님들에게 에블린의 행방을 묻는다. 누군가가 무도회장 쪽을 가리킨다. 인부들이 무대를 세우는 중인지 요란한 망치 소리가 들려오고 있다. 페인트 냄새와 먼지를 내보내려는지 유리문은 활짝 열어젖힌 상태다. 젊은 하녀들은 납작 엎드려 바닥을 문질러 닦고 있다.

그때 무대에 올라 밴드 리더와 대화 중인 에블린의 모습이 눈에 들어온다. 그녀는 여전히 초록색 드레스 차림이다. 마들렌 오베르는 입에 물고 있는 핀을 차례로 꽂아 삐져나온 주인의 머리카락을 정리하느라 정신이 없다.

"미스 하드캐슬."

나는 무도회장을 가로지르며 그녀를 불러본다.

그녀가 환한 미소를 흘리며 밴드 리더의 팔뚝을 한 번 꼭 쥐었다 놓는다. 그가 물러가자 그녀가 나를 돌아본다.

"그냥 에블린이라고 불러줘요."

그녀가 한 손을 앞으로 내밀며 말한다.

"그런데 누구시죠?"

"짐 래시턴입니다."

"아, 맞아, 경찰이죠?"

그녀의 얼굴에서 미소가 싹 가신다.

"무슨 문제라도 생겼나요? 얼굴이 조금 상기되었네요."

"시끌벅적한 상류 사회 파티에 익숙지 않아서요."

나는 그녀와 가볍게 악수를 나눈다. 그녀의 손은 얼음장처럼 차갑다.

"뭘 도와드릴까요, 래시턴 씨?"

그녀의 목소리는 거슬릴 만큼 아득하게 들린다. 꼭 그녀의 구둣발에 짓이겨진 벌레가 된 기분이다.

상대를 무시하는 에블린의 태도는 레이븐코트와 다르지 않다. 한때 친구로 여겼던 이의 불쾌한 측면을 확인하는 건 꽤나 잔인한 일이다.

순간 어떤 생각 하나가 뇌리를 스쳐간다.

에블린은 벨을 다정하게 대했다. 그리고 그 기억이 지금껏 내게 추진력이 되었다. 하지만 흑사병 의사는 여러 루프를 거치면서 호스트들의 다양한 조합을 실험해보았다고 했다. 만약 레이븐코트가 내 첫 번째 호스트였다면, 분명 어떤 루프에서는 그랬을 테지만, 나는 에블린에 대해 아무것도 몰랐을 것이다. 그녀가 나를 경멸한다는 사실을 빼고. 더비는 분노만 자아냈을 것이고, 그녀의 친절이 집사 같은 하인이나 골드에게까지 미쳤을 리도 없다. 그것은 내가 그 여자의 죽음을 목격하면서도 전혀 안타까워하지 않았던 루프가 몇 번 있었을 거라는 뜻이다. 그녀의 죽음을 사전에 막으려 필사적으로 노력하는 대신 살인사건을 해결하는 데만 정신이 팔려 있었던 루프들.

다시 그때로 돌아갈 수 있다면 얼마나 좋을까?

"당신에게 긴히 할 얘기가 있어요."

나는 마들렌을 흘끔 돌아본다.

"단둘이서만."

"난 지금 무척 바빠요. 대체 무슨 얘긴데 그래요?"

"조용한 곳으로 갑시다."

"곧 쉰 명이 넘는 손님이 도착할 거예요. 그 전에 무도회장 준비를 마쳐야 한다고요. 왜 곤란한지 이해가 되죠?"

그녀가 쏘아붙인다.

마들렌이 히죽거리며 에블린의 머리에 또 다른 핀을 꽂는다.

"알겠어요."

나는 면 가방에서 발견한 혈액 담긴 유리병을 꺼내 보인다.

"이 얘길 하러 왔습니다."

그녀는 마치 내게 뺨이라도 얻어맞은 것처럼 충격에 휩싸인 표정을 짓고 있다. 그리고 그 표정은 눈 깜빡할 새 증발해버린다.

"여기 일은 나중에 끝내야 할 것 같아, 매디. 주방에 내려가 요기나 좀 하고 있어."

에블린이 차갑고 침착한 눈빛으로 나를 응시하며 말한다.

마들렌의 눈빛도 주인만큼이나 음흉하다. 그녀가 핀을 앞치마 주머니에 집어넣고 무릎을 굽혀 절을 한 후 밖으로 나가버린다.

에블린이 내 팔뚝을 붙잡고 무도회장 구석으로 이끈다. 하인들이 엿듣지 못하도록.

"남의 소지품을 뒤져보는 게 당신 버릇인가요, 래시턴 씨?"

그녀가 케이스에서 담배를 꺼내며 묻는다.

"어쩌다 보니 그렇게 돼버렸어요."

"건전한 취미를 가져보는 게 어때요?"

"내 취미는 당신의 생명을 구하는 겁니다."

"내 생명이 어떻다고 구한다는 거죠? 차라리 원예를 배워보지 그래요?"

그녀가 냉담하게 말한다.

"레이븐코트 경과 혼인하지 않으려 자살을 위장하는 당신 취미는 괜찮은 건가요?"

거만했던 그녀의 표정이 마침내 무너져 내린다.

"요즘 그 악취미 때문에 바쁜 것 같던데요. 아주 기발한 아이디어예요. 하지만 불행하게도 당신의 위장 자살을 이용해 당신을 살해하려는 사람이 있습니다. 당신 것보다 훨씬 기발한 트릭이 죠."

파란 눈을 휘둥그레 뜬 그녀는 쩍 벌어진 입을 다물지 못한다.

그녀는 내 시선을 피해 손가락 사이에 끼운 담배에 불을 붙이려 애쓴다. 하지만 덜덜 떨리는 손으로는 그마저도 쉽지가 않다. 나는 그녀에게서 성냥을 넘겨받아 대신 불을 붙여준다. 내 손가락 끝이 불꽃에 살짝 그슬린다.

"누가 알려줬죠?"

그녀가 나지막이 묻는다.

"뭘 말입니까?"

"내 계획."

그녀가 내 손에서 혈액이 담긴 유리병을 낚아채 간다.

"누구에게 들었죠?"

"왜요? 또 누가 연루돼 있습니까? 난 당신이 펄리시티라는 여자를 집으로 초대한 사실을 알고 있어요. 아직 그녀의 정체는 밝혀내지 못했지만."

"그녀는…."

그녀가 고개를 젓는다.

"아니에요. 당신과는 더 할 얘기가 없어요."

그녀가 돌아서서 문을 향해 걸어간다. 나는 잽싸게 그녀의 손목을 움켜쥐고 거칠게 잡아끈다. 그녀의 얼굴에 분노의 표정이 스친다. 나는 그녀를 놓아주고는 두 손을 번쩍 들어 보인다.

"테드 스탠윈이 모든 걸 털어놨어요."

나는 그녀가 뛰쳐나가지 않기를 바라며 조심스레 말한다.

내가 아는 내용에 대한 그럴듯한 설명이 필요하다. 더비는 오늘 아침, 스탠윈과 에블린이 언쟁하는 걸 엿들었다고 했다. 보나 마나 공갈범은 이 일에 연루돼 있을 것이다. 하지만 그건 놀랄 일이 아니다. 그는 이미 오늘 벌어진 모든 일에 연루된 상태이니까.

에블린은 숲속에서 나뭇가지 부러지는 소리를 듣고 멈춰 선 사슴처럼 바짝 긴장한 채 미동도 하지 않는다.

"그는 오늘 저녁 당신이 연못가에서 자살할 거라고 했어요. 하지만 아무리 생각해도 이해가 안 되더군요."

이 이야기가 제대로 먹히려면 스탠윈의 가공할 평판에 전적으로 의지할 수밖에 없다.

"직설적이어서 미안해요, 미스 하드캐슬, 하지만 당신이 진정으로 자살을 원했다면 당신은 이미 죽고 없었을 거예요. 경멸하는 사람들 앞에서 순종적인 안주인인 척 연기를 하는 대신에. 그리고 이건 내 짐작이지만, 당신은 자살의 순간을 모두가 지켜봐주기를 바랐던 것 같아요. 그런데 왜 파티가 벌어지는 무도회장에서 자살하지 않은 거죠? 그게 참으로 궁금했는데 연못으로 나가 보니 그 답이 풀리더군요. 밤이 어두워 사람들에게 들키지 않고 무엇이든 연못에 떨어뜨릴 수 있지 않겠어요?"

그녀의 눈 속에서 경멸의 빛이 이글거린다.

"대체 원하는 게 뭐죠, 래시턴 씨? 돈인가요?"

"난 당신을 도우려는 것뿐이에요. 난 당신이 오늘 밤 11시에 연못으로 나갈 거라는 걸 알고 있어요. 거기서 검은 권총을 배에 갖다 붙이고 연못 위로 고꾸라질 참이죠? 당신은 검은 리볼버의 방아쇠를 당기지 않을 거예요. 대신 출발 신호용 피스톨이 발사되면서 모두가 총성을 똑똑히 듣게 되겠죠. 그 피스톨은 당신이 연못에 슬쩍 빠뜨릴 거고 말입니다. 당신은 긴 끈으로 목에 걸어놓은 유리병을 권총으로 부셔 마치 피를 철철 쏟는 척 연기를 하려 했을 거예요.

내가 가방에서 찾아낸 주사기엔 분명 근육 이완제와 진정제가 담겨 있을 겁니다. 그걸 맞으면 너무나도 그럴듯하게 죽은 척할 수 있을 테니까요. 보나 마나 당신에게 매수됐을 디키 박사는 공식적으로 사망 진단을 내리는 역할을 맡았겠죠? 그래야 골치 아픈 사인 규명 작업을 면할 수 있지 않겠어요? 당신은 그렇게 일주일쯤 숨어 지내다가 풍미 있는 화이트 와인이 기다리는 프랑스로 돌아가려 했을 거고요."

하녀 두 명이 더러운 물이 출렁이는 오물통을 들고 문 쪽으로 향하고 있다. 신나게 수다를 떨던 그들이 우리를 발견하고 입을 딱 닫아버린다. 하녀들이 우리를 흘끔 쳐다보며 지나쳐 가자 에블린이 나를 구석 깊은 곳으로 이끈다.

처음으로 그녀의 표정에서 공포가 엿보인다.

"레이븐코트와 혼인하는 건 죽기보다 싫어요. 부모님을 설득할 길이 없으니 내가 사라지는 수밖에요. 하지만 대체 누가, 왜 나를 죽이려 하는 걸까요?"

담배를 쥔 그녀의 손은 여전히 바르르 떨리고 있다.

나는 그녀의 얼굴을 뚫어져라 쳐다본다. 그녀의 말을 믿어야 할지 모르겠다. 마치 현미경으로 안개 속을 들여다보는 기분이다. 이 여자는 지난 며칠간 모두에게 거짓말을 늘어놓았다. 설령 진실을 들려준다 해도 나는 곧이곧대로 믿어줄 마음이 없다.

"의심 가는 사람이 있긴 한데 좀 더 확실한 증거가 필요해요. 그래서 당신에게 계획을 쭉 밀고나가달라고 당부하러 온 거예요."

"계획대로 하라고요? 미쳤어요?"

그녀가 빽 소리친다. 모두의 시선이 우리 쪽으로 돌아오자 그녀가 언성을 낮춘다.

"내가 왜 그래야 하죠? 그럼 지금껏 당신이 들려준 얘긴 다 뭐예요?"

"우리가 공모자들의 정체를 밝혀내기 전까지는 안심할 수 없어요. 일단은 그들이 자신들의 계획이 제대로 먹혔다고 믿게 만드는 게 중요해요."

"여기서 수백 마일 떨어져 있으면 안전할 거예요."

"거긴 어떻게 가려고요? 마부나 하인이 놈들과 한 패거리라면요? 당신이 이곳을 뜨려 한다는 소문이 살인자의 귀에 들어간다면 어쩔 겁니까? 그들이 화들짝 놀라 당신을 죽이려는 데 더 혈안이 되지 않겠어요? 내 말 믿어요. 도망을 쳐도 결국엔 같은 운명을 맞을 거예요. 하지만 당신이 협조만 해주면 내가 놈들을 막을 수 있어요. 총구를 배에 겨누고 딱 삼십 분 동안만 죽은 척해줘요. 잘만 하면 당신이 그토록 바라는 대로 레이븐코트로부터 벗어날 수도 있을 겁니다."

그녀가 한 손을 이마에 얹고 눈을 질끈 감는다. 잠시 골똘한 생각에 빠져 있던 그녀가 한층 누그러진 목소리로 말한다.

"진퇴양난에 빠진 것 같네요. 알았어요. 계획대로 할게요. 하지만 그 전에 먼저 알고 싶은 게 있어요. 당신은 왜 날 돕는 거죠, 래시턴 씨?"

"경찰이니까요."

"그건 알아요. 하지만 당신은 성인聖人이 아니잖아요. 성인도 아닌데 어떻게 자발적으로 이런 일에 뛰어든 거죠?"

"그냥 서배스천 벨의 부탁으로 이러는 거라 생각해줘요."

그녀가 흠칫 놀라는 표정을 짓는다.

"벨? 그 친절한 의사가 이 일과 무슨 상관이죠?"

"그건 아직 모릅니다. 그는 어젯밤 누군가로부터 습격을 당했어요. 그걸 우연의 일치로 보기엔 석연치 않은 구석이 있어요."

"당신이 그 사람 일에 왜 신경을 쓰죠?"

"그는 더 나은 사람이 되고 싶어 해요. 이 집에 모인 이들 중 그런 사람을 찾는 게 쉽지 않더라고요. 그래서 그를 존경하게 됐습니다."

"나도 마찬가지예요."

그리고 앞에 선 남자를 잠시 응시한다.

"좋아요. 당신의 계획을 들려줘요. 하지만 그 전에 내 안전을 보장한다는 약속부터 해줬으면 좋겠네요. 내 목숨이 당신 손에 달려있으니까요. 당신이 그걸 약속해야 내가 안심하고 협조할 것 아니겠어요?"

"내 약속을 어떻게 믿겠습니까?"

"일생을 비열한 남자들 틈에서 살아왔어요. 당신은 그런 부류가 아닌 것 같아요. 자, 어서 약속해줘요."

"약속할게요."

"그리고 술도 한잔. 술이 들어가야 용기가 조금 생길 것 같아서 말이죠."

"조금만 갖곤 안 돼요. 조너선 더비와 친해지려고 노력해봐요. 우리에겐 그의 은색 권총이 필요하거든요."

51

저녁 시간, 손님들이 속속 나타나 테이블에 자리를 잡고 앉는다. 나는 연못 근처 덤불 속에 몸을 웅크린 채 숨어 있다. 아직 이른 시간이지만 그녀가 집에서 나올 때 가장 먼저 달려가기 위해서는 다른 도리가 없다. 과거에 발목을 잡혀버리면 내 계획은 수포로 돌아갈 것이다.

나뭇잎이 머금고 있던 차가운 빗물이 내 피부에 떨어진다.

바람이 불어오자 기다렸다는 듯 다리에 쥐가 난다.

나는 앉은 채로 자세를 바꿔본다. 생각해보니 하루 종일 아무 것도 먹거나 마시지 못했다. 이런 상태로 오늘 저녁을 어떻게 버틸지 걱정이다. 살짝 현기증이 난다. 머릿속에서는 내 호스트들이 한데 엉겨 붙어 아우성치고 있다. 무엇이라도 산만해진 내 주의를 딴 데로 돌려주면 좋으련만. 그들의 기억이 내 정신의 끝자락에 들러붙어 나를 짓이겨대고 있다. 나는 그들이 원하는 모든 걸 원한다. 나는 그들의 고통을 고스란히 느낀다. 그들의 두려움에 주눅도 들어 있고. 마치 시끌벅적한 합창단에 갇혀 있는 듯하다.

내가 숨어 있다는 걸 알 리 없는 하인 두 명이 집에서 걸어 나온다. 그들은 화로에 넣을 장작을 한 아름씩 안고 있다. 그들의 벨트에는 석유램프가 매달려 있다. 그들은 길게 늘어선 화로에 차례로 불을 붙여나간다. 마지막 화로는 온실 바로 옆에 놓여 있다. 유리 패널들에 불빛이 닿으면서 마치 온실 전체가 불길에 휩싸인 것처럼 보인다.

바람이 강해지자 나무들은 일제히 빗물을 털어낸다. 깜빡이는 불빛 속에서 블랙히스는 또 한 번 변신에 들어간다. 식당에 모여 있던 손님들은 하나둘씩 각자의 방으로 그리고 밴드가 막 연주를 시작한 무도회장으로 이동 중이다. 하인들이 유리문을 열자 안에서 요란한 음악 소리가 터져나온다. 그 소리는 뜰을 가로질러 숲으로 스며든다.

"이제 저들이 달리 보이지 않소? 매일 밤 똑같은 연극을 공연하는 배우들과 뭐가 다르오?"

흑사병 의사가 나지막이 말한다.

내 뒤에 선 그는 나무와 덤불에 가려 있다. 은은한 화로 불빛을 받은 그의 가면은 어둠 속에 둥둥 떠 있는 것 같아 보인다. 마치 육체에서 떨어져나오려 애쓰는 영혼처럼.

"풋맨에게 애나에 대해 들려줬소?"

당장이라도 몸을 날려 그의 목을 조르고 싶지만 남은 자제력을 총동원해 간신히 참아낸다.

"난 그 둘에겐 아무 관심이 없소."

그가 심드렁하게 말한다.

"당신과 대니얼이 정문 관리실 밖에 함께 있는 걸 봤소. 호수 근처에서도 함께 있는 걸 봤고 말이오. 그러고 나서 애나가 실종돼버렸소. 그에게 그녀가 있는 곳을 알려줬소?"

흑사병 의사는 처음으로 머뭇거리는 모습을 내보인다.

"난 당신이 얘기한 그 장소들에 가지 않았소이다, 비숍 씨."

"내가 봤다니까. 당신이 그와 대화하는 걸 똑똑히 봤단 말이오."

나는 으르렁거리며 말한다.

"그건 내가…."

그는 말을 잇지 못한다. 잠시 후, 그가 무언가를 깨달았다는 듯 힘주어 말한다.

"아, 그렇게 된 거였군. 그가 어떻게 그토록 많은 걸 알고 있는지 궁금했는데."

"대니얼은 처음부터 나를 속였소. 당신은 그의 비밀을 지켜줬고 말이오."

"난 당신들 문제에 개입하지 않소. 난 당신이 결국 그를 간파할 거라 믿고 있었소."

"왜 그에게 애나에 대해 경고를 한 거요?"

"당신이 그러지 않을 것 같아서였소."

그때 음악이 뚝 멎는다. 나는 손목시계를 들여다본다. 11시를 몇 분 남겨둔 시간. 마이클 하드캐슬이 오케스트라의 연주를 중지시키고 손님들에게 자기 누이를 본 사람이 있는지 묻는다. 저택 측면에서 움직임이 포착된다. 어둠 속에서 모습을 드러낸 더비가 애나가 주문한 대로 돌덩이 옆에 자리를 잡고 선다.

"난 그 빈터에 있지 않았소, 비숍 씨. 정말이오. 조만간 모든 걸 설명해주겠소. 하지만 그때까진 나 역시도 더 살펴봐야 할 게 남아 있소."

그는 이번에도 속 시원한 답변 없이 사라져버렸다. 만약 다른 호스트였다면 당장 그를 뒤쫓아 갔을 것이다. 하지만 래시턴은 신중한 캐릭터다. 쉽게 흥분하지 않고, 두뇌 회전이 빠르다. 지금은 에블린에게만 집중할 때다. 나는 머릿속에서 흑사병 의사를 떨쳐내고 연못 쪽으로 슬그머니 이동한다. 다행히도 빗물에 젖은 낙엽과 잔가지는 내 발에 짓이겨지면서도 별 소리를 내지 않는다.

에블린이 흐느끼며 다가오고 있다. 그녀는 나를 찾아 숲 쪽을 훑어본다. 이 일에 어떻게 연루되었는지 알 길은 없지만 한 가지 분명한 건 그녀가 단단히 겁에 질렸다는 사실이다. 그녀의 온몸은 사시나무 떨듯 떨리고 있다. 춤을 추듯 몸이 좌우로 흔들리는 걸 보니 근육 이완제를 복용한 모양이다.

나는 가까운 덤불을 바스락거리며 내 위치를 알린다. 하지만 약에 취해서인지 그녀는 어둠 속에 몸을 숨긴 나를 보지 못한다. 그녀는 계속 걸음을 옮겨나간다. 그녀의 오른손에서는 은색 권총이 번뜩인다. 왼손에는 출발 신호용 피스톨이 쥐어져 있다. 그녀는 남들 눈에 띄지 않도록 피스톨을 다리에 착 붙여놓았다.

그녀는 결의에 가득 찼다. 그것만큼은 의심의 여지가 없다.

연못 가장자리에 다다른 에블린이 잠시 머뭇거린다. 곧 무슨 일이 벌어질지 알기 때문이리라. 그녀가 은색 권총의 무게를 버텨낼 수 있을지 걱정이다. 우리 계획의 부담을 버텨낼 수 있을지.

"신이여, 도와주소서."

그녀가 나지막이 말한다. 그리고 권총의 총구를 자신의 복부에 갖다 붙인 후 다리 옆에 붙여놓은 출발 신호용 피스톨의 방아쇠를 당긴다.

요란한 총성이 밤을 뒤흔든다. 에블린의 손에서 출발 신호용 피스톨이 떨어져나온다. 피스톨은 새까만 연못에, 은색 권총은 잔디에 각각 떨어진다.

그녀의 드레스는 금세 피로 물들어간다.

그녀는 어리벙벙한 표정으로 잠시 서 있다가 연못 쪽으로 고꾸라졌다.

고뇌가 내 몸을 마비시킨다. 우레같은 총성과 쓰러지기 직전의 에블린의 표정이 옛 기억을 마구 휘저어댄다.

지금 이러고 있을 시간이 없어.

이제 거의 다 됐다. 또 다른 얼굴이 눈앞에 어른거리고, 또 다른 애원의 목소리가 귓가에 맴돈다. 내가 끝내 살려내지 못했던 또 다른 여인. 나를 이곳 블랙히스로 이끈⋯. 하지만 나더러 여기서 어쩌라고?

"내가 여길 왜 온 거지?"

나는 어둠에 파묻힌 기억을 더듬으며 웅얼거린다.

가서 에블린을 구해. 저러다 익사하겠어!

나는 에블린이 엎어진 연못을 바라보며 눈을 깜빡인다. 밀려든 패닉이 고뇌를 씻어내자 나는 휘청대며 일어나 덤불을 헤치고 얼음장처럼 차가운 연못으로 몸을 던진다. 수면에 넓게 펼쳐진 그녀의 드레스는 물에 젖은 부대처럼 천근만근이다. 게다가 연못 바닥은 이끼로 뒤덮여 미끄럽기가 그지없다.

그녀를 꼭 붙들고 있는 것조차 쉽지 않다.

무도회장 쪽이 소란스럽다. 더비와 마이클 하드캐슬의 싸움은 연못에 빠져 죽어가는 여인 만큼이나 사람들의 관심을 끌고 있다.

밤하늘에서 터지기 시작한 폭죽이 시야의 모든 것을 빨간빛과 자줏빛, 노란빛과 주홍빛으로 물들여놓는다.

나는 에블린의 몸통을 끌어안고 힘겹게 잔디로 올라간다.

그녀를 내려놓고는 진흙 바닥에 털썩 주저앉아 가쁜 숨을 몰아쉰다. 커닝엄은 내가 주문한 대로 마이클을 꼭 붙들고 있다.

모든 것이 계획대로 착착 진행되고 있다. 우리 중 제 역할을 못 하는 건 나 한 사람뿐이다. 총성이 휘저어놓은 옛 기억이 나를 마비시킨 까닭이다. 또 다른 여인, 또 다른 죽음. 에블린의 얼굴에 떠오른 공포의 표정. 너무나도 눈에 익은 그 표정이 나를 패닉에 빠뜨려놓았다. 나를 블랙히스로 이끈 것도 바로 그 표정이었다.

디키 박사가 내게로 달려온다. 숨을 헐떡이는 그의 얼굴은 벌겋게 상기돼 있다. 그의 눈빛이 심상치 않다. 에블린은 그가 허위로 사망 진단을 내려주는 조건으로 돈을 받아 챙겼다고 했다. 사람 좋은 노의사가 이토록 뻔뻔한 사기꾼이었을 줄이야.

"어떻게 된 일인가?"

"총으로 자살했어요."

그의 얼굴에 희망의 빛이 살짝 스친다.

"모든 걸 지켜봤습니다. 하지만 아무것도 할 수 없었어요."

"자책하지 말게나."

그가 내 어깨를 꽉 움켜쥔다.

"자네는 들어가서 브랜디나 한잔하며 마음을 추스르게. 난 여기서 에블린을 챙길 테니까. 이젠 나한테 맡기란 말일세."

그가 시체 옆에 무릎을 꿇고 앉는다. 나는 땅에서 은색 권총을 집어 들고 마이클에게로 다가간다. 그는 아직도 커닝엄에게 붙잡혀 있다. 어떻게 이런 상황이 벌어질 수 있는지 이해가 되지 않는다. 키 작고 황소처럼 억센 마이클이 빼빼 마른 커닝엄에게 붙잡혀 꼼짝도 못 하다니. 마이클이 바둥댈수록 커닝엄의 팔뚝에는 점점 더 힘이 들어간다. 쇠지레와 끌을 동원해도 풀 수 있을 것 같지 않다.

"유감입니다, 하드캐슬 씨."

나는 몸부림치는 남자의 팔뚝에 살며시 손을 얹으며 말한다.

"당신 누이가 자살했어요."

그 말에 그의 몸이 축 늘어진다. 그가 촉촉해진 눈으로 고뇌의
시선을 연못 쪽으로 돌린다.

"그걸 당신이 어떻게 압니까? 아직 살아 있는지도….'"

그가 눈을 부릅뜨고 말한다.

"박사님께서 사망 진단을 내리셨어요. 정말 유감입니다."

나는 주머니에서 은색 권총을 꺼내 그의 손에 쥐여준다.

"이 총으로 자살했어요. 눈에 익나요?"

"아뇨."

"그 총을 잘 보관해둬요. 풋맨 둘에게 그녀의 시신을 일광욕실
로 옮기라고 얘기해뒀습니다. 아무래도….'"

나는 현장으로 몰려든 사람들을 가리킨다.

"저 많은 사람으로부터 떼어놓는 게 좋을 것 같아서 말입니다.
가서 누이를 잠시 보겠다면 그렇게 해요."

그는 넋 나간 얼굴로 권총을 내려다본다. 마치 그것이 먼 미래
에서 보내온 물건이라도 되는 듯이.

"하드캐슬 씨?"

그가 고개를 저으며 공허한 눈빛으로 나를 쳐다본다.

"뭐… 네, 그래야죠."

그가 권총을 손에 꼭 쥐며 말한다.

"고마워요, 경위."

"그냥 순경입니다."

나는 커닝엄을 손짓해 부른다.

"찰스, 하드캐슬 씨를 일광욕실로 안내해줘. 최대한 사람들 눈을 피해서. 알았지?"

커닝엄이 퉁명스럽게 고개를 한 번 끄덕인다. 그는 마이클의 허리에 한 손을 얹고 집으로 이끌어나간다. 종자가 내 편이라 정말 다행이다. 멀어지는 그의 뒷모습을 보고 있노라니 마음이 아려온다. 어쩌면 우리는 두 번 다시 만나지 못할 수도 있다. 모든 불신과 거짓말에도 불구하고 나는 그와 인간적으로 많이 가까워졌다.

검사를 마친 늙은 디키가 천천히 몸을 일으키고 있다. 그가 지켜보는 가운데 풋맨들이 에블린의 시체를 들것에 옮겨 싣는다. 그는 슬픔을 중고 정장처럼 걸치고 있다. 어떻게 지금껏 모를 수 있었지? 이 살인사건은 팬터마임이나 다름없다. 그리고 내 시선이 닿는 모든 곳에서 커튼이 바스락거린다.

에블린이 들것에 실려 가자 나는 비를 헤치고 집 반대편에 자리한 일광욕실로 달려간다. 아까 열어둔 유리문으로 슬그머니 들어가서 동양식 가리개 뒤에 몸을 숨긴다. 벽난로 위 초상화 속에서 에블린의 할머니가 나를 내려다본다. 깜빡이는 촛불에 비친 그녀의 얼굴은 미소를 머금은 것 같다. 그녀도 내가 아는 걸 알고 있는지 모른다. 진작 알고 있었지만 매일 이곳에서 우리가 진실을 찾아 좌충우돌하는 모습을 말없이 지켜봐왔는지도.

지난번에는 왜 도끼눈을 뜨고 나를 노려보았는지 이제 알 것 같다.

빗줄기가 유리창을 두드려대고 있을 때 풋맨들이 들것과 함께 도착한다. 그들은 디키의 재킷을 덮고 있는 시체가 흐트러지지 않게 아주 천천히 움직인다. 그녀를 탁자에 옮겨 누인 두 남자가 납작한 모자를 벗어 가슴에 갖다 붙인다. 그들은 꾸벅 절을 해 경의를 표한 후 유리문을 닫고 나간다.

그들이 사라지자 나는 유리창에 비친 내 모습을 들여다본다. 두 손을 주머니에 찔러 넣은 래시턴은 확신에 찬 표정을 짓고 있다.

이제는 유리에 비친 내 모습마저 나를 속이려 하고 있군.

확신은 블랙히스가 내게서 가장 먼저 앗아간 것이었다.

그때 문이 벌컥 열린다. 쏟아져 들어온 찬바람에 촛불이 미친 듯이 춤을 춘다. 나는 가리개 패널 틈으로 마이클을 지켜본다. 창백한 그는 몸을 덜덜 떨며 문틀을 붙잡고 있다. 그의 눈에서는 눈물이 배어 나오는 중이다. 그의 뒤로 커닝엄이 보인다. 그는 내가 숨어 있는 가리개 쪽을 흘끔 돌아보며 문을 닫는다. 일광욕실에는 마이클과 나, 단둘만이 남게 됐다.

마이클이 비탄을 떨쳐내고 어깨를 편 뒤 눈에 힘을 준다. 그의 비애가 심상치 않은 기운으로 변해가고 있다. 그는 에블린의 시체 앞으로 빠르게 다가간다. 그리고 총알구멍을 찾아 피로 범벅이 된 누이의 복부를 손으로 더듬기 시작한다. 총상을 찾지 못한 그가 무언가를 나지막이 웅얼거린다.

그는 인상을 찌푸린 채 내가 밖에서 건넨 권총에서 탄창을 뽑는다. 그리고 장전된 탄약이 하나도 비지 않았음을 확인한다. 에블린은 검은 권총을 챙겨 연못으로 나가게 돼 있었다. 은색 권총이 아니라. 그는 분명 무엇이 누이의 계획을 바꾸게 했는지 궁금해하고 있을 것이다.

누이가 아직 살아 있음을 확인한 그가 뒤로 물러나 손가락으로 입술을 톡톡 두드린다. 묵직한 권총을 연신 조몰락거리면서. 마치 권총과 교감하는 듯하다. 머릿속이 복잡해졌는지 그는 미간을 찌푸린 채 입술을 썹어대기 시작한다. 그가 갑자기 돌아서서 한쪽 구석으로 이동한다. 나는 제대로 지켜보기 위해 가리개 밖으로 고개를 살짝 내밀어본다. 그가 의자에서 수놓아진 베개를 집어 들고 다시 에블린에게로 다가간다. 그는 베개를 누이의 배에 내려놓고 권총의 총구로 그것을 꾹 찌른다. 총성을 죽이기 위한 조치다.

그는 주저하지 않는다. 고개를 한쪽으로 돌린 후 작별 인사도 없이 힘껏 방아쇠를 당긴다.

권총은 무력하게 딸깍거린다. 그는 다시 그리고 또다시 방아쇠를 당겨보지만 총은 발사되지 않는다. 보다 못한 나는 가리개 밖으로 나간다.

"안 될 겁니다. 공이를 줄로 다듬어놨거든요."

그는 돌아보지 않는다. 쥐고 있는 권총도 놓지 않는다.

"누이를 죽이게 해주면 후하게 사례하겠습니다, 경위님."

그가 떨리는 목소리로 말한다.

"그럴 순 없습니다. 그리고 아까 밖에서 얘기했듯이 난 그냥 순경일 뿐입니다."

"오, 당신 같은 유능한 사람은 단숨에 경위 자리에 오를 수 있을 겁니다."

그의 몸은 덜덜 떨리고 있다. 총구는 여전히 에블린의 몸에 착 달라붙어 있다. 등골을 따라 땀방울이 흘러내린다. 방 안을 가득 메운 긴장감은 손으로 떠 올릴 수 있을 만큼 자욱하다.

"그 총 내리고 돌아서요, 하드캐슬 씨. 천천히."

"날 겁낼 필요 없습니다, 경위님."

그가 권총을 화분에 내려놓고 두 손을 번쩍 든 채로 돌아선다.

"난 그 누구도 해칠 마음이 없으니까요."

"정말 그렇습니까?"

놀랍게도 그의 얼굴에서는 비애가 묻어난다.

"그럼 방금 누이에게 총알을 박아넣으려 했던 건 뭡니까?"

"믿기 힘들겠지만 누나를 위해 그랬던 겁니다."

그가 긴 손가락으로 체스판 근처 안락의자를 가리킨다. 에블린과 내가 처음 만났던 곳.

"앉아도 되겠습니까? 현기증이 나서요."

"좋을 대로 해요."

그가 의자로 다가가 풀썩 주저앉는다. 한편으로는 그가 문을 향해 내달리면 어쩌나 걱정이 되지만 다행히도 그에게서는 투지가 조금도 엿보이지 않는다. 초조해하는 그는 창백하게 질려 있다. 두 팔은 양옆으로 늘어뜨려져 있고, 다리는 앞으로 벌어져 있다. 방아쇠를 당기는 데 남은 기운을 다 써버린 모양이다.

그는 살인과 어울리지 않는 사람이다.

그가 정신을 가다듬는 동안 나는 윙백 의자를 창가로 끌고 가 그의 반대편에 앉는다.

"내 계획을 어떻게 알아차렸습니까?"

"권총을 보고 알았죠."

나는 쿠션에 폭 파묻힌 채 대답한다.

"권총?"

"오늘 아침 이른 시간, 당신 모친의 방에서 검은 권총 두 정이 사라졌습니다. 에블린이 하나를 챙겼고, 나머지 하나는 당신이 챙겼습니다. 난 그 이유가 궁금했어요."

"그게 무슨 소립니까?"

"에블린은 자신이 위험에 처했다고 믿고 권총을 훔쳤을 겁니다. 그게 가장 타당한 이유겠죠. 어쩌면 그녀는 자살할 때 그 총을 쓰려고 했는지도 모릅니다. 난 후자에 무게를 두고 있긴 하지만 생각해보면 그것도 말이 안 되죠. 권총 한 정만 갖고도 얼마든지 자살을 할 수 있었을 텐데 말입니다."

"그래서 당신 결론이 뭡니까?"

"댄스는 당신이 두 번째 권총을 챙겨 사냥에 나선 사실을 알고 있었습니다. 아주 이상하죠? 에블린은 동생이 사냥을 싫어한다는 걸 알았어요. 본인은 자살을 결심한 상태였고요. 그런 그녀가 왜 동생을 위해 두 번째 무기를 훔쳤을까요?"

"누나는 나를 끔찍이도 좋아했습니다, 경위님."

"그랬는지도 모르죠. 하지만 당신은 댄스에게 정오가 다 돼서야 사냥에 나서기로 했다고 말했습니다. 권총들은 이른 아침에 당신 모친의 방에서 사라졌고요. 당신이 결심을 굳히기도 전에 말입니다. 에블린이 두 번째 권총을 훔쳤을 리 없다는 건 당신도 알지 않습니까. 당신 누이의 위장 자살 계획을 듣고 나서 당신이 거짓말을 해왔다는 걸 알게 됐습니다. 그걸 깨닫고 나니 모든 게 이치에 닿더군요. 에블린은 당신 모친의 방에서 권총을 훔치지 않았습니다. 훔친 건 바로 당신이었죠. 당신은 그중 하나를 챙기고 나머지 하나를 에블린에게 건넸습니다. 소품으로 쓰라면서 말이죠."

"에블린이 당신에게 위장 자살에 대해 들려줬다고요?"

그가 미심쩍은 목소리로 묻는다.

"대충 들었습니다. 당신이 연못으로 달려가 그녀를 끌어내주기로 했다면서요? 비통해하는 동생이 당연히 보여야 할 반응이 아니겠습니까. 아무튼 난 그때 깨달았어요. 완전 범죄를 위해선 똑같은 권총이 두 정 필요했다는 것을 말입니다. 누이를 연못에서 끌어내기 전 당신은 그녀의 배에 대고 총을 쏘았습니다. 마침 터진 폭죽이 두 번째 총성을 완벽히 덮어주었겠죠? 범행에 쓴 권총은 탁한 물속으로 던져졌을 테고요. 몸에 박힌 총알은 그녀가 잔디에 떨어뜨린 총의 것과 일치했을 겁니다. 자살을 가장한 살인. 아주 기발한 아이디어였어요. 정말로."

"그래서 누나가 은색 권총을 쓰도록 조치해둔 거였군요. 내가 계획을 바꾸도록 말입니다."

그는 이제야 모든 게 이해되는 모양이다.

"덫에 미끼를 놓아두었죠."

"대단한데요."

그가 박수를 치는 척하며 말한다.

"대단하긴요."

그는 의외로 평온한 모습이다.

"난 아직도 당신이 이해가 안 됩니다. 당신과 에블린의 사이가 꽤 돈독했다는 얘길 귀가 따갑게 들었는데요, 그게 다 거짓말이었습니까?"

분노가 치밀었는지 그가 의자에 앉은 채로 상체를 곧게 세운다.

"난 세상 그 누구보다도 누이를 사랑합니다."

그가 나를 노려보며 말한다.

"누이를 위해서라면 못할 게 없어요. 누이가 왜 나를 찾아와서 도움을 청했겠습니까? 내가 왜 흔쾌히 돕겠다고 나섰겠느냔 말입니다."

그의 격정이 나를 당혹스럽게 한다. 나는 마이클이 어떤 거짓말을 늘어놓을지 안다고 믿고 이 계획을 실행에 옮겼다. 하지만 내 예상은 빗나가버렸다. 나는 그로부터 어머니에게 등 떠밀려 이번 일에 끼어들게 됐다는 고백을 기대했다. 나는 단단히 잘못 짚은 것이다.

"누이를 사랑한다면서 왜 배신하려고 했죠?"

나는 혼란스러워하며 묻는다.

"왜냐하면 누나의 계획은 수포로 돌아갈 게 뻔했으니까요!"

그가 손바닥으로 의자 팔걸이를 탁 내리치며 말한다.

"디키는 위조 사망 진단서를 떼주는 대가로 큰돈을 요구했습니다. 우린 그걸 지불할 능력이 없었고요. 그러던 와중에 디키가 오늘 저녁 우리의 비밀을 아버지에게 팔아치우려 한다는 걸 콜리지가 알게 됐습니다. 무슨 얘긴지 이해가 됩니까? 에블린은 그토록 벗어나고 싶어 했던 블랙히스에서 다시 눈을 뜨게 돼버렸단 말입니다."

"그녀에게 그걸 들려줬나요?"

"내가 어떻게 그럴 수 있었겠습니까. 이 계획은 누나가 자유를 그리고 행복을 되찾는 유일한 방법이었단 말입니다. 내가 어떻게 누나로부터 그 소중한 기회를 앗아갈 수 있겠습니까?"

그가 비참한 표정으로 말한다.

"디키를 죽이면 되지 않습니까."

"콜리지도 같은 얘길 하더군요. 하지만 그게 어디 말처럼 쉬운 일입니까? 게다가 난 그의 협조가 간절했어요. 여기서 에블린에게 사망 진단을 내려줄 수 있는 사람이 그 말고는 없지 않습니까. 하지만 그는 자신의 역할을 마치고 곧바로 우리 아버지를 찾아가려고 했어요."

그가 고개를 젓는다.

"그래서 난 그런 결정을 내릴 수밖에 없었죠."

그의 의자 옆에는 스카치위스키가 담긴 글라스 두 개가 놓여 있다. 립스틱이 묻은 글라스는 위스키로 반쯤 차 있고, 나머지 것에는 소량의 술이 바닥에 남아 있다. 그가 나를 빤히 쳐다보며 립스틱 묻은 글라스를 천천히 집어 든다.

"목을 좀 축여도 되겠습니까? 이건 에블린이 마시던 술입니다. 무도회가 시작되기 전, 우린 여기서 글라스를 부딪치며 행운을 빌었죠."

그가 울컥한다. 다른 호스트라면 회개의 기색으로 받아들였겠지만 래시턴은 그가 두려워하고 있다는 걸 대번에 알아차렸다.

"물론이죠."

그가 글라스를 입으로 가져가 위스키를 홀짝인다. 술이 조금 들어가자 덜덜 떨리던 그의 손이 진정을 되찾는다.

"난 누나를 잘 압니다, 경위님."

그가 목쉰 소리로 말한다.

"누나는 어릴 적부터 무엇이 됐든, 남에게 등 떠밀려 하는 걸 싫어했어요. 레이븐코트와의 혼인은 누나에게 견딜 수 없는 굴욕이었습니다. 오죽했으면 이런 방법까지 써서 모면하려 했겠습니까. 그와의 결혼 생활은 천천히, 하지만 아주 확실하게 누나를 파멸의 길로 이끌었을 게 뻔합니다. 난 그런 누나를 돕고 싶었습니다."

그의 볼은 벌게지고, 초록색 눈은 게슴츠레해진다. 비애 가득한 눈빛을 보노라니 나도 모르게 그의 주장을 믿고 싶어진다.

"정말 돈 때문이 아니었습니까?"

나는 심드렁하게 묻는다.

침울한 그의 표정이 일그러진다.

"에블린에게 들었습니다. 그녀가 부모님 뜻에 따르지 않으면 당신이 유산을 상속받지 못하게 된다면서요? 동생을 무기 삼아 협박하니 그녀가 무너질 수밖에요. 결국 그녀는 백기 투항하고 말았지만 과연 자신의 탈출 계획이 무산될 거라는 걸 알았어도 같은 선택을 했을까요? 에블린이 죽으면 그 불확실함도 같이 죽어 묻히지 않겠습니까?"

"주위를 한번 둘러보십시오, 경위님."

그가 손에 쥔 글라스로 방 안을 가리키며 말한다.

"고작 이런 집을 손에 넣겠다고 살인을 저질렀겠습니까?"

"당신 부친은 더 이상 가산을 탕진할 수 없지 않습니까. 당신에 겐 아주 잘된 일 아닌가요?"

"가산을 탕진하는 건 아버지가 할 줄 아는 유일한 일입니다."

그가 피식 웃으며 남은 술을 마저 들이킨다.

"그래서 부친을 살해한 겁니까?"

그의 표정이 다시 일그러진다. 입을 굳게 다문 그의 얼굴은 창백하다.

"그의 시체를 찾았습니다, 마이클. 당신이 부친을 독살했다는 거 알아요. 사냥을 위해 모시러 갔을 때 살해했겠죠? 현장엔 에블린을 탓하는 쪽지를 놓아두었고요. 창밖에 남긴 부츠 자국은 특히 기만적이었어요."

그의 얼굴에 당혹스러워하는 표정이 떠오른다.

"다른 사람의 발자국이었나요?"

나는 천천히 말한다.

"혹시 펠리시티? 솔직히 말하면 난 아직도 그 매듭을 풀지 못하고 있어요. 그녀가 아니라면 당신 모친의 발자국인가요? 지금 모

533

친은 어디 계시죠, 마이클? 설마 모친까지 살해한 건 아니겠죠?"

그의 눈이 휘둥그레진다. 충격에 휩싸인 그의 얼굴은 심하게 일그러졌다. 그의 손에서 미끄러진 글라스가 바닥에 떨어진다.

"부인하는 겁니까?"

갑자기 불안해진 나는 말한다.

"아니… 난… 난…."

"모친은 지금 어디 계십니까, 마이클? 모친이 당신에게 이러라고 시키셨습니까?"

"어머니는…. 난…."

처음에는 당황한 그의 모습을 회한의 반응으로, 턱 막혀버린 숨을 적당한 해명거리를 찾아 나선 이의 얕은 호흡으로 오해했다. 하지만 의자 팔걸이를 있는 힘껏 움켜쥔 그의 손가락과 입술에서 뚝뚝 떨어지는 하얀 거품을 보고 나서야 비로소 그가 독극물을 마셨음을 깨달았다.

화들짝 놀란 나는 자리에서 벌떡 일어난다. 하지만 당장 무엇을 해야 할지 감이 잡히지 않는다.

"도와주세요."

나는 소리친다.

그의 등은 활처럼 휘었고, 근육은 바짝 긴장돼 있다. 혈관 터진 그의 눈은 시뻘겋게 물들어 있다. 그가 꾸르륵 소리를 내며 앞으로 고꾸라진다. 내 뒤에서 무언가가 달가닥거리기 시작한다. 돌아보니 탁자에 누워 경련하는 에블린의 모습이 눈에 들어온다. 그녀의 입술에서도 똑같은 하얀 거품이 일고 있다.

그때 문이 벌컥 열리고 커닝엄이 들이닥친다. 눈앞의 광경을 확인한 그의 입이 떡 벌어진다.

"어떻게 된 거야?"

"두 사람 다 독극물을 먹었어."

나는 남매를 번갈아 쳐다보며 말한다.

"빨리 가서 디키를 불러와."

그는 황급히 뛰쳐나간다. 나는 이마에 한 손을 얹고 속절없이 두 사람을 지켜본다. 탁자에 누운 에블린은 마치 악마에게 홀리기라도 한 듯 온몸을 비틀어대고 있다. 마이클의 입안에서는 꽉 물린 어금니가 빠드득 갈리는 중이다.

약을 써, 이 바보야.

나는 주머니를 뒤져 작은 유리병 세 개를 찾아 꺼낸다. 오늘 오후 커닝엄과 함께 벨의 트렁크에서 훔쳐 온 것들이다. 유리병에 둘린 쪽지를 펴보지만 기대했던 사용법은 적혀 있지 않다. 세 가지 약을 한데 섞어야 하는 모양이다. 하지만 그들에게 얼마만큼씩 투여해야 하는지, 두 사람 모두를 살릴 만큼의 양이 되는지는 알길이 없다.

"둘 중 누굴 살려야 하지?"

나는 마이클과 에블린을 번갈아 쳐다본다.

마이클에겐 미처 다 털어놓지 못한 비밀이 있어.

"하지만 내가 끝까지 지켜주겠노라고 에블린과 약속했잖아."

에블린의 경련은 점점 격해진다. 온몸을 비틀어대던 그녀가 마침내 바닥에 떨어지고 만다. 몸부림치는 마이클의 눈은 뒤로 돌아가 흰자위만 보일 뿐이다.

"빌어먹을."

나는 바 테이블로 달려간다.

우선 세 개의 유리병을 열고 내용물을 위스키 글라스에 차례로 쏟아붓는다. 그런 다음, 물을 섞고 거품이 일 때까지 맹렬히 휘젓는다. 에블린의 등은 아치형으로 휘어져 있고, 손가락은 두꺼운 양탄자에 파묻혀 있다. 나는 그녀의 고개를 뒤로 젖혀놓고 만들어온 탁한 액체를 그녀의 입에 쏟아붓는다. 내 뒤에서는 마이클이 캑캑거리고 있다.

에블린의 발작이 뚝 멎는다. 그녀의 눈에서는 피가 배어 나온다. 그녀가 깊고 거친 숨을 들이쉬었다가 안도의 한숨을 내쉰다. 나는 손가락으로 그녀의 목을 짚어본다. 강한 맥박이 미친 듯이 뛰고 있다. 그녀는 소생했다. 마이클과 달리.

나는 죄책감 어린 눈빛으로 젊은 남자의 시체를 흘끔 돌아본다. 그의 모습은 거실에서 본 그의 아버지와 조금도 다르지 않다. 부자는 동일범에 의해 독살당했다. 서배스천 벨이 집으로 몰래 들여온 스트리크닌으로. 분명 살인자가 그가 마신 스카치위스키에 미리 타두었을 것이다. 에블린의 위스키에. 그녀의 글라스에는 술이 반쯤 남아 있었다. 독이 퍼지기까지 걸린 시간을 따져보면 그녀가 딱 한두 모금만을 마셨다는 계산이 나온다. 그에 반해서 마이클은 일 분도 채 되지 않아 남은 술을 해치웠다. 독이 섞였다는 걸 미리 알고 있었을까? 하지만 그랬다면 아까처럼 충격에 빠진 표정은 짓지 않았을 텐데.

분명 누군가의 소행이었을 것이다.

블랙히스에 또 다른 살인자가 있다는 뜻.

"하지만 대체 누가?"

나는 씩씩대며 말한다.

"펄리시티? 헬레나 하드캐슬? 누가 마이클과 한패였지? 혹시 그가 모르는 인물이었나?"

에블린이 몸을 뒤척인다. 그녀의 볼에 조금씩 핏기가 돌기 시작한다. 정체 모를 혼합물의 효과는 놀라울 정도로 빠르다. 그녀의 흐느적거리는 손가락이 내 소매를 붙잡는다. 오물대는 그녀의 입에서는 아무 소리도 흘러나오지 않는다.

나는 그녀의 입으로 귀를 가져간다.

"난 아니에요…."

그녀가 마른 침을 삼킨다.

"밀리센트는… 살해."

그녀가 드레스에 가려진 자신의 목을 더듬다가 목걸이를 잡아뺀다. 그 끝에는 도장이 새겨진 반지가 걸려 있다. 하드캐슬 집안의 직인.

나는 어리둥절한 표정으로 그녀를 내려다본다.

"필요한 건 다 구했나?"

유리문 쪽에서 누군가의 목소리가 말한다.

"별 도움은 되지 않겠지만."

어깨 너머로 돌아보니 어둠 속에서 서서히 모습을 드러내는 풋맨이 눈에 들어온다. 그의 손에는 칼이 쥐어져 있다. 그가 촛불에 번뜩이는 칼끝으로 자신의 허벅지를 톡톡 두드린다. 그는 빨간색과 하얀색 제복 그리고 기름때와 흙으로 얼룩진 재킷 차림이다. 옷에서는 그의 정수가 배어 나오고 있는 듯하다. 그의 허리에는 텅 빈 사냥용 자루가 둘려 있다. 순간 가슴이 철렁 내려앉는다. 그가 무언가로 가득 찬 자루를 더비의 발 앞으로 던져놓는 모습이 떠올랐기 때문이다. 피로 흥건히 젖은 자루는 철퍼덕 소리를 내며 땅에 떨어졌다.

나는 시간을 확인한다. 지금쯤 더비는 따끈한 화로 옆에 앉아 파티가 파하는 걸 지켜보고 있을 것이다. 풋맨이 자루에 무엇을 담으려는지는 몰라도 그가 래시턴을 죽이려 한다는 건 분명하다.

풋맨이 나를 빤히 쳐다보며 미소를 흘린다. 기대감에 찬 그의 눈은 반짝거린다.

"내가 널 죽이는 데 싫증 낼 줄 알았어?"

나는 마이클이 화분에 놓아둔 은색 권총을 떠올린다. 발사는 되지 않겠지만 풋맨이 그 사실을 알 리 없다. 그것만 손에 넣는다면 그를 위협해 쫓아버릴 수 있을지도 모른다. 그의 앞에는 테이블이 버티고 있다. 필사적으로 내달리면 그보다 먼저 화분에 닿을 수 있을 것이다.

"최대한 천천히 죽여주지."

그가 부러진 자신의 코를 만지작거리며 말한다.

"날 이렇게 만든 대가로 말이야."

래시턴은 쉽게 겁을 집어먹는 타입이 아니다. 하지만 지금 그는 두려워하고 있다. 나 역시도 마찬가지고. 오늘이 지나면 내게는 두 명의 호스트만이 남는다. 하지만 그레고리 골드는 정문 관리실에 매달린 채로 하루의 대부분을 보내게 될 것이다. 도널드 데이비스는 아직도 이곳에서 몇 마일 떨어진 흙길에 발이 묶여 있을 것이고. 만약 내가 여기서 죽는다면 앞으로 블랙히스를 탈출할 기회가 몇 번이나 더 주어질지 알 수 없다.

"권총은 잊어. 어차피 필요도 없을 테니까."

그의 능글맞은 미소를 보는 순간 가슴 속에서 희망이 화르르 불살라 없어진다.

"자, 잘생긴 친구, 내가 죽여줄 테니 이리 와봐."

그가 칼을 살살 흔들어 보이며 말한다.

"도망칠 구멍은 없어."

그가 조금씩 다가오며 덧붙인다.

"난 애나를 붙잡고 있다고. 그녀가 참혹한 죽음을 맞는 걸 원치 않는다면 순순히 네 목숨을 내놓는 게 좋을걸. 참, 또다시 깨어나면 오늘 밤 남은 호스트를 이끌고 묘지로 나오는 거 잊지 말고."

그가 한 손을 펴자 피로 얼룩진 애나의 체스 말이 모습을 드러낸다. 그가 손목을 까딱여 그것을 벽난로 안으로 던져 넣는다. 맹렬한 불꽃이 이내 그것을 삼켜버린다.

그가 한 걸음 더 다가온다.

"자, 어떻게 하겠어?"

양옆으로 늘어뜨린 내 두 주먹에는 힘이 잔뜩 들어가 있다. 입안은 바짝 말라버렸다. 래시턴은 자신이 요절할 운명이라 믿어왔다. 어두운 뒷골목이나 전쟁터 같은, 빛도 위안도 친구도 희망도 없는 장소와 상황에서. 그는 순탄치 않은 자신의 인생에 아무 불만이 없었다. 어차피 싸우다 장렬히 죽을 것을 알았기에. 한없이 미약한 그였지만, 모두가 헛된 일이라 입을 모았지만, 그는 아랑곳없이 불끈 쥔 두 주먹을 높이 든 채로 어둠을 헤쳐나갔다.

그리고 지금, 그의 앞에는 풋맨이 버티고 서 있다. 한번 싸워보지도 않고 죽는다면 그보다 더한 수치는 없을 것이다.

"어서 답을 내놔봐."

풋맨이 조바심을 내며 말한다.

내가 얼마나 참담하게 패배했는지 차마 인정할 수가 없다. 이 몸으로 한 시간 만 더 버티면 블랙히스에서 탈출할 수 있을 텐데. 밀려드는 좌절감에 비명을 지르고 싶어진다.

"말해!"

그가 소리친다.

나는 간신히 고개를 끄덕인다. 어느새 그는 악취를 풍기며 내 앞에 바짝 다가와 서 있다. 칼날이 내 늑골 밑으로 파고들면서 내 목과 입에 피가 차오르기 시작한다.

그가 내 턱을 잡고 내 눈을 빤히 쳐다본다.

"이제 기회는 두 번뿐이야."

그리고 내 몸 깊숙이 박힌 칼날을 우악스럽게 비튼다.

52

셋째 날(계속)

빗줄기가 지붕을 요란하게 두드린다. 마차는 경쾌한 말발굽 소리
와 함께 자갈길을 달려나가는 중이다. 내 맞은편에는 야회복 차림
의 두 여자가 나란히 앉아 있다. 마차가 좌우로 흔들릴 때마다 그
들의 어깨가 살짝살짝 맞닿는다. 두 사람은 소리를 죽이고 대화를
나누는 중이다.

마차에서 내리지 말아요.

공포가 내 등골을 오싹하게 만든다. 골드가 내게 경고했던 바로
그 순간이다. 그를 미쳐버리게 만든 순간. 어둠에 묻힌 바깥 어딘
가에서는 칼로 무장한 풋맨이 기다리고 있을 것이다.

"깼어, 오드리."

한 여자가 뒤척이는 나를 보며 말한다.

내 청력에 문제가 있을 거라 생각했는지 두 번째 여자가 내 앞
으로 몸을 기울인다.

"도로 근처에서 당신을 발견했어요. 당신의 자동차는 몇 마일
떨어진 곳에 세워져 있었고요. 기사가 시동을 걸어보려고 애쓰다
가 포기했어요."

그녀가 한 손을 내 무릎에 얹고 큰 소리로 말한다.

"다시 도널드 데이비스로 돌아왔어."

나는 안도의 한숨을 내쉬며 말한다.

밤새도록 차를 몰아나가던 기억이 떠오른다. 연료가 바닥나고 나서는 차를 버려두고 한없이 이어지는 도로를 따라 몇 시간 동안 걸었다. 그리고 탈진해서 쓰러지고 말았다. 하루 종일 잠들었던 그는 운 좋게 풋맨의 시야에서 벗어날 수 있었다.

흑사병 의사가 내가 다시 데이비스로 돌아갈 거라고 말했었지만 이렇게 구조되어 블랙히스로 돌아가게 될 줄은 꿈에도 몰랐다.

이렇게 운이 따라줄 때도 있다니.

"정말 고마워요."

나는 여자의 볼을 감싸 쥐고 그녀의 입에 진하게 키스한다.

"당신이 날 살렸어요."

그녀가 대꾸하기도 전에 나는 창문 밖으로 고개를 불쑥 내밀어 본다. 저녁이다. 마차에 매달려 흔들리는 랜턴들이 어둠을 은은하게 비추고 있다. 블랙히스로 향하는 마차는 우리가 탄 것 말고도 두 대가 더 있다. 도로 양옆으로는 마차 열두 대가 줄지어 세워져 있고, 마부들은 삼삼오오 모여 수다를 떨고 있다. 그들은 담배 한 대를 돌아가며 피우는 중이다. 저택에서는 음악과 새된 웃음소리가 흘러나오고 있다. 파티가 한창 무르익은 듯하다.

희망으로 가슴이 벅차오른다.

에블린은 아직 연못으로 나오지 않았다. 나는 마이클을 찾아가 그에게 공범이 있는지 물어볼 참이다. 매복해 있다가 래시턴을 노리는 풋맨이 모습을 드러냈을 때 그를 덮쳐 애나가 억류된 장소를 알아내는 것도 한 방법일 것이다.

마차에서 내리지 말아요.

"블랙히스에 거의 다 왔습니다."

마부가 큰 소리로 알려온다.

나는 다시 창밖을 내다본다. 저택이 바로 정면에 있다. 도로 오른편으로는 마구간이 보인다. 그들이 산탄총을 보관해둔 곳. 무기 없이 풋맨에게 맞서는 건 어리석은 일이다.

나는 문을 열고 마차에서 뛰어내린다. 젖은 자갈길에 떨어지는 순간 통증이 폭발한다. 두 여자는 일제히 비명을 지르고, 마부는 고함을 친다. 힘겹게 몸을 일으킨 나는 비틀거리며 아득한 불빛을 향해 나아간다. 흑사병 의사는 이날의 패턴이 해당 호스트에 의해 좌우될 거라고 했다. 부디 사실이기를 바랄 뿐이다. 운명이 자비를 베풀어주기를. 만약 그가 거짓말을 한 것이라면 나와 애나는 이것으로 끝장이다.

앳된 마구간지기들은 화로의 은은한 불빛 속에서 말과 마차를 연결하는 마구를 풀고 있다. 말들은 히힝 소리를 내며 쉼터로 이끌려 간다. 분주히 움직이는 그들은 몹시 지쳐 있다. 나는 가장 가까운 곳에 있는 청년에게 다가가본다. 비가 내리는 와중에도 그는 소매를 걷어 올린 면 셔츠만 걸치고 있다.

"산탄총은 어디에 보관해두지?"

그는 이를 악물고 마구를 단단히 조이는 중이다. 팽팽해진 가죽 끈이 마지막 버클 쪽으로 당겨진다. 그가 수상쩍다는 듯 나를 응시한다. 납작한 모자 아래서 그의 눈이 점점 가늘어진다.

"사냥을 나가시기엔 시간이 많이 늦었는데요."

"그렇게 무례하게 굴기엔 시간이 너무 이르지 않나?"

나는 신경질적으로 받아친다. 하인을 무시하는 내 호스트의 반응에 나는 흠칫 놀란다.

"빌어먹을 산탄총이 어디 있는지 물었잖아. 내가 하드캐슬 경을 모셔 와야 입을 열겠어?"

나를 위아래로 뜯어보던 그가 자신의 어깨 너머를 가리킨다. 작은 빨간 벽돌집의 창문으로 어스레한 불빛이 새어 나오고 있다. 산탄총은 나무 걸이에 줄지어 끼워져 있고, 탄약은 근처 서랍에 보관돼 있다. 나는 총을 하나 뽑아 들고 조심스레 장전한다. 여분의 탄약도 몇 개 챙겨 주머니에 넣는다.

총은 묵직하다. 서늘한 용기에 이끌려 뜰을 가로지른다. 내가 다가가자 서로 눈빛을 교환하던 마구간지기들이 옆으로 물러나 길을 내준다. 보나 마나 그들은 돈 많은 미치광이가 총으로 무모한 짓을 벌이려 한다고 생각할 것이다. 내일 아침 신나게 수다를 떨어댈 가십거리가 생겼다며 내심 반기고 있는지도 모른다. 후환이 두려운 그들은 섣불리 나를 제지하려들지 않을 것이다. 내 눈은 전망 좋은 명당을 차지하기 위해 다투는 지난 호스트들로 북적이고 있다. 모두가 풋맨에게 화를 입은 피해자들로, 그의 처형의 순간을 구경하기 위해 모인 것이다. 그들의 아우성에 머리를 제대로 굴릴 수조차 없다.

블랙히스까지 반쯤 왔을 때 내 쪽으로 다가오는 불빛이 눈에 들어온다. 산탄총 방아쇠를 감싸 쥔 내 손에 살짝 힘이 들어간다.

"나야."

대니얼이 폭풍우 소리 너머로 외친다.

그의 손에는 방풍 랜턴이 쥐어져 있다. 불빛이 그의 얼굴과 상체를 희미하게 비춘다. 그는 꼭 병에서 탈출한 정령 같아 보인다.

"서둘러야 해. 풋맨이 묘지에 있어. 애나가 풋맨에게 붙잡혀 있다고."

아직도 우리가 자신에게 속고 있다고 생각하는 모양이군.

나는 손가락으로 산탄총을 살살 쓰다듬으며 블랙히스 쪽을 바라본다. 그리고 최선의 행동 방침을 떠올려본다. 마이클은 지금쯤일광욕실에 있을 것이다. 하지만 그의 도움은 필요 없다. 애나가억류된 곳은 대니얼도 알고 있을 테니까. 두 개의 길과 두 개의 결말. 그중 하나는 분명 실패로 통할 것이다.

"절호의 기회야."

대니얼이 빗물이 스며든 눈을 훔치며 말한다.

"우리가 그토록 기다렸던 기회가 온 거라고. 그는 지금 거기 숨어서 기다리고 있어. 우리가 이렇게 만났다는 걸 모를 테니까 가서 그의 허를 찔러보자고. 우리가 끝장을 내줄 때가 온 거야."

나는 오랫동안 내 미래를 바꿀 궁리만 해왔다. 이날을 어떻게든바꿔보려 애썼지만 번번이 실패를 맛보았다. 내 모든 선택과 노력은 물거품으로 돌아가버렸다. 나는 에블린을 구하고, 마이클의 계략을 좌절시켰다. 하지만 애나와 내가 오늘 밤 11시까지 살아남지 못한다면 이 시련은 영영 끝나지 않을 것이다. 지금까지 나는이성적인 통제가 불가능한 상태로 모든 결정을 내려왔다. 이제 남은 호스트는 단 한 명뿐. 지금부터는 모든 결정이 사활을 좌우할것이다.

"그러다 실패하면?"

주변 소음에 파묻힌 내 목소리는 간신히 그의 귀에 닿는다. 돌에 떨어지는 빗소리는 귀청이 터질 만큼 요란하다. 거센 바람이우리를 탈출한 짐승처럼 울부짖으며 숲을 갈가리 찢어댄다.

"다른 방법이 없잖아."

대니얼이 내 목덜미를 움켜쥐며 큰 소리로 말한다.

"이제 우리에겐 계획이 있어. 우리가 놈보다 유리한 위치에 있다고. 한번 밀어붙여보는 거야."

처음으로 이 남자를 만났던 때를 떠올려본다. 그는 차분하고 인내심이 남달랐으며 합리적이기까지 했다. 하지만 지금은 완전히 딴판이다. 마치 그런 성격적 특성들이 끊임없이 몰아치는 블랙히스의 폭풍에 씻겨 나가기라도 한 듯이. 그는 광인의 눈을 갖고 있다. 광기와 열망 그리고 의욕과 절박감으로 가득 찬. 나와 마찬가지로 그 역시 오늘 밤 결과에 사활을 걸었다.

이 친구 말이 옳아. 이젠 끝장을 낼 시간이야.

"지금 몇 시나 됐지?"

그가 얼굴을 찌푸린다.

"시간이 무슨 상관이야?"

"그건 나중에 알게 될 거야. 자, 어서. 부탁이야."

그가 짜증을 내며 손목시계를 들여다본다.

"9시 46분. 이제 출발해도 되지?"

나는 고개를 끄덕이고 그를 따라 뜰을 가로질러나간다.

별들은 겁을 먹었는지 우리가 묘지로 향하는 내내 눈 한번 뜨지 않는다. 깜빡이는 방풍 랜턴 불빛이 유일한 조명이다. 묘지에 도착하자 대니얼이 문을 밀어 연다. 우거진 나무들이 거센 바람을 적당히 막아주고 있다. 하지만 폭풍은 숲의 갑옷에 난 틈을 용케 찾아 단도 같은 바람을 연신 뿌려댄다.

"어디 숨는 게 좋겠어. 애나가 나타나면 조용히 부르면 돼."

대니얼이 천사의 팔뚝에 랜턴을 걸어놓으며 속삭인다.

나는 산탄총을 들고 총구를 그의 뒤통수에 갖다 붙인다.

"이제 연기는 그만해, 대니얼. 난 우리가 같은 사람이 아니란 걸 알고 있어."

내 시선은 풋맨을 찾아 숲 쪽을 훑어나간다. 안타깝게도 랜턴의 불빛은 시야를 밝히는 대신 더 흐릿하게 만들어놓는다.

"두 손 들고 돌아서."

그는 내 주문에 순순히 따른다. 그가 한동안 나를 빤히 응시한다. 마치 빈틈을 찾아보려는 듯이. 한참 후, 그는 잘생긴 얼굴에 환한 미소를 머금는다.

"영원할 거라고는 생각하지 않았어."

그가 자신의 가슴 주머니를 가리키며 말한다. 내가 고개를 끄덕이자 그가 담배 케이스를 천천히 꺼낸다. 그리고 그 안에서 뽑아든 담배 한 대로 손바닥을 톡톡 두드린다.

나는 그를 따라 묘지로 오는 동안 단 한 순간도 경계를 늦추지 않았다. 그가 언제 돌아서서 내게 달려들지 몰랐기 때문이다. 하지만 그의 차분한 모습에 직면한 지금, 내 확신은 조금씩 흔들리고 있다.

"그녀는 어디 있지, 대니얼? 애나 말이야."

"그건 오히려 내가 묻고 싶은 거야."

그가 담배를 입으로 가져가며 말한다.

"애나가 어디 있는지. 난 네게서 그 답을 끄집어내기 위해 하루 종일 노력했어. 더비가 지하에서 풋맨을 없애는 데 도움을 주겠다고 나섰을 땐 성공을 확신했었지. 그때 넌 어떻게든 내 비위를 맞추려고 바동댔잖아."

그가 손으로 바람을 막고 세 번의 시도 끝에 간신히 담배에 불을 붙이는 데 성공한다. 담뱃불에 환해진 그의 얼굴은 바로 옆 조각상 만큼이나 허허로워 보인다. 어찌 된 게 총구를 겨누고 있는 나보다 그가 훨씬 여유로워 보인다.

"풋맨은 어디 있지?"

산탄총의 무게가 점점 부담스러워져간다.

"너희가 한 팀이라는 거 알아."

"오, 전혀 그렇지 않아. 단단히 오해를 하고 있군."

그가 한 손을 살랑여 보이며 말한다.

"그는 너와는 달라. 나나 애나와도 다르고. 그는 콜리지의 동료야. 사실 이 집엔 그의 동료가 몇 명 있어. 고약한 놈들이지. 아무래도 콜리지 자신이 고약한 일에 엮여 있다보니 말이야. 네가 풋맨이라고 부르는 놈은 그들 중 가장 머리가 좋아. 그래서 블랙히스에서 무슨 일이 벌어지고 있는지 내가 설명해줬지. 내 말을 믿는 것 같진 않았지만 살인이 취미인 놈이라 네 호스트들을 알려줬더니 되게 좋아하더라고. 하나하나 죽여나가면서 엄청 재미를 봤을걸. 게다가 내가 돈까지 두둑이 챙겨줬으니 얼마나 황홀했겠어?"

그가 코로 연기를 뿜으며 씩 웃는다. 마치 우리끼리만 알아듣는 농담을 나누기라도 하는 듯이. 그의 제스처에서는 예감의 세계에 사는 사람의 확신과 자신감이 묻어난다. 내 떨리는 손 그리고 미친 듯이 요동치는 심장과는 대조적이다. 그의 꿍꿍이속을 간파하기 전까지 내가 할 수 있는 일이라고는 기다리는 것뿐이다.

"너도 애나와 다르지 않아. 그렇지? 하루가 지나면 모든 걸 잊고 처음부터 다시 시작해야 하잖아."

"너무 불공평하지 않아? 네겐 여드레의 시간과 여덟 명의 호스트가 주어졌어. 어째서 너만 그런 특별 선물을 받는 거지? 대체 이유가 뭐야?"

"흑사병 의사가 나에 대해 모든 걸 들려주지 않은 모양이군."

그가 다시 씩 웃는다. 순간 내 등골이 오싹해진다.

"대체 왜 이러는 거야, 대니얼? 서로 힘을 합쳐도 모자랄 판에."

참담해진 나는 묻는다.

"넌 이미 나를 도왔는걸. 스탠윈의 협박용 원장 두 권이 다 내수중에 들어왔어. 더비가 그의 방을 뒤지지 않았다면 난 달랑 하나만 찾는 데 그쳤을 거야. 여전히 미궁 속에서 허우적대고 있었을 거고. 두 시간 후, 내가 알아낸 답을 챙겨 호수로 갈 거야. 드디어 이곳을 떠나게 된 거라고. 이건 다 네 덕분이야. 네가 날 위해 기뻐해주면 좋겠어."

그때 젖은 땅을 내딛는 발소리가 들려온다. 산탄총의 공이치기가 당겨지고 차가운 금속이 내 등에 달라붙는다. 폭력배 하나가 불쑥 튀어나와 대니얼 옆에 다가가 선다. 내 뒤에 선 놈과 다르게 그는 비무장 상태다. 하긴, 굳이 그까지 무장할 필요가 없는 상황이기는 하지만. 남자의 얼굴은 술집 싸움꾼을 연상시킨다. 부러진 코, 끔찍한 흉터가 있는 볼. 손가락 마디를 문질러대는 그가 기대에 찬 얼굴로 혀를 날름거린다. 곧 달갑지 않은 일이 벌어지려는 모양이다.

"자, 이제 총을 내려놓으실까?"

나는 한숨을 내쉬며 산탄총을 땅에 떨어뜨린다. 그리고 덜덜 떨리는 두 손을 천천히 든다. 이런 비굴한 내 모습이 영 못마땅하다.

"이젠 나와도 돼요."

대니얼이 큰소리로 부른다.

내 왼편에 자리한 덤불이 잠시 바스락거리더니 흑사병 의사가 모습을 드러낸다. 그는 랜턴이 뿌리고 있는 불빛 안으로 유유히 걸어 들어간다. 그에게 욕을 퍼부으려는 찰나 그의 가면 왼쪽 면에 은색으로 그려진 눈물방울이 눈에 들어온다. 불빛을 받아 반짝거리고 있다. 나는 잠시 그를 유심히 뜯어본다. 예전과 달라진 점은 또 있다. 그가 걸친 검은 외투에서는 닳아 해진 부분이 보이지 않는다. 그의 장갑에는 비비 꼬인 장미들이 수놓여 있다. 그는 내가 기억하는 것과 달리 키가 작고 자세가 뻣뻣하다.

그는 흑사병 의사가 아니다.

"호숫가에서 대니얼과 대화를 나누던 놈, 맞지?"

대니얼이 휘파람 소리를 내며 옆에 선 남자를 흘끔 돌아본다.

"이 친구가 그걸 어떻게 알았죠? 거기 있으면 남들에게 들킬 염려가 없다고 했잖아요."

그가 은색 눈물에게 묻는다.

"정문 관리실 밖에 서 있는 것도 봤어."

"갈수록 미묘한 일이군."

대니얼은 불편해하는 공범의 반응을 은근히 즐기는 듯하다.

"이 친구의 일거수일투족을 손바닥 보듯 한다고 했잖아요."

그가 젠체하며 말한다.

"이곳에서 벌어지는 모든 일은 내 시야를 벗어날 수 없어요, 콜리지 씨."

그가 씩씩거린다.

"만약 그게 사실이라면 애나벨을 잡는 데 당신 도움이 필요치 않았겠죠."

은색 눈물이 말한다. 그녀의 목소리는 흑사병 의사와 달리 장중하다.

"비숍 씨의 행동이 평소의 사건 진행을 뒤죽박죽으로 만들어놓았어요. 그는 에블린 하드캐슬의 운명을 바꾸었고, 그녀 동생의 죽음에 큰 역할을 했어요. 그 과정에서 이날을 단단히 붙들고 있던 끈이 풀려버렸고요. 그는 예전과 달리 애나벨과의 연을 끈질기게 이어나가고 있어요. 한마디로, 모든 게 제자리를 벗어나 난잡해졌다는 뜻이죠."

가면이 내 쪽을 돌아본다.

"당신은 칭찬받아 마땅해요, 비숍 씨. 지난 수십 년간 블랙히스가 이토록 혼란스러웠던 적은 없었어요."

"당신 정체가 뭐요?"

"나도 당신에게 같은 질문을 던질 수 있어요. 하지만 그러진 않을 거예요. 당신은 자신이 누군지 모를 테니까. 게다가 지금은 그것보다 중요한 문제가 많아요. 하지만 이렇게만 얘기할게요. 위에서 날 보낸 거예요. 내 동료들의 실수를 바로잡으라고 말이죠. 자, 이제 콜리지 씨에게 애나벨이 어디 있는지 가르쳐줘요."

"애나벨?"

"그는 그녀를 애나라고 불러요."

대니얼이 말한다.

"애나는 왜 찾는 거죠?"

"그건 당신이 신경 쓸 일이 아니에요."

은색 눈물이 말한다.

"나는 신경 쓰고 싶은데요. 그녀를 간절히 찾는 엄청난 이유가 있는 모양이군요. 대니얼 같은 사람과도 기꺼이 거래하려는 걸 보니."

"균형을 바로잡으려는 거예요. 당신의 호스트들은 에블린의 죽음과 밀접한 관련이 있는 남자들이에요. 과연 그게 우연의 일치였을까요? 당신이 도널드 데이비스를 가장 필요로 했을 때 기적적으로 그가 돼서 깨어난 이유가 궁금하지 않던가요? 내 동료는 처음부터 당신을 편애했어요. 그건 엄격히 금지된 일이죠. 그는 개입하지 않고 그냥 지켜만 봐야 했어요. 시간에 맞춰 호수에 나가 답을 기다리는 게 그가 할 일이었다고요. 딱 거기까지. 그는 절대 이 집을 떠나서는 안 되는 이에게 친절히 문까지 열어줬어요. 난 더 이상 그런 그를 두고 볼 수가 없어요."

"그래서 당신이 나타난 거였군."

흑사병 의사가 말한다. 그림자 속에서 모습을 드러낸 그의 가면에서는 빗물이 뚝뚝 떨어진다.

순간 대니얼이 바짝 얼어붙는다. 그는 경계의 눈빛으로 침입자를 쳐다본다.

"내 사과하리다, 조세핀. 진작 내 정체를 드러냈어야 했는데."

흑사병 의사의 시선은 은색 눈물에 고정돼 있다.

"당신에게 단도직입적으로 물으면 진실을 듣지 못할 거라 생각했소. 당신이 그동안 꽁꽁 숨어 지내느라 얼마나 고생했는지 잘 아오. 래시턴 씨가 당신을 알아보지 못했더라면 난 당신이 블랙 히스에 와 있다는 걸 몰랐을 것이오."

"조세핀?"

대니얼이 불쑥 끼어든다.

"둘이 아는 사이오?"

은색 눈물은 못 들은 척한다.

"이건 내가 바랐던 바가 아니에요."

그녀가 흑사병 의사에게 말한다. 한층 부드럽고 따뜻해진 그녀의 목소리에 회한이 묻어난다.

"난 주어진 과제를 완수하고 당신 모르게 여길 떠날 생각이었어요."

"난 아직도 당신이 이곳에 온 이유를 모르겠소. 블랙히스는 내 구역이오. 그리고 보다시피 여긴 아무런 문제도 없소."

"웃기지 말아요!"

격분한 그녀가 빽 소리친다.

"에이든과 애나벨이 얼마나 가까워졌는지 봐요. 그들은 탈출을 목전에 두고 있다고요. 그는 그녀를 위해서라면 자기 자신을 기꺼이 희생하고도 남을 거예요. 당신에겐 그게 안 보이나요? 아무런 조치도 취하지 않으면 오래지 않아 그녀가 답을 안고 당신을 찾아올 거예요. 그땐 어쩌려고 그래요?"

"그런 일은 절대 벌어지지 않을 거요."

"난 반드시 그렇게 될 거라 믿어요."

그녀가 코웃음 치며 말한다.

"솔직히 말해봐요. 정말로 그녀를 풀어줄 참인가요?"

그는 고개를 살짝 기울이고 잠시 망설인다. 내 시선은 대니얼 쪽으로 돌아간다. 그는 넋이 나간 얼굴로 그들을 지켜보고 있다. 그도 나와 같은 기분이리라. 제대로 알아듣지도 못한 채 언쟁 중인 부모를 지켜보는 아이의 심정.

흑사병 의사가 다시 단호하게 말한다. 확신에 찬 그의 목소리는 믿음이 아닌, 반복적인 연습에서 배태된 것인 듯하다.

"블랙히스의 규칙은 아주 명확하오. 나 역시도 당신들과 마찬가지로 그 규칙에서 자유로울 수 없소이다. 만약 그녀가 에블린 하드캐슬의 살인자의 이름을 가져오면 난 그 답을 들어주어야만 하오."

"규칙 얘긴 집어치워요. 애나벨이 블랙히스를 탈출하면 위에서 어떻게 나올지 당신도 잘 알잖아요."

"그들이 내 대체자로 당신을 보낸 거요?"

"당연히 아니죠."

그녀가 상처받은 듯한 모습으로 긴 한숨을 내쉰다.

"그랬다면 그들이 저토록 절제된 반응을 보일까요? 난 당신의 친구로 온 거예요. 그들이 당신의 실수를 알기 전에 수습해주려고 말이에요. 난 조용히 애나벨을 제거할 거예요. 당신이 후회할 선택을 하지 않도록."

그녀가 대니얼에게 손짓한다.

"콜리지 씨, 비숍 씨를 설득해 애나벨의 위치를 알아내도록 해요. 그게 왜 중요한지 잘 알겠죠?"

대니얼이 담배를 발로 비벼 끄고 싸움꾼을 향해 고개를 끄덕인다. 그가 다가와 내 팔을 우악스럽게 붙잡는다. 나는 필사적으로 몸부림쳐보지만 억센 그로부터 벗어나는 건 불가능하다.

"이건 규칙에 어긋나는 일이오, 조세핀."

흑사병 의사가 당혹스러워하며 말한다.

"우린 직접 행동을 취하면 안 된다는 거 모르시오? 지시도 해선 안 되고, 그들이 알면 안 되는 정보도 내줘선 안 된단 말이오. 우리가 지키겠다고 서약한 모든 규칙을 어길 셈이오?"

"감히 내게 설교를 하는 건가요?" 당신이 그들 일에 간섭만 하지 않았어도 이런 일은 없었을 거라고요."

은색 눈물이 경멸하듯 말한다.

흑사병 의사는 격렬하게 고개를 가로젓는다.

"난 비숍 씨에게 그가 이곳에 온 목적을 설명해주었을 뿐이오."

그가 불안하게 흔들릴 때 살짝 격려를 해준 게 뭐 그리 대수란 말이오? 대니얼과 애나와 달리 그는 아무 규칙도 모르는 채로 깨어났소. 자신이 이곳에 온 목적을 알 리 없으니 의심만 가득할 수밖에. 난 그가 반드시 알아야 하는 정보만을 전달했소. 당신도 대니얼에게 그러지 않았소이까. 난 균형을 맞추려 했을 뿐, 그를 돕진 않았소. 그러니 제발 이러지 마시오. 그들 일은 그냥 자연스러운 흐름에 맡겨둡시다. 그도 사건을 거의 해결했으니 말이오."

"그건 애나벨도 마찬가지예요."

그녀가 여전히 딱딱하게 말한다.

"미안해요. 난 에이든 비숍과 당신 중 한 명을 선택해야만 해요. 자, 시작하죠, 콜리지 씨."

"안 되오!"

흑사병 의사가 회유하듯 한 손을 내밀며 소리친다.

깡패가 산탄총으로 그를 겨눈다. 남자는 바짝 긴장한 상태다. 방아쇠에 걸쳐진 그의 손가락에는 필요 이상으로 힘이 들어가 있다. 과연 흑사병 의사가 산탄총 따위에 치명상을 입을지 궁금하다. 하지만 그냥 두고 볼 수만은 없다. 어떻게든 그가 목숨을 부지하도록 도와야 한다.

"그냥 돌아가시오. 여기서 당신이 할 수 있는 건 이제 없소."

나는 그에게 말한다.

"이래선 안 되오."

그가 말한다.

"그럼 바로잡으면 되지 않소. 내 다른 호스트들에게 당신이 필요하오."

나는 잠시 말을 멈춘다.

"난 더 이상 당신 도움이 필요 없소."

내 심상치 않은 억양 때문인지 아니면 이미 겪어본 상황이기 때문인지 알 길은 없지만, 어쨌든 그는 마지못해 내 말에 따른다. 그는 잠시 조세핀을 빤히 응시하다가 묘지 밖으로 사라져버린다.

"이타적이군. 언제나처럼."

대니얼이 내 쪽으로 다가오며 말한다.

"난 네 그런 점이 부러워, 에이든. 여자의 죽음이 널 자유의 몸으로 만들어줄 텐데도 넌 끝까지 그녀를 살릴 궁리만 하잖아. 애나는 결국 널 배신할 거야. 넌 그걸 알면서도 그녀에게 미련을 버리지 못하고 있어. 네 노력이 헛수고라는 걸 알면서도. 우리 중 한 명만이 이 집을 벗어날 수 있어. 난 그게 네가 아니길 바래."

머리 위 나뭇가지에는 까마귀 떼가 줄지어 앉아 있다. 마치 초대받은 것처럼 소리 없이 날갯짓해 미끄러지듯 날아든 놈들의 깃털은 이번 비로 흠뻑 젖은 상태다. 총 열두 마리가 장례식 문상객처럼 다닥다닥 붙어 호기심에 찬 눈으로 나를 내려다보고 있다. 순간 온몸에 소름이 확 끼친다.

"불과 한 시간 전까지만 해도 애나는 우리가 붙잡고 있었어. 하지만 놀랍게도 탈출에 성공했더군."

대니얼이 계속 이어나간다.

"대체 어디로 갔을까, 에이든? 그녀가 어디 숨었는지 알려주면 최대한 신속히 죽여줄게. 이제 남은 사람은 너랑 골드뿐이야. 총이 두 번 발사되면 넌 벨이 되어 깨어날 거고, 또다시 블랙히스의 문을 두드리게 돼. 모든 게 원점에서 다시 시작되는 거라고. 물론 내가 널 방해하는 일도 없을 거고. 넌 똑똑하니까 에블린 살인사건을 손쉽게 해결할 수 있을 거야."

랜턴 불빛에 비친 일그러진 그의 얼굴은 섬뜩해 보인다.

"겁이 많이 났군, 대니얼."

나는 천천히 말한다.

"넌 내 미래의 호스트들을 죽였어. 그렇다면 내가 위협이 아니라는 뜻이겠지. 애나의 행방을 몰라 하루 종일 답답하지 않았나? 응? 그녀가 너보다 먼저 사건을 해결할까 봐 두려운 거잖아."

내 미소를 본 그의 얼굴이 굳어진다. 내가 더 이상 함정에 빠져 허우적대지 않는다는 걸 확인했으니 겁이 날 만도 하지.

"당장 내가 원하는 걸 내놓지 않으면 칼질을 시작하겠어."

대니얼이 손끝으로 내 볼을 찬찬히 그어나간다.

"일 인치씩 베어내주지."

"네가 내게 무슨 짓을 했는지 똑똑히 봤어."

나는 그를 똑바로 쳐다보며 말한다.

"너한테 당한 것 때문에 난 악에 받쳤어. 그리고 그렇게 생겨난 광기를 고스란히 떠안은 채로 그레고리 골드의 몸에 갇혀버렸지. 그는 칼로 자신의 팔뚝을 미친 듯이 그어댔고, 에드워드 댄스에게 알아들을 수 없는 경고를 지껄여댔어. 정말 끔찍했다고. 미안하지만 난 네가 원하는 걸 내줄 수 없어."

"그녀가 어디 있는지 말해."

대니얼이 언성을 높이며 말한다.

"이 집 하인의 절반이 콜리지의 똘마니야. 난 나머지 절반을 매수할 만큼 돈이 많고. 사람들을 동원해 호수를 에워싸게 만들 수도 있어. 아직도 모르겠나? 난 이미 이겼단 말이야. 그러니 더 이상 고집부리지 마."

"네겐 아무것도 가르쳐줄 수 없어, 대니얼. 네가 여기서 좌절하는 동안 애나는 답을 챙겨 흑사병 의사를 만나러 갈 거야. 이렇게 칠흑같이 어두운 밤엔 백 명을 동원해도 호수를 지켜내지 못할걸. 제아무리 은색 눈물이라도 속수무책일 거야."

나는 으르렁거린다.

"넌 후회하게 될 거야."

그가 이를 갈며 말한다.

"밤 11시까지 딱 한 시간 남았어. 우리 두 사람 중 누가 더 오래 버틸 것 같아?"

대니얼이 내게 힘껏 주먹을 날린다. 폐 안 공기가 일제히 빠져나가면서 다리가 풀려버린다. 고개를 들어보니 그는 내 앞에 우뚝 선 채로 까진 주먹을 주무르고 있다. 그의 얼굴에 분노의 빛이 살짝 스친다. 구름 한 점 없는 하늘에 폭풍이 스쳐가듯이. 정중한 노름꾼의 모습은 온데간데없고 허접한 사기꾼만 남아버렸다. 격노에 사로잡힌 그가 몸을 바르르 떤다.

"아주 천천히 죽여주지."

"여기서 죽게 되는 건 내가 아닐걸, 대니얼."

나는 새된 휘파람 소리를 내며 말한다. 덤불이 바스락거리기 시작하자 나무에 앉아 있던 새들이 푸드덕 날아오른다. 새까만 어둠속에서 몇 미터 간격으로 랜턴들이 차례로 켜진다. 하나 그리고 또 하나.

대니얼이 몸을 홱 틀고 랜턴들을 바라본다. 불안감에 휩싸인 은색 눈물은 숲속으로 슬그머니 사라져버린다.

"넌 많은 사람을 괴롭혀왔어."

나는 말한다. 불빛은 점점 가까워져오고 있다.

"이젠 저들을 만나볼 시간이야."

"어떻게? 내가 네 미래 호스트들을 다 죽였는데."

반전된 상황에 당혹스러워진 그가 더듬거리며 말한다.

"하지만 그들의 친구들까지 싹 다 제거하진 못했잖아. 애나가 풋맨을 이곳으로 유인하겠다고 했을 때 난 우리에게 인력이 더 필요하다면서 커닝엄을 끌어들였어. 그리고 너랑 풋맨이 한 패거리라는 걸 알고 나서는 우릴 도와줄 사람들을 본격적으로 찾아 나섰지. 네 적들을 찾는 건 별로 어렵지 않더군."

산탄총으로 무장한 그레이스 데이비스가 가장 먼저 나타난다. 래시턴은 내가 그녀에게 도움을 요청하지 않도록 혀를 살짝 깨문다. 하지만 내게는 선택의 여지가 없다. 내 나머지 호스트들은 너무 바쁘다. 이미 죽었거나. 그리고 커닝엄은 레이븐코트와 무도회장에 갇혀 있다. 루시 하퍼가 랜턴을 앞세우고 나타난다. 그녀를 내 편으로 끌어들이는 건 의외로 쉬웠다. 나는 그저 대니얼이 그녀의 아버지를 살해한 사실을 알려주었을 뿐이다. 마지막으로 스탠윈의 똘마니가 도착한다. 그의 머리는 아직도 붕대로 감겨 있지만 차갑고 매서운 눈빛만큼은 살아 있다. 그들 모두 무장한 상태이지만 왠지 영 믿음이 가지 않는다. 과연 그들이 총으로 표적을 제대로 맞힐 수 있을지 의문이다. 하지만 그런 건 아무래도 상관없다. 지금 상황에서는 머릿수만이 중요할 뿐이다. 대니얼과 은색 눈물은 당혹스러워한다. 빠져나갈 곳을 다급하게 찾고 있는지 은색 눈물의 가면이 씰룩거린다.

"다 끝났어, 대니얼. 항복하면 무사히 블랙히스로 돌아가게 해주지."

나는 단호하게 말한다.

그가 절망의 눈빛으로 나와 내 친구들을 번갈아 쏘아본다.

"난 이 집이 우리에게 무슨 짓을 하고 있는지 알아. 하지만 그 첫날 아침, 넌 벨에게 친절하게 굴었잖아. 사냥을 나갔을 땐 마이클에게 살갑게 굴었고. 딱 한 번만 더 그런 모습을 보여줘. 풋맨을 철수시키라고. 난 네 축복을 받으며 애나와 함께 여길 뜨고 싶어."

살짝 흔들리는 그의 표정에 고뇌가 묻어난다. 하지만 그것으로는 부족하다. 블랙히스는 그를 완전히 오염시켜놓았다.

"저들을 죽여."

그가 흉포하게 말한다.

내 뒤에서 산탄총이 폭발한다. 나는 본능적으로 땅에 납작 엎드린다. 대니얼의 똘마니가 다가오자 내 동지들이 어둠에 대고 총을 쏘아대며 흩어진다. 비무장 상태의 남자는 몸을 최대한 낮춘 채 왼쪽으로 방향을 튼다. 그들의 허를 찌르려는 속셈이다.

내 분노, 또는 내 호스트의 분노에 사로잡혀버린 나는 대니얼에게 냅다 주먹을 날린다. 도널드 데이비스는 감히 자신을 막 대하는 사람들에게 단단히 화가 난 상태다.

그와 달리 내 분노는 지극히 개인적인 것이다.

대니얼은 그 첫날 아침부터 사사건건 내 발목을 잡아왔다. 그는 나를 무참히 짓밟고 블랙히스를 탈출하려 했다. 그뿐 아니라, 자신의 이익을 위해 내 계획을 번번이 무산시켜왔다. 그는 친구인 척하며 내게 접근했다. 환히 미소를 지으며 나를 속였고, 깔깔 웃으며 나를 배신했다. 불쾌한 기억이 나로 하여금 그를 향해 창처럼 몸을 날리게 한다.

그가 옆으로 살짝 피하며 내 복부에 어퍼컷을 꽂아 넣는다. 나는 몸을 구부리고 그의 사타구니를 주먹으로 힘껏 가격한다. 그런 다음, 그의 목을 움켜잡고 땅바닥에 눕혀놓는다.

나는 날아드는 나침반을 너무 늦게 봐버렸다.

그가 손에 쥔 나침반으로 내 볼을 후려친다. 유리가 깨지고, 내 턱에서는 피가 뚝뚝 떨어진다. 눈에서는 눈물이 배어 나오고, 손바닥 밑에서는 젖은 낙엽이 질벅거린다. 대니얼이 성큼 다가온다. 어디선가 날아든 총알 하나가 휘파람 소리를 내며 그를 스치고 지나간다. 순간 은색 눈물이 외마디 비명을 지르며 자신의 어깨를 감싸 쥔 채 픽 고꾸라진다.

루시 하퍼의 산탄총이 바르르 떨리고 있다. 대니얼은 블랙히스 쪽으로 달아나버린다. 나는 힘겹게 몸을 일으키고는 그를 필사적으로 추격하기 시작한다.

우리는 사냥개와 여우처럼 저택 앞 잔디를 가로지른다. 진입로를 빠져나온 그가 정문 관리실을 지나쳐 내달린다. 마을로 달아나려는 모양이다. 잠시 후, 그가 갑자기 왼쪽으로 방향을 꺾더니 우물과 호수로 통하는 오솔길로 들어선다.

사방이 칠흑 같은 어둠에 파묻혀 있다. 구름 뒤에서 기웃거리는 달은 마치 낡은 나무 울타리 뒤에 숨은 개를 보는 듯하다. 사냥감이 내 시야에서 사라져버린다. 놈이 매복해 있을지도 모른다는 생각에 나는 속도를 줄이고 귀를 쫑긋 세운다. 올빼미들이 요란하게 울고, 나뭇잎에서는 연신 빗방울이 떨어진다. 몸을 숙이거나 좌우로 휘청일 때마다 나뭇가지가 나를 할퀴어댄다. 잠시 후, 물가에 웅크려 있는 대니얼의 모습이 눈에 들어온다. 그는 두 손을 무릎에 얹은 채 가쁜 숨을 몰아쉬고 있다. 그의 발 옆에는 방풍 랜턴이 놓여 있다.

더 이상 도망칠 곳이 없어진 것이다.

내 두 손이 덜덜 떨린다. 가슴 속에서는 공포가 꿈틀거린다. 내게 용기를 주는 분노는 나를 웃음거리로 만들어버릴 수도 있다. 도널드 데이비스는 키 작고 가냘픈 체구를 가졌다. 그의 방 침대 보다도 무른 사람이다. 장신의 대니얼은 억센 놈이다. 도널드 같은 사람이 함부로 덤벼서는 안 될 상대. 묘지에서는 내가 수적으로 유리했지만 여기서는 사정이 다르다. 우리 둘 다 당장 눈앞에서 무슨 일이 벌어질지 모른다. 내가 블랙히스에 도착한 후 처음 겪는 상황이다.

다가오는 나를 발견한 대니얼이 손을 살랑여 멈출 것을 주문한다. 잠시 숨돌릴 시간을 달라는 것이다. 나는 그 틈을 타 무기로 쓸만한 묵직한 돌을 찾아보기 시작한다. 나침반이 무기로 쓰이고 나서 공정한 싸움은 물 건너 가버렸다.

"아무리 발악해도 소용없어. 그들은 네 친구들을 순순히 보내주지 않을 거야. 은색 눈물이 너의 모든 걸 들려줬어. 내가 애나를 찾아 죽여주는 조건으로. 그녀는 네 호스트들과 그들이 언제, 어디서 깨어나는지도 가르쳐줬어. 아직도 이해가 안 돼? 네가 아무리 용을 써봤자 헛수고란 말이야, 에이든. 여길 탈출할 수 있는 사람은 나뿐이라고."

그가 숨 가쁘게 말한다.

"왜 진작 얘기하지 않았지? 그랬다면 최소한 이런 상황엔 놓이지 않았을 거 아니야."

"내겐 아내와 아들이 있어. 난 그 기억을 안고 이곳에 왔어. 내 입장이 이해가 돼? 식구들이 내가 돌아오기만을 기다리고 있단 말이야. 그들이 아직 살아 있다면."

나는 돌덩이를 손에 쥔 채 그의 앞으로 한 걸음 다가간다.

"식구들을 무슨 낯으로 보려고? 네가 여길 탈출하기 위해 무슨 짓을 저질렀는지 생각해봐."

"블랙히스가 날 이렇게 만든 거야."

그가 할딱거리며 진창에 가래침을 탁 뱉는다.

"아니, 블랙히스를 만든 건 바로 우리야."

나는 조금 더 다가서며 말한다. 그는 여전히 진 빠진 모습으로 휘청대고 있다. 두 걸음만 더 나아가면 이 싸움을 끝낼 수 있다.

"우리가 내린 결정이 우리를 이 지옥으로 이끌었다고, 대니얼."

"그래서 대체 어쩌자는 얘기야? 여기 틀어박혀서 회개나 하자고? 누가 문을 열어줄 때까지?"

그가 나를 올려다보며 말한다.

"나랑 같이 에블린을 구하러 가자. 그러고 나서 흑사병 의사를 찾아가 우리가 아는 모든 걸 들려주는 거야. 우리 세 사람이 함께 말이야. 너, 나 그리고 애나. 우린 여기 도착했을 때보다 확실히 나은 사람이 돼서 탈출할 수 있을 거야."

나는 열정을 담아 말한다.

"난 그럴 수 없어."

그가 풀기 없는 목소리로 말한다.

"그깟 죄책감 때문에 이런 황금 같은 기회를 그냥 흘려버릴 수 없다고. 그 누구를 돕기에도 이젠 너무 늦어버렸어."

그가 예고도 없이 방풍 랜턴을 발로 차 쓰러뜨린다.

순간 시야가 깜깜해진다.

절벅거리는 발소리와 함께 그의 어깨가 내 복부로 파고든다.

우리는 한데 엉겨 붙은 채 둔탁한 소리를 내며 고꾸라진다. 내 손에서 돌덩이가 떨어져나간다.

나는 야위고 연약한 팔을 올려 방어 자세를 취해본다. 하지만 그의 주먹을 막아내기에는 역부족이다. 입안에 피가 차오른다. 온몸에 감각이 사라진다. 그의 주먹은 쉴 새 없이 피로 범벅이 된 내 볼에 떨어진다.

마침내 그가 공격을 멈추고 내게서 떨어져나간다.

그가 헐떡거리며 나를 내려다본다. 그의 땀방울이 내 위로 뚝뚝 떨어진다.

"이런 상황만큼은 피하고 싶었는데."

그의 억센 손이 내 발목을 움켜잡고 진창에 처박힌 나를 물가로 끌고 간다. 나는 필사적으로 몸부림치다가 금세 지쳐 다시 뻗어버린다.

그가 잠시 멈춰 서서 눈썹에 맺힌 땀을 훔쳐낸다. 구름에서 새어 나온 달빛이 그의 얼굴을 비춘다. 그의 머리는 은색, 그의 피부는 새로 내린 눈처럼 하얗다. 그는 연민의 눈빛으로 나를 내려다보고 있다. 그 첫날 아침 벨에게 그랬던 것처럼.

"우린…."

나는 피를 토하며 말한다.

"그러게 왜 나대서 이런 고초를 겪는 거야?"

그가 나를 다시 잡아끌기 시작한다.

"그냥 지켜보고만 있을 것이지."

그가 첨벙대며 호수로 들어간다. 차가운 물이 내 다리와 가슴 그리고 머리를 차례로 적셔나간다. 정신이 번쩍 들면서 전의가 끓어오르는 게 느껴진다. 나는 기슭으로 되돌아가기 위해 안간힘을 다해보지만 대니얼은 무자비하게 내 머리채를 휘어잡고 내 얼굴을 얼음장처럼 차가운 물속에 처박아버린다.

그의 손을 할퀴고, 그의 다리를 걷어차보지만 그는 꿈쩍도 하지 않는다.

숨이 차오르자 내 몸이 경련하기 시작한다.

그는 계속 나를 짓이긴다.

십구 년 전 죽은 토머스 하드캐슬의 모습이 눈앞에 나타난다. 금발 머리에 눈이 큰 소년은 내 쪽으로 헤엄쳐 오는 중이다. 아이가 내 손을 꼭 움켜쥐고 용기를 잃지 말라고 당부한다.

더 이상 숨을 참지 못하고 입을 열자 차갑고 탁한 물이 입안으로 파고든다.

온몸에서 또 한 번 경련이 인다.

토머스가 죽어가는 내 몸뚱이에서 영혼을 끄집어낸다. 우리는 나란히 떠서 익사 중인 도널드 데이비스를 지켜본다.

놀라울 만큼 평화로운 정적이 찾아든다.

그때 무언가가 물속으로 첨벙 떨어진다.

수면을 파고든 두 손이 도널드 데이비스의 몸을 잡아끌기 시작한다. 잠시 후, 나는 그를 따라 떠오른다.

죽은 소년의 손가락은 아직도 내 손을 움켜쥐고 있다. 하지만 나는 아이를 호수에서 끌어내지 못한다. 이곳에서 죽었으니 영영 이곳에 남아야 하는 모양이다. 소년이 구슬픈 눈빛으로 나를 올려다본다. 어느새 내 몸은 기슭으로 끄집어내진 상태다.

나는 진흙 바닥에 누워 물을 토해낸다. 몸은 마치 납으로 만들어진 듯 천근만근이다.

대니얼은 엎어진 채 호수에 둥둥 떠 있다.

누군가가 내 볼을 후려친다.

그리고 세게 또 한 번.

흐릿해진 시야에 우뚝 선 애나의 모습이 들어온다. 호수 쪽에서는 첨벙대는 물소리가 들려오고 있다.

어둠이 나를 부르고 있다.

형체뿐인 그녀가 내 앞으로 몸을 기울인다.

"아침 7시 12분에 날 찾아와요. 입구 안 홀로…."

애나의 고함이 아득하게 들려온다.

수면 밑에서는 토머스가 손짓해 부르고 있다. 나는 눈을 감고 익사한 소년에게로 돌아간다.

53

여덟째 날

내 볼은 여자의 등에 얹혀 있다. 우리는 알몸으로 달라붙어 더러운 매트리스에 깔린 땀에 젖은 시트 위를 뒹구는 중이다. 썩은 창틀로 스며든 빗물이 벽을 타고 흘러 내려와 마룻장에 웅덩이를 만들어놓았다.

마들렌 오베르가 살짝 뒤척이다가 갑자기 몸을 홱 튼다. 하녀의 초록색 눈이 반짝거린다. 그녀의 검은 머리는 젖은 볼에 찰싹 들러붙어 있다. 그녀는 꿈속에서 본 토머스 하드캐슬처럼 다급하게 주위를 더듬기 시작한다.

옆에 누운 나를 발견한 그녀가 실망한 듯 한숨을 내쉬며 쳐들었던 고개를 내린다. 그녀가 노골적으로 드러낸 경멸감에 심기가 불편하지만 나는 그녀와 처음 만난 순간을 떠올리며 애써 마음을 달래본다. 내가 주머니에서 벨의 아편팅크가 담긴 유리병을 꺼냈을 때 그녀는 수치를 무릅쓰고 열의에 찬 모습으로 나의 품에 와락 안겼다.

내 굼뜬 시선이 약을 찾아 방 안을 훑기 시작한다. 하드캐슬 가족이 의뢰한 작업은 다 끝이 났다. 그들의 새 초상화는 롱 갤러리에 당당하게 걸려 있다. 나는 파티에 초대받지도 못했고, 내가 저택에 계속 머물 거라 생각하는 사람도 없다. 덕분에 나는 오전 내내 이렇게 매트리스를 뒹굴거릴 수 있었다. 눈앞에 펼쳐진 세상은 수챗구멍으로 빨려 들어가는 물감처럼 핑핑 돌고 있다.

내 시선이 의자에 걸쳐진 마들렌의 모자와 앞치마로 돌아간다.

마치 뺨을 얻어맞기라도 한 듯 정신이 번쩍 든다. 하녀 제복을 보고 있노라니 애나의 얼굴, 그녀의 목소리와 손길 그리고 우리가 처한 위험한 상황이 스멀스멀 떠오른다.

나는 그 기억의 끝자락을 꼭 붙든 채 골드의 인격을 옆으로 밀어둔다.

내 안은 그의 희망과 두려움, 그의 욕정과 열정으로 가득 찼다. 에이든 비숍은 아침 햇살 속에 갇혀버린 꿈처럼 희미하다.

과연 나라고 다를까?

매트리스를 내려오다가 실수로 빈 아편팅크 병들을 쓰러뜨린다. 빈 병들은 달아나는 쥐처럼 바닥을 구른다. 나는 그것들을 발로 밀어내고 벽난로 앞으로 다가간다. 난로 안에서는 잉걸불이 서서히 꺼져가는 중이다. 나는 불쏘시개와 장작을 안으로 던져 넣는다. 난로 위 선반에는 체스 말들이 나란히 놓여 있다. 전부 손으로 직접 깎아 만든 것들이다. 그중 몇몇은 색칠이 조금 돼 있다. 미완성의 체스 말들 옆에는 작은 칼이 놓여 있다. 골드가 이것들을 깎을 때 쓴 것이다. 애나는 이 체스 말들을 몸에 지니고 다니게 될 것이다. 칼날을 보니 어제 골드의 팔뚝에서 본 베인 상처들과 완벽히 일치하는 것 같다.

운명이 또다시 봉화를 올리고 있다.

마들렌이 바닥에 아무렇게나 널린 옷을 주섬주섬 챙겨 든다. 그녀의 허둥대는 모습은 통제되지 않은 격정과 내면의 수치심의 산물이다. 그녀는 시선을 반대편 벽에 고정하고 내게 등을 보인 채 옷을 걸친다. 골드는 음탕한 눈빛으로 그녀의 창백한 피부와 등으로 흘러내린 머리를 탐욕스럽게 바라보고 있다.

"거울 있어요?"

그녀가 드레스 단추를 채우며 묻는다. 억양에 프랑스 말씨가 살짝 묻어난다.

"아니."

나는 난로의 기분 좋은 온기에 맨살을 쬐며 말한다.

"지금 내 몰골은 끔찍할 것 같아요."

그녀가 멍한 얼굴로 말한다.

신사라면 동의하지 말아야 하지만 골드는 신사가 아니다. 마들렌도 그레이스 데이비스가 아니고. 나는 지금껏 화장하지 않은 그녀의 얼굴을 본 적이 없다. 병약해 보이는 그녀의 모습에 나는 흠칫 놀란다. 그녀의 얼굴은 과하게 핼쑥하고 얽은 자국으로 덮인 피부는 누렇게 떴다. 피로에 전 눈은 얼마나 비벼댔는지 벌겋다.

그녀는 내게서 최대한 멀리 떨어지려는지 반대편 벽에 찰싹 달라붙는다. 그녀가 문을 열자 찬 공기가 스며들며 방 안의 온기를 앗아가버린다. 아직 이른 새벽이고, 밖에서는 낮게 깔린 안개가 땅을 훑어나가는 중이다. 블랙히스는 어둠의 자락이 주렁주렁 걸린 나무들에 완전히 에워싸인 상태다. 이 오두막은 가족 묘지 근처 어딘가에 있는 듯하다.

어깨에 숄을 두른 마들렌이 오솔길을 따라 총총 걸어가는 게 보인다. 만약 모든 게 원래 코스대로 진행됐다면 그녀 대신 내가 뛰쳐나갔을 것이다. 풋맨의 고문에 정신이 나가버린 나는 주방용 칼로 자해를 하고 나서 블랙히스로 돌아가 댄스의 침실 문을 부술 듯이 두드리며 고래고래 고함을 질러댔을 것이다. 하지만 대니얼의 배신 그리고 묘지에서의 사건이 내가 그 암담한 운명을 면하게됐음을 증명해주었다. 내가 지난 루프에서 오늘을 새로 고쳐 쓰는데 성공한 것이다.

이제 남은 일은 이 하루가 해피엔딩으로 끝날 수 있게 이끄는 것뿐이다.

나는 마들렌이 열어놓고 간 문을 닫고 석유램프를 켠다. 어둠이구석으로 달아나자 나는 적절한 다음 행동을 떠올려보기 시작한다. 많은 아이디어가 머릿속을 휘저어댄다. 그 틈 어딘가에는 반쯤 형태를 갖춘 괴물 하나가 빛으로 끄집어내지기를 애타게 기다리고 있을 것이다. 그 첫날 아침, 벨의 몸에 갇혀 깨어났을 때 나는 너무 적은 기억에 초조해했다. 하지만 지금은 남아돌 만큼 많은 기억과 씨름해야 한다. 내 머리는 온갖 것들로 꽉 찬 트렁크나다름없다. 서둘러 풀어야 하지만 골드는 계속 머뭇거릴 뿐이다. 그는 화폭을 벗어난 세상을 이해하지 못하는 듯하다. 그렇다면 내가 그의 화폭으로 들어가 답을 찾아보는 수밖에. 나는 래시턴과레이븐코트를 차례로 거치면서 각 호스트의 한계를 한탄할 게 아니라, 그들의 재능을 십분 이용해야 한다는 걸 깨달았다.

나는 램프를 집어 들고 그림을 찾으러 오두막 뒤편에 자리한 스튜디오로 향한다. 화폭들은 한쪽 벽 앞에 수북이 쌓여 있다. 그리다 만 작품과 분노에 못 이겨 갈가리 찢어놓은 작품들도 보인다. 실수로 와인을 쏟았는지 무수한 연필화로 뒤덮인 바닥이 검붉게 물들어 있다. 벽에서는 테레빈유♟가 뚝뚝 떨어지고 있다. 골드가 허둥대며 그리다가 격노에 젖어 아무렇게나 팽개쳐놓은 풍경화도 눈에 들어온다.

스튜디오 중앙의 불결한 바닥에는 오래된 가족 초상화 수십 점과 나무좀이 갉아먹은 액자들이 장작더미처럼 쌓여 있다. 초상화 대부분은 그가 테레빈유를 뿌려놓아 엉망이 돼버렸다. 비록 창백한 팔다리 몇 개가 용케 살아남긴 했지만. 에블린은 그레고리 골드가 초상화 손질 작업을 위해 블랙히스에 고용됐다고 했다. 그런데 대체 무슨 일이 있었기에 스튜디오가 아수라장이 돼버렸을까?

수북이 쌓인 초상화를 물끄러미 응시하고 있는데 아이디어 하나가 불쑥 떠오른다.

나는 선반에서 목탄 스틱을 찾아들고 앞쪽 방으로 되돌아간다. 그런 다음, 석유램프를 바닥에 내려놓고 벽에 무언가를 미친 듯이 적어 내려간다. 그렇게 몇 분이 흐르자 목탄 스틱이 뭉툭해져버린다. 나는 어둠 속을 뒤져 또 다른 스틱을 찾아낸다.

머릿속에 떠오르는 이름들과 그들이 하루 동안 벌인 일들을 천장 가까운 곳에서부터 차례로 적어나간다. 물론 십구 년 전 참혹하게 살해돼 호수에 묻힌 소년의 사연도 빠뜨리지 않는다. 나도 모르는 새 아물다 만 손의 상처가 다시 열리면서 벽이 벌겋게 물든다. 나는 셔츠 소매를 찢어 손에 칭칭 감고 나서 작업을 계속 이어나간다. 어느덧 지평선 위로 새벽빛이 배어 나오고 있다. 진이 빠져버린 나는 뒤로 주춤 물러난다. 내 손에서 떨어진 목탄 스틱이 마룻장에 부딪쳐 산산조각나버린다. 나는 바닥에 털썩 주저앉

♟ 특히 페인트를 희석하는 데 사용한다.

는다. 열심히 놀려댄 팔은 덜덜 떨리고 있다.

아는 게 너무 없으면 눈뜬장님이라 한다. 하지만 아는 게 너무 많아도 눈이 머는 건 마찬가지다.

나는 눈을 가늘게 뜨고 패턴을 응시한다. 내가 그려놓은 인맥도에는 옹이가 두 개 붙어 있다. 이야기 속에서 소용돌이치는 두 개의 구멍. 모든 것을 이치에 닿게 할 질문이 두 가지 있다. 과연 밀리센트 더비는 무엇을 알고 있었을까? 그리고 헬레나 하드캐슬은 대체 어디 있는 걸까?

그때 오두막 문이 열리면서 이슬 냄새가 확 풍긴다.

내게는 뒤를 돌아볼 기운조차 남아 있지 않다. 녹아내린 촛농처럼 형체마저 잃어버렸다. 과연 누가 바닥에 눌어붙은 나를 떼어내줄 것인가. 지금은 그냥 드러누워 잠에 빠져들고 싶은 마음뿐이다. 눈을 질끈 감고 이 복잡한 문제에서 해방되고 싶을 뿐. 하지만 이 친구는 내 마지막 호스트다. 이 기회마저 놓쳐버리면 모든 게 원점으로 돌아가버리고 말 것이다.

"여기 있었소?"

흑사병 의사가 흠칫 놀라며 말한다.

"여긴 당신이 있을 곳이 아닌데. 한창 미쳐 날뛰고 있어야 할 시간에 어떻게…. 그리고 그건 또 무엇이오?"

그가 외투 자락을 펄럭이며 나를 지나 벽으로 다가간다. 새벽빛을 받은 그의 의상은 특히 더 우스꽝스러워 보인다. 악몽 같은 새 가면은 연극 속 부랑자를 연상케 한다. 이제야 그가 주로 밤에만 모습을 드러내는 이유를 알 것 같다.

그가 벽 앞에 멈춰 서서 장갑 낀 손으로 내가 그려놓은 인맥도를 더듬어나간다.

"대단하군."

그가 벽을 위아래로 훑으며 나지막이 웅얼거린다.

"은색 눈물은 어떻게 되었소? 묘지에서 그녀가 총에 맞는 걸 봤는데."

나는 묻는다.

"그녀는 루프에 가둬두었소."

그가 애석해하며 말한다.

"그녀를 살릴 수 있는 유일한 길이라서 말이오. 그녀는 몇 시간 후 깨어날 거요. 자신이 이곳에 방금 도착했다고 생각하겠지. 그리고 어제 벌인 모든 일을 고스란히 반복할 것이오. 결국에는 윗분들이 그녀의 부재를 눈치챌 테고, 그러면 그녀를 풀어주기 위해 몸소 행차할 거요. 아무튼 앞으로 꽤 골치 아플 것 같소이다."

그는 마치 내가 그린 인맥도와 교감을 하는 듯한 모습이다. 나는 문을 열고 햇빛을 온몸으로 받는다. 온기가 얼굴에서 목으로 그리고 맨팔로 번져나간다. 나는 눈을 가늘게 뜨고 황금빛 아침 햇살 속에서 심호흡을 해본다. 지금껏 이토록 일찍 기상해본 적이 없다. 이곳에서 일출을 보는 것도 이번이 처음이다.

경이로운 순간이다.

"이 인맥도, 내가 생각하는 그 내용이 맞소?"

흑사병 의사가 기대감에 찬 목소리로 말한다.

"거기 뭐가 적혀 있다고 생각하시오?"

"마이클 하드캐슬이 제 누이를 죽이려 했다는 얘기 아니오?"

"당신이 제대로 파악한 거요."

새들은 지저귀고, 오두막의 작은 뜰에서는 토끼 세 마리가 뛰놀고 있다. 녀석들의 털은 햇빛을 받아 적갈색을 띤다. 일출 너머에 낙원이 있다는 걸 진작 알았다면 나는 단 하룻밤도 잠으로 허비하지 않았을 것이다.

"당신이 풀었소, 비숍 씨. 이 사건을 해결한 사람은 당신이 처음이오."

그가 흥분에 찬 목소리로 말한다.

"당신은 자유의 몸이 됐소! 기어이 해내고 마셨군. 이제 당신은 자유요!"

흑사병 의사가 외투에서 은으로 된 휴대용 술병을 꺼내 내 손에 쥐여준다.

정체 모를 술이 들어가자 뼈에 불이 붙은 것처럼 정신이 번쩍 든다.

"은색 눈물이 왜 그리 걱정했는지 알 것 같소."

나는 여전히 토끼들에게서 눈을 떼지 않은 채 말한다.

"난 애나를 두고 떠나지 않을 것이오."

"그건 당신이 결정할 문제가 아니오."

벽에서 조금 더 물러난 그가 인맥도를 유심히 살피며 말한다.

"대체 날 어쩔 셈이오? 호수로 질질 끌고 갈 거요?"

"그럴 필요는 없소. 호수는 그저 만남의 장소에 불과할 뿐이오. 중요한 건 답이지. 당신은 에블린 살인사건을 해결했고 그 답으로 나를 납득시켰소. 블랙히스는 더 이상 당신을 붙잡아둘 수 없게 되었소. 다시 잠에 빠져들면 영영 자유의 몸이 된단 말이오!"

버럭 화를 내고 싶지만 몸은 말을 듣지 않는다. 잠의 부드러운 손이 나를 잡아끌고 있다. 눈이 감길 때마다 다시 뜨는 게 점점 힘들어진다. 다시 열린 문으로 되돌아온 나는 문틀에 등을 기댄 채 스르르 미끄러져 내려간다. 내 몸의 절반은 어둠에, 나머지 절반은 햇빛에 각각 파묻혀 있다. 따스한 온기와 새소리는 오랫동안 외면받아온 세상의 축복이다. 나는 차마 그것들을 두고 떠날 수가 없다.

나는 술병을 또 한 번 입으로 가져간다. 그리고 정신이 번쩍 들도록 한 모금 넘겨본다.

내겐 아직 해야 할 일들이 남아 있어.

그 누구의 눈에도 띄지 않도록 은밀히 처리해야 하는 일들.

"공정한 경쟁이 아니었소. 나에겐 여덟 명의 호스트가 주어졌지만 애나와 대니얼에게는 달랑 한 명만이 주어졌을 뿐이오. 내게는 생생하게 떠오르는 지난 일주일의 기억이 그들에겐 허락되지 않았고 말이오."

그가 잠시 입을 닫고 나를 빤히 바라본다.

"그건 당신이 제 발로 블랙히스를 찾아왔기 때문이오."

그가 나지막이 말한다. 마치 누군가가 엿들을까 겁나는 듯이.

"그들과 다르게 말이오. 그 문제에 대해선 여기까지만 얘기하리다."

"내가 자발적으로 온 거라면 나중에도 얼마든지 그럴 수 있다는 뜻이 아니겠소. 난 애나를 두고 떠나지 않을 거요."

그가 나와 인맥도를 번갈아 쳐다보며 이리저리 서성거린다.

"겁이 나는 거요?"

나는 흠칫 놀라며 말한다.

"그렇소. 겁이 나오."

그가 신경질적으로 대답한다.

"윗분들… 그분들을 거역해선 아니 되오. 내 약속하리다. 당신이 이곳을 떠난 후 내 힘닿는 데까지 애나를 돕겠소."

"하루에 한 호스트. 그녀는 영영 블랙히스를 탈출하지 못할 거요. 당신도 알지 않소. 레이븐코트의 지능과 댄스의 간계가 아니었다면 내 운명도 그녀와 다르지 않았을 것이오. 어디 그뿐인 줄 아시오? 래시턴은 나에게 단서를 증거처럼 다루는 법을 가르쳐주었고, 더비와 벨마저도 각자 맡은 바 역할을 충실히 수행해주었소이다. 그녀가 사건을 해결하려면 그들 모두의 도움이 절실하오."

"당신의 호스트들도 그녀와 함께 블랙히스에 남게 될 테니 걱정 마시오."

"하지만 내가 그들을 지휘할 수 없지 않소! 그들은 하녀를 도우려 하지 않을 것이오. 그렇게 되면 내가 그녀를 이곳에 버린 것과 뭐가 다르겠소?"

"그녀는 잊으시오! 매번 이래서야 되겠소?"

흥분한 그가 한 손을 세차게 휘두르며 말한다.

"매번이라니, 그게 무슨 소리요?"

그가 장갑 낀 손을 물끄러미 내려다본다. 잠시 이성을 잃었던 자신의 모습에 적잖이 놀란 듯하다.

"오직 당신만이 나를 이토록 분노하게 할 수 있소."

그가 한층 더 낮은 목소리로 말한다.

"어떤 루프에서 어떤 호스트로 깨어나던지 당신은 늘 똑같소. 친구를 배신하고, 동지를 만들고, 신념에 따라 죽고. 난 지금껏 무수한 버전의 에이든 비숍을 지켜봐왔소. 그중엔 당신이라고 믿어지지 않는 버전도 적지 않소이다. 그럼에도 변하지 않는 한 가지가 있었소. 바로 당신의 완고함. 당신은 한 번 선택한 길은 끝을 볼 때까지 절대 이탈하는 법이 없소. 가는 길에 숱한 함정에 빠지면서도 당신은 고집을 꺾지 않소. 그런 당신을 지켜보는 게 얼마나 짜증나고 피곤한 일인지 아시오?"

"헛소리 집어치우고 은색 눈물이 왜 애나를 죽이지 못해 안달하는지나 알려주시오."

그가 한동안 나를 빤히 응시하다가 긴 한숨을 내쉰다.

"괴물을 갱생시키는 방법을 아시오, 비숍 씨?"

그가 사색에 잠긴 듯 말한다.

"그들이 확 바뀐 모습으로 다시 태어나게 하는 방법 말이오."

그가 술병을 입으로 가져가 독주를 한 모금 넘긴다.

"그들에게 아무 제약 없는 하루를 내주고 그들이 그 시간을 어떻게 쓰는지 지켜보면 된다오."

순간 간담이 서늘해지면서 살갗이 따끔거리기 시작한다.

"이게 다 테스트였단 말이오?"

나는 천천히 말한다.

"우린 갱생이라 부른다오."

"갱생…."

나는 그를 따라 말한다. 집 너머로 떠오르는 태양처럼 내 안에서 깨달음이 솟구쳐 오른다.

"그럼 이곳이 감옥이란 말이오?"

"그렇소. 하지만 우린 재소자들을 독방에 가둬놓고 썩히는 대신 매일 그들에게 갱생의 기회를 주고 있소. 정말 고결하지 않소이까? 에블린 하드캐슬 살인사건은 결국 해결되지 않았소. 어쩌면 그 사건은 영영 미제로 남을지도 모르오. 우리가 재소자들을 살인사건 안에 가두어둔 건 그들에게 타인의 사건을 해결하는 것으로 자기가 저지른 범죄를 속죄할 기회를 주기 위함이오. 그것은 당신들에게 제공되는 서비스이기도 하지만 그와 동시에 당신들에게 내리는 형벌이기도 하오."

"이런 곳이 여기 말고 또 있소이까?"

나는 여전히 어안이 벙벙하다.

"수천 곳이 더 있소. 매일 아침 광장에 머리 없는 시체 세 구가 예외 없이 놓이는 마을도 본 적이 있소. 매일 연쇄살인사건이 벌어지는 원양 여객선도 있고 말이오. 그 사건은 재소자 열다섯 명이 한꺼번에 달려들어 풀어야 한다고 들었소."

"그럼 당신은 뭐가 되는 거요? 교도소장?"

"나는 배석 판사요. 당신들이 석방돼도 괜찮은지 결정하는 평가자."

"하지만 당신은 내가 자발적으로 블랙히스를 찾았다고 하지 않았소. 그럼 내가 제 발로 감옥에 들어왔단 말이오?"

"당신은 애나를 찾으러 왔다가 여기 갇혀버린 것이오. 블랙히스는 당신을 반복되는 루프에 집어넣고 당신의 기억을 지워왔소. 여긴 바로 그런 곳이외다."

그의 목소리에서 분노가 묻어난다. 그의 장갑 낀 손에는 힘이 잔뜩 들어가 있다.

"애초에 윗분들이 당신을 들여보낸 게 잘못이었소. 이곳에 발을 들인 무고한 자들 모두가 무의미하게 희생돼버렸지만 당신은 기적적으로 탈출에 성공했소. 그게 바로 내가 당신을 도와온 이유요. 난 당신에게 호스트 통제권을 내주었소. 그리고 이 살인사건을 해결할 최적의 인물 여덟 명을 선발해 당신에게 가장 도움이 될 순서로 줄을 세워놓았소. 그뿐만이 아니오. 난 래시턴 씨를 끝까지 살려두기 위해 그를 그 벽장 안에 숨겨놓기까지 했소. 당신의 탈출을 돕기 위해 뒤에서 몰래 그 모든 일을 해왔단 말이오. 이젠 이해가 좀 되오? 그러니 아직 온전한 상태일 때 이곳을 떠나도록 하시오."

"그럼 애나는…?"

나는 차마 질문을 맺지 못한다.

애나는 대체 무슨 죄를 지었기에 이곳에 갇혔을까? 이 지옥에서 재수 없게 난파당한 무고한 영혼인 줄로만 알았는데. 그녀가 나 같은 피해자가 아닐 수도 있다는 생각에 덜컥 겁이 난다.

"애나는 왜 블랙히스로 오게 된 거요?"

그가 고개를 저으며 내게 술병을 내민다.

"그건 내가 답할 수 있는 문제가 아니오. 하지만 이것만은 명심하시오. 형벌의 무게와 범죄의 무게는 동일하다는 것. 아까 얘기한 마을과 여객선의 재소자들은 애나나 대니얼보다 가벼운 형량을 선고받았소. 이곳에 비하면 새 발의 피인 셈이오. 블랙히스는 하찮은 좀도둑이 아니라 악마들을 꺾기 위해 지어졌소."

"애나가 악마란 말이오?"

"매일 수천 건의 범죄가 발생하지만 그중에서도 특히 악랄한 죄인 두 명만이 이곳으로 보내진다오."

감정이 격해졌는지 그가 언성을 높인다.

"그중 하나가 바로 애나요. 그럼에도 당신은 목숨을 걸고 그녀의 탈출을 도우려 했소. 어찌 그런 미친 짓을 한 것이오?"

"그녀는 내게 충절의 가치를 깨닫게 해주었소."

"내 말을 이해 못 하겠소?"

그가 두 주먹을 불끈 쥐며 말한다.

"무슨 얘긴지 아오. 하지만 난 그녀를 두고 떠날 수가 없소이다. 당신이 기어이 나를 내쫓는다면 난 기필코 다시 돌아올 것이오.

한 번 해봤는데 두 번이라고 못할 거 없지 않겠소?"

"제발 바보처럼 굴지 마시오!"

그가 문틀을 주먹으로 치자 우리 머리 위로 먼지가 떨어진다.

"당신은 충절 때문이 아닌, 복수를 위해 블랙히스에 왔소. 당신은 애나를 구하러 이곳에 온 게 아니라, 빚을 갚기 위해 온 거란 말이오. 그녀는 블랙히스에서 안전하게 지내고 있소. 비록 감옥에 갇힌 몸이지만 말이오. 당신은 그녀가 극심한 고통 속에서 괴로워하기를 바랐소. 바깥세상의 많은 이가 당신과 같은 마음을 품고 있었지만 기꺼이 이곳에 발을 들인 건 당신이 유일했소. 그만큼 당신이 그녀를 증오했단 말이외다. 당신은 그녀를 쫓아 블랙히스에 왔고, 지난 삼십 년간 그녀를 괴롭히는 데만 전념을 다해왔소. 오늘 풋맨이 당신을 괴롭힌 것처럼 말이오."

잠시 무거운 침묵이 찾아든다.

나는 대꾸하려고 입을 열지만 압도적인 당혹감에 아무런 말도 할 수가 없다. 가슴은 철렁 내려앉았고, 머릿속은 핑핑 돌고 있다. 눈앞의 세상이 거꾸로 뒤집힌 것 같다. 나는 분명 바닥에 앉아 있지만 자꾸 추락하는 듯한 기분이 든다.

"대체 그녀가 무슨 짓을 저질렀기에?"

나는 속삭인다.

"윗분들이…."

"살인을 계획한 무고한 남자에게 블랙히스의 문을 활짝 열어주었소. 그들은 이곳의 그 누구보다도 책임이 크오. 자, 이제 말해보시오. 대체 그녀가 무슨 죄를 지었다는 거요?"

"그럴 수 없소."

그가 기운 빠진 목소리로 말한다.

"당신은 지금껏 날 도와오지 않았소."

"그렇소. 왜냐하면 당신이 부당하게 고초를 겪고 있었으니까."

그가 남은 술을 벌컥벌컥 들이켠다. 그의 목에서 후골이 신나게 오르락내리락한다.

"내가 당신의 탈출을 돕는 걸 누구도 반대하지 않았소. 어차피 당신은 이곳에 오면 안 되는 사람이기 때문이오. 하지만 내가 당신이 알아선 안 되는 내용을 줄줄 늘어놓는다면 우리 둘 모두에게 크나큰 후환이 있을 것이오."

"이유도 모른 채 여길 떠날 순 없소이다. 내가 이곳에 온 이유를 알기 전엔 다시 돌아오지 않겠다는 약속을 하지 않겠소. 제발 부탁이오. 이게 끝이라면 제대로 맺는 게 좋지 않겠소?"

부리 가면이 골똘한 생각에 잠긴 듯이 서서 나를 응시한다. 그는 정당한 심판을 위해 내 자질과 흠을 꼼꼼히 따져보고 있는 듯하다.

그는 널 평가하고 있는 게 아니야.

그게 무슨 뜻이지?

그는 좋은 사람이야. 한번 믿어보라고.

흑사병 의사가 고개를 숙이고 머리에서 실크해트를 벗는다. 그제야 부리 가면을 꼭 붙들고 있는 갈색 가죽끈들이 드러난다. 그는 그것들을 하나씩 차례로 풀어나간다. 그의 입에서 끙 앓는 소리가 터져나온다. 두꺼운 손가락으로 매듭을 푸는 것이 쉽지 않은 모양이다. 마침내 마지막 매듭이 풀리면서 가면이 떨어져나온다. 그가 두건을 벗자 맨들맨들한 민머리가 나타난다. 그는 내가 예상했던 것보다 나이가 많아 보인다. 쉰보다는 확실히 예순에 가깝다. 품위가 묻어나는 그의 얼굴은 피로에 절어 있다. 그의 눈은 충혈되어 있고, 피부는 오래된 종이와 같은 색채를 띠고 있다. 만약 나의 피로감이 형태를 띨 수 있다면 분명 그와 같은 모습일 것이다.

창문으로 스며든 새벽빛이 살짝 들린 그의 얼굴에 뿌려진다.

"결국 이렇게 돼버렸군."

그가 가면을 골드의 침대 위로 휙 던지며 말한다. 자기 가면을 벗어서인지 그의 목소리가 달라진 느낌이다.

"원래 벗으면 안 되는 거 아니었소?"

나는 턱으로 가면을 가리키며 말한다.

"이젠 의미가 없어졌소."

그가 문밖 계단에 걸터앉으며 말한다. 그의 온몸이 햇살에 푹 담긴다.

"난 매일 아침 일을 시작하기 전에 이곳을 찾는다오."

그가 깊은숨을 들이쉬며 말한다.

"내가 가장 좋아하는 시간이오. 하지만 이 청명함은 정확히 십칠 분 동안만 누릴 수 있소. 곧 구름이 몰려들 거고, 두 명의 풋맨은 전날 저녁에 시작된 싸움을 계속 이어갈 거요. 그 싸움은 마구간에서 주먹다짐으로 끝을 볼 거고 말이오."

그가 손에서 장갑을 천천히 벗겨나간다.

"이 황홀한 시간을 처음으로 누려본 기분이 어떻소, 비숍 씨?"

"에이든이오."

나는 한 손을 내밀며 말한다.

"올리버라 하오."

그가 악수에 응하며 말한다.

"올리버."

나는 그의 이름을 나지막이 불러본다.

"당신에게 이름이 있을 거라고는 생각지 못했소."

"도로에서 도널드 데이비스와 맞닥뜨리면 이걸 들려줘야겠군."

그가 희미한 미소를 머금으며 말한다.

"그 친구는 분명 격노한 상태일 거요. 그가 내 얘길 듣고 화를 가라앉힐지 누가 알겠소."

"기어이 나가보겠단 말이오? 이미 모든 답을 손에 넣었지 않소이까."

"당신이 이곳을 뜰 때까지 당신을 따르는 자들을 인도하는 게 내 임무요. 그들에게도 당신과 동등한 기회가 주어져야 하지 않겠소."

"하지만 당신은 이제 누가 에블린 하드캐슬을 죽였는지 알지 않소. 그럼 모든 게 달라진 셈이 아니오?"

"내가 그들보다 더 많은 걸 안다고 해서 내 일이 버거워질 거라 생각하오?"

그가 고개를 젓는다.

"난 늘 그들보다 많은 걸 알고 있었소. 당신보다도 많이 알고 있고 말이오. 지식은 내 문제였던 적이 없소이다. 나를 괴롭히는 건 지식이 아니라 바로 무지요."

그의 얼굴은 다시 굳어져가고, 목소리는 한층 진지해진다.

"그래서 가면을 벗은 것이오, 에이든. 당신에게 내 얼굴을 보이고, 또 내 목소리를 들려주기 위해서. 이렇게라도 내 말이 진실이라는 걸 알리고 싶었소. 우린 더 이상 서로를 의심해선 안 되오."

"무슨 말인지 이해하오."

내게는 긴말을 이어갈 기력이 남아 있지 않다.

"당신이 애나로 알고 있는 애나벨 코커. 그 이름은 저주요. 세상 그 어떤 언어로 부르던 말이오."

그가 눈에 힘을 주고 나를 응시한다.

"그녀는 세상 곳곳에 파괴와 죽음의 씨를 뿌려온 그룹의 리더였소. 만약 그녀가 삼십여 년 전에 잡히지 않았다면 세상은 정말 암담해졌을 거요. 당신은 지금 그런 여자를 구하려고 이 난리를 치고 있는 것이오."

깜짝 놀라야 할 타이밍이다. 엄청난 충격에 휩싸이거나 불같은 격노가 끓어 올라야 하는 타이밍. 강하게 항의해야 할 일이지만 왠지 그러고 싶지 않다. 이 모든 게 폭로라기보다 이미 익숙해진 사실의 또 다른 표현으로 느껴지기 때문이다. 애나는 사납고 대담무쌍하며 필요에 따라 잔혹하기까지 하다. 정문 관리실에서 산탄총을 앞세우고 댄스에게 달려들던 그녀의 표정이 아직도 생생히 기억난다. 댄스가 나라는 걸 몰랐다면 그녀는 주저 없이 방아쇠를 당기고도 남았을 것이다. 그녀는 망설이는 나를 대신해서 대니얼을 죽였고, 흑사병 의사의 질문을 받고서는 우리가 직접 에블린을 죽이는 게 어떻겠느냐고 대수롭지 않게 제안까지 했다. 곧바로 농담이었다며 수습했지만 과연 그랬을까?

하지만 애나는 나를 보호하기 위해 그들을 죽인 것이다. 내게 미스터리를 푸는 데 필요한 시간을 벌어주기 위해서. 그녀는 강하고, 다정하며, 끝까지 충절을 지켰다. 에블린을 살리고 싶은 내 갈망이 우리의 조사를 방해했을 때조차도.

이 집에 득실대는 사람 중 자신의 정체를 솔직히 드러낸 이는 그녀가 유일하다.

"그녀는 변했소. 당신이 그러지 않았소. 블랙히스는 죄인을 갱생시키기 위해 존재한다고. 그들의 옛 인격을 깨부수고 새로운 인격을 테스트하기 위해서 말이오. 난 지난주 내내 가까이서 애나를 지켜봤소. 그녀는 날 성심껏 도왔고, 여러 차례 내 목숨을 구해주었소. 그녀는 내 친구란 말이외다."

"그녀는 당신의 누이를 죽였소."

그가 불쑥 말한다.

순간 나는 할 말을 잊었다.

"그녀는 당신 누이를 고문하고, 굴욕을 주는 것으로도 모자라 세상이 그 과정을 똑똑히 지켜보게 했소. 애나는 바로 그런 인간이오. 그런 사람은 절대 변하지 않소, 에이든."

나는 무릎을 꿇고 두 손으로 관자놀이를 꽉 움켜쥔다. 기다렸다는 듯 옛 기억이 분출된다.

내 누이의 이름은 줄리엣이었다. 갈색 머리에 눈부신 미소를 가진 줄리엣은 애나벨 코커를 잡는 데 혁혁한 공을 세웠고, 나는 그런 누이를 무척 자랑스러워했다.

속속 떠오르는 기억이 유리 파편처럼 머릿속을 갈가리 찢는다.

줄리엣은 투지가 넘쳤고, 똑똑했다. 누이는 정의는 피 흘려 지켜야 하는 것이지 거저 얻을 수 있는 게 아니라고 생각했다. 그 말에 나는 웃었지만 줄리엣은 진지했다.

눈물이 볼을 타고 흘러내린다.

애나벨 코커의 부하들은 한밤에 나타나 줄리엣을 데려갔다. 그들은 총으로 누이의 남편을 쏴 죽였다. 그는 운이 좋았다. 줄리엣은 모두가 지켜보는 가운데 그들에게 혹독한 고문을 당했다. 누이의 목숨을 끊어놓은 총알은 일주일 후에 도착했다.

그들은 그것을 자신들의 박해에 대한 정의라고 불렀다.

인과응보라고.

내가 나와 내 가족에 대해 아는 것이라고는 딱 여기까지다. 행복했던 기억은 놓아버린지 오래다. 이제 남겨진 것은 내게 도움이 되는 증오와 비탄뿐.

나를 블랙히스로 이끈 것은 줄리엣의 죽음이었다. 더 이상 걸려오지 않는 누이의 전화. 더 이상 나눌 수 없게 된 이야기. 애나벨은 피 한 방울 흘리지 않고 붙잡혔다. 고통 한 번 느껴보지 않고.

너무나도 평화롭게.

그들은 그녀를 블랙히스로 보냈다. 내 누이를 죽인 살인자가 이곳에 갇혀 일생을 살해된 누이의 죽음의 미스터리를 풀며 살아가도록. 그들은 그것을 정의라고 불렀다. 그들은 기발한 조치라며 자화자찬했다. 나 또한 그들만큼이나 흡족해할 거라 믿고. 그 정도면 충분하다고 믿고.

하지만 그들은 틀렸다.

불의는 밤마다 나를 갈가리 찢어놓았고, 낮에는 나를 쫓아다니며 괴롭혔다. 그렇게 시달리다 보니 내 머릿속은 어느새 누이 생각으로만 가득 찼다.

나는 누이를 따라 지옥의 문을 열었다. 그리고 애나벨 코커를 뒤쫓고, 겁주고, 고문했다. 그 이유를 까맣게 잊을 때까지. 줄리엣이 잊힐 때까지. 애나벨이 애나가 될 때까지. 내 눈에 괴물들에게 휘둘리는 겁먹은 여인만이 비칠 때까지.

나는 그렇게 내가 증오하는 괴물이 되었고, 애나벨을 내가 사랑하는 이로 둔갑시켜버렸다.

그리고 나는 이 모든 것을 블랙히스 탓으로 돌렸다.

나는 어느새 촉촉해진 눈으로 흑사병 의사를 올려다본다. 그는 내 반응을 유심히 지켜보는 중이다. 그의 눈에 내가 어떻게 비칠지 궁금하다. 더 이상 머리도 돌아가지 않는다. 이 모든 건 내가 살리고자 하는 한 사람 때문에 벌어지고 있다.

이건 애나의 잘못이다.

애나벨.

"뭐?"

머릿속을 끊임없이 울려대는 목소리가 나를 당혹스럽게 한다.

모든 건 애나벨 코커의 잘못이야. 애나의 잘못이 아니라. 우리가 증오했던 건 바로 그녀라고.

"에이든?"

흑사병 의사가 부른다.

하지만 애나벨 코커는 죽었는데.

"애나벨 코커는 죽었소."

나는 흑사병 의사의 흠칫 놀라는 눈빛을 살피며 천천히 말한다. 그가 고개를 젓는다.

"당신이 잘못 짚었소."

"무려 삼십 년의 세월이 걸렸소. 폭력과 증오는 아무것도 한 게 없소. 오직 용서만으로 해낸 것이오. 애나벨 코커는 죽었소이다."

"당신이 틀렸소."

"아니. 틀린 건 당신이오."

나는 자신 있게 받아친다.

"당신은 내게 머릿속 목소리에 귀를 기울이라고 당부했소. 난 지금 그 소리를 듣고 있는 거요. 당신은 블랙히스가 재소자들을 갱생시킬 수 있다고 주장했고, 난 그 말을 믿었소. 그러니 이제 당신도 믿으시오. 당신은 애나의 과거에 사로잡혀 현재의 그녀를 외면하고 있소. 그녀가 완전히 딴사람이 됐다는 현실을 받아들일 마음이 없다면 이 모든 게 다 무슨 소용이란 말이오?"

답답해진 그가 부츠 끝으로 땅을 쿡쿡 찔러대기 시작한다.

"내가 가면을 벗는 게 아니었소."

그가 으르렁거리며 자리에서 일어난다. 그가 정원으로 성큼 들어서자 한가로이 잔디를 뜯고 있던 토끼들이 화들짝 놀라 달아나 버린다. 그가 허리에 손을 얹은 채 서서 먼발치의 블랙히스를 바라본다. 그 순간 깨달았다. 블랙히스는 그의 주인일 뿐만 아니라 나의 주인이기도 하다. 내가 어설프게 고치고 바꿔대는 동안 그는 살인과 강간과 자살의 현장을 묵묵히 지켜보도록 강요받았다. 그리고 이곳을 꽁꽁 묻어버리고도 남을 만큼의 거짓말에 휘둘려왔다. 그는 매일 무엇이 던져지든 고분고분 받아들여야만 했다. 그 아무리 끔찍한 것이라 해도. 그리고 나와는 달리 그에게는 잊을 권리조차 없었다. 목적이 수단을 정당화한다는 굳은 신념이 없으면 누구라도 미쳐버렸을 것이다.

내 생각을 읽으려는 듯 흑사병 의사가 나를 돌아본다.

"내게 뭘 원하는 것이오, 에이든?"

"11시에 맞춰 호수로 나오시오."

나는 단호하게 말한다.

"도착하면 괴물이 기다리고 있을 거요. 확신하건대 그 괴물은 애나가 아닐 것이오. 그녀에게 스스로를 증명할 기회를 주시오. 그녀가 어떤 사람인지 알게 될 거요. 내가 옳았다는 것도 확인될 것이고 말이오."

그는 반신반의하는 표정이다.

"그걸 당신이 어떻게 아시오?"

"왜냐하면 내가 위험에 빠지게 될 테니까."

"설령 그녀가 생생했다 하더라도 달라질 건 없소이다. 당신은 이미 에블린의 죽음의 미스터리를 풀었으니 말이오. 규칙은 명확하오. 에블린 하드캐슬을 죽인 범인의 정체를 가장 먼저 밝혀내는 재소자가 이곳에서 풀려난다는 것. 바로 당신이외다. 애나가 아니라."

나는 자리에서 일어나 인맥도가 그려진 벽 앞으로 다가간다. 그리고 여전히 의문으로 남은 두 개의 옹이를 손가락으로 쿡쿡 찔러 본다.

"난 아무것도 풀지 못했소. 만약 마이클 하드캐슬이 연못에서 누이를 죽일 계획이었다면 왜 굳이 독을 썼겠소? 난 그가 범인이 아니라고 생각하오. 그는 술에 독이 섞였다는 걸 몰랐을 거요. 보나 마나 누군가가 술에 독을 타놓았을 것이오. 마이클이 실패할 경우에 대비해서 말이오."

흑사병 의사가 나를 따라 안으로 들어온다.

"억지가 좀 심한 거 아니오, 에이든."

"아직도 풀리지 않은 의문이 많소이다."

일광욕실에서 기적적으로 소생한 에블린의 창백한 얼굴과 그녀가 그토록 전달하고 싶어 했던 메시지를 떠올리며 나는 말한다.

"다 끝난 일이라면 어째서 에블린이 밀리센트 더비가 살해된 사실을 내게 들려주었겠소? 그런다고 달라질 것도 없는데."

"마이클이 그녀까지 죽였는지도 모르지 않소."

"그가 왜 그런 짓을 했겠소? 아니오. 우리가 뭔가 빠뜨린 게 있을 거요."

"빠뜨린 거라니?"

그의 확신이 흔들리는 모양이다.

"마이클 하드캐슬이 누군가와 손을 잡았던 것 같소."

"두 번째 살인자."

그가 잠시 골똘한 생각에 잠겼다가 말한다.

"난 지난 삼십 년간 이곳을 지켜왔소. 하지만 지금껏 단 한 번도…. 아마 모두가 마찬가지일 거요. 말도 안 돼. 에이든, 그건 불가능하오."

"오늘 벌어진 모든 일이 다 불가능했소이다."

나는 목탄으로 그린 인맥도를 주먹으로 탁탁 두드린다.

"분명 두 번째 살인자가 있소. 나는 확신하오. 만약 내가 제대로 짚었다면 그들은 자신들의 흔적을 감추기 위해 밀리센트 더비를 죽였을 것이오. 그들은 마이클 만큼이나 에블린의 죽음에 깊숙이 연루돼 있소. 당신은 애초에 두 개의 답을 요구했어야 하오. 만약 애나가 마이클의 공범이 누군지 밝혀낸다면 그녀도 풀어주겠소?"

"윗분들은 애나벨 코커를 계속 블랙히스에 붙잡아두고 싶어 하오. 그녀가 바뀌었다는 걸 절대 인정하지 않으실 거요. 설령 인정한다 하더라도 분명 다른 꼬투리를 잡아 그녀를 붙잡아두려 할 게 뻔하오."

"당신이 날 도운 이유는 내가 이곳에 어울리지 않기 때문이었소. 그건 애나도 마찬가지요. 난 그녀를 잘 아오."

그는 머리를 쓸어 올리며 같은 자리를 빙빙 맴돈다. 그의 시선은 나와 인맥도를 번갈아 훑고 있다.

"오늘 밤 열린 마음으로 호수에서 기다리겠소. 내가 약속할 수 있는 건 그것뿐이오."

"그거면 됐소."

나는 그의 어깨를 두드리며 말한다.

"11시에 보트 창고에서 만납시다. 내가 옳다는 걸 증명해 보이리다."

"그때까진 뭘 할 참이오?"

"밀리센트 더비를 죽인 범인을 밝혀낼 생각이외다."

54

나는 나무에 바짝 붙어 블랙히스로 향한다. 셔츠는 안개로 축축해졌고, 구두에는 진흙이 들러붙었다. 일광욕실이 몇 걸음 앞에 있다. 나는 몸을 웅크린 채 빗물이 뚝뚝 떨어지는 덤불 틈에서 안을 살펴본다. 대니얼이 언제 일어날지, 그가 언제 은색 눈물과 의기투합을 다짐하게 될지 알 길이 없다. 혹시 모르니 그와 그의 첩자들을 현존하는 위협으로 여겨야 한다. 그와 그의 사악한 음모가 호수에 빠져 익사할 때까지 나는 철저히 몸을 숨겨야 한다.

태양이 일찍이 자취를 감추며 세상에 암영을 뿌려놓았다. 하늘은 뿌연 잿빛을 띠고 있다. 나는 빨간색이나 자주색, 분홍색 또는 하얀색의 흔적을 찾아 화단을 살펴본다. 왠지 이곳 이면에는 눈부시고 선명한 또 다른 세상이 숨어 있을 것만 같다. 머릿속에서 맹렬한 화염에 휩싸인 블랙히스의 모습이 그려진다. 불타는 왕관과 망토를 걸친 이 저택이 서서히 재가 되어가는 광경. 음침한 하늘이 타들어가면서 세상에 잿가루를 눈처럼 뿌려대는 광경. 나는 그렇게 새로 태어난 세상을 떠올려본다.

갑자기 내 걸음이 뚝 멎는다. 이유 모를 불안감이 찾아들었기 때문이다. 나는 초조하게 주변을 둘러본다. 붓과 화가畵架를 챙겨 오는 거였는데. 나는 분명 그림을 그리기 위해 이곳에 왔다. 하지만 나는 블랙히스의 아침 햇살을 별로 좋아하지 않는다. 너무 음울하고, 정적이다. 마치 풍경에 거즈가 덮여 있기라도 한 것처럼.

"내가 여기 온 이유를 모르겠어."

나는 목탄으로 얼룩진 셔츠를 내려다보며 웅얼거린다.

애나. 넌 애나를 구하려고 여기 온 거야.

그녀의 이름이 떠오르자 잠시 산란해졌던 골드의 정신이 다시 맑아지면서 내 기억이 물밀듯 되돌아온다.

나는 찬 공기를 깊이 들이마시며 벽난로 선반에서 집어 온 체스 말을 꼭 움켜쥔다. 그리고 애나에 대한 기억을 총동원해 나와 골드 사이에 차곡차곡 벽을 쌓기 시작한다. 그녀의 웃음과 손길, 그녀의 다정함과 온화함으로 벽돌을 만들어나간다. 벽이 충분히 높아졌음을 확신한 나는 다시 일광욕실을 들여다본다. 집은 곤히 잠들어 있다. 나는 조심스레 안으로 들어선다.

고주망태가 된 댄스의 친구 필립 서트클리프가 긴 소파에 뻗어 있다. 그의 얼굴에는 재킷이 덮여 있다. 그가 살짝 뒤척이면서 입맛을 다신다. 그리고 잠시 게슴츠레한 눈으로 나를 쳐다보는가 싶더니 알아들을 수 없는 말을 웅얼대며 다시 잠에 빠져든다.

나는 귀를 쫑긋 세우고 기다린다. 물이 뚝뚝 떨어지는 소리. 헐떡대는 숨소리.

시야에 들어오는 모든 건 완벽히 멈춰 있다.

벽난로 위 초상화에서 에블린의 할머니가 나를 지켜보고 있다. 그녀의 입술은 작게 오므라져 있다. 화가가 힐책의 순간을 절묘하게 포착한 모양이다.

순간 온몸이 오싹해져온다.

나는 얼굴을 찡그린 채 그림을 올려다본다. 최대한 온화해 보이도록 연출하려 무던히 애쓴 흔적이 뚜렷이 남아 있다. 나는 머릿속으로 초상화를 다시 그려본다. 곡선은 흉터처럼 거칠게, 물감은 산처럼 볼록하게. 내 솔직한 기분을 화폭 가득 그려 넣는다. 아주 새까맣게. 성질 사나운 노파도 솔직한 그림에 흡족해할 것이다.

열린 문틈으로 새된 웃음소리가 흘러든다. 손님들이 아침을 먹으러 우르르 몰려가고 있다.

더 이상 지체할 여유가 없다.

나는 눈을 감고 밀리센트가 아들에게 무슨 말을 늘어놓았는지, 그녀가 무엇 때문에 황급히 이곳을 찾았는지 기억해보려 애쓴다. 하지만 머릿속만 복잡해질 뿐 답은 떠오르지 않는다. 너무 많은 날, 너무 많은 대화가 오고 갔기 때문이다.

복도에서 축음기 소리가 들려온다. 무작위로 흐르는 음들이 정적을 뒤흔든다. 요란한 굉음과 함께 음악이 뚝 멎는다. 손님들이 목소리를 낮추고 티격태격하기 시작한다.

우리는 무도회장 밖에 서 있었다. 모든 건 그곳에서 시작됐다. 울적해진 밀리센트는 추억에 파묻혀 있었다. 우리는 과거 얘기를 조금 나누었다. 그녀는 어릴 적부터 블랙히스를 자주 찾았으며, 나중에는 아이들을 데려와 함께 휴가를 보냈다고 했다. 신나게 자식 흉을 보던 그녀는 무도회장 창문으로 에블린을 들여다보는 나를 발견하고 버럭 화를 냈다. 내 우려를 욕정으로 오해한 것이다.

"넌 늘 연약해 보이는 애들만 건드리는 것 같더구나. 그렇지?"

그녀가 말한다.

"내가 지켜봤더니 넌 늘⋯."

뭘 보았는지 그녀는 갑자기 입을 닫고 골똘한 생각에 잠겼다.

나는 눈을 질끈 감고 그것이 무엇이었는지 기억을 더듬어본다.

그때 에블린이 누구랑 같이 있었지?

잠시 후, 나는 복도를 내달려 화랑으로 향한다.

벽에는 석유램프 하나가 붙어 있다. 희미한 불빛은 그림자를 쫓는 데 무관심한 듯하다. 나는 램프를 낚아채 들고 가족을 그린 유화를 유심히 들여다본다.

블랙히스가 서서히 작아지는 기분이다. 마치 불꽃을 건드린 거미처럼 쪼글쪼글 움츠러든다.

이제 몇 시간 후면 밀리센트는 무도회장에서 무언가를 보고 흠칫 놀라게 될 것이다. 그리고 길에 아들을 멀뚱히 세워놓은 채 바로 이 화랑으로 달려올 것이다. 칭칭 감은 스카프와 불신으로 무장한 그녀는 옛 그림들 틈에서 골드의 새 작품을 발견할 것이다. 다른 무수한 루프 속에서는 못 보고 그냥 지나쳤을지 몰라도 이번은 다르다. 이번에는 과거가 그녀의 손을 꽉 움켜쥘 것이다.

그리고 기억은 그녀를 살해할 것이다.

55

오전 7시 12분. 입구 홀은 어수선하다. 대리석 바닥에는 박살 난 디캔터 파편이 뿌려져 있고, 벽에는 초상화들이 삐뚜름하게 걸려 있다. 오래전 세상을 뜬 남자의 입에는 누군가의 키스 자국이 선명하게 남아 있다. 샹들리에에는 나비넥타이 몇 개가 잠든 박쥐처럼 매달려 있고, 홀 중앙에는 애나가 맨발로 서 있다. 하얀 잠옷 차림의 그녀는 넋 나간 얼굴로 자신의 두 손을 내려다보고 있다.

그녀는 내가 보이지 않는 모양이다. 나는 잠시 그녀를 지켜보며 내가 아는 애나와 흑사병 의사가 언급한 애나벨 코커를 매치해보려 애쓴다. 애나가 지금 코커의 목소리를 듣고 있을지 궁금하다. 첫날 아침 내가 에이든 비숍의 목소리를 들었던 것처럼. 무시할 수 없는 건조하고 아득한 목소리.

부끄럽게도 친구를 향한 내 신뢰는 불안하게 흔들리고 있다. 흑사병 의사에게 애나의 결백을 납득시키려 무던히 애썼던 내가 지금은 그녀를 경멸적으로 바라보고 있다. 내 누이를 죽인 괴물의 흔적이 아직 남았는지 의심하면서.

애나벨 코커는 죽었어. 어서 가서 그녀를 도우라고.

"애나."

나는 슬그머니 다가가 부드럽게 불러본다. 골드는 저녁 내내 아편팅크에 절어 있었다. 오두막을 뛰쳐나오기 전, 얼굴을 대충 씻기는 했지만 지금 내 몰골은 차마 눈 뜨고는 못 볼 정도다. 불쾌한 냄새는 말할 것도 없고.

그녀가 깜짝 놀라며 나를 쳐다본다.

"날 알아요?"

"알게 될 거예요. 이걸 보면."

나는 오두막에서 챙겨온 체스 말을 그녀에게 쥐여준다. 기억이 되살아나는지 그녀의 표정이 서서히 밝아진다.

그녀가 갑자기 내 품에 와락 안긴다. 내 셔츠는 그녀의 눈물로 젖어든다.

"에이든."

그녀가 내 가슴에 얼굴을 묻은 채로 말한다. 그녀에게서는 향긋한 비누와 표백제 냄새가 풍긴다. 내 수염이 어느새 그녀의 머리에 엉겨 붙었다.

"당신을 기억해요. 난⋯."

그녀의 몸이 움찔한다. 그녀의 두 팔이 내게서 떨어져나간다.

그녀는 나를 거칠게 밀어내고 바닥에서 무기로 쓸 유리 조각을 집어 든다. 그녀의 손이 덜덜 떨린다.

"당신이 날 죽였어요."

그녀가 으르렁거린다. 그녀는 피가 배어 나올 만큼 유리 조각을 꽉 쥐고 있다.

"네, 그랬어요."

그녀가 내 누이에게 무슨 짓을 했는지 상기시키고 싶은 마음이 굴뚝 같지만 나는 꾹 참는다.

애나벨 코커는 죽었다니까.

"그건 미안하게 됐어요. 앞으론 그러지 않을게요. 약속해요."

나는 두 손을 주머니에 찔러 넣고 말한다.

그녀는 말없이 눈만 깜빡일 뿐이다.

"난 더 이상 당신이 기억하는 그 사람이 아닙니다. 그땐 또 다른 인생에서 또 다른 선택을 했을 뿐이에요. 이번 인생에선 당신 덕분에 같은 실수를 반복하지 않게 됐고요."

"다가오지 말아요."

내가 한 걸음 다가서자 그녀가 유리 조각을 휘두르며 말한다.

"난… 생생히 기억해요. 분명히 알고 있다고요."

"규칙이 있어요. 에블린 하드캐슬은 죽음을 맞게 될 거고, 우린 함께 그녀를 구해낼 거예요. 우리 둘 다 이곳을 벗어날 방법이 있어요."

"둘이 함께 탈출할 순 없어요. 그게 규칙이잖아요."

"규칙일랑 잊어요. 우린 함께 이곳을 벗어나게 될 거예요. 날 믿어요."

"그럴 수 없어요."

그녀가 엄지손가락으로 눈물 젖은 볼을 훔치며 단호하게 말한다.

"당신은 날 죽였어요. 난 아직도 총 맞은 느낌을 똑똑히 기억해요. 당신을 보고 내가 얼마나 기뻤는지 알아요, 에이든? 마침내 때가 왔다고 믿었는데. 당신과 함께 여길 뜨게 됐다며 한껏 들떠 있었단 말이에요."

"그렇게 될 거라니까요."

"당신은 날 죽였어요!"

"그게 처음이 아니었어요."

나는 잠긴 목소리로 말한다.

"우린 서로를 해치려들었어요, 애나. 그리고 그 대가를 혹독하게 치렀고요. 이젠 당신을 배신하지 않을 거예요. 약속할게요. 날 믿어줘요. 당신은 지난 루프에서 날 믿어줬어요. 그저 당신이 기억하지 못할 뿐."

나는 항복하듯 두 손을 들고 계단 쪽으로 천천히 이동한다. 그리고 계단에 흩뿌려진 유리 파편과 색종이 조각을 옆으로 밀어낸 후 빨간 카펫 위에 털썩 주저앉는다. 모든 호스트가 나를 짓누르기 시작한다. 내 머릿속은 이 공간에 대한 그들의 기억들로 가득하다. 그것들의 무게는 견디기가 힘들 정도다. 그 일이 벌어진 아침만큼이나 생생한….

지금이 바로 그 일이 벌어진 아침이잖아.

나는 현관에서 벨과 집사가 나눈 대화를 떠올려본다. 두 사람 모두 겁에 잔뜩 질려 있었다. 짐 래시턴이 훔친 약물이 담긴 부대를 현관문 밖으로 내던지기 바로 전, 레이븐코트는 지팡이를 짚고 힘겹게 걸음을 내디뎌 도서관으로 향했다. 당시 기억이 내 손을 욱신거리게 한다. 흑사병 의사와의 첫 대면 후 대리석 계단을 부리나케 달려 내려오던 도널드 데이비스도, 말없이 선 그를 보고 숨넘어갈 듯 웃어젖힌 에드워드 댄스의 친구들도 속속 뇌리를 스쳐간다.

무수한 기억과 비밀 그리고 부담. 단 하나의 생명을 짊어지고 사는 것조차 보통 고행이 아니다.

"갑자기 왜 그러죠?"

애나가 조심스레 다가오며 묻는다. 유리 조각을 쥔 그녀의 손은 기운이 살짝 빠진 듯하다.

"많이 아파 보이는데요."

"이 안에서 여덟 명의 사람이 뒹굴거리며 아우성쳐요."

나는 관자놀이를 톡톡 두드리며 말한다.

"여덟 명?"

"오늘의 여덟 가지 버전이 전부 이 안에 담겨 있어요. 잠에서 깰 때마다 난 다른 손님이 돼요. 이번이 마지막 호스트고요. 오늘 이 사건을 해결하지 못하면 내일 다시 원점으로 돌아가게 돼요."

"그건…. 규칙은 그게 아니잖아요. 우리에겐 사건을 해결할 시간이 딱 하루만 주어진다고요. 그리고 우린 절대 다른 사람이 될 수 없어요. 도무지… 이해가 안 되네요."

"그 규칙은 내게 적용이 안 됩니다."

"어째서죠?"

"난 자발적으로 이곳에 왔거든요."

나는 피로에 젖은 눈을 비비며 말한다.

"난 당신을 구하러 왔어요."

"날 구하러요?"

그녀가 믿기지 않는다는 듯 말한다. 어느새 유리 조각을 쥔 손은 밑으로 늘어뜨려진 상태다.

"네, 그래요."

"하지만 당신이 날 죽였잖아요."

"당신을 구하는 데 재능이 있다는 얘긴 안 했어요."

그제야 애나가 긴장을 푼다. 내 기운 빠진 목소리 때문일까? 아니면 계단에 축 늘어진 내 모습 때문에? 그녀의 손에서 유리 조각이 툭 떨어진다. 그녀의 체온이 은은하게 전해지는 것 같다. 메아리의 세상에서 오직 그녀만이 진짜로 느껴진다.

"아직도 노력 중인가요?"

그녀가 휘둥그레진 갈색 눈으로 나를 응시하며 묻는다. 그녀의 창백하고 부은 얼굴에서 눈물이 주르르 흘러내린다.

"날 구하려고 아직도 애쓰고 있어요?"

"우리 둘 다를 구하려고 애쓰는 중이에요. 하지만 당신의 도움이 절실해요. 제발 날 믿어줘요, 애나. 난 당신을 해치려 했던 그 사람이 아니에요."

"나도 그러고 싶어요. 하지만⋯."

그녀가 고개를 저으며 말끝을 흐린다.

"내가 어떻게 당신을 믿을 수 있겠어요?"

"그래도 한번 해봐요."

나는 어깨를 으쓱이며 말한다.

"우리에겐 시간이 별로 없다고요."

그녀가 고개를 끄덕인다.

"알았어요. 믿어볼게요. 이제 내가 당신을 어떻게 도와야 하는지 알려줘요."

"작은 부탁 여러 개와 큰 부탁 하나가 있어요."

"큰 부탁이라는 게 뭐죠?"

"내 목숨을 구해주는 것. 그것도 두 번에 걸쳐서. 내게 큰 도움이 될 거예요."

나는 주머니에서 낡은 스케치북을 꺼낸다. 구겨진 종이가 낱장으로 정리된 스케치북은 가죽 커버와 끈으로 장정돼 있다. 오두막을 나왔을 때 골드의 재킷 안에서 발견한 것이다. 나는 골드의 난

잡한 스케치들을 뜯어버리고 내 호스트들의 일정을 기억나는 대로 기록해놓았다. 필요한 부분에는 메모와 설명을 덧붙였다.

"그게 뭐죠?"

그녀가 스케치북을 낚아채 들고 묻는다.

"내 모든 게 기록된 책이에요. 우리의 유일한 무기."

56

"골드 못 봤어요? 올 때가 지났는데."

나는 문이 살짝 열린 서트클리프의 빈 침실에 앉아 있다. 대니얼은 맞은편 방에서 벨과 대화를 나누는 중이고, 애나는 밖에서 같은 자리를 빙빙 맴돌고 있다.

그녀를 조바심치게 할 의도는 아니었다. 나는 응접실에서 위스키 디캔터를 챙겨 이곳에 오기 전, 집 안 곳곳에 편지를 뿌려놓았다. 커닝엄의 혈통을 폭로하는 편지도 포함돼 있었다. 나는 곧 벌어질 부끄러운 일을 잊기 위해 한 시간 넘게 술을 마셨다. 얼큰하게 취했지만 그것으로는 부족하다.

"우리 계획이 뭐죠?"

래시턴이 애나에게 묻는다.

"오늘 아침, 풋맨이 집사와 골드를 죽이지 못하도록 막는 거예요. 그들은 아직 할 일이 남았어요. 어떻게든 최대한 살려놔야 해요."

나는 그들의 대화를 엿들으며 위스키를 한 모금 더 넘긴다.

골드는 전혀 폭력적인 타입이 아니다. 그가 무고한 남자를 해치게 하려면 엄청난 노력이 필요할 것이다. 하지만 내게는 그럴 여유가 없다. 그래서 술로 그를 마비시키는 중이다.

하지만 그마저도 쉽지가 않다.

골드는 남의 여자들과 잠자리를 즐긴다. 주사위 게임을 할 때는 예외 없이 속임수를 쓴다. 당장이라도 하늘이 무너질 것처럼 그렇게 망나니처럼 살아온 자다. 하지만 그는 자신을 쏘고 달아난 말벌조차 구둣발로 짓이기지 못할 만큼 마음이 여리다. 그는 남에게 고통을 안겨주기에는 인생을 너무 사랑한다. 안타까운 노릇이다. 왜냐하면 정문 관리실에서 애나를 만날 때까지 집사를 살려놓는 유일한 방법이 바로 그에게 고통을 안겨주는 것이니까.

문밖에서 질질 끌리는 그의 발소리가 들려온다. 나는 깊은숨을 한 번 들이쉬고 성큼 걸어 복도로 나간다. 앞길이 막혀버린 그가 멈칫한다. 골드의 눈에 비친 그는 광채가 난다. 화상으로 덮인 얼굴에서는 환희가 묻어난다. 그는 밋밋한 다른 사람과는 비교가 되지 않을 정도로 매력적인 외모의 소유자다.

그는 무성의하게 사과하며 뒤로 물러서려 하지만 나는 그의 손목을 우악스럽게 낚아채 쥔다. 그가 흠칫 놀라며 나를 쳐다본다. 나는 고뇌에 차 있지만 그는 그것을 분노로 오해한 듯하다. 그를 해치고 싶지는 않지만 어쩔 수 없다.

그가 나를 돌아가려 하고 나는 잽싸게 앞을 다시 막아선다.

정말 이러고 싶지 않다. 그에게 사정을 설명해주고 싶지만 애석하게도 그럴 여유가 없다. 쇠로 된 부지깽이를 집어 들고 무고한 사람을 흠씬 두들겨 패야 하다니. 하얀 면 시트에 칭칭 감긴 채 침대에 뻗은 그의 모습이 눈에 선하다. 시퍼런 멍 자국으로 뒤덮인 채 연신 숨을 할딱대던 모습.

이러지 않으면 대니얼이 이기게 돼.

그의 이름이 떠오르자 내 안에서 다시 분노가 끓어오른다. 양옆으로 늘어뜨린 두 주먹에는 힘이 잔뜩 들어가 있다. 그의 이중성 그리고 그가 지금껏 늘어놓은 모든 거짓말이 격노에 기름을 들이붓는다. 어린 소년이 묻힌 호수에 또다시 처박힌 기분이다. 더비의 늑골 사이로 풋맨의 칼날이 파고들었을 때 느낀 고통은 아직도 생생하다. 잘린 댄스의 목과 그가 래시턴에게 항복을 강요했던 기억도.

폭발한 나는 괴성을 지르며 벽난로에서 집어온 부지깽이로 집사를 후려치기 시작한다. 어깨를 정통으로 얻어맞은 그가 벽에 한번 튕겼다가 계단을 구른다.

"제발."

그가 뒤로 미끄러져 내려가며 말한다.

"사실 나는…."

그가 쌕쌕대며 애원하듯 한 손을 내민다. 순간 나는 이성을 잃고 만다. 호숫가에서 대니얼이 그랬듯 집사도 내 연민을 역이용하고 있다. 바닥에 쓰러진 집사에게서 대니얼의 모습이 엿보인다. 혈관 안에서 뜨거운 분노가 꿈틀대는 게 느껴진다.

나는 그를 힘껏 걷어찬다.

한 번, 또 한 번 그리고 또 한 번. 이성이 떠난 빈자리는 어느새 격노로 채워지고 있다. 모든 배신, 모든 고통과 슬픔, 모든 후회, 모든 실망, 모든 굴욕, 모든 고뇌, 모든 상처… 그 모든 것이 내 안을 가득 채운다.

숨도 쉴 수 없고, 앞도 보이지 않는다. 나는 격하게 흐느끼며 그를 계속 걷어찬다.

이 사람이 불쌍하다.

나 자신도 불쌍하고.

래시턴이 달려와 꽃병으로 나를 내리친다. 머릿속에서 굉음이 쩌렁쩌렁 울려 퍼진다. 나는 그렇게 의식을 잃고 딱딱한 바닥에 고꾸라져버린다.

57

둘째 날(계속)

"에이든!"

아득하게 들려오는 목소리가 해변에서 찰랑대는 물처럼 내 몸을 감싼다.

"일어나요. 제발 눈을 떠요."

나는 피로에 짓눌린 눈꺼풀을 간신히 올려본다.

금이 간 벽이 눈에 들어온다. 내 머리는 새빨간 피가 흥건한 하얀 베갯잇을 베고 있다. 천근만근한 눈꺼풀이 다시 내려오려 한다.

놀랍게도 집사의 몸으로 되돌아온 나는 정문 관리실 침대에 누워 있다.

정신 차려. 잠에 빠져들면 안 돼. 우린 위험에 처했어.

나는 몸을 살짝 움직여본다. 옆구리에서 극심한 통증이 전해져온다. 나는 황급히 입을 닫아 목구멍까지 치밀어 오른 비명을 가둬버린다. 통증 덕분에 정신이 번쩍 든다.

풋맨의 칼에 찔린 부위는 피로 흥건히 젖어 있다. 극도의 고통은 나를 기절시켰을 뿐 나를 죽이지는 못했다. 그건 분명 우연이 아니다. 풋맨은 지금껏 무수한 이들을 내세로 이끌었다. 그런 그가 이번에는 길을 잃었을 리 만무하다. 순간 등골이 오싹해져온다. 누군가가 나를 죽이려 한다는 사실보다 무서운 건 없다고 생각했다. 하지만 그보다 중요한 건 바로 누가 나를 죽이려 하는지, 즉 살인자의 정체다. 그게 풋맨이라면 죽는 것보다 살아 있는 게 훨씬 공포스럽다.

"에이든, 정신이 좀 들어요?"

나는 힘겹게 고개를 돌려 한쪽 구석에 손과 다리가 꽁꽁 묶인 애나를 쳐다본다. 그녀는 낡은 라디에이터에 찰싹 달라붙어 있다. 그녀의 볼은 퉁퉁 부었고, 한쪽 눈은 한 송이 눈꽃처럼 검붉게 멍들었다.

그녀 위로 난 창문을 통해 야간임을 짐작할 수 있지만 정확히 몇 시나 됐는지는 알 길이 없다. 어쩌면 11시가 다 됐는지도 모른다. 흑사병 의사가 호숫가에서 하염없이 기다리고 있는지도.

의식을 되찾은 나를 보고 애나가 참았던 울음을 터뜨린다.

"그가 당신을 죽인 줄 알았어요."

"나도 그렇게 생각했어요."

나는 껄껄대며 말한다.

"그가 집 밖에서 날 붙잡고 자길 따라오지 않으면 죽이겠다고 협박했어요."

그녀가 묶인 몸을 꼼지락거리며 말한다.

"도널드 데이비스가 그 길 어딘가에 잠들어 있다는 걸 알고 있었어요. 그가 그를 건드릴 수 없다는 걸 알고 그가 시키는 대로 했어요. 미안해요, 에이든. 그땐 달리 방법이 없었어요."

그녀는 당신을 배신할 거요.

흑사병 의사가 경고했던 바로 그 순간이 온 것이다. 래시턴이 애나의 이중성의 증거로 오해한 결정. 하마터면 그 불신에 우리가 공들여 쌓은 탑이 무너질 뻔했다. 흑사병 의사가 애나의 "배신"에 대한 진짜 정황을 아는지 궁금하다. 알면서도 자신의 목적 달성을 위해 숨겨왔던 건 아닐까? 정말로 처음부터 이 여자가 내게서 등을 돌리게 될 거라고 믿어왔을까?

"당신 잘못이 아니에요, 애나."

"그래도 미안해요."

그녀가 겁먹은 표정으로 문을 흘끔 돌아보며 나지막이 말한다.

"산탄총에 손이 닿을 것 같아요? 그가 탁자 위에 놓아두고 갔는데."

나는 그쪽으로 시선을 돌린다. 총은 가까운 곳에 있지만 내게는 아득히 멀게만 느껴진다. 구를 수조차 없는데 이런 몸으로 일어나라니.

"이제야 정신이 드시나?"

풋맨이 방으로 불쑥 들어서며 말한다. 그는 주머니칼로 사과를 써는 중이다.

"안타깝군. 내가 직접 깨워주고 싶었는데."

그의 뒤로 또 다른 남자가 보인다. 묘지에서 봤던 깡패다. 대니얼이 애나의 행방을 듣기 위해 나를 두들겨 패는 동안 내 팔뚝을 붙잡고 있었던 바로 그 자식.

풋맨이 침대로 다가온다.

"저번에 봤을 땐 내가 당신을 살려줬었지. 그땐 그럴 수밖에 없었어. 그 일로 내 기분이 얼마나 찜찜했는지 몰라."

그가 헛기침을 한 번 한다. 그의 입에서 튄 침 몇 방울이 내 볼 위로 떨어진다. 역겨워서 피하고 싶지만 지금 내게는 손을 올릴 기운조차 남아 있지 않다.

"하지만 이번엔 다를 거야. 나는 자꾸 깨어나는 놈들이 싫어. 일을 하다 만 기분이 들어서 말이야. 난 도널드 데이비스를 원해. 그가 어디 있는지 알려주겠어?"

나는 머릿속으로 내 인생의 거대한 그림 퍼즐 조각을 차례로 맞춰나가기 시작한다.

대니얼은 마차에서 뛰어내린 나를 도로에서 찾아냈다. 그리고 나를 설득해 묘지로 이끌었다. 그때 그가 내 행방을 어떻게 알고 있었는지 이제야 그 답이 풀렸다. 이제 곧 나는 풋맨에게 그가 있는 곳을 털어놓게 될 것이다.

겁에 질려 있지 않았다면 분명 나는 아이러니한 이 상황에 미소를 지었을 것이다.

대니얼은 내가 데이비스를 배신했다고 믿고 있다. 하지만 묘지에서 그들의 대립이 없다면 나는 결코 은색 눈물이 블랙히스에 있다는 걸 알지 못할 것이다. 호숫가에서 대니얼과 싸울 일도 없을 것이고. 애나에게는 그를 끝장낼 기회가 주어지지 않을 것이다.

누가 보더라도 이건 덫이 분명하다. 만든 건 래시턴, 스프링을 당겨놓은 건 데이비스, 미끼는 바로 나다. 기발한 계략이다. 하지만 내가 풋맨에게 그가 듣고 싶어 하는 답을 내놓으면 그는 애나를 잔인하게 살해할 것이다.

풋맨이 칼과 사과를 산탄총 옆에 내려놓고 탁자에서 수면제를 집어 든다. 그는 약병을 몇 번 흔들고 나서 한 알을 꺼내 쥔 후 잠시 골똘한 생각에 잠긴다. 그가 데려온 깡패는 여전히 팔짱을 낀 채 무표정한 얼굴로 문간을 지키고 있다.

그가 다시 약병을 흔든다. 한 번, 두 번, 세 번.

"당신 같은 불구를 죽이려면 과연 몇 알이나 필요할까? 응?"

그가 나머지 손으로 내 턱을 쥐고 자신 쪽으로 내 얼굴을 돌려놓는다.

아무리 바동거려봐도 억센 그의 손을 떨쳐낼 수가 없다. 그의 날카로운 시선은 내게 단단히 고정돼 있다. 후끈한 그의 체온이 나를 덮친다. 내 안으로 스며든 뜨겁고 까끌거리는 그의 적의가 피부 속에서 연신 꿈틀거린다. 어쩌면 나는 지난 루프에서 그런 섬뜩한 눈빛을 가져보았는지도 모른다. 결코 떨쳐낼 수 없는 끔찍한 기억과 충동에 갇혀 쥐처럼 교활하게 살아보았는지도.

그에 비하면 추악하기가 그지없는 더비는 양반이었다.

마침내 강철 같은 그의 손가락이 내게서 떨어져나간다. 내 고개가 한쪽으로 푹 꺾이면서 이마에 맺혔던 땀방울이 튄다.

내게 시간이 얼마나 남았는지 궁금하다.

"화상 흉터를 보니 험난한 삶을 살아온 모양이군."

그가 뒤로 살짝 물러나며 말한다.

"험난한 삶을 살았으면 갈 땐 편하게 가야지. 내가 시키는 대로 하면 고통 없이 죽을 수 있어. 약을 잔뜩 삼키고 편안하게 잠에 빠지던지, 아니면 내가 신나게 칼을 놀려대는 몇 시간 동안 극심한 고통 속에서 몸부림치며 죽어가던지."

"그를 내버려둬요!"

구석에서 애나가 소리친다. 그녀가 몸을 꼬아댈 때마다 나무가 삐걱거린다.

"아니, 그보다는"

그가 그녀 앞으로 칼을 흔들어 보이며 말한다.

"이걸 저 여자에게 쓰는 게 낫겠어. 끝까지 살려둬야 하니까 살짝 재미만 보지 뭐."

그가 그녀 앞으로 한 걸음 다가간다.

"마구간."

나는 나지막이 말한다.

그가 걸음을 멈추고 어깨 너머로 나를 돌아본다.

"지금 뭐라고 했지?"

그가 다시 내게로 돌아온다.

눈을 감아. 그에게 네 공포를 보여선 안 돼. 그가 원하는 게 바로 그거라고. 네가 눈을 뜰 때까지 그는 널 죽이지 않을 거야.

나는 눈을 질끈 감는다. 그가 침대에 앉자 매트리스가 푹 꺼진다. 잠시 후, 그의 칼날이 내 얼굴을 살살 쓸어 내리기 시작한다.

공포는 내게 눈을 뜨라고 한다. 내가 어떻게 되는지 똑똑히 지켜보라고.

숨 쉬어. 이제 곧 끝날 거야.

"도널드 데이비스가 마구간에 있을 거라고? 방금 그 얘길 한 거야?"

나는 밀려드는 패닉을 애써 떨쳐내며 고개를 끄덕인다.

"그를 내버려둬요!"

애나가 구석에서 다시 소리친다. 그녀는 발뒤꿈치로 바닥을 힘껏 구르며 맹렬한 몸부림을 이어나간다.

"닥쳐!"

풋맨이 그녀에게 빽 소리치고 이내 다시 나에게로 시선을 되돌린다.

"언제?"

내 입안은 바짝 말랐다. 이런 상태에서 말이 제대로 나올지 의문이다.

"언제?"

그가 다시 묻는다. 칼날이 닿은 자리에서 피가 배어 나오기 시작한다.

"9시 40분."

나는 대니얼이 알려준 시간을 떠올리며 말한다.

"어서 가! 십 분밖에 남지 않았어."

그가 문간의 남자에게 지시한다. 깡패가 부리나케 복도를 내달리기 시작한다.

내 입술을 지나 코를 타고 올라온 그의 칼날이 꼭 감긴 눈꺼풀 위에 뚝 멈춰선다.

"눈 떠."

그가 속삭인다.

그도 내 심장 소리를 듣고 있을까? 당연히 그에게도 들리겠지? 대포 소리보다 큰 이 고동이 얼마 남지 않은 용기까지 마모시켜버린다.

내 몸이 가볍게 떨리기 시작한다.

"눈 떠."

그가 다시 말한다. 그의 침이 볼에 튀는 게 느껴진다.

"눈 뜨라니까, 귀여운 토끼. 네 안을 한번 들여다봐야겠어."

그때 나무 부러지는 소리와 함께 애나의 비명이 터져나온다.

나는 더 참지 못하고 눈을 뜬다.

라디에이터의 버팀대 하나가 뜯겨져 나와 있다. 덕분에 그녀의 손은 풀려났지만 다리는 여전히 구속된 상태다. 그제야 내 얼굴에서 칼날이 떨어진다. 풋맨이 벌떡 일어나자 그의 체중에 짓눌렸던 침대 스프링이 끽끽대며 튕겨져 오른다.

지금이야. 지금이 기회라고!

나는 그에게 몸을 날린다. 기술도, 기운도 없다. 그저 필사적인 심정과 탄력만이 있을 뿐. 백 번도 넘는 지난 시도는 전부 실패로 돌아갔다. 이번에도 내 몸뚱이는 흐물거리는 갈색 양탄자처럼 그를 살짝 건드리는 데 그치고 만다. 하지만 어쩐 일인지 그가 선 각도와 칼을 쥔 자세가 과거와 많이 다르다. 덕분에 나는 기적적으로 칼의 손잡이를 움켜쥐는 데 성공한다. 나는 손목을 힘껏 꺾어 그의 복부에 칼날을 박아 넣는다. 배어 나온 피가 내 손가락 사이로 뚝뚝 떨어져 바닥에 웅덩이를 만들었다.

그가 충격을 받았다. 숨을 헐떡이며 고통스러워하지만 아쉽게도 치명상은 아니다. 그는 어느새 정신을 가다듬었다.

나는 칼을 내려다본다. 이제는 자루밖에 보이지 않지만 그것만으로는 부족하다. 그는 너무 억세고, 나는 한없이 약하다.

"애나!"

나는 칼을 뽑아 그녀 쪽으로 힘껏 밀어낸다. 칼은 그녀의 길게 뻗친 손끝에서 몇 인치 떨어진 지점에 멈춰 선다.

풋맨의 손톱이 내 볼에 갈퀴질을 해댄다. 그는 내 목을 움켜쥐려 안간힘을 다하는 중이다. 내 체중이 그의 오른손을 짓누른다. 그의 얼굴을 뭉개고 있는 내 어깨가 그의 시야를 완전히 가렸다. 그는 끙 앓는 소리를 내며 맹렬히 몸부림친다.

"더는 붙잡고 있을 수가 없어요!"

나는 애나에게 소리친다.

그의 손이 내 귀를 쥐고 우악스럽게 비틀어댄다. 극심한 통증에 눈물이 찔끔 난다. 나는 뒤로 몸을 빼는 과정에서 탁자와 충돌하고 만다. 그 바람에 산탄총이 바닥에 떨어진다.

내 밑에 깔려있던 풋맨의 손이 간신히 탈출에 성공한다. 그는 나를 거칠게 떠밀고, 중심을 잃은 나는 그만 바닥에 고꾸라져버린다. 산탄총을 향해 손을 뻗는 애나의 모습이 눈에 들어온다. 그녀의 손목에는 끊어진 밧줄이 대롱대롱 매달려 있다. 우리의 눈이 잠시 마주친다. 그녀의 얼굴에는 격노의 표정이 떠올랐다.

풋맨이 내 목을 조르기 시작한다. 나는 그의 부러진 코에 주먹을 날린다. 그는 고통스럽게 비명을 지르면서도 내게서는 손을 떼지 않는다. 내 목을 움켜쥔 그의 두 손에 점점 더 힘이 들어간다.

그때 산탄총이 폭발한다. 머리가 박살 난 풋맨의 몸뚱이가 내 옆으로 픽 고꾸라진다. 그의 목에서 뿜어져 나온 피가 바닥을 빠르게 물들인다.

산탄총을 쥔 애나의 손이 덜덜 떨리고 있다. 만약 그것이 제때 떨어지지 않았다면…. 만약 칼이 그녀에게 닿지 않았다면, 그녀의 밧줄이 몇 초 늦게 끊어졌다면….

나는 죽음의 문턱에서 기적적으로 살아 돌아왔음을 깨닫고 몸서리를 친다.

애나가 걱정스러운 듯 내게 말을 건다. 하지만 진이 빠져버린 나는 그 말을 제대로 듣지 못한다. 그녀가 다가와 내 손을 잡는다. 그녀의 입술이 내 이마에 닿는 순간 시야가 새까맣게 변해버린다.

58

여덟째 날 (계속)

자욱한 잠의 안개를 헤치고 간신히 정신을 차려본다. 기침을 한 번 하자 발끝으로 서 있던 애나가 깜짝 놀란다. 그녀는 내 몸에 찰싹 달라붙어 부엌칼로 나를 구속하는 밧줄을 끊어나가는 중이다. 나는 다시 골드의 몸으로 돌아왔고, 그는 여전히 천장에 대롱대롱 매달려 있다.

"금방 풀어줄게요."

애나가 말한다.

그녀는 옆방에서 곧장 달려온 모양이다. 앞치마에 풋맨의 피가 흥건히 묻어 있는 걸 보면. 그녀는 얼굴을 찌푸린 채 계속 칼을 놀려댄다. 너무 서두르다 보니 어설픈 톱질이 반복된다. 그녀가 나지막이 욕을 하며 작업 속도를 살짝 늦춘다. 몇 분 후, 밧줄이 충분히 느슨해지자 나는 두 손을 필사적으로 움직여 풀려나는 데 성공한다.

내 몸이 바윗덩이처럼 굉음을 내며 바닥에 떨어진다.

"무리하지 말아요."

애나가 내 옆에 무릎을 꿇고 앉으며 말한다.

"종일 매달려 있었잖아요. 몸에 기운이 하나도 없을 거예요."

"지금⋯."

마른 기침이 터진다. 기침을 잠재워줄 물은 보이지 않는다. 흑 사병 의사가 나를 깨울 때 다 써버린 듯하다. 내 셔츠는 아직도 그 가 끼얹은 물로 젖어 있다.

나는 기침이 멎을 때까지 기다렸다가 다시 말을 꺼내본다.

"지금 몇 시나⋯."

마치 목구멍에 큼지막한 돌덩이가 걸려 있는 듯한 기분이다.

"9시 45분이에요."

애나가 말한다.

네가 풋맨을 죽였다면 그는 래시턴이나 더비를 죽이지 못할 거야. 그 들은 살아 있어. 그들이 도울 수 있을 거야.

"그들 도움은 필요 없어요."

나는 목쉰 소리로 말한다.

"누구 말이죠?"

나는 고개를 저으며 부축해달라고 신호한다.

"어서 가서⋯."

격한 기침이 다시 터지자 애나가 연민의 눈빛으로 쳐다본다.

"조금만 더 쉬어요."

그녀가 내 가슴 주머니에서 떨어져나온 쪽지를 내게 건네며 말 한다.

그녀가 펼쳐보았다면 골드가 난필로 쪽지에 적어놓은 "그들 모 두 다"라는 구절을 똑똑히 확인할 수 있었을 것이다. 그 구절은 이 곳에서 벌어지는 모든 일의 열쇠나 다름없다. 사흘 전, 커닝엄이 더비에게 메시지를 전달한 순간부터 그 말이 나를 끈질기게 쫓아 다녔다.

나는 쪽지를 주머니에 넣고 애나에게 부축해줄 것을 부탁한다.

흑사병 의사는 어둠 속 어딘가에서 호수를 향해 나아가고 있을 것이다. 그는 애나가 답을 가져오기를 기대하고 있겠지만 애석하게도 그녀는 아직 준비가 덜 됐다. 여드레 동안 무수한 질문과 씨름해온 우리는 이제 답을 내놓아야만 한다. 이제 우리에게 남겨진 시간은 한 시간 남짓밖에 되지 않는다.

나는 애나의 어깨에 팔을 걸치고 그녀는 내 허리를 감싸 안는다. 우리는 마치 술에 취한 커플처럼 휘청대며 걸어나간다. 계단에서는 구를 뻔하기까지 한다. 내 온몸에서는 진이 빠졌다. 사지는 감각을 잃은 지 오래다. 꼭 끈이 꼬여버린 나무 꼭두각시가 된 기분이다.

우리는 뒤도 돌아보지 않고 정문 관리실을 나선다. 기다렸다는 듯 차가운 밤공기가 우리를 에워싼다. 호수에 이르는 가장 가까운 코스는 우물을 지나는 것이다. 하지만 만약 대니얼과 도널드 데이비스가 그곳에서 우리를 기다리고 있다면? 이미 내게 유리하게 정리된 상황과 또다시 맞닥뜨린다면 절묘하게 맞춰진 균형이 무너질 수도 있다.

내키지는 않지만 최대한 멀리 돌아가야만 한다.

온몸은 땀에 절었고, 발은 천근만근이다. 나는 연신 헐떡이며 진입로를 따라 블랙히스로 향한다. 물론 코러스단이 나와 함께 하고 있다. 댄스, 더비 그리고 래시턴은 저만큼 앞서나가는 중이고, 벨, 콜린스 그리고 레이븐코트는 뒤로 많이 처져 있다. 나는 그들이 조각난 내 정신이 꾸며낸 허상이라는 걸 알고 있다. 하지만 그들의 모습은 거울에 비친 이미지처럼 생생하다. 제각각의 걸음걸이로 나아가는 내 호스트들 모두 의욕으로 가득 차 있다.

진입로를 벗어난 우리는 자갈길을 따라 마구간으로 향한다.

저택에서 파티가 한창 진행 중이지만 마구간은 정적에 휩싸여 있다. 마구간지기 몇몇이 화로 주변에 모여 마지막 마차가 도착하기를 기다리고 있다. 모두 지친 모습이다. 그들 중 누가 대니얼에게 고용됐는지 알 길이 없다. 나는 애나를 불빛이 닿지 않는 곳으로 잡아 끈다. 그리고 작은 방목장 쪽으로 걸음을 옮기기 시작한다. 그 옆으로는 호수로 통하는 작은 오솔길이 나 있다. 길 끝에서는 죽어가는 불꽃이 깜빡이고 있다. 나무 틈으로 온화한 불빛이 새어 나온다. 조심스레 다가가니 땅에 떨어진 대니얼의 랜턴이 눈에 들어온다.

그것의 주인은 어둠 속에서 도널드 데이비스를 익사시키려 하고 있다. 얼굴이 물속에 잠겨버린 청년이 억센 손에서 벗어나려 바동대는 중이다.

애나가 땅에서 돌덩이를 집어 들고 그들에게 다가간다. 나는 황급히 그녀의 팔뚝을 낚아채 잡는다.

"그에게 말해요…. 아침 7시 12분."

나는 목쉰 소리로 꺽꺽댄다. 그리고 눈에 잔뜩 힘을 주어 상황의 엄중함을 상기시킨다.

그녀가 머리 위로 돌덩이를 번쩍 쳐들고는 대니얼에게 조심스레 접근한다.

나는 돌아서서 땅을 뒹구는 방풍 랜턴을 집어 들고 입으로 훅 불어 죽어가는 불씨를 살려낸다. 살인 현장을 지켜보고 싶지 않다. 설령 피해자가 죽어 마땅한 인간이라 할지라도. 흑사병 의사는 블랙히스가 우리를 갱생시키기 위해 존재하는 시설이라 주장했다. 하지만 얼마 남지 않은 선량함마저 고통 속에서 소멸하는 이런 곳에서 과연 갱생이 가능할지 의문이다. 블랙히스는 희망이 싹을 틔울 수 없는 곳이다. 희망이 없다면 사랑, 연민, 배려, 그런 따위가 무슨 소용이겠는가. 어떤 의도로 지어졌는지는 알 수 없지만 블랙히스는 우리 안의 괴물을 끊임없이 자극하고 있다. 이제 나는 그것에게 휘둘리고 싶지 않다. 더 이상 놈에게 무제한의 자유를 허락하지 않을 것이다.

나는 랜턴을 높이 들고 보트 창고 쪽으로 이동한다. 나는 온종일 헬레나 하드캐슬을 찾아 헤맸다. 집에서 벌어진 모든 일이 그녀 책임이라 믿고. 어쩌면 내가 제대로 짚었는지도 모른다. 내가 처음 짐작했던 것과 달리.

그녀가 의도했든 아니든, 이 모든 일은 그녀 때문에 벌어졌다.

보트 창고는 물 위에 걸친 헛간에 지나지 않는다. 오른쪽 기둥이 쓰러져 건물의 형태는 완전히 뒤틀려 있다. 문에는 자물쇠가 채워져 있지만 썩을 대로 썩은 나무는 살짝 건드리기만 해도 부서져 내린다. 손쉽게 열고 들어갈 수 있지만 나는 망설인다. 손은 덜덜 떨리고, 랜턴의 불빛은 산란하게 흔들린다. 나를 멈칫하게 만든 건 두려움이 아니다. 골드는 여전히 돌처럼 무정한 인간이다. 내가 주저하는 이유는 오랫동안 찾아 헤맨 진실을 마침내 창고 안에서 확인할 수도 있다는 기대감 때문이다. 내가 제대로 짚었다면 이 비극은 여기서 막을 내릴 것이다.

그리고 우리는 자유의 몸이 될 것이다.

나는 심호흡을 한 번 하고 나서 문을 연다. 그 소리에 놀란 박쥐 몇 마리가 요란하게 꺅꺅대며 창고 밖으로 튀어나온다. 창고 안에는 뼈대만 남은 보트 두 대가 말뚝에 매여 있다. 그중 하나만이 곰팡이 핀 담요로 덮여 있다.

나는 무릎을 꿇고 앉아 담요를 걷어낸다. 헬레나 하드캐슬의 창백한 얼굴이 눈에 확 들어온다. 그녀의 눈동자는 그녀의 피부만큼이나 무색투명하다. 그녀는 흠칫 놀란 듯한 표정을 짓고 있다. 마치 죽음이 꽃다발을 한 아름 안고 나타나기라도 한 것처럼.

왜 하필 여기서지?

"왜냐하면 역사는 반복되니까."

나는 웅얼거린다.

"에이든?"

애나가 패닉이 되어 나를 부른다.

큰 소리로 대답하고 싶지만 심하게 쉬어버린 내 목으로는 불가능한 일이다. 나는 비가 쏟아지는 밖으로 나가 입을 살짝 벌린 채얼음장처럼 차가운 빗물을 몇 모금 넘겨본다.

"여기예요. 보트 창고에 있어요."

다시 안으로 들어온 나는 랜턴으로 헬레나의 시체를 위아래로 비춰본다. 그녀의 긴 코트는 단추가 풀려 있고, 그 안으로는 적갈색 모직 재킷과 스커트 그리고 하얀 면 블라우스가 들여다보인다. 모자는 그녀 옆에 놓여 있고 목에는 칼에 찔린 상처가 있다. 피가 응고된 상태를 보니 죽은 지 시간이 꽤 된 것 같다.

내 짐작이 맞다면 그녀는 오늘 아침에 피살됐을 것이다.

창고로 들어온 애나가 보트에 쓰러져 있는 시체를 보고 깜짝 놀란다.

"저 여자….."

"헬레나 하드캐슬이에요."

"그녀가 여기 있다는 걸 어떻게 알았죠?"

"그녀는 여기서 누군가를 만나기로 돼 있었어요."

목에 난 자상은 크지 않다. 편자 칼에 찔린 듯해 보인다. 십구 년 전, 토머스 하드캐슬도 같은 흉기로 피살됐다. 이제야 모든 미스터리가 풀렸다. 다른 모든 죽음은 철저히 감춰져 온 이 사건의 메아리였을 뿐이다.

오랫동안 쭈그리고 앉아 있었더니 다리가 욱신거린다. 나는 일어나 다리를 쭉 편다.

"마이클이 이런 건가요?"

애나가 내 코트 자락을 붙잡고 묻는다.

"아뇨. 마이클이 아니었어요. 마이클 하드캐슬은 두려워했어요. 그래서 자포자기로 살인자가 돼버린 거였죠. 이건 그것과는 전혀 다른 차원의 살인사건입니다. 인내심 강한 살인자가 유유히 즐기면서 저지른 범행이죠. 범인은 헬레나를 이곳으로 유인했어요. 그리고 문간에서 그녀를 찔렀을 겁니다. 그녀가 남들 눈에 띄지 않고 창고 안으로 고꾸라지도록 말이죠. 살인자는 일부러 토머스 하드캐슬의 기일을 골라 일을 벌였어요. 그것도 그 사건 현장에서 불과 육 미터쯤 떨어진 장소에서요. 이게 무슨 의미겠어요?"

나는 레이디 하드캐슬이 둔탁한 소리를 내며 보트 안으로 떨어지는 모습을 떠올려본다. 어슴푸레한 형체가 시체를 담요로 덮고 나서 물속으로 첨벙첨벙 걸어 들어가는 모습도.

"살인자는 피를 뒤집어썼을 겁니다."

나는 랜턴으로 창고 안 곳곳을 비춰본다.

"여기서 물로 몸을 씻었겠죠. 사방이 벽으로 막힌 곳이라 들킬 염려도 없지 않겠어요? 갈아입을 옷도 미리 준비해뒀을 겁니다. 보나 마나…."

아니나 다를까, 한쪽 구석에 낡은 여행용 손가방이 놓여 있다. 걸쇠를 풀자 피 묻은 여자 옷이 드러난다. 살인자의 옷이다.

치밀하게 계획된 범행이다….

…오래전에, 또 다른 누군가를 위해.

"누가 이런 거죠, 에이든?"

애나가 겁에 질린 목소리로 묻는다.

나는 보트 창고를 나와 어둠 속을 잠시 둘러본다. 호수 너머로 방풍 랜턴이 희미하게 보인다.

"누굴 만나기로 했나요?"

그녀가 먼발치 불빛을 바라보며 묻는다.

"살인자예요. 커닝엄을 시켜 우리가 보트 창고로 갈 거라는 소문을 퍼뜨리게 했어요.

나는 나지막이 대답한다.

"어째서죠? 누가 마이클을 도왔는지 알면 흑사병 의사에게 가서 알려야죠!"

애나가 화들짝 놀라며 말한다.

"그럴 수 없어요. 그건 당신이 해야 할 일이에요."

"뭐라고요? 약속 잊었어요? 난 당신의 목숨을 구해주고, 당신은 에블린의 살인자를 찾아내는 게 거래 조건이었잖아요."

그녀가 나를 쏘아보며 말한다.

"흑사병 의사는 당신으로부터 답을 들어야 해요. 그러지 않으면 당신은 여길 떠날 수 없다고요. 날 믿어요. 당신은 모든 조각을 쥐고 있어요. 이젠 그것들을 하나로 끼워 맞추기만 하면 돼요. 자, 이거 받아요."

나는 주머니에서 쪽지를 꺼내 그녀에게 쥐여준다. 그녀가 쪽지를 펴고 그 안에 적힌 메시지를 큰 소리로 읽는다.

"그들 모두 다."

그녀의 이마에 주름이 깊게 팬다.

"이게 무슨 뜻이죠?"

"커닝엄을 시켜 드러지 부인에게 물어보라고 한 게 있어요. 이건 그 질문에 대한 답이에요."

"그게 무슨 질문인데요?"

"하드캐슬 집안 자녀 중 찰리 카버의 아이가 있는지. 난 그가 누굴 위해 기꺼이 목숨을 내놓을지 알고 싶었어요."

"하지만 그들 모두 죽었잖아요."

그때 멀리 보이는 랜턴이 움직이기 시작한다. 누군가가 우리 쪽으로 다가오고 있다. 형체는 몸을 숨기려는 노력조차 하지 않는다. 더 이상 속임수가 통하지 않는다는 걸 깨달은 것이다.

"누구시죠?"

애나가 눈을 가늘게 뜨고 빠르게 다가오는 불빛을 향해 묻는다.

"내가 누구냐고요?"

마들렌 오베르가 랜턴을 내리며 말한다. 그녀는 총으로 우리를 겨누고 있다.

그녀는 하녀 제복 대신 바지와 헐렁한 리넨 셔츠 차림이다. 어깨에는 베이지색 카디건을 둘렀다. 검은 머리는 젖었고, 마맛자국으로 덮인 얼굴에는 파우더가 잔뜩 발려 있다. 하녀 가면을 벗은 그녀는 그녀의 어머니와 쏙 빼닮은 모습이다. 계란형 눈과 우유처럼 희부연 피부에 뿌려진 주근깨. 부디 애나가 직접 보고 알아차리기를 바랄 뿐이다.

애나는 당혹스럽게 나와 마들렌을 번갈아 쳐다본다.

"에이든, 도와줘요."

그녀가 애원한다.

"반드시 당신이 해야만 해요."

나는 어둠 속에서 그녀의 차가운 손을 찾아 더듬거리며 말한다.

"이제 모든 조각이 당신 눈앞에 놓여 있어요. 십구 년 간격으로 토머스 하드캐슬과 레이디 하드캐슬을 똑같은 방식으로 살해할 수 있었던 사람. 그게 누구일까요? 어째서 내가 살려낸 에블린의 입에서 '난 아니에요'와 '밀리센트는 살해'라는 말이 튀어나왔을까요? 어째서 펄리시티 매덕스의 도장이 새겨진 반지가 그녀의 수중에 있었을까요? 밀리센트 더비는 대체 무슨 비밀을 알고 있었기에 살해됐을까요? 어째서 그들은 그레고리 골드를 고용해 가족 초상화를 그리게 했을까요? 집은 무너져 내리기 직전인데. 헬레나 하드캐슬과 찰리 카버가 거짓말을 해가면서까지 보호하려 했던 이는 과연 누구일까요?"

그제야 애나가 깨달은 듯하다. 휘둥그레진 그녀의 눈이 기대에 찬 표정을 짓고 있는 마들렌에게로 돌아간다.

"에블린 하드캐슬."

그녀가 나지막이 말한다. 언성을 살짝 높여 다시 말한다.

"당신이 에블린 하드캐슬이군요."

59

내 예상과 달리 에블린은 기뻐하며 손뼉을 친다. 흥에 겨워 제자
리에서 폴짝 뛰기까지 한다. 마치 우리가 새로운 재주를 익힌 애
완동물이라도 되는 것처럼.

"당신들은 다를 거라 생각했는데 역시 내가 예상한 대로네요."

그녀가 랜턴을 땅에 내려놓으며 말한다.

"원래 사람은 불빛이 보이지 않는 어둠 속에 함부로 발을 들이
지 않죠. 하지만 궁금한 게 하나 있어요. 당신들은 왜 이 일에 이
토록 신경을 쓰는 거죠?"

그녀는 프랑스 악센트와 하녀의 고분고분한 말투를 완전히 걷
어냈다. 움츠렸던 어깨는 어느새 활짝 폈다. 목은 뻣뻣해졌고, 턱
은 번쩍 들려 있다. 마치 높은 절벽에 올라 우리를 도도하게 내려
다보는 듯하다.

그녀의 날카로운 시선이 우리를 번갈아 훑는다. 하지만 내 눈은
숲에 고정되어 있다. 흑사병 의사에게 답을 내놓아야 할 시간이
지만 우리의 랜턴이 비추는 불빛 너머로는 칠흑 같은 어둠만이 펼쳐
져 있을 뿐이다. 설령 그가 십 야드 떨어진 곳에 서 있다 해도 나

는 그 사실을 알 길이 없다.

내 침묵을 고집으로 오해한 에블린이 환히 미소를 짓는다. 그녀는 이 상황을 무척 즐기는 듯하다. 어쩌면 오래도록 우리를 음미하려 하는지도 모른다.

우리는 흑사병 의사가 나타날 때까지 그녀의 비위를 맞추는 수밖에 없다.

나는 헬레나의 시체가 누워 있는 보트 창고를 가리키며 말한다.

"애초에 당신이 꾸민 계략이었군요. 마구간지기에게 물어보니 토머스가 숨진 날 아침, 당신이 말을 타고 나갔다고 했어요. 하지만 그건 단지 알리바이에 지나지 않았죠. 당신은 이곳에서 토머스와 만나기로 했어요. 그러려면 당신은 말을 타고 정문 관리실을 지나왔어야 합니다. 그런 다음, 말을 매어두고 지름길을 따라 숲을 가로질렀어야 하고요. 내가 직접 시간을 재보았습니다. 당신은 그 누구에게도 들키지 않고 삼십 분 안에 도착할 수 있었을 거예요. 당신에겐 보트 창고에서 토머스를 조용히 죽이고, 물로 피를 씻어낸 후 옷을 갈아입고 다시 말에 오르는 데 충분한 시간이 주어졌을 거고요. 당신은 마구간지기로부터 살인 흉기와 시체를 덮을 담요를 훔쳤어요. 그래야 나중에 토머스가 발견된 후 그가 모든 누명을 뒤집어쓸 테니까 말이죠. 하지만 어쩌다 보니 그 계획이 어그러져버렸어요. 그렇죠?"

그녀가 혀를 차며 말한다.

"모든 게 다 잘못돼버렸어요. 사실 보트 창고는 대체 계획이었어요. 첫 번째 계획이 실패로 돌아갔을 때 쓰려고 준비해둔 거였죠. 난 돌로 토머스의 머리를 내리치고 그 앨 익사시키려 했어요. 나중에 누군가가 둥둥 떠 있는 시체를 발견할 수 있도록요. 모두가 비극적인 사고라 짐작하고 깊이 파헤치지 않도록. 애석하게도 그 계획은 수포로 돌아갔어요. 돌로 토머스의 머리를 힘껏 내리쳐봤지만 예상과 달리 걔가 기절을 하지 않더군요. 토머스는 고래고래 비명을 질러댔고 난 패닉에 빠졌어요. 너무나도 당황한 나머지 확 트인 이곳에서 걔 찔러 죽이고 말았어요."

그녀의 목소리에 짜증이 묻어난다. 마치 궂은 날씨에 엉망이 된 소풍 얘기를 늘어놓듯이. 나는 그녀에게서 눈을 떼지 못한다. 이곳에 오기 전 이미 짐작했던 내용이지만 그녀의 냉담한 태도를 보노라니 소름이 돋는다. 그녀는 조금의 회한도 없는 듯하다. 무감각하고, 파렴치하다. 어떻게 인간이 그럴 수 있을까?

차마 말을 잇지 못하는 나를 대신해 애나가 입을 연다.

"그때 레이디 하드캐슬과 찰리 카버가 불쑥 나타난 거였군요."

그녀는 머릿속에 속속 떠오르는 이미지를 고스란히 쏟아낸다.

"당신은 기지를 발휘해 토머스의 죽음을 사고로 위장했고요."

에블린이 말한다.

"나머지는 그들이 다 알아서 처리해줬어요. 그들이 저 길에서 불쑥 나타났을 때 난 모든 게 끝났다고 생각했어요. 토머스에게서 칼을 빼앗으려 했다고 한창 둘러대고 있을 때 카버가 끼어들어 내 거짓말을 매끄럽게 맺어주더군요. 그저 불운한 사고였을 뿐이라고. 아이들끼리 놀다가 그렇게 된 것일 뿐이라고. 아주 깔끔하게 정리해주었어요."

"카버가 당신 친부라는 사실, 알고 있었나요?"

나는 뛰는 가슴을 애써 진정시키고 나서 묻는다.

"아뇨. 그땐 너무 어려서 아무것도 몰랐어요. 그냥 카버가 알아서 사건을 덮어주길래 기뻤을 뿐이에요. 나중에 파리로 쫓겨날 때 어머니가 진실을 털어놓으시더군요. 내가 그를 자랑스러워 해 주길 바라셨던 모양이에요."

"카버가 호숫가에서 피로 뒤덮인 딸을 보고 머리를 굴린 거였 군요."

애나가 천천히 말을 이어나간다.

"그는 당신에게 갈아입을 옷이 필요하다는 걸 깨닫고 집으로 돌아갔어요. 헬레나는 토머스 곁을 지켰고요. 스탠윈은 바로 그 광경을 목격했던 거예요. 그가 카버를 쫓아 호수에 도착했을 때 말이에요. 그걸 보고 그는 헬레나가 자기 자식을 죽였다고 믿게 됐어요. 그래서 친구가 그 책임을 지도록 한 거였고요."

"맞아요. 그리고 돈."

에블린의 살짝 말려 올라간 입술 아래로 치아가 살짝 드러난다. 그녀의 초록색 눈은 유리처럼 멀겋다. 여전히 회한의 흔적이라고 는 찾아볼 수가 없다.

"어머니는 그때부터 지금껏 그에게 적잖은 돈을 꼬박꼬박 챙겨 주셨어요."

"찰리 카버는 당신이 살인을 계획해왔다는 걸 사전에 몰랐고 갈아입을 옷은 이미 보트 창고 안에 준비돼 있었어요."

나는 말한다. 내 눈은 계속 흑사병 의사를 찾아 나무 사이를 분 주히 훑어나간다.

"옷은 십팔 년 동안 저 안에 감춰져 있었어요. 작년에 블랙히스 를 찾은 당신 어머니가 발견하기 전까지 말이죠. 그녀는 그게 무 슨 뜻인지 대번에 알아차렸을 겁니다. 그녀는 마이클에게 그 얘길 살짝 언급했겠죠. 그의 반응을 확인하려고 말입니다."

"그가 살인사건에 대해 알고 있을 거라 믿었을 거예요. 어쩌다 그렇게 됐는지…. 그녀는 자기 자식들조차 신뢰하지 못했던 것 같네요."

애나가 측은해하며 말한다.

잔잔한 바람이 불어온다. 랜턴에 빗방울이 떨어질 때마다 찌르릉 소리가 난다. 숲에서 정체를 알 수 없는 희미한 소리가 들려오자 에블린이 홱 돌아본다.

"시간을 끌어줘요."

나는 애나에게 속삭인다. 코트를 벗어 걸쳐주자 그녀가 살짝 미소를 짓는다.

"레이디 하드캐슬의 심정이 어땠을지 상상이 안 돼요. 연인이 목숨을 바쳐 보호하려 했던 자기 딸이 친동생을 냉혈하게 살해했다는 걸 알고 얼마나 충격을 받았을까요."

애나가 코트 자락을 여며 쥐며 말한다.

"어떻게 그럴 수가 있죠, 에블린?"

그녀의 목소리가 한층 낮아진다.

"그보다 더 궁금한 건 그녀가 왜 그랬는지예요."

나는 애나를 쳐다보며 말한다.

"토머스는 사람들을 졸졸 쫓아다니길 좋아했어요. 들키면 혼나는 걸 아니까 소리 없이 미행하는 법을 터득했겠죠. 어느 날, 그는 에블린을 몰래 쫓아 숲으로 들어갔어요. 그녀는 마구간 소년을 만났고요. 그들이 왜 만났는지, 애초에 그러기로 약속했는지, 그건 모르겠어요. 어쩌면 우연히 서로 맞닥뜨렸는지도 몰라요. 어쨌든 그곳에서 사건이 벌어졌죠. 적어도 난 그게 비극적인 사고였다고 믿고 싶어요."

나는 에블린을 흘끔 쏘아보며 말한다. 그녀는 재킷에 달라붙은 나방 보듯 나를 쳐다보고 있다. 우리의 모든 미래가 그녀의 눈주름 속에 빽빽이 기록돼 있다. 그녀의 창백한 얼굴은 안개에 휩싸인 공포로 가득 찬 수정 구슬이다.

"그런 건 아무래도 상관없어요."

나는 계속 이어나간다. 어차피 기다려봤자 순순히 답을 내놓을 그녀가 아님을 알기에.

"중요한 건 그녀가 그를 죽였다는 사실이에요. 보나 마나 토머스는 자신이 무엇을 보았는지 이해하지 못했을 겁니다. 알았다면 부리나케 어머니에게 달려가 고자질했겠죠. 아무튼 에블린은 동생이 자신을 훔쳐봤다는 걸 알게 됐어요. 그녀에겐 두 가지 옵션이 있었죠. 토머스가 여기저기 소문을 내기 전에 조용히 처치하는 것. 그리고 자신이 한 일을 고백하는 것. 그녀는 첫 번째 옵션을 선택했어요. 그리고 아주 체계적으로 그걸 실행에 옮겨나갔죠."

에블린의 얼굴이 환해진다.

"대단해요. 마치 그날 현장에 같이 있었던 사람처럼 모든 걸 알고 있군요. 비록 디테일이 한두 개 틀리긴 했지만. 난 당신이 마음에 들어요, 골드 씨. 어젯밤 내가 당신으로 오해했던 사람은 엄청 따분했는데."

"그 마구간 소년은 어떻게 됐죠? 마구간지기는 소년이 그 일이 있은 후 사라져버렸다던데."

애나가 묻는다.

에블린이 한동안 뜸을 들인다. 대답해야 할지를 놓고 고민하는 걸까? 이내 깨달았다. 아니야. 그녀는 그날의 기억을 더듬고 있는 거야.

"아주 이상한 일이었어요."

에블린이 멍한 얼굴로 말한다.

"그는 동굴을 찾았다면서 날 그곳으로 데려갔어요. 부모님이 아셨다면 우릴 가만두지 않으셨을 거예요. 아무튼 동굴 탐험은 기대했던 것과 다르게 아주 따분했어요. 얼마나 들어갔을까, 앞장 서던 그가 갑자기 깊은 구멍에 빠져버리더라고요. 뭐 심각한 상황은 아니었어요. 사람을 불러오면 쉽게 꺼내줄 수 있는 상황이었죠. 난 그에게 도와줄 사람을 데려오겠다고 했어요. 하지만 이내 생각을 바꾸었죠. 그냥 아무것도 안 하기로요. 그를 구덩이 속에 내버려두기로 했어요. 그가 동굴에 갇혀버렸다는 걸 그리고 내가 그랑 같이 있었다는 걸 아는 사람이 없잖아요. 그래서 그냥 운명으로 받아들이기로 했어요."

"그를 거기 버려뒀다고요?"

애나가 화들짝 놀라며 말한다.

"그것도 아주 즐거운 마음으로요. 하지만 나만의 황홀한 비밀은 금세 탄로 나버렸어요. 그날 내가 동굴에 다녀온 걸 토머스가 알더라고요."

그녀가 총으로 우리를 겨눈 채 진창에 놓인 랜턴을 집어 든다.

"뒷이야기는 다 알죠? 지금 생각해도 유감이에요."

그녀가 총의 공이치기를 당기자 애나가 내 앞으로 성큼 걸어나간다.

"잠깐만요!"

그녀가 한 손을 내밀며 말한다.

"제발 애원하지 말아요."

에블린이 짜증을 내며 말한다.

"사실 난 당신들을 아주 괜찮게 봤어요. 이십 년 가까이 토머스를 잊지 않은 사람은 어머니뿐이었는데, 어느 날 느닷없이 당신들이 나타났어요. 그리고 투지를 불태우며 이 사건의 미스터리를 집요하게 파헤치더라고요. 정말 존경스럽기까지 했다니까요. 그러니 제발 당당하게 운명을 받아들여줘요."

"난 살려달라고 애원을 하는 게 아니에요. 이야기를 마저 들려달라고 부탁하는 거라고요. 우린 나머지 이야기를 들을 자격이 있어요."

에블린이 미소를 짓는다. 그녀의 표정은 아름다우면서도 섬뜩하다.

"나를 바보로 아는 모양이군요."

그녀가 눈가에 묻은 빗물을 훔치며 말한다.

"기어이 우릴 죽이겠다는 건가요?"

애나가 마치 어린아이를 대하듯 차분하게 말한다.

"이렇게 확 트인 곳에서 총을 쏘면 많은 사람이 그 소리를 듣게 될 거예요. 먼저 우릴 조용한 곳으로 데려가는 게 좋을걸요. 자, 우리 가면서 마저 얘기해요."

에블린이 그녀 앞으로 몇 걸음 다가가 랜턴을 높이 들고 그녀의 얼굴을 유심히 살핀다. 그녀의 고개는 한쪽으로 살짝 기울어져 있고, 입술은 조금 벌어져 있다.

"똑똑하군요."

에블린이 감탄하며 말한다.

"좋아요. 돌아서서 걷기 시작해요."

나는 불안해하며 그들의 대화에 집중하려 애쓴다. 여기서 어둠을 헤치고 흑사병 의사가 불쑥 튀어나와주면 얼마나 좋을까. 그라면 이 모든 걸 한 방에 정리할 텐데. 지금쯤 그에게는 애나를 자유의 몸으로 만들어줄 충분한 증거가 있을 것이다.

예기치 못한 문제가 터지지만 않았다면.

순간 공포가 엄습해온다. 애나는 내 목숨을 지켜내려고 필사적으로 애쓰는 중이다. 하지만 흑사병 의사가 우리를 찾지 못한다면 그 노력은 수포가 될 것이다.

내가 랜턴을 집어 들려는 순간 에블린이 그것을 발로 차 쓰러뜨린다. 그녀가 총구로 숲을 가리킨다.

우리는 나란히 걸음을 옮겨나간다. 에블린은 두어 걸음 뒤에서 콧노래를 흥얼거리며 따라오고 있다. 나는 조심스레 어깨 너머를 돌아본다. 총을 빼앗기에는 그녀와의 거리가 너무 멀다. 설령 그게 가능하다 해도 아무 소용이 없을 것이다. 우리는 에블린을 잡으러 온 게 아니라, 애나가 전혀 그녀 같지 않다는 걸 증명하러 온 것이다. 그리고 그것을 증명하는 가장 손쉬운 방법은 바로 위험에 처하는 것이다.

먹구름이 밤하늘의 별을 완전히 뒤덮어버렸다. 에블린의 어스레한 불빛은 충분한 조명이 돼주지 못하고 있다. 우리는 발이 걸려 넘어지지 않으려고 바짝 긴장한 채로 걸어나간다. 꼭 잉크 속을 헤집고 나아가는 기분이다. 흑사병 의사는 여전히 모습을 드러내지 않고 있다.

"만약 당신 어머니가 작년에 이미 당신의 악행을 알고 계셨다면 왜 지금껏 아무 조치도 취하지 않으신 거죠?"

애나가 에블린을 돌아보며 묻는다.

"도대체 이 파티는 왜 여신 건가요? 저 사람들은 왜 다 초대하신 거고요?"

애나는 진심으로 의아해하고 있다. 두려움은 어디에 숨겼는지 엿보이지 않는다. 애나 또한 에블린 못지않은 배우인 듯하다. 나도 그렇게 능청을 떨 수 있다면 얼마나 좋을까. 심장은 늑골을 부수고 나올 것처럼 요동치고 있다.

"탐욕. 우리 부모님은 돈이 궁하셨어요. 딸이 교수대에 매달리는 걸 보고 싶은 마음보다 어떻게든 궁핍한 형편을 벗어나고 싶은 갈망이 훨씬 컸겠죠. 내 혼인 문제는 오래전부터 치밀하게 계획돼왔을 거예요. 지난달 어머니가 편지를 보내오셨더라고요. 그 혐오스러운 레이븐코트와 혼인하지 않으면 날 경찰에 고발하시겠다나요. 아무튼 부모님은 오늘 밤 파티에서 내게 굴욕을 안겨주는 것으로 토머스의 넋을 달래셨어요."

"그래서 그것에 대한 보복으로 부모님을 살해한 건가요?"

애나가 묻는다.

"마이클과 거래가 있었어요. 마이클은 펄리시티를 죽였고, 나는 아버지를 살해했죠. 동생은 너무 늦기 전에 부모님 재산을 물려받고 싶어 했어요. 그 돈으로 콜리지와 함께 스탠윈의 협박 사업을 인수하겠다나요."

"그럼 정문 관리실 창문 밖의 부츠 자국은 당신이 남겨놓은 것이었군요. 책임을 인정하는 쪽지도 당신이 남겨놓은 것이었고."

"딱한 마이클이 비난받는 건 보고 싶지 않았어요. 난 이곳을 떠난 뒤 내 이름을 쓰지 않을 참이에요. 그래서 그 전에 마음껏 써먹으려 했을 뿐이라고요."

"당신 어머니는요? 어머니는 왜 살해했죠?"

애나가 묻는다.

"난 파리에 있었어요."

에블린이 분노에 뜨겁게 데워진 목소리로 말한다.

"어머니가 날 레이븐코트에게 팔아넘기지만 않으셨어도 어머니는 두 번 다시 나랑 엮이는 일이 없으셨을 거예요. 엄밀히 따지면 내가 어머니를 죽인 게 아니라 어머니가 자살하신 거나 다름없어요."

그때 나무 틈으로 정문 관리실이 모습을 드러낸다. 우리는 건물 뒤편으로 다가간다. 주방으로 통하는 굳게 잠긴 뒷문은 그 첫날 아침, 가짜 에블린이 벨에게 보여주었던 바로 그 문이다.

"또 다른 에블린은 어디서 찾았죠?"

나는 묻는다.

"그녀의 이름은 펄리시티 매덕스였어요. 사기꾼이었죠."

에블린이 애매하게 대답한다.

"스탠윈이 모든 걸 처리해줬어요. 마이클이 그를 찾아가 이렇게 둘러댔거든요. 펄리시티가 나를 대신해 레이븐코트와 혼인해주기를 우리 가족 모두가 바라고 있다고. 그 비밀을 지켜주면 지참금의 절반을 떼어주겠다고 제안했어요."

"스탠윈이 당신의 계획을 알고 있었나요?"

애나가 묻는다.

"어쩌면요. 하지만 그런다고 뭐가 달라지겠어요?"

에블린이 어깨를 으쓱인다. 그녀가 내게 문을 열라고 손짓한다.

"펄리시티는 벌레였어요. 오늘 오후에 어떤 경관이 그녀를 도와주려 했거든요. 그랬더니 그녀가 무슨 짓을 했는지 알아요? 그에게 모든 걸 털어놓는 대신 마이클에게로 쪼르르 달려가 침묵의 대가로 돈을 요구했어요. 정말 인간쓰레기죠? 그녀를 죽인 건 공공을 위한 봉사였다고요."

"그럼 밀리센트 더비는요? 그녀를 죽인 것도 공공을 위한 봉사였나요?"

"오, 밀리센트."

당시 기억이 떠오르는지 에블린의 얼굴이 환히 밝아진다.

"옛날엔 그녀도 그녀 아들 못지않게 사악한 사람이었어요. 나이 들어선 기력이 딸려 망나니짓을 그만뒀을 뿐이죠."

우리는 주방을 지나 복도로 들어선다. 집은 정적에 묻혔다. 모두가 숨진 상태지만 벽을 따라 줄줄이 걸린 램프들은 여전히 밝게 켜져 있다. 에블린은 진작부터 이곳으로 돌아올 계획이 있었던 것이다.

"밀리센트가 당신을 알아봤던 모양이군요. 그렇죠?"

나는 손끝으로 벽지를 더듬어나가며 말한다. 더 이상 그 무엇도 진짜로 느껴지지 않는다. 꿈이 아니라는 걸 확인하려면 이렇게 하나하나 만져보고 느낄 수밖에 없다.

"밀리센트가 무도회장에서 펠리시티와 붙어 있는 당신을 알아본 거죠?"

나는 계속 이어나간다. 머릿속에 노파가 황급히 더비로부터 떨어져나오는 모습이 떠오른다.

"그녀는 오래전부터 당신의 성장 과정을 지켜봐왔어요. 그깟 하녀 제복과 벽에 걸린 골드의 초상화에 속아 넘어갈 사람이 아니었다고요. 밀리센트는 대번에 당신이 누군지 알아챘던 거예요."

"그녀가 주방으로 달려 내려와 대체 무슨 꿍꿍이냐고 다그쳐 물었어요. 무도회를 위해 준비한 장난이라고 둘러댔더니 그 미련한 노인네가 그 말을 믿어버리더라고요."

나는 흑사병 의사의 흔적을 찾기 위해 주위를 둘러본다. 희망의 빛이 빠르게 사그라드는 중이다. 우리가 이곳에 들어와 있다는 걸 그가 무슨 수로 알 수 있을까? 애나가 이토록 용감하다는 것을 그리고 애나가 그의 수수께끼를 완벽히 풀어냈다는 걸 빨리 알려야 하는데. 우리는 계속 미친 여자와 함께 죽음을 향해 나아가는 중이다.

"그녀는 어떻게 죽였죠?"

새로운 계획이 떠오를 때까지 계속 에블린의 주의를 흩뜨려놓아야만 한다.

"디키 박사의 가방에서 베로날▲ 한 병을 훔쳤어요. 그걸 가루로 만들어 그녀의 차에 몰래 타두었죠. 그녀가 잠에 빠져들었을 때 베개로 그녀의 얼굴을 짓눌러 질식시켰어요. 그런 다음 디키를 부르러 갔죠."

그녀는 마치 저녁 식탁에서 친구들과 행복했던 옛 추억을 나누기라도 하는 듯이 한껏 들떴다.

"그는 그녀의 탁자에서 베로날을 발견하고 자신도 이 사건에 연루됐음을 깨달았어요. 부패한 사람들은 다루기가 참으로 쉽더라고요."

"그래서 그가 약병을 숨기고 그녀가 심장마비로 숨졌다고 둘러댔던 거군요. 자신의 흔적을 지우기 위해서."

나는 짧게 한숨을 내쉬며 말한다.

"오, 너무 안타까워하지 말아요."

그녀가 총구로 내 등을 쿡 찌르며 말한다.

"밀리센트 더비는 그녀가 살아온 방식대로 죽었어요. 치밀한

▲ 수면제의 일종.

계산에 따라 아주 우아하게. 그건 내 선물이었어요. 그토록 의미
있는 죽음을 맞는 게 어디 쉬운 일인 줄 알아요?"

나는 우리의 목적지가 하드캐슬 경이 흉측하게 뒤틀린 모습으
로 앉아 있는 방이 아니기를 바랐다. 다행히 그녀는 우리를 그 맞
은편 방으로 이끈다. 작은 식당. 방 중앙에는 네모난 테이블과 의
자 네 개가 놓여 있다. 에블린의 랜턴이 방 안을 비추자 한쪽 구석
에 놓인 캔버스 가방 두 개가 눈에 들어온다. 가방에는 그녀가 블
랙히스에서 훔친 장신구와 옷으로 가득 차 있다.

에블린의 새로운 인생은 우리의 인생이 끝나는 순간 시작될 것
이다.

완벽한 대칭을 이루는 그들의 운명. 마치 예술가인 골드를 위해
공들여 준비한 듯이.

에블린은 테이블에 랜턴을 내려놓고 우리에게 바닥에 무릎을
꿇을 것을 지시한다. 상기된 그녀의 얼굴에서 두 눈이 번뜩인다.

창밖으로는 도로가 내다보인다. 하지만 여전히 흑사병 의사는
코빼기도 보이지 않는다.

"안됐지만 이제 시간이 다 돼버렸어요."

그녀가 총을 들며 말한다.

마지막 한 수를 둘 때야.

"마이클은 왜 죽었죠?"

나는 비난조로 불쑥 묻는다.

순간 에블린이 움찔한다. 그녀의 얼굴에서 미소가 사라진다.

"그게 무슨 소리죠?"

"당신이 그를 독살했잖아요."

나는 혼란스러워하는 그녀의 표정을 지켜보며 말한다.

"난 당신들 남매가 얼마나 사이가 좋았는지, 당신이 얼마나 동생을 사랑했는지 지겹도록 들어왔어요. 그는 당신이 토머스와 당신 어머니를 죽인 범인이라는 것조차 몰랐어요. 내 말 틀렸나요? 동생이 당신을 원망할까 봐 두려웠던 거죠? 때가 되자 당신은 눈 하나 깜빡하지 않고 그를 죽였어요. 조금의 주저함도 없이 말이에요."

그녀의 시선이 나와 애나를 번갈아 훑는다. 총을 쥔 그녀의 손이 가볍게 떨리기 시작한다. 그녀는 처음으로 겁먹은 모습을 드러냈다.

"거짓말 말아요. 난 동생을 죽이지 않았어요."

"난 그가 죽어가는 걸 봤어요, 에블린. 그는 분명 내가 보는 앞에서…."

그녀가 총으로 나를 후려친다. 찢어진 입술에서 피가 터진다.

그녀는 내가 총을 낚아챌 틈도 없이 손을 거두어 가버린다.

"거짓말."

그녀가 울부짖는다. 눈은 이글거리고 호흡은 가빠져간다.

"거짓말이 아니에요."

애나가 내 어깨를 감싸 안으며 말한다.

에블린의 볼을 타고 눈물이 뚝뚝 흘러내린다. 그녀의 입술이 바르르 떨린다. 그녀의 사랑은 광폭하고 끔찍하다. 하지만 그것의 진실됨을 의심할 수는 없다. 그녀가 더더욱 극악무도해 보이는 이유다.

"난 결코…."

그녀가 움켜쥔 자신의 머리채를 잡아 뜯기 시작한다.

"동생은 내가 그놈과 혼인하는 걸 막기 위해 애써줬어요."

그녀가 애원하듯 우리를 쳐다본다.

"날 도우려고 그녀를 죽였다고요. 날 자유의 몸으로 만들어주기 위해서…. 걘 날 사랑했단 말이에요…."

"당신은 이 일을 확실히 처리하고 싶었을 거예요. 그가 겁을 먹고 물러나면 안 되니까. 펄리시티가 다시 깨어나면 안 되니까. 그래서 당신은 그녀가 연못으로 나가기 전에 그녀에게 독을 탄 스카치위스키를 건넸어요."

나는 말한다.

"하지만 마이클에겐 그 사실을 알리지 않았죠."

애나가 나를 대신해 이어나간다.

"그는 래시턴에게 심문을 받을 때 글라스에 남은 위스키를 마셔버렸어요."

에블린이 총을 살짝 내린다. 나는 바짝 긴장한 채 그녀에게서 총을 빼앗을 채비를 한다. 하지만 내 계획을 눈치챈 애나가 나를 힘껏 끌어안으며 말린다.

"그가 왔어요."

그녀가 턱으로 창문을 가리키며 내 귀에 속삭인다.

촛불을 든 채 도로에 서 있는 형체 하나가 눈에 들어온다. 자기로 된 부리 가면. 하지만 잠깐 내비쳤던 한 줄기 희망은 이내 사라져버린다. 그는 미동도 없이 멀뚱히 서 있을 뿐이다. 거기서 우리의 대화가 귀에 들어올 리 만무하다.

뭘 기다리는 거지?

"오, 안 돼."

애나가 겁에 질린 목소리로 말한다.

그녀의 시선도 흑사병 의사에게 고정돼 있다. 하지만 어리둥절해하는 나와 달리 그녀는 공포에 휩싸여 있다. 내 소매를 꼭 움켜쥔 그녀의 얼굴은 어느새 창백하게 변했다.

"우린 아직 답을 찾지 못했어요."

그녀가 속삭인다.

"우린 아직도 누가 에블린 하드캐슬을 죽였는지 모르고 있어요. 진짜 에블린 하드캐슬 말이에요. 이제 용의자는 두 명으로 줄어들었어요."

순간 등골이 오싹해져온다.

순진하게도 나는 에블린에 대한 진실을 파헤친 것만으로 애나가 자유를 얻을 거라 믿었었다. 하지만 그녀가 옳다. 흑사병 의사는 구원과 갱생을 들먹이며 심오한 말을 번드르르하게 늘어놓았지만 그의 요구는 여전히 변함이 없다. 우리 중 하나가 살인자의 정체를 밝혀내야만 끝이 날 게임이다.

에블린은 아직도 자신의 머리채를 잡아 뜯으며 제자리를 맴돌고 있다. 마이클의 죽음에 대한 진실이 큰 충격을 안겨준 모양이다. 기회를 틈타 달려들고 싶지만 에블린은 너무 멀리 떨어져 있다. 애나와 동시에 덮쳐볼 수도 있겠지만 그랬다가는 둘 중 하나가 총에 맞아 죽게 될 것이다.

우리는 함정에 빠져버렸다.

흑사병 의사는 일부러 멀리 떨어져 관망만 하는 것이다. 애나의 답을 듣지 않으려고. 그녀가 선한 사람으로 다시 태어났다는 걸 인정하지 않으려고. 그는 내가 마이클에 대해 잘못 알았다는 걸 모른다.

그 사실에 아무 관심이 없거나.

그는 자신이 원하는 걸 손에 넣었다. 내가 죽으면 그는 나를 자유의 몸으로 풀어줄 것이다. 만약 그녀가 죽으면 그녀는 이곳에 영영 갇히게 될 것이다. 그의 윗사람들이 바라는 대로. 그녀가 무엇을 하든 그들은 그녀를 영영 풀어주지 않을 것이다.

더 이상 절망만 하고 있을 수는 없다. 나는 창문으로 달려가 유리창을 탕탕 두들긴다.

"이건 너무하지 않소!"

나는 먼발치에 선 흑사병 의사를 향해 소리친다.

내 격한 반응에 화들짝 놀란 애나가 뒤로 주춤 물러난다. 에블린이 다시 총을 들고 내게 다가온다. 내 격노를 패닉으로 오해한 것이다.

압도적인 절박감에 온몸이 마비될 지경이다.

나는 흑사병 의사에게 애나를 결코 버리지 않겠다고 말했다. 나를 풀어주면 어떻게든 블랙히스로 다시 돌아오겠노라고도 했다. 하지만 지금은 한시라도 빨리 이곳을 벗어나야겠다는 생각뿐이다. 또다시 죽음을 맞고 싶지는 않다. 펄리시티가 스스로 목숨을 끊는 것을 보고 싶지도 않고, 대니얼 콜리지에게 배신을 당하고 싶지도 않다. 이 모든 게 반복되는 걸 견딜 자신이 없다. 나는 당장 에블린에게 달려들 준비가 돼 있다. 내 친구에게 무슨 일이 벌어지든 그건 나와 아무런 상관이 없다.

정신이 딴 데 팔린 나는 애나가 바짝 다가온 것도 눈치채지 못한다. 에블린은 춤추는 쥐를 구경하는 올빼미처럼 애나를 지켜보고 있다. 그녀는 개의치 않는 듯이 내 손을 살며시 잡고 발끝으로 서서 내 볼에 입을 맞춘다.

"날 위해 돌아올 생각일랑 말아요."

그녀가 이마를 내 얼굴에 갖다 붙인 채 말한다.

그녀가 갑자기 홱 돌아서서 유동적인 몸놀림으로 에블린에게 달려든다.

고막을 찢을 듯한 총성이 터져나온다. 몇 초가 지난 후에도 메아리는 가시지 않는다. 나는 비명을 지르며 애나에게 달려간다. 총은 바닥에 떨어져 있고, 에블린의 셔츠에서는 피가 배어 나오고 있다.

무릎을 꿇은 그녀는 멀건 눈으로 입만 뻥긋거릴 뿐이다.

펄리시티 매덕스가 문간에 서 있다. 악몽이 되살아난 것이다. 그녀는 여전히 파란 야회복 차림이다. 드레스는 진흙으로 뒤덮였고, 화장이 흘러내린 얼굴은 창백하다. 볼에는 잔가지에 할퀸 상처가 남아 있다. 립스틱은 번졌고, 머리는 산발이며, 한 손에는 검은 권총을 쥐고 있다.

그녀의 눈에는 우리가 보이지 않는 모양이다. 분노가 폭발해서 반쯤 미쳐버린 듯하다. 그녀가 권총으로 에블린의 복부를 겨누고 방아쇠를 당긴다. 요란한 총성에 놀란 나는 귀를 막아 쥔다. 어느새 벽지는 피로 얼룩져버렸다. 아직 성에 차지 않는지 그녀는 다시 총을 발사하고, 에블린은 바닥에 고꾸라진다.

펄리시티는 에블린에게 다가가 남은 총알을 미동도 없는 에블린의 몸에 마저 박아 넣는다.

60

애나는 내 가슴에 얼굴을 묻고 있다. 하지만 나는 펄리시티에게서 눈을 떼지 못한다. 정의가 구현된 것인지 알 수는 없지만 나로서는 한없이 감사할 따름이다. 애나의 희생이 나를 자유의 몸으로 만들어주었을 테지만 나는 영영 죄책감에 시달리며 살아야 했을 것이다.

그녀의 죽음은 나를 나 자신에게조차 낯선 이로 만들어놓았을 것이다.

펄리시티는 나를 구해주었다.

총알을 죄다 써버렸음에도 그녀는 여전히 방아쇠를 당겨대고 있다. 공허하게 딸깍거리는 소리에 에블린을 묻어버리려는 듯이. 흑사병 의사가 불쑥 들어오지 않았다면 그녀의 손은 영원히 멈추지 않았을 것이다. 그가 그녀의 손에서 권총을 살며시 떼어낸다. 그제야 멀겋던 그녀의 눈이 또렷해진다. 마치 마법이 풀려버린 것처럼. 축 늘어졌던 그녀의 팔다리에도 다시 기운이 들어간다. 그녀는 지칠대로 지친 모습이다. 이런 엄청난 일을 겪었으니 그럴 만도 하다.

마침내 그녀의 시선이 에블린의 시체에서 떨어진다. 그녀는 흑사병 의사를 돌아보며 고개를 살짝 끄덕인 후 랜턴도 챙기지 않은 채로 밖으로 나가버린다. 잠시 후, 정문이 열리면서 퍼붓는 빗소리가 안으로 스며든다.

애나에게서 떨어져나온 나는 카펫 깔린 바닥에 풀썩 주저앉아 두 손으로 머리를 감싸 쥐고 말한다.

"펄리시티에게 우리가 이곳에 있다고 알려줬소?"

최대한 사의를 담아 내놓은 말이지만 왠지 내 귀에는 비난조로 들릴 뿐이다. 하긴, 이런 상황에 사의와 비난을 구분하는 게 무슨 의미가 있겠는가.

"난 그녀에게 선택권을 주었소."

그가 눈을 뜬 채 누워 있는 에블린에게 다가가 무릎을 꿇고 앉는다.

"결국에는 본성이 그녀의 운명을 결정하고 말았지만. 당신도 마찬가지고 말이오."

잠시 애나를 응시하던 그의 시선이 피로 얼룩진 벽을 훑어나가다가 다시 앞에 누운 시체에게로 돌아간다. 그가 자신의 작품을 감상하며 무슨 생각을 하고 있을지 궁금하다.

"진짜 에블린이 누구인지 언제 처음 알았죠?"

애나가 호기심에 찬 눈으로 흑사병 의사를 쳐다보며 묻는다.

"당신이 알아차렸던 바로 그 같은 시간에 알았소. 난 요청받은 대로 호수에 나갔고, 그곳에서 그녀의 가면이 벗겨지는 걸 지켜보았소. 그녀가 당신들을 어쩌려는지 간파하고 나서는 다시 블랙히스로 돌아가 여배우에게 그 정보를 전달했소이다."

"왜 우릴 도운 거죠?"

"정의."

부리 가면이 그녀 쪽으로 돌아간다.

"에블린은 죽어 마땅했소. 펄리시티는 그녀를 죽여 마땅했고 말이오. 당신들은 풀려나 자유의 몸이 될 자격이 있소."

"그럼, 이제 다 끝난 거요?"

나는 떨리는 목소리로 묻는다.

"거의 다 왔소이다. 누가 에블린 하드캐슬을 죽였는지 애나가 정식으로 답을 내놓으면 모든 게 끝이 날 거요."

"그럼 에이든은요? 그는 마이클을 지목했잖아요."

그녀가 내 어깨에 손을 얹으며 묻는다.

"비숍 씨는 마이클, 피터 그리고 헬레나 하드캐슬 살인사건을 모두 해결했소. 게다가 나는 물론, 내 윗분들마저도 모를 만큼 교묘하게 감추어진 펄리시티 매덕스 살인미수 사건까지 해결했소이다. 우리가 미처 생각지도 못했던 질문에 기꺼이 답을 내놓은 그를 탓할 순 없지 않겠소. 그뿐 아니라 비숍 씨는 엄청난 손해를 감수하면서까지 남의 목숨을 구하려 했소. 그는 정답을 내놓은 것이나 다름없소이다. 자, 이제 당신 차례요. 누가 에블린 하드캐슬을 죽였소이까, 애나?"

"에이든의 다른 호스트에 대해선 왜 아무 말이 없죠? 그들도 다 풀어줄 건가요? 그들 중 몇몇은 아직 살아 있어요. 서두르면 집사를 살릴 수 있을지도 몰라요. 오늘 아침에 깨어난 불쌍한 서배스천 벨은 또 어떻고요. 내 도움 없이 그가 혼자 뭘 할 수 있겠어요?"

"에이든이 바로 오늘 아침에 깨어난 서배스천 벨이오."

흑사병 의사가 온화한 목소리로 말한다.

"그들은 그저 빛의 눈속임에 불과할 뿐이외다. 벽에 드리운 그림자 말이오. 이제 당신은 그 그림자를 뿌려놓은 불꽃과 함께 이곳을 떠날 수 있소. 당신들이 탈출하면 그들은 사라질 것이오."

그녀는 말없이 눈만 깜빡인다.

"내 말 믿으라니까. 자, 이제 누가 에블린 하드캐슬을 죽였는지 말해보시오. 그럼 모두가 자유로운 영혼으로 거듭날 것이오. 어떤 식으로든."

"에이든?"

그녀가 머뭇거리며 나를 쳐다본다. 내 허락을 받으려는 것이다. 나는 고개를 끄덕인다. 순간 내 안에서 감정의 홍수가 소용돌이치기 시작한다.

"펄리시티 매덕스."

"이제 당신은 자유요. 블랙히스는 더 이상 당신들을 붙들어두지 않을 것이오."

그가 일어서며 말한다.

내 어깨는 덜덜 떨리고 있다. 나는 더 참지 못하고 울음을 터뜨린다. 내 안에 갇혀 있던 여드레 동안의 고통과 공포가 독처럼 쏟아져 나온다. 애나가 나를 끌어안지만 격한 흐느낌은 멎지 않는다. 한없는 안도와 극도의 피로가 동시에 밀려든다. 왠지 이것 역시 함정일지 모른다는 의심이 가시지 않는다.

블랙히스의 모든 것이 그랬듯 이 또한 흑사병 의사의 거짓말일 수 있다.

나는 에블린의 시체를 물끄러미 바라본다. 머릿속에 일광욕실에서 몸부림치며 죽어간 마이클의 모습이 떠오른다. 숲에서 대니얼이 쏜 총에 맞고 당혹스러워했던 스탠윈의 표정도. 피터와 헬레나, 조녀선과 밀리센트, 댄스, 데이비스, 래시턴. 풋맨과 콜리지.

이 모든 것으로부터 벗어나게 해줄 단 한 가지.

이름….

"애나."

나는 나지막이 불러본다.

"여기 있어요."

그녀가 나를 꼭 끌어안으며 말한다.

"이제 집으로 돌아갈 수 있어요, 에이든. 당신이 해냈어요. 당신이 약속을 지켰어요."

그녀의 눈에서는 의심이 조금도 엿보이지 않는다. 그녀의 얼굴에는 의기양양한 미소가 떠올랐다. 하루 그리고 하나의 목숨으로는 절대 이곳을 벗어날 수 없을 것 같았는데. 이제 보니 그것만으로 충분했다.

그녀는 내게 달라붙은 채 흑사병 의사를 올려다본다.

"이젠 어떻게 되는 거죠? 난 아직도 오늘 아침 이전의 일들이 기억나지 않아요."

"다시 기억하게 될 거요. 당신은 이곳에서 죄의 대가를 치렀소. 이제 곧 기억을 포함한 모든 과거 소유물을 돌려받을 것이외다. 물론 당신이 원한다면 말이오. 대부분 돌려받기를 거부하고 새 출발을 선택하긴 하지만. 그 문제는 천천히 고민해보시구려."

애나는 잠시 골똘한 생각에 잠긴다. 그녀는 자신이 누구인지, 과거에 무슨 일을 저질렀는지 모른다. 내가 하나하나 일깨워줘야 할 부분이지만 지금은 그럴 기운이 없다. 일단 블랙히스부터 기억 속 깊고 어두운 곳에 잘 묻어둬야 한다. 악몽이 사는 곳에. 그곳에 갇혀 아주 오랫동안 나를 괴롭혀대겠지만 달리 방법이 없다. 나보다도 애나가 걱정이다. 어떻게든 곁에서 돕는 것이 내 운명일 터.

"이만들 가보시오. 더 이상 지체 말고."

"준비됐어요?"

애나가 묻는다.

"네."

나는 그녀의 부축을 받고 일어난다.

"고마워요."

그녀는 흑사병 의사에게 꾸벅 절을 하고 나서 방을 나선다.

그녀가 시야에서 사라지자 그가 내게 에블린의 랜턴을 건네며 속삭인다.

"그들이 그녀를 찾아 나설 거요, 에이든. 그 누구도 믿지 마시오. 이곳의 기억도 싹 지워야 하오. 기억은 당신을 무너뜨릴 것이오. 최악의 상황엔…."

그가 잠시 뜸을 들인다.

"여길 벗어나면 무조건 앞만 보고 달리시오. 절대 멈춰선 아니되오. 그것이 이곳을 탈출하는 유일한 방법이외다."

"그럼 당신은 어떻게 되는 거요? 당신이 벌인 일을 알면 윗분들이 가만히 계시겠소?"

"오, 보나 마나 화를 내며 길길이 뛰겠지. 하지만 오늘은 아주 기쁜 날이오. 블랙히스에선 이런 날을 쉽게 누릴 수 없소이다. 내일 걱정은 그때 가서 하고, 오늘은 나도 마음껏 즐겨야겠소. 걱정한다고 해서 피할 수 있는 건 아니지 않소이까."

그가 환히 웃으며 말한다.

"행운을 비오, 에이든."

그가 한 손을 내민다.

"고맙소."

나는 그와 악수를 나누고 나서 폭풍 치는 밖으로 빠져나온다.

애나는 도로에서 나를 기다리고 있다. 시선은 먼발치 블랙히스에 고정된 상태다. 그녀는 풋풋하고 태평해 보인다. 하지만 그것은 가면이다. 그 밑에는 또 다른 얼굴이 숨겨져 있다. 세상의 절반이 증오하는 여자의 얼굴. 그리고 나는 그녀를 이곳에서 꺼내주었다. 내 안에서 불안감이 꿈틀거리기 시작한다. 하지만 그녀가 무슨 짓을 저질렀든, 바깥세상에서 무엇이 기다리고 있든, 우리는 함께 극복해내고야 말 것이다. 내게 중요한 건 지금 이 순간뿐이다.

"어디로 갈까요?"

내가 은은한 불빛을 뿌리며 다가가자 애나가 묻는다.

"모르겠어요. 하지만 뭐 그게 중요한가요?"

그녀가 내 손을 살며시 잡아 쥔다.

"자, 그럼 출발할까요? 가다 보면 어딘가 닿겠죠."

우리는 희미한 불빛에 이끌려 어둠에 묻힌 세상을 나란히 걸어나가기 시작한다. 한 걸음, 또 한 걸음.

바깥세상에서 무엇이 기다리고 있을지 상상해본다.

내가 버리고 온 가족? 내 사연을 들으며 자란 손주들? 아니면 또 다른 숲? 섬뜩한 비밀을 간직한 또 다른 집? 부디 아니기를. 부디 전혀 다른 세상이 기다리고 있기를. 누구에게도 알려지지 않고, 불가해하며, 골드의 머리로는 도저히 상상할 수도 없는 그런 세상. 따지고 보면 내가 탈출한 것은 블랙히스가 아니라 "그들"이지 않은가. 벨과 집사, 데이비스, 레이븐코트, 댄스와 더비. 래시턴과 골드. 블랙히스는 감옥이었지만 그들은 족쇄였다.

열쇠이기도 했고.

결국 나는 그들 모두에게 빚을 진 셈이다.

그렇다면 에이든 비숍은? 그에겐 무슨 빚을 졌지? 애나벨 코커를 고문할 수 있게 나를 이곳에 가둬버린 장본인. 그에게는 기억을 돌려주지 않을 참이다. 영원히. 내일, 나는 거울로 그의 얼굴을 보게 될 것이다. 어떻게든 그 얼굴을 내 것으로 만들어야만 한다. 그러려면 새 출발을 해야 한다. 더 이상 과거에 발목 잡히지 말고. 그와 그가 저지른 실수들을 까맣게 잊고.

그의 목소리도.

"고마워요."

나는 작은 소리로 웅얼거려본다. 그가 저만큼 멀어져가는 게 느껴진다.

이 모든 게 꿈만 같다. 내일이 오면 풋맨과 맞닥뜨릴 일도 없을 것이다. 내가 구해야 할 에블린 하드캐슬도, 나와 머리싸움을 벌이게 될 콜리지도 없을 테고. 난해한 퍼즐과 숨통을 조이듯 째깍대는 시계도 없을 것이다. 이제는 불가능한 과제에 얽매이지 않고 평범하게 살고 싶다. 부디 이틀 연속 같은 침대에서 눈을 뜨기를. 원하는 어디든 마음껏 다닐 수 있기를. 새 출발과 함께 누리고 싶은 호사가 너무 많다. 눈 부신 햇살. 정직한 사람들. 끔찍한 살인 따위는 존재하지 않는 삶.

몇십 년 만에 처음으로 내일이 기다려진다. 내일은 더 이상 공포가 아니다. 한껏 들뜬 약속의 시간일 뿐. 오늘보다 더 용감해지거나 다정해질 기회. 부정을 바로잡을 기회. 오늘의 나보다 더 나아질 기회.

앞으로 맞이할 하루하루가 내게는 선물인 셈이다.

나는 그저 그곳에 닿을 때까지 계속 걷기만 하면 된다.

감사의 말

내 에이전트 해리 일링워스가 아니었으면《에블린 하드캐슬의 일곱 번의 죽음》은 세상에 나오지 못했을 것이다. 그는 나보다 먼저 이 이야기의 잠재력을 알아보았고, 내가 그것을 발휘하도록 성심껏 도와주었다. 정말 고마워요, 일링턴.

"까마귀 여왕", "매력 만점 살인마"라고도 알려진 앨리슨 헤네시는 지혜를 아낌없이 나눠주었고, 필요할 때마다 메스를 들어 원고를 세련되게 꾸며주었다. 나는 스토리를 썼고, 앨리슨은 그것을 책으로 만들어주었다.

내 미국 편집자 그레이스 메너리-윈필드에게도 큰 빚을 졌다. 그녀는 내가 미처 상상도 못한 질문을 끊임없이 던지며 내가 창조한 이 세상을 더 깊이 파헤칠 수 있도록 도와주었다.

레이븐북스와 소스북스의 모든 편집부 직원에게도 감사의 마음을 전한다. 그들의 재능과 의욕과 사랑스러움 앞에서 나는 한없이 부끄러웠다. 특히 메리골드 앳키는 내가 패닉에 빠질 때마다 곁에서 든든한 버팀목이 되어주었고, 마지막 순간까지 쾌활하고 슬기롭게 편집의 모든 부분을 책임져주었다. 분명 어딘가에서 누군가는 그녀의 비명을 똑똑히 들었을 테지만 나는 못 들었다. 그저 감사할 따름이다.

누구보다도 먼저 이 작품을 읽어준 데이비드 베이언, 팀 댄턴, 니콜 코비에게도 감사의 뜻을 전하고 싶다. 그들은 실마리, 문법, 플롯 포인트를 메모하는 것이 약점이 아님을 친절하게 일깨워주었다.

마지막으로 내 아내 마레사를 빼놓을 수 없다. 만약 어리석은 짓을 꾸미고 있다면(예를 들면, 주인공이 연신 몸을 바꿔가며 살인사건을 해결하는 시간여행 소설에 3년간 매달리는 따위의) 늘 곁을 지키며 응원해줄 친구가 필요하다. 그녀가 바로 그런 친구였고, 여전히 그러하다. 아내가 없었으면 이 책도 없었을 것이다.

옮긴이 최필원

캐나다 웨스턴 온타리오대학에서 통계학을 전공했고, 현재 번역가와 기획자로 활동하고 있다. 장르문학 브랜드 '모중석 스릴러 클럽'과 '버티고'를 기획했다. 옮긴 책으로는 존 그리샴의 《최후의 배심원》, 할런 코벤의 《단 한 번의 시선》, 제프리 디버의 《소녀의 무덤》, 척 팔라닉의 《파이트 클럽》, 데니스 루헤인의 《미스틱 리버》, 로버트 러들럼의 《본 아이덴티티》, 마이클 푼케의 《레버넌트》, 매트 헤이그의 《시간을 멈추는 법》, 마이클 로보텀의 《미안하다고 말해》 등이 있다.

에블린 하드캐슬의
일곱 번의 죽음

초판 1쇄 발행 2020년 10월 28일
초판 2쇄 발행 2020년 11월 20일

지은이 스튜어트 터튼
옮긴이 최필원

펴낸이 김현태
펴낸곳 책세상
등록 1975년 5월 21일 제1-517호
주소 서울시 마포구 잔다리로 62-1, 3층(04031)
전화 02-704-1250(영업), 02-3273-1334(편집)
팩스 02-719-1258
이메일 editor@chaeksesang.com
광고·제휴 문의 creator@chaeksesang.com
홈페이지 chaeksesang.com
페이스북 /chaeksesang   트위터 @chaeksesang
인스타그램 @chaeksesang   네이버포스트 bkworldpub

ISBN 979-11-5931-547-3 03840

이 도서의 국립중앙도서관 출판예정도서목록(CIP)은 서지정보유통지원시스템
홈페이지(http://seoji.nl.go.kr)와 국가자료종합목록 구축시스템(http://kolis-net.nl.go.kr)에서
이용하실 수 있습니다. (CIP제어번호: CIP2020040993)